M.K. LOBB

Seven Faceless Saints

Die verbannte Macht

M. K. LOBB

SEVEN FACELESS SAINTS

DIE VERBANNTE MACHT

Roman

Ins Deutsche übertragen
von Katrin Reichardt

LYX

LYX in der Bastei Lübbe AG

Die Bastei Lübbe AG verfolgt eine nachhaltige Buchproduktion.
Wir verwenden Papiere aus nachhaltiger Forstwirtschaft und verzichten darauf,
Bücher einzeln in Folie zu verpacken. Wir stellen unsere Bücher in Deutschland
und Europa (EU) her und arbeiten mit den Druckereien kontinuierlich
an einer positiven Ökobilanz.

MIX
Papier | Fördert
gute Waldnutzung
FSC® C014496

Die Originalausgabe erschien 2023 unter dem Titel
»Seven Faceless Saints«
bei Little, Brown and Company, Hachette Book Group, Inc.

Textredaktion: Andrea Kalbe
Umschlaggestaltung: © Jeannine Schmelzer unter Verwendung
des Originalcovers: © 2023 by Sasha Vinogradova.
Cover design by Karina Granda.
Illustrationen: © Diana Dworak
Satz: Greiner & Reichel, Köln
Gesetzt aus der Adobe Caslon
Druck und Verarbeitung: GGP Media GmbH, Pößneck

Printed in Germany
ISBN 978-3-7363-2083-3

1 3 5 7 6 4 2

Weitere Informationen unter:
lyx-verlag.de
luebbe.de | lesejury.de

Für alle,
die sich zu klein fühlen,
um ihre Wut im Zaum zu halten,
und zu müde,
um ihren Kummer zu schultern.

Man sagt, dass es an jenem Tag, an dem Chaos fiel, regnete.

Es war kein feiner Sprühregen auf einem zarten Wind, sondern ein sintflutartiger Regen. Er fiel, weil seine Kinder fielen: ihre zerschmetterten, sterblichen Körper zermalmt im Schlamm des Nordens. Als er sich zurückzog, tat er es mit einem Schrei, der die Berge erschütterte. Mit einem Schrei, der Welten überschritt, sich in den Ritzen jeder Stadt festsetzte und in den Lücken zwischen dem Licht Wache hielt.

Patience, seine Geliebte, beobachtete seinen Fall voller Trauer. Und obwohl ihr Herz, seinem so ähnlich, von Rachedurst erfüllt war, streckte sie ihm nicht die Hand hin. Sie wartete nur, in dem Wissen, dass jeder Krieg ein Ende hat und jede Sünde eine Bestrafung verlangt.

Chaos ist ungestüm. Aber Patience …

Oh, Patience weiß ganz genau, wann sie zuschlagen muss.

Heilige und Hingabe, Psalm 266

I

LEONZIO

Es war kurz nach Mitternacht, als der Verfolgungswahn einsetzte.

Leonzio durchschritt sein Zimmer, und sein Herz schlug so heftig, dass es sich in seiner Brust fremdartig anfühlte. Überdeutlich nahm er die kühle Luft auf seiner Haut wahr. Wie falsch sich seine Zunge – zu trocken, *zu trocken* – im Käfig seiner Zähne anfühlte.

Unfähig, das alles noch länger zu ertragen, ging er zur Tür, öffnete sie und spähte auf den Korridor hinaus. Er erstreckte sich vor ihm wie ein endloser Gang, der nach wenigen Schritten von erdrückenden Schatten verschlungen wurde.

Der Wächter, der dort draußen hätte stehen sollen, war verschwunden. Und doch brachte der Jünger es nicht über sich, sein Zimmer zu verlassen, war nicht willens, sich durch den dunklen Palazzo zu bewegen.

Das Gebäude hatte Augen. Die ganze Woche über hatte er ihr Gewicht gespürt: zuerst dort, wo er zu den Heiligen gebetet hatte, dann im Ratssaal, wo er sich mit den anderen Vertretern der gesegneten Zünfte getroffen hatte. Sie verfolgten jeden seiner Schritte, und nicht einmal das Licht der Sterne konnte sie vertreiben.

Als er sich wieder in sein Zimmer zurückzog, spürte er, wie die Verdrossenheit an seinem Geist nagte. Was hatte er getan, bevor ihn die Angst ergriffen hatte? Er hatte nach dem Magistrat gesucht – das war es. Er hatte dem Mann etwas mitteilen wollen, was von entscheidender Bedeutung war. Aber *was*?

Leonzio wischte mit der Hand über seine verschwitzte Stirn. Das Licht der Kerze, die er entzündet hatte, warf schräge Schatten an die Wände, deren weiche Konturen sich bewegten, wenn die Flamme im Luftzug zitterte, der durch das leicht geöffnete Fenster hereinkam. Taumelnd durchquerte er das Zimmer und schob die Scheibe noch weiter auf, ließ den Wind über sein Gesicht streichen und blickte auf die in nächtliches Dunkel gehüllten Gärten hinab.

Sie erwiderten seinen Blick.

Hastig taumelte der Jünger mit rasendem Puls zurück und zog ruckartig die Vorhänge zu. Etwas war dort *draußen*. Etwas Grauenhaftes und Unmenschliches schlich auf dem Gelände des Palazzos umher. Er konnte es nicht sehen, aber er konnte die Falschheit spüren, das schleimige, sich bewegende Gewicht, das ihm die Kehle zuzudrücken schien.

Er verknotete seine schweißnassen Finger und murmelte ein Gebet an die Schutzheilige Death. *Seine* Heilige. Diejenige, von der seine Familie abstammte und die sie mit der Gabe der Magie gesegnet hatte. Doch in dieser Nacht spendeten ihm die inbrünstig geflüsterten Worte nur wenig Trost, denn je mehr er Deaths Macht infrage stellte, desto weniger spürte er die Gegenwart der Heiligen.

Hilf mir war die zentrale Bitte seines Appells, doch ihm wurde nur noch heißer und übler. Vielleicht genügte es ja nicht, nur mit Worten um Schutz zu bitten. Ein innerer Drang überkam ihn, so plötzlich wie die Übelkeit, heftig und unerbittlich. Er ließ sich von ihm führen, war nur noch ein distanzierter Zuschauer, zwei Augen in einem Gefängnis aus Fleisch.

Während sich sein Blick zu verschleiern begann, schleppte er sich ins Nebenzimmer, wobei er sich an der Wand abstützte. Dabei stellte er sich vor, wie er Handabdrücke auf den Vergoldungen hinterließ, rostrote, verwischte Spuren, die die Heiligen auf ihn aufmerksam machen würden. Als wären sie keine Gottheiten mehr, sondern geifernde Bestien auf der Suche nach einem frischen Kadaver.

Die Heiligen waren barmherzig. So hieß es in allen Geschichten.

Aber in den Geschichten hieß es auch, dass sie nach Blut dürsteten.

Leonzio fiel neben einigen wahllos angeordneten Fundstücken, die er auf dem Gelände des Palazzos gesammelt hatte, auf die Knie. Er wusste nicht mehr genau, wann oder warum er damit begonnen hatte, sich Steine in die Taschen zu stopfen und zwanghaft Zweige von Büschen abzubrechen. Er hatte dabei das Gefühl gehabt, dieses Vorgehen sei … notwendig.

Seine Hände zitterten, als er auf dem Boden kniend die Fundstücke zu einer neuen Form anordnete. Der Stein unter seinen Knien erdete ihn ein wenig. Während der Jünger die Zweige ausrichtete, galten seine geflüsterten Worte nicht nur Death, sondern allen gesichtslosen Heiligen.

Dann nahm er das Messer.

Als die ersten Blutstropfen fielen, war es fast eine Erleichterung. Nackte Angst wich angenehmer Schwerfälligkeit.

Als ihm bewusst wurde, dass er starb, war es bereits viel zu spät.

2

DAMIAN

Damian Venturi hatte genug vom Tod.

Wenn er ehrlich war, hatte er ganz allgemein genug. Die Nacht war verstrichen, das Morgengrauen längst näher als die Abenddämmerung, und es fiel ihm zunehmend schwerer, sich auf den toten Jünger vor ihm zu konzentrieren. Er rückte den Kragen der Jacke, die er vom Palazzo erhalten hatte, zurecht, in der Hoffnung, dass dadurch der Druck, der sich in seiner Kehle aufbaute, nachlassen würde.

Leonzio Bianchi, einst Jünger von Death, zeigte alle Anzeichen einer Vergiftung. Seine fahlen Lippen waren mit einer schmierigen, widerlichen Schaumschicht überzogen, und das Relief der Adern, das seine Unterarme durchzog, zeichnete sich deutlich, fast wie ein Bluterguss, ab. Doch trotz allem wirkte sein Gesichtsausdruck friedlich, sein Mund entspannt, als hätte er sich unverzagt in den Tod gefügt.

Damian wandte sich von Leonzios Leiche ab und unterdrückte ein Zittern. Im Zimmer des Jüngers war es kalt, und der fahle Kerzenschein warf Schatten auf die vergoldeten Wände. Vielleicht war es nur der Situation geschuldet, dass die Dunkelheit, die an den Rändern des orangefarbenen Lichts nagte, etwas Erdrückendes hatte. Und die Art, wie Leonzios Gesicht geneigt war, als solle es in den Spiegel auf der gegenüberliegenden Seite des Zimmers blicken, war irgendwie beunruhigend.

»Nun?«

Die Stimme des Magistrats unterbrach Damian bei der Untersuchung der Leiche und erschreckte ihn so sehr, dass er taumelnd vom Bett zurückwich. Schweißperlen standen ihm auf der Stirn. Der Tod erinnerte ihn immer an seine Zeit im Krieg. Er ließ seine Brust eng werden, sein Blut durch die Adern rasen und machte seine Füße so schwerfällig, als würde er durch Schlamm waten.

»Ich weiß nicht recht«, antwortete Damian knapp, aber höflich, und wandte sich zum Magistrat um. Die Wut des Magistrats war eine Präsenz für sich. Damian hatte sie von dem Augenblick an gespürt, als er das Zimmer betreten hatte. »Kann es möglicherweise Selbstmord gewesen sein?«

Magistrat Forte, ein groß gewachsener Jünger von Grace, mit perfekt gekämmtem Haar und einem schmalen Schnurrbart, sah Damian prüfend über den Rand seiner Brille hinweg an. Forte bekleidete sein Amt seit etwas mehr als einem Jahr und war von den Zunftvertretern ausgewählt worden, um seinen Vorgänger zu ersetzen. Es kam nur selten vor, dass diese Rolle einem von Grace' Jüngern zufiel, und Damian fragte sich, ob dieses Wissen aus Forte den absolut unnachgiebigen Mann gemacht hatte, der nun vor ihm stand.

»Selbstmord?«, wiederholte Forte die Vermutung spöttisch, während er mit den Händen die Kleider und Bettlaken des Toten betastete, um zu erfahren, was sie ihm zu sagen hätten. Jünger von Grace verfügten über eine besondere Verbindung zu derartigen Dingen: Dank ihr waren sie hervorragende Weber und konnten Stoffe in jedwede Form bringen, egal ob Hose oder Wandteppich, ohne dafür zu Nadel und Faden greifen zu müssen. »Wie bequem das für Sie wäre, Signor Venturi.«

»Wie bitte?« Bevor Damian sich zurückhalten konnte, war ihm die Erwiderung bereits herausgerutscht. Als Magistrat galt Forte als irdische Stimme der Heiligen, doch das hatte ihn nicht taktvoller gemacht. Obwohl Damian erst seit knapp einem Jahr wieder in Ombrazia war, wusste er das bereits ganz sicher.

»Hätte er sich das hier selbst zugefügt«, fuhr Forte fort, »würde das bedeuten, dass der Sicherheitsdienst des Palazzos nicht beim Schutz eines ranghohen Regierungsvertreters versagt hätte.« Während er sprach, sah er Damian nicht an, sondern wich mit einer strengen Falte zwischen seinen wilden Augenbrauen vom Bett zurück. »Leonzio ist sicherlich in diesen Kleidern gestorben, aber davon abgesehen ist an ihnen nichts Außergewöhnliches.« Er bewegte die Hand, woraufhin sich die Bettlaken unter der Leiche des Jüngers herauswanden und sie bedeckten.

Damian war dankbar, den Toten nicht länger ansehen zu müssen, doch seine Erleichterung schwand, als Forte weiterredete.

»Da wir gerade vom Sicherheitsdienst des Palazzos sprechen: Wo waren Sie eigentlich letzte Nacht, Venturi? Es ist doch eigentlich Ihre Aufgabe, dafür zu sorgen, dass derlei nicht passiert.«

Ärger pulsierte durch Damians Adern, doch er biss die Zähne zusammen, um zwischen ihnen die scharfe Antwort, die er ihm an den Kopf werfen wollte, einzusperren. »Ich bitte um Entschuldigung, mio Signore. Ich war auf dem Mercato.«

Der wöchentliche Nachtmarkt in der Stadt gab Jüngern Gelegenheit, ihre Waren zu verkaufen und zu tauschen. Die vier Handwerkszünfte – Strength, Grace, Patience und Cunning – waren das Rückgrat von Ombrazias Wirtschaft und der Grund dafür, dass die Stadt als Handelszentrum fungierte. So wie Grace eine Affinität zu Stoff hatte, hatte Strength eine zu Stein, Patience eine zu Metall und Cunning eine zu Chemikalien. Von daher bestanden die Hauptaufgaben der Zünfte darin, am laufenden Band Waffen, Textilien, Steinmetzarbeiten und allerlei Tränke zu produzieren, die anschließend in andere Länder verschifft wurden.

Alle Jünger waren Nachkommen der ursprünglichen Heiligen, doch nicht alle Nachkommen verfügten über Magie. Manchmal, so hatte Damians Vater es ihm erklärt, übersprangen die verehrten Fähigkeiten, die die Jünger besaßen, eine Generation oder verschwanden gänzlich, wenn die Blutlinie zu sehr verdünnt wurde.

Nachkommen ohne Magie – Menschen wie Damian – waren keine Jünger. Sie waren kaum besser als der Rest der unerwählten Bürger.

Aus diesem Grund war es Damian nur in seiner Funktion als Sicherheitskraft möglich, den Mercato zu besuchen. Handwerksgegenstände waren nicht für Leute wie ihn vorgesehen. Der Umgang mit den Jüngern war für die, die der Gesellschaft nichts zu bieten hatten, unmöglich. Für den Fall, dass die Unerwählten beschlossen, diesen Umstand zu ignorieren, waren die Sicherheitskräfte da, um sie fernzuhalten. Näher als im Rahmen seines Berufes würde Damian dem Leben, das er vielleicht hätte haben können, niemals kommen.

Doch er wusste ebenso gut wie Forte, dass er als Sicherheitschef des Palazzos diese Aufgabe hätte delegieren sollen. Außer wenn er in den Tempeln seine Runden drehte, war es sein Job, *hier* zu sein, im Palazzo. An oberster Stelle stand für ihn, die Jünger zu schützen, die dazu ausgewählt worden waren, ihre Zünfte zu repräsentieren.

»Sie waren auf dem Mercato.« Fortes Tonfall war ausdruckslos, als er Damians Worte wiederholte. »Haben Sie gestern nicht Ihren Rundgang durch die Tempel gemacht?«

»Nein.« Es fiel ihm schwer, es zuzugeben. »Ich dachte –«

»Nein, Venturi«, schnitt ihm der Magistrat das Wort ab. »Sie haben *nicht* gedacht. Das ist doch wohl völlig klar.« Bei jedem Wort trat er einen Schritt näher und stieß ihm seinen Finger auf die Brust. »Die Zünfte verlassen sich darauf, dass wir ihre Repräsentanten schützen. Ich verlasse mich darauf, dass *Sie* dafür sorgen, dass der Palazzo das sicherste Gebäude in ganz Ombrazia ist. Doch in der Nacht, in der einer unserer Jünger unerwartet stirbt, amüsieren Sie sich auf dem Mercato?«

Damian schluckte, und ihm lag bereits ein Widerspruch auf der Zunge. Er hätte sich zu gern gewehrt, erklärt, dass er sich keinesfalls *amüsiert* hatte, doch dank seiner monatelangen Erfahrung wusste er, dass es nichts bringen würde. »Mio Signore, ich versichere Ihnen, dass niemand in das Zimmer des Jüngers hätte gelangen können, ohne dass meine Sicherheitsoffiziere es gemerkt hätten. Außerdem –« er wies mit dem Kinn auf die Leiche – »hat diese Person keine Verletzungen. Entweder ist er ganz plötzlich an einer Art Schlaganfall gestorben, oder er wurde vergiftet. Ich versichere Ihnen, dass wir sehr genau darauf achten, wer im Palazzo ein und aus geht.«

Der Magistrat blähte die Nasenflügel. »Offensichtlich nicht genau genug.«

Darauf wusste Damian nichts zu erwidern. In jüngster Zeit hatte es in Ombrazia zwei weitere ungeklärte Todesfälle gegeben: Beim ersten Opfer handelte es sich um ein junges Mädchen, beim zweiten um einen jungen Mann ungefähr in Damians Alter. Ihrer beider Überreste waren ins städtische Leichenschauhaus abtransportiert worden, doch Forte hatte sich die Mühe gespart, Offiziere mit Ermittlungen zu betrauen. Er hatte gesagt, die Unerwählten würden untereinander ständig in Streit geraten. Was machte es da schon aus, wenn ein paar von ihnen auf der Strecke blieben?

Aber das hier war etwas anderes. Deaths Jünger hatten Leonzio Bianchi dazu auserwählt, sie im Palazzo zu vertreten. Sein plötzliches Hinscheiden würde die Leute ängstigen und aufbringen.

»Das ist doch viel zu bequem«, knurrte Forte. »Sich Deaths Repräsentanten als Ziel auszusuchen, damit hinterher niemand da ist, der die Leiche lesen kann?«

Obwohl es Damian widerstrebte, nickte er zustimmend. Ihm war bereits das Gleiche durch den Kopf gegangen. Da die Jünger von Death mit der Gabe gesegnet waren, in Kontakt mit Verstorbenen treten zu können, bevor deren Seelen entflohen, hätte einer von ihnen vielleicht herausbekommen können, was Leonzio zugestoßen war.

Doch da *Leonzio* der Death-Jünger des Palazzos war, würden sie, was das anging, wohl kein Glück haben. Seelen verweilten in der Regel nicht besonders lange.

»Ich lasse jemanden herkommen«, versicherte Damian dem Magistrat. »Nur für alle Fälle.«

Forte fuhr sich ungehalten mit der Hand über die Stirn. »Bringen Sie das in Ordnung, Venturi. Da wir es nicht schaffen werden, den Vorfall vor den Leuten geheim zu halten, sollten wir bald Antworten für sie parat haben. Ich frage mich langsam, ob mein General vielleicht einen Fehler gemacht hat, als er seinen Sohn zum Chef des Sicherheitsdienstes ernannt hat.«

Er zog eine silberne Uhr aus der Tasche, als hätte er mitten in der Nacht noch etwas äußerst Wichtiges vor. »Ich habe Sie von Battista aus dem Norden zurückholen lassen, und ich kann Sie genau so schnell wieder dorthin schicken.«

Die Worte waren scharf und trafen Damian tief. Er bezweifelte, dass er es verkraften würde, wieder in den Krieg geschickt zu werden. Er war jetzt schon mit den Nerven am Ende.

»Ich finde heraus, was passiert ist«, murmelte er. »Ich werde Sie nicht enttäuschen.«

Forte warf ihm einen erbosten Blick zu. »Das möchte ich Ihnen auch raten. Erstatten Sie mir morgen Bericht. Wenn Sie den Verdacht hegen, dass Gift im Spiel war, gehe ich davon aus, dass Sie wissen, wo Sie anfangen müssen.«

Damians Wangen brannten, aber er verneigte sich vor Forte, als der den Raum verließ und seine große Gestalt von der Dunkelheit auf dem Korridor verschluckt wurde. Dann also eine weitere schlaflose Nacht. Manchmal wünschte er, sein Vater hätte es sich gespart, ihn nach seiner Rückkehr zu befördern.

Damit du beschäftigt bist, hatte Battista Venturi damals zu Damian gesagt. *Weil ich weiß, wie es ist, mit düsteren Gedanken allein zu sein.*

Damian hatte darauf gewartet, dass diese Gedanken verschwinden würden. Doch wie sollte er mit allem abschließen, wenn er wusste, dass der Krieg noch immer tobte? Der Zweite Krieg der Heiligen ging in sein zwanzigstes Jahr. Viele Männer und Frauen hatten weitaus länger im Norden gekämpft als Damian, der nur zwei Jahre im Einsatz gewesen war, doch es hatte sich herausgestellt, dass das kaum einen Unterschied machte. Death verfolgte ihn trotzdem in jedem wachen Moment. Sie strich mit kalten, grausamen Fingern über sein Rückgrat und zischte ihm unverständliche Nichtigkeiten ins Ohr.

Früher hätte er sich vielleicht mit Erinnerungen abgelenkt. Hätte sich das Gesicht der Frau, die er liebte, vorgestellt und mit ihrem Lächeln die Angst vertrieben. Doch nun, drei Jahre später, konnte er sich Rossana Lacertosa nur noch zornig vorstellen.

Aus diesem Grund hielt Damian sich auch nach Möglichkeit von Patience' Sektor fern. Er hatte Roz ab und an im Vorbeigehen gesehen, doch seit seiner Rückkehr nach Ombrazia hatten sie nicht miteinander gesprochen. Die Roz in seinem Unterbewusstsein wusste bereits, welche Sünden er begangen hatte. Sie ihr in Wirklichkeit zu beichten wäre noch weitaus schlimmer. Außerdem hatte sich ihre Magie gezeigt, was bedeutete, dass sie nun eine Jüngerin war. Und Damian? Er war lediglich ein gebrochener Junge, der Kommandant spielte.

Er schüttelte den Kopf, um seine Gedanken zu klären, und hob dann die Stimme, damit er außerhalb des Zimmers zu hören war. »Enzo?«

Ein dürrer Diener, ungefähr in Damians Alter, gekleidet in die schiefergraue Uniform der Palastangestellten, erschien in der Tür. Bei Damians Ankunft hatte er draußen vor dem Zimmer gestanden und sich seitdem offenbar nicht vom Fleck bewegt. Als sein Blick auf Leonzios mit einem Laken verhüllte Leiche fiel, wurde seine Miene lebhaft. »Signore?«

Damian seufzte. »Forte ist weg. Du musst mich nicht mehr so nennen.«

Enzo entspannte sich sofort und fuhr sich mit der Hand durch sein tiefschwarzglänzendes Haar. Er war zwar erst weniger als einen Monat im Palazzo, doch er und Damian hatten sich schnell angefreundet. »*Merda*«, stieß er hervor, den Blick noch immer aufs Bett geheftet. »Er ist wirklich tot, oder?«

»Sieht ganz danach aus.« In Damians Stimme schlich sich ein leicht scharfer Unterton. Enzo hatte noch keine Zeit im Norden verbracht und wahrscheinlich noch nie einen Toten gesehen. Es war seltsam, dass er in seinem Alter noch nicht eingezogen worden war, aber es war nur eine Frage der Zeit, bis sich das ändern würde. Alle, die diensttauglich und unerwählt waren, landeten früher oder später dort.

»Und Forte erwartet, dass du herausfindest, was geschehen ist?«

Damian sah Enzo von der Seite an. »Du willst also nicht mal so *tun*, als hättest du nicht gelauscht?«

Enzo blieb unbeeindruckt und traf keinerlei Anstalten, sich zu rechtfertigen. »Es ließ sich kaum vermeiden. Wie kann ich helfen?«

Die Frage überraschte Damian. Er schwieg einen Moment und begann, sich einen Plan zu überlegen. »Kannst du Signora de Luca für mich herholen?«

»Natürlich.« Doch Enzo ging nicht sofort, sondern musterte Damian neugierig. »Geht es dir gut? Du siehst ein bisschen … mitgenommen aus.«

Damian ließ die Schultern hängen und sparte es sich, Zuversicht vorzutäuschen Er deutete auf das Bett. »Das hier ist *meine* Schuld. Ich hätte hier sein sollen.«

»Du wusstest doch nicht, dass so etwas Schreckliches passieren würde. Und außerdem bist du ja nicht der Einzige, der hier Dienst tut.«

»Darum geht es nicht.«

Enzo zögerte und wirkte beunruhigt.

»Enzo, bitte. Du kannst sonst nichts tun.«

»Na gut«, lenkte er widerstrebend ein. »Ich bin gleich wieder zurück.«

Während Enzos Schritte verklangen, ließ sich Damian auf den Schreibtischstuhl des toten Jüngers sinken. In seinen Ohren klingelte es, und das Geräusch verwandelte sich rasch in das Widerhallen von Gewehrschüssen, vertausendfachte sich in seinem Kopf. Der kalte Schweiß, der ihm ausbrach, hatte nichts mit der Tat im Palazzo zu tun. Einen Herzschlag lang steckte er wieder knöcheltief im Schlamm, schwindelnd vor Entsetzen, und zerrte die durch die Totenstarre steife Leiche eines Bruders von der Front fort. Wie oft waren diese Momente in seinen Albträumen aufgetaucht?

Du bist ein Soldat. Der Kommandant des Palazzo-Sicherheitsdienstes. Reiß dich zusammen, du –

»Gleich hier, Signora.«

Enzo erschien wieder in der Tür, diesmal in Begleitung der Repräsentantin von Cunning. Damian gab sich einen Ruck und erhob sich, um Giada de Luca ins Zimmer zu bitten.

»Danke fürs Kommen. Enzo, kannst du in Deaths Tempel gehen? Bitte die Zunft, einen ihrer Jünger in den Palazzo zu schicken. Mir ist egal, welcher. Jemand muss eine Leiche lesen.«

Damian kam es immer etwas seltsam vor, seinem Freund Anweisungen zu erteilen, doch Enzo nickte und verschwand mit einem weiteren vielsagenden Blick in Damians Richtung wieder im dunklen Korridor.

Giada unterdrückte beim Anblick von Leonzios Leiche ein Schluchzen. Sie war zwar älter als Damian – wahrscheinlich ungefähr Mitte zwanzig –, jedoch ein zartes Persönchen mit dunklem Haar und noch dunkleren Augen. »Dann stimmt es also. Er ist wirklich tot.« Sie schlug das Zeichen der Schutzheiligen, berührte zuerst ihre Augenlider, dann ihr Herz.

»Es scheint so. Tut mir leid, dass ich Sie so früh habe rufen lassen, aber ich benötige Ihren Sachverstand. Ich muss wissen, welche Art Gift ihn getötet hat.« Als Jüngerin von Cunning kannte sich Giada besser mit Giften aus als irgendjemand sonst. Sie sollte dazu in der Lage sein, die Chemikalien in Leonzios Adern zu erspüren – eine teilweise Autopsie, bei der keine Einschnitte von Nöten waren.

»Wie konnte das passieren?«, fragte Giada heiser. »Sie haben in allen Flügeln des Palazzos Sicherheitsoffiziere, oder?«

Sie ließ es zwar nicht wie einen Vorwurf klingen, doch es fühlte sich so an.

»Über manche Dinge habe ich keine Kontrolle, Signora. Wären Sie jetzt so freundlich?« Damian wies vielsagend auf die Leiche, woraufhin Giada, deren Gesicht im fahlen Licht bleich wirkte, ans Bett herantrat.

Ihre Hände bewegten sich über der Brust des Mannes wie blasse Motten. Sie schob den scharlachroten Stoff seines Gewands beiseite und formte mit den Lippen Worte, die Damian nicht verstehen konnte. Er verfolgte, wie sie Leonzios Kopf nach hinten neigte und seinen Kiefer öffnete. Zähne glänzten im Kerzenschein.

»Nach der Färbung seiner Lippen zu urteilen, würde ich schätzen, dass er in seinen letzten Augenblicken nach Atem gerungen hat«, sagte Giada. »Doch das Erscheinungsbild seiner Haut deutet darauf hin, dass das Gift sich durch die Blutbahn verteilt und ihn nicht erstickt hat … Etwas Abscheuliches ist auf jeden Fall noch immer in diesem Körper, doch es lässt sich schwer sagen, was genau. Es fühlt sich ein wenig nach Staubkraut an – es tötet schnell, sobald es in den Blutkreislauf gelangt, doch wenn es unaufgelöst in Wasser eingenommen wird, kann es zum Ersticken führen.«

Damian runzelte die Stirn. »Sie sind sich aber nicht sicher?«

»*Warten Sie.*« Giadas Stimme war scharf wie ein Peitschenknall. Sie schob den Ärmel von Leonzios Gewand noch weiter hoch und entblößte die dünne Haut am Innenarm. Damian sah, dass dort ein Fleck war: ein dunkler Klecks, der wie frische Tinte aussah und von dem sich schwarze Ranken nach außen erstreckten. Giada berührte vorsichtig mit dem Finger die Haut, fuhr jedoch sofort wieder zurück, als hätte sie sich verbrannt. »Nein, nein. Es war kein Staubkraut.«

Damians Zähne schlugen hörbar aufeinander. »Ach ja?«

»Staubkraut hinterlässt ein gitterartiges Muster und so gut wie keine Spuren an der Injektionsstelle. Doch diese dunklen Bereiche breiten sich von der Einstichstelle durch die Blutgefäße aus.« Giada beugte sich vor und deutete mit dem Zeigefinger, diesmal ohne die Haut zu berühren, auf die Linien, die sich den Arm des Toten hinaufzogen. »Das hier ist etwas anderes. Ich kenne weder das Erscheinungsbild noch das Gefühl eines solchen Gifts. Und es ist zu spät, um es aus dem Körper herauszuziehen.«

Damian war entmutigt. Wenn Giada nicht wusste, was Leonzio getötet hatte, würde es noch schwerer werden, eine Liste mit möglichen Verdächtigen aufzustellen.

Obwohl er natürlich trotzdem schon eine im Kopf hatte.

»Die Anzeichen deuten darauf hin, dass er ungefähr seit fünf Stunden tot ist«, fügte Giada hinzu, der Damians Ernüchterung entgangen war.

»In Ordnung.« Damian wusste, was er zu tun hatte. Er löschte die Kerze und griff nach den Handschellen an seinem Gürtel. »Giada de Luca«, sagte er streng. »Ich verhafte Sie hiermit wegen des Verdachts des Mordes an Leonzio Bianchi. Sollten Sie versuchen, Widerstand zu leisten, ist Ihr Leben verwirkt. Sie werden umgehend verhört und danach weiterhin nach meinem Gutdünken.«

Als Giada erbleichte und ihm die Handgelenke hinstreckte, packten ihn Schuldgefühle. Er bezweifelte stark, dass die sanfte Frau für den Mord verantwortlich war, doch er musste es genau wissen. Er legte ihr die Handschellen an und führte sie anschließend die Treppe hinab. Sie bewegte sich langsam, zittrig und sagte kein einziges Wort, als wäre sie von der Wende der Ereignisse nicht überrascht, sondern eher enttäuscht.

Da in den Kerkern unter dem Palazzo zu diesem Zeitpunkt keine Kriminellen oder Deserteure einsaßen, war es dort still wie in einem Grab. Damian führte Giada in einen Verhörraum aus kaltem Stein und voller düsterer Schatten. Nachdem sie sich gesetzt hatte, musterte sie ihn mit einer Mischung aus Angst und Besorgnis. Damian blieb stehen.

Giada faltete die gefesselten Hände vor sich auf dem Tisch, verschränkte die Finger ineinander. Ihre Knöchel leuchteten weiß, und ihre dunklen Augen waren fest auf seine gerichtet.

»Wie bequem, nicht wahr«, sagte Damian, »dass Leonzio kaum zwei Tage nachdem Sie beide sich über eine neue politische Initiative gestritten haben, plötzlich an einer Vergiftung gestorben ist.«

Es war kein besonders überzeugendes Motiv; die Jünger des Palazzos waren sich ständig uneins. Das war auch notwendig, damit sie am Ende zu den politischen Entscheidungen fanden, die der Stadt am meisten nutzten. Und trotz Giadas Geschick im Umgang mit Chemikalien wäre sie niemals so dumm gewesen, Leonzio auf eine solche Art und Weise zu töten, weil sie gewusst hätte, dass sie dadurch zur Hauptverdächtigen würde.

Doch Damians Ansichten waren unbedeutend. Fortes Anweisungen waren unmissverständlich gewesen.

Wenn Sie den Verdacht hegen, dass Gift im Spiel war, gehe ich davon aus, dass Sie wissen, wo Sie anfangen müssen.

Da Magistrat Forte der höchste Amtsträger des Palazzos war, symbolisch wie auch in der Praxis, durfte man sich ihm nicht verweigern. Die Jünger vertrauten ihm. Verehrten ihn. Sie glaubten, dass er jeden Tag mit den Heiligen sprach, um deren Wünsche zu erfahren. Er war eine fette Spinne, die mitten in einem politischen Netz saß.

Giada war die Erste, die Damian verhören würde, aber nicht die Letzte. Im Palazzo – in der *Stadt* – wimmelte es von Leuten, deren Beweggründe für ihn undurchschaubar waren.

Giada leckte sich die Lippen, und ihr Blick verschleierte sich flüchtig. »Officer Venturi, ich schwöre, ich habe hiermit nichts zu tun. Ich habe dieses Gift nicht wiedererkannt, und ich bezweifle, dass Leonzios Tod selbst verschuldet war. Ich denke …« Ihre Stimme wurde zu einem Flüstern. »Wissen Sie, ich habe Gerüchte gehört, von den anderen Jüngern. Ich glaube, dass die Finsternis im Palazzo Fuß gefasst hat.«

Damian presste irritiert zwei Finger gegen seine Nasenwurzel. »Was soll das bedeuten?«

Ein kurzes Schweigen entstand, ließ die Luft erkalten, bevor Giada schließlich antwortete.

»Jemand – oder etwas – hat es geschafft, den Palazzo zu infiltrieren und ohne Verdacht zu erregen einen Repräsentanten zu ermorden. Ohne Spuren zu hinterlassen.« Sie sprach stockend, und in ihrer Stimme lag ein Anflug von Verzweiflung. Dann beugte sie sich über den Tisch und sah Damian durchdringend mit Panik in den Augen an. »Mit Verlaub, mio Signore, ich finde, Sie sollten mich nicht des Mordes beschuldigen. Sie sollten sich Gedanken machen, ob ich vielleicht die Nächste bin.«

3

ROZ

Rossana Lacertosa hasste Menschenansammlungen.

Sie hasste dieses nervtötende Gefühl absoluter Anonymität, wenn sie sich ihren Weg durch die Leute bahnte, sie hier und da aus dem Weg schubste, weil sie nicht schnell genug Platz machten. Menschenmassen waren so ärgerlich *träge*. Roz tat nie etwas in gemächlichem Tempo.

Sie ließ den Blick über den bunten Nachtmarkt schweifen, der sich von der Piazza aus bis in die Seitenstraßen ausbreitete. Zwischen den Verkaufsständen sah man Grüppchen von Jüngern, deren freudige Stimmen durch die Nacht schallten. Der Mercato, der jedes Wochenende von der Abenddämmerung bis zum Morgengrauen abgehalten wurde, war eine der vielen Einrichtungen in Ombrazia, die ausschließlich auf Jünger ausgerichtet waren. Dort konnte man eine Vielzahl an magischen Waren erwerben: Gewänder, die mit einem Flammen abwehrenden Zauber belegt waren, Messer, die niemals geschärft werden mussten, Schlösser, die sich nur durch die Berührung einer bestimmten Person öffneten. Letzteres war etwas, woran Roz selbst wochenlang mit Unterbrechungen gearbeitet hatte. In Anbetracht der aktuellen Rebellenaktivitäten waren die Schlösser heiß begehrt, weswegen sie und die anderen Jünger von Patience die Herstellung von Kriegsnachschub zurückgefahren hatten, um die Nachfrage zu befriedigen.

Das fand Roz am Leben als Jüngerin am schlimmsten: Diese Erwartungshaltung, dass man so viel von seiner Zeit für die Herstellung magischer Gegenstände aufwandte. Sie hatte kein Interesse daran, ihre Affinität zu Metall zur Förderung von Ombrazias ohnehin boomender Wirtschaft einzusetzen. Im Grunde war ihr die Wirtschaft schnurzegal, denn sie kam nur einem Bruchteil der Bevölkerung zugute.

Mit zusammengebissenen Zähnen drängte sie sich durch eine weitere Menschentraube. Auf dem Mercato gab es nicht nur magische Gegenstände. Es wurden auch normale Waren angeboten: Waffen und teure Teppiche, handgeschnitzte Statuetten und Kräuterelixiere. Lauter Dinge, die Jünger ungefähr doppelt so schnell fertigen konnten wie die, die keine magische Affinität besaßen. Lauter Dinge, die als Exportwaren ordentliche Summen einbrachten.

Wunderschön war er, dieser Teil von Ombrazia, wo das Mondlicht die Pflastersteine an den Stellen, wo die Laternen nicht hinreichten, silbrig leuchten ließ. Wo diejenigen, die von den Heiligen abstammten, so tun konnten, als würden die weniger ansehnlichen Stadtteile nicht existieren.

Auf der anderen Seite des Weges erspähte Roz eine von Cunnings Jüngerinnen, die hinter einer Auslage kleiner Fläschchen stand, in denen eine undurchsichtige schwarze Flüssigkeit waberte. Ihr Duft, ein intensiver Geruch von Zucker und Eisen, schlug ihr entgegen. Sie ließ sich von ihm zum Stand hinüberlocken, wobei die Absätze ihrer Stiefel auf dem Kopfsteinpflaster klackerten. Als sie schließlich vor der Verkäuferin stand, bedachte sie sie mit einem schroffen Lächeln. »Das Übliche.«

Die rothaarige Jüngerin wechselte einen Blick mit dem finster dreinblickenden Mann, vor den Roz sich gedrängt hatte – und der eigentlich als Nächster an der Reihe gewesen wäre. Doch sie protestierte nicht, sondern griff unter den Warentisch und holte eine Phiole mit schimmernder Flüssigkeit hervor. Roz nahm sie entgegen und bezahlte. »Danke.« Den innerlich vor Wut brodelnden Mann hinter ihr sah sie mit niedergeschlagenen Lidern an und sagte: »Bitte verzeihen Sie, Signore. Ich bin in Eile.«

Das stimmte zwar nicht, doch als sie ihn direkt ansprach, straffte er sich und wirkte gleich ein wenig besänftigt. »Schon gut.«

Er schien sich Hoffnungen zu machen, dass sie noch mehr sagen würde, doch Roz schenkte ihm lediglich ein weiteres angedeutetes Lächeln, bevor sie sich auf dem Absatz umdrehte. Als sie die Phiole in ihre Jackentasche steckte, berührte ihr Daumen flüchtig den Pfropfen aus Wachs.

Feuer tanzte am Rande ihres Sichtfeldes, als sie einen weiteren Verkaufsstand passierte, an dem Jünger, die wie sie zu Patience' Zunft gehörten, Dienst taten. Um den Stand herum waberte der typische metallische Geruch ihrer Magie. Roz ging schneller, um nicht von ihnen bemerkt zu werden. Erst als ihr am Rande der Piazza zwei Sicherheitsoffiziere auffielen, verlangsamte sie ihren Schritt und schützte Interesse an einer Auswahl Seidenkleider vor. Während sie zu belauschen versuchte, worüber die beiden redeten, gesellte sich ein Dritter zu ihnen, der einen Jugendlichen mit sich zerrte. Der Junge war ungefähr in Roz' Alter, hatte rotes Haar und eine Stupsnase. Seine Kleidung war so staubig, dass sie grau aussah. Die Offiziere ignorierten sein Gezeter und seine Bemühungen, sich von den Handschellen, die von Patience' Zunft hergestellt worden waren, zu befreien.

Dummkopf, dachte Roz betrübt. Eigentlich hätte er wie alle anderen wissen müssen, dass diese Handschellen sich nur von dem Offizier, dem sie zugeteilt worden waren, wieder öffnen lassen würden.

»Ich gebe dir fünf Sekunden, um meine Frage zu beantworten«, blaffte der dritte Offizier, woraufhin Roz einen verstohlenen Blick auf ihn riskierte. Er war ein großer Mann mit ernstem Gesicht und einem schwarzen Haarschopf. Zweifellos ein ehemaliger Soldat. Genau wie die meisten Sicherheitsleute des Palazzos.

Doch es war nicht *er*, stellte Roz fest und entspannte sich ein wenig.

Sie wusste, dass Damian Venturi hier war – sie hatte ihn im Lauf des Jahres aus der Ferne gesehen –, doch die Vorstellung, ihm hier zu begegnen, brachte ihr Herz stets zum Rasen. Sie fragte sich, was die anderen Sicherheitsoffiziere davon hielten, dass Damian zu ihrem Kommandanten ernannt worden war. Ob sie ihn so fürchteten, wie die Leute seinen Vater fürchteten. Sie hegte keinen Zweifel daran, dass ihre Jugendliebe inzwischen in Battista Venturis blutgetränkte Fußstapfen trat.

Der staubige Junge riss seine gefesselten Hände los. »Was denn, wollt ihr nicht erst mal ›Guter Polizist, böser Polizist‹ spielen?«

Roz grinste hinter den Kleidern. Der Offizier schaute mürrisch drein und ließ sich nicht zu einer Antwort herab. »Warum schleichst du auf dem Mercato herum?«

»Ich bin nicht herumgeschlichen!«

»Für mich sah es aber ganz danach aus.« Der Offizier unterbrach sich, um den Kopf vor einem vorbeigehenden Jünger von Mercy zu neigen, bevor er sich wieder mit dem Jungen befasste. »Kein Ring, kein Zutritt.«

Roz senkte automatisch den Blick auf den schmalen Ring an ihrem Zeigefinger, der sie als Jüngerin auszeichnete. Wie immer verzog sie bei seinem Anblick das Gesicht. Sie hatte ihre Affinität erst später als die meisten anderen entdeckt – als sie und Damian mit dreizehn Jahren gemeinsam getestet worden waren, hatten sie beide keine Anzeichen von Magie gezeigt. Ihre Verbindung zu Metall hatte sich erst drei Jahre später bemerkbar gemacht. Zu diesem Zeitpunkt war Damian schon an der Front gewesen, und ihr Vater war getötet worden, weil er von ebenjener Front desertiert war. Roz hätte es vielleicht schaffen können zu verbergen, was sie war, aber ohne Jacopo Lacertosas mageren Sold blieb ihr als einzige Möglichkeit nur noch Patience' Zunft. Sie mochte hassen, was sie war, aber wenigstens konnte sie sich selbst und ihre Mutter ernähren. Wenn man eine Jüngerin war – ungeachtet dessen, ob man einen Verräter zum Vater hatte –, ließ einen niemand verhungern.

Die Stimme des Offiziers erregte wieder ihre Aufmerksamkeit, als er den Jungen fragte: »Was weißt du über die Rebellion?«

Also, *das* war neu. Roz regte sich nicht. Adrenalin rauschte durch ihre Adern. Soweit sie wusste, betrachteten der Magistrat und der Palazzo die Rebellion nicht als ernsthafte Bedrohung.

»Ich weiß nichts«, entgegnete der Junge scharf.

Der Offizier musterte ihn mit zusammengekniffenen Augen. »Hmm«, lenkte er schließlich ein. »Bezahl die Strafe, und du kannst gehen.«

Anstatt erleichtert zu sein, wirkte der Junge plötzlich noch nervöser. »I-ich habe kein Geld.«

Bevor der Offizier etwas erwidern konnte, wandte sich Roz um und schlenderte gemächlich auf ihn zu. Dabei zog sie die Kapuze vom Kopf. Ihr dunkler Pferdeschwanz kam zum Vorschein und fiel ihr auf die Brust. Sie schenkte den drei Offizieren ein, wie sie wusste, entwaffnendes Lächeln.

»Ich kam nicht umhin zu hören, worüber Sie sprachen. Wenn Sie ihn dadurch endlich loswerden, werde ich mit Freuden die Strafe übernehmen.« Sie krauste theatralisch die Nase und hoffte, der Junge würde es nicht persönlich nehmen. Schließlich hatte sie so etwas schon öfter gemacht. »Wie viel?«

Als der Offizier Roz' Ring bemerkte, verwandelte sich sein finsterer Gesichtsausdruck in ein höfliches Lächeln, und er wich von dem Jungen zurück. »Nicht nötig, Signora. Sie müssen sich nicht mit derlei belasten.«

Wahrscheinlich wollte er nur höflich sein, doch seine Worte klangen auf eine Art beschwichtigend, die Roz nicht gefiel. Sie neigte den Kopf und sah den Mann verächtlich an. »Er hat gesagt, dass er kein Geld hat. Nehmen Sie mein Angebot an oder lassen Sie ihn gehen.«

Etwas an ihrem Tonfall hatte ihn offenbar überzeugt, denn der Offizier nahm dem Jungen die Handschellen ab und scheuchte ihn geradezu von der Piazza.

Roz lächelte wieder, diesmal jedoch weniger höflich. »Barmherzigkeit ist eine ehrenwerte Eigenschaft. Habe ich gehört.« Sie erwähnte nicht, dass sie selbst kaum damit gesegnet war.

Unter den entgeisterten Blicken der Offiziere zog sie wieder die Kapuze über den Kopf und verschwand in der Dunkelheit.

Als sie ihren Weg fortsetzte, wurden die kunstvoll gefertigten Säulen und schmiedeeisernen Details zusehends von eintöniger Architektur und klapprigen hölzernen Toren abgelöst. Die beißende Luft brannte in ihren Nasenlöchern. Hier gab es keine Straßenlaternen mehr, und überall, wo das Mondlicht nicht hingelangte, breitete sich Finsternis aus. Ombrazia war in sechs Sektoren aufgeteilt, einen für jeden der verbliebenen ursprünglichen Heiligen, wodurch die Unerwählten gezwungen waren, irgendwo dazwischen ihr Leben zu fristen. Aus diesem Grund hatten sie auch den aufgegebenen Sektor, der einst dem siebten Heiligen zugedacht gewesen war, für sich vereinnahmt.

Jeder Jünger stammte von einem der ursprünglichen Heiligen ab: Strength, Patience, Cunning, Grace, Mercy, Death und Chaos. Gelegentlich wurde allerdings auch ein Jünger geboren, dessen Kräfte es mit denen des ursprünglichen Heiligen aufnehmen konnten. In diesem Fall galten sie als Reinkarnation – praktisch als eigenständige Gottheit.

Roz wusste, dass die Geschichte gezeigt hatte, dass es gefährlich war, wenn ein Heiliger auf Erden wandelte. Vor siebzig Jahren hatten gleich zwei Reinkarnationen gleichzeitig existiert: Strength und Chaos. Beide hatten um die Macht gewetteifert und das Land dadurch zweigeteilt. Der nördliche Teil – inzwischen ein unabhängiger Stadtstaat mit Namen Brechaat – hatte eine schreckliche Niederlage erlitten. Sie hatten dort auf Chaos' Seite gekämpft, doch er war gefallen, genau wie jeder seiner Vorgänger seit Anbeginn der Zeit. Hinterher hörte man allseits, dass es zum Besten gewesen wäre: Chaos' Jünger waren Illusionisten mit einer Affinität zum menschlichen Geist und damit schlicht zu mächtig. Man durfte nicht riskieren, dass noch einmal eine Reinkarnation von Chaos geboren würde. Und so waren seine überlebenden Jünger vernichtet worden und sein Ebenbild von allen Darstellungen des Götterpantheons entfernt worden. In Ombrazia – dem südlichen und siegreichen Teil – galt allein die Erwähnung des gefallenen Heiligen als Ketzerei.

Das war der Erste Krieg der Heiligen gewesen.

Nun tobte ein zweiter.

Obwohl das Gebiet der Unerwählten ein weniger erfreulicher Anblick war, spürte Roz, wie die Anspannung von ihr abfiel. Ihre Schritte hallten auf dem Stein und trugen ihr die verstohlenen Blicke zweier vorbeigehender Jugendlicher ein. Ihre Kleider waren abgetragen und ihre Mienen furchtsam. Roz fragte sich, ob sie es geschafft hatten, die Einberufung in den Krieg zu umgehen, oder ob ihre Zeit einfach noch nicht gekommen war. Sie bedachte sie mit einem Nicken, das jedoch keiner von ihnen erwiderte.

»An eurer Stelle würde ich mich nicht so spät hier draußen herumtreiben.« Roz bemühte sich, die ruhig ausgesprochenen Worte nicht wie eine Drohung klingen zu lassen, war sich jedoch nicht sicher, ob es ihr gelang. »Ich gehe davon aus, dass ihr wisst, wie es Amélie Villeneuve ergangen ist.«

Einer der Jugendlichen wurde blass und zog den Kragen seiner Jacke enger. Der andere, der der Mutigere von den beiden zu sein schien, sah sie vorwurfsvoll an.

»Sie sind doch auch *so spät* noch unterwegs.« Er musste etwa dreizehn Jahre alt sein, im gleichen Alter, wie Amélie es gewesen war. Als Roz zur Antwort ein Lachen ausstieß, wich er einen Schritt zurück.

»Ja«, stimmte Roz zu. »Aber ich lasse mich auch nicht so leicht umbringen wie die meisten anderen.«

Der Junge verzog das Gesicht, und sein Begleiter zerrte wortlos an seinem Arm. Selbstverständlich hatten sie von Amélie gehört – wer hatte das nicht? Davon, wie man vor zwei Monaten ihre Leiche gefunden hatte, kalt und vergessen, in einer unbeleuchteten Gasse in der Nähe ihres Zuhauses.

Und niemand hatte irgendetwas deswegen unternommen.

»Verschwindet von hier«, drängte Roz die beiden, die inzwischen regelrecht entsetzt aussahen. »Geht nach Hause.«

Sie gehorchten, rannten geradezu davon. Roz sah ihnen nach, bis sie schließlich am Ende der Straße um eine Ecke bogen und verschwanden. Sie verspürte ein ungutes Gefühl in der Magengrube.

Dummköpfe. Amélie war gerade erst begraben worden, und schon schossen die Leute alle Vorsicht in den Wind. Sie war auch nicht das einzige Opfer gewesen – kürzlich war außerhalb von Patience' Sektor am Flussufer ein junger Mann unbestimmter Herkunft tot aufgefunden worden. Zwar bestand kein Anlass zu glauben, dass die beiden Vorfälle in Zusammenhang miteinander standen, doch Roz war aufgefallen, wie wenig Mühe man sich dabei gegeben hatte, den Täter aufzuspüren. Der Palazzo hatte die beiden Todesfälle bisher nicht einmal öffentlich gemacht.

Da es keine Jünger waren, sind sie auch nicht wichtig, dachte Roz und spuckte auf die Straße. Wie würde man sie wohl behandeln, wenn sie das nächste Opfer wäre? Würde ihr Tod Schlagzeilen machen und in Ombrazia Wellen schlagen? Oder würde man sie im Palazzo als Tochter eines Verräters identifizieren und sich freuen, sie losgeworden zu sein?

Schließlich verlangsamte sie ihren Schritt und steuerte auf Bartolo's zu, eine heruntergekommene Taverne ohne ein Schild, das sie als selbige kennzeichnete. Draußen vor dem Haus saßen drei Kinder – zweifellos Straßenkinder, deren Eltern eingezogen worden waren –, die anscheinend darauf hofften, dass die Wirtin der Taverne ihnen etwas zu essen geben würde. Als Roz auf die Tür zuschritt, starrten sie sie an, ihre Augen riesenhaft in ihren verhärmten Gesichtern.

Aus dem Inneren der Taverne drangen laute, lallende Stimmen. Roz griff nach dem Türgriff und wappnete sich für den Lärm, der ihr entgegenschlagen würde, fand sich jedoch plötzlich einem Betrunkenen gegenüber, der gerade das Gebäude verließ.

Der Mann musterte sie mit vom Alkohol vernebeltem Blick und stieß einen Pfiff aus. »Sieh an, sieh an. Guten Abend.« Er streckte die Hand aus, um sie auf ihre Hüfte zu legen, doch bevor er sie berühren konnte, packte Roz sein Handgelenk. Er war kleiner als sie – was auf viele Leute zutraf – und zu schmächtig, um eine ernsthafte Bedrohung darzustellen.

»Schauen kostet nichts«, sagte sie kühl und zückte in einer einzigen fließenden Bewegung ihr Messer. »Aber Anfassen kostet einen Finger.«

Der Mann wich zurück, wobei er fast über seine eigenen Füße stolperte, und sein ohnehin gerötetes Gesicht lief noch dunkler an. »Dreckige Hure.« Seine Worte klangen verwaschen.

Roz schnalzte mit der Zunge. »Sollte ich mir vielleicht lieber deine Zunge holen?«

Als er sein eigenes Messer zog, tat er das so ungeschickt, dass sie lachen musste. Konnte sie in dieser verdammten Stadt denn nirgendwo hingehen, ohne Männern zu begegnen, die glaubten, ein Anrecht auf sie zu haben?

So betrunken, wie er war, gedachte Roz nicht, sich auf einen echten Kampf mit ihm einzulassen. Stattdessen packte sie ihn am Kragen, zog ihn auf die Straße und versetzte ihm einen Tritt in den Magen. Keuchend taumelte er einen Schritt rückwärts, bevor er auf dem Hintern landete.

Roz ließ ihn sitzen und knallte die Tür der Taverne hinter sich zu.

Als sie eintrat, stürmten Lichter und Lärm auf sie ein. Die Luft war verraucht und stank nach Alkohol. Im Bartolo's war meistens viel los, insbesondere an den Wochenenden. Roz blinzelte, während sich ihre Augen an das Schummerlicht gewöhnten, und bahnte sich an den Gästen vorbei einen Weg zur Bar, wo eine dunkelhaarige Frau wartete.

»Nasim.« Roz sprach mit erhobener Stimme, um sich trotz des Lärms Gehör zu verschaffen. Die forsche und stets loyale Nasim Kadera gehörte zu den wenigen Menschen, die Roz als Freunde betrachtete. »Wo ist Dev?«

Nasim stieß einen leisen Seufzer aus und wies mit dem Kopf in den hinteren Bereich des Raums, wo ein blonder, junger Mann allein am Tisch saß.

Devereux Villeneuve, der trauernde ältere Bruder von Amélie, war auf seinem Stuhl zusammengesackt. Auf dem Tisch vor ihm standen eine Menge leere Gläser. Roz' Brust zog sich unangenehm zusammen. Zweifellos saß er schon den ganzen Tag dort, genau wie gestern und tags zuvor. Ihn so zu sehen schmerzte. Er war derjenige gewesen, der Amélie, kalt und starr, auf der Straße gefunden hatte, und seitdem hatten sie ihn nicht mehr lächeln sehen.

»Ach, verflucht.« Roz stützte sich mit den Ellenbogen auf die Theke und signalisierte dem Mann, der dort bediente, dass er ihr einen Drink bringen sollte. Er tat es, ohne ihre Bestellung aufnehmen zu müssen.

»Genau«, stimmte Nasim zu und stieß mit ihrem Becher gegen Roz'. »Na dann: *Salute*.«

Roz trank einen Schluck. Der Wein schmeckte bitterer als gewöhnlich. »Wann hat er heute mit dem Trinken angefangen?«

»Zu früh.«

»Kurz vor der Mittagszeit«, mischte sich der Barkeeper, der ihr Gespräch mitangehört hatte, grimmig ein und wischte dabei mit einem schmutzigen Lappen über die Theke. »Er hat schon eine ordentliche Zeche beisammen.«

Diesmal war es Roz, die seufzte. Nasim hatte den Blick wieder auf Dev gerichtet und biss sich auf die Unterlippe. »Er bemüht sich noch immer nicht besonders, mit jemandem zu reden.«

»Kann man ihm das verübeln?«, entgegnete Roz. Sie musste wieder an die Nacht denken, in der sie Dev kennengelernt hatte. Er war zufällig auf sie gestoßen, als sie bei Dunkelheit Messer auf die seitliche Außenmauer der Taverne geworfen hatte. Damals hatte er sich an die Mauer gelehnt und sie frech gemustert. Sie hatte schon befürchtet, er würde ihr ein unschickliches Angebot machen, doch stattdessen hatte er gesagt: *Wenn du willst, dass sie stecken bleiben, solltest du dir vielleicht ein weicheres Ziel suchen.* Dann hatte er mit dem Kopf in Richtung eines Mannes genickt, der gerade aus dem Gebäude gekommen war. *Wie wäre es mit ihm?*

Seine Worte hatten Roz so verblüfft, dass sie hatte lachen müssen, und seitdem waren sie Freunde. Sie und der unbekümmerte, spitzbübische Dev, der nicht mal wusste, wie man Ernsthaftigkeit buchstabierte.

Bis jetzt.

Er hatte um Zeit zum Trauern gebeten, und Roz hatte sie ihm gewährt. Doch es ging ihm einfach nicht besser, und sie würde verdammt noch mal nicht herumsitzen und zusehen, wie er sich jeden Tag ins Delirium trank.

Sie packte ihr eigenes Getränk aggressiver, als es nötig gewesen wäre. »Komm mit«, sagte sie zu Nasim, die freudlos auflachte.

»Vielleicht solltest du allein mit ihm reden.« Nasim wechselte das Glas von einer Hand in die andere und wich Roz' Blick aus. »In letzter Zeit wollte er nicht wirklich etwas mit mir zu tun haben.«

»Ich bin mir sicher, dass das nicht stimmt.«

Nasim spähte mit niedergeschlagenen Lidern zu Dev hinüber. »Roz, ich merke es, wenn mich jemand nicht um sich haben will. Ist schon gut.«

Nein, es war nicht gut. Roz hatte erlebt, wie Nasim und Dev sich auf eine Art nähergekommen waren, die sie nicht ganz verstand. Einem kleinlichen, egoistischen Teil von ihr behagte das nicht recht. Wen hatte sie denn sonst noch außer den beiden?

Neuerdings schien Devs Kummer jedoch irgendwie ansteckend zu sein. Seine Beziehungen zu anderen Menschen zerbrachen, und Nasim schien es nicht zu stören, ihn ziehen zu lassen.

Roz dagegen schon.

Es bedurfte einiger Geschicklichkeit, sich zwischen den Tischen und Gästen hindurchzuschlängeln, weswegen sie auf ihrem Weg zum hinteren Teil der Taverne auf einige Füße trat. Trotz des Lärms und des allgegenwärtigen Gestanks fühlte sie sich hier wohl. Sie kannte jeden Fleck auf den Holztischen und merkte es immer, wenn Piera die Bilder an den Wänden austauschte.

»Dev«, begrüßte Roz ihn, als sie endlich seinen Tisch erreicht hatte. »Stört es dich, wenn ich mich zu dir geselle?«

Dev zuckte unelegant mit den Schultern.

Das genügte Roz als Zustimmung. Sie ließ sich auf den Stuhl ihm gegenüber fallen, schob die leeren Gläser beiseite und stellte ihr eigenes mit einem dumpfen Laut auf den Tisch. »Du kannst so nicht weitermachen.«

Dev ignorierte ihre Feststellung. Seine Haare waren ungewöhnlich strubbelig und seine Lider halb geschlossen. »Hat Nasim dich hergeschickt, damit du mir auf die Nerven gehst?«

»Nasim hat mich nicht geschickt, um irgendetwas zu tun.« Roz verschränkte die Arme auf der Tischplatte und kam direkt zum Punkt. »Weißt du, keine noch so große Menge an Alkohol wird Amélie zurückbringen.«

»Was du nicht sagst«, lallte Dev und hob den Becher an seine Lippen, bevor er feststellte, dass er leer war. »Wenn das so ist, sollte ich vielleicht aufhören, aus nekromantischen Gründen zu trinken. Ab sofort trinke ich nur noch aus Spaß. Entschuldigung!« Er reckte einen Finger in die Luft, um den Barkeeper auf sich aufmerksam zu machen. Roz schlug seine Hand herunter.

»Ich weiß, was du tust.«

Er sah sie trübsinnig an. »Was soll das heißen?«

»Du glaubst, dass du dich mit dem, was geschehen ist, nicht auseinandersetzen musst, wenn du permanent betrunken bist.« Roz wusste, wie grob ihre Worte klangen, aber sie hatte ihren Freund schon seit Wochen nicht mehr nüchtern gesehen. »Du glaubst, es war deine Schuld, weil du nicht da warst, um sie zu beschützen. Korrigiere mich, wenn ich mich irre.«

»Nicht«, bat Dev grimmig, leise. »Du verstehst nicht –«

»Ich *verstehe* nicht?« Roz lachte ungläubig auf. Sie knallte die Faust auf den Tisch, sodass er aufschreckte und sie ansah. »Du weißt, was meinem Vater passiert ist. Glaubst du etwa, ich hätte nicht in meinem Elend versinken wollen, als sein Kopf auf unserer Türschwelle lag? Oder als meine Mutter deswegen beinahe den Verstand verlor?« Ihre Stimme war ein Zischen. Sie bemühte sich sehr, ihre Verärgerung im Zaum zu halten.

Dev ließ die schmalen Schultern hängen und schien in sich zusammenzusinken. Als er sprach, klang in seinen Worten eine Giftigkeit mit, die Roz nur zu gut kannte.

»Sie haben *nichts* getan, Roz. Ich weiß, dass die Leichenbeschauerin sie untersucht hat, doch meine Eltern und ich durften den Bericht nicht einsehen. Wir wissen noch immer nicht, wie sie gestorben ist.« Er bewegte die Hände, unter deren durchscheinender Haut sich die Adern deutlich abzeichneten. »Der Palazzo hat keine Sicherheitsoffiziere auf den Fall angesetzt. Niemand hat mit den potenziellen Zeugen gesprochen. Amélie war keine Jüngerin, weswegen …« Dev schluckte. »Es ist, als wäre sie *unwichtig*. Du weißt wenigstens, wer deinen Vater getötet hat.«

Roz atmete aus und stieß mit der Luft auch ihren Zorn aus. »Du hast recht. Ich weiß es. Und was macht das für einen Unterschied? Er stolziert im Palazzo herum, unter permanenter Bewachung, und wird niemals die Konsequenzen tragen müssen.«

General Battista Venturi – Damians Vater – war es gewesen, der, nachdem Jacopo von der Front geflohen war, den Befehl gegeben hatte, auf ihn Jagd zu machen und ihn wie ein Tier abzuschlachten.

Ein Schatten legte sich kurz über Devs aquamarinfarbene Augen. Nachdenklich und mit angespannter Miene fuhr er mit dem Finger über den Rand eines Glases, das vor ihm stand. »Was hat das alles für einen Sinn, Roz, wenn wir nicht einmal für die, die uns am nächsten stehen, Gerechtigkeit erringen können?«

Das war der Moment, in dem er zusammenbrach. Er verbarg das Gesicht hinter den Händen, seine Schultern bebten, und er atmete plötzlich schwer. Roz versuchte erst gar nicht, ihn mit nutzlosen Worten zu trösten. Sie wusste, dass er sie nicht würde hören wollen. Sie saß nur da und wartete ab, bis er fertig war.

»Wir werden für Gerechtigkeit sorgen«, sagte Roz leise. »Für meinen Vater. Für Amélie.«

Als sich ihre Blicke trafen, sah sie, dass Devs Augen trocken waren. Dann hatte sie ihn also noch nicht ganz verloren. Sie waren zwei Seiten derselben Münze: Sie beide hatten ihr Elend geschliffen und poliert und in etwas Bösartiges, Gefährliches verwandelt. Jetzt musste sie ihm nur noch in Erinnerung rufen, dass Rache süßer schmeckte als Alkohol.

4

DAMIAN

Am Ende ließ Damian Giada frei.

Für diesen Schritt hätte sein Vater ihn bestimmt gerügt. Battista hielt nichts davon, seinem Bauchgefühl zu folgen. Er handelte ausschließlich aufgrund von Beweisen und stellte erst hinterher Fragen.

Außerdem kannte er keine Barmherzigkeit. Er hätte Giada angeschaut, die vor Angst so bleich wie der Mond gewesen war, und nichts dabei empfunden.

Wir haben eine Aufgabe zu erfüllen, pflegte Battista zu sagen. *Wenn wir zulassen, dass unsere Emotionen ins Spiel kommen, steigt die Gefahr, dass wir Fehler machen.*

Damian war klar, dass das stimmte. Er wusste aus erster Hand, was passieren konnte, wenn man zögerte oder jemandem einen Vertrauensbonus gewährte. Doch auch wenn er sich noch so sehr bemühte, die Worte seines Vaters im Kopf zu behalten, wurden sie stets von der Erinnerung an seine Mutter verdrängt.

Du hast Mitgefühl mit anderen, hatte sie einige Tage vor ihrem Tod betrübt zu ihm gesagt. *Das ist eine Fähigkeit, die ebenso machtvoll ist wie das Wissen darum, wie man eine Waffe abfeuert. In der Welt geht es rau zu, Damian, aber lass dir diese Fähigkeit trotzdem nicht von ihr nehmen. Kannst du mir dein Wort geben, dass du das nicht zulassen wirst?*

Selbstverständlich hatte er es getan. Wie hätte er es nicht tun können? Er hätte ja wohl kaum dort sitzen, ihre vom Tod gezeichnete Hand halten und das Versprechen verweigern können. Damian fragte sich, ob er einen Schwur geleistet hatte, den er womöglich nicht würde halten können. Er hatte seinen Vater immer als schroff und kaltschnäuzig empfunden, aber wie hätte es auch anders sein können? Wie konnte man von jemandem, der so viel Tod und Leid gesehen hatte wie Battista, erwarten, dass er ein weiches Herz behielt? Während seines Kriegseinsatzes hatte es Zeiten gegeben, in denen Damian sich am liebsten seine Gefühle aus dem Körper gerissen und in die kalte nördliche See geschleudert hätte.

Allerdings hatte er Giada nicht aus Mitleid gehen lassen. Er hatte sie freigelassen, weil er glaubte, dass sie die Tat nicht begangen hatte. Sie hatte kein echtes Motiv. Und obwohl er es nur ungern zugab, gingen ihm ihre Worte nicht aus dem Kopf.

Sie sollten sich Gedanken machen, ob ich vielleicht die Nächste bin.

Damian hatte keine Beweise dafür, dass es jemand auf die ausgewählten Jünger abgesehen hatte, doch die Vorstellung allein war ebenso furchterregend wie die, dass er bei der Erfüllung seiner Aufgabe versagen könnte.

Gedankenverloren durchschritt er die Eingangshalle des Palazzos. Im Gebäude war es still, und in der riesigen Halle lauerten Schatten. An einem Morgen wie diesem konnte man die Geheimnisse des Palazzos förmlich in der Luft schmecken. Sie schienen so greifbar, dass man versucht war, die Hand auszustrecken und nach ihnen zu greifen, nur um festzustellen, dass sie einem wie Rauch durch die Finger glitten. Ein Rundbogen trennte die offene Decke von einem überdachten Laufgang mit gemustertem Fliesenboden, dessen Farben bereits verblasst waren. Mitten im Raum plätscherte fröhlich ein kleiner Brunnen mit einem Podest, auf dem sich die gesichtslosen Heiligen in Kreisformation an den Händen hielten. Hier und da machten sie einen Schritt gegen den Uhrzeigersinn: Ein sicheres Anzeichen dafür, dass sie von einem Jünger von Strength geschaffen worden waren.

»Wo willst du denn hin, Venturi?«

Damian hatte nicht gemerkt, wie Kiran Prakash sich zu ihm gesellt hatte. Die Schultern der Uniformjacke seines Kollegen wurden von Wappen mit einem flammenden Schwert darauf geziert, die ihn als Sicherheitsoffizier des Palazzos auswiesen. Obwohl er sogar noch größer war als Damian, war er dafür bekannt, sich stets flüsterleise zu bewegen. Sein strubbeliges Haar kräuselte sich um seine Stirn, und er hatte ein gutmütiges Gesicht. Kiran war in Begleitung von Siena Schiavone, einer jungen Frau mit zu kunstvollen Zöpfen geflochtenem, dunklem Haar und einem unbeschwerten Grinsen auf den Lippen. Oben im Norden hatte Siena zu Damians Einheit gehört. Damian versuchte, nicht zu oft darüber nachzudenken, dass sie ihr Trauma besser zu bewältigen schien als er seines.

Andererseits dachten Außenstehende womöglich genau das Gleiche über ihn. Er kannte das wahre Ausmaß von Sienas Leid nicht.

»Hey«, erwiderte Damian und ging langsamer, damit die beiden mit ihm Schritt halten konnten. »Ich bin auf dem Weg in die Krypta.«

Siena legte eine Hand an ihren Gürtel und verzog vielsagend das Gesicht. »Wir haben gehört, dass Forte dir wegen Leonzios Tod zugesetzt hat.« Bevor Damian nachfragen konnte, fügte sie hinzu: »Enzo.«

Damian stöhnte. Er hätte ahnen können, dass Enzo ihren Freunden alles weitererzählen würde. »Gerechterweise muss man sagen, dass Forte sich mehr oder weniger so verhalten hat, wie es zu erwarten gewesen ist. Außerdem hat er recht – ich habe Mist gebaut.«

Als sie nach draußen traten, blickte Kiran zum Himmel auf. Es sah nach Regen aus. »Du weißt schon, dass du auch Siena und mich zum Mercato hättest schicken können.«

»Ich weiß. Aber ich habe mich dort nicht lange aufgehalten. Ich bin gegangen, als Matteo anfing, Unerwählte aufzugreifen, die dort herumlungerten.« Damian seufzte. »Ich musste mal raus. Wenn man zu viel Zeit im Palazzo verbringt, fühlt man sich irgendwann …«

»Klaustrophobisch?«, schlug Siena vor.

Ganz genau, dachte Damian. Als würde man umso schwerer Luft bekommen, je länger man sich zwischen den vergoldeten Wänden des opulentesten Gebäudes der Stadt aufhielt. »Stimmt.«

Sie sah ihn wieder verhalten an. Was immer sie in Damians Gesicht las, schien sie zu beunruhigen, denn sie sagte: »Du siehst grauenvoll aus, Venturi.«

»Bei allen Heiligen, Siena«, tadelte Kiran lachend und schüttelte den Kopf. Eine dunkle Strähne fiel ihm auf die Wange, und er griff nach hinten, um den Knoten, der seine Haare zusammenhielt, wieder festzubinden.

»Was denn? Es stimmt doch.«

Ihre Beobachtung überraschte Damian nicht im Geringsten. Er ging davon aus, dass er die meiste Zeit grauenvoll aussah. Seitdem er aus dem Norden zurückgekehrt war, verzichtete er darauf, sich sein Spiegelbild genauer zu betrachten, weil er sich vor dem fürchtete, was er vielleicht zu sehen bekäme. Weil er Angst hatte, dass er, falls er sich tatsächlich auf die Art und Weise verändert hatte, wie er es vermutete, diese Veränderungen nicht mehr länger ignorieren könnte. Er merkte, wie die anderen ihn ansahen – als stünden ihm seine Sünden ins Gesicht geschrieben.

Und das konnte durchaus sein. Jeder kannte die Geschichte, wie er zugesehen hatte, als sein bester Freund an der Front gestorben war. Wie er, in einer sinnlosen Vergeltungsaktion, drei feindliche Soldaten gleichzeitig ausgeschaltet hatte. *Heldenhaft* nannten sie es. Aber auch: *entsetzlich*.

Damian merkte, dass Siena noch immer auf eine Antwort wartete, und zuckte mit den Schultern. »Ich schätze, so ist das eben, wenn man zwei Tage am Stück wach ist.«

»Du musst schlafen. Du brichst sonst noch zusammen.«

»Ich glaube, das ist schon passiert«, bemerkte Kiran. »Damian, blinzle zweimal, wenn du nicht bei vollem Bewusstsein bist.«

Damian starrte Kiran ostentativ an, wobei er darauf achtete, kein einziges Mal die Augen zu schließen.

Sie gingen die sich verjüngende Vordertreppe des Palazzos hinunter und liefen auf dem breiten Weg weiter, der durch den Garten führte. Oben auf dem mit kunstvollen Steinmetzarbeiten verzierten Dach des Gebäudes drehte sich ein Wasserspeier ein Stück zu Seite, um sie auf ihrem Weg zu beobachten. Wieder eine Schöpfung von Strenghts Jüngern.

»Glaubst du, die Rebellen hatten etwas damit zu tun?«, wechselte Kiran netterweise das Thema.

Damian musste nicht erst nachhaken, worauf er anspielte. Er hatte sich selbst bereits die gleiche Frage gestellt: Hatten die Rebellen durch den Mord an Leonzio vielleicht ihren Abscheu gegen das System ausdrücken wollen? »Ich kann mir nicht vorstellen, dass sie so gut organisiert sind«, sagte er ehrlich. »Wer immer Leonzio getötet haben mag, war clever. Niemand hat gemerkt, dass er im Palast war. Die Rebellen sind eher … chaotisch.«

Siena hob eine gepflegte Augenbraue. »Du meinst, weil man einige von ihnen bei einem versuchten Einbruch ins Stadtgefängnis erwischt hat? Ich bin mir nicht sicher, ob das wirklich bedeutet, dass sie chaotisch sind. Das war das erste Mal überhaupt, dass wir einige ihrer Mitglieder identifizieren konnten.«

»Je mehr Unerwählte in den Norden geschickt werden, desto unruhiger werden sie«, meinte Kiran. »Weil sie gegen den Krieg sind und so weiter.«

Der Wind ließ Damian einen Schauer über die Haut laufen. Warum verstanden die Leute nicht, dass der Palazzo existierte, um sie zu beschützen? Um sie zu repräsentieren? Neuerdings beklagten sich die Rebellen vor allem darüber, dass die Unerwählten eingezogen wurden, um im Zweiten Krieg der Heiligen zu kämpfen, die Jünger hingegen nicht dazu verpflichtet wurden. Aber wieso hätte man das tun sollen? Ihre Fähigkeiten waren das Rückgrat von Ombrazias Wirtschaft. Selbst Damian war dieser Unterschied bewusst.

»Wie können sie nur denken, dass der Krieg vergeblich ist?« Damian richtete die Frage mehr an sich selbst als an Kiran und Siena. »Brechaat versucht, in unser Territorium vorzudringen. Sie verbreiten *Ketzerei*!«

Im verfeindeten Stadtstaat verehrte man noch immer den Schutzheiligen des Chaos. Nachdem Brechaat im Ersten Krieg der Heiligen unterlegen war und sich von Ombrazia abgespalten hatte, hatte die Stadt schrecklich gelitten. Ihre Bewohner waren fast ausnahmslos Unerwählte, und ohne Ombrazias Wirtschaftskraft als Stütze war sie in die Armut abgerutscht. Doch vor neunzehn Jahren – nur fünfzig Jahre nach dem Ersten Krieg und kurz vor Damians Geburt – hatte Brechaat angegriffen. Ein unerwählter General hatte einige der Stadtbewohner aus ihrem elenden Schlaf geweckt, ihren Zorn aufgestachelt und den Rest von Brechaat davon überzeugt, dass sie die Macht zurückerlangen könnten, wenn sie nur genug von Ombrazias Landfläche einnähmen, um Kontrolle über die Handelsrouten zu erhalten.

Es erwies sich jedoch, dass das nicht so einfach zu bewerkstelligen war. Seitdem steckten die beiden Stadtstaaten in einer Sackgasse, weil keiner von ihnen nachgeben wollte. Brechaat hatte einige Landgewinne erzielt, jedoch lange nicht in dem Ausmaß, wie ursprünglich angestrebt. Und der Magistrat war sich sicher, dass der Feind in diesen Gebieten seine ketzerischen Ideale verbreiten würde, falls es Ombrazia nicht gelänge, sie zurückzuerobern. Darum tobte der Krieg immer weiter, und Damian fürchtete, dass er niemals enden würde.

»Ich glaube, den Rebellen ist nicht bewusst, wie viel Wohlstand und Einfluss für Ombrazia auf dem Spiel stehen«, sagte Siena und holte Damian aus seinen Gedanken. Er nickte zustimmend.

Kiran trat mit der Stiefelspitze gegen den harten Boden. »Ich verstehe nicht, weshalb Brechaat sich nicht auf seine eigene Wirtschaft fokussiert. Lohnt es sich wirklich zu versuchen, nach Ombrazia vorzudringen, den Krieg in die Länge zu ziehen, anstatt sich auf den eigenen Staat zu konzentrieren?« Als Siena und Damian ihn ungläubig ansahen, hob er verteidigend die Hände. »Ich frage ja nur!«

»Es gibt kaum Jünger in Brechaat«, rief Damian ihm ins Gedächtnis. »Uns zu stürzen ist für sie am erfolgversprechendsten.«

»Und sie werden mit Sicherheit nicht mehr einlenken«, meinte Siena. »Nicht, ehe sie das bekommen haben, wofür sie kämpfen.«

Sie erreichten den Eingang der Krypta des Palazzos, blieben alle drei stehen, und das Gespräch verstummte.

»Hey«, sagte Kiran, der ihr Ziel beäugte und Damians Absichten zu erraten schien. »Egal, was Forte sagt: Es war nicht deine Schuld. Das weißt du, oder? Und wenn du die Leiche noch so oft untersuchst – erst nach einer richtigen Autopsie wirst du mehr wissen.«

Wahrscheinlich hatte Kiran recht. Mit Letzterem. Damian stieß die Luft aus. »Es ist meine Aufgabe, für die Sicherheit der Jünger zu sorgen.«

»Es ist nicht deine Aufgabe, überall zugleich zu sein«, entgegnete Siena. »Forte weiß das. Er macht sich nur Sorgen, wie die Leute in der Stadt reagieren werden, wenn sie davon erfahren, und braucht jemanden, dem er die Schuld in die Schuhe schieben kann.«

»Er meinte, wenn ich den Täter nicht finde, schickt er mich zurück in den Norden.«

Nun sahen die beiden betreten aus. Kiran sagte langsam: »Das würde er nicht tun. Dein Vater würde es nicht zulassen.«

Um ein Haar hätte Damian aufgelacht. Er wusste aus Kirans Geschichten, dass er eine große Familie hatte, die ihn vergötterte, und das nicht nur, weil seine Anstellung im Palazzo ihre Haupteinnahmequelle darstellte. Als ihr Sohn heil aus dem Krieg zurückgekehrt war, waren sie vor Erleichterung in Tränen aufgelöst gewesen.

Battista war nicht so wie sie. Damian hatte nur ein einziges Mal erlebt, dass sein Vater stolz auf ihn gewesen war, und das war am schlimmsten Tag seines Lebens gewesen.

Er gab einen undefinierbaren, kehligen Laut von sich. »Mein Vater musste bei Forte einiges an Überzeugungsarbeit leisten, damit er mir diesen Job überhaupt gegeben hat. Falls er mich loswerden will, bezweifle ich, dass es irgendjemand schaffen würde, ihn umzustimmen.«

»Siena und ich würden es auf einen Versuch ankommen lassen«, meinte Kiran mit einem schiefen Grinsen und stieß Damian mit dem Ellbogen leicht am Arm. »Hör mal, es besteht noch kein Grund zur Panik, okay? Forte mag streng sein, aber er ist auch vernünftig. Er weiß, dass solche Dinge Zeit brauchen.« Kiran wies auf die Tür der Krypta. »Möchtest du, dass wir dich begleiten?«

»Nein. Aber trotzdem danke.« Damian musste allein sein, um *nachzudenken*. Um die Leiche zu untersuchen, ohne dass ihm Magistrat Forte im Nacken saß. Er sah zum trüben Himmel auf. »Eure Schicht ist fast zu Ende, und wir müssen später noch die übrigen Angestellten befragen. Seht zu, dass ihr etwas Schlaf bekommt.«

»Das sagt genau der Richtige«, entgegnete Siena schnippisch, trat jedoch gleich darauf den Rückzug an und zog Kiran mit sich.

Damian warf einen letzten Blick in den Himmel, der noch immer wolkenverhangen war. Schon die ganze Woche über war es bedeckt, und die Sonne wie auch die Sterne blieben hinter Wolken verborgen. Er erschauerte. Die Tradition besagte, dass die Sterne die Augen der Heiligen wären, und wenn man sie nicht sehen konnte, bedeutete das, dass die Heiligen auch nicht hinsahen.

Als er die Treppe zur Krypta hinunterstieg, wobei er sich mit einer Hand an der kalten Steinmauer abstützte, fühlte sich sein Körper noch schwerer an. Auf der letzten Stufe angekommen umfing ihn kühle Luft. Die Decken waren niedrig, wodurch die Wände enger beieinanderzustehen schienen, als es in Wirklichkeit der Fall war. Die Leiche des Jüngers war die einzige im Raum – sonst war alles leer. Eigentlich hätte Damian darüber erleichtert sein sollen, doch stattdessen empfand er eine vage Unruhe.

Das fahle Licht einer einzelnen Wandleuchte tanzte über die Wände aus Elfenbein. Beim Anblick von Leonzios Leiche musste Damian ein Zittern unterdrücken. Aus irgendeinem Grund war es beim zweiten Mal noch schlimmer: Die grau verfärbte Haut des Jüngers sah unheimlich aus. Damian berührte seine Augenlider, links und rechts, dann sein Herz. Er ballte seine eiskalten Hände zu Fäusten. Atmete noch einmal durch. Und dann, als hätte er es mit einem schlafenden Patienten zu tun, krempelte er den Ärmel des Toten hoch, genau wie Giada es getan hatte.

Er untersuchte die blassen grauen Streifen, die Leonzios Handgelenke überzogen und weiter oben am Arm in ein schwarzes Gittermuster übergingen. Er hatte gehofft, eine genauere Untersuchung würde ihm helfen, neue Informationen zu sammeln, doch stattdessen fühlte er sich hoffnungsloser denn je. Jemand hatte es geschafft, einen schwer bewachten Jünger in dessen Bett zu vergiften. *Wie?*

Damian vertraute seinen Sicherheitsoffizieren bedingungslos, doch trotzdem musste es jemand geschafft haben, an ihnen vorbeizukommen.

Er beugte sich vor und stützte sich mit den Ellbogen auf den steinernen Altar. Es war, als würde er einen Eisblock berühren, doch er bemerkte es kaum, sondern blickte ins Leere, während sich in seinem Kopf die Gedanken überschlugen. Er hätte schwören können, dass er Death hier unten spürte, wie sie das neuste Mitglied ihres ewigen Kaders betrachtete.

Wann wirst du dich an meine Gegenwart gewöhnen, Damian Venturi? Ihr Flüstern schien sacht über seinen Nacken zu streichen, ihm mit kalten Fingern die Luft aus den Lungen zu ziehen. *Du trägst mich doch schon geraume Zeit in dir.*

Er verdrängte den Gedanken. Er war kein Nachfahre von Death, hatte nichts mit ihr zu schaffen. Wie grausam war das

Leben, dass sie ihm dennoch auf diese Weise folgte. Doch wenn Damian in sich nach Strengths Kraft suchte, stand er mit leeren Händen da.

Seufzend berührte er, wie er es eben bei sich selbst getan hatte, mit den Fingerspitzen Leonzios Augenlider.

Er riss die Hand zurück.

Das, was sich da unter der dünnen, mit violetten Adern durchzogenen Haut befand, konnten auf keinen Fall Leonzios Augen sein. Sie fühlten sich unnatürlich an. Zu hart. Damian holte tief Luft und wischte sich den Schweiß von der Stirn. Mit kaum merklichem Zögern hob er eines der Augenlider des Jüngers an.

Tiefes Entsetzen durchfuhr ihn. Anstatt einer getrübten Iris erblickte er eine schwarze Kugel. Sie bestand aus einer Art Metall oder vielleicht auch aus Glas und wirkte in der weiß geränderten Augenhöhle *schrecklich* fehl am Platz.

Wer immer Leonzio Bianchi getötet hatte, hatte seine Augen mitgenommen.

5

ROZ

Als Roz in Patience' Tempel zurückkehrte, war es schon spät am Morgen.

Sie hatte einige Stunden auf dem Sofa in Pieras kleiner Wohnung geschlafen, die sich im Obergeschoss der Taverne befand. Piera hatte sich merkwürdigerweise nicht blicken lassen. Obwohl Roz weniger getrunken hatte als sonst, flossen die letzten Reste des Weins noch immer träge durch ihre Adern. Es fiel ihr schwer, den Wein zu genießen, wenn Dev ihr mit gequältem Gesicht gegenübersaß. Seit dem Tod seiner Schwester hatte sich seine Persönlichkeit völlig verändert, und Roz erkannte, was mit ihm los war: Er befand sich im Überlebensmodus. Ihr Freund versuchte einfach nur, einen Tag nach dem anderen zu überstehen. Roz kannte diesen Zustand nur zu gut, denn nach dem Tod ihres Vaters hatte sie sich genauso gefühlt. Wie sollte man sich auch bewegen, wenn die Trauer so schwer auf den Knochen lastete? Wie sollte man kämpfen?

Gemeinsam mit Piera und Nasim hatte Dev Roz geholfen, sich aus ihrer Verzweiflung zu befreien. Sie wünschte, sie hätte gewusst, wie sie das Gleiche für ihn tun könnte.

Wann immer sie sich daran erinnerte, wie ihr das kleine blonde Mädchen am Fenster des Hauses der Villeneuves zugewinkt hatte, verspürte sie einen Stich in der Brust. Amélie war so fröhlich gewesen, so unschuldig. War Roz jemals so gewesen? Sie bezweifelte es. Amélie war wie ein Lichtstrahl in einer dunklen Landschaft gewesen. Jemand, der dort Freude fand, wo andere es nicht taten.

Dass die Welt dieses Licht so früh ausgelöscht hatte, empfand Roz als unfassbar grausam.

Patience' Tempel lag in der Mitte des Sektors und war ein Koloss aus dunklem, mit zahlreichen Verzierungen aus geschwungenem Schmiedeeisen versehenem Stein. Roz hatte schon immer gefunden, dass er eher wie das Versteck eines Bösewichts aussah. Sie nahm an, dass man ihn als schön bezeichnen konnte, auf die gleiche Art, wie auch fachmännisch geschliffene Klingen schön waren. Am Eingang erhob sich über ihrem Kopf ein hoher Bogen, der den Himmel für einen kurzen Augenblick umrahmte, bevor sie das Gebäude betrat.

Es überraschte sie nicht zu sehen, dass im Eingangsbereich Betriebsamkeit herrschte. Einige jüngere Jünger eilten an ihr vorbei, wahrscheinlich auf dem Weg zu einer Lehrstunde, in der sie erfahren würden, wie sie Waffen, Werkzeuge und allerlei Verzierungen ihrem Willen unterwerfen konnten. Da sich Roz' Fähigkeit erst ungewöhnlich spät entwickelt hatte, war sie ebenfalls dazu gezwungen gewesen, sich mehrere Monate lang unterrichten zu lassen. Es war schrecklich langweilig gewesen, und sie war froh, es hinter sich zu haben. Obwohl ihre aktuelle Situation auch nicht viel besser war. Aber sie hatte trotzdem nicht vor, ihr Leben als bessere Schmiedin zuzubringen.

»Roz!«

Jemand rief ihren Namen, und als Roz herumfuhr, stand sie Vittoria Delvecchio gegenüber. »Oh. Hey.«

Vittoria hob eine Braue. Sie war eine herbe Schönheit und damit genau Roz' Typ: groß, muskulös, und sie lächelte nie. Ihr Haar war so hellblond, dass es fast weiß wirkte, und fiel ihr glatt und geschmeidig bis auf die Rippen. Roz stellte erleichtert fest, dass ihr Anblick sie nicht mehr so sehr schmerzte. Einige Monate, nachdem sie in die Zunft eingetreten war, und zwei Jahre nach Damians Abreise hatten sie und Vittoria eine Art Beziehung miteinander angefangen. Heimliche Küsse auf leeren Fluren, Händchenhalten im blütenreichen Innenhof des Tempels. Vittoria war der einzige Mensch, den Roz seit Damian geküsst hatte, doch im Gegensatz zu seiner Unerfahrenheit und jugendlichen Zögerlichkeit von damals verkörperte Vittoria Selbstbewusstsein und berauschende Leidenschaft.

Jeder körperliche Augenblick, den sie mit Vittoria verbracht hatte, war perfekt gewesen. Roz konnte sich noch deutlich an die scharfen Konturen ihres Körpers, an den Zucker-und-Zimt-Duft ihres Haars erinnern. Doch mit allem anderen hatten sie Schwierigkeiten gehabt.

»Ich hätte nicht erwartet, dich hier anzutreffen«, sagte Vittoria und sah sie forschend aus ihren grauen Augen an. »Warst du letzte Nacht nicht auf dem Mercato?«

Roz zuckte mit den Schultern, nicht gewillt zuzugeben, dass sie eben erst zurückgekehrt war oder dass sie den Großteil der Nacht nicht mal in der Nähe des Mercatos gewesen war. »Die Sonne hat mich geweckt.«

Vittoria würde ihre Lüge erkennen. Doch das war egal. Und *genau das* war in ihrer Beziehung das Problem gewesen: Roz sagte niemals die Wahrheit. Wie auch? Vittoria glaubte an die Wichtigkeit ihrer Rolle als Jüngerinnen. Sie trug ihren Ring mit Stolz und betete voller Inbrunst zu den Heiligen. Roz dagegen hatte für all dies nichts übrig. Sie verstanden einander von Grund auf nicht. Und so hatten sie sich auf eine Art Freundschaft verlegt und erwähnten das, was vorher gewesen war, kaum mehr.

»Verstehe«, meinte Vittoria und wischte unsichtbaren Staub

von der Brust ihrer grauen Jacke. »Nun, da du schon einmal hier bist, könntest du erwägen, etwas zum Mercato beizusteuern, anstatt ihn nur zu besuchen. Ich kann nicht immer für dich einspringen.«

Ihre Worte waren freundlich, aber bestimmt. Roz verdrehte die Augen, obwohl sie wusste, dass Vittoria recht hatte. Sie brauchte die periodischen Zahlungen des Tempels, um ihre Mutter zu unterstützen. Wenn sie ihre Pflichten vernachlässigte, konnte sie Schwierigkeiten bekommen.

»Okay, okay.« Roz drückte die Finger auf ihren Nasenrücken. »Gehen wir.«

Vittoria führte sie zu der breiten, gewundenen Treppe in der Nähe des Tempeleingangs. Das Geländer bestand aus kunstvoll geschwungenem Schmiedeeisen und die Stufen aus Marmor. Als Vittoria ihre Haare zu einem Knoten zusammenband, warf Roz einen verstohlenen Blick auf ihren Nacken, wies sich jedoch sofort im Geiste zurecht.

Als sie die Treppe hinunterstiegen, schlug ihnen Hitze entgegen. Roz spürte, wie ihr Gesicht den üblichen finsteren Ausdruck annahm, und schälte sich aus ihrer Jacke. Sie *hasste* es, hier unten zu sein. Zwar benötigten Patience' Jünger keine Schmiede, um Metall zu formen, aber trotzdem musste man irgendwo anfangen, denn Erz und Staub konnte man kaum in etwas Nützliches verwandeln.

Die Platten aus einst geschmolzenem Metall waren jedoch, wie Roz zugeben musste, wunderschön. Silbrig und voller Möglichkeiten standen sie im Zentrum des kathedralenartigen Raums, bereit, von Patience' Jüngern, die um sie herumschwirrten, bearbeitet zu werden.

Die warme Luft roch scharf nach Asche und seltsam süß.

Vittoria nahm Roz am Arm und zog sie an den Rand des Raums zu einer Gruppe junger Frauen. Die Luft um sie herum war dunstig, voller Magie und stob Funken. Roz kannte keine der Frauen genauer und wäre die Erste, die zugeben müsste, dass das an mangelnder Anstrengung ihrerseits lag. Jeder Jünger wollte der Beste, der Produktivste, der Angesehenste sein. Dadurch bekam man die Chance, dafür ausgewählt zu werden, die Zunft im Palazzo zu repräsentieren. Roz hatte dergleichen selbstverständlich nie angestrebt und konnte diese Anstrengungen entsprechend nicht nachvollziehen. Sie versuchte vergeblich, sich von Vittoria loszumachen. »Ich arbeite einfach alleine.«

Ein ähnliches Gespräch hatten sie schon einmal miteinander geführt, und Vittoria verlegte sich wieder auf ihr Standardargument: »Ich kann nicht deine einzige Freundin sein, Roz.«

»Klar kannst du das.« Wie immer erwähnte Roz nicht, dass sie *durchaus* andere Freunde hatte – eben nur nicht unter den Jüngern. »Außerdem ist es nur eine Frage der Zeit, bis sie mich rauswerfen. Du weißt doch selbst, dass nichts von dem, was ich erschaffe, qualitativ gut genug ist, um es zu verkaufen.«

»Weil du dich nicht anstrengst.« Einer von Vittorias Mundwinkeln hob sich.

»Wir können nicht alle perfekt sein.«

Vittoria verdrehte die Augen und sagte nichts mehr.

Allerdings stimmte das, was sie sagte. Roz strengte sich *wirklich* nicht an. Die übrigen Jünger hielten sie für ein merkwürdiges Phänomen: gesegnet von einem Schutzheiligen, jedoch gleichzeitig hoffnungslos untalentiert in ihrer Kunst. Roz ließ sie gern in dem Glauben, denn es bewirkte, dass sie sich an ihrer mangelnden Mitarbeit nicht störten. Sie hatte nichts übrig fürs Schmieden. Mit Metall zu arbeiten war langweilig. Wahrscheinlich war sie unter allen Jüngern von Patience die Ungeduldigste, und das wussten auch alle.

Das Problem war nur, dass Roz ihre Aufgabe eigentlich

gut machte. Hätte sie gewollt, hätte sie tadellose Werkstücke schaffen können. Aus irgendeinem Grund wusste sie, dass sie ihr Potenzial nicht mal ansatzweise ausschöpfte. Der Teil von ihr, der von Patience abstammte, sehnte sich danach, mehr zu erreichen – so viel mehr –, doch der Rest weigerte sich, sich auf die Euphorie einzulassen, die die anderen Jünger offenbar empfanden, wenn sie ihre Magie einsetzten. Es war nicht gerecht, dass sie ein angenehmes Leben hatte, nur weil sie hineingeboren worden war. Es war nicht gerecht, dass sie dafür bezahlt wurde, dass sie jede Aufgabe, die der Tempel ihr auftrug, lausig erledigte. Nicht, solange Devs und Nasims Familien darum kämpfen mussten, sich über Wasser zu halten.

Dazu kam noch der Umstand, dass die Jünger von Patience vor allem damit beauftragt waren, Waffen für den Krieg herzustellen. Das machte Roz ganz krank. Ihr Vater war dank dieses unsinnigen, endlosen Krieges *gestorben*.

»Geht es dir gut?«, fragte Vittoria und ließ Roz' Arm los. Sie hatte die Stirn in Falten gelegt, und Roz fragte sich, wie ihr eigenes Gesicht in diesem Moment aussehen mochte. Sie sparte sich die Mühe, ein Lächeln aufzusetzen.

»Ich werde einfach hier drüben arbeiten.«

Diesmal unterließ es Vittoria, ihr zu widersprechen, schüttelte nur kurz den Kopf, bevor sie ging und sich zu ihren Freundinnen gesellte. Eigentlich hätte Roz deswegen ein schlechtes Gewissen haben müssen, doch sie schaffte es nicht, das Gefühl heraufzubeschwören. Sie wischte sich den Schweiß von der Stirn und legte anschließend ihre Jacke auf dem Boden ab. Die Decke hoch über ihrem Kopf war mit Darstellungen von Patience bemalt, wie sie – in Gestalt einer gesichtslosen Kriegerin, die ein Schwert schwang – göttliche Taten vollbrachte. In der Nähe einer Deckenleiste konnte man schwach die Umrisse eines bulligen, männlichen Heiligen erkennen: Chaos, wie

Roz wusste, war nachlässig aus dem Bild entfernt worden. Das Einzige, was von ihm übrig geblieben war, war seine Hand, die noch immer die von Patience umfasste, während Flammen zwischen ihnen aufloderten. Unvermittelt formierten sich Worte in Roz' Kopf.

Im Herzen von Strengths Bergen brachte Patience die Hitze hervor. Sie war es, die das Feuer schuf, und Chaos war es, der ihm Bewegung verlieh.

Chaos und Patience, das Ur-Liebespaar. Gegensätze und Ebenbürtige, die sich gegenseitig ausglichen. Roz fiel es schwer zu glauben, dass die beiden bei der Erschaffung der Welt tatsächlich ihre Hand im Spiel gehabt hatten, doch sie empfand es dennoch als ziemlich unverschämt, dass die Jünger den Lebensgefährten ihrer Heiligen kurzerhand weggekratzt hatten. Vielleicht würde Patience eines Tages vom Himmel herabsteigen, um sie alle zu zerschmettern.

Roz krempelte die Ärmel hoch und verbannte sich selbst in die hinterste Ecke des Raumes. Dort wartete schon eine an die Wand gelehnte Metallstange auf sie. Sie sollten Gewehrläufe daraus herstellen, und Roz sah im Geiste schon ganz genau, wie sie die Stange ihrem Willen unterwerfen würde. Wie ihre Finger das Metall formten, als wäre es Ton, und wie, wenn sie erst einmal fertig wäre, die Waffe nur von dem, dem sie überlassen worden war, abgefeuert werden könnte.

Ihre Hände wurden unerträglich heiß, und ihr Blut schien in ihren Adern zu schmelzen. Kraft durchfloss sie, verlangte danach, losgelassen zu werden, doch sie hielt sie rigoros zurück. Ließ nicht mehr als ein dünnes Rinnsal durch.

Als Vittoria schließlich zu ihr stieß, waren die Ergebnisse von Roz' vormittäglicher Arbeit nicht besonders vorzeigbar.

»Die sind ja furchtbar«, stellte Vittoria fest, deren Wangen die gesunde rosige Farbe angenommen hatten, die die Jünger anscheinend immer bekamen, wenn sie die Arbeit verrichteten, die sie liebten.

Das hieß, alle Jünger außer Roz.

»Stimmt, das sind sie«, sagte Roz leichthin und trat gegen die nutzlosen Läufe, bis sie auf einem unordentlichen Haufen lagen. »Was soll's. Gehen wir?«

Nachdem Roz sich von Vittoria verabschiedet hatte, ging sie durch den Innenhof des Tempels, wobei sie dem Weg folgte, der um ihn herumführte. An den Balustraden zu beiden Seiten wuchsen Blumen und Efeuranken empor, und die Luft roch nach Regen. Der Pfad durch den Hof kürzte ihren Nachhauseweg ein wenig ab, doch als sie auf der anderen Seite wieder herauskam, bereute sie zutiefst, ihn genommen zu haben. Hätte sie besser achtgegeben, hätte sie die schweren Schritte bemerkt. Das leise Klirren der Schlüssel, die gegen einen Schlagstock prallten, der an einem Armeegürtel hing.

Es gab kaum etwas, das Roz mehr verabscheute als Sicherheitsoffiziere, und sie konnte nicht verhindern, dass sie angewidert den Mund verzog. Alle Sicherheitsoffiziere, denen sie bisher begegnet war und die als ehemalige Militärs in einen höheren Rang aufgestiegen waren, hatten einen Überlegenheitskomplex. Auch wenn sie keine Jünger waren, benahmen sie sich so, man hatte ihnen das Gehirn gewaschen und sie glauben gemacht, dass sie nur existierten, um den Nachfahren der Heiligen zu dienen. Ständig führten sie in den Stadtteilen, in denen die Unerwählten lebten, Razzien durch, um sie bei irgendwelchen Vergehen zu ertappen oder nach Beweisen für die Rebellion zu suchen. Roz hatte gehört, dass sie im Zuge dessen sogar aus den Häusern der Unerwählten stahlen.

Doch das alles war nicht der Grund dafür, dass ihr plötzlich die Luft wegblieb.

Sie erkannte einen der beiden Sicherheitsoffiziere, die auf sie zukamen, wieder. Und *das* war der Grund dafür, dass sie plötzlich nicht mehr atmen konnte.

Damian Venturi.

Seit seiner Rückkehr aus dem Norden war sie ihm nicht so nah gekommen wie in diesem Moment, und sie musterte ihn mit einer Mischung aus Schrecken und Verachtung. Er sah ganz anders aus, als Roz ihn in Erinnerung hatte: größer und sehr viel muskulöser unter dem dunklen Stoff seiner Uniform. Seine goldenen Insignien glänzten ebenso wie die Arkebuse, die er auf dem Rücken trug, und seine marineblaue Uniformjacke war bis zum Kinn zugeknöpft. Von dem widerspenstigen Haar seiner Kindheit war nichts mehr zu sehen. Stattdessen trug er nun einen klassischen, etwas herausgewachsenen militärischen Haarschnitt. Während sich in seinem Gesicht trotz seiner scharfen Wangenknochen die Weichheit aus Kindertagen noch erahnen ließ, hatte sich an seinen Augen etwas verändert. Sein Blick war nicht mehr strahlend und fröhlich, sondern wachsam. Vorsichtig. Als würde er ständig damit rechnen, dass ihn etwas aus den Schatten anspringen könnte.

Roz fragte sich, ob die Welt ihm ebenso zugesetzt hatte wie ihr selbst. Sie hoffte es.

Die Heiligen wussten, dass er es verdient hatte.

Als Damians Vater vor drei Jahren zum Militärkommandeur ernannt worden war, hatte er seine Familie in den Norden zu seinem neuen Arbeitsplatz an der Grenze mitgenommen, wo Damian seine Ausbildung zum Soldaten begonnen hatte. Zu diesem Zeitpunkt war Roz' Vater schon seit einer Weile an der Front gewesen, und sie hatte mit ihren fünfzehn Jahren die alberne Hoffnung gehegt, dass die beiden Männer sich dort oben vielleicht gegenseitig Trost spenden könnten. Schließlich war Jacopo Lacertosa, im Gegensatz zu Battista Venturi, ein warmherziger Mann. Einmal hatte Damian ihr sogar gestanden, dass er sich ihrem Vater näher fühlte als seinem eigenen.

Da sie inzwischen wusste, dass Damians Vater die größte Schlange in ganz Ombrazia war, ergab das durchaus Sinn. Jacopo und Battista waren seit ihrer Kindheit befreundet gewesen, und nicht einmal der Umstand, dass Battista ein Jünger geworden war, hatte das Band zwischen ihnen zerreißen können. Doch als Jacopo versucht hatte, von der Front zu desertieren, hatte Battista Venturi seinen einstigen Freund aufgespürt und seinen Kopf in einer Kiste nach Hause geschickt.

Damals war Roz sechzehn gewesen. Sie erinnerte sich noch, dass sie bei dem Anblick das Bedürfnis verspürt hatte, sich zu übergeben, ihr Körper sie jedoch nicht im Stich gelassen hatte und ihr stattdessen ein eisiger, prickelnder Schock in die Knochen gefahren war, während sie in absoluter Stille in die Kiste geblickt hatte. Diese Stille war zu einem unablässigen Dröhnen in ihren Ohren geworden, das nach blutiger Rache schrie. Der Tod ihres Vaters hatte sie nicht gebrochen – zumindest nicht für lange. Stattdessen hatte er Rachedurst in ihr geweckt.

Doch ihre Mutter hatte er zerbrochen, und seit jenem Tag war Caprice Lacertosa nicht mehr dieselbe gewesen.

Damian hatte ihr seitdem nicht mal mehr geschrieben. Er hatte seine Seite gewählt – das war glasklar. So viel zu all den Dingen, die er damals in ihrer Jugend zu ihr gesagt hatte. Er hätte genauso gut auf Jacopos Grab spucken können.

Roz war es fast ein Jahr lang gelungen, Damian aus dem Weg zu gehen, doch nun, da er nur wenige Schritte von ihr entfernt war, hatte sie fast Lust, ihm entgegenzutreten. Ihm vielleicht mit der Wucht seines Verrats eine Ohrfeige zu verpassen. Doch bevor sie es schaffte, ihre Gedanken zu ordnen, ergriff Damians Begleiterin das Wort. Die Sicherheitsoffizierin war ungefähr in Roz' Alter, hatte braune Haut und weiche Gesichtszüge, und das geflochtene Haar fiel ihr auf den Rücken.

»... wird darüber sicherlich nicht erfreut sein«, sagte sie gerade. »Damian, die Leute werden bald vom Tod des Jüngers erfahren. Insbesondere, da übermorgen sein Nachfolger gewählt wird.«

Roz neigte interessiert den Kopf und hatte plötzlich alles andere vergessen.

»Ich weiß.« Damians Antwort war knapp. »Der Magistrat hat deutlich gemacht, dass diese Angelegenheit Priorität hat. Ich habe Giada verhört, aber nichts passt zusammen. Ich muss mit meinem Vater sprechen. Er wird wissen, was zu tun ist.«

»Ich für meinen Teil bin überzeugt, dass es Selbstmord war.«

Roz biss sich fest auf die Zunge und hoffte, dass die beiden ohne größere Zwischenfälle an ihr vorübergehen würden, während sich die Zahnräder in ihrem Kopf schnell drehten. Ein Jünger aus dem Palazzo war tot? Die Enthüllung traf sie wie ein Schlag ins Gesicht. Nicht, weil es einen Todesfall gegeben hatte – das beunruhigte sie nicht besonders –, sondern wegen dem, was Damian gesagt hatte.

Der Magistrat hat deutlich gemacht, dass diese Angelegenheit Priorität hat.

Jäh kochte wilde, überwältigende Wut in ihr hoch. Amélie und der unbekannte Junge lagen im Leichenschauhaus der Stadt, und ihre Morde waren unaufgeklärt. Der Palazzo hatte sich nicht die Mühe gemacht, auf *ihre* Fälle Offiziere anzusetzen. Doch nun war ein einziger Jünger gestorben, und sein Fall hatte plötzlich Priorität?

Roz hoffte inständig, dass sie einfach an ihr vorbeigehen würden. Dass sie sie nur für eine beliebige Jüngerin halten würden, die die Straße entlanglief. Doch weil die Welt einen merkwürdigen Sinn für Humor hatte, blickte Damian auf, als sie einander passierten.

Und sah sie direkt an.

»Rossana.« Die formelle Version ihres Namens, die er verwendete, klang aus seinem Mund wie ein Vorwurf. Seine Stimme war tiefer. Fester. Ein befehlender Unterton schwang darin mit, der früher nicht da gewesen war. Als er stehen blieb, tat die Offizierin an seiner Seite es ihm nach und zog verwundert die Brauen zusammen.

Roz biss fest die Zähne aufeinander. Sie wusste nicht, weshalb sie plötzlich das Gefühl hatte, zur Schau gestellt zu werden. Vielleicht lag es daran, dass ihr Damians verwunderter Gesichtsausdruck so vertraut war. Vielleicht lag es daran, dass sie ihn vor sich sah, wie er im ehemaligen Haus ihrer Familie am Tisch saß, mit einem drolligen Lächeln auf den Lippen, und ihr zusah, wie sie versuchte, eines der Rezepte ihrer Mutter nachzukochen, und dabei scheiterte. Er hatte trotzdem immer alles gegessen. Jedes Mal, ganz egal, was sie ihm vorgesetzt hatte.

Es ist deine Mühe, die zählt, Roz, hatte er immer gesagt und die Gabel geschwungen. *Und es gibt nichts, was Salz nicht wieder in Ordnung bringen könnte.*

Das war gewesen, bevor Roz erfahren hatte, dass es *unendlich vieles* gab, was Salz nicht wieder in Ordnung bringen konnte. Es konnte Mord nicht ungeschehen machen. Es konnte Verrat nicht ungeschehen machen. Es konnte Herzschmerz nicht rückgängig machen oder einen unendlichen Quell der Wut zum Versiegen bringen.

Es dauerte einen Moment, bevor ihr auffiel, dass sie noch immer nichts erwidert hatte. Damian, der offenbar das Schweigen brechen wollte, sagte: »Was tust du hier?«

Roz hielt seinem so vertrauten Blick stand, seinen Augen, tiefbraun und unergründlich, umrahmt von schwarzen Wimpern. Die blasse Narbe, die über seine Wange bis zum Unterkiefer verlief – die war neu. »Ich laufe. Das verstößt doch nicht gegen das Gesetz, oder?«

Er runzelte über ihren aggressiven Tonfall die Stirn. »Ich – nein, tut es nicht. Ich schätze, ich bin einfach nur überrascht, dich hier zu sehen.«

»Und ich schätze, *du* weißt, dass ich eine Jüngerin von Patience bin«, entgegnete Roz und stellte selbstzufrieden und erleichtert fest, dass ihre Stimme dabei fest blieb. Sie wies auf das prachtvolle Bauwerk hinter sich. »Das ist Patience' Tempel. Nur, falls es dir noch nicht aufgefallen sein sollte.«

Damian biss die Zähne zusammen. »Das stimmt.«

Seine Miene war unergründlich, was Roz überraschte. Soweit sie sich zurückerinnern konnte, war Damians Gesicht, zumindest für ihre Augen, stets ein offenes Buch gewesen. In diesem Augenblick verstand sie: Dieses Geschöpf – mit seinen Muskeln, seiner schicken Uniform und undurchschaubaren Fassade – war nicht Damian Venturi. Das hier war ein Mann, den sie nicht kannte. Ein Mann, der in den Krieg gezogen und als Abklatsch seines verräterischen Vaters zurückgekehrt war.

Roz konnte sich noch an den letzten Einsatz erinnern, von dem ihr eigener Vater zurückgekehrt war. Er hatte sich aufs Sofa geschleppt, wobei jede Falte in seinem verwitterten Gesicht Erschöpfung ausgedrückt hatte, und hatte mit zitternder Hand den Drink genommen, den Caprice ihm gereicht hatte. *Battista wurde wieder befördert*, hatte er berichtet. Die Worte hatten hohl geklungen. Roz kannte ihren Vater gut genug, um zu wissen, dass das bedeutete, dass er wütend war. *Er ist Kommandant unserer Einheit. Der Mann interessiert sich für nichts anderes, als im Rang aufzusteigen. Ich erkenne ihn nicht wieder.*

Damals hatte Roz nicht nachvollziehen können, was er meinte. Doch inzwischen verstand sie es voll und ganz.

In Gegenwart der Offizierin konnten sie über nichts von Belang sprechen. Die Frau sah abwechselnd Roz und Damian an und versuchte offenbar zu begreifen, was zwischen ihnen vorging. »Ich nehme an, ihr beiden kennt euch?«

»Wir kannten uns«, sagte Roz, bevor Damian antworten konnte. »Früher einmal.«

Sein Blick bohrte sich in sie hinein wie eine ihrer schlecht geschmiedeten Gerätschaften. Er wirkte irgendwie steif, als befürchtete er, sie könnte seiner Begleiterin gegenüber etwas ausplaudern. Roz schürzte verächtlich die Lippen. Als ob sie gewollt hätte, dass jemand erfuhr, was sie verband.

Doch Damian schaffte es, sie zu überraschen, indem er verkündete: »Als wir noch jünger waren, waren unsere Familien befreundet.«

Die Offizierin nickte, schwieg jedoch.

Roz lächelte süßlich. »Ja, so war es. Bis Damians Vater meinen ermordet hat.«

Einen Moment lang herrschte Schweigen. Damians Gesicht war wie eine Maske, und die Sehnen in seinem Hals traten deutlich hervor. Es sprach für die Ausbildung der Offizierin, dass sie die Information ungerührt aufnahm und lediglich bemerkte: »Verstehe.«

»Battista Venturi«, stellte Roz klar, als ob die Frau es nicht gewusst hätte. Doch Damians Reaktion war es wert. »Sie kennen ihn sicherlich.«

Damian wich ihrem Blick keine Sekunde lang aus und erwiderte: »Roz' Vater war ein Deserteur.«

Das war natürlich nichts anderes als eine Tatsache, doch es fühlte sich nach aggressivster Vergeltung an. Roz ballte die Fäuste und stellte erstaunt fest, dass sich ihr Zorn sogar noch steigerte. Sie lachte barsch auf. »Das stimmt. Aber wenigstens war er kein verräterischer Abschaum.«

Die Offizierin zog die Brauen bis zum Haaransatz hoch. Damian sah aus, als hätte Roz ihn geohrfeigt. Seine Lippen öffneten sich, doch es kam kein Wort aus seinem Mund. Wahrscheinlich hatte er verstanden, dass sie nicht nur auf Battista angespielt hatte.

Am liebsten hätte Roz laut gelacht, doch stattdessen zwang sie sich zu gehen und ließ die beiden schweigend zurück. Sie musste verdammt noch mal von hier weg, bevor sie noch etwas tat, was sie anschließend bereuen würde.

Ihre Beine trugen sie nach Hause, ohne dass sie ihre Bewegungen bewusst steuerte. Sie fühlte sich zittrig, ein wenig krank und wütender denn je. *Deswegen* war sie Damian aus dem Weg gegangen. *Deswegen* hatte sie sich so sehr bemüht, sich nicht mehr zu erinnern.

Und doch konnte sie sich lebhaft vorstellen, wie ihr Gespräch verlaufen wäre, wenn die Dinge anders gelegen hätten. Wie Damian sie gefragt hätte, warum sie alleine draußen auf der Straße unterwegs wäre. Wie er dabei einen seiner Mundwinkel gehoben hätte – nur ein klein wenig –, so wie er es immer tat, wenn er gleichzeitig besorgt und amüsiert war. *Ich laufe*, hätte Roz ihm geantwortet, in diesem Fall jedoch in freundlichem Ton. *Das verstößt doch nicht gegen das Gesetz, oder?*

Ich habe nur gefragt, weil du so traurig aussiehst, hätte Damian geantwortet, weil es ihm aufgefallen wäre. So etwas fiel ihm immer auf. *Kannst du denn nie etwas ernst nehmen?*

Roz riss sich zusammen. Sie spürte, wie Verbitterung sie überkam. Diese Version von Damian – von ihr selbst – war fort. Tot. Genau wie ihr Vater.

Ich nehme *nie etwas ernst*, sagte sie in Gedanken an niemand Spezielles gerichtet, als sie sich um die Ecke davonstahl. *Nicht wirklich.*

Und dann ergänzte sie: *außer Rache.*

6

ROZ

Bis Roz sich so weit beruhigt hatte, dass sie wieder einigermaßen klar denken konnte, war sie schon fast zu Hause. Wie konnte Damian es *wagen*. Rückblickend war es geradezu lächerlich, dass es tatsächlich einmal eine Zeit gegeben hatte, in der sie geglaubt hatte, ohne ihn nicht überleben zu können. Eine Zeit, in der sie täglich zur Basilica gegangen war, um die ausgehängte Namensliste zu überprüfen, wobei sie jedes Mal so verzweifelt darum gebetet hatte, seinen Namen nicht darauf zu lesen, dass sie Angst gehabt hatte, wahnsinnig zu werden.

Aber sie hatte überlebt, die Monate waren verstrichen, und die einzigen Neuigkeiten, die sie aus dem Norden erhalten hatte, waren Nachrichten über Gefallene gewesen, die sich jedoch nie auf Damian bezogen hatten. Niemals auf ihn. Damals hatte Roz gedacht, dass die Heiligen sie, ungeachtet der Gesinnung, mit der ihr Vater ihnen inzwischen gegenüberstand, erhört haben mussten.

Eines Morgens allerdings hatten sie und ihre Mutter gänzlich andere Nachrichten erhalten.

Und dann ein Paket, das vor der Tür gelegen hatte.

Das war das letzte Mal gewesen, dass Roz die Heiligen um etwas gebeten hatte. Aus ihrer Sicht hatte es zwei Möglichkeiten gegeben. Erstens: Die Heiligen hatten ihre Gebete gehört, hatten jedoch nicht die Macht gehabt, einzuschreiten. Wenn das der Fall war, was hätte es dann noch für einen Sinn gehabt, zu ihnen zu beten? Oder zweitens: Die Heiligen *hatten* die Macht, etwas zu ändern, hatten sich jedoch entschieden, nichts zu tun.

So oder so, es war egal. Als ihre Welt zusammengebrochen war, hatte sie genau gewusst, wer daran die Schuld trug. Sie hatte ihre Geburtsstadt plötzlich mit anderen Augen gesehen, als hätte sich ein glänzender Schleier gehoben und das verfaulte Innere entblößt. Sie hatte sich von den Heiligen, ihren Betrügereien und ihren Spielchen abgewandt und sie nie wieder angerufen.

Hätte es allerdings einen Schutzheiligen des Zorns gegeben, hätte Roz zweifellos zu ihm gebetet.

Die Wohnung, die Roz sich mit ihrer Mutter teilte, lag abseits vom Hauptstraßennetz des Sektors. Sie war klein und unauffällig, aber so weit in Ordnung, wie es die Quartiere der Jünger eben waren. Ihre Arme zitterten, als sie sich an der Seite des benachbarten Gebäudes hochzog und zu dem Fenster hinübersprang, das sie immer nutzte, um in die Wohnung zu gelangen. Es war ihr lieber, wenn niemand mitbekam, wann sie das Haus betrat oder verließ. Ihre Mutter war verletzlich und kam nicht gut mit Fremden zurecht. Einzig Piera, die ihnen oft Essen brachte, war als Gast willkommen.

»Mamma«, rief Roz sofort, als sie sich ins Zimmer schwang. Caprice Lacertosa war noch wach. Sie saß am runden Küchentisch und starrte ins Leere.

Caprice war eine kleine Frau. Ihr dunkles Haar war am Hinterkopf zu einem unordentlichen Knoten zusammengesteckt. Sie hatte ein kantiges, ernstes Gesicht und, genau wie Roz, gebräunte Haut und blaue Augen. Doch während Caprice' Blick früher scharf und klug gewesen war, wirkten ihre Augen heutzutage leer.

Sie war ebenfalls eine Jüngerin von Patience, hatte den Tempel jedoch verlassen, als Jacopo in den Krieg gezogen war, und als er zurückgekehrt war, mit der festen Überzeugung, dass das ganze System korrumpiert war, hatte sie sich auch weiterhin von ihm ferngehalten. Roz hatte nie etwas von der Magie ihrer Mutter zu sehen bekommen, und furchtbarerweise war sie insgeheim froh, dass Caprice nicht mehr genug bei sich war, um zu begreifen, dass ihre Tochter genau das Leben lebte, das sie abgelegt hatte.

»Rossana«, sagte Caprice und strich langsam mit einem Finger über die Oberfläche des Tischs. Es stand kein Essen vor ihr. Sie saß einfach nur mit hängenden Schultern da. »Wo warst du?«

Roz befreite ihre Haare von dem engen Band. »Ich hatte Arbeit zu erledigen«, erklärte sie ihrer Mutter, deren Mundwinkel nach unten sanken.

»Ich habe überall nach dir gesucht. Ich dachte, du wärest gestorben.«

Bei allen Heiligen. Anscheinend dachte Caprice immer, wenn sie Roz auch nur kurz aus den Augen verlor, dass sie tot sei. Vielleicht war das eine Nachwirkung dessen, was mit Jacopo passiert war, oder möglicherweise verschlimmerten sich auch Caprice' Gedächtnisprobleme.

Seit dem Tod ihres Mannes war sie nicht mehr dieselbe. Roz konnte sich keinen anderen Grund dafür vorstellen, dass sich der Gesundheitszustand ihrer Mutter seit jenem schicksalhaften Tag, an dem diese Kiste vor ihrer Tür aufgetaucht war, kontinuierlich verschlechtert hatte. Praktisch über Nacht war Caprice ein anderer Mensch geworden. Sie erinnerte sich an manche Dinge nicht mehr. Sie weigerte sich, die Wohnung zu verlassen. Sie sprach manchmal mit Personen, die nicht da waren, und lachte über Witze, die niemand erzählt hatte.

Als Caprice' Verstand sich mehr und mehr vernebelt hatte, war Roz irgendwann klar geworden, dass ihre Mutter nicht länger in der Lage war, sie beide durchzubringen. Da Jacopo desertiert war, stand ihnen nicht mal die magere Entschädigung zu, die andere Familien erhielten, wenn ihre Angehörigen an der Front getötet worden waren. Deswegen hatte Roz einen Job bei Bartolo's angetreten und das Wenige, was die Besitzerin Piera ihr zu zahlen imstande gewesen war, angenommen. Es reichte jedoch nicht. Nicht mal annähernd, denn das Leben in Ombrazia war teuer. Aber wenigstens war Piera da gewesen, um zuzuhören. Die Frau hatte Gläser gespült, Roz so viel reden lassen, wie sie musste, und immer eine wohldurchdachte Antwort parat gehabt. Sie hatte Caprice Essen gebracht, ohne eine Gegenleistung zu erwarten. Da Roz Piera unmöglich um mehr Geld hatte bitten können, hatte sie sich damit abgefunden zu kämpfen.

Dann war der Tag gekommen, an dem sie es gespürt hatte.

Eine Hitze in ihren Handflächen, fast schon unangenehm intensiv. Als sie immer stärker und stärker geworden war, hatte Roz Panik bekommen und war aus den Küchenräumen hinaus in die Gasse neben der Taverne gerannt. Als die Hitze schließlich in ein prickelndes Gefühl übergegangen war, hatte sie begriffen, was geschah.

Verfügen Sie über irgendwelche außergewöhnlichen Fähigkeiten?, hatte ein Repräsentant des Palazzos sie und Damian etwa fünf Jahre zuvor gefragt und dabei verstohlen auf seine Notizen geschaut. *Haben sich in Ihrer Umgebung Gegenstände bewegt, ohne dass Sie sie berührt haben? Sind Sie besonders geschickt mit den Händen? Empfinden Sie eine starke Verbindung zu anderen Menschen?*

Das waren nur einige der gefühlt unzähligen Fragen gewesen, und sie hatte jede einzelne ehrlich beantwortet. Nein – sie besaß keine Magie. Sie hatte gewusst, dass sie keine Jüngerin und von keinem der Heiligen gesegnet worden war.

Ihr war nicht bewusst gewesen, dass sich das irgendwann ändern würde.

Damals hatte Roz, mit Tränen in den Augen, ihre Hände in der Gasse gegen die kalte Steinmauer gedrückt, um sie zu kühlen. Sie war die Tochter ihres Vaters, und Jacopo hatte sich stets gerühmt, unerwählt zu sein. Dass es bei ihr anders sein könnte, fühlte sich wie ein Verrat an seinem Vermächtnis an. Doch welche andere Möglichkeit hatte sie? Patience. Patience, die unerklärlicherweise eng mit der Schmiedekunst verbunden war – einem Handwerk, das Roz nie interessiert hatte.

Sie hatte nach ihrem Messer gegriffen und zu den Heiligen, an die sie nicht mehr glaubte, gebetet, dass nichts passieren würde.

Doch das Metall hatte sich in ihrer Hand verformt.

Für eine Frau, die längst beschlossen hatte, dass sie die Jünger und das System, von dem sie profitierten, hasste, fühlte sich das an wie ein Fluch. Als Roz es nun zu ihrem eigenen Vorteil ausnutzte, empfand sie schreckliche Schuldgefühle.

Sie war eine Besonderheit, hatte der Mann, der sie Jahre zuvor getestet hatte, bestätigt. Ein unglaubliches Glückskind, das viel später gesegnet worden war als die meisten anderen. Als sie sich in Patience' Tempel vorgestellt hatte, war sie sich vorgekommen wie ein interessantes Ausstellungsobjekt, das im grellen Licht begutachtet wurde.

Doch Bartolo's Taverne war eine Art Ventil für ihre Wut: ein Ort, an dem sie mit Menschen zusammen sein konnte, die *wirklich* waren wie sie selbst. Menschen, die unter der Ungerechtigkeit des Systems litten. Es war nicht fair, dass die mächtigsten Jünger die Stadt regierten. Es war nicht fair, dass sie der Einberufung zum Militär entgingen, während alle anderen wegen religiöser Semantik und irgendwelcher Ressourcen, in deren Genuss sie kaum kamen, gegen Brechaat kämpfen mussten.

»Tut mir leid, dass ich letzte Nacht nicht hier war«, sagte Roz viel zu spät und ignorierte das ungute Gefühl in ihrer Brust. »Ich bin nach der Arbeit bei Piera geblieben.«

Sie verzog gequält das Gesicht, als sie sah, wie sich die Miene ihrer Mutter entspannte. Caprice glaubte, dass sie noch immer bei Bartolo's arbeitete, und Roz bezweifelte, dass es etwas bringen würde, ihr die Wahrheit zu sagen. Es würde sie nur verwirren und aufregen. Außerdem verließ ihre Mutter ohnehin nie die Wohnung. Sie würde es niemals selbst herausfinden.

»Immer fleißig bei der Arbeit.« Caprice' Gesicht hellte sich auf. »Was würden wir nur ohne dich machen, tesoro?«

Roz hatte keine Ahnung, wen Caprice diesmal mit »wir« meinte, doch sie fragte nicht weiter nach, sondern lächelte verhalten. Die Antwort war ohnehin klar: Ohne Roz würde ihre Mutter in dieser Wohnung dahinsiechen. Deswegen zwang sie sich, die brave, kleine Jüngerin zu spielen. In gewisser Hinsicht tat sie eigentlich alles nur für Caprice. Roz brauchte die Rache für das Leid, das ihrer Familie angetan worden war, so dringend wie die Luft zum Atmen.

»Ich habe Damian schon eine Weile nicht mehr gesehen«, fuhr ihre Mutter fort, und Roz erstarrte. »Was macht er denn so?«

Wie konnte sie das *wissen*? Für jemanden, der kaum in Kontakt mit der realen Welt zu stehen schien, war Caprice unheimlich scharfsichtig. Sie schaffte es immer, genau das anzusprechen, was Roz gerade beschäftigte, egal ob es nun Sinn ergab oder nicht.

»Damian kommt nicht mehr hierher«, sagte Roz barscher als beabsichtigt. Sie wusste, dass sie ihrer Mutter die Angewohnheit, immer wieder die Vergangenheit hervorzukramen, nicht verübeln durfte, aber trotzdem tat es jedes Mal weh.

Caprice schob die Unterlippe vor. »In seiner Gegenwart lächelst du mehr.«

Roz sparte es sich, ihrer Mutter zu erklären, dass sie Damian eher einen Tritt versetzen, als ein Lächeln schenken würde. Stattdessen setzte sie ein Grinsen auf, das jedoch bestimmt eher zu einer Grimasse geriet.

»Du bringst mich genauso oft zum Lächeln. Möchtest du etwas essen?« Sie ging um den runden Mahagonitisch herum in die Küche. Die ganze Wohnung war so makellos, dass sie schon fast steril wirkte. Ihre Mutter tat kaum etwas anderes als Aufräumen, Putzen und Staubwischen, und dabei summte sie die ganze Zeit vor sich hin oder redete leise mit sich selbst.

Caprice schüttelte den Kopf. »Ich habe keinen Hunger. Oh, ich habe mich letzte Nacht deinetwegen so sehr geängstigt, tesoro.«

Roz holte trotzdem eine Pfanne aus dem Schrank. Nun ging das wieder von vorne los. »Ich habe dir gesagt, dass ich nicht zu Hause sein würde.«

»Nein, hast du nicht!«

»Doch, habe ich. Direkt nach dem Abendessen, weißt du nicht mehr? Wir saßen dort –«, sie deutete auf das waldgrüne Sofa, »und ich habe dir gesagt, dass du nicht auf mich warten sollst.«

Nun sah Caprice verwirrt aus. Roz ruderte zurück und schluckte den Fluch, der ihr auf der Zunge lag, hinunter. Wenn ihre Mutter verwirrt war, regte sie sich immer schnell auf.

»Ist schon gut«, murmelte Roz. »Vielleicht hast du recht. Vielleicht habe ich vergessen, es dir zu sagen.«

Sie machte sich daran, ihrer Mutter eine Tasse Tee zuzubereiten, zog die Phiole, die sie auf dem Mercato gekauft hatte, hervor und gab ihren Inhalt zu den duftenden Blättern. Der Trank war dafür gedacht, Caprice' Nerven zu beruhigen, und Roz musste zugeben, dass er recht gut wirkte.

Sie betete im Stillen darum, dass ihre Mutter das Thema wechseln würde, wünschte sich jedoch gleich darauf, sie hätte es nicht getan. Was Caprice als Nächstes sagte, drehte Roz den Magen um.

»Wir haben einen Brief von deinem Vater erhalten.«

Roz, die gerade ein Ei hatte aufschlagen wollen, verharrte mitten in der Bewegung. Ihr Blick zuckte zu dem Blatt Papier in den Händen ihrer Mutter. Caprice sprach von Jacopo Lacertosa oft in der Gegenwartsform, doch sie hatte noch nie zuvor behauptet, einen Brief von ihm erhalten zu haben. Dass sie den Weg die Treppe hinunter zum Briefschlitz auf sich genommen hatte, war eine noch größere Seltenheit.

»Das ist schön«, sagte Roz vorsichtig. »Was steht darin?«

Caprice bekam große Augen. Ihre Finger, mit denen sie den Brief – oder was auch immer es sein mochte – umklammerte, zitterten, und für einen Augenblick war Roz sich nicht sicher, ob sie antworten würde. Doch sie wartete ab, vermied abrupte Bewegungen, als hätte sie es mit einem verängstigten Tier zu tun.

Schließlich sagte Caprice: »Es ist eine Warnung.«

Roz entspannte sich. Das war immerhin besser als beispielsweise ein Versprechen von Jacopo, dass er innerhalb einer Woche nach Hause kommen würde. Sie hatte schon miterlebt, wie ihre Mutter reagierte, wenn ihr aufs Neue klar wurde, dass ihr Mann nicht zurückkehren würde.

»Er will, dass wir die Stadt verlassen«, sagte sie mit rauer Stimme. Roz' Haut begann zu kribbeln. »Etwas Düsteres haust in diesen Straßen.«

»Was?«

»Hör zu!«, bat ihre Mutter, den Blick aufs Papier gerichtet. *»An meine Liebsten, Caprice und Rosanna: Ich vermisse euch beide furchtbar. Ich schreibe euch, um euch zu warnen, denn ihr müsst Ombrazia umgehend verlassen.«*

Roz verkrampfte sich wieder, und ein flaues Gefühl packte sie. »Kann ich das mal sehen?«, bat sie, doch Caprice hatte offenbar nicht die Absicht, das zuzulassen. In einer einzigen, abrupten Bewegung sprang sie auf, und ihre Stimme steigerte sich zu einem verzweifelten Wehklagen.

»Es wird dich töten! Es wird uns alle töten!«

»Hey«, sagte Roz scharf, packte ihre Mutter an den Schultern und drückte sie zurück auf ihren Stuhl. Das fiel ihr nicht schwer; Caprice war zart gebaut, sie dagegen muskulös. »Beruhige dich. Ruh dich ein bisschen aus, ja? Ich bringe dir einen Tee.«

Es war zwar einiges an Gezerre und Überzeugungsarbeit nötig, aber am Ende lagen sie nebeneinander auf dem Bett, und Roz wartete, bis die Atemzüge ihrer Mutter tiefer wurden. Erst dann glitt sie unter der Decke hervor und schlich sich zurück zum Tisch.

Das Blatt Papier war wie erwartet leer.

Dennoch war Roz überrascht.

7

DAMIAN

Damian durchschritt benommen den Palazzo. Seine Gemächer lagen auf der anderen Seite des Gebäudes. Nach den Geschehnissen des Tages wünschte er sich nichts sehnlicher, als sich für den Rest der Nacht in die Bewusstlosigkeit zu flüchten. Falls möglich am liebsten für den Rest der *Woche*. Seine Gedanken, das Pochen seines Herzens, alles war zu laut. Er nahm seinen Körper viel zu bewusst wahr, als hätte ihn das kürzliche Zusammentreffen mit Roz Lacertosa aus einem Schlummer geweckt, von dem er nicht gewusst hatte, dass er in ihm gefangen gewesen war.

Als Damian noch oben im Norden gewesen war, hatte er sich Roz eigentlich nur als das spitzbübische, dunkelhaarige Mädchen vorstellen können, mit dem er einst durch die Straßen gerannt war. Doch sie war nicht mehr dieses Mädchen. Nein – sie war härter geworden, vitaler, und so groß, dass sie ihm nun furchtlos in die Augen sehen konnte.

Genau das hatte sie getan und ihn beinahe mit ihrem Blick vernichtet. Sie war zornig. Damian hatte gewusst, dass es so sein würde, genauso wie er wusste, dass er es verdiente. Das war der Grund dafür, dass er ihr aus dem Weg gegangen war. Bei allen Heiligen, er war ein verdammter Feigling.

Und doch war ihm erst in dem Augenblick, als sie einander gegenübergestanden hatten, klar geworden, wie sehr er sie vermisst hatte. Als wäre der dumpfe, permanente Schmerz, der in seinem Inneren pochte, abrupt ans Tageslicht gezerrt worden. Noch nie im Leben hatte er sich so sehr gewünscht, so zu tun, als wäre nichts passiert. Er wollte sie in seine Arme schließen, wie er es getan hatte, als sie noch Kinder gewesen waren, und sich im sommerlich-süßen Duft ihrer Haut verlieren.

Leider gab es da noch das geringfügige Problem, dass Roz ihn hasste.

Ja, Battista hatte Jacopo Lacertosa getötet. Und ja, das war schrecklich gewesen. Damian hatte gewusst, dass Roz darüber erschüttert sein würde, doch ihm war – naiverweise – erst durch ihre Abschiedsworte klar geworden, wie rebellisch sie dadurch geworden war.

Wenigstens war er kein verräterischer Abschaum.

Damian war nicht dumm. Er wusste, dass Roz damit nicht nur Battista gemeint hatte. Aber was sollte er tun? Wie konnte er es wieder in Ordnung bringen?

Er konnte es nicht. Das hatte er von dem Augenblick an gewusst, in dem es passiert war. Irgendwie waren sie beide zu den Menschen geworden, die sie sich geschworen hatten, niemals zu sein.

Damian konnte sich noch an den Tag erinnern, an dem Repräsentanten aller Tempel gekommen waren, um ihn und Roz zu testen. Sie waren gerade dreizehn Jahre alt geworden. Danach hatte er sich auf ihrem Bett ausgestreckt, und sie hatte sich an die Wand beim Fenster gelehnt, und das honiggoldene Sonnenlicht hatte sich auf ihr Haar ergossen. Damals war sie für Damian das Schönste gewesen, was er jemals gesehen hatte.

Es ist mir egal, dass ich keine Jüngerin bin, hatte Roz ganz nüchtern gesagt. *Solange du auch kein Jünger bist.*

Damian war keiner. Einen kurzen Moment lang war er darüber enttäuscht gewesen, bis er Roz grinsen gesehen hatte. Hauptsache, ihre Resultate waren gleich – allein das zählte.

Dir ist schon klar, dass wir dann in den Norden müssen, hatte er geantwortet. Damals war ihm das nicht als reale Möglichkeit erschienen, sondern so fern und unfassbar wie der Krieg selbst.

Roz hatte mit den Schultern gezuckt. *Dann gehen wir zusammen. Immer noch besser, als sich in einem dieser noblen Tempel ausbilden lassen zu müssen, wo sich alle für so wichtig halten.*

Im Krieg sterben Menschen. So viel war Damian damals zumindest schon klar gewesen.

Wir nicht. Wir werden nicht sterben, und wir werden nicht töten. Wir werden nur überleben.

Es waren die törichten Worte eines Kindes gewesen, das nichts von der Welt wusste, doch damals hatten sie Damian getröstet. Roz hatte sich zu ihm aufs Bett gesellt und die Wange auf seine Schulter gelegt. Der Körperkontakt hatte Damians Nerven in Aufruhr versetzt, und er hatte sich inständig gewünscht, sie könnten für immer so verharren.

Am Ende hatte er Menschen getötet. Roz war eine Jüngerin geworden. Und dieser Moment der Wonne schien in diesem Augenblick so weit entfernt zu sein wie noch nie zuvor.

Damian fuhr sich mit der Hand durch die verschwitzten Haare und atmete bebend aus. Er musste damit aufhören, der Vergangenheit nachzuhängen. Er hatte sich für den Rest des Tages abzulenken versucht und die Angestellten des Palazzos zu Leonzios Tod befragt, bis die Abenddämmerung sich an den Himmel gestohlen hatte. Alle hatten ihm mehr oder weniger die gleiche Geschichte erzählt: Sie hatten den Jünger Deaths in jener Nacht nicht gesehen. Falls ein Außenstehender der Täter war, wussten sie nicht, wie er hereingekommen war.

Noemi, die Sicherheitsoffizierin, die Leonzios Stockwerk bewacht hatte, hatte eher aufgebracht als schuldbewusst reagiert.

»Das ist eine *Unverschämtheit*«, hatte sie so boshaft geblafft, dass es Damian sprachlos gemacht hatte. »Selbstverständlich kann nichts an mir vorbeigekommen sein. Ich bin keine *Amateurin*, Venturi. Ich mache diesen Job schon länger als du. Wenn Leonzio vergiftet wurde, muss es früher am Tag passiert sein. Und was die Frage betrifft, ob er sich seltsam verhalten hat … Ich weiß nicht, ob es dir aufgefallen ist, aber Leonzio war ein seltsamer Mann. Schien von Tag zu Tag paranoider zu werden. So, sind wir jetzt fertig?«

Damian, der ständig an Roz hatte denken müssen, hatte jedoch nicht so schnell nachgegeben, und von da an war es nur noch unangenehmer geworden. Doch am Ende hatte er kaum mehr Informationen vorzuweisen als am Anfang.

Was bedeutete, dass er *müde* war. In einem Ausmaß erschöpft, von dem er nicht gewusst hatte, dass es existierte. Seine Augen schienen nicht mehr richtig zu funktionieren, und jede Handlung fühlte sich merkwürdig an, als würde er sich durch eine Traumlandschaft bewegen.

Er stieg die steinerne Treppe in den ersten Stock hinauf und ging anschließend bis zum Ende des Flurs weiter. Die Nacht hatte sich längst in die Ecken des Gebäudes gestohlen und hüllte die Gewölbedecke in Dunkelheit, sodass die Stuckdekorationen kaum noch zu erkennen waren. Damians Tür war die letzte auf der linken Seite, und allein ihr Anblick löste bei ihm Erleichterung aus. Da seine Koordination langsam immer mehr nachließ, waren seine Finger unsicher, als er vorsichtig prüfend den Türgriff drückte.

Die Tür war offen. Eine böse Ahnung überkam Damian, als hätte man ihn in kaltes Wasser getaucht. Nicht weil er fürchtete, dass jemand eingedrungen sein könnte, sondern weil er genau wusste, wer es getan hatte.

Er trat ein. Im Zimmer war es dunkel, doch er erkannte die Silhouette einer Person, die reglos auf der Bettkante saß.

»Vater«, sagte Damian.

Battista wirkte so hellwach und gelassen wie immer. Er hatte die gleichen dunklen Augen und dunklen Haare wie Damian, war jedoch nicht ganz so groß wie sein Sohn. Nicht dass es einen Unterschied gemacht hätte: Seine Präsenz schien trotzdem den kompletten Raum auszufüllen. Wo immer er sich zeigte, zollte man ihm Aufmerksamkeit und Respekt, und die Vorderseite seiner Uniform war mit kleinen Abzeichen dekoriert, die all das widerspiegelten, was er im Krieg erreicht hatte.

»Du bist zurück«, sagte Battista. Der General war dafür berüchtigt, seine Gefühle zu verbergen, doch Damian fiel auf, dass er leicht den Mund verzog.

»Das bin ich.« Damian hängte seine Arkebuse weg, zündete eine Lampe an und legte seine Jacke auf den Stuhl neben dem Bett. Seine Gemächer waren zwar einfach, spiegelten jedoch trotzdem die Pracht vom Rest des Palazzos wider. Die Bettlaken waren luxuriös und die Stuckverzierungen kunstvoll. Obwohl der Gedanke morbide war, wünschte Damian, seine Mutter hätte lange genug gelebt, um hier zu sterben, anstatt in einem zugigen, holzgetäfelten Schlafzimmer oben im Norden.

»Ich warte schon eine ganze Weile. Wie lief es?«

Damian stieß seine Anspannung mit einem langen Atemzug aus. »Du hast von Leonzios Tod gehört.«

»Selbstverständlich habe ich davon gehört«, antwortete Battista, zwischen dessen Augenbrauen eine Furche erschien. »Der Magistrat hat mich aufgesucht. Er ist nicht erfreut. Bitte sag mir, dass du den Tag wenigstens mit etwas Produktivem zugebracht hast.«

Verflucht. Hätte das nicht bis zum nächsten Morgen warten können? Damian konnte sich kaum noch auf den Beinen halten. Oder vielleicht war es auch die Scham darüber, seine Misserfolge des heutigen Tages eingestehen zu müssen, die ihn in die Knie zwang.

Er verzichtete darauf, weiter Professionalität vorzuschützen, und sank auf den Stuhl neben dem Bett. »Leonzio scheint vergiftet worden zu sein, aber Giada behauptet, die Wirkung nicht wiederzuerkennen. Ich habe sie zum Verhör mitgenommen, jedoch nichts Brauchbares aus ihr herausbekommen. Siena und ich haben die Tempel darüber informiert, dass es eine Zeremonie geben wird, um Leonzios Nachfolger auszuwählen, und anschließend habe ich den Rest des Tages damit verbracht, die Angestellten zu befragen.«

»Verstehe.«

Damian wartete mit angehaltenem Atem. Er hatte damit gerechnet, dass sein Vater ungehalten sein würde. Doch stattdessen wirkte Battista … ruhig. Nachdenklich.

Nachdem Damians Mutter einer Krankheit zum Opfer gefallen war, hatte Battista sich in seine Arbeit gestürzt. Er war rasch vom Militärkommandeur zum General aufgestiegen und nach Hause zurückgekehrt, um die Sicherheitsoffiziere zu befehligen. Inzwischen reiste er zwischen der Stadt und der Front hin und her, am häufigsten arbeitete er jedoch in Ombrazia. Nur dank seines Status als Jünger von Strength – und seines Ansehens beim Magistrat – war es Damian gestattet worden, das Kommando über den Sicherheitsdienst des Palazzos zu übernehmen. Dass Battista sich seiner Fähigkeiten kaum bediente, war nicht von Bedeutung. Er war ein Jünger, seine Magie war stark, und das genügte, um ihm Respekt einzutragen.

Wenn Damian es nicht schaffte, sich zu beweisen, würde das ein schlechtes Licht auf seinen Vater werfen. Dass er selbst nicht mit Magie gesegnet worden war, war ohnehin schon eine Enttäuschung.

»Damian«, sagte Battista schließlich streng. »Ich habe versucht, dir zu helfen. Ich habe dir Ratschläge gegeben, wo du deine Patrouillen einsetzen und wie du die Stärken deiner Offiziere nutzen kannst. Ich sage Forte immer wieder, er solle geduldig sein. Dass du nur mehr Zeit brauchst, um Fuß zu fassen. Aber ich muss mich auch um meine eigenen Aufgaben kümmern und kann dir nur bis zu einem gewissen Grad helfen. Forte ist beunruhigt. Aufgrund der Rebellenaktivitäten möchte er, dass der Mord an Leonzio schnell aufgeklärt wird. Ich werde ihn so lange wie möglich in Schach halten, aber wir brauchen zügig Antworten, oder du wirst ersetzt.«

Damian schluckte. Obwohl Forte ihm bereits deutlich ein Ultimatum gesetzt hatte, war es beim zweiten Mal noch genauso unangenehm, diese Worte zu hören. »Ich kann nicht mehr dorthin zurück. Ich kann nicht mehr zurück in den Krieg.«

Er wusste, dass es für Ombrazia wichtig war, Brechaat und die Ketzer in Schach zu halten. Er *wusste* das. Doch er kannte auch die Realität des Krieges und wusste, wie schnell sich Träume vom Ruhm in Asche verwandeln konnten.

»Ich möchte auch nicht, dass du zurückgehst«, sagte Battista sanft. »Aber Leonzio starb, während du für ihn verantwortlich warst.«

»Das war ein bedauerliches Unglück.«

»Es war *Mord*«, korrigierte ihn sein Vater. »Ein Mord, den du nicht hast kommen sehen. Ein Mord, den du eigentlich hättest verhindern müssen.«

Scham überkam Damian. Er wollte widersprechen, doch was sollte er sagen?

»Ich verstehe«, presste er hervor. »Tut mir leid. Glaubst du etwa, zu wissen, dass ich derjenige bin, der sein Leben hätte retten sollen, bereitet mir keine schlaflosen Nächte? Ich kann nicht …« Er verstummte und fuhr sich mit der Hand über die Wange. »Ich kann diese Dinge nicht kommen sehen. Ich weiß nicht, wie ich das tun soll.«

Battista seufzte, und seine Miene wurde freundlicher. Er erhob sich und stützte die Hände auf Damians Schultern. Damian hob das Kinn. In die dunklen Augen seines Vaters zu schauen war, wie einen Blick in den Spiegel seiner Zukunft zu werfen.

»Wir können keine Zeit damit verschwenden, uns Gedanken darüber zu machen, wie du deinen Job zu erledigen hast«, sagte Battista milde. »Wir müssen ihn einfach nur *erledigen.* Ich weiß, dass du dazu mehr als in der Lage bist. Du bist mein Sohn.«

Damian überkam ein schweres, ungutes Gefühl. Obwohl sein Vater es niemals laut aussprechen würde, hatte Damian den Verdacht, dass seine Enttäuschung von Tag zu Tag wuchs. Der Stolz, den Battista für ihn empfunden hatte, nachdem er von seinem *Heldenmut* im Krieg erfahren hatte – bei allen Heiligen, wenn er nur an das Wort dachte, wurde ihm übel –, war aufgebraucht. Sein Vater wünschte nichts Geringeres, als dass Damian sich bewies. Und verdammt noch mal, er tat sein Bestes, doch in letzter Zeit hatte er das Gefühl, dass die Welt ihn so aggressiv zurückstieß, dass er beinahe den Halt verlor.

Er war nicht wie Battista. Er konnte nicht gedankenlos sein Land und seine Ehre über alles andere stellen. Er wusste, dass er dazu in der Lage hätte sein sollen – wusste, dass seine Position das verlangte –, doch die Dinge, die er getan hatte, suchten immer wieder seine Gedanken heim.

»Was ist mit den anderen Todesfällen der jüngsten Zeit?«, fragte Damian. Er konnte nicht anders. »Glaubst du, es gibt zwischen ihnen einen Zusammenhang? Der Junge, der am Flussufer gefunden wurde, und das junge Mädchen – «

»Vergiss sie«, unterbrach ihn Battista. »Forte hält sie nicht für vorrangig, und dich ablenken zu lassen ist das Letzte, was du momentan gebrauchen kannst. Konzentriere dich auf den Mord an Leonzio und nichts anderes.«

Damian stutzte überrascht. Sein Vater konnte doch sicher nachvollziehen, dass er alle Möglichkeiten in Betracht ziehen wollte? Drei potenzielle Morde in so dichter zeitlicher Folge hatte es in Ombrazia noch nie gegeben. Falls dieselbe Person für sie verantwortlich war, hatte sie vielleicht an einem der anderen Tatorte Spuren hinterlassen. Doch er gedachte nicht zu widersprechen.

»Es muss jemand gewesen sein, der sich schon im Palazzo aufhielt«, sagte Damian und kehrte zum Thema zurück. »Entweder das, oder derjenige hat einem Außenstehenden geholfen, hineinzugelangen.«

Leonzio war Politiker gewesen – es gab fraglos Personen, die davon profitieren würden, ihn loszuwerden. Doch hier, in der Sicherheit des Palazzos, war es schwer vorstellbar, wer zu solch einer Tat Gelegenheit gehabt haben könnte.

Battista richtete den ohnehin makellos sitzenden Kragen seiner Jacke und straffte unter dem Stoff die Schultern. Sein Jüngerring glitzerte im fahlen Licht. »Egal, wen du am Ende als Verdächtigen identifizierst – du wirst Beweise brauchen. Ich schlage vor, du organisierst dir ein weiteres Augenpaar im Palazzo.«

Damian verstand nicht sofort, was sein Vater damit meinte. Das war ihm offenbar anzusehen, denn Battista fuhr fort: »Ich spreche von Informanten. Deine Offiziere können nicht alles gleichzeitig im Blick behalten. Nimm Angestellte, denen du vertraust, damit sie ein wachsames Auge auf alles haben. Wie wäre es mit – wie heißt er gleich wieder? Nico?«

»Enzo?« Damian stieß innerlich ein Seufzen aus. Sein Vater gab sich kaum Mühe, sich die Namen der Angestellten zu merken.

»Genau. Enzo. Nutze, wen immer und was immer du brauchst. Wenn Forte glaubt, dass du deinen Job nicht machst, wird er nicht zögern, dich loszuwerden, und das ist das Letzte, was ich will.« Battista erfasste wieder Damians Schulter, diesmal mit einer Hand, die er fest um sie schloss. »Die Heiligen sind auf deiner Seite, mein Junge.«

Sein Vater hatte leicht reden – der Beweis für ihre Gunst floss in seinem Blut. Damian schluckte. Jeden Tag wandte er sich mit unverwüstlicher Inbrunst an Strength, in der Hoffnung auf ein Zeichen des Schutzheiligen. In der Hoffnung auf *irgendetwas*. Doch egal, wie sehr er auch betete, er spürte lediglich die Gegenwart von Death.

»Ich werde alles in Ordnung bringen«, versprach er seinem Vater und hoffte, dass die Heiligen ihn hören und ihm helfen würden, dass es auch so kam.

Einer von Battistas Mundwinkeln hob sich. »Ich weiß, dass du das tun wirst.«

Als er ging, sah Damian ihm mit enger Brust nach. Er bezweifelte stark, dass Enzo noch wach sein würde – es war fast Mitternacht, und die Angestellten standen in aller Frühe auf –, aber er wusste, dass er trotzdem nachsehen musste, weil ihm seine rastlosen Gedanken andernfalls keine Ruhe lassen würden.

Aufgewühlt ging er die vergoldete Treppe hinab. Die Hauswirtschaftsräume der Bediensteten befanden sich im Erdgeschoss, und natürlich waren sie verlassen. Damian blieb einen Moment in der leeren Küche stehen und lauschte auf das dumpfe Rauschen des Windes draußen. Er breitete die Hände auf der kühlen Arbeitsplatte aus Marmor aus, betrachtete die erhabenen Blutgefäße, die auf seine Handgelenke zuliefen. Dabei musste er an schwarz verfärbte Haut und leere Augenhöhlen denken.

Damian schüttelte die Gedanken ab, trottete zurück und packte das Treppengeländer fester als nötig. Er würde später mit Enzo sprechen. Er musste dringend schlafen, bevor seine Wachsamkeit noch in Verfolgungswahn umschlug.

Als er durch das dunkle Labyrinth des zweiten Stocks schlich, hörte er plötzlich vom anderen Ende des Korridors ein leises, klapperndes Geräusch. Damian erstarrte, und sein Herz begann so wild zu schlagen, dass er befürchtete, seine Brust könne zerspringen. Er spähte in den dämmrigen Flur, der auf halber Strecke von einem weiteren Korridor durchschnitten wurde, zum Büro des Magistrats.

Am Rande seines Blickfelds bewegte sich ein Umriss.

Er ging auf leisen Sohlen weiter, ohne den Blick abzuwenden. Eine Hand glitt zum Messer an seinem Gürtel. Das Klappern hielt an, und er brauchte einen Moment, um das Geräusch zu erkennen. Als er es schließlich tat, beschleunigte er seinen Schritt. Jemand mühte sich erfolglos, ein Schloss zu knacken.

Irgendjemand versuchte, in Fortes Büro einzubrechen.

Er packte den Griff seines Messers und zog es hervor. Inzwischen war er nur noch wenige Schritte von dem Eindringling entfernt. Er streckte in der Dunkelheit den Arm aus und richtete die Spitze der Messerklinge auf die Stelle, an der sich vermeintlich – hoffentlich – der Hals des Unbekannten befand. »*Keine* Bewegung.«

Der Eindringling erschrak und wich von der Tür zurück. Als er sich umdrehte und die Hände hob, zog sich Damians Magen vor Entsetzen zusammen. »*Sie* sind das.«

Magistrat Forte sah zuerst Damian und dann das Messer in seiner Hand an. Verwirrung machte sich auf seinem kaum erkennbaren Gesicht breit. »Das ist mein Büro.«

Damian senkte rasch das Messer und war froh, dass seine rot glühenden Wangen von der Dunkelheit verborgen wurden. »Vergeben Sie mir, mio Signore. Ich dachte, jemand würde versuchen, einzubrechen.«

Forte stieß ein Schnauben aus. »Aha. Die Magie funktioniert in letzter Zeit nicht richtig – sie scheint mich manchmal nicht zu erkennen.«

»Lassen Sie mich Ihnen helfen.«

Forte trat beiseite, damit Damian genug Platz hatte, um den Generalschlüssel zu benutzen. Das Schloss klickte, und die Tür schwang mit einem lang gezogenen Quietschen auf. Es hallte durch den Korridor wie ein Klagelaut.

»Danke«, sagte Forte und schickte sich an, einzutreten, blieb jedoch stehen und sah Damian stirnrunzelnd an. »Wie geht es übrigens mit Ihren Ermittlungen voran?«

Damian schluckte schwer. »Wir haben fast jeden im Palazzo befragt. Als Nächstes wollen wir prüfen, ob die Rebellen möglicherweise etwas damit zu tun haben.«

»Verstehe ich richtig, dass Ihrer Ansicht nach keiner der Angestellten des Palazzos etwas mit der Sache zu tun hat?«

»Das ist schwer zu sagen«, antwortete Damian ausweichend. »Jeder kann lügen. Allerdings wirkte keiner von ihnen besonders verdächtig auf mich. Ich werde Enzo bitten, darauf zu achten, ob ihm etwas Ungewöhnliches auffällt.«

»Sie vertrauen ihm?«

Stellte Forte sein Urteilsvermögen infrage oder war er nur neugierig? Wie typisch, dass jemand von seinem Stand glaubte, Dienstboten verdienten kein Vertrauen.

»Ja«, sagte Damian entschieden. »Ja, das tue ich.«

Einen Augenblick lang herrschte Schweigen. Dann nickte Forte, indem er ein einziges Mal kurz den Kopf neigte. »Nun dann. Gute Nacht, Damian.«

Erst als Damian wieder in seinem Zimmer war, fiel ihm auf, dass der Magistrat ihn nicht *Venturi* genannt hatte.

8

ROZ

Am nächsten Tag dämmerte der Morgen düster herauf. Der Himmel war bedeckt, verhangen und grau wie die gesichtslosen Statuen, an denen Roz auf dem Weg zu Bartolo's Taverne vorbeieilte. Sie ragten unheilvoll zwischen den Blättern des ungepflegten Gartens auf – ein Versuch des Magistrats, den Außenbezirken einen gewissen Anstrich von Religiosität aufzunötigen. Doch da sich niemand die Mühe machte, die Fläche in Ordnung zu halten, hatte die Vegetation die Bänke überwuchert und kroch die gemeißelten Gewänder der steinernen Heiligen hinauf. Ein wunderschöner Anblick, wie Roz fand, auf eine ungezähmte Art und Weise. Eine Ode an den Umstand, dass sich in diesem Teil von Ombrazia nur wenige vor den Gottheiten verneigen wollten.

Sie beschloss, einen etwas längeren Weg zu nehmen, der sie am Flussufer vorbeiführen würde, wo in der Woche zuvor die Leiche des Jungen gefunden worden war. Sie wusste selbst nicht, was sie zu entdecken hoffte, sondern nur, dass es sie frustrierte, dass keinerlei Informationen über den Todesfall veröffentlicht worden waren. War der Junge vielleicht ein Deserteur gewesen? Jemand, der lieber von einem Militärschiff gesprungen war, als sich von ihm in den Krieg bringen zu lassen?

Die letzte Einberufung lag allerdings schon mehr als einen

Monat zurück, und der Fluss war in letzter Zeit ruhig gewesen. Das wäre ein zu großer Zufall gewesen.

Die Straße wurde in größeren Abständen von Laternen beleuchtet, deren schwaches Licht auf die grasbewachsene Uferböschung fiel, die das Kopfsteinpflaster vom plätschernden Wasser trennte. Die Wolken am Himmel spiegelten sich auf der Oberfläche des Flusses, ein trostloses Gemälde auf einer schimmernden Leinwand, das sich hin und wieder durch ein vorbeifahrendes Boot in ein abstraktes Bild verwandelte. Roz blieb einen Moment lang stehen, während ihr das Herz schmerzhaft bis zum Hals schlug. Als sie noch jung gewesen war, war ihr Vater mit ihr am Flussufer spazieren gegangen, hatte auf die Lichter jenseits des Wassers gedeutet und ihr Geschichten über die Stadt erzählt, aus den Tagen vor ihrer und seiner Zeit, als die Heiligen Ombrazia noch nicht in ihrem eisernen Griff gehabt hatten.

Das sind die Dinge, an denen wir uns festhalten, hatte Jacopo zu sagen gepflegt, und wenn er sich zu ihr gebeugt hatte, war sein Geruch von Minze und Tabak fast überwältigend gewesen. Es war ein Geruch, der in jeder Ritze von Roz' Erinnerungen weiterlebte. *Man muss sich daran erinnern, wie die Dinge waren, um zu wissen, was es zu erstreben gilt.*

Ihr Vater hatte sich, genauso sehr wie sie, Veränderungen gewünscht. Vielleicht war er deswegen desertiert – Jacopo war nie ein Mensch gewesen, der tat, was man ihm sagte.

In dieser Hinsicht waren sie und er sich wohl ähnlich.

Als Roz diesmal die Taverne betrat, wobei sie das *Geschlossen*-Schild an der Tür ignorierte, stand Piera Bartolo hinter der Bar. Sie hatte von weißen Strähnen durchzogenes schwarzes Haar und eine drahtige Statur – eine Frau, die scharf wie ein Messer wirkte und stets ins Auge stach. Als sie hörte, wie sich die Tür öffnete, blickte sie auf und lächelte bei Roz' Anblick.

Es war ein Lächeln mit Ecken und Kanten, nicht unbedingt warmherzig, aber dennoch tröstlich.

»Du kommst früh.« Piera ließ den Lappen liegen, mit dem sie die Theke gewischt hatte, und strich sich das Haar aus der Stirn. Hinter ihr konnte man einen schmalen Streifen der Küche erspähen. Roz sah eine steinerne Mauer und aufgereihte Weinflaschen sowie einige Holzgestelle, an denen Kräuter und Fleisch zum Trocknen aufgehängt waren.

»Ja.« Roz warf einen Blick auf die wenigen besetzten Tische. Bisher waren nur vier Leute anwesend, die höchstwahrscheinlich Pieras Spezialmischung aus Kaffee und Brandy tranken. »Ich wollte mit dir über etwas reden.«

Pieras kieselharte graue Augen verengten sich. »Ist es wegen Caprice? Wie geht es ihr?«

»Ungefähr so wie immer.« Roz seufzte. »Nein, es ist nicht ihretwegen. Hör mal – ich habe gestern ein Gespräch zwischen zwei Sicherheitsoffizieren mitgehört, das dich vielleicht interessieren könnte.«

Die Frau hob das Kinn, um Roz aufzufordern, dass sie weitersprechen sollte. Sie tat wie geheißen und senkte die Stimme. »Ich bin mir sicher, dass inzwischen schon die halbe Stadt Bescheid weiß, aber einer der Jünger aus dem Palazzo wurde ermordet aufgefunden.«

Pieras Augenbrauen schossen so schnell nach oben, dass es unter anderen Umständen komisch gewirkt hätte. »Tatsächlich? *Ermordet*?«

»Das haben sie gesagt.«

»Sie glauben, dass wir es waren, oder?«

Roz schüttelte den Kopf. »Das haben sie zwar nicht gesagt, aber sie ziehen es mit Sicherheit in Betracht. Ich dachte, ich warne dich besser vor, damit du allen Bescheid geben kannst, dass sie die Augen offen halten sollen.«

Piera ließ den Blick durch die Taverne schweifen und wurde von einer Gruppe Neuankömmlinge abgelenkt, die eintraten und sich einen Tisch suchten. Ihr Mund blieb eine schmale Linie, bis sie sich wieder auf Roz konzentrierte und sagte: »Das ist nicht alles, oder?«

»Nein.« Roz merkte, wie sie das Gesicht verzog. »Laut Palazzo-Sicherheitsdienst haben die Ermittlungen im Mord des Jüngers und die Ergreifung des Täters Priorität.«

Piera packte den Lappen, knetete ihn mit den Fingern und mahlte mit dem Unterkiefer. Sie brauchte Roz nicht zu erklären, was sie an diesem Umstand so sehr verärgerte. »Verstehe«, murmelte sie. »Ich wünschte, ich könnte behaupten, dass mich das überrascht.«

Roz war ebenfalls nicht überrascht. Doch das linderte ihre Wut trotzdem nicht. »Wenn er herausfindet – «

»*Falls* Dev es herausfindet, wird er es überleben«, sagte sie fest, aber auch freundlich. »Ich kann mir nicht vorstellen, dass er etwas anderes erwartet hätte.«

»Er ist empfindsamer, als es scheint.«

»Genau wie du.«

Roz presste die Lippen aufeinander. Sie liebte Piera, aber manchmal ärgerte es sie, wie gut die Frau sie kannte. Es ärgerte sie, dass sie zugelassen hatte, dass jemand um ihre Schwachstellen wusste und dieses Wissen womöglich gegen sie verwenden könnte. Piera würde so etwas zwar nie wirklich tun, aber dass sie Roz' *Empfindsamkeit* erwähnte, fühlte sich schon wie ein persönlicher Angriff an.

»Bin ich nicht«, grummelte sie, woraufhin Piera ihr einen vielsagenden Blick zuwarf.

»Doch, das bist du, und das ist in Ordnung. Du kommst trotzdem mit allem klar. Genau wie Dev.«

Roz öffnete den Mund, um etwas zu erwidern, sah im nächsten Augenblick jedoch, wie derjenige, über den sie gerade gesprochen hatten, mit Nasim an seiner Seite die Taverne betrat. Die beiden steuerten direkt auf die Bar zu. Piera schnappte sich mit einem weiteren bedeutungsschweren Blick in Roz' Richtung wieder ihren Lappen.

»Noch immer nichts«, verkündete Nasim im Näherkommen und knallte eine Zeitung – gefolgt von ihrer Handfläche – auf die Theke.

Roz, die gerade etwas getrunken hatte, war davon so überrascht, dass sie sich verschluckte. »Sollte ich wissen, wovon du redest?«

»Noch immer nichts über den Jungen, den sie letzte Woche am Fluss gefunden haben. Das zweite …« Nasim senkte die Stimme, woraufhin Dev ein grimmiges Gesicht machte.

»Das zweite Opfer«, sagte er tonlos. »Weißt du, du kannst es ruhig aussprechen. Ich bin nicht aus Porzellan. Piera?« Er winkte ihr zu. »Whisky bitte. Pur.«

Nasim verzog schuldbewusst das Gesicht, doch Roz sagte: »Wir wissen, dass du das nicht bist, Dev.« Dann fragte sie an Nasim gewandt: »Haben sie schon seinen Namen?«

»Sieht nicht so aus.«

Die Leiche des Jungen würde im Leichenschauhaus bleiben, bis ihn jemand identifizierte oder er zu verwesen anfing. Das war nicht richtig. Sein Leben hätte genauso viel zählen sollen, wie es das des toten Jüngers offensichtlich tat. Je länger sie darüber nachdachte, desto mehr Wut sammelte sich in ihrer Brust, als flösse Gift aus einer entkorkten Flasche.

Sie ließ sich auf einem Hocker nieder, lehnte sich an den Bartresen und ließ den Blick durch den Raum schweifen, der sich immer weiter mit Gästen füllte, die sich ebenfalls nicht von dem Schild draußen abhalten ließen, laut dem Bartolo's *geschlossen* war. Roz kannte sie alle. Josef und Zemin, Ernesto und

Basit, Nicolina, Jolanda und Arman … Stadtbewohner, von der Göttlichkeit unberührt und deswegen auch ohne Stimme. Diejenigen, die zugesehen hatten, wie ihre Stadt von einem System geformt worden war, das sie vergessen hatte.

Piera schob Dev sein Getränk hin, bevor sie ihre Schürze ablegte und auf die andere Seite des Tresens wechselte. Alle hatten sich so an die Tische gesetzt, dass sie sie sehen konnten. Gespannte Erwartung erfüllte den Raum, gemischt mit einem Anflug von Unruhe. Piera wartete ruhig ab und sprach nicht eher, bis das leise Raunen verstummt war. Es dauerte nicht lange.

Und dann begann das Rebellentreffen.

»Buon giorno«, sagte Piera. »Ich entschuldige mich dafür, dass ich euch alle so früh hergerufen habe. Doch ihr solltet erfahren, dass unser Versuch, Frederik aus dem Gefängnis zu befreien, leider nicht erfolgreich war.« Dass ihre Mundwinkel sich ein klein wenig senkten, war das einzige Anzeichen dafür, dass diese Neuigkeit sie bewegte. »Rafaella und Jianyu wurden inhaftiert. Ihr weiteres Schicksal kennen wir nicht.«

In der Taverne war es still geworden. Nicht vor Entsetzen und auch nicht wirklich aus Überraschung. Es war mehr ein schwermütiges Sich-Abfinden. Roz wurde flau im Magen, und das Gefühl verschlimmerte sich noch, als jemand rief: »Wer könnte sie verpfiffen haben?«

Bevor jemand seinen Verdacht laut aussprechen konnte, fühlte sie schon die Blicke auf sich. Verdammt noch mal, sie hatte *Teil* des Befreiungsversuches sein wollen. Mit ihrer Fähigkeit wäre sie unbestreitbar eine Bereicherung für die Aktion gewesen. Und obwohl Piera das gewusst hatte, hatte sie Roz freundlich klargemacht, dass die anderen Rebellen, die für diese Aufgabe ausgewählt worden waren, sich weigerten, mit ihr zusammenzuarbeiten.

Unter dem Druck der gebannten Aufmerksamkeit aller Anwesenden wurde Roz ganz heiß. Sie schüttelte ihre Haare aus und ließ sie offen über den Rücken fallen. »Ich weiß, was manche von euch denken«, blaffte sie wütend, »aber ich war es nicht.«

Nasim drückte solidarisch ihre Hand. *Piera vertraut dir, deswegen vertraue ich dir,* hatte sie Roz von Anfang an unerschütterlich versichert. Sie gehörte damit, neben Dev, zu lediglich einer Handvoll Rebellen, die diese Haltung vertraten. So ging es jetzt schon fast ein Jahr, und Roz war bewusst, dass die meisten anderen sie nicht dabeihaben wollten. Offenbar war der Umstand, wie nützlich sie ihnen durch ihre Position sein könnte, nicht von Belang.

Piera war seit Kindertagen mit Jacopo Lacertosa befreundet gewesen und hatte Roz deswegen schon lange vor ihrer Zeit als Jüngerin gekannt. Es war sogar Piera gewesen, die Roz in ihrer Entscheidung bestärkt hatte, in Patience' Tempel vorstellig zu werden.

Sie werden dich viel besser bezahlen, als ich es kann, hatte die Frau zu ihr gesagt. *Und sofern du dazu bereit bist, befändest du dich in der perfekten Position, um mir von Nutzen sein zu können.*

Damals hatte sie Roz auch von der Rebellion erzählt, und Roz hatte sofort die Chance ergriffen, mitzumachen. Seit dem Tod ihres Vaters hatte tief in ihrem Inneren Verbitterung gebrodelt – ein Feuer, das niemals richtig verlosch.

Piera hatte ihr eine Möglichkeit gegeben, es einzusetzen.

»Ich verdächtige *keinen* von euch«, sagte Piera nun, und in ihrer Stimme lag ein warnender Unterton. »Ich glaube nicht, dass irgendjemand der Anwesenden unsere Pläne verraten hätte. Es war einfach nur Pech, dass der Wachwechsel einige Minuten früher als geplant stattfand.«

Ein Mitglied der Rebellion namens Alix kaute auf der Unterlippe. »Werden wir einen weiteren Versuch starten?«

»Mit Sicherheit. Aber jetzt noch nicht.«

Einen Moment trat Stille ein, bevor Roz wieder die Stimme erhob. »Die Sicherheitsoffiziere des Palazzos fangen an, Fragen über uns zu stellen. Sie scheinen alle, die sie inhaftieren, diesbezüglich zu verhören. Das habe ich mitbekommen, als ich neulich Nacht auf dem Mercato war.«

Nun blickte Alix in ihre Richtung – und blieb wenigstens einigermaßen höflich. »Wer wurde befragt?«

»Ein Junge, etwa in meinem Alter. Natürlich wusste er nichts.«

»Dann nehmen sie uns also ernst«, meldete sich Piera mit einem zufriedenen Nicken zu Wort. Einige der anderen Rebellen taten es ihr gleich. »Das ist gut. Sie sind beunruhigt.«

War das *wirklich* gut? Roz war sich nicht so sicher.

»Was kommt dann als Nächstes?« Die Frage kam von Josef, einem groß gewachsenen Mann, der bei seinem letzten Einsatz oben im Norden einen Arm verloren hatte. »Verhalten wir uns unauffällig, oder geben wir ihnen einen Grund zum Fürchten?«

Roz kannte Piera inzwischen lange genug, um ahnen zu können, wie ihre Antwort lauten würde. Und tatsächlich verkündete die Rebellenführerin mit unveränderter Miene: »Die Zeiten, um Dinge im Geheimen zu tun, sind vorbei. Eigentlich hatte ich dieses Treffen vorgesehen, um die nächsten Schritte zur Befreiung unserer vermissten Mitglieder zu besprechen, doch Roz hat mir heute einige interessante Informationen übermittelt.«

Ernesto – ein Rebell, von dem Roz genau wusste, dass er sie nicht leiden konnte – warf einen verächtlichen Blick in ihre Richtung. Sie sah ihn im Gegenzug selbstzufrieden an.

»Einer der Jünger aus dem Palazzo wurde ermordet.« Piera

lächelte schief und legte eine dramatische Pause ein, während die Schockwelle ihrer Worte die Anwesenden durchlief.

Nasims Augen glänzten, jedoch war es Zemin, die als Erste fragte: »Welcher?«

»Das haben sie nicht gesagt«, antwortete Roz, als Piera sie fragend ansah. »Ist das denn von Bedeutung?«

Piera schüttelte den Kopf. »Nicht besonders. Allerdings ist es wichtig, dass wir alle etwas vorsichtiger sind als sonst. Angesichts dessen, was Roz berichtet hat, schätze ich, dass die Rebellion unter Verdacht steht. Das macht zwar alles, was wir tun, etwas riskanter, aber wenn sie den Täter nicht gleich finden, lässt es uns auch bedrohlicher erscheinen als ohnehin schon. Ich kann nicht behaupten, dass mich das stört. Außerdem tut der Magistrat alles in seiner Macht Stehende, damit der Mord an dem Jünger aufgeklärt wird. Das vermittelt eine äußerst deutliche Botschaft an Menschen wie uns« – ihr Blick fiel auf Dev –, »die einen der Unsrigen verloren und noch immer keine Antworten bekommen haben.«

Stille legte sich wie eine schwere Decke über die Taverne, nur um Sekunden später von wütendem Gemurmel durchbrochen zu werden. Jolanda schüttelte grimmig den Kopf. Roz jedoch folgte Pieras Blick, der auf Dev ruhte: Er schien nicht mal zuzuhören. Stattdessen starrte er, ohne zu blinzeln, sein halbleeres Glas an, als wünschte er, er könne in der bräunlichen Flüssigkeit ertrinken.

»Das soll wohl ein Witz sein.« Nasim hob die Brauen, und Roz fiel wieder ein, dass sie und Dev bei ihrem vorherigen Gespräch mit Piera nicht dabei gewesen waren. »Nachdem sie wegen des toten Jungen *nichts* unternommen haben? Oder wegen –« Sie brach mitten im Satz ab, und Roz wusste, dass das daran lag, dass sie im Begriff gewesen war, *Amélie* zu sagen.

Kurz herrschte peinliche Stille, und Roz ärgerte sich über

ihr eigenes Schweigen. Amélie mochte nicht mehr bei ihnen sein, doch sie verdiente es, dass ihr Name ausgesprochen wurde. Niemandem war ein Gefallen damit getan, wenn sie um ihren Tod herumredeten.

»Amélie Villeneuve«, sagte Roz nachdrücklich. »Sie hat genau wie die Jünger Gerechtigkeit verdient.«

Nun wurde Dev aufmerksam. Er sah auf, bedachte sie mit einem anerkennenden Blick und hob das Kinn. Roz erwiderte die Geste. Sie waren immerhin Rebellen, nicht wahr? Sie sprachen die Namen ihrer Toten aus und benutzten ihre Trauer als Munition. Sie wurden mit ihrer Traurigkeit, ihrer Wut fertig, indem sie zurückschlugen.

Und falls Dev dazu noch nicht bereit war, würde Roz es für ihn tun.

»In der Zwischenzeit«, fuhr Piera nun etwas sanfter fort, »sollten wir dem Palazzo vielleicht noch etwas mehr Angst einjagen. Gesetzt den Fall, sie verdächtigen uns *nicht*, den Mord begangen zu haben, müssen die Sicherheitsoffiziere ziemlich zufrieden mit sich sein, dass sie unseren versuchten Gefängnisausbruch vereitelt haben.« Als sie weitersprach, hob sie die Stimme. »Deswegen werden wir übernächste Woche den Mercato ins Visier nehmen. Ich gehe davon aus, dass ihr mit mir übereinstimmt, dass er alles symbolisiert, was in dieser Stadt falsch läuft. Ich weiß nicht, wie ihr das seht, aber ich bin es leid, als entbehrlich betrachtet zu werden. Wenn der Palazzo Leute braucht, die im Krieg kämpfen, wer wird dann eingezogen? *Wir.* Denen ist es völlig egal, ob wir an den Frontlinien sterben, und es ist ihnen offensichtlich auch egal, ob wir in unserer eigenen verdammten Stadt sterben.«

Roz stimmte in das zustimmende Gebrüll der anderen Rebellen mit ein. Die kollektive, spannungsgeladene Kraft ihres Zorns war wie eine Droge.

»Sie haben uns vielleicht gezwungen, ihre Heiligen zu akzeptieren«, sagte Piera, »aber ihre Herrschaft werden wir *nicht* akzeptieren. Nicht so. Nicht, wenn Roz' Vater kopflos und zu früh in seinem Grab liegt.« Sie nickte Roz solidarisch zu. »Nicht, wenn Nasims Bruder noch immer jeden Morgen an der Front aufwacht und wenn Josef es nur um ein Haar geschafft hat, lebendig zurückzukehren.« Piera wechselte auch mit den beiden einen Blick. »Wir sind *nicht* entbehrlich. Und trotzdem werden wir so behandelt, auf dem Schlachtfeld und abseits davon ebenfalls. Also lasst uns dem Palazzo zeigen, dass mit uns nicht zu spaßen ist. Lasst uns den Leuten zeigen, dass die Rebellion zu ihnen hält.« Sie lächelte, behäbig und berechnend. »Lasst uns den Mercato niederbrennen.«

Josef stieß einen Schrei aus, und etliche der Rebellen stimmten mit ein, elektrisiert von der Aussicht auf einen derartig dreisten Akt der Rebellion.

»Nun«, sagte Nasim, nachdem es im Raum wieder ruhiger geworden war und Piera sich in den hinteren Bereich der Taverne zurückgezogen hatte. »Das verspricht, unterhaltsam zu werden.« Sie schlug die Knöchel übereinander und verzog den Mund zu einem Grinsen. »Dev, was denkst du –«

Doch er war schon halb zur Tür raus. Sein leeres Glas lag vergessen auf der Theke, und als er nach draußen verschwand, ließ Nasim sichtlich betrübt den Kopf hängen.

»Es liegt nicht an dir«, sagte Roz und legte in einer, wie sie hoffte, tröstenden Geste die Hand auf Nasims Unterarm.

Nasims Schultern sackten nach unten, und ihr Kummer stand ihr deutlich ins Gesicht geschrieben. »Ich habe nur das Gefühl, dass ich dafür sorgen sollte, dass es ihm besser geht.«

»Du hilfst ihm, indem du für ihn da bist. Er braucht einfach Zeit.«

Roz hätte vielleicht noch mehr gesagt, doch plötzlich tönte

eine laute, nasale Stimme, die sie als Ernestos wiedererkannte, durch die Taverne.

»... und ich frage mich, wann Piera endlich damit aufhört, alles, was Lacertosa erzählt, für bare Münze zu nehmen«, sagte er gerade zu seinem Freund Basit. Seine Worte troffen vor Hohn. »Die Hälfte der Sachen, die sie *mitbekommt*« – zur Unterstreichung malte er Anführungszeichen in die Luft –, »sind wahrscheinlich blanker Unsinn. Bestimmt hat sie dem Palazzo von unserem Plan erzählt, Frederik aus dem Gefängnis zu holen, und ich möchte wetten, dass sie ihnen auch von unserem Mercato-Plan erzählen wird.« In diesem Moment bemerkte Ernesto, dass Roz ihn beobachtete, und verzog die Lippen zu einem Grinsen. »Verflucht noch mal, sie ist eine Jüngerin. Wie wahrscheinlich ist es da, dass sie *keine* Verräterin ist?«

Basit und einige andere in seiner Nähe stimmten murmelnd zu. Roz war schon halb von ihrem Stuhl aufgesprungen, als Nasim sie an ihrer Jacke festhielt. »Nicht, Roz. Du weißt doch, dass er nur versucht, dich zu provozieren. Wenn irgendjemand Blödsinn redet, dann er.«

Roz wandte sich ab, was ihr nur mit Mühe gelang. Als sie in Nasims große braune Augen blickte, biss sie die Zähne zusammen. »Aber die Leute glauben ihm. Das ist das Problem. Die Hälfte der Rebellen hält mich nicht für vertrauenswürdig.«

»Piera vertraut dir. Ich vertraue dir. Dev vertraut dir. Du hast hier viele Verbündete – sie sind nur nicht so laut.«

»Ich weiß.« Roz brachte es nicht über sich, zu sagen, dass das schlicht nicht genügte. Bei keinem anderen der Rebellen wurde die Loyalität tagtäglich infrage gestellt. Und obwohl sie Nasims unerschütterliche Unterstützung zu schätzen wusste, wusste sie auch, dass ihre Freundin einfach nicht verstand. Wenn ihr Plan, den Mercato anzugreifen, nicht gelänge, würden Leute wie Ernesto ihr dafür die Schuld geben. Wenn er problemlos über die Bühne ginge, würden sie denken, dass sie Glück gehabt hatten. »Ich habe einfach das Gefühl, dass ich nur verlieren kann.«

»Das tut mir leid«, sagte Nasim, obwohl sie Devs zurückgelassenes Glas anstarrte. Roz ließ das Thema auf sich beruhen. Es gab gravierendere Probleme als ihre. Bei allen Heiligen, in den Straßen von Ombrazia ging schließlich ein *Mörder* um.

Bei diesem Gedanken schossen ihr plötzlich einige Ideen durch den Kopf. Was, wenn Amélies Tod und der des namenlosen Jungen irgendwie in Verbindung standen? Roz wusste, dass der Junge am Flussufer gefunden worden war, doch niemand hatte etwas davon erwähnt, ob er tatsächlich ertrunken war. Was, wenn sie wie durch ein Wunder den Mord an Amélie aufklären könnte? Vielleicht sogar *beide* Morde? Dev hätte Gewissheit. Der Rest der Rebellen würde ein für alle Mal verstehen, dass sie auf ihrer Seite war.

»Hör zu«, sagte sie zu Nasim, die über ihren drängenden Tonfall so überrascht war, dass sie den Kopf hochriss. »Was, wenn die Todesfälle etwas miteinander zu tun haben?«

Nasim runzelte die Stirn. »Wie könnte das sein? Wir wissen zwar nicht, wie Amélie getötet wurde, aber ertrunken ist sie sicherlich nicht.«

»Was, wenn das auch für den Jungen gilt?«

»Roz, er wurde am Flussufer gefunden.«

»Na und?« Als Nasim sie verwirrt ansah, sprach Roz rasch weiter: »Hör zu. Es ist vielleicht kein Zufall. Wenn ich herauskriegen kann, wie sie gestorben sind – und ob sie *tatsächlich* auf die gleiche Art gestorben sind –, gibt es vielleicht Hinweise, die zu ihrem Mörder führen.«

»Ich schätze, die Möglichkeit besteht.«

»Der Nachfolger des ermordeten Jüngers wird übermorgen ernannt, und die Ernennungszeremonien finden immer in der

Basilica statt. Dort befindet sich auch die städtische Leichenhalle. Der Zutritt ist zwar verboten, aber bei dem ganzen Trubel müsste ich es eigentlich schaffen, mich hinunterzuschleichen. Ich möchte mir die Leiche des Jungen ansehen. Schauen, ob ich herausfinden kann, ob er tatsächlich ertrunken ist.«

Nasim sah sie einen langen Augenblick an. Roz wusste fast alles über Nasim: Sie lebte bei ihrer Großmutter. Sie hatte eine jüngere Schwester und einen älteren Bruder, der oben im Norden kämpfte. Sie hasste die Jünger inbrünstig, weil sie in Sicherheit waren, während das für ihren Bruder nicht galt. Sie hatte Angst davor zu sterben, ohne in der Welt Spuren zu hinterlassen. Sie liebte leidenschaftlich, fasste jedoch nur schwer Vertrauen. Und zu guter Letzt: Gerechtigkeit ging ihr über alles.

»Glaubst du, es würde Dev helfen zu wissen, wer Amélie getötet hat?«, fragte Nasim leise, und in ihrer Stimme schwang ein wenig Hoffnung mit.

Roz zuckte mit den Schultern. »Vielleicht. Schlimmer kann es dadurch jedenfalls nicht mehr werden.«

Falls die Leichenhalle verschlossen wäre, ging Roz davon aus, dass das Schloss von einem von Patience' Jüngern geschaffen worden war. Das bedeutete, dass es sich nur durch die Berührung von jemandem öffnete, dem der Zutritt gewährt worden war.

Roz gehörte fraglos nicht zu diesem Personenkreis. Doch nachdem sie schon selbst einige Schlösser dieser Art angefertigt hatte, konnte sie es mit genügend Zeit schaffen, diesen Schutz zu umgehen.

Zumindest hoffte sie das.

9
ROZ

Roz stand vor der Basilica, während die Glocken läuteten.

Ihr Blick wanderte über die Piazza, über der sich die Kirche erhob. Die Stimmen von Menschen, die sich um einen Verkaufsstand scharten, der frischen Fisch anbot, durchdrangen die warme Luft, und irgendwo hörte man einen Musiker mit einem Leierkasten. Es war kurz vor der Abenddämmerung – eine Zeit, zu der im Herzen der Stadt immer rege Betriebsamkeit herrschte.

Hier sind viel zu viele Leute, dachte Roz bei sich, als sie sich einen Weg durch die Menschenmassen bahnte, die um die Kirche herum Schlange standen. Sie fragte sich, ob Deaths Jünger in Anbetracht dessen, was mit ihrem letzten Repräsentanten geschehen war, wohl ein ungutes Gefühl hinsichtlich einer Ernennung hatten.

Die Jünger, die für den Palazzo ausgewählt wurden, wurden unter den mächtigsten ihresgleichen ausgesucht. Anschließend trafen sie politische Entscheidungen und regierten, zusammen mit dem Magistrat und dessen Beratern, über ganz Ombrazia. Sieben Menschen, die für eine ganze Stadt zuständig waren – die sechs Repräsentanten und Forte –, und kein einziger von ihnen vertrat die Unerwählten. Nachdem die Reinkarnation von Strength im Ersten Krieg der Heiligen Chaos besiegt hatte, war er es gewesen, der in den Süden zurückgekehrt und dieses spezielle Herrschaftssystem etabliert hatte. Doch kurz danach war er an der Pest gestorben, und der erste Magistrat hatte seinen Platz eingenommen. Seitdem war es so geblieben.

Roz stieß einem Mann, der dicht bei ihr stand, den Ellenbogen in die Rippen, um sich einen Weg zum Eingang der Basilica zu bahnen. Das Bauwerk befand sich im Zentrum von Deaths Sektor und bestand aus glattem grauem Stein, in den kunstvolle Verzierungen eingemeißelt waren. Ein riesiger Torbogen umrahmte den Haupteingang, dessen hölzerne Türen die Insignien von Deaths Jüngern trugen: einen Schädel mit Sternen als Augen. Oberhalb davon befand sich eine perfekte Darstellung der sechs gesichtslosen Heiligen – einer für jede der gesegneten Zünfte, mit einem Loch im Stein an der Stelle, an der der siebte nachlässig weggeschlagen worden war. Sie hielten die Köpfe zum ewigen Gebet geneigt, und Roz bemühte sich wie immer, sie nicht zu genau zu betrachten.

Sie vertraute den Heiligen nicht – nicht mehr. Ihr Vater hatte recht gehabt, und sie wünschte, er wäre noch am Leben, damit sie es ihm sagen könnte. Wenn die Stadt *wirklich* von den Heiligen abstammte, weshalb waren dann nur einige mit Magie gesegnet? Und welchen Grund hatten die anderen Stadtbewohner, diese Auserwählten zu verehren? Eine richtige Gottheit sollte Roz' Meinung nach niemanden bevorzugen. Was sie anging, mussten die Heiligen, wenn sie ihre Verehrung wollten, sich ihrer erst einmal als würdig erweisen, unabhängig davon, ob sie nun von Patience abstammte oder nicht.

Sie trat gemeinsam mit den anderen Zuschauern – hauptsächlich Jünger – zwischen die Bankreihen. Trotz allem fand Roz den Kontrast zwischen den einzelnen Gruppen wie immer interessant: die Jünger von Grace in leuchtendem Blau und die von Strength in charakteristischem Schwarz. Deaths Jünger in weißen Gewändern und die von Patience in dunklem Weinrot. Die Jünger von Mercy mit ihren humorlosen Gesichtern und die von Cunning mit ihren verschmitzten Mienen. Hätte Roz raten müssen, hätte sie geschätzt, dass etwa ein Drittel der Bevölkerung Magie besaß, wobei die meisten Stadtbewohner die Heiligen dennoch verehrten. Es war üblich, bei sich zu Hause Statuetten des eigenen Schutzheiligen aufzustellen, und sowohl die Basilica als auch die anderen, kleineren Tempel in der Stadt wurden von Gläubigen gut besucht. Sie hatte sogar schon gesehen, wie Leute Opfergaben vor die Türen gelegt hatten.

Im Anschluss an die Zeremonie hätte sie nur einen kurzen Moment Zeit, um sich ungesehen nach unten zu stehlen. Roz wünschte, sie hätte schon jetzt Gelegenheit dazu gehabt, während die Zuschauer eintrafen – dann hätte sie sich nicht die komplette Veranstaltung antun müssen –, doch die Leute betraten die Basilica in Wellen, würden sie später dagegen alle gleichzeitig verlassen.

Die Zunftmeister – die die alltäglichen Angelegenheiten der Jünger regelten, während ihre Vertreter im Palazzo saßen – standen ganz vorne im Altarraum. Hinter ihnen erklomm Magistrat Forte gerade die Stufen zum Podium.

»Einen schönen Nachmittag!«, sagte Forte laut, als er oben stand, verschränkte die Hände und ließ den Blick übers Publikum wandern. Ein leichter Schweißfilm überzog seine Stirn, und wenn Roz es nicht besser gewusst hätte, hätte sie es glatt für ein Anzeichen von Nervosität halten können. »Vielen Dank, dass Sie heute alle zu uns gekommen sind. Seit der letzten Erhebungszeremonie ist einige Zeit vergangen, und ich weiß, dass Deaths Jünger einige wundervolle neue Kandidaten aufgestellt haben.«

Roz verdrehte die Augen. Die letzte Zeremonie lag noch nicht lange zurück, und das wussten auch alle.

»Die Heiligen blicken am heutigen Tage auf uns herab, an dem wir einen neuen Jünger in den Palazzo schicken«, fuhr Forte fort und senkte den Blick, wie Roz vermutete, auf seine Rede. Sein Tonfall wurde leiernd und ausdruckslos, als er direkt vom Blatt ablas. »Von diesem Tage an wird der- oder diejenige die Ehre haben, einen Beitrag zur Stadtregierung zu leisten. Meine Berater und ich werden mit ihm zusammenarbeiten, um sicherzustellen, dass wir Ombrazia repräsentieren.« Nun wurde Fortes Ton ernster, und sein Blick glitt zur kunstvoll verzierten Decke hinauf. »Ich weiß, viele von Ihnen haben Fragen, und sie werden zu gegebener Zeit beantwortet werden. Der Unfall, bei dem diese Woche ein Jünger sein Leben verloren hat, war eben genau das: ein Unfall. Eine derartige Tragödie darf sich nicht wiederholen.«

Er rückte mit bebender Hand seine Brille zurecht, und Roz wurde abrupt unbehaglich zumute. Wusste der Magistrat etwas, das sie nicht wussten? Gab es einen Grund, nervös zu sein, den der Rest von ihnen nicht kannte?

»Und nun«, verkündete Forte und holte tief Luft, »die Geschichte, die Sie alle so gut kennen.« Er schlug oben auf dem Podium ein Buch auf, bei dem es sich nur um eine Ausgabe von *Heilige und Hingabe* handeln konnte, und begann vorzulesen: *»Als die Welt noch jung, die Sonne gerade erst entzündet war, richtete Strength seinen Blick auf die Erde und befand, dass ihr etwas fehlte. Und so spaltete er sie, um die Täler zu erschaffen, und formte sie durch seinen Willen zu den höchsten Berggipfeln.«* Eine kurze Pause entstand, als er die Seite umblätterte. *»Im Herzen von Strengths Bergen brachte Patience die Hitze hervor. Sie war es, die das Feuer schuf, und Chaos war es, der ihm Bewegung verlieh. Doch Wärme durfte nicht grausam sein, und so schuf Patience zur Mäßigung ihres unbesonnenen Geliebten auch den Regen. Der Regen schenkte allerlei Tieren und Pflanzen das*

Leben, die der Menschheit von Nutzen sein konnten, um zu überleben.

Doch die Menschen besaßen noch nicht die notwendigen Fähigkeiten dazu, und so gab Cunning ihnen Wissen, und Grace verlieh ihnen die Gabe, etwas zu erschaffen. Für viele Jahre wuchs und gedieh die Menschheit, doch Wohlstand währt nicht ewig. Wer erschafft, braucht Ressourcen, und die Erde konnte nicht endlos geben. Also gab Chaos den Menschen den Krieg.«

Ein leises Raunen ging durch die Kirche. Roz' Vermutung nach lag das daran, dass die anderen, genau wie sie selbst, zum ersten Mal erlebten, dass jemand die Geschichte vorlas, ohne Chaos' Rolle gänzlich auszuklammern.

Forte legte einen Finger an die Lippen und blätterte wieder eine Seite um.

»*Die Menschen kämpften viele Jahre. Mercy und Death beobachteten sie Hand in Hand, und gemeinsam fanden sie eine Lösung. Wenn ein Mensch verletzt wurde, gewährte Mercy Heilung und Medizin. Und wenn das nicht genügte, gewährte Death Frieden. Einen Ort zum Ausruhen, wenn ihre Zeit auf Erden zu Ende war.*«

Forte blickte von dem dicken Buch auf. »Und so ehren wir heute sechs dieser Heiligen. Strength, Patience, Grace und Cunning, die uns mit jeweils einer Zunft beschenkt haben. Mercy und Death, die uns mit tiefstem Verständnis für das menschliche Leben beschenkt haben.« Einen Atemzug lang sah er aus, als wolle er noch mehr sagen, doch dann schürzte er nur die Lippen und winkte eine Frau heran, bei der es sich, wie Roz wusste, um die Meisterin von Deaths Zunft handelte.

Sie war groß und gut gebaut, und ihr Mund war eine gerade, humorlose Linie. Sie reichte dem Magistrat ein Ledersäckchen, dessen Inhalt Forte sofort auskippte. Dutzende Papierstückchen wirbelten wie farblose Schmetterlinge durch die Luft. Die Zuschauer waren verstummt, und Roz verfolgte, wie alle Zettel bis auf einen zu Boden sanken. Das verbliebene Stück Papier schwebte weiter in der Luft, schwankte und wirbelte wild im Kreis, bis Forte die Hand danach ausstreckte und es einfing.

»Salvestro Agosti«, las er vor. Die Silben hallten durch den weitläufigen Raum und formten einen Namen, der Roz unbekannt war. Beifall erhob sich – zuerst zögerlich, jedoch schnell zu einer Kakofonie anwachsend –, als sich von einer der Bänke im vorderen Teil des Raums ein groß gewachsener Mann erhob. Sein seidener Anzug war eine offensichtliche Zurschaustellung von Wohlstand, und an seinen Fingern steckten opulente Ringe. Er sah aus wie ein Mann, der bereit war, die Macht anzunehmen. Nein, das stimmte nicht ganz: Er sah aus wie ein Mann, der *erwartete*, dass man sie ihm verlieh.

Für den Rest der Zeremonie ließ Roz die Gedanken schweifen und blendete Fortes monotones Gerede aus. Hier zu sitzen war extrem unangenehm. Selbst wenn sie nicht von Jüngern umgeben gewesen wäre, fühlte sie sich an Orten, an denen zu den Heiligen gebetet wurde, immer wie eine Hochstaplerin. Die Leichenhalle unterhalb des Heiligtums schien sie zu locken, sie daran zu erinnern, weshalb sie hergekommen war, und sie bekam kein einziges weiteres Wort über Heilige und Heiligung mit.

Ungefähr eine Stunde später kam um sie herum plötzlich Unruhe auf, und Roz merkte, dass die anderen Zuschauer begannen, sich zu erheben und zu zerstreuen. Sie sprang auf. Da die übrigen Anwesenden sich ganz darauf konzentrierten, die Basilica in Reih und Glied zu verlassen, schien niemand zu bemerken, wie sie auf eine Tür in der hintersten Ecke des Heiligtums zusteuerte.

Sie schlüpfte hindurch, als wäre sie dazu berechtigt, und schon fiel die Tür mit einem leise hallenden Klicken hinter ihr zu und schloss sie auf der Treppe ein.

Kerzenleuchter an den Wänden erhellten die steinernen Mauern und verwandelten ihren Schatten in etwas Riesenhaftes. Sie schlich auf Zehenspitzen die Stufen hinunter, jeder ihrer Atemzüge ein warmer Hauch, der von ihren Lippen aufstieg. Hier unten war die Welt kälter. Stiller. Die Luft selbst schien viel zu still zu sein und sich wie ein schweres Gewicht auf Roz' Brust zu legen. Sie eilte den Korridor entlang, bog links ab, dann wieder links, bis sie auf eine offene Tür stieß. Hinter ihr lag, wie sie erkennen konnte, ein lang gezogener, mit weißem Marmor gefliester Raum.

Die Leichenhalle war *nicht* abgeschlossen. Oder falls sie es gewesen war, war schon jemand anderes hier.

Mit wild hämmerndem Herzen spähte Roz durch die Tür. Sie betete im Stillen, dass die Leichenhalle leer sein möge, während sie den Blick über die Reihen aus Metalltischen schweifen ließ und versuchte, sich beim Anblick derer, auf denen mit Tüchern bedeckte Leichen lagen, nicht zu ekeln. Es roch nach Tod – eine widerwärtige Mischung aus Verwesung und Einbalsamierungsflüssigkeit –, doch das war es nicht, was Roz erstarren ließ.

Jemand stand neben einem der Tische. Jemand, den sie kannte und doch nicht wiederzuerkennen glaubte. Jemand, dessen Anwesenheit sie sofort eine Verteidigungshaltung einnehmen ließ. Uniformiert bot er einen beeindruckenden Anblick: messingfarbene Orden, ein rot gesticktes Abzeichen wie eine Wunde an seinem Arm, die tintenschwarzen Stiefel glänzend poliert.

Roz' Anspannung zerstob, und sie spazierte mit festen Schritten in die Leichenhalle. »Damian.«

Sie zog seinen Namen in die Länge, legte Gift in jede Silbe, obwohl ihn wiederzusehen ein Tiefschlag war. Selbstverständlich hatte er Zugang zur Leichenhalle, doch was um alles in der Welt machte er hier?

Damian erstarrte und glotzte sie an, als wäre sie ein Gespenst. Dann fasste er sich wieder, und sie merkte, wie ein Schatten über sein Gesicht huschte und er sich vor ihr verschloss. Auf jeden anderen hätte er bedrohlich gewirkt, doch Roz hatte keine Angst. In ihren Stiefeln war sie fast so groß wie er, und seine breiten Schultern verrieten ihr, dass er eher auf Körperkraft als auf Beweglichkeit baute. Wieder einmal stellte sie verblüfft fest, wie sehr er sich von dem Jungen unterschied, den sie einst gekannt hatte. Von dem Jungen, den sie vor langer Zeit durch die Straßen gejagt und im Dunkeln geküsst hatte.

Doch der Hauptgrund dafür, dass sie nicht fortlief, stand ihm ins Gesicht geschrieben. Tags zuvor hatte er schon erschöpft gewirkt, doch heute sah er halbtot aus. »Rossana.«

»Man nennt mich Roz, wie Sie wissen. *Officer*.«

Damian schien sich unbehaglich zu fühlen. Gut. Er stellte sich vor den Metalltisch, um ihr mit seinem Körper den Blick auf die Leiche zu versperren. »Warum sagst du das so?«

»Wie?«

»Als wäre es ein Schimpfwort.«

Roz lächelte nur süßlich, woraufhin Damian das müde Gesicht zu einer finsteren Miene verzog. Das stand ihm überhaupt nicht. Roz konnte sich an Damian eigentlich fast nur lächelnd erinnern, daran, wie dabei immer sein entzückender, leicht schief stehender Schneidezahn zum Vorschein gekommen war. Doch nun fiel es ihr schwer, sich vorzustellen, dass er überhaupt jemals lächelte. Er war ein Bilderbuchsoldat, und die Arkebuse, die er auf dem Rücken trug, passte perfekt zu seinem angewiderten Gesichtsausdruck. Roz fragte sich, ob er sie, wenn sie ihn provozierte, wohl erschießen würde? Würde er mit der gleichen Leichtigkeit töten wie sein Vater und froh sein, sie loszuwerden?

Roz konnte kaum glauben, dass es einmal eine Zeit gegeben hatte, als sie ihn angefleht hatte, sie nicht zu verlassen. Eine Zeit, als sie eine dieser geäderten Hände an ihre Brust gedrückt und mit unerschütterlicher Gewissheit gedacht hatte, dass Damian Venturi sich so sehr wie ein Zuhause anfühlte.

»Was hast du verdammt noch mal hier zu suchen?«, fragte er, verschränkte die Arme und stellte sich breitbeinig hin. Sein Mund war eine schmale Linie, und in seinem Gesicht zeichnete sich Misstrauen ab.

Bei allen Heiligen, wenn er diesen kühlen, autoritären Ton anschlug, klang er genau wie Battista. Roz' Blut heizte sich auf. Wie sehr es sie danach verlangte, General Venturis Kopf von seinen Schultern zu trennen und Damians Gesicht zu sehen, wenn sie ihn vor *seine* Tür legte. »Das Gleiche könnte ich dich fragen.«

»Beantworte die Frage.«

»Sagen wir einfach, aus wissenschaftlichem Interesse.«

Er verlagerte sein Gewicht und kniff finster die Augen zusammen. »Du bist eine schlechte Lügnerin, Rossana.«

Roz trat mit drei schnellen Schritten vor ihn. »Ich bin eine hervorragende Lügnerin«, entgegnete sie, spürte die Bitterkeit, die sich zwischen ihnen formierte. Dabei entging ihr nicht, wie Damians Hand in Richtung der Arkebuse zuckte. Ihre Verbitterung machte sie kopflos. Sie beugte sich näher zu ihm und brachte die Lippen dicht an sein Ohr. Er roch nach Ambra und Minze, nach Kindheit und gebrochenen Herzen. »Und *hör auf*«, fügte sie hinzu, »mich Rossana zu nennen.«

Damian wich zurück. Er öffnete die Lippen, als wolle er etwas entgegnen, schien es sich jedoch anders zu überlegen. »Ich könnte dich wegen unerlaubten Betretens verhaften lassen«, sagte er stattdessen. »Du weißt, dass die Leichenhalle nicht öffentlich zugänglich ist.«

»Das könntest du tun«, stimmte Roz zu. »Aber irgendetwas sagt mir, dass du eigentlich auch nicht hier sein solltest.«

Er blähte die Nasenflügel, und für einen Moment starrten sie einander in einer Art zornigem Patt reglos an. Roz hatte nur geraten, jedoch offensichtlich ins Schwarze getroffen. Noch immer konnte sie Damian lesen wie ein offenes Buch. Erkannte daran, dass er ein wenig zu still dastand, dass er etwas zu verbergen hatte. Erkannte an der Art, wie sein Mund sich leicht verzog, sein schlechtes Gewissen.

»Im Gegensatz zu dir bin ich berechtigt, hier zu sein«, konterte er.

»Schon möglich. Aber das bedeutet nicht, dass du hier sein *solltest*«, entgegnete Roz herausfordernd und wartete ab.

Eine kurze Pause entstand. Als Damian schließlich antwortete, fiel seine Erwiderung knapp aus.

»Ich versuche, einen Mord aufzuklären. Eigentlich mehrere Morde.«

Nun wurde es für Roz interessant. »Du sprichst doch bestimmt nicht von den beiden Unerwählten, die kürzlich tot aufgefunden wurden. Solltest du dich nicht darauf konzentrieren, den Mörder des Jüngers zu finden? Ich habe gehört, diese Angelegenheit hätte Priorität.«

Seine Nasenflügel blähten sich. »Ich habe Grund zur Annahme, dass sie miteinander in Verbindung stehen.«

»Und welchen Grund?«

»Das geht dich nichts an.«

Roz warf verärgert ihren Pferdeschwanz über die Schulter. »Doch, das tut es eigentlich schon. Weißt du, ich würde gern wissen, wer auf der Straße Leute umbringt. Insbesondere, da der Palazzo verdammt noch mal nicht geneigt ist, irgendetwas dagegen zu unternehmen.«

Etwas geschah in Damians Augen. Plötzlich wirkte sein

Blick merklich distanziert und kühl. Er mahlte mit dem Kiefer. Zupfte an seiner Uniform. »Ungeachtet dessen, was du vielleicht denken magst, bin ich nicht wie meine Vorgesetzten. Ich will Gerechtigkeit für alle, die gestorben sind. Nicht nur für Jünger.«

»Ach, ist das so?«, entgegnete Roz sanft und eiskalt. »Willst du Gerechtigkeit für meinen Vater, für den Mann, der dich behandelt hat, als wärest du sein eigener Sohn? Und was ist mit meiner Mutter, die seinen Kopf in einer Kiste liegen sehen musste?«

Damian wurde sehr still. Die Kühle in seinem Blick verschwand, und in seinem Hals arbeitete es angestrengt, als er schluckte. »Ich – davon wusste ich nichts.«

Sie schnaubte so laut, dass es von den Wänden der Leichenhalle widerhallte. »Genau.«

»Rossana, ich belüge dich nicht.«

»Tatsächlich? Dann hatte es also einen *anderen* Grund, dass ich seit dem Tod meines Vaters nichts mehr von dir gehört habe?«

Schweigen.

»Das dachte ich mir.« Roz lachte verbittert auf. »Spar dir die Worte, Venturi. Warum erzählst du mir stattdessen nicht, was du in Erfahrung gebracht hast?«

Damian gab ein ungläubiges Schnauben von sich. »Wie bitte?«

Sie wies auf die Leiche, neben der er stand. Das Laken war zurückgezogen worden und entblößte das aufgedunsene graue Gesicht eines jungen Mannes. »Das ist der Junge, der am Flussufer gefunden wurde, richtig? Weißt du, woran er gestorben ist?«

»Rossana, wenn du glaubst, ich gebe Details einer Palazzo-Ermittlung preis, dann –«

»Wir wissen doch beide, dass der Palazzo sich keinen Deut um den Tod dieses Jungen schert«, blaffte Roz, bevor sie sich bremsen konnte. »Man hat dich angewiesen, dich nicht mit ihm aufzuhalten, oder? Deswegen sahst du, als ich hereinkam, so schuldbewusst aus.« Als sie seinen reuigen Gesichtsausdruck bemerkte, fuhr sie fort: »Lass mich dir helfen, und ich werde niemandem ein Sterbenswörtchen verraten.«

Sie hasste Damian, aber sie wusste, dass seine Behauptung, er wolle Gerechtigkeit für die Toten, der Wahrheit entsprach. So eine Art Mensch war Damian eben – auch wenn seine ehrenhaften Absichten nicht für ihren Vater gereicht hatten. Sie konnte ihn *benutzen*. Konnte seine privilegierten Informationen nutzen und den Umstand, dass er dank seiner Uniform überall hinkam. Er hielt sich nicht zufällig in der Leichenhalle auf. Er hatte eine Spur. Eine, die er aus irgendeinem Grund eigentlich nicht verfolgen sollte. Deswegen war er hier und nicht in der Krypta des Palazzos, wo der Körper des Jüngers fraglos hingebracht worden war.

Und wenn er ihr noch so oft mit Verhaftung drohte – mit diesem Wissen hatte Roz etwas gegen ihn in der Hand.

Außerdem war Damian nicht der Einzige, der nach Gerechtigkeit strebte. Roz wollte sie ebenfalls, und sie wollte sie *noch mehr* als er. Für Amélie. Für Dev. Für jeden in dieser Stadt, der als unwichtig betrachtet wurde.

Sie wollte die Gerechtigkeit, die ihr Vater verdient gehabt hätte.

»Wieso sollte ich mir von dir helfen lassen?«, fragte Damian, und in jedem Wort schwang unüberhörbare Skepsis mit.

»Erstens« – Roz hob einen Finger – »verfüge ich über Informationsquellen, die deine Regierung nicht hat. Eine Jüngerin zu sein oder ein Sicherheitsoffizier … Das gewährt einem Zugang zu gänzlich unterschiedlichen Dingen. Du wirst mit meiner Hilfe erfolgreicher sein.« Sie hielt inne, darauf bedacht, ihm nicht zu viel zu verraten. »Und zweitens wegen dem, was ich gerade gesagt habe. Du lässt mich dir helfen – berichtest mir *alles*, was du herausfindest –, und ich lasse dich dafür nicht feuern.«

»Das ist Erpressung.«

»Das ist ein Handel.«

Damian starrte sie einen Moment lang mit undurchdringlicher Miene an. Die Schatten hier unten zeichneten Vertiefungen unter seine Wangenknochen, und Roz befiel das nachdrückliche Gefühl, jemandem gegenüberzustehen, der in der Zeit gefangen war. All seine Eigenarten waren ihr so vertraut und verknüpft mit dem Jungen, den sie aus ihrer Jugend kannte, doch nun fand sie sie im Gesicht und dem Körper eines Mannes wieder, der zu viel gesehen hatte.

»Du schuldest mir was«, zischte Roz kaum hörbar. »Du *schuldest* mir was.«

Damians Miene veränderte sich. Sie wussten beide, dass sie damit nicht nur auf die Todesumstände ihres Vaters anspielte. Auch für das, was danach geschehen war, stand er in Roz' Schuld, als er durch sein Schweigen gezeigt hatte, auf wessen Seite er stand. Das Schweigen, das sich Monat um Monat hingezogen hatte, bis Roz ihn eines Tages in Patience' Tempel hatte patrouillieren sehen und ihr jäh bewusst geworden war, dass er ihr nichts von seiner Rückkehr gesagt hatte. Oder davon, dass er überhaupt noch lebte.

Wie könnte sie ihm das jemals vergeben?

»Ich verstehe wirklich nicht, weshalb dir das so wichtig ist«, sagte Damian ebenso leise. »Aber von mir aus, Rossana. Wir sind im Geschäft.«

10

DAMIAN

Jeder Herzschlag schickte Schuldgefühle durch Damians Körper. Er beobachtete, wie Roz ihre makellosen Fingernägel begutachtete, bevor sie ihn wieder ansah. Der Blick aus ihren blaugrauen Augen war vernichtend.

Es tut mir leid, hätte er sagen sollen. *Es tut mir leid, dass du nichts von mir gehört hast, obwohl ich wusste, dass du darauf wartest. Es tut mir leid, dass ich zugelassen habe, dass du ganz allein mit deinem Leid warst. Es tut mir leid, dass ich dir nicht gesagt habe, dass ich zurückkomme oder dass ich noch am Leben bin. Ich hatte zu sehr das Gefühl, dass ich es nicht verdient hätte, noch zu leben.*

Sein Stolz hielt ihn davon ab, das alles laut auszusprechen.

Damian wusste, dass er alles falsch gemacht hatte. Roz das zu gestehen würde auch nichts ändern – nicht, wenn sie so fest entschlossen war, ihn zu hassen.

Er war klug genug, um zu wissen, dass Roz einen Plan in der Hinterhand hatte. Sie heckte immer irgendetwas aus. Fand eine Möglichkeit zu gewinnen. Als sie noch jung gewesen waren, hatte ihn das nicht gestört, hauptsächlich, weil er es genossen hatte, ihre unverhohlene Freude zu sehen, wann immer sie es geschafft hatte, ihn bei irgendetwas zu übertreffen. Sie lächeln zu sehen, vielleicht sogar ihre Lippen auf seiner Wange zu spüren, war weitaus befriedigender gewesen, als zu siegen.

Er war innerlich so *zerrissen.* Jacopo hätte niemals so bereitwillig seine Soldaten im Stich lassen dürfen, doch das bedeutete noch lange nicht, dass Damian seinen Tod gewollt hatte. Und falls das, was Roz erzählt hatte, stimmte und ihr wirklich der Kopf ihres Vaters vor die Tür gelegt worden war … Also, das war ein ganz neues Maß von Grausamkeit. Er konnte sich nicht vorstellen, dass Battista es gebilligt hatte.

Außerdem fragte er sich, was sie eigentlich *wollte*? Offenbar die Morde aufklären, aber warum? Sie musste Gründe dafür haben, die sie ihm vorenthielt.

»Großartig.« Roz' Stimme bohrte sich in seine Gedanken. Damian brauchte einen Augenblick, um sich daran zu erinnern, dass sie damit ihren Handel meinte. Sie streckte ihm die Hand hin.

Er stierte sie an. Ihm war deutlich bewusst, dass ihr sein Zögern nicht entging. Roz erstarrte. Eine Haarsträhne, die sich aus ihrem Pferdeschwanz gelöst hatte, berührte sacht ihren Kiefer. Wie sehr er sich danach sehnte, sie zurückzustreichen. Mit den Fingerknöcheln über die leichte Rundung ihrer Wange zu gleiten und ihr Entschuldigungen ins Ohr zu flüstern, bis er heiser war.

Stattdessen ergriff Damian ihre Hand. Sie fühlte sich winzig an, kühl und weich. Weniger vertraut, als er gedacht hatte. Kaum hatten sie sich die Hände geschüttelt, riss Roz sich wieder von ihm los.

»Okay. Es läuft folgendermaßen: Wir müssen keine Freunde sein – eigentlich wäre ich sogar lieber ein Köder für den Mörder als dein Freund.« Sie sah ihn fest an, ohne zu blinzeln. »Wir versuchen, den Täter zu finden, und halten in der Zwischenzeit Augen und Ohren nach verdächtigen Todesfällen offen. Sollte es einen geben, nimmst du mich mit zum Tatort. Wir berichten einander alles, was wir herausfinden, und tauschen uns über all unsere Gedanken aus. Sollten wir einen Verdächtigen ausmachen, nutzt du deine tollen Palazzo-Ressourcen, um sicherzustellen, dass er bekommt, was er verdient, und danach brauchen wir nie wieder ein Wort miteinander zu wechseln.«

Damian dachte darüber nach. »In Ordnung«, sagte er schließlich. »Aber wir machen es auf meine Art.«

»Was soll das nun wieder heißen?«

»Das soll bedeuten, dass wir es klug anstellen werden.«

»Wer sagt, dass meine Art nicht klug ist?«

Er wartete ungerührt ab, bis Roz mit einem erbosten Seufzen kapitulierte.

»*Schön*. Dann verraten Sie mir, Officer Venturi, genialster aller Menschen – was machen wir als Erstes?«

Damian zog das Laken, mit dem der Tote abgedeckt war, noch weiter herunter und entblößte fleckige Arme und den Torso. Bevor sie aufgetaucht war, hatte er den Körper schon untersucht. »Nun, zuallererst ist dieses Opfer nicht ertrunken.«

Roz musste von dem Gestank würgen. Weder die Kälte noch die Konservierungsmittel konnten ihn ganz unterbinden. »Woher weißt du das?«

»Siehst du diese dunklen Linien auf der Haut? Das kommt nicht von der Verwesung.« Damian deutete auf sie, ohne sie zu berühren. »Das ist Gift. Am Körper des toten Jüngers waren die gleichen Spuren.«

Roz verzog das Gesicht. »Ich hätte es für eine Art postmortales Phänomen gehalten. Du weißt schon, Blut, das in den Adern gerinnt, oder dergleichen.«

»Ich wusste gar nicht, dass du dich so gut mit Medizin auskennst.«

»Tue ich auch nicht. Wir haben ein wenig darüber im Tempel gelernt. Nur die Grundlagen.«

Stimmt. Er hatte ganz vergessen, dass sie inzwischen eine Art Ausbildung genossen haben musste. Für ihn war es immer noch befremdlich, Roz als Jüngerin zu betrachten. »Weißt du, ich war überrascht«, sagte Damian, »als ich erfahren habe, dass du gesegnet wurdest. Ich kann mich noch immer an den Tag erinnern, an dem wir getestet wurden.«

Roz versteifte sich sichtlich und richtete sich kerzengerade auf. Sie beugte sich von der Leiche weg und funkelte Damian so wütend an, als hätte er eine Todsünde begangen, indem er von der Vergangenheit gesprochen hatte. »Ich möchte nicht darüber reden.«

»Warum denn nicht? Das ist doch großartig. Als hätte Patience ihren Fehler, dir keine Magie zu schenken, eingesehen und ihn berichtigt.«

Vielleicht war es falsch gewesen, zuzulassen, dass in seiner Stimme Erstaunen mitgeschwungen war, denn Roz verkrampfte sich nur noch mehr. »Ja, ja. Ein verfluchtes Wunder und so weiter.«

Damian verstand nicht recht, weshalb sie so wütend wurde. »Ich würde alles dafür geben, gesegnet zu sein«, gestand er leise. »Alles, um zu wissen, dass ich den Heiligen etwas bedeute.«

»Du glaubst, das heißt, dass ich den Heiligen etwas *bedeute*?« Roz stieß ein Lachen aus, das kaum falscher hätte klingen können. »Oh ja, ich habe mich sehr gesegnet gefühlt. Mal abgesehen vom Mord an meinem Vater und so weiter.« Sie schüttelte verbittert den Kopf. »Wie auch immer, ich habe gesagt, dass ich nicht darüber reden will. Was war das für ein Gift? Das, das den Jünger getötet hat, meine ich.«

Ein Schleudertrauma in Menschengestalt – das war Roz mit ihrem abrupten Themenwechsel. Ihre Antwort hatte ihn neugierig gemacht, aber da sie unmissverständlich klargemacht hatte, dass sie keine weiteren Fragen dulden würde, beantwortete er stattdessen ihre. »Keine Ahnung.«

»Sehr hilfreich.«

Damian ignorierte ihre spitze Bemerkung. »Ich erkenne keine Verbindung zwischen den Opfern. Und doch …« Er beugte sich über die Leiche, wobei er darauf achtete, nicht einzuatmen, und zog eines der Augenlider des Jungen zurück.

Roz unterdrückte ein Keuchen und wich zurück. »Was zur *Hölle* ist das?« Dort, wo der Augapfel hätte sitzen sollen, war nur undurchsichtige Schwärze. Die Augen des Jungen waren gegen etwas ausgetauscht worden, das aussah wie Obsidian. Als Damian die dunklen Striemen, die das Gift auf seinem Weg hinterlassen hatte, aufgefallen waren, hatte er bereits mit etwas Derartigem gerechnet, und er war sich noch nicht ganz sicher, ob er sich darüber freute, recht behalten zu haben, oder nicht. Ein Gewicht schien sich auf seine Brust zu legen. Roz beobachtete abschätzig seine Reaktion, und ihre Blicke schienen ebenso schwer auf ihm zu lasten. Es war albern, dass er sich durch ihre Anwesenheit getröstet fühlte und die Kälte in der Leichenhalle durch sie weniger erdrückend zu sein schien. Sie war schon immer ein Licht in seinem Leben gewesen, doch nun, als ihr langes schokoladenbraunes Haar im Kerzenschein glänzte und ihr Schlüsselbein, als sie die Arme verschränkte, deutlich hervortrat, war sie ein regelrechtes Feuer.

Sie war eine so gute Ablenkung, dass er kaum eine Miene verzog, als er den Finger in die Augenhöhle des Jungen schob. Die Kugel darin löste sich mit einem widerlichen schmatzenden Geräusch. Roz verfolgte leicht angeekelt, wie er sie einsteckte. Obwohl die Leiche eiskalt war, fühlte die Kugel sich merkwürdig warm an.

»Die Augen des Jüngers sind ebenfalls ersetzt worden«, beantwortete Damian ihre unausgesprochene Frage. »Wir haben es eindeutig mit demselben Mörder zu tun.«

»Dann stimmt es also«, sagte Roz eifrig. »Diese Todesfälle … Sie stehen miteinander in Verbindung.«

War das weibliche Opfer ebenfalls vergiftet, und waren ihre Augen entfernt worden? Da sie bereits beerdigt worden war, ließ sich das unmöglich herausfinden. Aber wenn dieselbe Person den Jünger und den namenlosen Jungen getötet hatte, lag es durchaus im Bereich des Möglichen. Fast hätte Damian seine Vermutung laut ausgesprochen, hielt sich jedoch im letzten Moment zurück. Schließlich war es reine Spekulation.

»Das kann ich nicht bestätigen.«

»Das klingt so dermaßen nach Sicherheitsoffizier«, spöttelte sie. »Gib einfach zu, dass ich höchstwahrscheinlich recht habe.«

Ein recht neuer Teil von ihm – der auf jeden Fall noch nicht existiert hatte, als sie noch jünger gewesen waren – reagierte gereizt auf ihren Tonfall. »Hast du schon vergessen, dass du zugestimmt hast, dass wir es auf meine Weise angehen? Bevor ich irgendetwas einräume, brauchen wir erst mal Beweise.«

Der Eifer in Roz' Augen erstarb abrupt und wurde durch etwas Kaltes und Hartes ersetzt. *Ah.* Deswegen hatte Damian früher so selten mit ihr gestritten. Er presste die Lippen aufeinander und verkniff sich die gemurmelte Entschuldigung, die er ihr überhaupt nicht schuldete.

Er machte sich auf eine scharfe Erwiderung gefasst, doch Roz sagte nur knapp: »Dann lass uns Beweise finden.«

Zu ihrem Glück wusste Damian genau, wo sie mit ihrer Suche anfangen mussten.

»Ich muss wissen, ob irgendwelche Jünger von Death rechtzeitig bei der Leiche waren, um sie zu lesen«, erklärte Damian Roz, als sie sich auf den Rückweg zum Altarraum der Basilica machten, lediglich geführt von dem wenigen Licht, das durch die schmalen Fenster hoch über ihren Köpfen fiel. »Da nichts darüber festgehalten wurde, ist es höchst unwahrscheinlich, aber trotzdem …«

»Aber trotzdem ist es möglich, dass es als unwichtig erachtet und deswegen nicht vermerkt wurde, denn wer schert sich schon um die Unerwählten, richtig?«, vollendete Roz den Satz für ihn. Ihre Stimme klang so aufgesetzt fröhlich, dass Damian an der Tür, die zurück in den Innenraum der Kirche führte, stehen blieb. Er drehte sich in einer fließenden Bewegung um und stellte fest, dass sie viel dichter hinter ihm stand als erwartet. Ihre Blicke trafen sich. Als Roz trotzig das Kinn reckte, musste Damian gegen den Drang ankämpfen, die Hand darunter zu legen.

»Du kannst damit aufhören zu versuchen, mich zu reizen, Rossana. Wie ich dir bereits sagte – wir stehen auf derselben Seite. Ich will nicht, dass *irgendjemand* stirbt. Und ich will auch nicht, dass noch jemand in Gefahr schwebt. Du kannst von mir halten, was immer du verdammt noch mal willst, aber ich bin kein Monster.«

Er hatte leidenschaftlicher gesprochen als beabsichtigt, wobei ihm seine letzten Worte beinahe in der Kehle stecken geblieben waren. Konnte er tatsächlich von sich behaupten, kein Monster zu sein?

Bei allen Heiligen, er hoffte wirklich, dass er kein Monster war.

Roz' volle Lippen öffneten sich ein wenig. Dann sagte sie so bissig wie gewohnt: »Es klingt, als wäre nicht ich diejenige, die du von deinen Worten zu überzeugen versuchst, Venturi.«

Selbst jetzt noch schaffte sie es viel zu mühelos, ihn zu durchschauen.

Damian ignorierte das Zittern seiner Hand, als er den Türknauf ergriff, wandte sich von ihr ab und drückte die Tür auf. Der Gebetsraum hatte sich inzwischen fast vollständig geleert, doch einige Jünger liefen noch immer zwischen den Bankreihen herum, während ihre Zunftmeister sich im vorderen Bereich versammelt hatten, als wären sie selbst Heilige. Der Magistrat war, wie Damian auffiel, bereits gegangen. Die Wände und die Decken waren mit Darstellungen der Heiligen, umgeben von Flora und Fauna, bedeckt – *Fresken* nannte man diese Bilder, wie Siena ihm erklärt hatte, weil sie sich mit Kunst besser auskannte als er. Das Werk, das Damian besonders ins Auge stach, war die Darstellung von Death, deren Gesicht von einem Schleier verhüllt wurde und die in der rechten Hand einen Totenschädel hielt. Selbst ohne Gesichtszüge wirkte sie kühl und beurteilend.

Als Sicherheitsoffizier hatte er gelernt, dass man eine Zielperson niemals hinter sich gehen ließ. Man achtete darauf, dass sie vor einem blieb, wo man sie sehen konnte. Vielleicht fühlte er sich deswegen so unwohl, als er auf die Kanzel zulief, weil er wusste, dass Roz direkt hinter ihm war. Oder vielleicht, weil sie ihre Schritte fast lautlos setzte, was in Anbetracht der Absätze ihrer Stiefel eine beeindruckende Leistung darstellte. Jedenfalls war sein Rücken ganz steif, als er den Raum durchschritt, und erst als sie zu Mariana Novak traten – der Zunftmeisterin, die Forte das Säckchen mit den Namen der Jünger gereicht hatte – und Roz wieder zu ihm aufschloss, wurden seine verkrampften Schultern etwas lockerer.

»Überlass mir das Reden«, raunte er ihr zu, woraufhin sie ihn mit einem vernichtenden Blick bedachte, den er als Zustimmung wertete.

Mariana unterhielt sich gerade leise mit einem Mann, den Damian nicht kannte. Als Damian auf sie zutrat, unterbrach sie das Gespräch und nickte ihm gemessen zu, bevor sie ihren Gefährten bat, draußen auf sie zu warten. Mariana war eine wunderschöne Frau um die fünfzig, hatte Kurven und ein rundes Gesicht, war jedoch so ernst, wie ihre Miene es bereits verriet. In jüngeren Jahren hatte sie als hochrespektierte Repräsentantin im Palazzo fungiert, inzwischen jedoch die Rolle der Zunftmeisterin übernommen, im Rahmen derer sie die alltäglichen Angelegenheiten ihrer Zunft leitete. Damian wusste, dass ihr Lächeln ein seltenes Gut war, und reagierte entsprechend nicht überrascht darauf, dass sie ihm keines zur Begrüßung schenkte.

»Officer«, sagte Mariana, die Damian sofort erkannte. »So sieht man sich wieder.« Sie richtete die haselnussbraunen Augen auf Roz. »Und Sie sind –«

»Sie assistiert mir bei gewissen Aspekten meiner aktuellen Ermittlungen«, sagte Damian gewandt, bevor Roz antworten konnte. »Würde es Ihnen etwas ausmachen, einige Fragen zu beantworten, Signora?«

Er hörte, wie Roz höhnisch schnaubte, als Mariana sie ein Stück von den anderen Jüngern wegführte, damit sie außer Hörweite waren. Zwar erschien ihm das ziemlich sinnlos – vermutlich konnten sich alle denken, worum sich ihre Unterhaltung drehte –, doch er folgte ihr dennoch höflich. Als die Wolken draußen ein wenig aufrissen, fiel gräuliches Sonnenlicht in den Andachtsraum und beleuchtete einen Abschnitt des Steinbodens.

»Wie Sie mit Sicherheit wissen«, kam Damian direkt zum Punkt, »konnte Lilah nichts aus Leonzios Leiche lesen.«

Bei der Erwähnung der Jüngerin, die Damian in der Nacht von Leonzios Ermordung von Enzo aus Deaths Tempel hatte holen lassen, presste Mariana die Lippen zusammen. »Ich nehme an, dass er schon zu lange tot war.«

Damian nickte. Deaths Jünger konnten mit den Seelen der Verstorbenen in Kontakt treten, konnten anscheinend Bilder ihrer letzten Augenblicke sehen, sofern diese Seelen nicht schon entschwebt waren. »Ungefähr fünf Stunden.«

»Hmm«, brummte Mariana. »Dann weiß ich ehrlich gesagt nicht, welche Hilfe Sie sich von mir erwarten.«

»Die anderen Leichen«, mischte Roz sich ein, bevor Damian es verhindern konnte. Ihre Stimme war hart, ihre Haltung unnachgiebig. »Die beiden Unerwählten, die tot aufgefunden wurden. Konnten welche von Ihren Jüngern etwas aus ihnen lesen?«

Nun schien Mariana sich unbehaglich zu fühlen. »Nein.«

Damian wechselte einen Blick mit Roz, in der Hoffnung, dass sie seinen Verdruss spürte. Er hätte wissen müssen, dass sie es nicht schaffen würde, den Mund zu halten. Mariana erklärte er: »Wir fragen uns, ob die Todesfälle der jüngsten Zeit etwas miteinander zu tun haben. Es ist nur eine Theorie – eine, die außerhalb dieses Gesprächs nicht erwähnt werden wird. Habe ich mich klar ausgedrückt?«

Er fragte sich, ob es wohl das erste Mal war, dass es jemand wagte, so mit Mariana zu sprechen. Sie sah verdattert aus, doch dann verzog sie plötzlich das Gesicht, antwortete aber lediglich: »Ja.«

»Sie lügt«, sagte Roz ohne Umschweife. Damian drehte sich zu ihr um.

»Was?«

»Als ich gefragt habe, ob ihre Jünger die Leichen lesen konnten. Es gibt etwas, was sie uns verschweigt.«

Mariana richtete erzürnt den Blick auf Roz. Diese erwiderte ihn ungerührt. Damian betete ihm Stillen darum, dass ihn einer der Heiligen an Ort und Stelle niederstrecken würde.

»Signora, bitte vergeben Sie ihr«, sagte er zu Mariana, doch sobald er die Worte ausgesprochen hatte, huschte ein Anflug von Schuld über ihr Gesicht. Zur Hölle. Sie log *tatsächlich*, oder? Roz hatte recht gehabt, und das würde sie ihm für alle Zeit vorhalten. »Allerdings ist es Ihre Pflicht, meine Fragen ehrlich zu beantworten.«

Mariana wurde sehr still. Als sie schließlich wieder das Wort ergriff, klang ihre Stimme nicht mehr kühl, sondern scharf und bestimmt. »Ich kann keine Zunftgeheimnisse preisgeben. Nicht mal Ihnen.«

»Nun, dann sollten Sie jetzt damit anfangen«, entgegnete Roz überfreundlich.

Damian hob die Hand und hieß sie beide zu schweigen. »*Genug*. Signora, wenn Sie etwas wissen, müssen Sie es mir sagen. Womöglich besteht Gefahr für ganz Ombrazia. Und glauben Sie mir, Sie zum Verhör abzuführen ist das Letzte, was ich will.« Das war nicht gelogen. Einen Zunftmeister in Gewahrsam zu nehmen, würde nicht gut aussehen. Er war sich nicht sicher, ob Forte es gutheißen würde, selbst wenn es der Sache diente.

Deswegen war er auch zutiefst erleichtert, als Mariana die Schultern straffte und sagte: »Nun *gut*, Officer. Wenn Sie es genau wissen wollen: Wir können keine Leiche ohne Augen lesen.«

»Was?«, fragten Damian und Roz wie aus einem Munde.

Sie seufzte. »Wir lesen eine Leiche durch die Erinnerungen des Fleisches. Bevor eine Seele entschwebt, gibt es ein kurzes Zeitfenster, in dem diese Erinnerungen im Körper zurückbleiben und gesammelt werden können. Ohne die Augen ist es zwar auch noch möglich, Kontakt aufzunehmen, doch es ist uns unmöglich zu sehen, was passiert ist. Aus offensichtlichen Gründen.«

Damian spürte, wie er den Mund verzog. Wenn man genauer darüber nachdachte, ergab alles einen Sinn. Allerdings wäre er von selbst nie darauf gekommen. »Warum entfernen dann nicht alle Mörder die Augen?«

»Wie ich bereits sagte, handelt es sich um ein Zunftgeheimnis«, gab Mariana scharf zurück. Dann sank sie in sich zusammen und wirkte in dem großen Raum plötzlich sehr klein. »Das darf niemand wissen, weil es sonst jeder Mörder tun *würde*. Wer auch immer diese Menschen getötet hat, muss einem unserer Mitglieder nahestehen.«

Das war nicht ganz das, was Damian gerade durch den Kopf ging. *Nein*, hätte er am liebsten gesagt. *Ich würde sagen, das bedeutet, dass, wer immer diese Menschen umgebracht hat, ein Jünger von Death ist.* Er merkte, wie Roz leicht amüsiert den Mund verzog, und hätte wetten mögen, dass sie das Gleiche dachte. »Nun, der Palazzo ist Ihnen zu Dank verpflichtet, Signora. Sollten wir etwas Neues herausfinden, werden Sie eine der Ersten sein, die davon erfährt.«

Mariana nickte ungeduldig und murmelte eine nichtige Nettigkeit, bevor sie sie stehen ließ.

»So«, sagte Damian. Er fuhr sich mit einer Hand durchs Haar und atmete aus. »Das war in der Tat interessant.«

Roz antwortete nicht. Sie lächelte, doch es sah eher aus, als würde sie die Zähne blecken.

11

DAMIAN

Roz sah in der goldenen Abenddämmerung draußen vor der Basilica aus wie ein Traum.

Es fiel Damian schwer zu glauben, dass sie real war. Dass sie strahlend und greifbar hier vor ihm stand und nicht nur eine Erinnerung oder eine undeutliche ferne Gestalt war. Jedes Mal, wenn er sie ansah, gerieten seine Gefühle in Aufruhr und schienen seine Brust von innen heraus zu zerfetzen. Er fragte sich, was in ihrem Kopf vorgehen mochte. Ihr Gesichtsausdruck verriet nichts, als sie hinaus auf die Straße traten, über die aus einiger Entfernung noch immer die klagende Melodie des Leierkastens hallte. Zu wissen, dass sie ihn hasste, war seltsam. Selbstverständlich hatte Damian nichts anderes von ihr erwartet, doch jetzt, da er ihr ins Gesicht sah, fühlte es sich noch einmal ganz anders an.

Dazu kam das Wissen, dass er sie, wenn er absolut ehrlich zu ihr wäre, dazu bringen könnte, ihn noch mehr zu hassen.

Damian überlegte, ob diese Version von Roz ihn töten würde.

Im selben Moment, in dem ihm diese Überlegung durch den Kopf schoss, ging Roz auch schon auf ihn los. Sie drehte sich um, baute sich vor ihm auf, und die Frage, die sie auf ihn losließ, war wie ein vergifteter Stachel auf der Suche nach Haut.

»Wusstest du das mit meinem Vater tatsächlich nicht?« Sie zwang ihn, ihrem Blick standzuhalten, während der Pferdeschwanz vom Wind gegen ihre Schulter gepeitscht wurde. »Was hinterher mit ihm passiert ist, meine ich.«

Damian wurde stocksteif. Sie wollte wissen, ob seine Behauptung, nicht gewusst zu haben, dass Jacopo Lacertosa geköpft worden war, eine Lüge gewesen war. Er hatte nicht gelogen. Aber machte das überhaupt einen Unterschied? Sie würde ihm ohnehin nicht glauben. Wenn sie so vor ihm stand, mit den Händen in den Hüften, und ihn in diesem beißenden Tonfall anblaffte, war sie eindeutig auf Blut aus und nicht auf Versöhnung.

»Ich war an der Front, als ich davon erfahren habe«, sagte Damian schließlich. »Ich meine, dass er desertiert und deswegen getötet worden war. Ich wusste nicht, dass mein Vater den Befehl dafür gegeben hatte, aber …« Er verstummte und schüttelte den Kopf. Ärger keimte in ihm auf. »Jeder weiß, was passiert, wenn man versucht abzuhauen, Rossana. Glaubst du, dein Vater war etwas Besonderes? Dass er von der Pflicht zu kämpfen hätte befreit werden sollen? Wir anderen wollten auch nicht dort sein. Jeden einzelnen Tag wachten wir auf und waren mit dem Tod konfrontiert. An besonders schlimmen Tagen wachten wir auf und *hofften* auf den Tod. Aber wir sind geblieben und haben gekämpft und zugesehen, wie unsere Freunde starben. Weil uns befohlen worden war, es zu tun, und weil wir sie verdammt noch mal nie im Schlamm des Nordens zurückgelassen hätten.«

All das sprudelte förmlich aus ihm heraus, und er war selbst überrascht über seine Bitterkeit. Ihm wurde bewusst, dass diese Gedanken schon eine ganze Weile da gewesen waren – er hatte sie bloß noch nie laut ausgesprochen. Und vielleicht hätte er es auch nicht tun sollen, denn er musste nun mitansehen, wie Roz' flüchtiges Verständnis in Wut umschlug.

»Glaube ich, dass mein Vater *besonders* war? Nein. Ich glaube, er war ein Mann, der in einem System gefangen war, das ihn behandelt hat, als wäre er entbehrlich. Hast du dich jemals dort oben im Schlamm des Nordens umgesehen und dich gefragt, wo verdammt noch mal eigentlich die ganzen Jünger sind?«

»Rossana, *du* bist eine Jüngerin!«

»Gut erkannt«, fauchte sie. »Stört dich das nicht? Macht es dich nicht wütend, dass du in den Krieg ziehen musstest, während meinesgleichen sicher und bequem zu Hause geblieben ist? Dass auch du als entbehrlich erachtet wurdest? Genau wie mein Vater hattest du keine Wahl.« Sie durchbohrte Damian mit einem vernichtenden Blick. »Stimmt's?«

Selbstverständlich hatte er keine Wahl gehabt. Battista war Armeekommandeur. Und dazu noch ein Jünger von Strength. »Ich habe getan, was mein Vater von mir verlangt hat.«

Roz schüttelte langsam und ungläubig den Kopf. »Bei allen Heiligen, Damian. Wie schaffst du es nur, so vollkommen *passiv* durchs Leben zu gehen?«

Er beschloss, ihre Bemerkung zu ignorieren, obwohl sie ihm einen leichten Stich versetzte. »Warum interessiert dich das überhaupt so sehr? Du hast es doch selbst gesagt – du wirst niemals befürchten müssen, eingezogen zu werden.«

»Man muss nicht zur Gruppe der Menschen gehören, die schlecht behandelt wird, um zu wissen, dass das, was mit ihr geschieht, falsch ist.«

»Es wundert mich, dass du dich überhaupt darum scherst, was mit irgendjemandem geschieht.«

Er sagte es grob, darauf abzielend, sie zu verletzen, doch Roz geriet nicht ins Wanken. Sie bleckte die Zähne. »Mein Vater wurde dafür, dass er desertierte, ermordet. Kaltblütig. Nur weil es unwahrscheinlich ist, dass mich das gleiche Schicksal ereilen wird, bedeutet das noch lange nicht, dass ich *darüber hinweg* bin. Über solche Sachen kommt man nicht hinweg, Venturi. Das solltest du wissen.«

Stille breitete sich aus. Damian schluckte angestrengt. »Ich weiß es.«

»Gut.« Roz sah ihn einen Moment lang an, als wolle sie noch etwas hinzufügen. Doch dann schien sie es sich anders zu überlegen, drehte sich auf dem Absatz um und war fort.

Nicht mal *Gute Nacht* hatte sie gesagt, wobei Damian ehrlicherweise auch nicht damit gerechnet hatte. Er stand einfach nur da, erschüttert von ihrer Wut.

Doch in dem Augenblick, in dem sie aus seinem Blickfeld verschwand, nahm er die Verfolgung auf.

Während Damian Roz' schlankem Schatten in Richtung Fluss folgte, wurde der Himmel langsam dunkel. Das Wasser war wild, und der Wind peitschte es gegen die Steine am Ufer. Damian begann leicht zu schwitzen. Ein Schweißtropfen rann ihm über die Stirn, und er musste die Ärmel hochkrempeln. Einige unerwählte Stadtbewohner kreuzten seinen Weg und versuchten gar nicht erst, ihre Furcht zu verbergen. Damian entging nicht, dass sie sich so weit wie möglich am Rand des Gehwegs hielten und gleich darauf in der nächstbesten Seitengasse verschwanden, als rechneten sie damit, an Ort und Stelle verhaftet zu werden.

Damian hatte sich inzwischen an diese Reaktion gewöhnt. Die Sicherheitsoffiziere waren in erster Linie dafür da, Ombrazia und die Jünger zu verteidigen. Während hochrangige Militärs – wie Battista – selbst Jünger waren, handelte es sich bei den regulären Offizieren oft um Unerwählte. Sie durften die Auserwählten der Heiligen beschützen – näher würden sie der Göttlichkeit nie kommen. Es war eine Ehre. Doch obwohl Damian es nur ungern zugab, übten nicht alle Offiziere ihre Autorität mit den besten Absichten aus. Nach seiner Beförderung hatte seine erste Amtshandlung darin bestanden, diejenigen zu feuern, die seiner Wahrnehmung nach ihren Job aus den falschen Gründen ausübten. Entsprechend konnte er den Menschen ihren Argwohn kaum verdenken.

Roz schien eine Abkürzung durch jene Vorstadtbezirke zu nehmen, die noch heruntergekommener waren, als Damian es in Erinnerung hatte. Kinder, die eigentlich zu jung waren, um unbeaufsichtigt zu sein, liefen barfuß über die Steine oder starrten ihn mit großen Augen aus den Schatten an. Fenster waren vernagelt, und deutlich wahrnehmbarer Rauchgeruch lag in der Luft. An der Seite eines verfallenden Gebäudes stand in triefenden blutroten Buchstaben geschrieben: *In loco hoc moriemur.*

Wir werden an diesem Ort sterben.

Eine Frau in einem zerfetzten Rock sprang Damian in den Weg, um eines der spielenden Kinder zu schnappen. Er rechnete damit, dass sie den Blickkontakt zu ihm vermeiden würde, doch sie sah ihn direkt an, und auf ihrem müden Gesicht zeichnete sich so etwas wie Hoffnung ab.

»Bekommen wir hier endlich eine Wache?«, fragte sie mit heiserer Stimme, die über das ungehaltene Kreischen ihres Kindes kaum zu verstehen war.

Damian entging nicht, wie sie ihren Körper von ihm wegdrehte. Eine Sekunde lang wusste er nicht recht, was er antworten sollte. »Ich – nein. Ich meine nicht, soweit ich weiß, Signora –?«

»Einfach nur Bianca«, murmelte sie.

»Dann also Bianca.« Er blickte an ihr vorbei zum Ende der Straße und sah, wie Roz zu rennen begann. »Verzeihen Sie. Ich bin in einer anderen Angelegenheit unterwegs und muss jetzt wirklich weiter.«

Die Frau ließ den Kopf hängen. Damian nickte ihr entschuldigend zu, bevor er an ihr vorbeilief. Er hätte nicht damit gerechnet, dass die Unerwählten bewacht werden *wollten*.

Vielleicht hatten die Morde die Menschen mehr aufgerüttelt, als ihm bewusst gewesen war.

Damian folgte Roz weiter, wobei er darauf achtete, dass seine Stiefel auf dem unebenen Kopfsteinpflaster keine Geräusche verursachten. Sein erschöpfter Körper protestierte gegen die Anstrengung. Seit Leonzios Tod hatte er kaum geschlafen, hatte es nur ab und zu geschafft, ein paar Stunden Schlaf zu bekommen. Wenn er schlief, träumte er von Blut und Tod und dem Norden. Warum rannte er eigentlich hier durch die Straßen wie ein gewöhnlicher Krimineller, wenn er ebenso gut in den Palazzo zurückkehren und sich ausruhen könnte? Er hätte sich Roz vorknöpfen und verlangen sollen, dass sie ihm den wahren Grund für ihr Interesse an der Aufklärung der Morde verriet. Doch das würde sie nur wütend machen, und mit Roz zu streiten war, wie wenn man ein Boot über die aufgewühlte See zu steuern versuchte: gefährlich und unvorhersehbar im Ausgang.

Er war erleichtert, festzustellen, dass Roz ihn zu Patience' Sektor führte. Sie passierte den Tempel, bog um eine Ecke und eilte eine Seitenstraße entlang. An einer in Mondlicht getauchten Einmündung blieb Roz plötzlich vor einem kleinen Mietshaus stehen. Sie musterte die Straße in beiden Richtungen, wobei ihr Pferdeschwanz wie eine Peitsche herum schwang. Als würde sie ahnen, dass ihr jemand folgte. Damians Herz schlug schneller. Er duckte sich hinter eine Außentreppe und spähte durch einen Spalt zwischen zwei Stufen, bis er sich sicher war, dass sie ihn nicht bemerkt hatte.

Dann ergriff Roz, sehr zu seiner Verblüffung, die Steinmauer über ihrem Kopf und begann zu klettern.

Damian verließ sein Versteck und blickte zu ihr auf. Man merkte deutlich, dass sie das schon öfter getan haben musste: Sie bewegte sich schnell und platzierte geschickt die Hände. Er beobachtete, wie sie sich um die Ecke des Gebäudes herumzog und in einem Fenster im ersten Stock verschwand.

Was um alles in der Welt tat sie da?

Damian näherte sich dem Gebäude und reckte den Hals, um die Wand hinaufschauen zu können. Was jetzt? Er konnte ihr wohl kaum ins Haus folgen. Für einen Augenblick lief er auf und ab, unsicher, wie er weiter vorgehen sollte, doch als er auf seinem Weg unter einem offenen Fenster vorbeikam, hörte er unvermittelt Roz' Stimme.

»Es geht mir gut. Alles ist gut.« Ihr Tonfall war beschwichtigend.

Eine Frau antwortete, sprach jedoch zu leise, als dass Damian sie hätte verstehen können. Er konnte jedoch hören, dass sie weinte, und drückte sich noch dichter an die Hauswand.

»Nein«, sagte Roz. »Bitte iss einfach. Piera hat es gekocht.« Eine kurze Pause. »Ich *weiß*. Aber ich bin beschäftigt.« Ihr Ton veränderte sich, wurde barscher, als hätte sie eine emotionale Barriere zwischen sich und ihrer Gesprächspartnerin aufgebaut. »Du musst mir vertrauen, Mamma.«

Roz sprach mit ihrer *Mutter*? Damian war nicht bewusst gewesen, dass Caprice Lacertosa noch immer in der Stadt lebte. Er hatte sie hier nie gesehen – hatte nicht mal gehört, dass jemand ihren Namen erwähnt hätte. Er wäre mit Sicherheit nie von selbst darauf gekommen, dass Roz noch immer bei ihr wohnte. Roz war dafür eigentlich zu … unabhängig. Zügellos. Die Frau, an die Damian sich erinnerte, hätte ihrer Tochter niemals gestattet, allein unterwegs zu sein. Eigentlich war der Großteil seiner Kindheitserinnerungen durchdrungen von Caprice' Stimme, die rief, sie sollten *vorsichtiger sein*. Vielleicht stritten sie und Roz deshalb.

Allerdings konnte sich Damian nicht vorstellen, dass Caprice weinte. Beim besten Willen nicht. Sie war immer stoisch und selbstbewusst gewesen und sogar ein klein wenig einschüchternd. Genau wie ihre Tochter.

Angetrieben von plötzlich erwachter Neugier schob er die Finger in die Spalte zwischen den Mauersteinen und zog sich hoch. Das war schwierig – deutlich schwieriger, als es bei Roz ausgesehen hatte –, doch er schaffte es, zu dem Fenster hinaufzusteigen, zu dem sie ebenfalls geklettert war. Oben angekommen griff er nach dem Fenstersims und vollführte mit zitternden Muskeln eine Art Klimmzug, um in die Wohnung spähen zu können.

Roz stand mit dem Rücken zu ihm und hatte die Hände in die Hüften gestemmt. Sie schien mit der Frau zu reden, die am anderen Ende eines abgenutzten Esstischs saß. Das Gesicht der Frau war hager und faltig, und ihr dünnes Haar war zu einem unordentlichen Knoten zusammengesteckt. Ihr Blick wirkte irgendwie leer, als hätte sie seit vielen Tagen nicht mehr geschlafen. Wo war Caprice?

Die Frau hob den Kopf und sah in Richtung des Fensters. Als der Blick aus ihren vertrauten blauen Augen auf Damian fiel, öffnete sie den Mund und schrie.

Damian ließ sich fallen. Sein Herz hämmerte wild, angestachelt von einer Mischung aus Adrenalin und Entsetzen, und er verstand. Erschöpft presste er den verschwitzten Rücken unterhalb des Simses an die Hauswand und ließ sich erschlafft dagegen sinken, während Roz' Stimme über ihm nach draußen drang.

»Mamma, da ist niemand. Du bildest dir nur wieder etwas ein.«

Wieder. Als wäre es ganz normal, dass Caprice Menschen sah, die gar nicht da waren. Damian schlug die Hände vors Gesicht. Roz' Worte fielen ihm wieder ein.

Und meine Mutter und ich hatten es verdient, dass wir die Tür öffneten, um die Morgenzeitung hereinzuholen, und seinen Kopf in einer Kiste vorfanden?

Deswegen war sie so zornig, nicht wahr? Sie hatte nicht nur ihren Vater verloren, sondern auch ihre Mutter. Die gebeugte, leblose Frau dort oben war vollkommen anders als die Caprice, die Damian in Erinnerung hatte. Unter anderen Umständen hätte er sie nicht wiedererkannt.

Eine weitere Frage ging ihm ungebeten durch den Kopf. Eine, mit der er sich nicht zu genau beschäftigen wollte. Hatte sein Vater tatsächlich den Befehl gegeben, Jacopo Lacertosa auf derart barbarische Art und Weise zu töten? Die Familien Venturi und Lacertosa kannten sich seit vielen Jahren. Battista und Jacopo waren schon Freunde gewesen, bevor Battista Jünger geworden war. Als Jacopo vor ungefähr zwei Jahrzehnten zum ersten Mal eingezogen worden war, hatte Battista angeboten, mit ihm in den Norden zu gehen. Das war eine Seltenheit. Doch nachdem er befördert worden war, hatte Battistas Amt schwerer gewogen als seine Freundschaften.

Früher hatte Damian seinen Vater dafür bewundert, dass seine Arbeit für ihn an erster Stelle stand. Battista hatte es fertiggebracht, Jacopo aufspüren und töten zu lassen. War es da nicht auch möglich, dass er Caprice den Kopf ihres Mannes geschickt hatte?

Eine ganze Weile stand er gedankenverloren da, erfüllt von unstillbarem, nagendem Entsetzen, und strich mit dem Finger über die schwarze Kugel in seiner Tasche.

Er musste mit Battista reden.

12

DAMIAN

Auf dem Rückweg zum Palazzo lenkte Damian sich von seinen Grübeleien über Roz ab, indem er über Marianas Worte nachdachte.

Durch ihre Informationen war alles nur noch verwirrender geworden. Der Mörder, der in den Straßen von Ombrazia umging, hatte gewusst, dass seine Opfer durch Entfernen der Augen für Deaths Jünger unlesbar wurden. Daraus ergab sich der logische Schluss, dass der Mörder höchstwahrscheinlich ein Jünger von Death *war*. In diesem Fall hätte er Leonzio gekannt, was nahelegte, dass es für den Mord ein persönliches Motiv gab. Doch was war mit den anderen beiden Opfern? Welchen Grund hätte ein Jünger, sie zu töten?

Das ergab einfach keinen Sinn. Abgesehen von der Art, wie sie alle getötet worden waren, konnte Damian keine Verbindung zwischen den Opfern erkennen.

Er schleppte sich zum Waffenraum, wo sich, wie er wusste, um diese Zeit die Nachtschicht ausrüsten ließ. Als er an den Reihen geputzter Stiefel und Arkebusen vorbeiging, stieß er tatsächlich auf Kiran, Siena und eine Handvoll weiterer Sicherheitsoffiziere, die sich im dämmrigen Licht unterhielten. Kiran, der sich eben eine Pistole in den Gürtel steckte, bemerkte Damian und verharrte mitten in der Bewegung.

Die anderen Sicherheitsoffiziere verstummten. Sogar Noemi,

die, wie Damian wusste, noch immer beleidigt war, weil er sie tags zuvor verhört hatte. Sie verschränkte die Arme und sah ihn auffordernd an.

»Guten Abend«, sagte er in gedämpftem Tonfall. »Ihr wisst mit Sicherheit bereits, dass Deaths neuer Repräsentant im Palazzo ist – Salvestro Agosti. Aus offensichtlichen Gründen wird er nicht in Leonzios Räumlichkeiten wohnen, sondern hat stattdessen ein Zimmer zugeteilt bekommen, das sich auf demselben Flur wie das von Mercys Jünger befindet. Ich will nachts zusätzliche Patrouillen in diesem Korridor. Alles Ungewöhnliche wird mir augenblicklich gemeldet. Ganz egal, ob ich im Dienst bin oder nicht. Habe ich mich klar ausgedrückt?«

Allgemeines Nicken.

»Gut. Noemi und Kiran, ihr seid am Haupteingang. Matteo und Siena auf dem Gelände. Ihr anderen sprecht untereinander ab, wer welchen Teil des Gebäudes übernimmt. Mir ist es ehrlich gesagt egal, wer wo patrouilliert.« Damian strich sich fahrig durchs Haar, bevor er sie entließ und seine Arkebuse auf dem nächstgelegenen Regal abstellte. Aus dem Augenwinkel bemerkte er, dass Enzo hereingeschlendert kam, so wie er es jeden Abend um diese Zeit tat, um die Waffen zu säubern.

Perfekt. Damian winkte Enzo zu sich und merkte erst, dass Siena neben ihm stand, als sie ihn ansprach.

»Wo hast du dich herumgetrieben, Venturi?«

Kiran ließ Noemi auf der anderen Seite des Raumes stehen und kam ebenfalls zu ihnen herüber. Er erreichte sie gleichzeitig mit Enzo, und Damian wurde plötzlich unangenehm bewusst, dass drei Augenpaare auf ihn gerichtet waren.

»Was denn?« Er unterdrückte ein Gähnen. »Schaut mich nicht so an.«

Siena deutete auf ihr eigenes Gesicht. »Das hier, Venturi, nennt man *Besorgnis*. Du weißt schon, dass du schlafen darfst, oder?«

»Ich werde es mir merken. Jetzt, da ich deine Erlaubnis habe.«

Er hatte es in freundlichem Tonfall gesagt, doch trotzdem hob Enzo, der neben Kiran an eines der hohen Regale gelehnt stand, abrupt die Augenbrauen. Er verbrachte oft Zeit mit den Offizieren, wenn sie nicht im Dienst waren, und schien sich hier genauso zu Hause zu fühlen wie alle anderen. »Warst du bei der Ernennungszeremonie?«

»Ja«, bestätigte Damian, dankbar für eine Erklärung seiner Abwesenheit. Er hatte die Zeremonie fast vergessen – es fühlte sich an, als läge sie schon Tage zurück. Seine jüngsten Erinnerungen bestanden nur aus *Roz, Roz, Roz*. »Sie war recht langweilig. Nichts Außergewöhnliches. Nun ja, mal abgesehen von Forte«, meinte er und runzelte die Stirn. »Er war ein wenig … daneben.«

»Inwiefern daneben?«, fragte Kiran, doch Enzo unterbrach ihn.

»Vergesst Forte. Wie ist der neue Repräsentant?«

Damian zuckte mit den Schultern. »Ich habe nicht mit ihm gesprochen. Aber er schien mir auf jeden Fall selbstsicher zu sein. Ich denke, er wird gut hierher passen.«

Siena nickte, doch Kiran sagte: »Und der Mord? Hast du etwas Neues herausgefunden?«

Damian versicherte sich, dass niemand sonst zuhörte. Die übrigen Sicherheitsoffiziere verließen bereits die Waffenkammer, um sich auf ihre jeweiligen Posten zu begeben. »Ich habe nach der Zeremonie mit Deaths Zunftmeisterin gesprochen. Sie hat mir etwas gesagt, das mich zu der Annahme führt, dass der Mörder möglicherweise ein Jünger von Death war.«

Den Teil, wie er in der Leichenhalle gewesen und Roz begegnet war, ließ er aus. Den Teil, wie er beschlossen hatte, alle drei Morde aufzuklären, ungeachtet dessen, was sein Vater gesagt hatte, ebenfalls.

»Was hat sie gesagt?«, fragte Enzo neugierig.

Obwohl Damian den drei Menschen, die ihn umstanden, mehr vertraute als allen anderen im Palazzo, war er unsicher, ob er es ihnen verraten sollte, da es sich eigentlich um ein Zunftgeheimnis handelte. »Ich kann es noch nicht sagen. Aber ich bin heute optimistischer als gestern.«

»Das ist doch schon mal was«, meinte Siena. »Wirst du dich noch einmal mit ihr unterhalten?«

»Wahrscheinlich ist das unumgänglich, aber ich muss behutsam vorgehen. Ich möchte nicht die gesamte Zunft vor den Kopf stoßen.« Damian hob etwas hilflos die Hände. »Apropos, wie lief die Befragung der übrigen Angestellten?«

»Gut.« Kiran hob müde die Schultern, und Siena tat es ihm gleich. »Mit Noemis und Matteos Hilfe haben wir es geschafft, alle Übriggebliebenen abzuarbeiten. Unsere Berichte liegen auf deinem Schreibtisch. Allerdings schien uns keiner von ihnen besonders verdächtig zu sein. Sie haben alle einfach nur Angst.«

»Hervorragend.« Damian seufzte. Fast hoffte er, dass die Tat von einem Insider begangen worden war, damit er den Täter schneller aufspüren könnte. »Danke, dass ihr das übernommen habt. Tut mir leid, dass ich heute nicht hier war.«

Kiran winkte ab. »Wir haben dich nicht gebraucht. Das ist selbstverständlich nett gemeint.«

»Na klar.« Damian konnte nicht verhindern, dass sich einer seiner Mundwinkel zu einem Grinsen hob. »Wie auch immer, ihr beide solltet jetzt lieber losgehen. Noemi und Matteo warten bestimmt schon.«

Siena nickte und drückte seinen Arm. »*Schlaf.* Und falls du mal mit jemandem reden musst, weißt du, wo du mich findest.« Sie ließ ihn wieder los und steuerte auf die Tür zu, durch die Kiran gerade verschwunden war.

»Siena?«, sagte Damian, woraufhin sie sich noch einmal umwandte.

»Ja?«

»Das Gleiche gilt auch für dich.«

Sie blinzelte verwundert. Dann lächelte sie, ein schmallippiges, betrübtes, zurückhaltendes Lächeln, das signalisierte, dass sie einander verstanden.

»Danke, Damian.«

Er sah ihr nach und ärgerte sich über sich selbst, weil er auch nur eine Sekunde lang geglaubt hatte, der Krieg hätte auf sie nicht die gleichen Auswirkungen wie auf ihn. Sie taten alle einfach nur ihr Bestes, nicht wahr?

»Das klingt, als würdest du wenigstens etwas vorankommen«, unterbrach Enzo Damians Augenblick der Offenbarung. Er zog sich auf einen der Waffentische hoch und lehnte sich zurück, sodass seine Haare die Wand berührten. »Kann ich irgendetwas tun, um dir zu helfen?«

»Das kannst du tatsächlich.« Damian mochte von weitaus höherem Rang sein als Enzo, doch er verfügte nicht über die Möglichkeiten, die ihm offenstanden. Die Diener konnten sich überall frei im Palazzo bewegen, ohne dass jemand Fragen stellte. Selbst wenn sie gesehen wurden, wurden sie weitestgehend ignoriert. »Ich wollte mit dir reden.«

Enzo richtete sich auf und sah ihn neugierig, aber auch beunruhigt an. »Worüber?«

Damian tat seine Besorgnis ab. »Mein Vater meint, dass ich jemanden im Palazzo – jemanden, der *kein* Offizier ist – bitten soll, die Augen nach allem Ungewöhnlichen offen zu halten.

Ich weiß, dass hier einiges vor sich geht, was ich nicht mitbekomme, und da ich dir vertraue …«

Er verstummte. Enzo nickte bereits, als verstünde er genau, worum Damian ihn zu bitten versuchte. »Selbstverständlich kann ich das tun. Ich meine«, fügte er hinzu, »in gewissem Maße tue ich das bereits. Die Augen offen halten meine ich. Es lässt sich kaum vermeiden.«

»Da hast du recht.« Damian schmunzelte verhalten, dann seufzte er. »Danke, ich weiß es zu schätzen.« Er musste daran denken, wie er Leonzio reglos im Kerzenlicht liegen gesehen hatte. Wie sich seine Lunge von der eiskalten Luft in der Krypta verkrampft hatte. »Aber sei vorsichtig.«

»Das bin ich doch immer«, entgegnete er, doch es klang ein wenig betreten, und seine Kieferpartie spannte sich merklich. »Weißt du, es mag lächerlich klingen, aber ich finde die Vorstellung, dass es hier gefährlich sein könnte, furchtbar. Das ist das einzige Zuhause, das ich habe.«

Damian nickte bedächtig. »Das klingt nicht lächerlich.« Er wusste, dass Enzos Eltern von der Bildfläche verschwunden waren. Er hatte ihn schon einmal nach ihnen gefragt und eine recht verhaltene Antwort erhalten. Danach hatte Damian nicht weiter nachbohren wollen. Doch er konnte Enzos Gefühle verstehen – der Palazzo war auch für ihn selbst das einzige Zuhause. Kurz nach seiner Rückkehr nach Ombrazia war er aus rein nostalgischem Interesse an dem Haus, in dem er aufgewachsen war, vorbeigelaufen und hatte festgestellt, dass dort eine neue Familie wohnte. Es hätte ihn eigentlich nicht überraschen sollen. Auch in Roz' Haus lebte nun jemand anderes. Doch trotzdem hatte es schmerzhafte Gefühle in ihm geweckt, die er nicht recht benennen konnte.

»Ich werde helfen, wo ich kann«, versicherte Enzo. »Sag einfach nur Bescheid.«

»Danke.« Obwohl das Wort schwer in seinem Mund zu wiegen schien, meinte Damian es ernst. Er fuhr sich mit einer Hand übers Gesicht. »Forte hat deutlich gemacht, dass ich Leonzios Mörder finden muss, oder er schickt mich zurück in den Norden.«

Enzo zuckte zusammen. »Er blufft bestimmt nur.«

»Ich schätze, ich werde es herausfinden.«

»Hoffentlich kommt es nicht so weit.«

Für einen Moment hingen sie beide schweigend ihren Gedanken nach. Damian dachte wieder an Roz. Er beabsichtigte, Leonzios Zimmer am nächsten Tag noch einmal zu untersuchen, nur um zu prüfen, ob er irgendetwas übersehen hatte – und wahrscheinlich sollte er sie dazu holen. Um ihr zu zeigen, dass er willens war, diese Partnerschaft ernst zu nehmen. Außerdem war sie eine Jüngerin, und die Jünger nahmen manchmal Dinge wahr, die ein normaler Mensch nicht wahrnehmen konnte.

»Weißt du«, sagte Damian unvermittelt, »es gibt da noch etwas, was du jetzt tun könntest, um mir zu helfen. Wenn du willst.«

Enzo sah ihn fragend an. Seine Wimpern warfen Schatten auf seine dunklen Augen. »Klar.«

Damian ging zu einem Regal mit verschiedenen Materialien und wühlte in einem Papierstapel herum, bis er ein unbeschriebenes Blatt und einen Stift gefunden hatte.

Der Schrein. Morgen. 19:00 Uhr, schrieb er krakelig. *Komm nicht zu spät.*

Roz würde wissen, von wem die Nachricht kam. Bestimmt erkannte sie seine Handschrift wieder. Schließlich konnte sich Damian auch noch an ihre erinnern. Vorsichtshalber setzte er dennoch ein *D* unter die Nachricht. Dann faltete er das Blatt in der Mitte und gab es Enzo.

»In Patience' Sektor, vier Blocks westlich vom Tempel, gibt es einige alte Mietshäuser«, erklärte Damian. »Das, das ich meine, liegt direkt gegenüber vom Fluss und hat eine schwarze Tür und einige fehlende Fenster. Glaubst du … Würde es dir etwas ausmachen, diese Nachricht dorthin zu bringen? Klopf nicht an. Schieb sie einfach durch den Briefschlitz. Es ist keine vertrauliche Angelegenheit«, fügte er hinzu, weil Enzo ein wenig verwirrt aussah. »Es ist eine persönliche Angelegenheit.«

»Oh.« Enzo grinste und sah plötzlich aus, als würde er verstehen. »Verstehe. *So* ein Brief ist das also.«

Damian schlug seinen Freund auf den dünnen Arm. »Was immer du denkst – du irrst dich.«

»Klar tue ich das.«

»Kannst du ihn hinbringen oder nicht?«

Enzo winkte noch immer grinsend ab. »Sicher kann ich das. Aber wenn daraus nichts wird, ist es nicht meine Schuld.«

Damian stöhnte. Das Problem war, dass Enzo gar nicht so weit daneben lag – er war so aufgeregt wie ein Junge, der eine Nachricht an ein Mädchen schickte, von dem er verzweifelt hoffte, dass er eine Chance bei ihm hätte. »Lass mich nicht bereuen, dass ich gefragt habe.«

Nachdem Enzo gegangen war – mit einem verschwörerischen Augenzwinkern –, fühlte sich Damian plötzlich schmerzhaft einsam.

Er hatte gerade einmal ein paar Stunden mit Roz verbracht, und schon drehte sich sein ganzes Leben und jeder seiner Gedanken nur noch um sie. Wie konnte es sein, dass er noch vor zwei Tagen ganz normal durch die Straßen patrouilliert war und sich damit abgefunden hatte, so zu tun, als würde sie nicht existieren? Durch eine einzige Unterhaltung hatte sie ihn aus diesem Zustand herausgerissen, mit mehr Kraft, als Damian es für möglich gehalten hätte. Es fühlte sich an, als wäre er aus einem tiefen Schlaf erwacht und sähe die Welt um sich herum plötzlich mit schonungsloser Klarheit.

Es spielte keine Rolle, wie sehr Roz ihn hasste oder wie anstrengend sie war.

Damian war in Gefahr.

13

ROZ

Es hatte erheblicher Anstrengungen bedurft, um sich an diesem Nachmittag von Patience' Tempel loszueisen. Vittoria hatte resigniert den Kopf geschüttelt, als Roz ihr eröffnet hatte, dass sie nicht an der abendlichen Messe – einer kurzen, wöchentlich stattfindenden Veranstaltung, in deren Rahmen allein Patience gehuldigt wurde – teilnehmen würde. Diese Messen waren stets eine schrecklich langweilige Angelegenheit, trotzdem hatte Roz die letzten Male immer teilgenommen – wenn auch in erster Linie, um ihren guten Willen zu demonstrieren.

Da Roz mit den Gedanken woanders gewesen war, hatte die Ausrede, die sie Vittoria aufgetischt hatte, vermutlich wenig glaubhaft geklungen, doch damit musste sie leben. Sie wollte an einer Rebellenversammlung teilnehmen und sich anschließend mit Damian am Schrein treffen. Der Schrein war mit dem Palazzo verbunden, und die Repräsentanten gingen dorthin, um zu ihren jeweiligen Schutzheiligen zu beten. Die Allgemeinheit hatte täglich nur für wenige Stunden Zutritt. Deswegen hoffte Roz, dass Damian einen verdammt guten Plan ausgeklügelt hatte, um sie in das Gebäude zu bringen. Sein Brief hatte früh am Morgen auf ihrer Fußmatte gelegen, und Roz hatte ihn nur kurz überflogen, bevor sie ihn unter ihrem Oberteil versteckt hatte, damit Caprice ihn nicht sah.

Allerdings hatte Damian nicht wirklich erklärt, weshalb er sich mit ihr treffen wollte. Eigentlich enthielt der Brief gar keine Erklärung. Und woher wusste er, wo sie *wohnte*?

Die Rebellenversammlung war lediglich einberufen worden, um alle darüber zu informieren, wo sich die gefangen genommenen Mitglieder aktuell befanden – laut Piera im ersten Stock des Ostflügels vom Stadtgefängnis. Leider hatten sie noch immer keinen guten Befreiungsplan.

Nun stand Roz von dem Tisch auf, an dem sie mit Dev und Nasim gesessen hatte, und spähte nach der Uhr, die in einer Ecke der Taverne hing. Nur noch eine halbe Stunde bis zu ihrem Treffen mit Damian. »Ich muss los.«

»Was?« Nasim sah sie über den Rand ihres Glases hinweg an. Ihr Blick wirkte ein wenig unstet. Es kam nicht oft vor, dass sie sich gehen ließ, und Roz ärgerte sich, dass sie dieses Schauspiel versäumen würde. »Ich dachte, du hättest die Messe geschwänzt. Was gibt es denn sonst noch, was du ohne uns unternehmen könntest?«

Dev lachte leise, zum ersten Mal seit Tagen. Nasim errötete leicht und strich ihm mit der Hand über den Arm. Er war heute in besserer Stimmung. Zwar sah man sein Lächeln noch immer sehr selten, aber wenigstens machte er wieder Witze wie früher. Am liebsten hätte Roz sein Lachen in eine Flasche gefüllt und an einem sicheren Ort verstaut.

Trauer nahm keinen linearen Verlauf. Kaum jemand wusste das so gut wie Roz. Aber sie war es eher gewohnt, die Trauernde zu sein als diejenige, die Beistand leistete – zumindest, wenn es um jemand anderen ging als ihre Mutter. Sie kannte nur eine einzige Art, Trost zu spenden, und das war liebevolle Strenge. Für alles andere war zum Glück Nasim da.

Roz öffnete ihren Pferdeschwanz und massierte sich die Schläfen mit den Fingern. Wäre sie mit Dev allein gewesen, hätte sie ihm womöglich die Wahrheit gesagt. Er würde sie nicht dafür verurteilen, dass sie mit einem Sicherheitsoffizier zusammenarbeitete, solange es sie dem Ziel, den Mörder seiner Schwester zu finden, näherbrachte. Bei Nasim dagegen war sich Roz nicht so sicher. Sie war in ihren Ansichten kompromisslos. Es war schon überraschend, dass sie so eng befreundet waren, obwohl Roz eine Jüngerin war.

Ich glaube, dass niemand etwas dafür kann, was er ist, hatte Nasim einmal zu ihr gesagt. *Du hast dir nicht ausgesucht, eine Jüngerin zu sein. Was mich angeht, bist du genauso eine Rebellin wie wir anderen auch. Jeder, der dich davon reden hört, wie sehr du den Palazzo verachtest, würde das verstehen. Sie haben dir einfach noch keine Chance gegeben.*

Nasim wusste außerdem, wie sehr Roz die Sicherheitsoffiziere hasste. Jedes Mal, wenn Roz vom Mercato zurückkehrte, beklagte sie sich über sie. Darüber, dass die Offiziere, die selbst Unerwählte waren, lieber ihresgleichen unterstützen sollten, anstatt sie herumzukommandieren und auszunutzen.

Nein, Nasim wäre nicht begeistert, dass Roz mit Damian zusammenarbeitete. Dessen war sie sich sicher. Bestenfalls würde Nasim versuchen, ihr die Idee auszureden. Schlimmstenfalls würde Nasim sie als Verräterin beschimpfen und bereuen, dass sie ihr überhaupt jemals ihr Vertrauen geschenkt hatte.

Sie könnte es Nasim nicht einmal verdenken. Sie hatte sich selbst in diese Lage gebracht. Zeit mit Damian zu verbringen widersprach allem, was sie ihrer Freundin jemals gesagt hatte.

Und was Dev anging: Roz wollte ihm erst sagen, dass sie sich mit dem Mord an Amélie befasste, wenn sie sich sicher war, dass Damian und sie den Fall lösen konnten. Ihm falsche Hoffnungen zu machen, würde ihn nur noch mehr verletzen.

Sie atmete gegen den plötzlichen Schmerz in ihrer Brust an. »Ich treffe mich nur mit einem Freund, mehr nicht. Ich erkläre es euch später.«

Nasim schürzte die Lippen.

»Dieser Gesichtsausdruck«, bemerkte Dev und deutete auf Nasim, »bedeutet *Wie kann es sein, dass du noch andere Freunde außer uns hast?*. Und offen gesagt frage ich mich das auch.«

Roz *würde* es ihnen irgendwann erklären. Nur nicht heute Abend. Nicht, bevor sie wusste, ob ihre Partnerschaft mit Damian überhaupt von Dauer sein würde. Sie warf noch einmal einen Blick auf die Uhr und drückte den Rücken durch. »Morgen«, versicherte sie ihnen. »Wir reden morgen darüber. Ich muss los.«

»Von mir aus«, sagte Nasim mit einem dramatischen Seufzen, scheuchte sie mit einer Handgeste davon und nahm noch einen Schluck von ihrem Getränk.

Dev sah sie vielsagend an. »Sei vorsichtig.«

Roz nickte und klopfte auf ihre Hüfte, wo sie immer ihr Messer bei sich trug. Obwohl sie seine Besorgnis nachvollziehen konnte, ärgerte sie sich auch ein wenig darüber. Sie war nicht Amélie. Sie war kein unbewaffnetes Kind, das keine Ahnung von den potenziellen Gefahren hatte, die ihm drohten.

Doch sie bedachte ihn trotzdem mit einem kurzen Lächeln, bevor sie auf die Straße hinaustrat, wo sie sofort die kühle Abendluft umfing. Sie war kaum einen Schritt gegangen, als sie im verblassenden Licht der untergehenden Sonne eine vertraute Silhouette an der Außenmauer der Taverne lehnen sah.

»Roz«, sagte Piera, die sie im selben Moment bemerkte. Sie winkte Roz zu sich.

»Ich kann nicht lange reden«, sagte Roz, folgte aber dennoch ihrer Aufforderung. Pieras distanzierter Gesichtsausdruck versetzte ihr einen Stich. »Ich bin unterwegs zu einem Treffen mit einem Freund.«

Roz wusste, dass Piera jeden Abend nach draußen kam, um zu beobachten, wie die Sonne über dem Fluss unterging. Es war ein Ritual, das noch aus der Zeit stammte, als sie mit ihrem Mann das Bartolo's eröffnet hatte, und das sie immer miteinander geteilt hatten, bis er im Krieg gefallen war. Es musste schrecklich traurig sein, eine Tradition fortzusetzen, ohne den Menschen, den man liebte, an seiner Seite zu haben, doch Piera meinte immer, dass es sie glücklich machen würde.

Es ist eine bittersüße Art von Glück, hatte sie einmal zu Roz gesagt. *Es tut schrecklich weh, ohne ihn zu sein, und doch fühle ich mich ihm in diesen Momenten am nächsten.*

Das konnte Roz nachvollziehen. Ihr erging es auch immer so, wenn sie die alten Sachen ihres Vaters durchsah. Es fühlte sich an, als läge ihr ein Bleigewicht im Magen, das ihr den Atem raubte, sie jedoch gleichzeitig erdete. Ihr ermöglichte, sich daran zu erinnern, dass es ihn wirklich gegeben hatte.

»Ein Freund?« Piera lächelte schief. »Das ist neu.«

Roz biss sich auf die Zunge. Sie wollte Piera nicht mit ihren Problemen belasten, andererseits war sie die Einzige, die sie verstehen würde. Piera hatte Damian ebenfalls schon als Kind gekannt. Hatte ihn gekannt, als er und Roz noch die besten Freunde gewesen waren. »*Freund* ist vielleicht etwas übertrieben«, sagte sie ausweichend.

Piera wartete ab, ohne sie weiter zu bedrängen. Sie stellte nie neugierige Fragen, sondern ließ Roz immer die Freiheit, nur genau so viel zu offenbaren, wie sie wollte. Sie kannte Trauer und Kummer und Zorn und wusste, wie es sich anfühlte, sich im Inneren schmerzlich nach etwas Unsagbarem zu sehnen.

Roz atmete tief durch. Leichter Regen hatte eingesetzt, ein kühler Dunst, der alles verschwimmen ließ. Sie wich noch ein

Stück von der Tavernentür zurück, um einer Gruppe Männern Platz zu machen, deren betrunkenes Grölen durch die schmale Gasse hallte. »Es ist Damian Venturi.«

Piera wirkte nicht überrascht. Sie nickte lediglich bedächtig. »Ich habe mich schon gefragt, wann ihr beide wieder zusammenfinden würdet.«

»Wir *finden* nicht wieder *zusammen.* Er soll den Mord an dem Jünger aufklären und untersucht in diesem Zusammenhang auch Amélies Tod. Ich hatte sowieso vor, herauszubekommen, was mit ihr passiert ist, und als er mir über den Weg gelaufen ist …« Roz verstummte und presste Daumen und Zeigefinger gegen ihren Nasenrücken. »Er lässt mich mit ihm zusammenarbeiten. Ich glaube, er meint, mir etwas zu schulden, für … Du weißt schon.« Piera schwieg, woraufhin Roz grummelte: »Das ist jetzt die Stelle, an der du mir sagst, dass ich ein Dummkopf bin.«

Piera lachte, leise, aber aufrichtig. »Das bist du nicht, und das warst du auch nie. Du hast ihn einst geliebt, und dieses Gefühl verschwindet nicht einfach. Aber«, fuhr sie mit mehr Nachdruck fort, »er gehört jetzt zum Palazzo, Roz. Nimm dir von ihm, was du kannst, aber vertraue ihm nicht. Du weißt, dass das unklug wäre.«

Genau das war die Piera, die Roz kannte und die sie brauchte. Jemand, der ehrlich zu ihr war. Der ihr sagte, dass es in Ordnung war zu fühlen, was sie fühlte, sie jedoch daran erinnerte, was wirklich wichtig war.

»Das tue ich.«

»Gut.« Piera widmete sich wieder dem Sonnenuntergang. »Dann solltest du eigentlich auch wissen, dass du den anderen Rebellen gegenüber nichts beweisen musst. Unabhängig davon, ob du den Mord an Amélie aufklären kannst, bist du genau da, wo du hingehörst. Jeder, der meinem Urteilsvermögen misstraut, kann zu mir kommen und mit mir darüber reden.«

»Das ist nicht der einzige Grund, warum ich das tue«, versicherte Roz, und ihre Wangen wurden heiß. Piera konnte sie viel zu mühelos durchschauen. »Dev hat verdient zu erfahren, was geschehen ist. Ich bezweifle, dass es ihm vorher besser gehen wird.«

Piera gab einen zustimmenden Laut von sich. Sie starrte zum Horizont, das Gesicht in goldenes Licht getaucht. »Wenn man erst einmal wahrhafte Trauer erfahren hat, geht es einem nicht mehr *besser*«, sagte sie fest und gleichzeitig sanft. »Man erholt sich nicht – man wird nur stärker. Man lernt, das vermeintlich Unerträgliche zu ertragen. Man findet einen Weg, sich selbst wieder aufzubauen, obwohl wesentliche Teile fehlen.« Nun sah sie Roz endlich wieder an, und ihre Augen funkelten.

Diesmal war es Roz, die den Blick abwandte und angestrengt ins Licht der sterbenden Sonne blinzelte. »Ich muss mich auf den Weg machen«, murmelte sie und wandte sich von der Taverne ab. »Sehen wir uns morgen?«

Piera nickte, und obwohl sie schon bald aus ihrem Blickfeld verschwunden war, folgten ihre Worte Roz in die Dunkelheit.

Der Schrein war riesig. Mit seinem Kuppeldach und den in den Himmel ragenden Türmchen hatte er für Roz immer ausgesehen wie der dezente Schatten des Palazzos. Er war einheitlich schiefergrau, und die gewölbten Wände waren mit kunstvoll gemeißelten Heiligenfiguren verziert. Da Roz absolut nicht gläubig war, hatte sie ihn bislang noch nie betreten, aber sie hatte sich trotzdem dem Anlass entsprechend gekleidet. Ihr schwarzes Kleid war tief ausgeschnitten, mit Silber durchwirkt und passte perfekt zu ihren hochhackigen Stiefeln. Es sah nicht nur fantastisch aus, sondern hatte den zusätzlichen Vorteil, dass Damian sich schrecklich darüber aufregen würde.

Rossana!, hörte sie ihn schon fassungslos sagen. *So etwas kannst du doch nicht in einem Tempel tragen!*

»Rossana!«

Eine Stimme ertönte aus dem von Säulen umrahmten Eingang des Heiligtums, die so sehr mit Roz' Gedanken übereinstimmte, dass sie sich einen Moment lang fragte, ob sie sie sich nur eingebildet hatte. Als sie jedoch die Augen zusammenkniff, konnte die Damians breite Gestalt ausmachen. Er trat in die letzten Strahlen des Sonnenlichts und winkte sie zu sich.

»Du bist gekommen«, sagte er hörbar überrascht, als sie auf ihn zuging.

»Du wolltest doch, dass ich komme.«

»Genau deswegen habe ich eigentlich nicht damit gerechnet.«

Roz schnaubte. »Wenn ich all deine Nachrichten ignorieren würde, würde das unsere Zusammenarbeit schwierig machen.«

Damian öffnete den Mund, schloss ihn jedoch gleich wieder, als er ihr Kleid registrierte. Kurz machte er große Augen, richtete jedoch gleich darauf den Blick nach oben und beschloss anscheinend, es nicht zu kommentieren. »Ich … Ähm, ich bin froh, dass du hier bist. Ich habe dir einen Vorschlag zu machen.«

Roz wartete mit wild klopfendem Herzen. Sie wünschte, sie hätte in ihre Brust greifen, es mit der Faust packen und zum Gehorsam zwingen können.

»Ich muss das Zimmer des toten Jüngers noch einmal untersuchen. Da ich dir versprochen habe, dich über alles zu informieren, was ich herausfinde, dachte ich mir, es wäre wahrscheinlich am unkompliziertesten, wenn du mitkommst. Außerdem weiß ich, dass Jünger manchmal – ähm, *Dinge* spüren können, die uns anderen entgehen.«

Roz verstand, worauf er anspielte. Magie ließ sich *erfühlen*. Allerdings war es in einer Stadt voller Jünger schwierig, die verschiedenen Arten auseinanderzuhalten. Doch das würde sie Damian nicht sagen. Nicht, wenn er bereit war, sie in den Palazzo zu bringen. Die Vorstellung faszinierte und ekelte sie gleichermaßen. Sie konnte nicht abstreiten, dass sie erfahren wollte, wie er war, dieser Ort, an dem nur die mächtigsten Jünger residierten, doch gleichzeitig bevorzugte sie es, sich so weit wie möglich von dem Ort, den sie als die Wurzel von Ombrazias Verderbtheit betrachtete, fernzuhalten.

Damian beobachtete, wie sie die Neuigkeit verdaute. Er war so still, dass es schon fast ein wenig beunruhigend war, und Roz zerbrach sich den Kopf nach einer Antwort.

»Ihr habt doch schon Jünger im Palazzo«, sagte sie schließlich.

»In diesem Fall wären sie nicht sehr hilfreich.«

»Weil du etwas tust, was du eigentlich nicht tun solltest?«

Damian presste die Lippen aufeinander, und Roz musterte die angespannten Muskeln in seinem Hals. Die allgegenwärtigen Schatten unter seinen Augen. Obwohl er robust wirkte, bemerkte sie bei näherem Hinsehen, wie sehnig seine Unterarme waren, als würde er nicht genug essen, um ihre Muskulatur zu erhalten.

»Möchtest du nun mitkommen oder nicht?«, fragte er scharf. »Denn wenn du nicht willst –«

»Ich komme mit«, unterbrach ihn Roz und schenkte ihm ihr schönstes Lächeln. »Aber wenn wir deswegen Ärger bekommen, werde ich nicht zögern, dich zu verpfeifen.«

Dieser spezielle Muskel an seinem Kiefer zuckte, als würde er innerlich mit sich kämpfen. Wahrscheinlich bereute er bereits, sie eingeladen zu haben. Roz fragte sich, ob er, als er gestern Abend die Augen geschlossen hatte, ihr Gesicht gesehen hatte, genauso wie sie seines. Sie fragte sich, ob er den Drang verspürt hatte, in sein Kopfkissen zu schreien, genauso wie sie es getan hatte.

»Glaub mir«, sagte Damian. »Das weiß ich.«

Er ging an ihr vorbei und strich mit der Hand über das polierte Schloss an der Tür des Schreins, das seine Berührung erkannte und sich geräuschlos öffnete. Dann trat er beiseite und bedeutete Roz, als Erste einzutreten. Wahrscheinlich wollte er sich gentlemanlike geben, doch Roz schüttelte den Kopf und hätte um ein Haar gelacht. »Vergiss es.«

Einen Moment lang herrschte eine gewisse Anspannung zwischen ihnen, während Damian abzuwägen schien, ob es sich lohnte, mit ihr zu streiten. Offenbar kam er zu dem Schluss, dass es die Mühe nicht wert wäre, denn er ging voran und überließ es Roz, die Tür zu schließen. In dem Moment, in dem sie es tat, wurden sie in einem breiten Tunnel eingeschlossen. Die steinernen Wände waren mit noch mehr Steinmetzarbeiten bedeckt: gesichtslose, überlebensgroße Figuren mit Heiligenscheinen über den Stirnen sowie abstrakte Muster, in deren sich wiederholenden Motiven bei genauerem Hinsehen Augen verborgen zu sein schienen. Die gewölbte Decke war dem Kuppeldach draußen nachempfunden und erhob sich hoch über ihren Köpfen. Damit hatte Roz nicht gerechnet.

»Der Tempel selbst liegt unterirdisch«, beantwortete Damian ihre unausgesprochene Frage. Seine Worte hallten durch den Tunnel, und die letzte Silbe schien einen Augenblick zu lang in der Luft zu hängen. »Von dort aus führt ein zweiter Tunnel direkt zum Palazzo.«

»Ich bin direkt hinter Ihnen, Officer«, sagte Roz und berührte mit der Hand das Messer, das sie vorne in ihrem Kleid verbarg.

Damian spannte sich an, wie er es immer tat, wenn sie seinen offiziellen Titel benutzte. Sie sprach ihn aus, um sich ins Gedächtnis zu rufen, wer er wirklich war – oder vielmehr, wer er *nicht* war. Interessant, dass ihm das nicht zu gefallen schien.

»Rossana«, sagte er leise und blieb weniger als einen Schritt von ihr entfernt stehen. Sie hätte ihm ihre Klinge zwischen die Rippen stoßen können. Sie hätte die Arme um ihn schlingen können.

»Ja?«

Damian drehte sich um, und die unergründlichen Tiefen seiner Augen machten sie bewegungsunfähig. Sie hatte keine Ahnung, was er sagen wollte, und doch fürchtete sie sich aus irgendeinem Grund davor, es zu hören.

Doch er sagte lediglich: »Ich weiß, dass du ein Messer hast. Denk nicht mal daran, es zu benutzen.«

Dann ging er in den Tunnel hinein. Roz blieb nichts anderes übrig, als ihm zu folgen. Sie atmete noch einmal mit zusammengebissenen Zähnen aus, bevor sie es tat.

Während sie tiefer unter die Erde vordrangen, wurde der Durchgang schmaler. Stiller. Früher wären sie begeistert durch einen solchen Tunnel gerannt, angespornt von der Verheißung des Unbekannten im Dunkeln. Sie konnte sich noch daran erinnern, wie sie einmal um Mitternacht durch die Straßen geflitzt waren, Damians Hand in ihrer, ihre Schritte ein wenig unsicher. Es war das erste Mal gewesen, dass ihre Eltern ihnen gestattet hatten, mehr als ein einziges Glas Wein zu trinken, und Roz erinnerte sich noch, dass sie, als sie Damians Finger festgehalten hatte, bei sich gedacht hatte, dass betrunken zu sein sich anfühlte, als würde die Welt sich um einen herum zusammenziehen. Für sie hatte das bedeutet, dass sie Damian

Venturi so bewusst wahrgenommen hatte wie noch nie zuvor. Seinen berauschenden Duft und diese schwindelerregende Atemlosigkeit des Verlangens. Die Angst davor, alles falsch zu machen, und den Mut, es trotzdem zu wagen.

Das war die erste Nacht gewesen, in der sie ihn geküsst hatte. Die erste Nacht, in der sie überhaupt jemanden geküsst hatte. Hinterher war sie sich sicher gewesen, dass sie es trotzdem richtig gemacht hatte. Sie hatte es daran erkannt, wie er auf sie reagiert hatte – als wäre sie eine erbarmungslose Flamme, in der er bereitwillig verbrennen wollte.

Die Erinnerung verblasste und hinterließ ein hohles Gefühl. Der Tunnel verbreiterte sich wieder. Ein weiter Bogen führte in einen riesigen, kathedralenhaften Raum. Roz musterte die gusseisernen Kandelaber zu beiden Seiten und folgte Damian zu einer Plattform, von der aus eine sich stetig verbreiternde Treppe nach unten führte. Die Kerzen flackerten wie in einem nicht existenten Wind und ließen Damians Gesicht hager und Respekt einflößend wirken.

»Interessant«, murmelte Roz. Sie neigte den Kopf, um zum Deckengewölbe hinauf zu spähen, das in dunklem Blau mit kalten silbernen Sprenkeln gehalten war. Die Stuckverzierungen an den Rändern waren labyrinthisch. Erst als sie den Blick abwandte, fiel ihr auf, was sich am anderen Ende des Raumes befand, so weit entfernt, dass *Raum* nicht das passende Wort zu sein schien. »Sollen das die Heiligen sein?«

»Ja«, antwortete Damian so ehrfürchtig, dass seine Stimme kaum zu hören war. Die steinernen Wände des Schreins schluckten in gieriger Hast alle Geräusche, nur um sie als gedämpfte Echos wieder auszuspucken.

Roz' Schritte klackten auf dem dunklen Marmorboden, als sie auf die Statuen zuging. Sie waren im Halbkreis angeordnet, und die Figur am äußersten Ende war unheilvoll mit einem

Tuch verhängt. Roz vermutete, dass sie von Jüngern gefertigt worden waren, obwohl sie keine Anzeichen von Bewegung erkennen konnte. Ihre Köpfe waren geneigt und von Kapuzen verhüllt. Auf dem Boden in der Mitte der Statuen bildete verschiedenfarbiger Marmor eine siebenzackige Sonne – das ursprüngliche Symbol der Heiligen.

Roz begutachtete reihum jeden der Heiligen. Als sie Patience erreichte, blieb sie stehen. Selbst in der Dunkelheit konnte sie die weit ausgebreiteten Hände der Statue erkennen, kleine Anzeichen von Menschlichkeit, die aus Ärmeln ragten, die sich um das Schwert an ihrer Taille zu bauschen schienen. Patience' Handflächen waren himmelwärts gerichtet, und für Roz sah es so aus, als würde die Heilige etwas aus der Erde hervorziehen. Der Realismus ihres Gewandes war verblüffend, und die Falten ahmten perfekt das Tuch nach, mit dem die Statue rechts von Roz bedeckt war.

Chaos, begriff sie. Es war ungewöhnlich, dass der siebte Heilige nur abgedeckt und nicht entfernt worden war.

Sie hörte, dass Damian sich ihr näherte, wandte sich jedoch nicht um. Menschen töteten und starben für diese Heiligen. Diese Statuen. Sie kamen hierher und knieten vor ihnen, suchten bei ihnen imaginären Rat. Denn das war nun mal die zentrale Funktion des Glaubens, nicht wahr? Als Ersatz für die eigene Handlungsmacht zu fungieren. Als Erklärung herzuhalten, wenn alle anderen Erklärungsversuche scheiterten. Wie konnten die Menschen an die Segnungen der Heiligen glauben, wenn abseits dieses Ortes so viele Menschen litten? Wo war der Beweis dafür, dass sich diese längst verstorbenen Ahnen überhaupt für sie *interessierten*?

»Der Eingang zum Palazzo ist dort drüben«, hörte sie Damians leise Stimme neben ihrer linken Schulter, in einem offensichtlichen Versuch, sie zum Gehen zu bewegen.

Sie starrten einander an, dunkle und blaue Augen im Widerstreit, bis sie das Zuschlagen einer Tür abrupt zum Handeln zwang.

»Verflucht.« Damian packte Roz an den Schultern und drängte sie in die Schatten hinter Grace' Statue. Sein Körper presste sich gegen ihren, warm und straff, und ließ ihr Blut in ihren Adern kochen. »Jemand vom Palazzo kommt.«

»*Schubs* mich nicht«, zischte sie, hielt jedoch ganz still. Damian hatte recht. Sie konnte hören, wie sich Stimmen näherten und immer lauter wurden, begleitet von unregelmäßigen Schritten. Damian drückte einen Finger auf die Lippen, eine Geste, die Roz gleichzeitig als herablassend und unnütz empfand.

Doch sie sagte nichts. Wenn sie wollte, dass er Informationen mit ihr teilte, musste er ihr vertrauen. Und das bedeutete, dass sie ihm nicht allzu offensichtlich zeigen durfte, dass es ihr am liebsten gewesen wäre, wenn er tot umgefallen wäre.

»Es ist der Magistrat«, formte Damian tonlos mit den Lippen.

Roz spähte hinter der Statue hervor und sah, dass er recht hatte. Forte war leicht zu erkennen. Der Mann in seiner Begleitung konnte nur ein Jünger sein. Gleich darauf fiel ihr wieder ein, dass es der Mann war, den sie gesehen hatte, als er zum neuen Repräsentanten von Deaths Zunft gewählt worden war.

»Signor Agosti«, sagte Magistrat Forte gerade, »Sie werden feststellen, dass wir zwar im Ratssaal Entscheidungen treffen, die richtige Arbeit aber hier verrichtet wird, vor unseren Schutzheiligen. Ihr Rat sollte stets Ihre Entscheidungen prägen. Nichts ist wichtiger als Ihre Verbindung zum Göttlichen.« Während er die Kerzen in den Kandelabern löschte und den Raum in Dunkelheit tauchte, wurde sein Tonfall dringlicher. »Vergessen Sie nicht, dass Sie auserwählt sind. Sie sind gesegnet. Aber vergessen Sie auch nicht, dass wir lediglich Werkzeuge sind.«

Roz warf einen Blick auf Damians Gesicht und stellte angewidert fest, dass seine Miene sich verändert hatte und nun etwas verriet, das fast aussah wie … Verlangen?

Der Magistrat unterbrach seinen Monolog und sah sich beinahe misstrauisch um. Hatte er sie gehört? Roz hielt den Atem an, und Damian, der ihre Anspannung spürte, strich mit dem Daumen der Hand, mit der er noch immer ihren Arm festhielt, über ihren Bizeps. Es war eindeutig eine unbewusste Geste, die beruhigende Wirkung haben sollte, doch Roz' Körper versteifte sich nur noch mehr. Die Zeit schien sprunghaft schneller zu vergehen. Sie spürte Damians Herz direkt neben ihrem schlagen, fühlte seine abgehackten Atemzüge in ihrem Haar, doch sie wagte es nicht, sich von ihm abzuwenden. Ihre Haut brannte lichterloh, während sie reglos dort standen, bis Forte und der Jünger ihr Gebet beendet hatten.

»Nun gut. Gehen wir.« Von der Stimme des Magistrats bekam Roz eine Gänsehaut im Nacken. Als sie hinter der Statue hervorspähte, war sein Gesicht nur ein verschwommener Fleck im Zwielicht, und sein Blick wirkte merkwürdig leer. Roz erkannte, dass er die verhüllte Statue von Chaos anstarrte. Während er das tat, bewegte sich plötzlich der untere Rand des Tuchs, als hätte es jemand im Vorbeigehen berührt. Ihr blieb fast das Herz stehen, und ihr Mund wurde knochentrocken.

Falls es Forte ebenfalls aufgefallen war, verzog er keine Miene. Er wandte sich nur schweigend ab, so langsam, dass Roz sich fast sicher war, dass er gemerkt haben musste, dass sie ihn beobachtete.

Doch er sagte kein Wort, klopfte nur dem neuen Jünger mit der Hand auf den Rücken, und dann waren sie verschwunden.

14
DAMIAN

Als Damian den Schrein verließ, sprach Death zu ihm. Sie flüsterte im Dunkeln, und ihre Stimme trug einen einzigen Namen zu ihm.

Michele.

Sein Bruder, zwar nicht durch Blut, aber durch etwas ebenso Machtvolles. Der beste Freund, den er hatte sterben sehen, der sich vom Menschen in ein Monster und dann in Fleisch verwandelt hatte. Monster, weil der Krieg ihn grundlegend verändert hatte. Und Fleisch, weil … Damian hatte den Tod oft genug gesehen, um zu wissen, wie Menschen aussahen, wenn er zu ihnen kam.

Michele hatte ihn gerettet. Hatte Damian zusammengehalten, als er so schnell zerbrochen war, dass er es nicht mehr geschafft hatte, alle Scherben aufzusammeln. Als Jünger von Cunning war Michele nicht zum Kämpfen eingezogen worden – er hatte *selbst* entschieden, in den Norden zu gehen, genau wie es Damians Vater einst getan hatte. *So* sehr hatte er an seine Pflichten als Bürger von Ombrazia geglaubt. Er war unerschütterlich in seiner Ehrenhaftigkeit gewesen und auf eine Art und Weise optimistisch, die Damian nie hatte nachahmen können.

Nach einer gewissen Zeit an der Front, hatte Jarek, einer der älteren Soldaten, bei ihrer Ankunft zu ihnen gesagt, *beginnt deine Pistole, wenn du sie verkehrt herum hältst, ziemlich verlockend auszusehen.*

Damian hatte verstanden, was der Mann damit gemeint hatte, hatte es jedoch nicht geglaubt. Bis zu jener Nacht, als er schweißgebadet und zitternd aus Albträumen aufgewacht war, von denen er gewusst hatte, dass sie sich in dem Moment, in dem er einen Fuß nach draußen setzte, fortsetzen würden, und sein Blick auf die Pistole neben ihm gefallen war.

Doch er hatte zu stark gezittert, um sich bewegen zu können, und bevor er es hätte versuchen können, hatte er sich neben sein Bett übergeben und Michele damit aufgeweckt. Als sein Freund sich zu ihm gebeugt hatte, hatte Damian drei Worte gemurmelt: *Jarek hatte recht.*

Michele hatte ihm eine so kraftvolle Ohrfeige versetzt, dass seine Ohren bis zum Morgen geklingelt hatten.

Hätte er es in jener Nacht getan, wenn Michele nicht da gewesen wäre? Damian wollte daran glauben, dass er stark genug gewesen wäre, weiterzumachen. Doch er war sich dessen nicht sicher, und das war das Schlimmste. Die Angst, dass er sich eines Tages womöglich noch einmal so fühlen könnte, war schrecklicher als jeder Albtraum. Die Hoffnungslosigkeit und das Leid gingen so tief, dass er sich nicht sicher war, ob er es ein zweites Mal schaffen würde, sollte er jemals dorthin zurück müssen.

»Hörst du mir zu?«

Roz' Stimme riss Damian zurück in die Wirklichkeit, und er atmete angestrengt durch. »Ich – nein. Ich meine, ja.«

Sie befanden sich in den Tunneln, die vom Schrein zum Palazzo führten, und er war fast komplett in Gedanken versunken gewesen, hatte sich von der Dunkelheit in seinen Erinnerungen einsperren lassen. Er bewegte die zitternden Hände und gestattete sich ein rasches Gebet an den Heiligen, den er hinter sich gelassen hatte. *Gib mir ein Zeichen*, flehte er Strength an und stellte sich dabei die von einer Kapuze verhüllte, mit verschränkten Armen dastehende Statue vor. *Schenke mir irgendeinen kleinen Trost.*

Nichts geschah.

Roz ging langsamer, um Damian nicht zu verlieren, ihre scharfen Gesichtszüge zu einer finsteren Miene verzogen. »Was ist los mit dir?«

Wo sollte er da nur anfangen? »Nichts. Geh einfach weiter.«

»Das kann ich nicht, weil ich nämlich keine Ahnung habe, wo wir hinmüssen.«

Gutes Argument. Damian senkte den Blick und atmete noch einmal tief durch. Roz zu lange anzusehen war zu viel für ihn. Wie oft hatte er sich ihr Gesicht vorgestellt, um die dunkelsten Momente durchzustehen? Anfangs fast ständig. Im Wachzustand hatten sich seine Gedanken jede Sekunde um sie gedreht, und manchmal war sie sogar in seinen Träumen erschienen. Doch im Lauf der Jahre waren diese Gedanken seltener geworden, bis er sich schließlich nicht mehr die Mühe gemacht hatte, Roz' Gesicht heraufzubeschwören, aus Angst, dass es womöglich nicht mehr so aussehen würde wie zuvor.

Doch das tat es. Etwas weniger rund und sicherlich herber, doch ihre umwerfenden blauen Augen hatten sich nicht verändert. Und ihr Grinsen, das immer ein wenig spitzbübisch wirkte … Das war ebenfalls unverändert.

Obwohl er versucht hatte, die jüngere Version von Roz aus seinen Gedanken zu verdrängen, war sie noch immer deutlich präsent. Hin und wieder spielte er im Kopf die Nacht durch, in der sie ihn zum ersten Mal geküsst hatte. Wie sich seine vom Wein benebelten Gedanken geweigert hatten, sich mit irgendetwas anderem zu beschäftigen als ihr. Seit seinem zwölften Lebensjahr hatte er gewusst, dass er Roz liebte – oder zumindest war er sich dessen so sicher gewesen, wie man es in diesem Alter eben sein konnte –, doch die Furcht davor, ihre Freundschaft zu zerstören, war stets so ernüchternd gewesen, dass er diesbezüglich nie etwas unternommen hatte. Wenn sie für immer beste Freunde geblieben wären, wäre er auch zufrieden gewesen. Er hätte so viel von Roz mitgenommen, wie er hätte bekommen können.

In dieser Nacht hatte sie ihn jedoch in eine schmale Gasse gezogen, schwer atmend und lachend. Sie hatte im Mondlicht wunderschön ausgesehen, ihr dunkles Haar war um sie herumgewirbelt, und ihre Augen mit ihren dichten Wimpern waren groß und bezaubernd gewesen. Damian hatte es ihr sagen wollen. Als sie sich an eine Hauswand gelehnt und ihn zu sich gezogen hatte, hatte er an nichts anderes denken können. Es war töricht, Roz Lacertosa zu lieben – sie strahlte so hell, während seine Farben gedämpft waren. Gleichförmiges Grau und dunkles Blau. Ihr Schein würde ihn auslöschen.

Roz, war alles, was Damian herausgebracht hatte, bevor sie ihre Lippen auf seine gedrückt hatte.

Damals hatte es ihn nicht gestört zu verbrennen.

»Venturi, du siehst aus, als müsstest du dich gleich übergeben. Falls es so ist, sag es mir bitte gleich, denn ich will nichts abkriegen.«

Damian schüttelte den Kopf, richtete den Kragen seines Hemdes, der ihn einzuengen begann. Roz musterte ihn stirnrunzelnd. Was hatte er sich nur dabei *gedacht*? Wieso hatte er sich gestattet, sich daran zu erinnern?

Selbst jetzt, vier Jahre später, wünschte er noch immer, er hätte sie zuerst geküsst.

»Es geht mir gut«, sagte Damian knapp. »Wir biegen hier ab und gehen nach oben.« Er deutete auf die Kurve im Tunnel vor ihnen, und gemeinsam erklommen sie die breiten Stufen, die aus dem Gang hinaus führten. Roz sagte nichts, bis sie schließlich in einen leeren Raum hinaustraten, der neben dem Haupteingang des Palazzos lag. Damian hatte ihn als Ziel ausgewählt, weil er einzig als Übergang zu den Tunneln diente.

Roz sah sich um, betrachtete die schimmernden Bögen und den glänzenden Fußboden. Der Glanz ihres Haars im Sternenlicht, das durch die offene Decke fiel, passte perfekt zum silbrigen Glanz ihres Kleides. Sie sah geradezu ätherisch schön aus. Unerreichbar. Einen Atemzug lang vergaß Damian, dass sie ihn hasste. Vergaß, dass er ihr misstraute.

Als es ihm wieder einfiel, schien ihn das Gewicht der Erkenntnis zu erdrücken.

Roz wandte den Blick vom Nachthimmel ab. Damian rechnete schon damit, dass sie eine spitze Bemerkung über die Innenausstattung des Palazzos fallenlassen würde, und wappnete sich für die Unannehmlichkeiten, die mit Sicherheit darauf folgen würden. Stattdessen sagte sie nur: »Warum bist du zurückgekommen?«

Die Frage überrumpelte ihn. Roz hatte leise gesprochen, als würde sie jemand belauschen. Damian beschloss, weitestgehend ehrlich zu antworten. »Nicht lange nach dem Tod meiner Mutter wurde mein Vater befördert. Als General ist er für die Ausbildung und Rekrutierung verantwortlich, weswegen er entschied, vorwiegend von Ombrazia aus zu arbeiten. Er hat Magistrat Forte davon überzeugt, mir eine Stelle im Palazzo anzubieten.«

Roz' Mund verwandelte sich in eine schmale Linie. »Ich wusste nicht, dass deine Mutter gestorben ist.«

»Oh.« Damian verspürte einen Stich in der Brust. »Ja, vor einigen Jahren. Die kalte Luft hat sie krank gemacht. Es ist ihr auf die Lunge geschlagen, und selbst Mercys Jünger konnten sie nicht mehr retten.«

Wenn er es auf diese Weise zusammenfasste, klang es so nüchtern. Doch er konnte sich noch daran erinnern, wie die Jünger mit ernster Miene ihre Hände über den Oberkörper seiner Mutter geführt hatten. An ihre verzweifelten Rufe nach mehr Material und an Battistas distanziertes, maskenhaftes Gesicht, als er Damian aus dem Zimmer geführt hatte. Daran, wie er die ganze Nacht wach gelegen und sein Herz ängstlich im engen Käfig seines Brustkorbs gepocht hatte, und an den Moment, als er gehört hatte, wie plötzlich alles still geworden war.

In diesem Augenblick hatte er es gewusst. Doch er hatte sich nicht gerührt, hatte nicht geweint, bis sein Vater am nächsten Morgen gekommen war, um ihn zu holen.

»Verstehe«, sagte Roz und verstummte dann. Sie kannte Liliana Venturi natürlich schon seit vielen Jahren, und Damian fragte sich, ob sie ihm ihr Beileid ausdrücken würde. Doch sie tat es nicht, weil sie eben Roz war, und außerdem war sie wahrscheinlich froh darüber, dass seine Familie genauso zerrissen worden war wie ihre.

»Ja«, war alles, was ihm dazu einfiel. »Darf ich dich etwas fragen?«

»Von mir aus.«

»Wann hast du herausgefunden, dass du eine Jüngerin bist?«

»Oh Mann.« Roz verdrehte die Augen. »Bitte nicht das.«

Richtig. Diesen Eindruck hatte Damian schon beim letzten Mal gewonnen, als er das Thema angesprochen hatte. Doch es fiel ihm noch immer schwer, die Jüngerin Roz mit der Roz, die er vor drei Jahren gekannt hatte, in Einklang zu bringen. Er wollte wissen, was er versäumt hatte. Was zwischen damals und heute geschehen war. »Warum denn nicht?«

»Weißt du, eine Jüngerin zu sein ist kein Spaß«, sagte sie. »Versteh mich nicht falsch, man erhält unzählige Privilegien, aber es ist einfach so *langweilig*. Plötzlich gehörst du deinem Tempel. Dort bringen sie dir bei, wie du deine Fähigkeiten einsetzen kannst, aber trotzdem lernst du nur, irgendwelche Sachen herzustellen. Deine Rolle wird für dich festgelegt, ob du willst oder nicht.« Roz sprach sehr schnell, als könne sie die Worte nicht länger zurückhalten. »Und das Schlimmste ist, dass das den meisten Jüngern zu gefallen scheint. Sie fühlen sich besonders, mächtig und stolzieren herum, als würde ihnen die ganze verdammte Welt gehören. Weil«, sie lachte kurz auf, »sind wir doch mal ehrlich, es in gewissem Sinne auch so ist. Ich … passe da einfach nicht rein.«

Damian konnte sich nicht vorstellen, wie man ein Jünger sein und es einem nicht gefallen konnte. »Aber Patience hat dich gesegnet. Du hast *Magie*. Macht dich das nicht … Keine Ahnung. Glücklich?«

Das war ein ziemlich lahmes Adjektiv, um seinen Standpunkt zu verdeutlichen, aber seinem Kopf schien es an Wörtern zu mangeln. Roz schnaubte. »Nein, ich bin nicht glücklich. Glaubst du, ich interessiere mich auch nur einen Deut für Metallverarbeitung? Macht zu haben« – sie zog das Messer hervor, das Damian an ihrer Hüfte gesehen hatte, und bog mit zwei Fingern die Klinge so mühelos, als wäre sie aus Gummi – »bedeutet noch lange nicht, dass man sich plötzlich auf magische Weise für das, was man kontrollieren kann, auch interessiert.« Sie bog ihr Messer wieder gerade. Ihre Nasenflügel blähten sich, und Damian konnte dort, wo er stand, die Wärme spüren.

»Im Herzen von Strengths Bergen brachte Patience die Hitze hervor.« Er murmelte das Zitat, ohne darüber nachzudenken. Es kam nur selten vor, dass er einen Jünger in Aktion erlebte. Er wusste, dass die Jünger von Strength in ihrer Kunst schiere Körperkraft einsetzten und dass die Jünger von Grace unglaubliche Geschicklichkeit besaßen. Roz mochte das

Gefühl haben, nicht zu Patience zu passen, doch für Damian ergab es durchaus Sinn.

Roz warf das Haar zurück und schaffte es, dass die Geste verächtlich wirkte. »Ich finde das albern.«

»Was findest du albern?«

»Alles. Die Geschichten darüber, dass die Heiligen die Welt erschaffen haben.«

Damian starrte sie an. »Wo soll sie denn sonst hergekommen sein?«

Sie hob herausfordernd die Augenbrauen. »Wo kommt denn *alles* her?«

»Willst du etwa sagen, dass du eine Jüngerin von Patience bist – buchstäblich von einer Heiligen abstammst – und nicht an sie glaubst?«

»Es ist nicht so, dass ich bezweifle, dass sie einst existiert haben. Ich bin nur nicht davon überzeugt, dass sie die Welt geschaffen haben oder dass sie auch heutzutage noch unser Leben bestimmen. Sie sind tot, Damian. Glaubst du wirklich, dass sie deine Gebete hören?«

»Ich weiß es nicht«, sagte Damian hitzig. »Die Fähigkeiten der Heiligen liegen jenseits unseres Fassungsvermögens.« Diese Erklärung hatte er selbst schon unzählige Male zu hören bekommen.

»Das ist genau das, was jeder über seinen Glauben sagt, wenn er keine Lust hat, zu genau darüber nachzudenken.« Roz sagte es nicht herablassend, sondern in einem sanften, sachlichen Tonfall. »Es ist bequem, und es ist feige. Es ist einfacher, als zuzugeben, dass man die Welt vielleicht nicht begreift.«

Damian knirschte mit den Zähnen. Er konnte mit ihr nicht darüber diskutieren. Die Heiligen *waren* sein Verständnis von der Welt, und er war nicht daran interessiert, von irgendjemandem etwas anderes zu hören. So war er erzogen worden.

»Vergiss es«, sagte er. »Ich habe dich nicht hierhergebracht, um zu streiten.« Damian wich ihrem Blick aus, der immer noch auf ihm ruhte, ging in eine Ecke des Raumes und nahm die Sicherheitsoffiziersuniform, die er dort versteckt hatte. Er warf sie Roz zu, die sie fing und das Stoffbündel angewidert musterte.

»Was zur Hölle soll das denn werden? Eine Art Rollenspiel?«

»Bei allen Heiligen, Rossana. Nein. *So* kannst du nicht im Palazzo herumlaufen.« Er wies mit der Hand auf ihre Kleidung. Das schwarz-silberne Kleid, den tiefen Ausschnitt, die hochhackigen Stiefel. Sie hatte schon immer ein wenig zur Übertreibung geneigt, selbst in ihrer Jugend, hatte lauter gesprochen, als es angemessen gewesen wäre, und sich für die zwanglosesten Anlässe festlich gekleidet. Früher hatte Damian das an ihr bewundert.

»Zieh sie an, ja?«, bat er. »Falls uns jemand sieht, kann ich behaupten, du wärest eine neue Angestellte. Selbst die Jünger können sich nicht ohne triftigen Grund im Palazzo bewegen.«

»Du willst, dass ich so tue, als wäre ich eine Sicherheitsoffizierin? Igitt.«

Damian spürte, wie sich seine Wangen vor Ärger röteten. »Zieh dich einfach um.«

Roz rümpfte die Nase. Doch sie verschwand trotzdem um die Ecke, um einen Augenblick später in der Uniform wieder aufzutauchen. Da sie von Jüngern gefertigt worden war, hatte sie sich natürlich perfekt an ihren Körper angepasst, doch sie hatte es trotzdem geschafft, die Taille noch enger zu schnüren. Außerdem hatte sie ihr Haar geöffnet, das sie nun umgab wie ein dunkler Heiligenschein. Damian stierte sie bestimmt dreißig Sekunden lang an, bevor er die Sprache wiederfand.

»Du kannst nicht …« Er brach ab, weil ihm klar wurde, dass es nicht die Mühe wert war zu streiten. Was hatte er sich nur dabei gedacht, sie hierherzubringen? Er musste sie hinein- und wieder herausschaffen, bevor sie unweigerlich in irgendeiner Form Chaos stiftete. »Weißt du was? Es ist egal. Gehen wir.«

Roz grinste schelmisch. Es fühlte sich an wie eine Falle. »Eifersüchtig, weil ich in der Uniform besser aussehe als du?«

Damian bemühte sich, eine Antwort zu formulieren, die nicht einfältig klang, als plötzlich zu ihrer beider Überraschung die Tür aufschwang und ein aufgelöster Enzo den Raum betrat. Sein Freund atmete schwer – er war offensichtlich den ganzen Weg gerannt.

»Enzo«, presste Damian hervor. »Geht es dir gut?«

Enzo beugte sich vornüber und schnappte nach Luft. Als er sich wieder aufrichtete, fuhr er sich mit einer Hand durchs Haar und sah Damian vielsagend an. »Ich habe überall nach dir gesucht. Ich hatte gehofft, unter vier Augen mit dir sprechen zu können.« Dann richtete sich seine Aufmerksamkeit auf Roz. Er runzelte die Stirn und überlegte offenbar, wo er sie einordnen sollte, bevor er ihr freundlich zulächelte. »Nichts für ungut, Signora. Sind Sie eine neue Offizierin?«

Bei allem, was heilig war. *Flirtete* Enzo etwa mit Roz? Damian knirschte mit den Zähnen. Bevor Roz die Frage beantworten konnte, sagte er: »Kann das warten?«

»Nein«, entgegnete Enzo. »Kann es nicht.«

Damian riss die Augen auf, um seinen Unmut zu vermitteln. Er ging davon aus, dass das, was immer Enzo ihm zu berichten hatte, etwas mit seinen jüngsten Anweisungen zu tun hatte. Doch er hatte nicht vor, ihn danach zu fragen, solange Roz anwesend war und ihr Gespräch analysierte.

Enzo erwiderte seinen Blick ungerührt. Damian wurde klar, dass er genau verstanden hatte, was er ihm zu vermitteln versucht hatte, sich jedoch nicht von seinem Vorhaben abbringen lassen würde.

Roz seufzte dramatisch. »Was immer es ist, das ihr beide *offensichtlich* vor mir geheim halten wollt – spuckt es einfach aus.«

Verflucht. Sie hatte recht. Wenn Roz Antworten wollte, gab sie nie so einfach klein bei. Damian stieß innerlich einen Fluch aus und wandte sich wieder an Enzo. »Na schön. Was ist los?«

»Du wolltest, dass ich dich informiere, wenn ich etwas Ungewöhnliches mitbekomme. Und –«

»Hast du?«, fiel ihm Roz ins Wort. »Etwas Ungewöhnliches gesehen, meine ich?«

»Ich schätze, genau davon wollte er uns gerade erzählen«, bemerkte Damian trocken.

Roz fuhr sich mit den Fingern durchs Haar und schützte vor, gedankenverloren die Strähnen zu betrachten. Dann richtete sich ihre kühle Aufmerksamkeit auf Damian, dem plötzlich das Atmen schwerfiel. Enzo, der von alldem nichts merkte, sagte: »Ich dachte mir, dass du vielleicht wissen möchtest, dass ich gerade an den Gemächern von Deaths Jünger vorbeigekommen bin und die Tür offen stand.«

Damian starrte ihn an. »Er hat bestimmt nur vergessen, sie abzuschließen.«

»Ich meine nicht den neuen Jünger«, sagte Enzo ungeduldig. »Sondern den vorherigen. Den *toten*.«

Damian wurde es eiskalt. »Leonzio?«

»Genau. Die Tür war, wie du ja weißt, seit jener Nacht, in der er gestorben ist, abgeschlossen, aber jetzt steht sie weit offen.«

Damian schob die Ärmel seines Hemdes weiter hoch und sann über die Information nach. Wer vom Palazzo würde in Leonzios Zimmer herumschnüffeln? »Ich sehe es mir mal an. Vielen Dank.«

Enzo nickte und warf noch einmal einen Blick auf Roz, bevor er ging. Damian stöhnte innerlich. Er war sich sicher, dass er später noch mit Fragen bombardiert werden würde.

»Nun«, sagte Roz selbstzufrieden, nachdem Enzo gegangen war. »Das nenne ich gutes Timing. Ich komme mit dir und schaue mich um.« Sie neigte provozierend das Kinn, als wolle sie sehen, ob er es wagen würde zu widersprechen.

Damian verdrehte im Geiste die Augen. Das alles war definitiv ein Fehler gewesen. Je mehr Zeit er mit Roz verbrachte, desto mehr *wollte* er mit ihr zusammen sein. Ein törichter, selbstzerstörerischer Teil von ihm wollte glauben, dass die neue Schärfe, die sie an den Tag legte, nur eine Mauer war, die sie zu ihrem Schutz aufgebaut hatte, und dass er sie vielleicht ins Wanken bringen könnte, wenn er es nur schaffte, ihr Vertrauen wiederzuerlangen.

Andererseits hatte Damian auch seine eigenen Mauern, nicht wahr? Er hatte sich auf eine Weise verändert, die er selbst nicht ganz verstand. Manchmal fühlte sich sein ganzer Körper irgendwie falsch an, als wäre er zerbrochen und achtlos und willkürlich neu zusammengesetzt worden. Ob Roz ihm das ansah? War ihr aufgefallen, dass sein Humor düsterer, gezwungener geworden war? Dass er manchmal zu lange angespannt ins Leere starrte, als erwarte er, dass etwas seinen Blick erwiderte?

Sein träger Herzschlag dröhnte in seinen Ohren, als er sagte: »Von mir aus. Folge mir.«

Roz lächelte wieder, und diesmal sah ihr Lächeln unerträglich vertraut aus.

15
DAMIAN

Genau wie Enzo berichtet hatte, stand die Tür zu Leonzio Bianchis Gemächern ein Stück weit offen. Jenseits der Tür konnte Damian nichts als Schwärze erkennen.

»Ist normalerweise abgeschlossen?«, zischte Roz.

»Ja.«

»Wer hat den Schlüssel?«

Damian klopfte auf seine Brusttasche. »Jeder Palazzo-Sicherheitsoffizier hat einen Generalschlüssel bei sich. Aber ich wüsste keinen Grund, weshalb sich jemand hier aufhalten sollte.«

Roz hob kaum merklich eine Braue. Damian fragte sich, woran sie gerade dachte. Weshalb sich ihr Unterkiefer plötzlich anspannte. Sein halbes Leben hatte er sich gewünscht, ihre Gedanken lesen zu können, und dieses Verlangen hatte sich mit der Zeit offenbar nicht gelegt.

Doch sie sagte lediglich: »Gehen wir jetzt rein oder nicht?«

Damian verdrängte die unerklärliche Unruhe, die ihn plötzlich befallen hatte, nahm eine der Laternen aus dem Flur und stieß mit dem Knie die Tür auf.

Das Zimmer sah noch genauso aus wie in der Nacht von Leonzios Tod: geschlossene Fensterläden, ein Himmelbett an der Wand und geflieste Böden, die alles steril wirken ließen. Obwohl er wusste, dass es unwahrscheinlich war, hätte er schwören können, dass der ekelhaft süßliche Gestank des Todes noch in der Luft hing. Er konnte sich nicht mehr genau an die Nacht erinnern, in der er hergekommen war, um die Leiche des Jüngers zu untersuchen – alles wirkte merkwürdig verschwommen.

Er musste wieder an die falschen Augen denken, und seine Hand zuckte unwillkürlich zu seiner Tasche. Die schwarze Kugel, die er aus der Krypta mitgenommen hatte, steckte noch immer darin. Wer hatte sie zuletzt berührt? Warum hatte derjenige sie dort zurückgelassen, und was hatte er mit den Augen gemacht, die er mitgenommen hatte?

»Es ist niemand hier«, stellte Roz fest. Sie klang fast enttäuscht. »Also, er ist allein gestorben? Hast du herausgefunden, welche Art von Gift es war?«

Damian drehte sich stirnrunzelnd zu ihr um und sah ihr direkt in die Augen, aus Angst, dass sein Blick womöglich versehentlich tiefer rutschen könnte. »Nein.«

»Ich gehe davon aus, dass du Cunnings Repräsentanten befragt hast?«

Damian spürte, wie Ärger in ihm aufwallte. »*Ja*. Es ist nichts dabei herausgekommen. Wie auch immer, dort habe ich ihn gefunden.« Er nickte in Richtung des Betts und kratzte sich dabei am Kiefer. »Ich habe damals den Raum kurz durchsucht, doch danach durften wir ihn selbstverständlich für zwei Tage nicht betreten.«

Man sollte einen Ort, an dem jemand gestorben war, für volle zwei Tage und Nächte unangetastet lassen. So lange hatte Strength gebraucht, um mit der Erschaffung der Welt zu beginnen, und so lange sollten nach dem Tod auch die Habseligkeiten eines Verstorbenen unberührt bleiben. Damian konnte die Parallelen zwar nicht ganz nachvollziehen, doch da es Brauch war, hatte er es nie infrage gestellt.

Zum Glück gab Roz keine höhnische Bemerkung ab. »Na dann«, sagte sie nur und ging bereits um das Bett herum. Im selben Augenblick, in dem sie sich in Bewegung setzte, wurde die Luft um Damian kälter, und alle Feuchtigkeit schien herausgesogen zu werden. Ein eisiger Schauer lief ihm über den Nacken und ließ ihn erzittern.

»Was denkst du?«

»Es fühlt sich hier seltsam an«, bekannte Roz stirnrunzelnd. »Ich weiß nicht, wie ich es beschreiben soll. Es ist nichts Schlechtes, sondern einfach … etwas, das ich noch nie zuvor gespürt habe.«

Damian war ernüchtert. Er wusste selbst nicht, was er erwartet hatte – dass sie den Mörder irgendwie erspüren könnte? Jünger waren hochgradig empfänglich für Magie, doch Damian hatte keine Beweise dafür, dass bei Leonzios Tod Magie im Spiel gewesen war. Dieses Rätsel lösen zu wollen fühlte sich an, als würde man blindlings durch ein Zimmer laufen und mit dem Kopf gegen eine Wand nach der anderen knallen.

Er ließ Roz in Ruhe ihre Untersuchungen anstellen und beschloss, den Rest der Räumlichkeiten zu durchsuchen. Seine Schritte hallten wider, als er langsam seine Runden durch das Bad, das Arbeitszimmer und das daran angrenzende kleine Wohnzimmer drehte. Alles schien an seinem Platz zu sein, und dieser Umstand bewirkte, dass sich Damians Magen zusammenzog. Wie konnte es sein, dass jemand tot war und doch alles unverändert blieb? Eine Jacke hing seitlich über einem Stuhl, ein zerlesenes Buch lag aufgeschlagen auf dem Tisch … Simple Dinge, die einen Augenblick in der Zeit abbildeten. Damian hatte Leonzio kaum gekannt. Hatte den Mann nicht besonders gemocht. Trotzdem überkam ihn beim Anblick dessen, was er hinterlassen hatte, Traurigkeit.

Sofern wirklich jemand in die Räumlichkeiten des Jüngers eingebrochen war, war er inzwischen wieder verschwunden. Damian wandte sich vom Arbeitszimmer ab, um ins Schlafzimmer zurückzukehren, blieb jedoch plötzlich wie angewurzelt stehen. Roz war nirgends zu sehen.

»Rossana?« Wenn sie abgehauen war –

»Ich bin hier.«

Ihre körperlose, gedämpfte Stimme kam von der anderen Seite des Zimmers. Bevor Damian weitere Fragen stellen konnte, trat sie aus dem kleinen Schrank beim Badezimmer, wobei das fahle Mondlicht durch das Fenster auf ihr Haar fiel. Eine geisterhafte Gestalt im Zimmer eines Toten.

Dann begann sie zu sprechen, und die Illusion verpuffte.

»Hier drinnen ist etwas. Komm und sieh es dir an.«

Damian gesellte sich zu ihr. »Was machst du …«, setzte er an, verstummte jedoch gleich darauf. Er wusste nicht recht, wie er das, was er sah, beschreiben sollte.

Auf dem Boden des Schranks lagen Zweige und Steine. Sie waren zu einem eindeutig vorsätzlichen Muster angeordnet, und der Boden um sie herum war mit einer bräunlichen Substanz befleckt, die erschreckenderweise aussah wie –

»Blut?«, sagte Roz zu laut. Zu aufgeregt.

Damian schluckte. Es war zwar nicht viel Blut, aber er hatte es oft genug gesehen, um zu wissen, dass sie recht hatte. Doch nicht das Blut beunruhigte ihn am meisten – sondern das unheimliche Gefühl, das ihn beim Anblick der Zweige beschlich, die um die Steine herum zu einem siebenzackigen Muster angeordnet waren.

Sieben Zacken. Um sicherzugehen, zählte er noch einmal nach.

»Das ist eine heptagonale Sonne«, murmelte er. Das Symbol der gesichtslosen Heiligen. War es auch schon in der Nacht, in der Leonzio gestorben war, hier drinnen gewesen? Er hatte die Zimmer doch selbst durchsucht – oder?

Roz runzelte die Stirn. »Für mich sieht das aus wie ein Haufen Zweige.«

Damian kniete sich hin und deutete auf die Steine, wobei er darauf achtete, sie nicht zu berühren. »Sieben Winkel. Ein Kreis in der Mitte. Was sollte es sonst sein?«

»Ich weiß auch nicht. Wieso sollte in der Mitte eines heiligen Symbols Blut kleben?«

Sie schien keine Angst zu haben, was Damian von sich selbst nicht behaupten konnte. Kalter Schweiß trat ihm auf die Stirn, und er hielt seine Laterne dichter an das Blut. Die Flecken waren klein und alle ungefähr gleich groß, nicht verschmiert, sondern sorgfältig aufgetropft.

»Das Blut wurde erst hinterher hinzugefügt«, erkannte er und deutete auf die braunen Flecken auf den Steinen. »Absichtlich.«

Roz sah ihn an, und sofort war Damian hingerissen von der Rundung ihres Mundes. Ihren markanten Wangenknochen. Ihren faszinierenden Augen. Sie sah aus, als würde sie tausend Arten kennen, einen Menschen zu töten, und er stellte fest, dass ihn das nicht beunruhigte.

»Glaubst du, es ist Leonzios Blut?«, fragte sie und ging in die Knie, um die Substanz mit der Fingerspitze zu berühren.

Damian erbleichte und konnte sich gerade noch davon abhalten, ihre Hand wegzuschlagen. »Fass es nicht an, ja? Ich möchte jemanden herholen, der es untersuchen soll.«

Er hätte vielleicht noch mehr gesagt, doch etwas an der Art, wie Roz' Gesichtsausdruck sich veränderte, ließ ihn verstummen. Sie rieb die Finger aneinander und Flocken von getrocknetem Blut rieselten auf die Fliesen. Sie tat es so bedächtig, dass sich Damian plötzlich unwohl fühlte. Ein Teil von ihm hätte die Zweige und Steine am liebsten mit den Füßen durcheinander getreten, doch seine abergläubischere Seite erfüllte die Vorstellung, das Muster zu zerstören, mit Entsetzen. Er ging davon aus, dass Leonzio es geschaffen hatte, konnte sich jedoch nicht vorstellen, weshalb. Wenn der Jünger die Heiligen hatte kontaktieren wollen, warum war er dann nicht in den Schrein gegangen?

Roz zog die Backen ein, stieß den Atem aus und wischte sich ihre mit rostbraunem Staub beschmutzten Hände an der Uniform ab. »Und wir sind sicher, dass er sich nicht selbst getötet hat?«

»Wir haben doch schon festgestellt, dass es dafür zu viele Parallelen zwischen seinem Tod und den anderen beiden Morden gibt. Und selbst wenn es nicht so wäre – ja, ich bin mir ganz sicher.« Damian merkte, wie seine Stimme plötzlich ins Wanken geriet, als ihm ein kalter Schauer über den Rücken lief. Er versuchte, das Gefühl auf den trocknenden Schweiß auf seiner Haut zu schieben, doch in Wirklichkeit ging es viel tiefer. Kälte kroch durch die Luft, füllte mit jedem Atemzug seine Lungen. Sie drang in seine Haut ein und setzte sich in seiner Magengrube fest. »Spürst du das?«

Roz, die gerade mit der Hand über die Seitenwand des Schranks strich, hielt inne. »Was soll ich spüren?«

Auf der anderen Seite des Raumes, gleich neben dem Bücherregal, bewegte sich am geschlossenen Fenster der Vorhang.

Damian wich vor dem Heptagon zurück und zog Roz mit sich. Sofort versteifte sie sich und sträubte sich gegen seine Berührungen. Damian ließ ihren Arm los.

»Entschuldige«, murmelte er. Doch seine Finger zuckten und sehnten sich danach, ihren spitzen Kiefer zu berühren. Der herzförmigen Rundung ihrer Oberlippe zu folgen, selbst wenn sie gerade missmutig verzogen war. Er musste sich in den Griff bekommen. Genauso wie seine übersteigerte Fantasie und das, was immer da unterhalb seiner Gürtellinie vorging.

Sie rieb sich den Bizeps und ignorierte seine Entschuldigung. »Was ist denn los?«

»Ich ...« Damian atmete tief durch, um sich wieder zu fangen. »Ich habe hierbei ein ungutes Gefühl. Mit den Heiligen darf man keine Spielchen treiben. Verschwinden wir von hier.« Ohne auf ihre Einwilligung zu warten, trat er zurück in den kurzen Flur, der ins Schlafzimmer führte.

Doch das unheimliche Gefühl wuchs immer weiter an, wurde mit jedem Schritt stärker. Er konnte Roz hinter sich schwer atmen hören und fragte sich, ob sie das Gleiche empfand. Am Ende des Flurs, wo er sich verbreiterte und ins Schlafzimmer überging, tanzten Schatten und warfen geheimnisvolle Formen an die Wände. Oder vielleicht waren es auch nur die Umrisse der Stuckverzierungen.

Bevor er jedoch das Ende des Flurs erreichte, vereinten sich die Schatten plötzlich und bildeten den Umriss eines Torsos.

Damian blieb so abrupt stehen, dass Roz gegen seinen Rücken prallte. Eis schoss durch seine Adern, als die schattenhafte Gestalt sich über die Wand bewegte und um die Ecke verschwand.

»Was ist los?«, zischte Roz.

Er hieß sie, still zu sein, und seine Muskeln spannten sich an, als sein Körper in eine Verteidigungsposition überging. »Wir sind nicht allein.«

Ehe Damian begriff, was geschah, hielt Roz lautlos in jeder Hand ein Messer. Sie sah unfassbar wild und unfassbar schön aus – eine dunkle Göttin, die auf Rache aus war.

Nicht bewegen, formte sie lautlos mit den Lippen, bevor sie weiter den Flur entlangging. Damian knirschte mit den Zähnen. Für wen hielt sie sich eigentlich, dass sie *ihm* befahl, zurückzubleiben? Er zog die Pistole aus dem Gürtel und folgte ihr.

Als er seine Hände sah, fiel die Waffe klappernd auf die Fliesen.

Er erinnerte sich nicht daran, sie fallen gelassen zu haben, und doch musste es so gewesen sein, weil er plötzlich nur noch Luft in Händen hielt. Sein geflüsterter Name durchschnitt die Nacht, als Roz herumfuhr, um ihn anzufahren, doch er nahm ihre Worte kaum wahr.

Damians Hände waren voller Blut.

Es war frisch, wirkte in der Dunkelheit jedoch schwarz, floss in Rinnsalen durch seine Finger und tropfte auf den Boden. Sein Magen hob sich, und blanke Panik durchzuckte ihn. Sein erster Gedanke war, dass er sich verletzt haben musste, doch er konnte nicht erkennen, wo, und außerdem war eben noch alles in Ordnung gewesen. Ihm drehte sich der Kopf, als er versuchte, den Anblick, der sich ihm bot, zu begreifen, jedoch kläglich versagte.

Mit zwei Schritten war Roz wieder bei ihm. »Was tust du da?«

Damian blinzelte einmal, bevor er eine Antwort hervorpresste. »Das ist nicht meines.«

»Was meinst du?«

»Das Blut.« Er schüttelte die zitternden Hände. »Das ist nicht meines.« Er versuchte, es an seiner Armeehose abzuwischen, doch es floss weiter warm durch seine Finger. Sein Magen verkrampfte sich, und ein intensiver metallischer Geruch stieg ihm in die Nase.

»Da ist kein Blut«, sagte Roz naserümpfend und wirkte ein wenig beunruhigt. »Das bildest du dir nur ein.«

Sie bückte sich, um seine Pistole aufzuheben, und drückte

sie ihm in die glitschige Hand. »Wir sehen jetzt zu, dass wir von hier verschwinden.«

Damian umklammerte den Griff seiner Pistole wie eine Rettungsleine, während er ihr zur Tür folgte. Der Schatten, den er zu sehen geglaubt hatte, war verschwunden, doch als Roz nach der Türklinke griff, blickte er zum Bett hinüber.

Die weißen Laken waren blutgetränkt, und dunkles Scharlachrot breitete sich um den menschenförmigen Umriss in der Mitte aus.

Damian keuchte auf und stieß entsetzt die Luft durch die Zähne aus. Das Geräusch erregte Roz' Aufmerksamkeit, und sie fuhr herum. Ihre Miene drückte fast so etwas wie Besorgnis aus.

»Raus hier«, krächzte er, riss die Tür auf und schubste Roz hindurch, ohne sich um die blutigen Handabdrücke zu scheren, die er auf ihrem Rücken hinterließ. Die Welt kippte weg, und es fiel ihm plötzlich schwer, sich auf den Beinen zu halten. Ein Schwindelanfall grub seine scharfen Krallen in seinen Schädel. Mit einem letzten Blick auf das Blutbad auf dem Bett schlug er die Tür hinter ihnen zu.

Der Korridor vor dem Zimmer war leer. Still. Der Schein der entzündeten Laternen, die in gleichmäßigen Abständen den Weg zur Treppe beleuchteten, wirkte ernüchternd. Er fühlte sich wie in einer anderen Welt.

»Venturi«, sagte Roz ruhig in die Stille hinein. »Ich weiß nicht, was das sollte, aber wenn du mich noch mal schubst, werde ich deine Arme von deinem Körper trennen.«

Wie konnte sie nur so ruhig bleiben? Damian war voller Blut. Das Bett war voller Blut. Er wusste nicht, von wem es stammte oder *woher* es stammte. Wollte Death ihm auf diese Weise zeigen, dass sie wusste, wie viel Blut an seinen Händen klebte?

»Hörst du mir überhaupt zu?«, fuhr Roz' Stimme wie eine Peitsche durch seine paranoiden Gedanken.

Er schüttelte den Kopf und wischte sich zum hundertsten Mal die Hände an der Hose ab. »Ich – *siehst* du das denn nicht?« Er riss die Hände hoch, nur um sie schockiert anzustarren.

Da war kein Blut.

Roz schlug seine Hände weg. Ihre Besorgnis von vorhin war längst verschwunden. »Wann hast du zum letzten Mal geschlafen? Du hast Halluzinationen. Kein Wunder, dass du diesen Mord nicht aufklären kannst, obwohl es um dein Leben geht.«

Hitze wallte plötzlich in seiner Magengrube auf, zu gleichen Teilen Beschämung und Zorn. Der Korridor war plötzlich viel zu eng, und er wünschte, er hätte die Wände wegschieben können.

»Ich habe nicht geschlafen, *weil* ich versuche, einen Mord aufzuklären, Rossana. Mein Vater und Magistrat Forte sind mit einer verfluchten Rebellion beschäftigt und versuchen gleichzeitig, den Krieg im Norden zu koordinieren. In der Zwischenzeit ist es meine Aufgabe, im Palazzo alles unter Kontrolle zu haben. Verstehst du? Ich bin *so* kurz davor« – Damian hielt Roz die Hand vor die Nase, Daumen und Zeigefinger nur einen Zentimeter voneinander entfernt –, »wieder zurück an die Front geschickt zu werden. Ich erwarte nicht, dass dich das kümmert, aber ich kann das nicht noch einmal ertragen.« Seine Stimme brach. »Ich ... kann es einfach nicht.«

Roz neigte den Kopf und sah ihn mit unergründlicher Miene an. Damian hatte das Gefühl, dass sie direkt in ihn hineinblickte. Sein Äußeres wegschob und sich in seine Psyche bohrte, wo all die furchtbaren Dinge, die er getan hatte, sorgfältig aufgereiht waren.

Bei allen Heiligen, er war ein Dummkopf. Der Schlafmangel setzte ihm anscheinend wirklich zu. Roz Lacertosa hatte sich in den vergangenen drei Jahren nicht um Damians Leben geschert und hatte bestimmt nicht vor, jetzt etwas daran zu ändern. Das hatte sie mehr als deutlich gemacht.

Als sie schließlich sprach, hatte sie einen schelmischen Zug um ihre makellosen roten Lippen, der Damian nicht gefiel und der ihn misstrauisch machte.

»Wir werden den Täter finden«, sagte sie ohne die Spur eines Zweifels. »Es braucht nur etwas Zeit.«

»Ich habe keine Zeit. Zumindest nicht viel.«

Roz spielte an den Abzeichen ihrer geliehenen Uniform herum. Er hatte noch nie erlebt, dass jemand sie mit so wenig Stolz getragen hatte. »Dann würde ich sagen, dass wir hiermit Zeit verschwendet haben.«

Er gab einen unverbindlichen kehligen Laut von sich. »Ich bringe dich nach draußen.«

Sie widersprach nicht, sondern folgte ihm durch den Korridor und in den Schlund der gewundenen Treppe. Auf dem Rückweg zu den Tunneln begegneten sie niemandem – teils dank des Weges, den Damian einschlug, teils aus purem Glück. Als sie ihr Ziel erreicht hatten, winkte Damian Roz durch die gewölbte Türöffnung.

Diesmal ging sie zuerst.

Sofort wurden sie von Dunkelheit umschlossen. Damian entzündete ein Streichholz und hielt es in eine Laterne, die an die Wand gelehnt stand. Als er aufsah, starrte Roz ihn direkt an, und das Licht der Laterne spiegelte sich zweifach in ihren Augen.

»Was ist los?«, fragte er.

Ihre Mundwinkel waren nach unten gezogen, und sie wirkte fast nachdenklich, als sie sagte: »Warum weißt du nicht mehr über den Tod des Jüngers? Hätte sich nicht ein Leichenbeschauer die Leiche ansehen sollen?«

»Natürlich wurde das erledigt. Ich habe den Bericht sogar bei mir.« Damian griff in die Jackentasche und hielt Roz ein Blatt Papier hin. Seitdem er es am Vortag erhalten hatte, hatte er es mit sich herumgetragen und hin und wieder einen Blick darauf geworfen, als ob sich die Worte verändern würden. »Doch er ist nicht besonders hilfreich, da er teilweise zensiert wurde.«

Sie riss ihm den Bericht aus der Hand und betrachtete stirnrunzelnd die dicken schwarzen Linien, die einen kompletten Abschnitt des Berichts verdeckten. »Warum?«

»Ich weiß es nicht«, gestand Damian ihr aufrichtig.

»Wer verfasst diese Berichte?«

»Die Leichenbeschauerin. Wie ich bereits gesagt habe.«

»Ach was. Aber –«

Er unterbrach ihre beißende Retourkutsche. »Eine Jüngerin von Mercy von der städtischen Leichenhalle war hier und hat die Autopsie durchgeführt. Nachdem sie fertig war, hat sie ihren Bericht verfasst und ihn Magistrat Forte gegeben.«

»Bekommt Forte derartige Berichte immer vorgelegt?«

»Soweit ich weiß, schon.«

»Dann hat er also wahrscheinlich irgendwo noch weitere. Sprich: Die Berichte über die beiden anderen Opfer.«

»Nun ja«, räumte Damian nachdenklich ein. »Er bewahrt sie in seinem Büro auf. Aber ich kann ihn schlecht darum bitten.«

»Ich nehme an, dass seine Bürotür durch Magie seine Berührung erkennt?«

Damian verzog entsetzt das Gesicht. Wollte sie etwa vorschlagen, in Fortes Büro einzubrechen und die Berichte zu *stehlen*? »Jeder Sicherheitsoffizier hat einen Generalschlüssel bei sich, mit dem sich dieser Schutz umgehen lässt. Aus Sicherheitsgründen. Aber falls es dir entfallen sein sollte: Den Magistrat zu verärgern ist derzeit so ziemlich das Letzte, was ich will.«

»Aber es ist eine Möglichkeit. Die Antworten könnten direkt vor deiner Nase liegen, ohne dass du es jemals erfährst.«

»Wenn Forte etwas Wichtiges wüsste, würde er es mir sagen«, stieß Damian missmutig hervor. Sie hatten inzwischen den halben Rückweg zum Schrein hinter sich gebracht, und mit Roz neben sich fühlte sich der Tunnel plötzlich viel zu eng an.

Sie lachte ungläubig auf. »Denkst du das tatsächlich?«

»Er will, dass ich den Fall aufkläre.«

»Will er das *wirklich*? Ist dir schon mal in den Sinn gekommen, dass vielleicht jemand von deinem heiß geliebten Palazzo der Mörder sein könnte?«

»Selbstverständlich«, gab Damian scharf zurück. »Hältst du mich für vollkommen unfähig? Wir haben alle befragt, bisher jedoch nichts Brauchbares herausgefunden.«

Ihre Miene drückte blanke Verachtung aus. »Ich schätze, man darf nichts anderes erwarten, wenn man die Hälfte seiner Ermittlungen im Geheimen führt.«

»Was soll das denn heißen?« Damian blieb stehen. Roz hielt nicht sofort an, sondern ging noch einige Schritte weiter, bevor sie sich nach ihm umdrehte.

»Du hast doch selbst gesagt, dass es Forte nur wichtig ist, denjenigen zu finden, der den Jünger ermordet hat. Doch anstatt ihm die Stirn zu bieten, ermittelst du hinter seinem Rücken. Das ist so armselig.«

»Du weißt nicht, wovon du redest. Ich bekomme meine Anweisungen nicht nur von Forte. Sondern auch von meinem Vater. Und ihm kann ich mich nicht widersetzen.«

Roz schnaubte höhnisch. »Das konntest du noch nie.«

»Verdammt noch mal, Rossana!« Ihr Name riss sich aus seiner Kehle los, und heiße Wut brannte in seinem Magen. Die Silben klangen abgehackt. »Wenn ich Forte enttäusche, wenn ich meinem Vater trotze, dann bin ich *so* schnell weg.« Er schnippte zur Unterstreichung mit den Fingern.

»Kann sein«, stimmte sie zu. »Aber selbst wenn du ihnen widersprechen *könntest*, würdest du es nicht tun. Denn sie sind nicht nur deine Vorgesetzten, nicht wahr? Sie sind mächtige Jünger. Sie denken, dass sie besser sind als du. Und du glaubst es ihnen.«

Damian umklammerte fest die Laterne, bis seine Finger schmerzten. Ihre Worte waren wie wohl platzierte Schläge, von dem jeder mitten ins Ziel traf. Roz wusste genau, was sie sagen musste, um ihn bis ins Mark zu treffen. Sie nahm ihn mühelos auseinander, entblößte die Wahrheit über ihn, und schwang jede Enthüllung wie eine Waffe.

Er hätte sich eine Entgegnung einfallen lassen sollen. Hätte ihr dafür, dass sie so mit ihm redete, die Hölle heißmachen sollen. Vielleicht lag es daran, wie das orangefarbene Licht auf ihr markantes Gesicht fiel, oder vielleicht war er auch einfach ein nostalgischer Trottel, der sich an die Überbleibsel längst vergangener Zeiten klammerte. Jedenfalls klangen seine Stimme heiser und die Worte gepresst.

»Strength hat mich nicht gesegnet. Er hat meinen Vater gesegnet und meinen Großvater, aber er hat nicht *mich* gesegnet. Ich begreife nicht, weshalb.«

Roz sah ihn einen Moment lang an, der sich wie eine Ewigkeit anfühlte. Bis sie wieder sprach, verging so viel Zeit, dass Damian sich schon fragte, ob sie überhaupt noch antworten würde.

»Das bedeutet nicht, dass du unwichtig bist.«

Sein Herz hämmerte schmerzhaft gegen seine Rippen. Das war so ziemlich das *Netteste*, was Roz bislang zu ihm gesagt hatte, und es hatte eine merkwürdige Wirkung auf ihn. Er wollte widersprechen. Er wollte sie zu sich ziehen. Er wollte ihr sagen, dass es ihm egal war, ob er wichtig war, solange er nur ihr wichtig war.

Er wusste nicht, was er wollte.

»Roz«, sagte Damian mit belegter Stimme. Doch das schien den Bann zu brechen, und Roz sah ihn nur stirnrunzelnd an, bevor sie sich abrupt von ihm abwandte.

»Bring mich hier raus, Venturi.«

Er widersprach nicht, sondern führte sie zu den zusammenstehenden, ausdruckslosen Statuen, während zwischen ihnen ohrenbetäubendes Schweigen herrschte.

16

ROZ

Als Roz aufgefallen war, dass sie vergessen hatte, sich umzuziehen, war es bereits zu spät gewesen.

Damian hatte sich an den Kopf gegriffen und ihr mindestens zweimal das Versprechen abgenommen, dass sie die Uniform am nächsten Tag zurückbringen würde. Roz hatte bereitwillig zugestimmt. Schließlich hatte sie nicht vor, sie zu behalten. Doch es bedeutete auch, dass sie Damian bald wiedersehen würde, obwohl sie eigentlich dringend etwas Abstand gebraucht hätte, um sich zu erholen. Je mehr Zeit sie mit ihm verbrachte, umso schwerer fiel es ihr, vernünftig zu bleiben. Sich daran zu erinnern, wer er war und was er getan hatte.

Zum Glück sah er Battista so ähnlich, dass sie ihn nur für gewisse Zeit ansehen musste, um wieder an das Wesentliche zu denken. Während sie an der Aufklärung der Morde arbeiteten, musste ihre Rache warten, doch das bedeutete nicht, dass sie vergessen war. Irgendwann würde sie eine Möglichkeit finden, es ihm heimzuzahlen. Dann würde Damian sie hassen, und die Welt wäre wieder in Ordnung.

Da Roz am nächsten Tag nicht in Patience' Tempel erwartet wurde, vertrödelte sie die Sonnenstunden damit, zu lesen, wütend an Damian zu denken und ihrer Mutter beim Saubermachen zu helfen. Abends stand wieder eine Rebellenversammlung an. Piera hatte Roz darüber informiert, als sie vorbeigekommen war, um Caprice Essen zu bringen, und etwas an Pieras Tonfall hatte die nachfolgenden Stunden noch viel langsamer vergehen lassen.

Als Roz schließlich zu Bartolo's aufbrach, waren die Straßen leer, und der Mond stand in trübem Silber zwischen den Wolken. Alles war still, und die Luft schmeckte nach dem Fluss, der in der Ferne entlangstrudelte. Seltsamerweise schien sich die Stadt nie zu verändern. Das waren dieselben Straßen, durch die sie auch als Kind gegangen war, als ihr Vater ihr seine Hand sanft in den Nacken gelegt hatte, um sie zu leiten. Es waren dieselben Straßenecken, an denen sie auf Damian gewartet hatte, während ihr das Herz bis zum Hals geschlagen hatte. Dort war die Mauer, wo sie gesessen hatte, den Rücken fest gegen den Stein gepresst, und das erste und einzige Mal um ihre Mutter geweint hatte.

Doch eigentlich hätte nicht alles gleich aussehen dürfen. Eigentlich hätten sich die Straßen rot färben sollen vom Blut der Unerwählten. Durch die Luft hätten die Schreie derjenigen hallen müssen, die im Zweiten Krieg der Heiligen niedergeschossen worden waren. Es war so unfair, dass alles unverändert blieb. Wenigstens der erste Krieg hatte in der Stadt eine Narbe hinterlassen – die Überreste dessen, was einst Chaos' Sektor gewesen war, waren der Beweis dafür.

Das waren die Dinge, an die sie sich erinnern musste. Die Dinge, die sie sich immer wieder ins Gedächtnis rufen musste, wenn Damians Gegenwart sie in Wohlbehagen einzulullen drohte. Er war gefährlich, dieser Mann, der sie dazu brachte, sich danach zu sehnen, ihr Gesicht an ihn zu schmiegen und die Welt zu vergessen. Als wäre alles vergeben. Als wäre nichts passiert.

Wie konnte es nur so schwer sein, den Sohn des Mannes zu hassen, der ihren Vater ermordet hatte? Was *stimmte nicht* mit ihr, dass sie sich so oft selbst ermahnen musste, nicht weich zu werden?

Roz wurde den Gedanken nicht los, dass sie zutiefst gestört sein musste. Er folgte ihr, als sie in die Taverne hineinplatzte und alle erschreckte, die in der Nähe der Tür standen. Das vertraute Schummerlicht empfing sie, erdete sie, und die daraus resultierende Klarheit bewirkte, dass sie noch wütender auf sich selbst wurde. Sie schlenderte zu dem Tisch hinüber, wo Nasim mit Dev und zwei anderen Rebellen herumlungerte. Letztere standen auf, als sie sich näherte, und schlichen ohne einen Anflug von Scham davon.

»Oh Mann«, rief Roz ihnen nach. »Das war wirklich total subtil.«

Mit einem Stöhnen ließ sie sich auf dem Platz gegenüber von Nasim nieder und zog eines der Getränke, die die beiden anderen Rebellen stehen gelassen hatten, zu sich heran. Sie schnupperte daran, stellte fest, dass es sich um Rotwein handelte, und verzog das Gesicht. Nicht gerade ihr Favorit. Doch sie stürzte ihn trotzdem hinunter und zog beim Schlucken eine Grimasse.

»Oh, bitte«, sagte Nasim trocken, aber auch ein wenig amüsiert. »Bediene dich ruhig.«

Devs Gesicht war ausdruckslos. Er hielt ein Getränk in der Hand und hatte seine Kappe tief ins Gesicht gezogen. Seine Augen waren halb geschlossen, und an seinem verschwommenen Blick erkannte Roz, dass er alles andere als nüchtern war. Also wieder ein schlechter Tag. Seine Beobachtungsgabe schien allerdings nicht unter seinem Zustand gelitten zu haben, denn er sagte: »Du wirkst gereizt.«

Roz ignorierte seine Bemerkung. »Wie geht es dir?«

Eine derartige Frage hätte sie ihm normalerweise niemals gestellt, da die Antwort darauf offensichtlich war. Doch sie wollte Dev wissen lassen, dass sie bereit war, zuzuhören, falls er beschloss, reden zu wollen. Sie vermisste sein unbeschwertes Lächeln. Die Art, wie er kurz die Kappe anhob, wenn er einen besonders guten Witz oder Spruch hörte.

Nasim warf Roz über Devs geneigten Kopf hinweg einen gequälten Blick zu und strich ihm dabei unablässig mit der Hand über den Arm. Er ließ es zu, was Roz als gutes Zeichen wertete.

»Es geht mir gut. Ich hole mir noch was zu trinken«, sagte Dev leise und stand auf.

Roz erhob sich ebenfalls. »Dev, warte.«

Er drehte sich mit fragender Miene zu ihr um.

»Ich bin nah dran«, sagte sie. »Ich bin so nah dran, herauszufinden, wer sie ermordet hat.«

Dev verarbeitete stirnrunzelnd Roz' Worte. »Bist du das?«

Sie nickte und räusperte sich. »Ich glaube, derjenige, der Amélie ermordet hat, hat auch den Jünger und den Jungen, der am Fluss gefunden wurde, getötet.«

Nasim warf ihr einen Blick zu. »Wie kommst du darauf?«

Ihre Frage brachte Roz in Verlegenheit. Sie wollte ihnen nach wie vor nichts von Damian erzählen, aber sie hatte ihnen gestern eine Erklärung versprochen. »Ich … stehe in Kontakt mit jemandem, der die Berichte der Leichenbeschauerin kennt.«

»Mit wem?«, wollte Nasim wissen.

Roz biss sich auf die Innenseite der Wange. Selbst wenn Dev und Nasim sich am Ende doch nicht daran stören würden, dass sie sich mit einem Sicherheitsoffizier abgab, würden sie sie mit Sicherheit davor warnen, Damians Informationen zu glauben. Es könnte ziemlich kompliziert werden. Unangenehm. Oder schlimmer – Dev könnte sich deswegen noch mehr aufregen.

»Einem Assistenten der Leichenbeschauerin«, schwindelte Roz gewandt, bevor sie sich zurückhalten konnte. Sie war schon immer eine hervorragende Lügnerin gewesen, und als Nasim lediglich zustimmend nickte, fühlte sie sich nur noch schlechter. »Jedenfalls«, fuhr sie fort, »hat er mir erzählt, dass die Leiche des Jüngers und die des Jungen vom Fluss gewisse … Ähnlichkeiten aufwiesen. Was mich auf Amélie bringt.«

»Welche Ähnlichkeiten?«, fragte Dev, dessen Stimme nun fester klang. Eher so, wie sie es von ihm kannte. »Ich kann dir von Amélie berichten. Ich habe sie natürlich gesehen, bevor wir sie begraben haben.«

Roz wollte es ihm nicht erzählen. Und hatte ihn mit Sicherheit nicht nach so etwas fragen wollen. »Das ist nicht so wichtig.«

»Roz«, beharrte er.

»Ich denke wirklich nicht – «

»*Bitte.*« Dev ballte die Hände auf dem Tisch zu Fäusten. Nasim drückte eine seiner Hände wieder auf und schob ihre Finger zwischen seine. Dev fasste sich ein wenig, bevor er hinzufügte: »Ich komme damit zurecht, was immer es auch ist. Ich muss wissen, wer sie getötet hat.«

Stille pulsierte in der Luft, während Roz ihn abwägend musterte, bis sie sich sicher war, dass er die Wahrheit sagte.

»Schwarze Linien auf der Haut«, sagte sie schließlich. »Die Augen ersetzt durch schwarze Kugeln.«

Nasim keuchte hörbar auf und erschauerte. Dev dagegen nickte einmal. *Lächelte.*

»Genau so war es.« Etwas, das nach Hoffnung aussah, zeichnete sich auf seinem Gesicht ab. »Zumindest die Linien. Ich habe nicht … Ihre Augen habe ich mir nicht angesehen.« Es schien ihn nicht zu belasten, Fragen über den toten Körper seiner Schwester beantworten zu müssen. Nein – er war *zufrieden*. Weil sie einen Anhaltspunkt hatten, und auch wenn er schrecklich war, war er immer noch besser als gar keiner.

Roz konnte ihn sehr gut verstehen.

»Das ergibt keinen Sinn«, meinte Nasim, nachdem sie sich wieder gefangen hatte. Es quietschte, als sie ihren Stuhl zurückschob und sich über den Tisch lehnte, um Roz scharf anzusehen. »Wenn zwischen diesen Todesfällen eine Verbindung besteht, was haben die Opfer dann gemeinsam? Oder falls sie willkürlich ausgewählt wurden – warum wurde dann ausgerechnet jemand im Palazzo umgebracht? Das ist so ziemlich der auffälligste Ort für ein Verbrechen.«

»Ich begreife es auch nicht«, gestand Roz. »Ich brauche noch mehr Informationen.«

Ihre Unterhaltung wurde jäh unterbrochen, als Piera mit glänzenden Augen und entschlossener Miene mitten in den Raum trat. Sie hatte nur noch wenig Ähnlichkeit mit der Frau, der Roz gestern Abend vor der Taverne begegnet war. Das war eine der Eigenschaften, für die Roz Piera am meisten bewunderte. Sie schämte sich nicht für ihre Gefühle, ließ sich jedoch auch nicht von ihnen kontrollieren.

»Ich weiß, dass ihr alle erst neulich hier wart, weswegen ich es kurz machen werde«, sagte Piera knapper als sonst. Sie presste die Lippen aufeinander und ließ den Blick durch den Raum schweifen. »Die Sicherheitsoffiziere befragen die Leute weiterhin nach der Rebellion, doch das beunruhigt mich nicht. Niemand weiß etwas wirklich Relevantes über uns, und ich bin mir sicher, dass keiner von euch im Falle einer Verhaftung so dumm wäre, etwas zu verraten.«

Wenn dem so war, wieso sah Piera dann so unzufrieden aus? Als Piera Roz ansah, hob sie die Augenbrauen. Sie wusste, dass ihr ihre Frage deutlich ins Gesicht geschrieben stand.

»Wir haben dem Palazzo wieder einen Forderungskatalog zukommen lassen«, fuhr Piera fort, »und für den Fall, dass sie uns ignorieren, gewisse … *Unannehmlichkeiten* angekündigt.

Wir verlangen das Übliche: einen Platz am Tisch für die Unerwählten. Das ist das Mindeste. Doch der Hauptgrund, warum ich diese Versammlung einberufen habe, ist, dass ich heute Abend erfahren habe, dass neue Soldaten für den Dienst im Norden eingezogen werden sollen. Noch mehr als beim letzten Mal. Und es soll Ende der Woche passieren.«

In der Taverne war es vollkommen still. Dann atmete jemand bebend aus. Eine allgemeine unausgesprochene Angst hing im Raum: Ihre Zahl würde schrumpfen. Einige derer, die heute Abend hier waren, würden mit Sicherheit eingezogen werden. Wenn nicht sie selbst, dann ihre Familienangehörigen oder Freunde. Man konnte es unmöglich wissen, bis irgendwann der Brief kam.

Roz teilte diese Angst, jedoch fürchtete sie nicht um sich selbst. Sie war eine Jüngerin. Und selbst wenn sie es nicht gewesen wäre, blieb sie die Tochter eines Deserteurs. Ihr würde niemals die Ehre zuteilwerden, für ihr Land zu kämpfen.

Damit konnte sie leben. Aber die Vorstellung, dass Dev oder Nasim in den Krieg geschickt werden könnten …

»Was können wir unternehmen?« Alix ergriff mit zitternder Stimme zuerst das Wort.

Piera lächelte grimmig. »Ich habe eine Idee, aber sie ist riskant. Möglicherweise auch verheerend.« Da niemand Einspruch erhob, redete sie weiter. »Ich habe euch eine Revolte versprochen. Ich habe gesagt, dass wir den Mercato niederbrennen werden. Doch nun finde ich, dass wir die Gelegenheit nutzen sollten, um etwas Bedeutsames zu vollbringen. Was, wenn der Mercato lediglich als Ablenkung dient? Wir wissen alle, dass die Insassen des Gefängnisses fortgeschickt werden, um zu kämpfen. Das gilt auch für unsere eingesperrten Mitglieder. Und deswegen müssen sie irgendwann vom Gefängnis zum Boot gebracht werden.«

Roz wusste, worauf Piera hinauswollte. Der Plan entfaltete sich vor ihrem geistigen Auge. »Wenn wir beim Mercato für genügend Aufruhr sorgen, sind die Sicherheitsleute abgelenkt.«

Piera nickte. »Wir müssen alle zusammenarbeiten. Hier geht es nicht darum, dass eine kleine Gruppe von uns versucht, einzubrechen. Wir gehen *alle*. Wir holen Rafaella und Jianyu raus und dazu noch möglichst viele andere. Im besten Fall können sie alle entkommen. Im schlimmsten Fall verursachen wir höllisches Chaos, und einige von uns kommen nicht mehr zurück.«

Roz hörte, wie Dev neben ihr schwer schluckte, doch seine Miene war entschlossen. Er war dabei. Sie konnte es ihm ansehen. Und sein verzweifeltes Verlangen, etwas, *irgendetwas* zu unternehmen, spiegelte sich auch in den anderen Gesichtern im Raum wider.

»*Wollen* wir denn einen Haufen Kriminelle befreien?«, meldete sich Ernesto skeptisch zu Wort. Nasim warf ihm einen vernichtenden Blick zu, doch er sprach ungerührt weiter. »Ich meine ja nur, warum holen wir nicht Raf und Jianyu raus und konzentrieren uns darauf, den jungen Menschen zu helfen, die das Gesetz *nicht* gebrochen haben. Sie wird man ebenfalls einziehen.«

»Einige junge Leute wollen in den Norden«, gab Dev zu bedenken, bevor Piera etwas sagen konnte. Wenn irgendjemand das wusste, dann er: Bevor er der Religion der Heiligen enttäuscht den Rücken gekehrt hatte, war er selbst kurz davor gewesen, an die Front zu gehen. »Sie wurden einer Gehirnwäsche unterzogen, die sie glauben macht, dass es ihre Pflicht ist. Wir würden Gefahr laufen, dass sie gegen uns kämpfen, was katastrophal wäre. Die Kriminellen werden wenigstens ausbrechen wollen. Obwohl die meisten von ihnen nicht mal Kriminelle sind«, ergänzte er verbittert. »Bei einem Großteil dürfte es sich um Wehrdienstverweigerer handeln.«

So viel hatte er in der ganzen vergangenen Woche nicht gesprochen. Piera wirkte überrascht und so zufrieden, wie Roz sich fühlte, und nickte Dev entschlossen zu.

»Roz«, sprach Piera sie direkt an, obwohl noch so viele andere im Raum waren, »dir wird eine Schlüsselrolle zufallen. Ich gehe davon aus, dass deine Magie dabei helfen wird, die Gefängnistüren zu öffnen.«

Obwohl die anderen Rebellen zu raunen begannen, verspürte Roz ein freudiges Kribbeln in ihrer Brust. Endlich, *endlich* gab Piera ihr eine echte Chance. Sie nickte und reckte das Kinn. »Auf jeden Fall. Danke.«

Nasim lächelte ihr aufmunternd zu, und Roz spürte, wie ihre Wangen heiß wurden. Fast fiel es ihr schwer, zuzuhören, während die weiteren Details besprochen wurden. Das Wichtigste war, dass alle willens waren, mitzumachen, und auf Pieras Signal hin bereit waren, loszuschlagen, egal, wie kurzfristig es kommen mochte. Die Rebellen verfügten über ein System, das dazu diente, Nachrichten rasch von Mund zu Mund zu verbreiten – auf diesem Weg erfuhren sie auch, wann die Versammlungen stattfanden. Doch nun würde seine Effizienz auf die Nagelprobe gestellt werden.

Eine Stunde später schien Piera zuversichtlich, dass sie einen Plan hatten. Sie entließ alle Anwesenden und zog sich selbst über die Treppe in der Ecke nach oben zurück. Nach und nach brachen alle auf, doch Roz wollte noch nicht recht gehen. Sie fühlte sich hitzig vor Aufregung und vom Alkohol. Schließlich blieben nur noch sie und Nasim übrig.

»Glaubst du, dass es ihm helfen wird zu wissen, wer Amélie getötet hat?«, fragte Nasim, als sie zur Tür gingen. Die Nacht war ungewöhnlich frisch, und Roz drückte wärmesuchend ihre

Schulter an Nasim. Sie musste nicht erst fragen, von wem sie sprach.

»Mir würde es jedenfalls helfen, wenn ich mich in seiner Lage befände.« Etwas Besseres fiel ihr nicht ein.

Nasim wich ein wenig zurück, um Roz scharf anzusehen. »Würde es das tatsächlich?«

»Was willst du damit sagen?«

»Nun ja … Du weißt zweifellos, wer deinen Vater getötet hat«, sagte Nasim mit einem entschuldigenden Unterton. »Aber geht es dir deswegen wirklich *besser*? Oder ermöglicht dir dieses Wissen nicht einfach nur, zornig statt traurig zu sein?«

Roz wusste nicht recht, was sie darauf antworten sollte. Sie dachte einen Augenblick nach, bevor sie leise erwiderte: »Wütend zu sein fühlt sich so viel besser an als traurig zu sein.«

Nasim ging langsamer. Das Mondlicht fiel auf ihr weiches Gesicht. Sie sah verletzlicher aus als jemals zuvor. Nicht wie eine Rebellin, sondern wie ein Mädchen, jung und ängstlich, und Roz spürte ihren Beschützerinstinkt erwachen.

»Ich glaube, du hast recht«, murmelte Nasim. »Aber manchmal kann ich es trotzdem nicht verhindern, traurig zu sein.« Sie blinzelte einmal, zweimal. »Solange dieser Krieg nicht zu Ende ist, werden wir keinen Frieden finden, nicht wahr? Und er wird niemals enden.«

Roz wollte sie nicht belügen. »Nicht, bevor es einen klaren Verlierer gibt.«

»Ich finde, den gibt es schon«, sagte Nasim mit einem schiefen Lächeln, als sie die Straßenecke erreichten, an der sich ihre Wege trennen würden. Sie ließ Roz' Arm los und drehte sich noch einmal zu ihr um. »Ich finde, das sind wir alle.«

17

DAMIAN

Damian schritt durch den Palazzo, geplagt von einem heftigen inneren Widerstreit. Die Erinnerungen an die letzte Nacht mit Roz hatten an ihm genagt, bis er es schließlich nicht mehr ausgehalten hatte. Den ganzen Tag hatten seine Füße und sein Kopf gegeneinander angekämpft, und schließlich hatten Erstere den Sieg davongetragen. So fand er sich nun, lange nachdem die Abenddämmerung gekommen und wieder gegangen war, vor einer Tür wieder, die nicht seine eigene war, und hob die Faust, um anzuklopfen.

»Herein.«

Als Battistas Stimme durch die Tür zu ihm drang, zog sich Damians Magen zusammen. Wie üblich hielt sich der General, ungeachtet der fortgeschrittenen Stunde, in seinem Büro auf, unter dessen Tür fahles Kerzenlicht in den Flur fiel. Um sich zu wappnen, atmete Damian noch einmal tief durch, dann trat er ein, wobei er mit dem Finger über die Kugel in seiner Tasche strich. Merkwürdigerweise war daraus eine Art Gewohnheit geworden, um sich zu erden.

Er wusste nicht, weshalb er hergekommen war. Nein – das stimmte nicht. Er wusste genau, warum er hergekommen war. Er war sich nur nicht sicher, ob es auch eine gute Idee war.

Ich kann mich ihm nicht widersetzen.

Das konntest du noch nie.

Damian war bei dem Gespräch mit Roz aufgebracht gewesen. Doch nun, in der ernüchternden Stille seiner Gedanken, wurde ihm klar, dass sie recht gehabt hatte. Er hatte nie versucht, sich seinem Vater gegenüber zu behaupten. Er bemühte sich nur selten, Battista dazu zu bewegen, seine Meinung zu ändern, weil er es für zwecklos hielt. Doch damit war nun Schluss. Heute Nacht würde er einen Versuch wagen.

Entschlossen schob er die Tür auf.

»Guten Abend, Vater.«

»Ah, Damian.« Battista sah an seinem Schreibtisch Papiere durch, wobei er mehr stand als saß. Er hob den Kopf und lächelte Damian müde zu. Eine fast abgebrannte Kerze, die eigentlich nur noch ein unförmiger Klumpen in einer Wachspfütze war, beleuchtete sein Gesicht von unten. »Ich wollte gerade für heute Schluss machen. Ich habe morgen früh ein Treffen mit dem Magistrat. Kann dein Anliegen vielleicht warten?«

»Nein, eigentlich nicht.« Damian richtete sein Hemd und anschließend das Abzeichen, das daran festgeheftet war. »Ich wollte mit dir über die Morde reden.«

»Hast du meinen Rat befolgt?«

Damian trat unaufgefordert weiter ins Zimmer hinein und blieb vor dem Schreibtisch stehen, sodass Battista und er sich direkt gegenüberstanden. Er musste aufrichtig sein. Musste sich der Reaktion seines Vaters – wie auch immer sie ausfallen mochte – stellen wie ein Mann. »Habe ich. Enzo hat sich als äußerst nützlich erwiesen. Aber deswegen bin ich nicht gekommen.«

Battista, dem wahrscheinlich schwante, dass die Unterhaltung länger dauern würde, ließ sich zurück auf seinen Stuhl sinken. Seine Miene war offen und aufmerksam – ein Ausdruck, der allein für seinen Sohn reserviert war. Es war das Gesicht eines Vaters und nicht das eines Generals. Das Gesicht des Mannes, der die ganze Nacht lang bei Damian gesessen hatte, als er als Kind Albträume gehabt hatte, und ihm Geschichten über furchtlose Jungen vorgelesen hatte. Damian fasste es als Signal auf, weiterzusprechen.

»Ich möchte alle Morde untersuchen. Den an Leonzio *und* die Morde an den beiden Opfern, die in der Stadt gefunden wurden. Ich glaube, dass sie etwas miteinander zu tun haben, und möchte sie wie einen Fall behandeln. Ich hätte gern, dass du mir hilfst, Magistrat Forte davon zu überzeugen, es mir zu gestatten.«

Sein Vater presste die Lippen aufeinander, und sein gutmütiger Blick verhärtete sich. »Damian, deine Absichten sind lobenswert, aber deine Anweisungen waren eindeutig. Ob es nun eine Verbindung gibt oder nicht – diese anderen Morde interessieren uns nicht.«

Damian spürte, wie seine Wangen sich erhitzten. »Ist es dir denn nicht wichtig, dafür zu sorgen, dass allen Gerechtigkeit widerfährt? Findest du nicht, dass die Familien der anderen Opfer das Recht haben zu erfahren, wer die Morde begangen hat, und zu sehen, dass der Täter dafür bezahlt?«

»Nicht unbedingt.«

Damit hatte Damian nicht gerechnet. Er hatte nicht erwartet, dass er es so bereitwillig zugeben würde. »Wie kannst du so etwas sagen?«

Battista seufzte. Die Schatten machten seine Gesichtszüge noch härter. Er war nicht so sauber rasiert wie sonst, und Damian fragte sich zum ersten Mal, ob sein Vater womöglich stärker unter Druck stand, als er es zu zeigen wagte. »*Du* bist mir wichtig. Es ist mir wichtig, dass du auf Kurs bleibst und darauf achtest, die Anweisungen des Magistrats zu befolgen.« Battista umrundete den Schreibtisch und legte Damian die Hände auf die Schultern. Sein Griff war warm und sein Blick intensiv und flehentlich. »Weißt du, als ich Forte darum gebeten habe, dich zum Leiter der Palazzo-Sicherheit zu ernennen, bin ich ein Risiko eingegangen. Du bist nicht mal ein Jünger. Begreifst du, wie unüblich es ist, dass ein Unerwählter eine derartige Position innehat?« Sein Griff wurde fester, bis er Damian fast so sehr schmerzte wie Battistas Worte. »Du weißt, welche Konsequenzen es hat, wenn du ihn enttäuschst.«

Du bist nicht mal ein Jünger. Jetzt war es raus. Damian wusste, dass sein Vater ihn damit nicht hatte verletzen wollen, doch diese Tatsache war allgegenwärtig, ein permanenter Keil zwischen ihnen. Und Damian wäre niemals imstande, etwas daran zu ändern.

Er verdrängte den Schmerz und blieb beharrlich. »Ich hätte auf diese Weise einen umfassenderen Überblick über den Fall. Dadurch könnte ich Leonzios Tod viel schneller aufklären. Verstehst du denn nicht? Es ist –«

Battista wich zurück und ließ die Hände sinken. »*Bitte*, Damian. Vergiss die anderen Opfer. Es ist mir egal, ob Forte dich anweist, in die städtische Leichenhalle zu gehen und ihre Überreste in den Fluss zu werfen – wenn er es verlangt, tust du es. Dir wurde dieses Amt nicht zugewiesen, damit du Fragen stellst. Dir wurde dieses Amt zugewiesen, damit du gehorchst. *Das ist dein Job.*«

Damian wusste nicht recht, was er erwidern sollte. Er fühlte sich klein. Unbedeutend. Wie ein Kind, das die Welt nicht verstand und die falschen Prioritäten setzte. Battista hatte recht. Seine Aufgabe war es, den Palazzo zu schützen und Magistrat Fortes Befehle zu befolgen. Warum hatte er zugelassen, dass ausgerechnet Roz Lacertosa ihn auf dumme Gedanken brachte?

Damian wandte sich zum Gehen, blieb jedoch wieder stehen. Er hatte noch eine weitere Frage.

»Hast du Jacopo Lacertosa enthaupten lassen?«

Ein erdrückendes Schweigen entstand. Damian bereute es sofort, die Worte ausgesprochen zu haben. Doch er hatte das, was Roz neulich gesagt hatte, einfach nicht mehr aus dem Kopf bekommen.

Glaube ich, dass mein Vater besonders *war? Nein. Ich glaube, er war ein Mann, der in einem System gefangen war, das ihn behandelt hat, als wäre er entbehrlich.*

Er hatte Roz' Trauer erlebt. Er hatte gesehen, dass Caprice Lacertosa nur noch ein Schatten ihrer selbst war, gefangen in einer tristen Wohnung mit den Geistern ihrer Vergangenheit. Unabhängig davon, was Damians Vater glaubte, das Jacopo verdient hatte, hätten seine Frau und seine Tochter nicht ebenfalls bestraft werden sollen.

Battista kniff die Augen zusammen und durchbohrte Damian mit seinem Blick. »Wie kommst du darauf?«

Damian biss sich auf die Wange. Fast hoffte er, sein Vater würde alles abstreiten. Einen Deserteur töten zu lassen war das eine, doch seinen abgetrennten Kopf an seine Familie zu schicken? Das war keine Gerechtigkeit. Nicht mal Wiedergutmachung.

»Ich möchte es einfach nur wissen. Du hast den Befehl gegeben, ihn töten zu lassen, richtig?«

»Ja«, antwortete Battista. »Als mir die Information zu Ohren kam, dass er vermisst wurde, war es meine Aufgabe, ihn aufzuspüren. Ich war sein Kommandant.«

Damian wurde eiskalt. »Aber ihr wart früher Freunde.«

»Er war ein Deserteur.« Battistas Tonfall machte unmissverständlich klar, dass er nicht gedachte, sich noch länger einem Verhör zu unterziehen. Er wirkte wie ein Mann aus Stein, geformt von der Hand seines Heiligen. »Außerdem waren wir zu jenem Zeitpunkt schon seit Jahren keine richtigen Freunde mehr. Jedes Mal, wenn ich befördert wurde, wurde Jacopo eifersüchtiger. Er konnte es nicht mitansehen, wenn andere erfolgreich waren. Es hat eine Weile gedauert, bis mir das bei ihm aufgefallen ist.«

»In Ordnung.« Damian schluckte. Er stützte sich mit den Fingerspitzen auf die Tischplatte und sah, wie seine Fingerknöchel dabei weiß wurden. »Aber selbst wenn es so war – bedeutete die Vergangenheit denn nichts?«

Battista sah ihn verständnisvoll an. »Betrachte es doch einmal von dieser Seite, Damian. Was, wenn Jacopo damit durchgekommen wäre zu desertieren? Kannst du dir vorstellen, welche Schande er über seine Familie gebracht hätte, wenn er sich ohne ehrenhaft entlassen worden zu sein wieder in Ombrazia blicken gelassen hätte? Er wäre ausgestoßen worden.«

»Ich bin mir sicher, dass er lieber ausgestoßen als getötet worden wäre.«

Es war falsch gewesen, das zu sagen. Sofort verfinsterte sich die Miene seines Vaters. »Die Krux bei dieser Angelegenheit ist, dass Jacopo und ich zwar einst Freunde waren, zu diesem Zeitpunkt jedoch nicht mehr. Die Vergangenheit ist vergangen. Es zählt einzig, wie jemand *ist* – und nicht, wie jemand war.«

Als Damian das hörte, musste er an Roz denken. *Die Vergangenheit ist vergangen.* Doch was sollte er tun, wenn die Vergangenheit seine Gegenwart heimsuchte? Wenn er nicht in der Lage war, die Roz von heute von dem Mädchen zu trennen, das er vor drei Jahren gekannt hatte? Obwohl er wusste, dass es falsch war, empfand er noch immer das Gleiche für sie. Es war, als wäre zwischen damals und heute kein Tag vergangen.

Damian merkte, dass Battista darauf wartete, dass er etwas sagte. Damians Selbstvertrauen verpuffte, und er murmelte rasch: »Ich weiß, dass du recht hast. Ich wollte es nur wissen.«

Battista nickte, und als er antwortete, hatte sich sein Zorn gelegt. »Vergiss die Lacertosas. Jacopo hat bekommen, was er verdient hat, und seine Frau und seine Tochter können sich glücklich schätzen, dass sie die Schande seiner Tat nicht tragen müssen.«

Battista fand, dass Roz und Caprice sich *glücklich* schätzen konnten?

Damian hatte naiverweise nicht erwartet, dass sein Vater so hart sein konnte. Gut, Battista hatte sich seit dem Tod von Damians Mutter verändert – er lächelte seltener, gab sich strenger, hatte Umarmungen zugunsten von aufmunterndem Tätscheln des Arms aufgegeben –, doch Damian hatte gedacht, dass er das *seinetwegen* getan hatte. Als Konsequenz daraus, dass er älter wurde und kein Junge mehr war. Weil er die unsichtbare Grenze überschritten hatte, jenseits derer das Bedürfnis nach Geborgenheit albern wurde. Wo Tränen Schwäche bedeuteten und die Fähigkeit zu töten Ruhm.

Offenbar war er etwas zu lange stumm geblieben, denn Battista beendete ungeduldig das Thema. »Bist du jetzt damit fertig, mich zu verhören?«

»Ja«, sagte Damian leise. »Entschuldige.«

Sein Vater schnaubte und schlug einen versöhnlicheren Tonfall an. »Du stellst dich gut an, und du wärest noch besser, wenn du damit aufhören würdest, dir über alles den Kopf zu zerbrechen. Und jetzt geh zu Bett, mein Sohn. Du siehst furchtbar aus.«

Damian gehorchte und setzte sich in Bewegung, doch er war noch nicht bei der Tür, als sein Vater noch einmal das Wort an ihn richtete.

»Und, Damian?«

Er wandte sich um.

»Ich hoffe, du bereust nicht, was du getan hast.«

Die Worte trafen Damian wie ein Eimer eiskaltes Wasser. Er öffnete den Mund, schloss ihn jedoch gleich wieder.

»Das tue ich nicht«, schaffte er schließlich zu flüstern. Die Worte hatten den vertrauen Beigeschmack einer Lüge, bitter und ekelerregend.

Sein Vater nickte, doch er hatte den Blick bereits wieder gesenkt.

Damian kehrte wie in Trance in seine Gemächer zurück. Doch er lag noch lange Zeit wach, starrte in die triste Dunkelheit und spielte das Gespräch in seinem Kopf noch einmal durch.

Ich hoffe, du bereust nicht, was du getan hast.

Er war so sehr mit seinen Gedanken beschäftigt, dass es eine Weile dauerte, bis ihm auffiel, dass er von Battista noch immer keine Antwort auf seine Frage erhalten hatte.

Um sich abzulenken, verbrachte Damian den nächsten Morgen auf dem Übungsplatz. Das Gelände zwischen dem Palazzo und dem Fluss bestand aus einer von Stiefeln plattgetrampelten, matschigen Grasfläche, die von Baracken umstanden war, in denen Soldaten und Sicherheitsoffiziere hausten, solange sie sich zum Training in der Stadt aufhielten. Der Tag war jetzt schon warm, und die Sonne brannte erbarmungslos auf Damians Nacken. Während er Befehle in den Sparring-Ring blaffte, stand ihm der Schweiß auf der Stirn, und als er auf dem Schießplatz demonstrierte, wie man eine Arkebuse korrekt hielt, musste er die Augen zusammenkneifen. Doch die Bewegung und die Notwendigkeit, sich auf etwas anderes als auf Roz oder seinen Vater zu konzentrieren, halfen ihm, was auch immer so schwer auf seiner Seele lasten mochte abzuschütteln. Als er schließlich alle entließ, fühlte er sich schon fast wieder normal.

Er duschte rasch und wechselte die Trainingskleidung gegen seine Uniform aus, bevor er sich zum Eingang des Palazzos begab, um dort auf Siena zu warten. Sie erschien einen Augenblick später, mit schiefem Kragen und sichtlich zerzausten Zöpfen.

Damian musterte sie amüsiert. »Jetzt kann ich mir denken, warum Noemi nicht beim Training war.«

Siena verdrehte die Augen und zwinkerte ihm verschmitzt zu. »Sie kann bereits perfekt zielen.«

Damian beschloss, nicht weiter auf diese Bemerkung einzugehen, sondern schüttelte nur in gespielter Enttäuschung den Kopf. Sie liefen gemeinsam den Pfad hinunter und dann weiter in Richtung Stadtmitte. Wenn er in den Zunfttempeln patrouillierte, nahm er gern Siena mit und ließ Kiran derweil im Palazzo Dienst tun. Allerdings war sie doch etwas *zu* scharfsinnig, denn als sie gerade den riesigen steinernen Tempel, der Strength gewidmet war, wieder verließen, nahm sie ihn sich zur Brust.

»Okay, was ist los?«

Er sah sie verblüfft an. »Was?«

»Tu nicht so, Venturi. Du bist mit den Gedanken woanders«, stellte sie herausfordernd fest und sah ihn vielsagend an. »Ist es wegen Forte?«

»Was?« Forte war so weit von dem entfernt, was Damian durch den Kopf ging, dass die Erwähnung seines Namens ihn irritierte. »Nein.« Er schüttelte stöhnend den Kopf. »Warst du schon mal in jemanden verliebt, der dich hasst? Schlimmer noch, in jemanden, der dich *zu Recht* hasst?«

Siena klopfte ihm mitfühlend auf den Arm, sagte jedoch: »Nein. Die Frauen vergöttern mich.«

Soweit Damian wusste, entsprach das der Wahrheit. Er fuhr sich mit der Hand über den Nacken und konnte sich das Grinsen nicht verkneifen. »Ach ja, das vergesse ich immer wieder. Egal, ist schon gut.«

Sie war jedoch noch nicht fertig. »Ich muss sagen, ich bin überrascht. Ich hätte nicht gedacht, dass du der Typ für verliebte Schwärmereien bist. Du schienst dich nie für jemanden zu interessieren.«

»Das bin ich auch nicht«, räumte Damian ein. »Normalerweise. Ich weiß auch nicht, wie ich es erklären soll, aber … Ich empfinde nichts, bis ich jemanden gut kenne. Sehr gut kenne.«

Siena blieb so abrupt stehen, dass Damian es nicht sofort mitbekam.

»Moment mal«, sagte sie. »Es geht um sie, oder? Diese Frau, der wir neulich begegnet sind, vor Patience' Tempel. Die, deren Vater ein Deserteur war.«

Verflixt. Er hatte vergessen, dass sie Roz getroffen hatte. Damian ließ den Blick über die Straße schweifen, auf der Suche nach Lauschern, musterte das unebene Kopfsteinpflaster und die Leute, die in kleinen Grüppchen die Läden betraten oder verließen. Niemand schenkte ihnen Beachtung. Er wandte sich wieder Siena zu. Als er ihren schadenfrohen Gesichtsausdruck bemerkte, verschränkte er ungehalten die Arme. »Kann sein.«

»*Wusste* ich es doch.« Siena riss die Faust hoch. »Wo liegt dann das Problem? Sag ihr, dass du sie noch immer gernhast.«

Damian stierte sie an. »Mein Vater hat ihren ermordet, und deswegen hasst sie mich.« *Aus gutem Grund.*

»Ah.« Siena verzog das Gesicht und tippte sich nachdenklich mit dem Zeigefinger ans Kinn. »Diesen Teil hatte ich vergessen. Nun, das verkompliziert die Dinge etwas. Hast du versucht, mit ihr darüber zu reden?«

»Wir haben uns deswegen ein bisschen gestritten.«

Jetzt war es Siena, die ihn anstierte. »Aber du hast mit ihr *geredet*? Hast ihr dein Beileid ausgedrückt und ihr deine Gefühle ehrlich geschildert?«

»Nein«, antwortete Damian. Das stimmte. Wenn er sich nicht irrte, spielten er und Roz ein Spielchen miteinander, bei dem jeder den anderen zu überzeugen versuchte, dass es einem selbst gut ging. Doch es ging Damian nicht gut und Roz vermutlich auch nicht.

»Na, dann tu das doch, du Idiot«, entgegnete Siena spöttisch. Sie rückte die Arkebuse auf ihrem Rücken zurecht und reckte das Kinn – sie hatten bereits Patience' Tempel erreicht. Allein bei seinem Anblick verkrampfte sich Damian.

»Es ist komplizierter, als ich es beschrieben habe. Es gibt gewisse Dinge, die sie nicht über mich weiß.«

Sienas Unbekümmertheit verschwand. »Dinge, die mit dem Krieg zu tun haben?«

Er nickte. Es schien ihm die einfachste Antwort zu sein.

»Damian«, sprach Siena seinen Namen mit fester Stimme aus, trat näher zu ihm und sah ihm direkt in die Augen. »Oben im Norden hast du getan, was du tun musstest. Das haben wir alle. Wenn sie das nicht akzeptieren kann, dann ist das ihr Pech. Aber gib ihr wenigstens die Chance, dich kennenzulernen.«

»Ist es das, was du tust?« Er konnte sich die Frage nicht verkneifen. »Anderen die Chance geben, dich kennenzulernen?«

Siena zuckte mit den Schultern. »Ich schätze, das kann man so sagen.« Dann schnalzte sie mit der Zunge. »Aber lenk nicht vom Thema ab. Ich beende die Patrouille – geh und rede mit ihr.«

Und so stieg Damian, wider besseres Wissen, die Stufen zu Patience' Tempel hinauf.

18

ROZ

Roz saß im Innenhof des Tempels, umgeben von viel zu vielen Blumen. Sie ließen ihre Nase jucken und erinnerten sie an die Zeiten, als Vittoria und sie sich nachts hier draußen versteckt hatten und sich gefährlich nah beim Rosenbusch geküsst und Geschichten erzählt hatten. Zu ihrer Überraschung stellte sie fest, dass die Erinnerung daran nicht mehr wehtat. Ihre Körper hatten vielleicht zueinandergepasst, der Rest von ihnen jedoch absolut nicht. Es war nett gewesen, doch nun war es vorbei. Sie waren als Freunde besser dran.

Sofort drängte sich ihr unerbittlich der nächste Gedanke auf: *Waren* sie Freunde? Freunde erzählten einander etwas. Freunde hegten nicht insgeheim einen Groll gegen die festen Glaubensgrundsätze des anderen. Wenn Freundschaft bedeutete, den anderen zu kennen, *wirklich* zu kennen – hatte Roz dann überhaupt Freunde? Vittoria wusste nichts von Nasim und Dev. Nasim und Dev wussten nichts von Damian. Immer mehr Geheimnisse türmten sich um sie herum auf, allesamt notwendig, aber trotzdem schmerzhaft.

Die Sonne verschwand hinter den Wolken, und die Verheißung von Regen hing schwer in der Luft, doch Roz rührte sich nicht. Sie wollte nicht nach Hause, und sie wollte auch nicht in die Taverne gehen. Sie wollte *nirgendwo* hin. Sie wollte hier sitzen und nach Kräften an nichts denken.

Plötzlich hörte sie Stiefelschritte auf dem Asphalt. Roz erschrak sich fast zu Tode, als sie im Augenwinkel Damian entdeckte. Seine Anwesenheit allein versetzte ihr einen scharfen Stich. Was *wollte* er hier?

»Ich war auf der Suche nach dir«, beantwortete Damian ihre Frage, bevor sie sie stellen konnte, und ließ sich neben ihr auf der Bank nieder. Hinter ihm zitterten die Blumen in der schnell abkühlenden Brise. Er sah empörend gut aus: das Haar leicht vom Wind zerzaust, das Gesicht viel zu perfekt proportioniert. Roz hatte das Gefühl – obwohl es natürlich irrational war –, dass er das absichtlich tat, um sie zu ärgern.

Bei allen Heiligen, was hatte sie gestern Abend doch gleich zu ihm gesagt? *Das bedeutet nicht, dass du unwichtig bist.* Die Bemerkung hatte sich lediglich auf das Verhältnis zwischen Jüngern und Unerwählten bezogen, mehr nicht.

»Hast du bezüglich der Berichte der Leichenbeschauerin deine Meinung geändert?«, fragte Roz und versuchte zu ignorieren, wie nah sein Bein ihrem war.

Damian setzte sich zurecht. »Nicht direkt.«

»Was willst du dann?«

Eine Sehne in seinem Hals zuckte, und Roz fiel zum ersten Mal auf, dass er sich schon mindestens zwei Tage nicht mehr rasiert hatte. Als er noch jünger gewesen war, hatte er es nie geschafft, sich einen Bart wachsen zu lassen, doch nun überzog ein leichter Schatten seinen markanten Kiefer und das Kinn. »Ich muss mit dir reden.«

Roz wurde merkwürdig beklommen zumute. Sie schürzte die Lippen und forderte scharf: »Schieß los.«

Doch Damian schwieg für einen langen Moment. Er schien mit sich zu kämpfen, wusste anscheinend nicht, wo er anfangen sollte. Roz regte sich nicht, strich sich nicht einmal die Haarsträhnen weg, die der Wind ihr gegen den Hals wehte. Irgendwie ahnte sie, dass das, was als Nächstes kam, tiefgreifend sein würde.

»Als ich oben im Norden war«, setzte Damian schließlich mit leiser, kratziger Stimme an, »habe ich meinen besten Freund sterben sehen. Michele war sein Name. Wir näherten uns den feindlichen Linien, und ich habe ihm gesagt, er solle mir folgen. Weißt du, er konnte nicht so gut sehen, insbesondere nachts. Seine Brille war Monate zuvor kaputtgegangen. War im Matsch zertrampelt worden. Er verließ sich darauf, dass ich ihm Bescheid gab, wenn die Luft rein war. Ich dachte, ich würde gut achtgeben.« Damian fuhr sich mit der Hand über die Stirn. Sein Blick war glasig. »Ich dachte, mir würde nichts entgehen. Ich habe ihm gesagt, wo er hingehen sollte, und er hat auf mich gehört. Ohne zu zögern. Doch ich habe mich *geirrt*. Ich habe mich geirrt, habe sie oben in den Bäumen nicht bemerkt. Als sie feuerten, haben sie mich verfehlt. Aber ihn haben sie getroffen.«

Roz schwieg. Sie schlang die Arme um die Knie und spürte, dass ihr das Herz bis zum Hals schlug. Was immer sie auch erwartet hatte, das Damian sagen würde – damit hatte sie nicht gerechnet. Warum erzählte er ihr diese Geschichte? Glaubte er, dass sie deswegen Mitleid mit ihm haben würde? Das würde sie nicht. Sie konnte es nicht.

Damian sah niedergeschmettert aus, und seine Lippen waren blass, als er weitersprach. »Ich habe den Verstand verloren. Ich kann mich kaum noch erinnern, was geschehen ist. Ich habe wie verrückt angefangen zu schießen und drei von ihnen erledigt. Doch selbst nachdem sie tot waren, habe ich weiter gefeuert. Ich weiß nicht, wie ich es fertiggebracht habe, nicht selbst getötet zu werden. Wahrscheinlich hatte ich einfach nur Glück. Alles, was ich wusste, war, dass ich sie vernichten wollte.« Seine Stimme brach. »Einige von den anderen Jungs haben mich weggezogen. Weißt du, als wir wieder in Sicherheit waren, wollten sie mich *feiern*. Vermutlich wollten die ketzerischen Soldaten, die ich erschossen hatte, unsere Grenze überschreiten. Michele sei ein Held, sagten sie. *Ich* sei ein Held. Aber das war mir scheißegal.«

Er schob den Ärmel bis zur Schulter hoch und entblößte dort eine scheußliche, hervortretende Narbe. Roz schluckte schwer.

»Damals hat mich eine Kugel gestreift, doch ich habe es anfangs überhaupt nicht bemerkt. Ich war so wahnsinnig wütend.« Damian sah sie wieder an. »Vor allem weil die Kugel mich nicht getötet hatte. Ich hätte es verdient gehabt.«

»Ich –«, setzte Roz an, doch er ließ sie nicht ausreden, sondern sprach so leise weiter, dass sie die Ohren spitzen musste, um ihn zu verstehen.

»Danach war ich zum ersten Mal seit meiner Ankunft an der Grenze bereit zu kämpfen. Ich wollte *unbedingt* kämpfen. Doch stattdessen gab mein Vater die Anweisung, dass ich nach Hause zurückkehren sollte. Er befürchtete, dass ich mich absichtlich umbringen lassen könnte.« Ein freudloses Lachen. »Rückblickend hatte er vermutlich recht. Ich bin mir nicht sicher, was ich getan hätte, wenn man mir gestattet hätte, an die Front zurückzukehren. Also bin ich gegangen, als Held meiner Einheit.« Damians Worte waren von Reue durchdrungen, von Ekel. »Mein Vater erzählte allen, dass er mich wieder hier in Ombrazia bräuchte. Ich hatte bewiesen, dass ich der perfekte Kandidat für die Leitung des Palazzo-Sicherheitsdiensts wäre. Und die Leute nahmen es ihm größtenteils ab. Sie beglückwünschten mich dafür, dass ich diese Männer getötet hatte. Beglückwünschten mich dafür, dass mein bester Freund meinetwegen ermordet worden war. Wieder und wieder und *immer wieder*.

Vermutlich bin ich deswegen so zornig auf die, die desertieren. Ich weiß, dass es ungerecht ist«, fügte Damian an. »Ich will nicht, dass alle so leiden müssen wie ich. Aber für mich fühlt es sich an ... als würden sie die anderen im Stich lassen, an einem Ort, an dem jeder so dringend Solidarität braucht. Wenn man desertiert und dafür getötet wird ... nun ja, macht man es sich damit nicht leicht? Es bedeutet, dass man nicht erleben muss, wie die Freunde sterben oder die eigene Menschlichkeit zugrunde geht. Es bedeutet, dass man nicht für den Rest seines Lebens davon träumt. Und vielleicht ist es ungerecht von mir, so zu empfinden. Aber es tut trotzdem weh.« Er blickte gedankenverloren zu der Balustrade über ihren Köpfen auf, ohne seine Schulter wieder zu bedecken.

Roz konnte nichts dagegen tun, dass ihr Herz plötzlich weich wurde und sich ihr die Kehle zuschnürte. All die Jahre war sie überzeugt gewesen, dass Damian sich in das Spiegelbild von Battista verwandelt hatte. Den Krieg rasch und brutal und ohne Reue hinter sich gebracht hatte. Nie im Leben hätte sie damit gerechnet, diesem gebrochenen Mann gegenüberzustehen, den Kummer und Schuldgefühle quälten.

Ganz automatisch streckte sie die Hand nach der Narbe aus, die sich über die Rundung seiner Schulter zog. Doch als sich ihre Finger seiner Haut näherten, fuhr Damian plötzlich herum und packte ihr Handgelenk mit stahlhartem Griff. »Nicht.«

Roz erstarrte und schnappte beim Anblick seines Gesichts nach Luft. Sein Blick war hart, wütend, fast wild.

Zum ersten Mal, seitdem sie ihm vor dem Tempel begegnet war, begriff sie, dass diese Version von Damian gefährlich sein konnte.

Einen Moment lang verharrten sie so. Er atmete schwer, sie überhaupt nicht. Roz' Augen brannten vom Wind, und ihr Handgelenk begann zu schmerzen, doch sie versuchte nicht, sich zu befreien. Nach einem Augenblick – es hätten Sekunden oder auch Stunden sein können – schien Damian zu begreifen, was er getan hatte. Sein Blick wurde wieder klar, und er ließ sie verwirrt los.

»Es …« Er schüttelte den Kopf und wich vor ihr zurück. Es schien, als wolle er noch mehr sagen, doch dann überlegte er es sich anders. »Es tut mir leid. Aber das ist noch nicht alles.«

Was konnte denn noch kommen? Roz hatte keine Ahnung, welches Gesicht sie in diesem Augenblick machte. Sie räusperte sich. »Okay.« Es klang wie eine Frage.

Damian atmete bebend ein. Er war unnatürlich still. Dann sagte er nur: »Ich war es.«

Roz wartete, verstand nicht. »Was?«

»Ich war es. Ich bin der Grund dafür, dass dein Vater tot ist.«

Sie starrte ihn nur vollkommen verwirrt an. Was war nur in ihn gefahren, dass er so etwas behauptete? »Was meinst du –«

»Als Jacopo eines Tages nicht aus einem Gefecht zurückkehrte, habe ich meinem Vater mitgeteilt, dass er fehlte.« Damian fuhr mühsam fort, und sein Kiefer war so angespannt, dass es an ein Wunder grenzte, dass die Knochen nicht brachen. Dabei wich er ihrem Blick aus. »Das war der Tag, an dem er versuchte zu desertieren. Ich habe alle darauf aufmerksam gemacht, dass er fehlte. *Ich* bin der Grund dafür, dass sie in der Lage waren, ihn so schnell zu finden. *Ich* bin der Grund dafür, dass er getötet wurde.«

Roz öffnete leicht den Mund, schloss ihn jedoch gleich wieder. Anscheinend drangen seine Worte nicht richtig zu ihrem Gehirn durch. Sie war so schockiert, dass sie sich einfach nur leer fühlte. Hohl. Als würde sie ein Gespräch zwischen zwei Menschen verfolgen, die sie nicht kannte.

Damians Stimme war nur ein Flüstern, als er sagte: »Es war ein Fehler. Ich schwöre es bei allen Heiligen. Ich dachte, er läge irgendwo verwundet oder – wäre vielleicht tot. Ich wollte sicherstellen, dass seine Leiche zurückgebracht wird, weil ich den Gedanken nicht hätte ertragen können, dass du nicht weißt, was geschehen ist. Ich wollte *nie* –«

»Geh.« Der Befehl glitt ihr über die Zunge, obwohl sie sich nicht erinnern konnte, ihn aussprechen zu wollen. Ihr Herzschlag donnerte in ihren Ohren. Sie konnte das alles nicht richtig verarbeiten. Nicht, solange Damian hier saß. Sie fand es furchtbar, dass er ihr das alles erzählt hatte. Furchtbar, dass er so schrecklich schuldbewusst aussah, dass sie ihn deswegen nicht mal anschreien konnte. Wenn er doch nur den Mund gehalten hätte – wenn er doch nur nicht zu seinem Vater gegangen wäre –

Ein Teil von ihr wusste, dass diese Gedanken unlogisch waren. Damian hatte unmöglich wissen können, welche Konsequenzen sich aus seiner Mitteilung an Battista ergeben würden.

Oder doch?

»Bitte«, murmelte Damian und sah dabei so unfassbar, unerträglich niedergeschlagen aus. Er hob die Hand, als wolle er sie berühren, ließ sie jedoch wieder sinken. »Ich wollte nie – ich hätte so etwas niemals absichtlich getan. Ich habe mir Sorgen um ihn gemacht. Ich hätte nie im Leben gedacht, dass er desertiert sein könnte. Ich hatte ihn auch gern. Das *weißt* du.«

Roz merkte, dass sie zitterte. Sie wollte Damian noch einmal auffordern zu gehen. Sie wollte ihn von der Bank stoßen und ihr Messer in seine Kehle rammen. Sie wollte, dass er sie im Arm hielt, damit sie weinen konnte, bis ihr Herz schmerzte und ihr Blick verschwamm.

»Weißt du, weshalb ich so viele Jahre damit zugebracht habe, dich zu hassen?«, krächzte Roz. Die Worte rissen sich aus ihrer Kehle los, als hätte sie jemand herausgezerrt. »Nicht weil ich gedacht habe, dass du beim Tod meines Vaters eine Rolle gespielt hättest, obwohl ich nun weiß, dass es so war.« Sie lachte hysterisch auf, fühlte sich ein wenig benommen. Hitze stieg in ihren Wangen auf – zum Teil aus Wut, zum Teil wegen eines anderen Gefühls, das sie nicht recht identifizieren konnte. »Nicht mal, weil ich Battista verabscheute und deswegen der Ansicht war, dich ebenfalls verabscheuen zu müssen. Nein, ich habe dich gehasst, weil ich wusste, dass du *selbstgefällig* warst. Du bist wie ein braver kleiner Sohn in den Krieg marschiert, bereit, alles zu tun, was Battista dir befahl. Ich möchte wetten, dass du nichts gesagt hast, als er meinen Vater getötet hat, oder die Väter von anderen. Im Nachhinein hast du dich jedenfalls niemals an mich gewandt. Du hast nicht mal einen Brief geschickt.«

Roz atmete hastig ein. Ihr wurde bewusst, dass das Gefühl, das sie nicht hatte identifizieren können, *Schmerz* war. Sie war verletzt, weil Damian aufgehört hatte, auf ihre Briefe zu antworten. Verletzt, weil er sich nicht bei ihr gemeldet hatte, obwohl er gewusst haben musste, dass es ihr schlecht ging. Er hatte ihr nicht die Wahrheit gesagt, hatte nicht versucht, sie zu trösten, und – noch schlimmer – hatte nicht zugelassen, dass *sie ihn* tröstete.

Sie hatte sich selbst etwas vorgemacht, indem sie so getan hatte, als gäbe es für ihre Wut einen anderen Grund als das schreckliche Gefühl, alleingelassen worden zu sein.

Roz bildete sich gern ein, dass sie niemanden brauchte. Zumindest nicht mehr. Doch damals hätte sie Damian dringend gebraucht, und er hatte sie im Stich gelassen.

Sie wollte ihn anschreien, bis ihre Lunge versagte. Sie wollte eine Erklärung hören, von der es ihr besser ging, obwohl sie wusste, dass es keine gab, und diese Gewissheit machte sie wütend.

Damian, der mitfühlende Trottel, ließ tatsächlich zu, dass seine eigene Miene gefährlich nah an Trauer herankam. »Du kennst mich, Rossana. Ich habe immer versucht, mich an die Regeln zu halten. Wie, glaubst du, hätte mein Vater darauf reagiert, wenn ich dir nach allem, was geschehen war, geschrieben hätte?«

»Wen interessiert das?« Roz hob die Stimme. Sie wusste, dass sie wahrscheinlich hysterisch klang, doch es scherte sie nicht. »Was hat es dir jemals gebracht, dich an die Regeln zu halten? Du glaubst, dass du alles richtig machst, aber in Wirklichkeit tust du einfach nur, was andere dir sagen. Du ziehst in den Krieg, weil dein Vater es dir vorschreibt. Du betest zu den Heiligen, weil deine Familie es schon immer so gemacht hat. Wann fängst du an, selbst zu denken? Wie viele Menschen willst du verdammt noch mal noch umbringen?«

Ihre Worte hallten in der Stille wider, die sich plötzlich unerträglich anfühlte. Damian sah aus wie ein Mann, der Zeuge einer Explosion geworden war. Sie wusste, dass sie ihm wehgetan hatte, und war furchtbar froh darüber.

»Ich habe nicht …«, flüsterte er, verstummte jedoch wieder. In seiner Kehle arbeitete es, als er angestrengt schluckte. Es sah schmerzhaft aus. »Ich habe nicht die richtigen Entscheidungen getroffen. Das weiß ich jetzt. Roz, es tut mir so leid.«

Dass er sich entschuldigte, war ja ganz nett, aber das machte drei ganze Jahre des Leids nicht ungeschehen. Drei Jahre, in denen sie mit klopfendem Herzen in einen leeren Briefkasten gestarrt hatte. Drei Jahre, in denen sie sich gefragt hatte, ob er tot sei.

Sie hatte sich erhoben – wann war das denn passiert? –, und Damian rutschte auf ihre Seite der Bank und hob den Kopf, um zu ihr aufzusehen. Ganz langsam, als wäre sie ein wildes Tier, legte er einen Arm um ihre Taille. Zog sie sanft zu sich.

Roz wehrte sich nicht. Sie hatte nicht die Kraft dazu. Sie legte eine zitternde Hand in seinen Nacken und ließ zu, dass er die Stirn an ihren Bauch lehnte. Ließ sich von ihm halten. Es war die mit Sicherheit unbeholfenste, emotionsgeladenste halbe Umarmung aller Zeiten. Ihr Vater war wegen Damian gestorben. *Er* war schuld, obwohl er es gar nicht gewollt hatte. Was zum Teufel sollte sie damit anfangen?

Das hier war keine Vergebung – nicht im Entferntesten. Roz versteifte sich. Sie legte eine Hand an Damians Jackenkragen. Strich den Aufschlag zurecht. Zog ihn auf die Beine.

»Geh«, murmelte sie, und diesmal gehorchte er.

Sie sah ihm nach. Dabei umklammerte sie den Generalschlüssel, der noch warm war von seiner Brust.

19

BIANCA

Gestalten ragten im Stadtgarten auf, erhoben sich über den stillen Bäumen.

Der Wind huschte durchs Gras, als eine Frau den in nächtliches Dunkel gehüllten Pfad entlangging. Ihr Gesicht war gleichmütig, ihre Bewegungen langsam, aber zielstrebig.

Augen verfolgten sie.

Erst als sie die Gestalten erreichte, blieb Bianca stehen. Sechs Statuen, die nach Osten blickten, als hielten sie eine feierliche, ewige Wache für den Sonnenaufgang. Die Abenddämmerung hielt den Atem an, bis das letzte zarte Licht von der Dunkelheit verschluckt wurde. Ein sachter Wind blies der Frau das Haar aus dem Gesicht, schien eine Warnung zu flüstern, die sie nicht hörte. Sie strich mit einem Finger über den kalten, geschwungenen Stein der Statue, die ihr am nächsten stand. Eine sanfte Berührung. Die Art von Berührung, wie sie vielleicht ein stilles Gebet oder zärtliche Nostalgie begleitete.

Sie neigte den Kopf, als die Augen sich von den Schatten lösten und Gliedmaße ausbildeten.

Der Mond war ein ferner, schwermütiger Zuschauer. Es war nicht das erste Mal, dass sein kaltes Licht eine nächtliche Grausamkeit beleuchtete. Die Dunkelheit machte so viele Bösartigkeiten möglich, nicht wahr? Sie war eine Bühne, auf der man die Maske der Moral, die man im erbärmlichen Sonnenlicht aufgesetzt hatte, abstreifen konnte.

Die Frau wandte sich um, sah, wer sich ihr näherte, und lächelte.

»Buona sera«, sagte sie mit einem höflichen Nicken. »Wenn ich nicht schlafen kann, zieht es mich immer hierher. Geht es dir genauso?«

Sie wartete auf eine Antwort, die niemals kam.

Dann blutete sie.

20

ROZ

Roz verbrachte die Nacht auf der zu kurzen Couch und lauschte auf die unregelmäßigen Atemzüge ihrer Mutter. Wieder und wieder drehte sie Damians Schlüssel in den Händen, spürte das Summen seiner Magie an ihrer Haut, und ersann einen Plan.

Ihn ihm wegzunehmen war beinahe zu einfach gewesen. Er war von seinen Gefühlen überwältigt gewesen, hatte sich an sie gelehnt, als wäre ihr Körper das Einzige, was ihn noch aufrecht hielt. Roz fühlte sich derweil … hohl. Auf eine Art zornig, die sie versteinert hatte. Obwohl sie wusste, dass es wenig hilfreich und mit Sicherheit nicht gut für sie war, konnte sie nicht damit aufhören, sich eine alternative Realität vorzustellen. Ihren Vater, wie er, nach geglückter Flucht, aus dem Norden nach Hause zurückkehrte. Ihre Familie, wie sie Ombrazia verließ und irgendwohin ging, wo Battista sie niemals finden würde. Ihre Mutter, wie sie lächelte, so wie früher.

Wäre Damian nicht gewesen, würde ihr Vater vielleicht noch leben.

Ihr Vater würde vielleicht noch leben.

Ja, Jacopo Lacertosa wäre immer noch ein Deserteur gewesen. Ja, Battista hätte es vielleicht trotzdem geschafft, ihn aufzuspüren. Doch die Möglichkeit, dass er vielleicht doch überlebt hätte, hielt sie wach bis zum Morgengrauen. Das Bild, wie er sich auf genau dem Sofa ausgestreckt hatte, auf dem Roz gerade lag, mit dem vertrauten sarkastischen Lächeln auf den Lippen, das alle entzückt hatte.

Als der Morgen endlich dämmerte, verwendete Roz absurd viel Zeit darauf, vor dem Spiegel zu stehen und zu begutachten, wie ihr Gesicht über dem gebügelten Kragen der Palazzo-Uniform aussah. Es war, als würde sie die Frau betrachten, die sie hätte werden können. Eine Frau, der nicht die Eltern genommen worden waren. Eine Frau, die sich darüber freute, von der Schutzheiligen Patience ausgewählt worden zu sein, und sich in ein System einfügte, das darauf ausgerichtet war, ihr von Nutzen zu sein.

Roz starrte die Frau an und hasste sie mit jeder Faser ihres Körpers.

Zumindest war ihre Entschlossenheit nun gestärkt. Sie würde ihren Plan ohne Damian durchziehen. Sie würde heute zum Palazzo gehen und alles tun, was nötig war, um an die Berichte der Leichenbeschauerin heranzukommen. Damian war nichts weiter als eine Schachfigur in ihrem Spiel – eine leicht beeinflussbare Schachfigur.

Als Roz am Palazzo ankam, begann die Morgendämmerung bereits sich schwächlich davonzustehlen und in den Tag überzugehen. Auf dem Weg hatte sie einige neugierige Blicke auf sich gezogen, doch niemand schien sie erkannt zu haben. Oder, im Fall der Sicherheitsoffiziere, denen sie auf dem Weg aus Patience' Sektor begegnet war, *wiedererkannt* zu haben.

Während sie den Pfad entlangging, der sich über das Gelände des Palazzos schlängelte, erspähte sie in einiger Entfernung das Übungsgelände. Die Offiziere, die am Training teilnahmen, waren bereits in Uniform, und während sie miteinander rangen oder aus unfassbarer Entfernung auf Ziele schossen, glänzten ihre Abzeichen in der Sonne. Sie hoffte schwer, dass Damian unter ihnen wäre.

Sie mied den Haupteingang und steuerte stattdessen eine der Seitentüren an. Ein junger Mann, dessen dunkles Haar zu einem Knoten gebunden war, hielt dort Wache, zusammen mit einer blonden Frau mit strenger Miene, die abrupt den Kopf hob, als Roz sich näherte.

»Hey!« Der junge Mann winkte ihr zu und grinste. »Nimmst du heute Morgen auch am Training teil?«

»Das habe ich schon«, behauptete Roz leichthin, weil ein Offizier bestimmt genauso reagiert hätte. »Du nicht?«

Er schüttelte den Kopf. »Irgendjemand muss ja den Wachdienst übernehmen, nicht wahr?« Dann runzelte er die Stirn, und seine Nase krauste sich ein wenig. »Bist du zum ersten Mal dabei?«

Roz bedachte ihn mit einem freundlichen, leicht abschätzigen Lächeln. »Alles gut – wir kennen uns noch nicht. Venturi hat mich gerade erst angeheuert. Um nach dem, was dem Jünger passiert ist, die Sicherheit zu verbessern.«

»Ah. Ein Glück.« Der junge Mann tat so, als würde er sich Schweiß von der Stirn wischen, und erwiderte entspannt ihr Lächeln. »Ich bin immer unsicher, weil ich mir furchtbar schlecht Gesichter merken kann. Ich heiße übrigens Kiran, und das ist Noemi.«

Die blonde Frau neigte das Kinn. Es hätte Roz nicht überrascht, wenn Noemi noch nie in ihrem ganzen Leben gelächelt hätte. Doch sie sagte trotzdem: »Freut mich, dich kennenzulernen.«

Kiran verdrehte die Augen. »Sie hat es nicht so mit Höflichkeiten«, flüsterte er vernehmlich. »Wie dem auch sei, was steht bei dir an?«

»Venturi hat mich geschickt, um dem Magistrat eine Nachricht zu überbringen.« Roz schob die Finger in die Brusttasche ihrer Uniform und zog den gefalteten Brief heraus, den sie von

Damian bekommen hatte. »Wisst ihr vielleicht, wo ich ihn finden kann?«

»Ich glaube, er ist in einer Besprechung mit dem General«, sagte Kiran und sah Noemi an. »An deiner Stelle würde ich sie nicht stören.«

»Na ja, vielleicht kann ich sie ihm ja in sein Büro legen? Venturi hat nichts davon erwähnt, dass sie dringlich wäre.«

»Klar, warum nicht? Zweiter Stock, zweite Tür links. Schieb sie einfach durch den Türspalt.«

Roz nickte ruckartig. »Stimmt. Ich verwechsle es immer mit dem Büro des Generals. Das ist im ... ersten Stock, dritte Tür?«

»Zweiter Stock, vierte Tür.« Kiran lachte, und Roz gab ein gespieltes Stöhnen von sich. Er trat beiseite, um ihr Einlass zu gewähren, bevor er hinzufügte: »Keine Sorge, irgendwann kannst du es dir merken. Soll ich mit dir kommen?«

»Nein«, antwortete sie rasch. »Ist schon gut. Danke.«

Und dann war Roz drinnen. Wenigstens hatte Kiran bestätigt, dass der Magistrat nicht da war – das würde Zeit und Stress sparen. Ursprünglich hatte sie geplant, nötigenfalls eine Ablenkung zu inszenieren, um Forte aus seinem Büro zu locken, aber so war es deutlich einfacher.

Also wirklich, was hatte Damian sich eigentlich dabei gedacht, ihr eine Palazzo-Uniform zu geben? Er war viel zu vertrauensselig. Wahrscheinlich war das der Preis dafür, dass er nie genug Schlaf bekam. Oder vielleicht lag es auch an ihrer gemeinsamen Vergangenheit.

Vergangenheit. Ein simples Wort, das für so vieles stand. Dafür, nach Mitternacht auf Zehenspitzen eine knarrende Treppe hinaufzuschleichen. Dafür, im Obergeschoss des Hauses der Venturis zu stehen, umgeben vom Mondlicht, das durchs Erkerfenster hineinfiel. Für Damian, der sich, befangen wie immer, auf die Lippe gebissen hatte, und für ihr Herz, das ihr bis zum Hals geschlagen hatte, als sie sich vorgebeugt hatte, um ihn zu küssen. Dafür, wie er nach Luft geschnappt hatte – so leise, so abrupt –, als er ihren Mund auf seinem gespürt hatte, und wie er die Hand in ihren Nacken gelegt hatte, um sie noch näher zu sich zu ziehen.

Bei allen Heiligen, warum dachte sie an Damians Hände? Sie musste sich zusammenreißen.

Ein wenig beklommen ließ Roz den Blick durch den mit schimmerndem Marmor getäfelten Raum schweifen, doch es schien niemand sonst da zu sein. Also steuerte sie auf die Treppe zu, wobei sie sich bemühte, ganz natürlich zu wirken. Bei jedem widerhallenden Schritt zog sie unwillkürlich den Kopf ein. Glücklicherweise führte die Treppe vom ersten Stock direkt weiter in den zweiten. Oben angekommen blieb Roz jedoch fast das Herz stehen, als sie um ein Haar in einen anderen Offizier hineinlief, der am Ende des Korridors Wache hielt. Doch sie setzte rasch ein nichtssagendes Lächeln auf und neigte grüßend den Kopf.

»Morgen.«

Der Offizier sah sie stirnrunzelnd an und wirkte ein wenig verwirrt, während er offenbar erfolglos versuchte, ihr Gesicht einzuordnen. Doch am Ende schien ihn die Uniform zu überzeugen, denn er erwiderte ihren Gruß.

Roz bog um die Ecke und blieb vor der zweiten Tür auf der linken Seite stehen. Sie versicherte sich, dass sich niemand im Flur aufhielt, der das unvermeidliche Klicken des Schlosses hören könnte, bevor sie den Schlüssel hineinschob. Sie hatte solche Schlüssel schon selbst angefertigt – Schlüssel, die selbst mit Magie belegte Schlösser öffnen konnten –, doch sie waren nicht weit verbreitet. Das durften sie auch nicht sein.

Die Tür öffnete sich.

Im Büro des Magistrats war es dunkel. Roz zog einen Vorhang zurück, um das Licht des frühen Morgens hereinzulassen. Es hüllte alles in ein gleichförmiges orangefarbenes Leuchten, als würde der ganze Raum in Flammen stehen. Sie betrachtete die deckenhohen Bücherregale, die eindeutig nur zur Dekoration dienten – alles war mit einer dünnen Staubschicht bedeckt –, und fuhr mit dem Finger über einen der Buchrücken.

Gegenüber von den Bücherregalen standen zwei große Sessel und ein Beistelltisch mit Klauenfüßen. Auf Letzterem lag ein großes, dickes Buch mit dem Titel *Die Geschichte der Gewalt durch Manipulation der Wirtschaftsleistung*, auf das Roz nur einen kurzen Blick warf, während sie weiter zum Schreibtisch ging. Am Arbeitsplatz des Magistrats lagen überall Papiere verstreut. Roz sah sie rasch durch. Die meisten schienen Informationen über Männer von hohem militärischem Rang zu enthalten. Sie entdeckte eine Liste mit Namen, von der Roz vermutete, dass es sich um eine Aufstellung derer handelte, die an der Front gestorben waren.

Auch Briefe waren darunter, doch die meisten schienen profan und unwichtig zu sein: *Danke für Ihren großzügigen Beitrag zu den Kriegsanstrengungen … Ihre Munitionslieferung ist unterwegs … Anbei erhalten Sie Ihre Rechnung …*

Dann waren da noch die bedrückenderen, die erst noch versiegelt und versendet werden mussten. *Leider muss ich Sie schweren Herzens über das Dahinscheiden Ihres Sohnes informieren …*

Es waren Dutzende, und jeder einzelne Name war für Roz ein Schlag ins Gesicht. Für die, die in den Krieg mussten, gab es wahrhaftig kein glückliches Ende. Desertierte man, wurde man gejagt und ermordet. Starb man im Kampf, erhielt die Familie einen emotionslosen Formbrief. Bestenfalls überlebte man und verbrachte den Rest seines Lebens damit, von den Erinnerungen erdrückt zu werden.

Wie Damian, ging es ihr durch den Kopf, doch sie verdrängte den Gedanken. Sie hatte kein Mitleid mit Damian, der der Sohn eines Generals war, früh aus dem Militärdienst entlassen worden war und einen Posten erhalten hatte, für den er kaum qualifiziert war. Er gehörte zu denjenigen, die Glück gehabt hatten. Er war hier, lebte im noblen Palazzo, während andere noch immer im Norden in erbarmungsloser Kälte und Schlamm kämpften und starben.

Roz legte die Liste beiseite und zog eine der Schubladen auf. Sie enthielt einen einzelnen Brief, der weder gesiegelt noch abgestempelt war. Sie überflog den Inhalt und stellte fest, dass er von Battista Venturi unterzeichnet worden war. Da sie im selben Gebäude arbeiteten, ging Roz davon aus, dass jegliche Korrespondenz zwischen ihnen stets persönlich von einem Boten überbracht wurde. Sie konnte sich nicht zurückhalten und las weiter:

Ich bin von Damian ebenso enttäuscht wie Sie. Ich habe ihm versichert, dass ich zu verhindern versuchen würde, dass er zurück in den Krieg geschickt wird, doch offen gesagt würde ich die Ermittlungen lieber selbst übernehmen. Ich kann ihn nicht unbegrenzt unterstützen. Ich stimme zu, dass es ihn vermutlich etwas abhärten würde, weitere Zeit im Norden zu verbringen. Darum habe ich dafür gesorgt, dass er Ende der Woche mit den Ersatztruppen abtransportiert wird. Vorausgesetzt, dass er den Rest des Jahres überlebt, würde ich darum bitten, ihn ab nächsten Winter wieder im Sicherheitsdienst des Palazzos einzusetzen. Ich muss zugeben, dass ich selbst überrascht bin, dass mein Sohn sich als derart weich erwiesen hat, aber es ist ja noch Zeit.

Roz schluckte und drängte ein plötzliches, nicht identifizierbares Gefühl zurück. Damian war *weich*. Das war er schon immer gewesen. Er mochte vielleicht muskulös und ernst geworden sein, doch das änderte nichts an der Tatsache, dass er im Kern sanftmütig war. Umsichtig.

All das, was Roz nicht war.

Sie musste wieder an Damians Gefühlsausbruch von neulich denken, daran, wie panisch er gewesen war. Er wusste eindeutig noch nicht, dass er schon dafür ausersehen worden war, wieder in den Norden zurückgeschickt zu werden. Wie lange hatte Battista das hinter dem Rücken seines Sohnes geplant?

Egal. Roz faltete das Blatt in der Mitte und steckte es in ihre Hosentasche. Sie wusste selbst nicht genau, weshalb sie den Brief behalten wollte – Damians Probleme hatten nichts mit ihr zu tun. Doch sie nahm ihn trotzdem an sich.

Sie zog eine weitere Schublade auf, dann eine dritte, fand jedoch nichts von Interesse. Die vierte jedoch enthielt einige nach Datum sortierte Akten. Roz zog die aktuellste heraus. Ihr Magen krampfte sich vor Aufregung zusammen. Sie wusste bereits, worum es sich handelte, bevor sie den Namen zu Ende gelesen hatte: *Daniel Cardello.*

Das musste der Name des toten Jungen sein, der beim Fluss gefunden worden war. Roz begann gierig zu lesen, doch ihr Eifer ließ rasch wieder nach, als sie feststellte, dass der Bericht kaum etwas enthielt, was sie nicht schon wusste. Die fehlenden Augen wurden erwähnt, die schwarzen Linien. Außerdem ging er detailliert auf die Wirkung des unbekannten Gifts auf die inneren Organe ein. Roz verstand diesen Teil nicht; er war zu technisch. Was ihr dagegen *sofort* ins Auge stach, war die Tatsache, dass genau wie in dem Bericht, den Damian ihr gezeigt hatte, ein ganzer Abschnitt durch dicke schwarze Tintenstriche zensiert worden war. Roz hielt das Dokument ins Kerzenlicht, in der Hoffnung, die vertieften Spuren zu erkennen, die der Stift hinterlassen hatte. Fehlanzeige – wer auch immer diesen Abschnitt geschwärzt hatte, hatte ganze Arbeit geleistet.

Fluchend legte sie die Akte beiseite und nahm sich die

nächste vor. *Amélie Villeneuve* stand darauf. Sie verspürte einen Stich.

Roz musste nicht lange suchen, um festzustellen, dass dieser Bericht ebenfalls zensiert worden war. Doch er enthielt genügend Informationen, um zu bestätigen, was sie bereits vermutet hatte: Amélie war auf die gleiche Art gestorben wie Leonzio und Daniel. Sie war vergiftet worden, und man hatte ihr die Augen entfernt.

Und sie war noch ein Kind gewesen. Nur ein junges Mädchen.

Roz beugte sich über den Tisch und presste die Handflächen an die Stirn. Irgendwie war es noch schlimmer, schwarz auf weiß zu lesen, was Amélie widerfahren war. Dadurch wurde es realer. Schrecklicher.

Ich werde deinen Mörder finden, dachte Roz erzürnt. *Du wirst schon sehen.*

Der Gründlichkeit halber sah sie rasch den Rest der Ablage durch. Soweit sie erkennen konnte, war bei den anderen Personen nichts geändert worden, was bedeutete, dass es zwischen Amélie, Daniel und Leonzio definitiv eine Verbindung gab, genau, wie sie und Damian vermutet hatten.

Roz steckte den Bericht über Daniel zurück in die Schublade, wobei sie darauf achtete, ihn genau so zu platzieren, wie sie ihn gefunden hatte. Den über Amélie schob sie jedoch zu Battistas Brief in ihre Tasche. Dann schlenderte sie zum Fenster hinüber. Weit unten erstreckten sich labyrinthartig die Straßen von Ombrazia. Das Büro des Magistrats lag hoch genug, um die ganze Stadt überblicken zu können, bis hin zu der dunklen Fläche, die einst Chaos' Sektor gewesen war. Obwohl sie natürlich keine Einzelheiten erkennen konnte, wusste sie, dass die Gebäude in den Bereichen, die die Unerwählten nicht für sich beansprucht hatten, geschwärzt waren, zerfielen und von der Natur zurückerobert wurden. Nach dem Ersten Krieg der Heiligen hatte der damalige Magistrat angeordnet, den kompletten Sektor zu zerstören.

Das bedeutete es, Macht zu haben, nicht wahr? Man konnte das, was einem nicht dienlich war, einfach zerstören.

Roz stahl sich aus dem Büro und wieder die Treppe hinunter. Das ungute Gefühl in ihrer Brust wurde immer stärker. Eines war offensichtlich: Es gab gewisse Informationen über die Mordopfer, von denen Forte nicht wollte, dass sie an die Öffentlichkeit drangen.

Sie würde herausfinden, welche das waren.

21

ROZ

Roz mied den Hauptweg, der vom Palazzo wegführte, und stolzierte stattdessen durch das hohe Gras. Kiran und Noemi hatten sie ohne viel Aufhebens gehen lassen, doch obwohl sie sich fröhlich von ihnen verabschiedet hatte, fühlte sie sich innerlich ganz kribblig. Voll ruheloser Energie.

Magistrat Forte war in diese Morde verwickelt. Sie wusste es mit so absoluter Sicherheit, dass sie es bis in die Knochen spürte. Sein Verhalten war merkwürdig gewesen – sie konnte sich noch erinnern, wie ungewohnt nervös er in der Basilica gewirkt hatte. Er wollte niemandem die Berichte der Leichenbeschauerin zeigen, die obendrein, vermutlich auf seinen Wunsch hin, auch noch zensiert worden waren. Es war eine gute Entscheidung gewesen, ohne Damian zu arbeiten. Er hätte niemals geglaubt, dass Forte etwas mit dieser Sache zu tun hatte.

Zu Roz' tiefer Erleichterung begegnete sie auf dem Weg in Richtung Stadtmitte nur einigen wenigen unerwählten Bürgern. Es war gleichermaßen seltsam und beunruhigend zu erleben, wie sie bei ihrem Anblick abdrehten – in einer instinktiven Reaktion auf die Uniform, die sie noch immer trug. Das sanfte Morgenlicht war inzwischen verblasst und dunklen, drohenden Wolken gewichen, die jeden Augenblick einen Platzregen loslassen konnten. Roz beobachtete, wie sie über den Himmel krochen. Sie musste nach Hause.

Da sie es leid war, angestarrt zu werden, und zudem befürchtete, einem echten Sicherheitsoffizier zu begegnen, beschloss sie, den weniger frequentierten Weg zu nehmen. Die Hauptstraßen zu umgehen erhöhte zwar die Wahrscheinlichkeit, in den Regenguss zu geraten, doch das war immer noch besser, als jemandem zu begegnen, der sie vielleicht wiedererkannte.

Donner grollte in der Ferne, und Roz beschleunigte ihren Schritt. Die spezielle Straße, die sie gewählt hatte, führte sie direkt an einem der öffentlichen Gebetsgärten der Stadt vorbei, doch angesichts des aufziehenden Unwetters konnte sie sich kaum vorstellen, dass sich noch jemand dort aufhalten würde. Sie zog den Kopf ein, in der Absicht, rasch an ihm vorbeizuspurten, blieb jedoch stattdessen stehen.

Roz hatte den Statuen im Garten nie großartig Beachtung geschenkt, wusste aber, dass sie die sechs Heiligen repräsentieren sollten. Außerdem wusste sie, dass an der Stelle, an der Chaos einst gestanden hatte, das Gras abgestorben war.

Doch heute wurde diese Stelle im Gras von etwas verdeckt.

Von etwas, das erschreckend nach einem Menschen aussah, der flach auf dem Rücken lag.

Trotz der Panik, die sie durchzuckte, ging Roz näher heran, ohne die Gestalt aus den Augen zu lassen. Als sie die Mitte des Gartens erreichte, blieb ihr beinahe das Herz stehen.

»*Verdammt*«, presste sie hervor und taumelte rückwärts.

Es stand außer Frage, dass die Frau tot war. Sie lag viel zu still, um irgendetwas anderes zu vermuten. Ihr Kopf war nach hinten geneigt, als würde sie zum Himmel aufblicken, obwohl ihre Augenlider geschlossen waren. Roz konnte trotzdem nicht anders und tastete nach dem Puls der Frau.

Nichts. Allerdings konnte sie noch nicht lange tot sein – der Farbton ihrer Haut sah noch immer ziemlich normal aus. Mit diesem Gedanken im Hinterkopf verdrängte Roz ihren Ekel und zog eines der Augenlider der Frau auf.

Nichts als Schwärze blickte ihr entgegen. Genau wie bei den anderen Opfern.

Wieder stieß sie eine Reihe von Flüchen aus. Sie konnte die Frau nicht einfach hier liegen lassen – sie musste jemandem Bescheid sagen. Doch Damian kam dafür nicht infrage. Wer blieb dann noch übrig?

Benommen wich Roz vor der Leiche zurück und trat dabei auf etwas, das unter ihrem Absatz knirschte.

Ihre Bestürzung wich Neugier und Hoffnung. Sie ging in die Knie, um es aufzuheben.

Es war eine Spritze, zierlich und leer, doch in ihrem jetzt zersprungenen Hohlraum hingen noch immer einige Tropfen einer dunklen Flüssigkeit.

»LACERTOSA!«

Der Klang ihres Namens versetzte all ihre Nervenenden in Aufruhr. Sie fuhr auf und wirbelte herum, obwohl sie genau wusste, wen sie vor sich sehen würde.

Damian senkte seine Arkebuse keinen Millimeter. Sein markantes Gesicht war wutverzerrt, und Roz lief ein kalter Schauer über den Rücken. Es war ihr deutlich lieber, Schamesröte in seinem Gesicht zu sehen.

Bei allen Heiligen, sie war noch immer dermaßen wütend auf *ihn*. Es war, als bestünde sie nur noch aus widersprüchlichen Gefühlen. Er hatte vielleicht nicht beabsichtigt, ihren Vater in den Tod zu schicken, aber wenn es um seinen eigenen Vater ging, war er einfach so *blind*. Es gab so vieles, was Roz wütend machte, doch nun war *er* wütend auf *sie*, obwohl schon sein Anblick allein sich anfühlte, als würde sie nach Jahren des langsamen Erstickens wieder einen Atemzug nehmen.

»Als Kiran sich bei mir nach der Neuen erkundigt hat, habe ich mich gefragt, wen er meinen könnte«, sagte Damian freundlich. Sein Tonfall ließ ihn noch gefährlicher wirken. Der oberste Knopf seiner Jacke stand offen, und darunter zeichnete sich im grauen Licht der Grat seines Schlüsselbeins ab. »Sich als Offizier auszugeben ist eine Straftat – wusstest du das? Dafür, dass ich dir Zugriff auf diese Uniform gewährt habe, könnte ich *gefeuert* werden. Und dann kommt das hier noch dazu.« Er wies auf die tote Frau, bevor er sich wieder auf Roz konzentrierte. »Weißt du, wenn jemand eine Waffe auf dich richtet, solltest du die Hände hochnehmen.«

Roz war es nicht gewohnt, derart überrumpelt zu werden, und stellte fest, dass es ihr nicht im Geringsten gefiel. In ihrem Kopf ratterte es, und einen Augenblick war sie nicht sicher, was sie tun sollte. Der von Schuld zerfressene junge Mann von gestern war komplett verschwunden, als hätte Damian ihn abends zu Bett gebracht und am Morgen beschlossen, stattdessen die Maske des knallharten Offiziers anzulegen. »Woher wusstest du, wo ich bin?«

Damians Mund wurde schmal. »Ich habe beobachtet, wie du den Palazzo verlassen hast, und bin dir gefolgt, um zu sehen, welche Frechheiten du dir noch leisten würdest.«

Verflucht noch mal. Roz hatte ihn nicht mal bemerkt.

»Hände *hoch*, Rossana.«

Seufzend gehorchte sie und ließ dabei die Spritze fallen, die klirrend auf dem Boden landete. Damian folgte ihr mit den Augen.

Die Waffe noch immer auf sie gerichtet, bückte er sich, um den Puls der Frau zu fühlen. Nach einer Weile richtete Damian sich wieder auf. »Dreh dich um.«

»Ist das dein Ernst, Venturi?«

»Umdrehen.«

Sie schnaubte, tat jedoch, was er verlangte, und spürte gleich darauf kaltes Metall an ihren Handgelenken. »Ich muss zugeben, dass ich mir unser erstes Mal mit Handschellen anders vorgestellt habe.«

»Was soll das nun schon wieder heißen?«, fragte Damian hitzig.

Roz verdrehte die Augen. »Das ist ein Sex-Witz, Venturi.«

»Wie bitte?«

»Sag bloß nicht, dass du darüber nicht Bescheid weißt. Wenn zwei Menschen einander sehr lieben – weißt du was, streich das. Das ist die spießige, traditionelle Version. Wenn zwei oder mehr Menschen sich vorübergehend körperlich zueinander hingezogen fühlen –«

Damians Gesicht verfärbte sich leicht scharlachrot. »Könntest du das lassen?«

Roz hob den Kopf und sah, wie das Unwetter über ihren Köpfen aufzog. »Willst du mir nicht meine Rechte vorlesen? Ach nein, halt – du wirst ja von einem kaputten System kontrolliert, und ich habe überhaupt keine Rechte. Hätte ich fast vergessen.«

»Rossana Lacertosa«, sagte Damian laut, »Hiermit verhafte ich Sie wegen Mordverdachts. Sollten Sie versuchen, Widerstand zu leisten, ist Ihr Leben verwirkt. Sie werden umgehend verhört und danach weiterhin nach meinem Gutdünken.«

»Du glaubst ernsthaft, dass *ich* diese Frau ermordet habe? Venturi, ich weiß noch nicht mal, wer zur Hölle sie ist.«

Damian sprach mit den Lippen an ihrem Ohr, seine Stimme ein leises Knurren. »Soll ich dir etwa glauben, dass du lediglich zur falschen Zeit am falschen Ort warst?«

»Ja, genau so war es.«

Er umrundete Roz und stellte sich vor sie. »Erzähl mir, was passiert ist.«

Es war offensichtlich, dass er sich nur über sie lustig machen wollte, doch sie gedachte nicht, sich die Chance entgehen zu lassen, die Wahrheit zu sagen. Denn schließlich hatte sie sie zur Abwechslung auf ihrer Seite. »Ich habe den Palazzo verlassen und beschlossen, die landschaftlich schönere Strecke zu nehmen. Als ich am Garten vorbeikam, ist mir im Augenwinkel die Leiche aufgefallen, und ich bin hingegangen, um sie mir näher anzusehen. Als ich sie gefunden habe, war sie schon tot.«

»Du hast beschlossen, die landschaftlich schönere Strecke zu nehmen«, wiederholte Damian ungläubig und tonlos.

»Ja.«

»Obwohl es *offensichtlich* gleich anfängt zu regnen.«

»Was geht dich das an?«

Damian presste die Zeigefinger gegen seinen Unterkiefer, und seine stoische Gelassenheit verflüchtigte sich zusehends. »Was ist mit dem Teil, als du meinen Schlüssel gestohlen hast?«

»Ach ja.« Fast hätte Roz geschmunzelt. »Stimmt.«

Er streckte die Hand aus, woraufhin sie ihm den Schlüssel gleichmütig in die wartende Handfläche legte.

»Du bist tatsächlich so dumm, mich zu *bestehlen*, Lacertosa?«, fragte Damian finster und steckte den Schlüssel zurück in seine Jacke. »Als ich versucht habe, mich bei dir zu entschuldigen? Als ich versucht habe, dich zu *trösten*?« Schmerz huschte über sein Gesicht, bevor die Mauern wieder da waren. »Wofür hast du ihn verdammt noch mal benutzt?«

Wenn er sie bei ihrem Nachnamen rief, musste er wirklich richtig wütend sein. Roz' gesamter Körper fühlte sich an, als würde er in Flammen stehen. Trotzdem konnte sie nicht verhindern, dass sie einen leichten Stich verspürte, als sie ihm ins Gesicht sah und ihr plötzlich wieder in den Sinn kam, was sein Vater über ihn geschrieben hatte.

Ich muss zugeben, dass ich selbst überrascht bin, dass mein Sohn sich als derart weich erwiesen hat.

»Ist das wichtig?«, entgegnete sie. »Du hast ihn doch wieder.«

Damians Augenbrauen schnellten nach oben, als könne er nicht recht glauben, was er gehört hatte. »Ob es *wichtig* ist? Selbstverständlich ist es wichtig. Du bestiehlst mich, manipulierst mich, und dann finde ich dich auch noch mit einer Spritze in der Hand neben einer Leiche vor.«

Roz erwiderte nichts. Ihr Blut war glutflüssig – sie konnte nicht abstreiten, dass sie Damian attraktiv fand, wenn er so wütend war. Es lag an der Art, wie er die Zähne zusammenbiss, als wäre den Kiefer anzuspannen das Einzige, was ihn davon abhielt, die Kontrolle zu verlieren.

»Ich habe dich nicht manipuliert«, sagte sie mit trockenem Mund.

»Tatsächlich?« In seinen Augen blitzte es. »Du hast so getan, als würdest du dich aufregen, hast behauptet, du wärest traurig darüber gewesen, dass ich dir nicht zurückgeschrieben habe, und das alles nur, damit du mir nah genug kommen konntest, um mich zu bestehlen.«

Das glaubte er also? Roz stierte ihn entgeistert an, teils schockiert, teils wutentbrannt. »Du glaubst, ich hätte so getan, als würde ich mich aufregen?«

»Was zur Hölle soll ich denn sonst glauben?«

Der Wind hatte aufgefrischt, und die Luft war schwül. »Ich habe dich *geliebt,* und du hast mich mit meinem Leid alleingelassen. Ich habe meinen Vater verloren – vermutlich dank dir – und hatte keine Ahnung, ob ich dich auch noch verloren hatte.«

Die Worte waren heraus, bevor sie sich eines Besseren besinnen konnte, und da war es schon zu spät. Ja, sie hatte ihn geliebt. Ja, das war das erste Mal, dass sie es laut ausgesprochen hatte.

Damian schien nicht zu wissen, was er sagen sollte. Um das unangenehme Schweigen zu brechen, fuhr Roz fort: »Und *fürs Protokoll*: Ich habe diese Frau nicht ermordet. Überprüfe ihre Augen. Sie wurde offensichtlich von derselben Person ermordet wie die anderen Opfer. Wenn ich diese Person wäre, wieso sollte ich dir dann bei der Aufklärung des Falles helfen? Ich habe die Spritze aufgehoben, weil ich wusste, dass es sich um ein Beweisstück handelt.«

»Genau«, sagte Damian skeptisch und schien froh zu sein, das vorherige Thema fallenlassen zu können. »Und trotzdem bin ich mir sicher, dass du durchaus imstande bist zu töten.«

»Vielleicht bin ich das. Aber wenigstes habe ich es noch nie wirklich *getan*.«

Damit war sie womöglich einen Schritt zu weit gegangen. Damians ohnehin schon blasses Gesicht wurde kreideweiß. Roz rechnete damit, dass er sie anschreien würde, doch stattdessen schien er in sich selbst zusammenzusinken, und sein Gesicht war nur noch eine Maske des Leids.

In diesem Moment wusste Roz, dass sie gewonnen hatte. Dass er nicht wirklich glaubte, dass sie es getan hatte.

Damian atmete durch die Nase ein, atmete wieder aus. Es war interessant, mitanzusehen, wie er seine Selbstkontrolle zurückgewann – man merkte ihm deutlich an, wie viel Anstrengung es ihn kostete. »Nun, ich muss dich zumindest für eine formelle Befragung mit in den Palazzo nehmen.«

»Ach? Ist dieses Opfer eine Jüngerin?«, fragte Roz. »Denn andernfalls ist sie für dich doch gar nicht wichtig, stimmt's?«

Damians Miene war wie versteinert.

»Weißt du, was ich an deiner Stelle tun würde, Venturi?«, machte sie weiter, weil sie inzwischen zu weit vorgeprescht war, um noch zurückzurudern. »Ich würde nicht mehr auf deinen Vater hören. Ich würde mich nicht mehr darum kümmern, was der Magistrat will. Weißt du, dass sie schon daran arbeiten, dich wieder in den Norden zu befördern? Ende der Woche, um genau zu sein.«

Sie erwartete, dass er sie beschuldigen würde zu bluffen, doch Damians Verhalten änderte sich plötzlich spürbar. Seine Kiefermuskeln spannten sich, und seine markanten Gesichtszüge wirkten noch schärfer.

»Wovon redest du da.« Er sagte es vollkommen tonlos.

»Ich habe etwas, das ich dir zeigen will, wenn du mir die Handschellen abnimmst«, sagte Roz. Damian presste argwöhnisch die Lippen aufeinander. »Hältst du mich für einen Dummkopf? Sag mir, was es ist.«

»In meiner linken Hosentasche. Zwei Blatt Papier. Eins davon ist ein Brief.«

Er steckte die Arkebuse zurück auf den Rücken und trat so dicht an Roz heran, dass sie die Wärme seines Körpers spüren konnte. Als er eine Sekunde lang zögerte, dachte sie schon, er würde ihr doch die Handschellen abnehmen, aber dann strichen seine Finger ihren Hüftknochen entlang und glitten in ihre Tasche. Ganz offensichtlich bemühte er sich, sie so wenig wie möglich zu berühren, doch da die Hose eng war, musste er mit der Hand ihren Oberschenkel entlangfahren, bevor er die Dokumente aus der Tasche ziehen konnte. Als er sich wieder aufrichtete, waren seine Wangen leicht gerötet. Dann trat er zurück, und Roz konnte seinen an Ambra und Moschus erinnernden Duft riechen.

Er wechselte einen kurzen Blick mit ihr, bevor er den Kopf wieder senkte.

»Na los«, forderte sie ihn auf und spürte, wie sie eine merkwürdige Furcht befiel. »Lies.«

»Das ist die Handschrift meines Vaters.«

»Ja.«

Damian schwieg. Während er den Brief las, beobachtete Roz genau sein Gesicht. Seine Mimik gab zwar nicht viel preis, doch sein ganzer Körper spannte sich. Er überflog ihn bestimmt zwei- oder dreimal, und als er schließlich fertig war, sah er nicht Roz an, sondern blickte ausdruckslos zu Boden. Es herrschte so tiefes Schweigen zwischen ihnen, dass es fast nicht zu ertragen war. Normalerweise wäre Roz etwas eingefallen, um es zu durchbrechen, doch diesmal wusste sie zur Abwechslung nicht, was sie als Nächstes sagen sollte.

»Also«, sagte Damian nach einer Weile, die sich wie eine Ewigkeit anfühlte. Seine Stimme klang kratzig. »Wo hast du den hier gefunden, Rossana?«

Sie sparte es sich, ihn bezüglich ihres Namens zu korrigieren. »Fortes Büro.«

»Dafür hast du also meinen Schlüssel benutzt.«

»Ja.«

Er schloss die Augen. »Verstehe.«

»Du solltest das zweite Dokument ebenfalls lesen.«

Damian ballte die Hand zur Faust, und seine Fingerknöchel wurden weiß, als er den Brief zerknüllte. »*Will* ich es denn lesen?«

»Es ist das wichtigste.«

Er schien anderer Meinung zu sein. »Warum hast du das hier mitgenommen?« Er schüttelte die Faust mit dem zusammengeknüllten Papier. »Warum hast du mir den Brief gegeben?«

»Ich … weiß es nicht.«

Damian starrte den Brief an, als würde er ihn gar nicht wirklich sehen. Bevor Roz etwas sagen konnte, lehnte er sich gegen die nächste Statue und schlug die Hände vors Gesicht.

Sie schluckte angestrengt. Ein altes Verlangen kam plötzlich in ihr hoch, und für einen kurzen Moment fiel es ihr schwer, nicht zu ihm zu gehen. Das war nicht der Mann, den sie geliebt hatte, auch wenn der gebrochene Mann, der vor ihr stand, aussah wie er. Und ganz sicher war sie nicht die Frau, die er geliebt hatte. Das Problem war nur, dass Damian in seinem Leid so *vertraut* aussah – ganz anders als das kaltschnäuzige, humorlose Geschöpf, in das er sich verwandelt hatte.

»Was steht in dem zweiten Brief, Rossana?«, fragte Damian, dessen Stimme durch seine Hände gedämpft wurde. »Sag es mir einfach.«

»Es handelt sich nicht um einen Brief. Es ist der Bericht der Leichenbeschauerin über Amélie Villeneuve. Könntest du mir übrigens mal diese Handschellen abnehmen?«

Er ignorierte ihre Bitte und sank noch weiter in sich zusammen. »Warum hast du ihn genommen?«

»Sieh ihn dir an, Venturi.« Roz verlor langsam die Geduld. »Ein Abschnitt des Berichts wurde zensiert. Der gleiche, der auch im Bericht über Leonzio und das andere Opfer gestrichen wurde. Sie wurden alle vergiftet. Allen fehlten die Augen, damit sie nicht von einem von Deaths Jüngern gelesen werden konnten. Und alle verbindet noch eine weitere Gemeinsamkeit – eine, die von jemandem geschwärzt wurde, der nicht will, dass wir einen Zusammenhang herstellen. Vielleicht vom Magistrat höchstpersönlich.«

»Er war doch derjenige, der verlangte, dass ich den Fall *aufklären* soll. Das ergibt keinen Sinn.«

»Wer könnte es sonst gewesen sein?«

Damian mahlte mit dem Kiefer. Vielleicht lag es daran, dass er älter geworden war, oder daran, dass sein dunkles Haar nun so kurz war, dass es sein Gesicht nicht mehr verdeckte, aber seine Gesichtszüge waren wirklich … anmutig. Die Schatten, die unter seinen markanten Wangenknochen lagen, betonten seine plötzliche Verletzlichkeit, und Roz konnte sehen, wie sich an seinem Hals die Blutgefäße abzeichneten. »Selbst wenn du recht haben solltest, kann ich deswegen nicht viel unternehmen. Wenn dieser Brief hier echt ist, bin ich in wenigen Tagen fort.«

»Uns was jetzt? Willst du das alles einfach ignorieren?«, entgegnete Roz scharf. »Menschen *sterben*.«

»Er ist der Magistrat! Es steht nicht in meiner Macht, irgendetwas gegen ihn zu unternehmen.«

Roz schnaubte. »Venturi, wenn du keine Macht hast, dann bewegst du deinen Hintern und *nimmst* sie dir. Du kannst Trübsal blasen und dich von deinem Vater zurück in den Krieg verschiffen lassen, oder du kannst mich zur Leichenbeschauerin begleiten, damit wir endlich herausfinden, was zur Hölle hier vor sich geht. Und falls sich herausstellen sollte, dass Forte *doch* darin verwickelt ist, hast du etwas in der Hand. Ein Druckmittel, mit dem du ihn davon überzeugen kannst, dass dich zurück in den Krieg zu schicken vielleicht doch keine so gute Idee ist.«

»Weil du es auch so machst, nicht wahr?«, sagte Damian scharf. »Andere erpressen, um zu bekommen, was du willst.«

»Genau.« Roz schämte sich nicht, es zuzugeben. »Du spielst die Karten aus, die du bekommst. Und ich habe dir die perfekte Kartenhand gerade auf einem Silbertablett serviert.«

Damian starrte sie nur entgeistert an. Die kühle Distanziertheit war aus seinem Gesicht verschwunden. Bei allen Heiligen, kein Wunder, dass er in diesem System eine so schlechte Führungskraft abgab. Ihm fehlte der natürliche Hang zur Hinterhältigkeit, der die meisten Männer in Machtpositionen auszeichnete.

»Nun, Damian?«

Die Zeit geriet ins Stocken, und sie merkte zu spät, dass sie ihn *Damian* und nicht *Venturi* genannt hatte. Es veränderte die Atmosphäre zwischen ihnen. Daran, wie er die Schultern straffte, erkannte sie, dass er es ebenfalls bemerkt hatte. *Venturi* war sachlich. Förmlich. Doch Damian bei seinem Vornamen zu rufen, fühlte sich an, als würde sie anerkennen, dass sie eine gemeinsame Vergangenheit verband. Wie das Eingeständnis, dass sie sich an alles erinnern konnte, was sie einst gehabt hatten.

»Das kann ich nicht tun.« Er schüttelte den Kopf, doch es wirkte wenig überzeugt.

»Na gut«, sagte Roz gleichmütig. »Willst du lieber zurück an die Front?«

Damian ballte die Fäuste. Wieder schüttelte er den Kopf, diesmal heftiger. Er sagte etwas, doch er sprach so leise, dass Roz es nicht verstehen konnte.

»Wie bitte?«

Als er sie ansah, lag in seinem Blick Hoffnungslosigkeit. »Ich würde lieber sterben.«

Ein Schauer lief wie eine Welle über ihre Haut. »Klingt ganz danach, als hättest du deine Entscheidung getroffen.«

Damian öffnete die Handschellen und hob die Spritze auf. »Statten wir der Leichenbeschauerin einen Besuch ab.«

22

DAMIAN

Die Leichenbeschauerin wohnte in Deaths Sektor, direkt neben der Basilica. Auf dem Fußmarsch dorthin war die Stimmung zwischen ihnen beiden angespannt. Nicht nur, weil Damian die Leiche über der Schulter trug – er hatte sie nicht im Garten liegen lassen wollen, wo die anderen Bürger auf sie gestoßen wären –, sondern auch, weil Roz kein Wort sagte. War sie sauer, weil er versucht hatte, sie zu verhaften? Das konnte sie ihm doch wohl kaum verdenken. Was hätte er sonst tun sollen, nachdem er sie neben der Leiche angetroffen hatte? Ungeachtet dessen, was ihm sein Verstand gesagt hatte, hatten die Umstände ihre Verhaftung erfordert. Jeder gute Sicherheitsoffizier würde es genauso sehen.

Damian dachte an die Spritze, die er vorsichtig mit der freien Hand umfasst hielt. *War* er ein guter Offizier? Er hatte Roz fast augenblicklich wieder freigelassen. Er wusste, dass sie es nicht getan hatte – er hatte das Feuer in ihren Augen gesehen, als sie ihm an jenem Tag in der Basilica versichert hatte, dass sie Gerechtigkeit wollte. Warum hatte er dann ein so schlechtes Gewissen? Sein Vater und Forte hatten sich verschworen, um ihn fortzuschicken. Da war es doch eigentlich unsinnig, sich den Kopf darüber zu zerbrechen, was sie von seinem Vorgehen halten würden.

Doch Damian konnte nicht anders. Diese Gewohnheit war

so tief in ihm verwurzelt, dass er nicht wusste, wie er ihr entkommen sollte.

Wenn er an den Brief dachte, drehte sich ihm der Magen um. Er war unleugbar in Battistas Handschrift abgefasst. Damian wollte nicht zu ausführlich über diesen Umstand nachgrübeln, weil er befürchtete, dass er sonst von seinem Gewicht erdrückt werden könnte.

Gerade als die Basilica nicht weit entfernt vor ihnen aufragte und ihre Türme dem Himmel entgegenreckte, setzte Regen ein. Nicht allmählich, sondern in einem sintflutartigen Wolkenbruch, der so stark war, dass Damian das Wasser aus den Augen blinzeln musste. Blitze zuckten über den Himmel und ließen die vergoldete Fassade der Kirche silbern aufleuchten, und die Regentropfen klatschten auf die Straße. Roz ging neben ihm. Ihre dunklen Haare waren klatschnass, und einzelne Strähnen klebten ihr am Hals. Wasser rann ihr über die Wangen wie eine unaufhörliche Tränenflut.

Ich habe dich geliebt, hatte sie gesagt. *Ich habe dich* geliebt, *und du hast mich mit meinem Leid alleingelassen.*

Es stimmte. Genau das hatte Damian getan. Er hatte sich falsch entschieden, und das würde er sich niemals verzeihen.

Er wünschte, er hätte damals schon gewusst, dass Roz ihn liebte. Es war eine geheime Hoffnung gewesen, die Damian stets gehegt hatte, doch sicher gewusst hatte er es nie. Wenn das, was sie verbunden hatte, Liebe war, dann fühlte sich von Roz geliebt zu werden an, wie im Auge eines Wirbelsturms zu stehen. Man sah, wie um einen herum Chaos regierte, ohne selbst davon berührt zu werden. Es war erstaunlich. Kräftezehrend. Allumfassend.

Doch was hätte er tun sollen? Wie hätte er ihr schreiben, ihr nach seiner Rückkehr entgegentreten sollen, im Bewusstsein der Tragweite seiner eigenen Vergehen? Er hatte sich selbst eingeredet, dass sich von ihr fernzuhalten ihnen beiden schrecklichen Kummer ersparen würde.

Natürlich hatte Damians Herz dennoch geschmerzt. Er hatte Jacopo nur vermisst gemeldet, weil er hatte helfen wollen. Stattdessen hatte er zu verantworten, dass ein Mann getötet worden war, und musste nun für den Rest seines Lebens mit dieser zermürbenden Schuld leben.

Eine derartige Schuld konnte man nie wieder ablegen. Sie setzte sich im Körper fest wie ein Parasit, grub sich in das Fleisch und nagte an den Knochen. Sie fraß einen innerlich auf und bohrte sich ins Gehirn, bis man sich nicht mehr an ein Leben ohne sie erinnern konnte. Irgendwann war man nur noch der Wirt für diesen unersättlichen Schmerz.

Und dann hatte er sie wiedergesehen.

Als sie die Basilica passierten, konnte Damian zu seiner Erleichterung bereits das Haus der Leichenbeschauerin sehen. Es war schön, wie die Häuser der Jünger es zu sein pflegten, mit einer kleinen Statue von Mercy davor. Zwar war es ungewöhnlich, dass eine Jüngerin von Mercy in Deaths Sektor wohnte, aber Damian vermutete, dass es in diesem Fall so praktischer war. Der Anblick der steinernen Heiligenfigur versetzte Damian einen Stich, und er warf Roz einen Seitenblick zu, weil er wieder daran denken musste, was sie neulich gesagt hatte.

Sie sind tot, Damian. Glaubst du wirklich, dass sie deine Gebete hören?

Was, wenn sie recht hatte? Was, wenn er sein ganzes Leben zu jemandem gebetet hatte, der nicht zuhörte?

Das war seine größte, geheimste Angst. Sie war ganz anders geartet als seine Furcht vor dem Versagen oder davor, zurück in den Norden geschickt zu werden. Es war die Angst davor, dass er seine Seele hergab, obwohl es eigentlich umsonst war.

Roz spähte durch das einzige Fenster am Haus der Leichenbeschauerin. Drinnen war es dunkel, doch das schreckte sie nicht im Mindesten ab. Sie ignorierte den Türklopfer aus Messing und pochte stattdessen mit den Fingerknöcheln fest gegen die Tür. Eine Weile geschah nichts.

»Vielleicht schläft sie«, bemerkte Damian, doch Roz ignorierte ihn.

Sie klopfte noch einmal, so laut und heftig, dass Damian den Kopf einzog. Doch gleich darauf wurde die Tür von einer jungen Frau mit einer großen Brille auf der Nase aufgerissen. Sie war klein, mindestens einen halben Kopf kleiner als Roz, doch in ihrem Blick lag eine deutliche Schärfe. Damian fiel auf, dass sie der Umstand, dass er eine Leiche mit sich herumschleppte, nicht im Geringsten zu beunruhigen schien.

»Guten Morgen, Officers. Kann ich Ihnen helfen?«

Damian entging nicht, wie Roz bei dem Wort *Officers* verschlagen schmunzelte. »Ich glaube, das können Sie.«

Doch die Leichenbeschauerin ließ sie nicht weiter ausholen, sondern musterte mit geneigtem Kopf Damians ungewöhnliche Fracht. »In der Regel bringen die Leute die Leichen erst mal in die Leichenhalle, und nicht direkt zu mir nach Hause.«

»Wir wussten nicht, ob Sie dort sein würden«, erklärte Roz. »Deswegen wollten wir Ihnen keine unnötigen Umstände machen.«

Als Damian die skeptische Miene der Leichenbeschauerin bemerkte, beeilte er sich, sich zu entschuldigen. »Ich weiß, dass das schrecklich unprofessionell ist. Verzeihen Sie mir, Signora.«

»Isla, bitte.«

»Na dann, Isla. Ich bin Damian Venturi, Sicherheitschef des Palazzos. Dürfen wir reinkommen?«

Isla sah sie verwundert an, doch als keiner von beiden sich zu weiteren Erklärungen anschickte, runzelte sie die Stirn. »Venturi? So wie Battista Venturi?«

Roz versteifte sich merklich neben ihm, als Damian antwortete: »Er ist mein Vater.«

Isla nickte. »Na gut. Aber zieht die Schuhe aus. Ihr macht mir sonst den ganzen Boden nass.«

Sie trat beiseite und winkte Damian und Roz ins Haus. Direkt hinter der Haustür befand sich ein gewöhnliches Wohnzimmer, doch sie hielt sich dort nicht auf, sondern führte sie kurzerhand weiter in einen Raum, den Damian nur als improvisierte Leichenhalle beschreiben konnte. Auf einer Seite standen Bücherregale und Schränke, auf der anderen erstreckte sich eine Arbeitsfläche über die gesamte Wand. Sie war mit Flaschen und diversen anderen Gegenständen vollgestellt. In der Mitte des Raumes befand sich ein langer Tisch.

Auf diesem Tisch lagen, zu Damians Entsetzen, feinsäuberlich angeordnete Knochen.

»Ach, das ist Gaspare«, erklärte Isla lapidar und schob die Knochen beiseite. Sie klapperten schrecklich auf der metallenen Oberfläche. »Ich komme einfach nicht dahinter, wie er gestorben ist. Deswegen habe ich ihn mit nach Hause genommen. Du kannst die Leiche hier hinlegen.«

Roz bekam große Augen. Damian, der kein besonderes Interesse daran hatte, noch mehr über Gaspare zu erfahren, legte die tote Frau auf den Tisch. Nun, da er sie näher betrachtete, kam sie ihm irgendwie bekannt vor, doch er wusste nicht, woher.

»Wir wollten dich bitten …«, setzte Roz an, unterbrach sich jedoch verwundert. Isla untersuchte bereits die Leiche, zog mit geschickten Fingern die nasse Kleidung beiseite. Währenddessen legte Damian die zerbrochene Spritze mit einem leisen Klicken auf den Tisch.

Isla hielt sofort inne, blickte von der Leiche zu der Spritze und dann wieder auf die Tote. Damian merkte, wie sich ihr

Mienenspiel kaum merklich veränderte, als sie zwei und zwei zusammenzählte.

»Oh, ihr Heiligen«, sagte sie. »Nicht noch eine.«

»Dann erkennst du das hier also wieder.« Damian wies auf die Leiche und die Spritze.

Sie nickte ernst. »Natürlich tue ich das. Das ist das vierte Opfer in ungefähr ebenso vielen Monaten. Deswegen seid ihr also gekommen? Ich habe alles, was ich weiß, in die Berichte geschrieben.«

»Genau das ist das Problem«, mischte Roz sich ein, die sich unübersehbar ärgerte, weil die Leichenbeschauerin das Wort ausschließlich an Damian richtete. Sie schwang den Pferdeschwanz über die Schulter. »Die Berichte sind nicht wirklich brauchbar.«

Isla wandte sich sichtlich erzürnt zu ihr um, woraufhin Damian rasch einschritt.

»Sie meint damit«, erklärte er, »dass ein Teil der Berichte geschwärzt wurde. In jedem Bericht der gleiche Abschnitt.«

Die Leichenbeschauerin beruhigte sich wieder. Sie nahm die Spritze und schnupperte an ihrem Inhalt. Anscheinend roch er nicht besonders gut, denn sie verzog das Gesicht und nickte dabei nachdenklich. »Ah. Ja, der Name des Gifts wurde geschwärzt. Könnt ihr euch vorstellen, wie schwierig es war, es in der kurzen Zeit, die mir zur Verfügung stand, zu identifizieren? Ich bin nicht gerade eine Pflanzenkennerin, doch zum Glück interessieren sich einige meiner Kollegen für nicht magische Heilmethoden. Ihr wisst schon, Arzneimittel und so weiter. Fragt mich bloß nicht, warum.«

Roz, die hinüber zum Arbeitstisch geschlendert war und gerade eine Flasche mit einer lila Flüssigkeit betrachtete, hob den Kopf. »Was meinst du damit, dass du keine Pflanzenkennerin bist? Stammt das Gift von einer Pflanze?«

»Fass das nicht an«, warnte Isla, woraufhin Roz missmutig die Flasche wieder wegstellte. »Ja, es stammt von einer Pflanze. Natürlich von einer extrem giftigen. Sie heißt Vellenium und wächst nur in kaltem Klima. Soweit ich weiß, kann man sie bei der nördlichen Grenze finden. Obwohl ich nicht wüsste«, fügte sie hinzu, »weshalb das jemand wollen sollte.«

»Dann war also das in der Spritze?«, erkundigte sich Roz.

»Genau. Diese schwarzen Spuren auf der Haut der Opfer, die sich von der Einstichstelle ausbreiten? Es kann gar nichts anderes sein.« Isla wies auf die Tote, die vor ihnen lag, und strich beinahe liebevoll mit dem Finger über ihren Unterarm. »Mir ist bekannt, dass es oben im Norden manchmal von Jüngern von Cunning verwendet wird, aber hier bei uns ist es nicht geläufig. Es steht nicht auf der Liste der Gifte, die Ombrazia verschiffen darf.«

Damian presste eine Hand an seinen Hals und massierte eine schmerzende Stelle, die ihm gerade erst aufgefallen war. »Ich verstehe das nicht. Warum sollte der Name des Gifts zensiert werden?«

»Keine Ahnung. Ich tue nur, was mir gesagt wird. Mein Job ist es, herauszufinden, was einen Menschen umgebracht hat, und das habe ich gemacht.«

»*Denk nach*«, forderte Roz mit einem Nachdruck in der Stimme, der keinen Widerspruch duldete. Damian ging schlagartig durch den Kopf, dass sie unter anderen Umständen eine gute Sicherheitsoffizierin abgegeben hätte.

Isla verschränkte die Arme. »Wenn ihr wissen wollt, weshalb dieser Teil meines Berichts ausgestrichen wurde, solltet ihr vielleicht mit der Person sprechen, die mich angewiesen hat, ihn zu schwärzen.«

Damian wechselte einen Blick mit Roz. Sie sah noch ungeduldiger aus.

»Meinst du den Magistrat?«, fragte er. Schließlich waren die Berichte in *seinem* Büro gewesen. Allerdings verstand er immer noch nicht, weshalb der Mann jemanden ermordet haben sollte, nur um Damian anschließend anzuweisen, den Täter zu finden, aber wenn Roz' Vermutung korrekt war …

»Nein«, entgegnete Isla ungehalten, als wäre sie überrascht, dass sie nicht Bescheid wussten. »Ich meine nicht den Magistrat. Ich meine deinen Vater. Es war General Venturi, der mir die Anweisung gegeben hat.«

Damian drehte sich fast der Magen um. Isla hätte ihm genauso gut einen Schlag ins Gesicht verpassen können. Sein *Vater* war derjenige gewesen, der verlangt hatte, dass sie den Namen des Gifts, das für die Morde verwendet worden war, entfernte? Welchen Grund hätte er denn dafür haben können? Er blickte zu Roz hinüber und war wenig überrascht zu sehen, dass sie … nun ja, wenig überrascht war. Sie nickte nachdenklich, und Damian hätte schwören können, dass er die Zahnräder in ihrem Kopf surren hörte, als sie die Fakten zusammensetzte.

»Hat mein Vater gesagt, warum?«, fragte Damian, nachdem er sich wieder gefangen hatte. »Ich meine, warum er diese Schwärzungen wollte.«

»Nein«, antwortete Isla in vernichtendem Tonfall. »Und ich hätte ihn auch nicht danach gefragt. Er ist der General. Ich habe getan, was er von mir verlangt hat.«

»Das ergibt einfach keinen Sinn.«

Roz sah Damian von der Seite an. »Tut es nicht?«

Damian beschloss, sie zu ignorieren. Selbstverständlich gefiel Roz die Theorie, dass sein Vater nicht nur für Jacopos Tod verantwortlich war, sondern auch für all die anderen bedauernswerten Todesfälle in Ombrazia. Sie war ihm gegenüber voreingenommen, und daran würde sich nie etwas ändern. An

Isla gewandt fragte er: »Weißt du noch mehr über Vellenium? Was kannst du uns noch sagen?«

Isla ging zu einem der überquellenden Regale hinüber und strich mit dem Finger über die brüchigen Buchrücken. Es dauerte eine Weile, bis sie fand, was sie suchte, doch schließlich zog sie aus der Reihe über ihrem Kopf einen Band und knallte ihn auf die Arbeitsfläche. Damian erhaschte einen Blick auf den Titel: *Kräuterkunde und Toxikologie: Pflanzen der nördlichen Region*.

»Wenn irgendwelche Informationen über Vellenium publiziert wurden, müssen sie hier drinstehen«, verkündete Isla, ohne die beiden anzusehen. Sie schlug das dicke Buch auf und fuhr mit dem Finger das Inhaltsverzeichnis entlang.

Während Isla in dem Buch blätterte, merkte Damian, dass Roz ihn von der Seite ansah. Sie hatte die Lippen aufeinandergepresst, doch ihr Gesichtsausdruck war nicht unbedingt boshaft, sondern eher abwartend. Als wolle sie seine Reaktion sehen, wenn er feststellte, dass sie recht und er unrecht gehabt hatte.

Doch einen Augenblick später vergaß Damian seinen Ärger wieder, als Isla einen Finger hochreckte. »Ja, da ist es. Vellenium.«

Damian verspürte einen kalten Schauer. »Was steht da?«

»›*Vellenium ist eine Pflanze des Nordens, die sich durch dunkelgrüne Blätter mit einem charakteristischen Glanz auszeichnet. Die Anzahl der Blätter variiert in Abhängigkeit von –*‹. Sparen wir uns das, ich glaube nicht, dass uns das interessiert. ›*Vellenium gedeiht in den nördlichsten Regionen von Ombrazia, obwohl es eigentlich in Brechaat und den umliegenden Gebieten heimisch ist, wo es landläufig als* Chaos' Blut *bezeichnet wird.*‹« Isla hob so erstaunt die Brauen, dass sie über den dicken Rand ihrer Brille hinausragten. »Das ist mal ein beeindruckender Name.«

»Lies weiter«, forderte Roz.

Isla gehorchte, wenn auch leicht eingeschnappt. »*›Der Name der Pflanze leitet sich von den charakteristischen Spuren ab, die auf der Haut sichtbar werden, wenn eine Flüssigkeit, die ihr Gift enthält, in den Blutkreislauf eintritt. Diese Spuren sind selbst durch die Epidermis hindurch sichtbar. Besonders berüchtigt ist Vellenium allerdings für seine Verwendung bei Selbstopferungen. Vor dem Ersten Krieg der Heiligen legten sich Jünger von Chaos, die sich dem Ende ihres Lebens näherten, in ein vorbereitetes Grab und nahmen dort das Gift vorsätzlich ein. Sie glaubten, ihrem Schutzheiligen den letzten Rest ihrer Lebenskraft zu opfern, würde seine Macht steigern.‹*«

»Deswegen wurde dieser Teil des Berichts zensiert«, kombinierte Damian bedächtig. »Jemand wollte verschleiern, dass das Gift mit Chaos in Verbindung steht.«

»Jemand?«, höhnte Roz. »Ich denke, wir wissen genau, wer das war.«

Damian raufte sich die Haare. Er konnte nicht abstreiten, dass er Roz' Argumentation nachvollziehen konnte: Battista hatte im Norden gelebt und dadurch Zugang zu der Pflanze gehabt. Gleichwohl konnte Damian nicht verstehen, weshalb sein Vater etwas mit einem Gift zu tun haben sollte, das mit dem Schutzheiligen des Chaos in Verbindung stand.

Isla schlug das Buch zu. »Mehr steht da nicht. Da ich davon ausgehe, dass der General weitaus mehr weiß als ich, schlage ich vor, dass ihr mit ihm sprecht.« Es war nicht zu übersehen, dass sie sie loswerden wollte, und Damian schluckte seine Verlegenheit hinunter.

»Es tut mir sehr leid, dass wir dich belästigt haben«, sagte er. »Vielen Dank für deine Hilfe – sie war von unschätzbarem Wert.« Er schickte sich an, den Raum zu verlassen, und Roz folgte ihm mit einem resignierten Seufzen.

»Habt ihr nicht etwas vergessen?«, fragte Isla.

»Was denn?«

Sie wies seufzend auf die Leiche.

Damian blieb stehen. »Oh, natürlich. Stimmt. Ich –«

Roz packte ihn am Arm und versuchte ihn erfolglos, zur Tür zu zerren. »Los, *komm.*«

Er schüttelte sie ab und bemühte sich, nicht zu sehr in dem Gefühl zu schwelgen, wie sich ihre Finger in seine Haut gebohrt hatten. Isla beobachtete sie amüsiert und schüttelte schließlich den Kopf.

»Wisst ihr was? Vergesst es. Ihr könnt die Leiche hierlassen. Ich wollte sowieso ein Schnittbild von dem betroffenen Muskelfleisch erstellen.«

»Was für ein glücklicher Zufall«, bemerkte Roz zuckersüß.

Damian schaffte es, sich zu beherrschen, bis Islas Haustür sich hinter ihnen schloss. Erst als sie wieder auf der regennassen Straße standen, knöpfte er sich Roz vor, angespornt von Furcht und Besorgnis, die in seinem Blut eine giftige Verbindung eingingen. »Schau nicht so selbstzufrieden drein. Wir haben keine Beweise dafür, dass mein Vater etwas damit zu tun hatte.«

Als Antwort lachte sie ungläubig auf. »Aber du verstehst schon, warum er verdächtig wirkt, oder?«

Damian stieß den Atem aus. »Ich weiß nicht, Rossana. Ich meine, es gibt gewisse Beweise, aber es sind lediglich Indizien. Und ich kann einfach kein Motiv erkennen. Weshalb hätte er eines der bisherigen Opfer töten sollen? Das ergibt keinen Sinn. Ich denke eher, dass der Magistrat ihn in seinem Auftrag zur Leichenbeschauerin geschickt hat.«

»Du hast es doch vorhin selbst gesagt – Forte wollte unbedingt, dass du den Mord an dem Jünger aufklärst.«

»Vielleicht wollte er nur unbedingt, dass ich versage. Vielleicht wusste er, dass ich den Fall niemals würde lösen können, weil es mir nie in den Sinn käme, ihn zu beschuldigen, wodurch er den perfekten Vorwand hätte, um mich loszuwerden.«

»Er ist der Magistrat. Er braucht keinen Vorwand«, bemerkte Roz. »Wenn er dich loswerden wollte … könnte er es einfach tun.«

Damian biss die Zähne zusammen. Er verlagerte das Gewicht auf die Fersen und blinzelte angestrengt, damit er trotz des Regens etwas sehen konnte. »Weißt du, mein Vater hat versucht, mir zu helfen. Vielleicht *wollte* er, dass ich beweise, dass es der Magistrat war.«

»Zu welchem Zweck?«, fragte Roz leicht verdrossen.

»Ich weiß es nicht, okay? Ich kann mir nur nicht vorstellen, weshalb er so etwas tun sollte.«

Roz schwieg und schien über etwas nachzugrübeln. Einen Moment später sagte sie: »Ungeachtet dessen, wer der Täter ist, musst du zugeben, dass es eine Verbindung zu Chaos gibt. Die Verwendung von Vellenium, obwohl zahlreiche andere Gifte verfügbar wären? Das ist kein Zufall. Und denk nur an die Leichen.«

Damian gefiel nicht, worauf sie hinauswollte. »Was ist mit ihnen?«

»Sie wurden liegen gelassen, wo sie getötet wurden. Entweder bedeutet das, dass wir es mit dem faulsten Mörder aller Zeiten zu tun haben, oder aber es waren rituelle Morde.«

Es war schon Jahrzehnte her, seitdem den Heiligen zum letzten Mal Menschenopfer dargebracht worden waren – diejenigen, die den Tod verdienten, sollten laut Palazzo nicht auch noch glorifiziert werden –, doch Damian wusste trotzdem genug darüber. Er schüttelte entschieden den Kopf. »Niemand führt mehr rituelle Tötungen durch. Insbesondere nicht für Chaos.«

»Venturi, es wurde genau dasselbe Gift verwendet, das die Jünger von Chaos einst für Selbstopferungen benutzt haben.« Roz sah Damian an, als gäbe er sich vorsätzlich begriffsstutzig. »Es könnte kaum *mehr* nach einer rituellen Tötung aussehen.«

Sie hat nicht unrecht, dachte Damian bei sich, während er zusah, wie das Regenwasser vom Ende ihres Pferdeschwanzes auf die Vorderseite ihrer geliehenen Uniform tropfte. Sie hatte die Hände in die Hüften gestemmt und starrte ihn so grimmig an, dass ihm Zweifel kamen, ob es überhaupt einen Sinn hatte, mit ihr zu diskutieren. Trotzdem konnte er nicht anders und fragte: »Aber was hat das für einen Sinn? Wer glaubt denn an so etwas?«

»Was für einen Sinn hat es, überhaupt an irgendetwas zu glauben?«, konterte Roz. »Du glaubst, eine Horde toter Heiliger hört auf deine Gebete. Jemand anderes glaubt vielleicht, dass sie rituelle Opferungen verlangen. Wo liegt da verdammt noch mal der Unterschied?«

»Das eine ist schlimmer als das andere«, entgegnete er.

»Also, objektiv betrachtet klingt beides gleich schwachsinnig.«

Damian wäre zu gern verärgert gewesen – schließlich war ihm beigebracht worden, dass er so zu reagieren hatte, wenn jemand seinen Glauben in Zweifel zog. Doch er stellte fest, dass er es einfach nicht fertigbrachte. Er hatte nicht mehr die Kraft, über derartige Dinge zu diskutieren. Nicht, wenn er mehr und mehr bezweifelte, dass er auf alles eine Antwort hatte.

Roz musterte ihn aufmerksam, und Damian fragte sich, ob sie wusste, was ihm durch den Kopf ging. Ob sie ihm ansah, welcher Widerstreit in ihm tobte.

»Komm«, sagte sie schließlich leise. »Ich habe keine Lust mehr, im Regen herumzustehen.«

23
ROZ

Roz führte Damian zum Badehaus, das mit Patience' Tempel verbunden war. Um diese Zeit war es verlassen, und drinnen war es warm und trocken, und das Plätschern des Wassers, das über Steine floss, war vertraut und tröstlich. Als Damian begriff, wo sie hinwollten, verkrampfte er sich plötzlich und blieb am Eingang stehen.

»Ich warte einfach draußen.«

Roz verdrehte die Augen. »Sei nicht albern. Wir sind doch nicht zum *Baden* hier. Dort drinnen können wir uns ungestört unterhalten. Niemand kommt hierher, und zudem sind wir vorm Regen geschützt.« Ihren Worten zum Trotz krempelte sie die Hosenbeine hoch. Von der Wasseroberfläche stiegen Dampfschwaden auf, und bis auf das blaue Leuchten, das aus seiner Tiefe drang, war es im Raum dunkel. Die Steine, die die Becken säumten, gaben ebenfalls ein fahles Licht ab, das jedes Mal, wenn sie blinzelte, hinter ihren Augenlidern nachleuchtete.

Sie ließ sich am Rande eines Beckens nieder und spritzte mit etwas Wasser nach Damian, doch bedauerlicherweise verfehlten die Tropfen Damians stocksteifen Körper. »Ach, sei doch nicht so nervös.« Roz verdrehte die Augen. »Wie ich bereits gesagt habe: Niemand wird uns hier entdecken.«

Damian murmelte etwas, das verdächtig nach *Bei allen sie-*

ben Heiligen, Rossana klang, kam aber trotzdem herein. Dunkelheit umfing seine Silhouette, und die Konturen seines Gesichts traten scharf hervor. Roz bekam in der kühlen Luft eine Gänsehaut. Sie musterte seine starken Schultern, beobachtete, wie er immer wieder mit den Knöcheln seiner rechten Hand knackte.

»Setz dich zu mir«, forderte sie ihn auf und klopfte auf den Stein neben sich.

Damian tat es nicht. Als sie daraufhin Entrüstung vorschützte, schnalzte er nur mit der Zunge.

»Setz dich«, wiederholte sie und griff nach seinem Arm, um ihn zu sich herunterzuziehen. Sie konnte das wilde Pochen seines Pulses an seinem Handgelenk spüren. Er traf keinerlei Anstalten, sich ihr zu widersetzen. Selbst im bläulichen Licht war zu erkennen, dass seine Wangen gerötet waren. Er beobachtete sie aufmerksam, skeptisch, wie ein Mann, der halb unter einem Bann stand. Als er sich räusperte und die Vorderseite seiner Hose richtete, konnte Roz sich ein Schmunzeln nicht verkneifen.

Eigentlich hatte sie beabsichtigt, das Thema Battista noch einmal zur Sprache zu bringen – Damian ein weiteres Mal zu verdeutlichen, dass es durchaus Sinn ergab, dass er der Mörder sein könnte. Er hatte eine so hohe Stellung im Palazzo, dass er tun konnte, was immer er wollte. Und freilich wollte er Damian loswerden, der unermüdlich daran arbeitete, den Mörder der Gerechtigkeit zuzuführen.

Doch sie brachte es nicht übers Herz. Sie verfolgte, wie Damian die Stiefel auszog, die Hosenbeine hochkrempelte und sich niederließ, wobei er es tatsächlich schaffte, anmutig auszusehen. Er bewegte die Beine unter der glasigen Oberfläche des Wassers hin und her, schloss die Augen, und bei jedem Atemzug hob und senkte sich seine Brust. Seine abgrundtiefe Erschöpfung war unübersehbar. Aus irgendeinem Grund wünschte Roz, er würde sich entspannen.

»Weißt du was?«, sagte sie. »Ich versteh wirklich nicht, weshalb dein Vater dir diesen Posten überhaupt gegeben hat, wenn er doch deinem Urteilsvermögen misstraut. Venturi, du bist ein guter Offizier. Auch wenn der General das vielleicht nicht begreift.«

Sie konnte Damian ansehen, wie er innerlich mit sich kämpfte und abwog, ob sie es aufrichtig gemeint hatte oder nicht. Er wollte es glauben, genauso wie er unbedingt daran glauben wollte, dass sie noch immer die gleiche Frau war, die er einst geliebt hatte.

Er starrte das sich kräuselnde Wasser an und öffnete und schloss immer wieder die Fäuste, wobei die Adern an seinen Handrücken hervortraten.

Ich bin *die gleiche Frau*, hätte Roz vielleicht sagen können, doch diese Lüge war selbst ihr zu gemein.

»Du hast mich mal gefragt, warum ich nicht gern eine Jüngerin bin«, sagte sie leise, weil sie das Schweigen nicht ertragen konnte. »Wahrscheinlich liegt es daran, dass ich das Gefühl hatte, dass mir die Welt einen bösen Streich spielt. Weißt du, als ich es erfahren habe, habe ich mich gehasst.«

Damian sah sie von der Seite an. »Warum?«

Roz fuhr mit der Zunge über ihre oberen Schneidezähne, bevor sie antwortete. »Mein Vater wurde in den Krieg geschickt, weil er kein Jünger war. Weil er nicht wichtig war. Ich glaube, ein Teil von mir wollte in seine Fußstapfen treten. Mir ist erst kürzlich klar geworden …, dass es vielleicht doch gut war, dass alles so gekommen ist. In gewisser Weise wurde mir ein Privileg zuteil, und vielleicht kann ich es nutzen, um etwas zu verändern. Deswegen will ich Gerechtigkeit für die Opfer. Ich will, dass die Betroffenen – ihre Familien, ihre Kinder, die anderen unerwählten Bürger – wissen, dass sie jemandem wichtig sind. Auch wenn nur ich dieser Jemand bin.«

So viele übereinandergeschichtete Halbwahrheiten. Konnte Roz tatsächlich behaupten, dass sie Gerechtigkeit wollte, wenn sie den Killer unter anderem nur deswegen finden wollte, weil sie den Rebellen damit ihre Vertrauenswürdigkeit beweisen könnte?

»Roz?« Damian hauchte mit geschlossenen Augen ihren Namen in die bläuliche Dunkelheit.

»Ja?«

Kurzes Schweigen. Dann: »Das mit deinem Vater tut mir sehr leid. Ich wünschte … Ich wünschte, es hätte mich getroffen.«

Die Verletzlichkeit in seiner Stimme warf sie aus der Bahn. Wenn Damian ärgerlich oder ungeduldig war oder ihr die Meinung geigte, war es einfach, mit ihm zusammen zu sein. Doch es war nicht mehr ganz so einfach, wenn er von ihr verlangte, aufrichtig zu sein. Wenn er sie dazu bewegen wollte, sich so verletzlich zu zeigen, wie es für ihn selbstverständlich war.

Ob er es wollte oder nicht, Damian Venturi würde die Fassade, die sie errichtet hatte, zum Einsturz bringen.

Und sie befürchtete, dass sie es zulassen würde.

»Ich nicht«, flüsterte Roz und stellte überrascht fest, dass sie es ernst meinte. »Ich wünsche mir das nicht, Damian.« Sie neigte den Kopf, und ihr Haar fiel ihr über eine Schulter bis auf die Brust. Wenn sie es ihm nicht jetzt sofort sagte, würde sie es niemals tun. »Ich kann dir verzeihen, dass du versucht hast, meinem Vater zu helfen. Dass du getan hast, was du für richtig hieltest, selbst wenn es in seinem Tod endete. Ich meine, machen wir uns doch nichts vor – wahrscheinlich wäre er trotzdem gestorben. Aber ich hatte jeden Tag Angst, dass du auch tot sein könntest. Du hättest mir mitteilen können, dass es dir gut geht. Und das hast du … einfach nicht getan.« Sie ballte die Fäuste, bis ihre Fingernägel in die Haut einschnitten, und starrte ins Wasser, weil sie es nicht schaffte, ihn anzusehen. Ihre Stimme klang erstickt, als sie fragte: »Wie könnte ich dir das jemals verzeihen?«

Damian regte sich nicht, doch sie hörte, wie er scharf einatmete. Sah, wie sich seine Kehle leicht bewegte, als er schluckte.

»Das kannst du nicht.«

Und dann, bevor Roz merkte, was er tat, streckte er die Hand aus und verwob seine Finger mit ihren. Langsam, ganz langsam, als wäre er sich unsicher, ob sie es zulassen würde. Sie wusste nicht, ob sie sich jemals wieder bewegen würde. Damians andere Hand legte sich an ihren Hals, streichelte über die zarte Haut, bevor sie ihr Kinn hochdrückte.

»Roz«, sagte er und fuhr dabei mit dem Daumen über ihre Unterlippe. »Wann immer ich oben im Norden glaubte, zwischen all den Toten den Verstand zu verlieren … Wenn ich befürchtete, *ich* wäre der Nächste, der stirbt, und wenn ich mir an den schlimmsten Tagen wünschte, der Nächste zu sein … dachte ich an zu Hause. Ich dachte an die Mitternächte beim Fluss, daran, dass die Häuser in Ombrazia so dicht beieinanderstehen, dass sich die Welt kleiner anfühlt. Ich dachte daran, wie ich durch die Gassen gerannt bin, mich auf den Mercato geschlichen habe, im Sommer Wasser getreten habe. Diese Erinnerungen hielten mich bei Verstand. Und weißt du was?« Seine Augen waren unendlich traurig. Dunkel und unergründlich. »Du bist in jeder einzelnen Erinnerung gewesen. Alles, was mich an zu Hause erinnert hat – alles, was mich an Glück und Zufriedenheit erinnert hat –, drehte sich um *dich*. Jedes Mal, wenn ich zum Mond aufblickte, musste ich daran denken, wie wir neun Jahre alt waren und ich gefragt habe, was passieren würde, wenn er vom Himmel fiele. Wie du dich über mich kaputtgelacht und mir erklärt hast, dass das Weltall zwar unendlich ist, der Mond aber dennoch niemals aufhören würde, um die Erde zu kreisen. Dass er nicht damit aufhören könnte, selbst wenn er es wollte. Und selbst damals wusste ich schon, wer von uns beiden die Erde war.«

Roz merkte, wie ihr ganzer Körper taub wurde und all die Bitterkeit so abrupt verschwand wie die Flamme einer Kerze, die ausgeblasen wurde. Als hätte Damian die Hand ausgestreckt und ihr die Maske heruntergerissen.

Das Schlimmste war, dass sie, in gewisser Weise, wusste, dass es stimmte. Denn wenn sie die Erde war, war Damian der Mond, beständig und unerschütterlich, der aus der Ferne seinen Einfluss auf sie ausübte, ob es ihr nun gefiel oder nicht. Dem es nichts ausmachte, dass sie wild und unberechenbar war und sich ständig veränderte.

»Ich wollte deine Erde sein«, sagte Damian, und seine Stimme klang nun sanfter. »Nur ein einziges Mal. Nur für einen kurzen Moment.«

Für einen Augenblick hörte man nichts als das leise Schwappen des Wassers gegen den Beckenrand. Gab es nichts als das prickelnde Gefühl, dass Damians Bein nur wenige Zentimeter von ihrem entfernt war. Das von unten beleuchtete Becken wirkte unermesslich tief und ebenso unergründlich wie sein Gesichtsausdruck. Roz fühlte sich wie verzaubert. Immer wieder liefen ihr wohlige Schauer über die Haut, ihre Zunge klebte trocken an ihrem Gaumen, und jeder verstreichende Augenblick schien noch spannungsgeladener zu sein als der vorherige.

Wieso begriff er nicht, dass jeder Aspekt ihres Lebens einzig und allein um ihn kreiste? Dass es schon immer so gewesen war? Selbst auf den schlechten Aspekten stand immer Damian Venturi.

Roz ließ ihn los und legte beide Hände in seinen Nacken. Da sein Haar dort zu kurz geschnitten war, um die Finger hineinzuschieben, grub sie sanft die Nägel in seine Haut und zog seinen Kopf nach unten, bis er sie ansah.

Doch Damian widersetzte sich, hob die Hand und berührte ihre Lippen mit dem Zeigefinger. Hielt sie davon ab, das zu tun, wonach sie sich so sehr sehnte.

»Nicht«, hauchte er. »Ich habe immer bereut, dich nicht zuerst geküsst zu haben.«

Als sie sein Geständnis hörte, zog sich ihr Magen zusammen. Sie sah zu ihm auf, überrascht, ihn so ruhig und entschlossen zu sehen. Er nahm den Zeigefinger weg und drückte stattdessen den Daumen auf ihre Unterlippe. Betrachtete so ehrfürchtig ihren Mund, dass sie plötzlich nicht wusste, was sie mit dem Rest ihres Körpers anfangen sollte. Das war nicht der schüchterne, zögerliche Junge, den sie in jener weinseligen Sommernacht geküsst hatte.

Einen flüchtigen Augenblick lang nahm Damian ihre Lippe zwischen seine Zähne, bevor er schließlich seinen Mund auf ihren drückte.

Roz sank gegen ihn. In gewisser Weise war es wieder wie der erste Kuss: sehnsüchtig und tastend, sodass sie weiche Knie bekam. Doch andererseits war es auch *alles andere* als ein erster Kuss, denn diese Version von Damian wusste genau, was sie tat. Seine Hände strichen selbstbewusst über ihren Brustkorb und seine Lippen bewegten sich zielsicher über ihren Unterkiefer und ihren Hals. Roz legte den Kopf zurück und schloss die Augen, sog die Wärme seines stockenden Atems in sich auf. Seine Hände umfassten ihre Taille, strichen über die Rundung ihrer Schulter.

»Ich glaube nicht«, raunte er ihr ins Ohr, »dass es möglich ist, dir so nah zu sein, wie ich es mir wünsche.«

Roz kannte dieses Gefühl. Sie wollte ihn festhalten und nie wieder loslassen. Sie wollte jeden einzelnen vergeudeten Augenblick der vergangenen Jahre nachholen und ununterbrochen seine Haut auf ihrer spüren. Sie musste wissen, dass er hier war, dass er am Leben war, und dass er sie noch immer liebte, ganz egal, wie schwierig es auch zwischen ihnen war.

Sie hatte Damian Venturi niemals gehasst. Insgeheim hatte sie das immer gewusst. Doch Roz hatte ihre Traurigkeit in Zorn verwandelt, ihren Schmerz in Abscheu. Weil sich diese Gefühle so besser aushalten ließen.

»Ich habe dich nicht gehasst«, presste sie hervor und schmiegte sich an ihn. Seine tastende Hand verharrte, und sie packte sie und drückte sie fest, als wäre sie eine Rettungsleine. »Ich habe mir eingeredet, dass es so wäre, aber es war eine Lüge.«

Im dämmrigen Licht sahen Damians Augen aus wie flüssiger Onyx. Roz stellte zu ihrem Entsetzen fest, dass ihr Blick verschwamm. Sie schloss fest die Lider und ließ die Stirn gegen seine Schulter sinken. Sie war fest und warm. Sein Uniformhemd roch nach Regen und Moschus.

»Ist schon gut«, flüsterte er und ließ seine Handfläche auf ihrem Rücken kreisen. Seine Stimme klang heiser. »Ich verstehe es.«

So verharrten sie eine ganze Weile, und schließlich spürte Roz, wie sie sich entspannte. Sie hatte ihm die Wahrheit gesagt, und er hatte verstanden. Nun stand nichts mehr zwischen ihnen.

Es dauerte viel zu lange, bis ihr wieder einfiel, dass Damian nach wie vor nicht wusste, dass sie eine Rebellin war.

24

DAMIAN

Als Damian in den Palazzo zurückkehrte, war das Hochgefühl, Roz zu küssen, noch immer nicht verblasst.

Sie hatte sich ihm gegenüber verletzlich gezeigt – was, wie er wusste, für sie keine Selbstverständlichkeit war. Sie hasste ihn nicht. Nach allem, was geschehen war, fingen sie an, wieder aufzubauen, was sie verloren hatten. Und falls Damian sich nicht irrte, konnte es diesmal sogar noch besser werden.

Doch etwas an der Art, wie sie sich am Ende wieder vor ihm zurückgezogen hatte, war merkwürdig gewesen. Ihre Stimme hatte etwas zu beherrscht geklungen, als sie vorgeschlagen hatte, sie sollten sich am nächsten Tag treffen. Sie hatte gemeint, dass sie bei dieser Gelegenheit besprechen würden, was sie in Bezug auf Battista unternehmen sollten. Bis dahin, hatte sie Damian geraten, solle er seinem Vater aus dem Weg gehen.

Dann war sie gegangen, und Damian war das Gefühl nicht losgeworden, dass es etwas gab, was sie ihm vorenthielt.

Er sagte sich, dass er sich das bestimmt nur einbildete, während er durchs Erdgeschoss des Palazzos marschierte und Noemi, die an ihm vorbeilief, einen knappen Gruß zumurmelte. Roz war so aufrichtig zu ihm gewesen wie nie zuvor. Deswegen hatte er es auch nicht über sich gebracht zu erwähnen, dass er noch immer nicht überzeugt war, dass Battista in diese Angelegenheit verwickelt war.

Ja, sein Vater verfügte über die Mittel, diese Morde zu begehen. Ja, es konnte durchaus sein, dass er während seines Aufenthalts im Norden an Vellenium herangekommen war. Und ja, falls er wirklich der Täter war, könnte Damian ihn erpressen, damit er nicht zurück in den Krieg müsste.

Letzteres war Roz' Argument gewesen, und er hatte ihr ihren Willen gelassen.

Doch trotz der Beweise wurde er das Gefühl nicht los, dass sie unrecht hatte.

In seinem Kopf drehte sich alles, überschlugen sich Fragen und Ängste, die sich immer weiter zu verstärken schienen. Er musste sich einen ungestörteren Platz suchen. Er brauchte einen Rat von jemand anderem als Roz, die die ganze Situation niemals neutral beurteilen könnte.

Als Damian schließlich den Schrein erreichte, wusste er selbst nicht recht, ob er sich beim Anblick der vermummten Statuen nun besser oder schlechter fühlte.

Er ging direkt zu Strength und kniete ohne große Hoffnungen vor seinem Schutzheiligen nieder. Wie konnte es sein, dass ihm das, was ihm einst so viel Trost gespendet hatte, nun vergeblich erschien? Als wäre das Licht verloschen, das er sich einst eingebildet hatte, im Herzen der Statue zu sehen. Doch sein Muskelgedächtnis nötigte ihn, es trotzdem zu versuchen. Den Kopf zu neigen, die Augen zu schließen und tief in sich selbst nach einem Ort der Stille zu suchen.

Bitte, flehte Damian, als die Kälte des Steinfußbodens in seine Beine kroch. *Ich brauche Hilfe.*

Es kam keine Antwort. Er versuchte, sich noch stärker zu konzentrieren, biss die Zähne zusammen, doch seine Gedanken schweiften ab. Unfreiwillig musste er wieder an Roz' Worte von neulich denken, als er gesagt hatte, dass die Fähigkeiten der Heiligen jenseits des Fassungsvermögens lägen.

Das ist genau das, was jeder über seinen Glauben sagt, wenn er keine Lust hat, zu genau darüber nachzudenken. Es ist bequem, und es ist feige. Es ist einfacher, als zuzugeben, dass man die Welt vielleicht nicht begreift.

Sosehr es ihm auch widerstrebte, musste er zugeben, dass Roz recht hatte. Er wollte nicht zu genau nachdenken, nicht zu genau hinsehen, weil er sich vor dem fürchtete, was er womöglich finden würde. Es war so viel einfacher, sich blind auf seine eigene Beschränktheit zu verlassen, als die andere Möglichkeit in Betracht zu ziehen: dass niemand zuhörte.

Dass niemals jemand zugehört hatte.

Er drückte die Stirn auf Strengths Füße. Wenn die sechs Heiligen überhaupt irgendwo waren, dann hier. Daran musste Damian glauben. Denn wenn er es nicht täte, würde er allein in einem unterirdischen Tempel hocken und sein Gesicht völlig grundlos gegen eine Steinfigur pressen. Wenn er es nicht täte, wäre er gezwungen, jeden Aspekt seines Lebens rückblickend zu hinterfragen und sich dabei wie ein Narr zu fühlen.

Es hieß, dass man die Heiligen fand, wenn man ihnen sein Herz öffnete. Was machte Damian dann falsch? Er bezweifelte, noch offener sein zu können. Hörten sie denn nicht, wie verzweifelt er war? Er brauchte ein Zeichen – etwas, woran er erkennen konnte, ob seinem Vater zu trauen war. Er war nicht bereit, das wenige, was noch von ihrer Beziehung übrig war, ohne triftige Beweise aufs Spiel zu setzen. Wäre es ein Zeichen von Schwäche, von Unmännlichkeit, wenn er nicht einfach klaglos in den Krieg zurückging? Ignorierte ihn Strength deshalb?

Bequem. Feige.

»Warum?«, rief er, während er vor Strengths Füßen kniete, und die Worte hallten in dem riesigen Raum wider. Er riss den

Kopf hoch und blickte zu der teilnahmslosen Statue auf. Als er sprach, klang seine Stimme erstickt, und die Worte blieben ihm fast im Halse stecken. »Was mache ich falsch? Warum hast du mich nicht erwählt?«

Eine Art Hysterie überkam ihn und zwang ihn aufzustehen. Wie ein Geist bewegte er sich zum anderen Ende des Halbkreises aus Statuen. Jeder Schlag seines Herzens war ein nachdrückliches, bedrohliches Klopfen. Als wäre etwas in ihm gefangen, das mit aller Macht herauswollte.

Damian hielt erst an, als er vor Chaos stand.

Obwohl sich die Luft im Schrein nicht bewegte, wallte das grauweiße Laken ein wenig. Damian kam es vor, als wäre er in einem Traum gefangen, oder vielleicht auch in einem Albtraum, in dem sich sein Körper ohne sein Zutun bewegte. Seine Finger zuckten zum Laken, doch er riss sie zurück. Es zu entfernen fühlte sich falsch an. Spirituell und symbolisch.

Chaos war böse. Er war gefallen und auf keinen Fall hier, an diesem Ort, präsent.

Doch ein schwacher Teil von Damians Seele war sich plötzlich sicher: Wenn ihm überhaupt einer der Heiligen antworten würde, wäre es dieser. Schließlich *war* Damian Chaos, nicht wahr? Vielleicht nicht aus sich heraus, aber es hatte auf ihn abgefärbt. Er ließ es um sich herum herrschen, ohne sich zu bemühen, es aufzuhalten. An seinen Händen klebte Blut, jedoch nicht Deaths gerechtes Blut. Als Michele gestorben war, als Damian diese Männer erschossen hatte, hatte etwas *anderes* von ihm Besitz ergriffen. Etwas, das nach Gewalt und Verderb gedürstet hatte.

»Ich will dich nicht«, wisperte er, und sein Blick verschwamm, als er die Wölbung von Chaos' verhülltem Kopf betrachtete. Er kam sich albern vor, aber er musste es laut aussprechen, nur vorsichtshalber. »Wenn du da bist, gefallen oder nicht – *ich will dich nicht.*«

Nichts geschah. Natürlich nicht. Chaos war vor siebzig Jahren gefallen – Damian konnte die Schuld für die Taten seiner Vergangenheit nicht dem Einfluss eines Heiligen zuschieben, der in Ombrazias Religion keine Rolle mehr spielte. Was zur Hölle machte er hier eigentlich? Unter diesem gespenstischen Laken verbarg sich nichts weiter als eine Statue. Stein in Form eines Mannes.

Um sich selbst zu beruhigen, streckte Damian die Hand aus und packte den Arm des Heiligen. Er war kalt, als würde man in Stoff eingewickeltes Eis berühren.

Doch das war nicht der Grund dafür, dass er abrupt die Hand zurückriss.

Ein Geräusch ertönte, als würde Stein auf Stein schaben, und die Wand neben Damian setzte sich in Bewegung.

Damian erstarrte und beobachtete mit wild pochendem Herzen, wie sich der Fels teilte und beiseiteglitt. Halb entsetzt, halb neugierig verfolgte er, wie die Wand an ihrer neuen Position stehen blieb und den Blick auf einen dunklen Tunnel freigab. Ganz automatisch – wie in Trance – machte er einen Schritt vorwärts.

Dann roch er es.

Verwesung. Den beißenden Gestank von etwas, das schon lange tot war.

Damian hustete und drückte die Nase in die Armbeuge. Übelkeit stieg in ihm auf – ob von dem Geruch oder als Resultat seiner Angst wusste er selbst nicht.

Es gab im Schrein einen geheimen Tunnel, und etwas darin war tot.

Er zögerte. Sollte er Verstärkung holen? Was, wenn sich der Durchgang wieder schloss, solange er noch im Tunnel war, und er es nicht schaffte, ihn wieder zu öffnen? Andererseits: Wollte er das, was auch immer sich darin befinden mochte, wirklich allein entdecken?

»Sei kein Feigling«, raunte er sich selbst zu. Er sollte zumindest einen kurzen Blick hineinwerfen, und wenn auch nur, um zu sehen, wie lang der Tunnel war. Er schluckte die in seiner Kehle aufsteigende Galle hinunter, versuchte, so wenig wie möglich zu atmen, und nahm sich eine Kerze von dem nächsten Leuchter, bevor er in den Gang trat.

Hier umfing ihn der Gestank mit aller Macht. Er würgte und sah sich blinzelnd um. Die Steinwände des Tunnels standen dicht beisammen und waren abgenutzt und schmutzig. Obwohl es eiskalt war, hing der Geruch des Todes in der Luft. Das war kein gutes Zeichen. Damian bewegte sich tiefer in die Dunkelheit hinein und hielt dabei den Atem an. Glücklicherweise erkannte er, dass der Tunnel nicht besonders lang war. Tatsächlich konnte er bereits einen Raum an seinem Ende ausmachen. Er beschleunigte seinen Schritt und versuchte, sich für das zu wappnen, was er finden mochte.

Er wusste selbst nicht, wie er erwartet hatte, dass der Raum aussehen würde. Jedenfalls war er leer, bestand vom Boden bis zur Decke nur aus Stein. Der Gestank wurde so überwältigend stark, dass Damian meinte, ihn zu schmecken. Er spürte, wie sich sein Magen hob, als er die Kerzenflamme in dem Raum umherschwenkte. Sie flackerte unheilvoll, und Schatten krochen wie Insektenschwärme über die Wände.

Als er die Leiche auf dem Boden entdeckte, konnte er einen Schrei nicht unterdrücken.

Die Person – der Mann – war schon so lange tot, dass er nicht mehr zu erkennen war. Derartige Verfärbungen hatte er noch nie gesehen. Fast schien es, als hätte bei der Leiche bereits die Mumifizierung eingesetzt. Er presste die Hand vor

Mund und Nase und versuchte, die eindeutigen Anzeichen der Verwesung nicht zu genau zu betrachten. Die Haut, die nicht mehr wie menschliches Fleisch aussah, sondern eingesunken und lila verfärbt war und sich straff über die Knochen spannte. Das grotesk entstellte Gesicht. Die Kälte hatte wahrscheinlich dazu beigetragen, den Verwesungsprozess aufzuhalten, doch ganz gestoppt hatte sie ihn nicht. Und der *Gestank* … Hätte Damian raten müssen, hätte er geschätzt, dass der Mann mindestens seit einer Woche tot war.

In diesem Augenblick bemerkte er die Brille, die auf der Nase der Leiche saß. Erkannte er den Umhang, der sich auf dem Boden ausbreitete.

Es war Magistrat Forte.

Das war unmöglich. Absolut unmöglich. Doch je genauer Damian hinsah, desto deutlicher erkannte er den Toten wieder. Die Nasenform. Die Farbe der Haare, die sich in Büscheln von der Kopfhaut lösten. Selbst die Schuhe, die unter dem dunklen Stoff des Umhangs hervorlugten.

Damian taumelte rückwärts, und kalter Schweiß trat ihm auf die Stirn. Sein Griff um die Kerze lockerte sich, sodass er sie um ein Haar fallen gelassen hätte. Das ergab keinen Sinn. Das konnte nicht real sein. Er war dem Magistrat doch erst kürzlich noch begegnet. Hatte mehrmals mit ihm gesprochen. Diese Leiche musste jemand anderes sein.

Doch so war es nicht. Damian wusste, dass es nicht so war. Das Wissen bohrte sich zu der Übelkeit in seinen Magen. Doch eines konnte nicht sein: Der Magistrat konnte nicht gleichzeitig lebendig und tot sein. Verlor Damian den Verstand? Entweder war das hier nicht real, oder aber die Geschehnisse der vergangenen Woche waren es nicht. Und da Letzteres deutlich unwahrscheinlicher schien, blieb nur Ersteres übrig. War das hier ein Traum? Eine Vision? Eine Illusion?

Eine Illusion.

Damian wich weiter zurück, und die Einsicht kroch schwerfällig in seinen ganzen Körper. Wenn zwei Dinge unmöglich gleichzeitig wahr sein konnten, musste eines dieser Dinge falsch sein. Und wer konnte die Realität besser verfälschen als ein Illusionist?

Doch Chaos' Jünger konnten nicht zurück sein. Chaos war gefallen, was bedeutete, dass es keine Möglichkeit mehr zu ihrer Erschaffung gab. Daran musste Damian glauben, denn sonst ergab nichts mehr einen Sinn.

Woher sollte irgendjemand mit Sicherheit wissen, dass Chaos gefallen ist?, flüsterte ihm sein Gehirn ein. *Er war eine Gottheit. Welche Beweise gibt es?*

»Nein«, keuchte Damian und presste die Finger gegen die Schläfen. Er durfte nicht anfangen, derartige Dinge infrage zu stellen. Nicht jetzt. Nicht, wenn die Heiligen die einzige Gewissheit in seinem Leben darstellten.

Die andere Möglichkeit war natürlich, dass er vollkommen und ganz und gar den Verstand verloren hatte.

Seine Gedanken wirbelten wild im Kreis, als er rückwärts aus dem Raum wich. Panik hielt sein Herz gepackt wie ein Schraubstock. Deswegen waren die Jünger von Chaos – allein der Gedanke an sie – so gefährlich. Sie ließen einen am eigenen Verstand zweifeln. Waren die Morde real? Die Dokumente, die Roz gefunden hatte? War *Roz* real? Oder erschuf irgendetwas um Damian herum falsche Kulissen, als wäre er ein Bauer auf einem Schachbrett?

Er musste trotz allem seinem Vater davon berichten. Wenn irgendjemand wusste, was zu tun war, dann Battista. Niemand stand dem Magistrat näher als er.

Kann ich meinem Vater trauen?, überlegte er fieberhaft, und die Zweifel brannten heiß in ihm.

Doch ein anderer Teil von ihm – der Teil, der sich nach Bestätigung sehnte, der auf Rat hoffte – sagte *Geh zu ihm.*

Damian fühlte sich, als hätte ein Fremder seinen Körper übernommen. Ihm war gleichzeitig heiß und kalt, und der Tod hing ihm in der Nase.

Er stieß die Tür zu Battistas Büro auf. Zwar wusste er noch nicht, was er sagen sollte, aber er würde die Worte irgendwie herauspressen. Der Palazzo, die Offiziere mussten auf der Hut sein. Irgendetwas stimmte ganz und gar nicht.

Als er eintrat, hob sein Vater den Kopf, und in seinem Gesicht zeichnete sich kurz Verwunderung ab. »Damian. Was ist los?«

Damians Mund war trocken. Keiner seiner Gedanken war richtig ausgeformt. Er dachte an Vellenium, an die Dokumente, die Roz ihm gezeigt hatte. Sie erschienen ihm plötzlich ein ganz anderes, weit entferntes Problem zu sein.

»Ich muss mit dir reden.«

»Das dachte ich mir. Setz dich.«

Damian tat es nicht. Er war viel zu nervös. »Etwas stimmt nicht. Ich glaube, der Magistrat ist tot.«

Battista sah ihn verwundert und beunruhigt an. Dann kniff er die Augen zusammen und musterte Damians mitgenommenes Erscheinungsbild. »Wie um alles in der Welt kommst du darauf?«

»Ich habe seine Leiche gesehen.«

Eine Pause entstand, die so lange anhielt, dass sie schon nicht mehr unangenehm, sondern regelrecht bedrohlich wirkte.

»Damian«, sagte sein Vater langsam. »Ich habe mich erst vor weniger als zwei Stunden mit Forte getroffen. Willst du mir etwa weismachen, dass du glaubst, er sei seitdem ermordet worden?«

»Nein. Es ist schon vor einer Weile passiert. Oder – ich bin mir nicht sicher.« Damian fuhr sich mit der Hand über die Wange, zog die Haut straff. »Hör mal, glaubst du … Ist es möglich, dass Chaos' Jünger zurück sein könnten?«

Battista erhob sich steif. In seinem Gesicht begann sich plötzlich so etwas wie Besorgnis abzuzeichnen, und mit seinem Verhalten veränderte sich auch die Atmosphäre im Raum. »*Wie bitte?*«

»Ich weiß, es klingt verrückt. Aber ich habe Dinge gesehen. Dinge, die nicht real sein können.« Damian wusste, dass Chaos zu erwähnen ein Fehler gewesen war, aber er konnte die Worte nicht zurückhalten. Jemand außer ihm selbst musste *Bescheid wissen*, musste etwas unternehmen. Er musste an die Gerüchte über die gefallene siebte Zunft denken: Chaos' Jünger konnten mehrere Menschen gleichzeitig manipulieren. Sie konnten einem jede Lüge zeigen und einen dazu bringen, dass man sie glaubte. Es gab sogar Horrorgeschichten über Opfer, die so lange unter der Kontrolle eines Jüngers gestanden hatten, dass sie ihre Realität vergessen hatten und an Dehydration gestorben waren.

Kurz herrschte Schweigen, während Battista seine Worte verdaute. Als er schließlich wieder sprach, tat er es mit großem Bedacht. »Damian, geht es dir gut?«

Damian senkte die Stimme, um weniger verstört zu klingen. »Ich habe im Schrein die Leiche des Magistrats gesehen. Aber sie war nicht real, oder? Weil du dich gerade erst mit ihm getroffen hast. Oder vielleicht nicht?« Er breitete die Hände aus. »Es lässt sich unmöglich mit Sicherheit sagen! Verstehst du denn nicht?«

Seinem Vater schienen einen Moment lang vor Verblüffung die Worte zu fehlen. Er öffnete den Mund, schloss ihn wieder, bevor er schließlich den Kopf schüttelte. »Du bist hysterisch.«

»Das bin ich *nicht*«, schrie Damian. Verzweiflung überkam ihn. Sein Vater musste ihm zuhören, ihn verstehen. »Etwas ist hier nicht in Ordnung. Ich weiß, dass du etwas mit den Morden zu tun hast. Ich weiß, dass du dich mit der Leichenbeschauerin getroffen und sie angewiesen hast, in ihren Berichten den Abschnitt über Vellenium zu schwärzen. Warum?«

Battista schaffte es, verwirrt auszusehen. »Das ist eine äußerst befremdliche Anschuldigung«, sagte er etwas zu bedächtig. »Wo hast du das gehört?«

Wäre Damian in der Lage gewesen, etwas anderes als Entsetzen zu empfinden, wäre er vielleicht enttäuscht gewesen. Warum gab es sein Vater nicht einfach zu?

Er verfolgte mit weit aufgerissenen Augen, wie Battista langsam ein paar Schritte auf ihn zukam, so wie man sich einem unberechenbaren, wilden Tier nähern würde. »Damian, es ist vielleicht am besten, wenn du dir eine Auszeit vom Palazzo nimmst. Nur für eine Weile. Es scheint, dass der Stress, der mit deinem Job verbunden ist, deinem Kopf zusetzt.«

Das Gesicht seines Vaters war eine Maske. Damian rutschte das Herz in die Hose. Er kannte diesen Gesichtsausdruck. Er bedeutete, dass Battista eine Entscheidung getroffen hatte. Eine, gegen die er keinen Widerspruch dulden würde.

Doch Damian widersprach trotzdem. Er konnte nicht anders. »Nein.« Grauen ergriff von ihm Besitz. »Nein, ich gehe nicht zurück in den Krieg.«

»Es wird dir guttun«, sagte Battista fest. »Wenn ein Mann zu lange nicht im Gefecht war, wird er weich. Du wirst lernen, wie du sie besser bezwingen kannst, diese, ähm … Wahnvorstellungen.«

Damian wich in Richtung der Tür zurück. Schweiß lief ihm vom Haaransatz über die Wange. »Das sind keine Wahnvorstellungen. Du musst mir *zuhören*.« Er spuckte die Worte förmlich aus, war so aufgeregt, dass sie undeutlich klangen.

In seiner Panik hörte er nicht, wie sich die Bürotür öffnete. Sah nicht, wie sein Vater jemanden ins Zimmer winkte, spürte nicht die Gegenwart dieser Person, die sich ihm von hinten näherte.

Die Anschuldigungen erstarben auf seinen Lippen, als die Welt um ihn herum schwarz wurde.

25

DAMIAN

Das Donnern von Gewehrschüssen hallte misstönend durch Damians Knochen.

Er kauerte im Schlamm, mit dem sein ganzer Körper beschmiert war, und eine Kälte, die weit mehr als nur unangenehm war, ließ ihn bibbern. Nicht weit von ihm entfernt, und so schmutzig, dass man ihn kaum erkennen konnte, war Michele. Damian drückte die Füße nachdrücklicher in den Boden. Es war zu neblig, um etwas erkennen zu können, und seine Hände, mit denen er das Gewehr umklammerte, zitterten, während ein Finger stets über dem Abzug verharrte. Eine Angst wie die, die in diesem Moment in ihm wütete, hatte er noch nie zuvor verspürt. Diese Angst war so schonungslos, so stark, dass sie ihm fast die Sinne raubte. Angst um sich selbst. Um Michele. Um die anderen Männer um sie herum. Um die Welt, in die er womöglich nie mehr zurückkehren würde.

Wie immer kamen die dunklen Gestalten über den Hügel.

Wie immer spürte Damian nicht die Kugel, die seine Schulter streifte.

Doch er spürte die Angst. Sie grub sich in seine Brust, nistete sich neben seinem wild pochenden Herzen ein und verschwand nie wieder.

Nicht mal, als die Welt verstummte.

»Der Sohn des Generals?«

»Ja.«

»Warum ist er denn gefesselt?«

»Wahrscheinlich dachten sie, er könnte versuchen zu fliehen. Dass er ins Meer springen könnte oder was auch immer, damit er nicht zurück in den Krieg muss. Keine Ahnung. Aber diesmal bekommt er keine Sonderbehandlung.«

»Er zuckt ja wie verrückt. Meinst du, mit ihm stimmt etwas nicht?«

»Nee. Wahrscheinlich hat er nur Albträume, wie der Rest von uns auch.«

Stimmen drifteten zu Damian wie Flüstern im Wind, fast zu undeutlich, um sie zu verstehen. Es kostete ihn einige Mühe, seine Lider dazu zu zwingen, sich zu öffnen, als wäre die Verbindung zwischen seinem Gehirn und seinem Körper langsamer als gewöhnlich. Das Gefühl kehrte in seine Gliedmaßen zurück. Es fühlte sich an, als hätte er sich geprügelt und wäre dabei schlecht weggekommen.

»He – er ist wach.«

Ein schnauzbärtiges Gesicht schob sich in Damians Blickfeld. Unwillkürlich zuckte er zurück und kniff vor dem plötzlichen grellen Lichtschein, der ihm ins Gesicht fiel, die Augen zu. »Nimm das mal weg.«

Der unbekannte Mann senkte seine Laterne. Als Damians Augen sich angepasst hatten, erkannte er, dass zwei Männer vor ihm standen. Einer war dünn, der andere muskulös, und beide trugen das Wappen von Ombrazia auf ihren Uniformjacken.

»Venturi junior, richtig? Willkommen an Bord. Ich bin Capitano Russo.« Der Schnauzbärtige grinste, sein groß gewachsener Kumpan nicht. Er klang nicht freundlich.

Ein plötzlicher brennender Schmerz durchzuckte Damians Brust, der schnell Unbehagen wich, als er versuchte, sich zu bewegen, jedoch merkte, dass er es nicht konnte. Er stellte fest, dass er aufrecht saß und seine Arme fest hinter seinem Rücken gefesselt waren. Metall schnitt in seine Handgelenke ein, und jedes Mal, wenn er sich regte, schepperte etwas hinter ihm. Hatte man ihm Handschellen angelegt?

»Wo sind wir?«, fragte Damian nachdrücklich und versuchte, seine Worte selbstbewusst klingen zu lassen. Er war kein Idiot – er wusste, was passiert sein musste. Er wurde in den Norden gebracht, und da sein Vater sich die Unannehmlichkeiten einer Auseinandersetzung hatte ersparen wollen, hatte er … Was? Ihn niedergeschlagen? Damian erinnerte sich undeutlich daran, dass jemand das Büro seines Vaters betreten hatte, doch er hatte keine Gelegenheit mehr gehabt, sich umzudrehen, bevor alles schwarz geworden war.

Woran er sich dagegen noch deutlich erinnerte, war, dass er vor Battista die Karten auf den Tisch gelegt hatte. Es hatte absolut nichts bewirkt. Natürlich nicht. Damian war nicht wie Roz. Erpressung und Intrigen lagen ihm nicht. Er vertrat das Gesetz, bestrafte die, die es brachen, und hielt sich selbst daran.

Doch nun war ihm klar, dass sein Vater nicht die gleichen Gesetze befolgte.

Hier, in diesem grabähnlichen Raum, mit zwei Männern, die er nicht kannte, fühlte sich seine letzte Entdeckung plötzlich nicht mehr real an. Damians Erinnerungen an die Leiche des Magistrats waren verschwommen. Die Illusionisten *konnten* nicht zurück sein. Sonst hätte es irgendjemand merken müssen, oder? Vielleicht verlor er tatsächlich den Verstand. Vielleicht vermischten sich die Schrecken in seinem Kopf langsam mit der Realität. Er hatte gehört, dass das denjenigen, die aus dem Krieg zurückkamen und das Grauen mit sich brachten, manchmal passierte.

»Wo sind wir?«, wiederholte Damian seine Frage, weil sie beim ersten Mal nicht beantwortet worden war.

Russo wechselte einen Blick mit seinem Begleiter. Er besagte deutlich, dass er der Ansicht war, dass Damian das Offensichtliche nicht erkannte. »Wir befinden uns auf der *Il Trionfo*. Im Laderaum, um genau zu sein.«

Auf einem Schiff also. Das ergab Sinn. »Warum im Laderaum?«

Russo kicherte. »Dein Vater hat mich gebeten, dich wenigstens, bis wir aus dem Hafen sind, hier unten zu lassen. Er schien zu befürchten, du könntest abhauen.«

»Ich werde nicht fliehen«, sagte Damian. Wahrscheinlich würde zu diesem Zeitpunkt jeder Fluchtversuch als Desertation gewertet. Und jeder wusste, was mit Deserteuren passierte. »Wo sind die anderen?«

Damit meinte er die anderen Soldaten, und Russo verstand seine Frage richtig.

»Über uns auf dem Hauptdeck. Wir legen in –« er zog eine Taschenuhr hervor und warf einen Blick darauf – »oh, in etwa einer Stunde ab.«

Damians Brust schnürte sich zusammen. »Ich werde keinen Ärger machen. Du musst das nicht tun.«

»Oh, aber ich *will* es.« Russo grinste noch breiter, sodass Damian diesmal seine schiefen Zähne sehen konnte. »Weißt du auch, warum? Weil du kein Stück besser bist als ein Deserteur. Bist du geblieben und mit deinen Kameraden gestorben?« Als Damian nicht antwortete, fuhr er fort: »*Nein*. Papa hat dich weggeholt und dir einen angenehmen Job besorgt, der dir gar nicht zustand. Während *mein*« – er schlug Damian ins Gesicht – »*Bruder*« – er schlug wieder zu – »*ehrenhaft*« – noch ein Schlag – »*starb.*«

Damian gab keinen Laut von sich, während sein Kopf nach

links, rechts und wieder nach links fuhr. Die Schläge schmerzten nicht so sehr wie die Erkenntnis, die in ihm dämmerte. Er ließ seinen Kiefer knacken und sah Russo direkt an. »Wer war dein Bruder?«

Er kannte die Antwort, bevor er sie hörte. Russo war ein äußerst häufiger Nachname. Sogar so häufig, dass Damian niemals davon ausgegangen wäre, dass zwei Menschen, die ihn trugen, miteinander verwandt wären. Doch in diesem Fall hatte er den furchtbaren Verdacht, dass –

»Michele«, sagte Russo. »Michele Russo. Du kanntest ihn, nicht wahr? Du hast zugesehen, wie er starb, und Papa hat dich geholt, um dich vor dem Trauma zu bewahren. Aber eigentlich hätte es *dich* treffen sollen.« Die letzten Worte waren ein boshaftes Zischen, und diesmal war es sein Kumpan, der zuschlug. Mit den Händen hinter dem Rücken konnte Damian nichts tun. Er ließ zu, dass die Faust des Mannes seine Wange traf, woraufhin sein Blick sich verschleierte und sein Mund sich mit Blut füllte.

Damian spuckte es nicht aus. Er ließ es von seinen Lippen tropfen, als er leise antwortete: »Du hast recht. Es hätte mich treffen sollen.«

Russo musterte ihn angewidert. »Dafür ist immer noch Zeit. Serino?«

Der riesige Kerl – Serino – holte mit dem Bein aus und trat Damian so kraftvoll in den Magen, dass er vornüberkippte und nach Luft schnappte. Hatte er nicht genau das Gleiche zu Roz gesagt? Dass er sich von denen, die von der Front desertiert waren, im Stich gelassen gefühlt hatte? Und trotzdem hatte er es genauso gemacht. Vielleicht unabsichtlich, aber was machte das für einen Unterschied? Das Endergebnis war das gleiche.

»Ich schwöre bei den Heiligen«, ächzte Damian, »dass Micheles Tod das Letzte war, was ich wollte. Er hat mir dort oben geholfen, nicht den Verstand zu verlieren. Ich habe ihn wie einen Bruder geliebt.« Es laut auszusprechen fühlte sich an, als würde er sein Herz in Stücke reißen.

»Scheiß auf dich, Venturi.« Russo baute sich vor ihm auf und schob die Hände in die Jackentaschen. »Ich *bin* sein Bruder. Und ich bin noch da und mache meinen Job, weil manche von uns sich nicht den Luxus erlauben können, wegzulaufen. Du glaubst, du weißt, was Leid ist.« Er bleckte die Zähne. »Du hast ja keine Ahnung.«

Damian versuchte, einzuatmen, zuckte jedoch vor Schmerzen zusammen. »Ich schwöre bei den Heiligen«, versicherte er noch einmal, »dass ich nie wollte, dass –«

»Halt verdammt noch mal das Maul«, raunzte Russo. »Und was die Heiligen angeht – die kannst du getrost vergessen. Wo wir hinfahren, werden sie uns nicht finden.«

Serinos Fuß traf wieder Damians Magen, diesmal noch brutaler. Er fiel nach vorn, sodass sich seine Ketten strafften, und rang nach Luft. Undeutlich nahm er Russos und Serinos verklingende Schritte wahr, doch sie waren noch nah genug, dass Damian Russos Abschiedsgruß nicht entging.

»Du wirst für das, was meinem Bruder passiert ist, bezahlen, Venturi.«

Dann versank er in Dunkelheit.

In seinem Schmerz wusste Damian, dass Russo recht hatte. Nicht insofern als er für Micheles Tod bezahlen musste – obwohl das mit Sicherheit so kommen würde –, sondern weil er kein richtiger Soldat war. Er sah Micheles verschmitztes Lächeln vor sich, zu dem sich rasch tiefe Beschämung gesellte. Er war *wirklich* nicht besser als ein Deserteur, und nun war er so gut wie tot. Er war nie ein richtiger Soldat gewesen.

Ein richtiger Soldat verließ erst das Schlachtfeld, wenn der Krieg zu Ende war, oder er starb dort.

Es konnte kaum mehr als eine Stunde verstrichen sein, als jemand anderes den Laderaum betrat. Diesmal war es weder Russo noch Serino, sondern ein junger Mann, den Damian nicht kannte. Er zog Damian auf die Füße, nahm ihm die Handschellen ab und warf ihm auf Damians Frage hin, wie weit sie schon von Ombrazia entfernt wären, lediglich einen finsteren Blick zu.

»Zieh das an.« Der Mann drückte ihm eine Militäruniform in die Hand. »Schnell.«

Aufgrund seiner Verletzungen waren schnelle Bewegungen fast unmöglich, doch Damian tat sein Bestes, während er sich mit einer Hand an der Wand abstützte, um nicht das Gleichgewicht zu verlieren. Als er schließlich fertig war, nahm der Mann seine Palazzo-Uniform, schleuderte sie in eine Ecke und gestikulierte in Richtung der Treppe in der Ecke des Raumes. »Los.«

Das war leichter gesagt als getan. Damians Brust schmerzte stark, und er bekam keine Luft. Doch er schaffte es trotzdem, die Treppe zu erklimmen. Oben angekommen blinzelte er ins fahle Sonnenlicht. Der Abend schien zu dämmern, was bedeutete, dass er die ganze vergangene Nacht und den Großteil des Tages bewusstlos gewesen war.

Damian fand sich in der Gesellschaft von zahlreichen jungen Menschen in Uniform wieder. Es war, als kehrte er in die Vergangenheit zurück – wie ein Déjà-vu, jedoch eines von der Sorte, bei dem er am liebsten laut geschrien hätte. Und diesmal war Michele nicht an seiner Seite, dessen sonniges Gemüt ihn stets über Wasser gehalten hatte.

Er erinnerte sich noch an alles.

Die jungen Leute in Uniform standen in Grüppchen zusammen und unterhielten sich, manche aufgeregt, manche ängstlich, aber keiner von ihnen bereit. Keiner von ihnen konnte sich ausmalen, was auf sie zukam. Wie auch? Man konnte es sich unmöglich vorstellen, wenn man es nicht selbst erlebt hatte. Einige von ihnen schienen etwa sechzehn zu sein, genauso alt wie Damian damals, als er in den Kampf gezogen war. Andere schienen noch jünger zu sein und wirkten unverkennbar furchtsam und nervös. Bei ihrem Anblick wurde Damian übel.

Er beobachtete, wie die älteren Soldaten miteinander interagierten, die ebenfalls in unterschiedlichem Maße aufgeregt oder ängstlich zu sein schienen. Damian meinte, am anderen Ende des Schiffs eine jüngere Version seiner selbst allein stehen zu sehen. Konnte in seinem Kopf glasklar eine Stimme hören.

Ist das der beste Beobachtungspunkt?

Er wusste noch, wie er sich umgedreht und den Jungen mit dem sandfarbenen Haar, der Brille und dem verschmitzten Grinsen ins Auge gefasst hatte.

So was in der Art, hatte er geantwortet.

Hmm. Der Junge hatte sich neben ihn gestellt, sich an die Wand gelehnt und dabei die Arme verschränkt. *Da ich kein besonders guter Beobachter bin, ist es wahrscheinlich am besten, wenn ich direkt dich dazu bringe, mein Freund zu sein.* Dann hatte er noch einmal gegrinst, seine schiefen Vorderzähne gezeigt, und Damian hatte gewusst, dass er sein Ziel bereits erreicht hatte. *Ich heiße übrigens Michele.*

Damian musste sich dringend hinsetzen. Atmen. Aufhören, an Michele und die Vergangenheit zu denken.

Doch damit blieben ihm nur noch Gedanken an die Zukunft: daran, was geschehen würde, wenn sein Schiff andockte und er wieder dem ohrenbetäubenden Trommelfeuer von Gewehrschüssen ausgesetzt wäre. Galle stieg in seiner Kehle hoch, und die Geräusche um ihn herum schienen plötzlich von weither zu kommen.

Ist es das, was du wolltest, Vater?, dachte er verbittert. Wie oft hatte Battista Damian versichert, dass er ihn unterstützte, dass er seinem Urteilsvermögen traute? Und trotzdem hatte Damian versagt, wieder und wieder, bis der Mann, von dem er geglaubt hatte, dass er immer für ihn da sein würde, ihn als hoffnungslosen Fall abgestempelt hatte.

Er vertraute seinem Vater nicht mehr. Darauf lief es hinaus, und das war ein furchtbares Gefühl. Damian hatte sich immer an die Vorstellung geklammert, dass er sich trotz Battistas Schroffheit stets darauf verlassen könnte, dass er tun würde, was richtig war. Doch Roz hatte es von Anfang an besser gewusst, nicht wahr? Man konnte Battista nicht trauen. Derzeit kam er am wahrscheinlichsten als Täter infrage, obwohl Damian keine Ahnung hatte, was sein Motiv sein könnte. Wie die mögliche Verwicklung eines Jüngers von Chaos damit zusammenhängen könnte. Er hatte das Gefühl, mit einem Haufen unmöglicher Puzzleteile dazustehen, die alle nicht zusammenpassten.

Wie sollte er eine Reihe von Morden aufklären, von denen jemand eindeutig nicht wollte, dass er sie aufklärte? Das ergab alles keinen Sinn. Das ausweichende Verhalten seines Vaters, die Leiche des Magistrats, der schleichende Wahnsinn, der in seine Knochen gekrochen war, als er vor den gesichtslosen Heiligen gekniet hatte. Für das alles gab es eine plausible Erklärung. Es musste eine geben. Er musste auf die Dinge, die man ihn gelehrt hatte, vertrauen, weil sie alles waren, was er hatte. Eine Welt, in der Chaos wieder existierte, eine Welt, in der Damian seinen Glauben nicht hatte, war ein Konzept, das er nicht recht begreifen konnte.

Doch je mehr er darüber nachdachte, desto mehr realisierte er, dass sich selbst das geändert hatte. Einst war sein Glaube wie ein glatter Stein in seiner Hand gewesen. Ein einzelner, robuster Gegenstand, der sich leicht fassen ließ. Doch nun schien ihm der Glaube wie Sand durch die Finger zu rinnen, jeder einzelne Partikel zu filigran, um ihn festzuhalten. Alles, was er hatte, war eine Million winziger Fragmente, die an seiner Haut klebten, und die Furcht, dass sie durch die falschen Fragen abgestreift werden könnten.

Doch wie hätte er keine Fragen stellen können? Niemand war der, für den er ihn gehalten hatte.

Niemand außer Roz. Roz, die er endlich wieder zu kennen begonnen hatte, nur um erneut von ihr fortgerissen zu werden. Würde sie erfahren, was mit ihm passiert war? Oder würde sie glauben, dass er sie ein weiteres Mal im Stich gelassen hatte? Die Vorstellung war schmerzhafter als das brennende Pochen in seiner Seite.

Er wusste nicht, was er tun sollte. Es gab *nichts mehr*, was er noch hätte tun können.

Also schloss er die Augen und betete, ohne sich Gedanken darum zu machen, ob die Heiligen ihm nun zuhörten oder nicht.

26

ROZ

Im Herzen von Patience' Tempel ließ Roz Hitze durch ihre Fingerspitzen fließen.

Vittoria saß neben ihr, die Augen geschlossen und die Wangen gerötet. Sie wirkte so gelassen, schien sich hier in der warmen Luft, in der der schwere Geruch der Magie hing, so wohlzufühlen.

Roz fühlte sich nicht wohl. Ihr war zu heiß, und sie war zu unruhig. Sie hatte das Gefühl, dass ihre Magie sie innerlich zerriss, dass sie nach mehr gierte, als sie ihr gab. Sie hatte Krallen und Zähne und ihren eigenen Willen. Was versuchte sie zu erschaffen? Sie konnte sich nicht erinnern. Während die Stunden dahinkrochen, bezweifelte Roz immer mehr, dass sie überhaupt hier sein sollte. Ihre Gedanken waren erfüllt von Damians Lippen, Damians Händen. Seinem Mund.

Ich habe immer bereut, dich nicht zuerst geküsst zu haben.

Roz hatte keine Ahnung, wo sie beide dadurch standen. War es ihm nun zu peinlich, sie zu kontaktieren? Eigentlich konnte sie sich das nach allem, was passiert war, nicht vorstellen, doch bisher hatte er ihr nicht mal eine kurze Nachricht zukommen lassen. Und sie konnte ihm ja wohl kaum eine schicken. Sie mussten den Kuss ausblenden und sich überlegen, was sie in Sachen Battista unternehmen sollten. Konnte sie sich darauf verlassen, dass Damian nicht schon zu seinem Vater gegangen war?

»Du musst dich entspannen«, ermahnte sie Vittoria. Als Roz zu ihr sah, stellte sie fest, dass sie sie anstarrte.

»Ich bin heute wohl nicht ganz bei der Sache.« Sie wollte einfach nur, dass der Tag vorbeiging. Die metallischen Wände und die kuppelartige, bemalte Decke des Tempels wirkten beklemmend.

Vittoria schüttelte den Kopf. »Weißt du, manchmal frage ich mich, ob die Heiligen nicht einen Fehler gemacht haben.«

Roz hob fragend die Brauen, weil sie nicht gleich begriff, worauf sie hinauswollte. »Ich dachte, du glaubst daran, dass die Heiligen niemals Fehler machen.«

Ein Schulterzucken. »Das habe ich auch. Ich schätze, mir ist einfach noch nie jemand begegnet, der so … desillusioniert ist.«

Nun verstand Roz. »Du denkst, die Heiligen haben einen Fehler gemacht, als sie mich mit Magie gesegnet haben.«

»Roz, wenn du das so ausdrückst, klingt es furchtbar. Ich glaube einfach nur –«

»Nein«, unterbrach Roz sie vehement. »Du hast recht. Es war auf jeden Fall ein Fehler.«

Vittoria stand vor Verwunderung der Mund offen. Bei allen Heiligen, wie musste es wohl sein, mit einem Verstand wie dem von Vittoria zu leben? Sie stellte so wenige Fragen und war zufrieden mit den Antworten, die sie bekam. Sie nahm alles hin, wie es war. Sie war ein lieber Mensch, aber trotzdem würde Roz sie nie verstehen.

Roz erhob sich. »Ich kann das nicht mehr.« Und das stimmte. Sie hatte einen Mordfall aufzuklären. Sie würde schon bald an der bedeutsamsten Widerstandsaktion der Rebellion teilnehmen, bei der ihr eine Schlüsselrolle zukommen würde. Warum saß sie hier und arbeitete an Waffen, die womöglich gegen genau diejenigen eingesetzt werden würden, denen sie ihr Leben verschrieben hatte?

Vittoria tat es ihr gleich und stand ebenfalls auf. »*Was* kannst du nicht?«

Roz presste die Lippen aufeinander und betrachtete die Frau, von der sie einen flüchtigen Moment lang gedacht hatte, dass sie mit ihr glücklich werden könnte. Sie hatte sich etwas vorgemacht. Nichts an diesem Leben würde Roz jemals glücklich machen. Wenn sie für ihren Weggang Riesenärger bekäme, dann sollte es eben so sein. Damit würde sie sich später auseinandersetzen.

»Tut mir leid, Vittoria. Ich bin für heute fertig. Falls jemand nach mir fragt, brauchst du mich nicht zu decken.«

Und damit marschierte sie aus dem Tempel hinaus.

Der Weg zum Palazzo war mit Lichtflecken gesprenkelt, die zwischen den Dächern der eng zusammenstehenden Häuser hindurchfielen. Roz passierte in schnellem Tempo den Fluss, dann die Basilica, wich Grüppchen von Menschen aus, die allesamt viel zu laut zu reden schienen. Erst als sie sich den hohen Türen des Palazzos näherte, fiel ihr auf, dass sie keinen Plan hatte. Konnte sie einfach hingehen und verlangen, mit Damian zu sprechen? Sie wusste es nicht, aber andererseits blieb ihr kaum etwas anderes übrig.

Unerfreulicherweise kannte Roz die beiden Sicherheitsoffiziere, die am Eingang des Gebäudes standen. Beim ersten handelte es sich um die große Frau mit den Flechtzöpfen, die bei Damian gewesen war, als sie ihm zum ersten Mal begegnet war. Der zweite war der gut aussehende, junge Mann, der an dem Tag Wache gehalten hatte, als Roz ins Büro des Magistrats eingebrochen war. Ihr fiel wieder ein, dass er Kiran hieß.

Das konnte zum Problem werden.

Sie hätte durchaus einfach später wiederkommen können, doch andererseits hatte *sie* ja nichts verbrochen, denn es war Damian gewesen, der ihr die Uniform gegeben hatte. Roz blieb einen Moment lang unschlüssig stehen und überdachte ihre Optionen, als ihr die Entscheidung abgenommen wurde.

»Hey!«

Es war Kirans Stimme. Als Roz aufblickte, sah sie, dass er sie zu sich winkte. Die Offizierin musterte sie lediglich mit zusammengekniffenen Augen, als würde sie versuchen, ihr Gesicht einzuordnen.

Verflucht. Nun ja, wenigstens wusste Roz, dass die beiden Offiziere mit Damian befreundet waren. Was sollte da schon passieren?

Sie schlenderte die Treppe des Palazzos hinauf und erwiderte Kirans Grinsen mit einem gewinnenden Lächeln. »Hi. Hat einer von euch Venturi gesehen?«

Kiran schüttelte den Kopf. »Schon seit gestern nicht mehr. Habt ihr beide heute nicht eigentlich Dienst?«

Roz zuckte zusammen, als die Offizierin herumfuhr und Kiran verwundert ansah. »Dienst? Was redest du denn da? Das ist Damians Freundin. Sie ist eine Jüngerin von Patience.«

Jetzt sah auch Kiran verblüfft aus. »Sie hat mir erst gestern erzählt, sie sei eine neue Mitarbeiterin.«

Beide blickten Roz fragend an.

Sie verzog das Gesicht in der Hoffnung, reumütig zu wirken. »Ja, also, tut mir leid. Ich habe Damian bei Nachforschungen über die Morde – äh, den Mord geholfen, und er hat mir erlaubt, mir für den Tag eine Uniform auszuleihen. Ich dachte mir, es sei einfacher, nicht viel Wind darum zu machen.« Das war eine dürftige Erklärung, aber Damian war immerhin ihr Vorgesetzter. Solange Roz behauptete, dass alles seine Idee gewesen sei, konnten sie ihr ja wohl kaum Ärger machen.

Kirans fröhliche Miene verfinsterte sich, doch die Offizierin trat ihm rasch auf den Fuß. »Damians *Freundin*«, wiederholte sie vielsagend, woraufhin Kiran große Augen bekam.

»Oh! Ach so. Siena hat mir von dir erzählt.«

Roz kniff die Augen zusammen. »Hat sie das?«

Die Offizierin – Siena – trat Kiran wieder auf den Fuß.

»Verflucht noch mal«, maulte er. »Darf ich denn überhaupt noch *irgendetwas* sagen?«

Siena ignorierte ihn und bedachte Roz mit einem mitleidigen Blick. Roz hatte derweil keine Ahnung, wie sie reagieren sollte. Was hatte Damian ihnen über sie erzählt?

»Wenn ihr Damian nicht gesehen habt«, meinte Roz ausweichend, »dann gehe ich jetzt mal wieder.«

Siena schien kurz zu überlegen und hob dann den Finger, um Roz zu signalisieren, dass sie warten sollte. »Weißt du, Damian war heute Morgen nicht beim Training. Ich habe es für ihn geleitet und bin anschließend in seine Gemächer gegangen, um zu sehen, ob er vielleicht krank ist, aber er war nicht da. Ich bin davon ausgegangen, dass er etwas für den Magistrat zu erledigen und vergessen hätte, uns Bescheid zu geben.«

Noch bevor Siena ausgeredet hatte, schüttelte Kiran den Kopf. »Forte ist auch nicht da. Er und der General waren damit beschäftigt, das Schiff zu verabschieden.«

»Das Schiff?«, fragte Roz.

»Na, das Militärschiff? Das weitere Soldaten in den Norden bringt? Das erste ist heute Nacht eingetroffen und hat inzwischen wahrscheinlich schon wieder abgelegt.«

Roz wurde der Boden unter den Füßen weggezogen. Bei allen Heiligen – sie wusste genau, wo Damian war. Warum er sie nicht kontaktiert hatte und weshalb er beim Training nicht aufgetaucht war. Es fühlte sich an, als hätte sich in ihrer Magengrube ein Abgrund aufgetan. »Damian ist auf dem Schiff.«

»Was?«, fragten Kiran und Siena einstimmig und gleichermaßen verwirrt.

Roz fuhr sich mit der Hand durch die Haare und packte das Ende ihres Pferdeschwanzes. Nun sah sie klar: Damian, der vertrauensselige Narr, hatte beschlossen, seinen Vater mit dem Verdacht, er sei in die Morde verwickelt, zu konfrontieren. Und Battista hatte begriffen, dass sein Sohn der Wahrheit zu nah gekommen war, und entschieden, Damian genauso loszuwerden, wie er es schon längst geplant hatte.

»Hört mal«, sagte Roz scharf zu den Offizieren, »das klingt jetzt vielleicht verrückt, aber ich bin mir fast hundertprozentig sicher, dass Damian sich auf dem Schiff befindet. Sein Vater hatte dem Magistrat schon mitgeteilt, dass er beabsichtigt, Damian zurück in den Krieg zu schicken.«

Sie erwartete, dass Kiran und Siena Fragen stellten oder wissen wollten, woher sie das wusste, doch sie wechselten lediglich betroffene Blicke.

Siena sagte: »Das klingt absolut nicht verrückt. Sie haben ihm schon damit gedroht, seit die Leiche des Jüngers gefunden wurde.«

»Wir können nicht zulassen, dass er dorthin zurückkehrt.« Roz bemühte sich, ruhig zu bleiben.

Kiran war ihr bereits einen Schritt voraus. »Dann ihm nach«, sagte er entschlossen. »Das Schiff kann noch nicht weit gekommen sein.«

»Und was sollen wir deiner Meinung nach tun? Schwimmen?«

Diesmal antwortete Siena. »Der Palazzo verfügt über Boote, die wir zur Überwachung des Flusses einsetzen. Sie sind weitaus kleiner als das Militärschiff, und deswegen deutlich schneller.«

Roz reckte das Kinn. »Worauf warten wir dann noch?«

Hätte sie jemand früher am Tag gefragt, was sie am Abend machen würde, wäre Roz niemals darauf gekommen, dass sie mit zwei Sicherheitsoffizieren, die sie kaum kannte, auf einem Boot des Palazzos segeln würde. Es war nicht zu übersehen, wie sehr Damian Siena und Kiran am Herzen lag: Die Tatsache, dass sie bereit waren, gemeinsam mit einer abtrünnigen Jüngerin die Vorschriften zu verletzen, war ein deutlicher Beweis dafür. Wie Roz erfahren hatte, hatten sie beide im Krieg gekämpft, und als sie abgelegt hatten, hatte sie gewagt zu fragen, ob es sich ihrer Ansicht nach gelohnt hätte, in den Kampf zu ziehen.

»Selbstverständlich«, hatte Siena ohne Zögern geantwortet. »Zum jetzigen Zeitpunkt kann es sich Ombrazia nicht gestatten, nachzugeben.«

»Warum wollt ihr Damian dabei helfen, dass er kein zweites Mal in den Einsatz muss?« Diese Frage hatte sich Roz aufgedrängt. Es war bestimmt nicht der richtige Zeitpunkt gewesen, um mit den beiden über ihre Überzeugungen zu streiten, aber auf diese eine Frage hatte sie eine Antwort haben wollen.

Siena hatte sie betrübt angesehen. »Damians erster Einsatz hat ihm schwer zugesetzt. Ich gehe davon aus, dass er dir erzählt hat, was passiert ist?« Als Roz genickt hatte, war sie fortgefahren: »Wenn er wieder dorthin geht, wird er nicht zurückkehren. Zumindest nicht alles von ihm.«

Roz hatte Siena nicht gebeten, ihre Aussage genauer zu erläutern. Sie war sich nicht sicher gewesen, ob sie es überhaupt wissen wollte. Stattdessen hatte sie nur gesagt: »Ihr würdet für Damian eure Jobs aufs Spiel setzen?«

»Ohne Damian *hätten* wir unsere Jobs gar nicht«, hatte Siena über die Schulter hinweg gesagt, während sie damit beschäftigt gewesen war, die Segel des Bootes zu justieren. »Nachdem

Battista Damian nach Ombrazia zurückgeholt hatte, gestattete er ihm, einige Soldaten auszuwählen, die mit ihm zusammenarbeiten sollten – die zu Offizieren befördert werden würden. Kiran und ich waren unter ihnen. Damian wollte unbedingt sicherstellen, dass die Leute unter seinem Kommando die ihnen verliehene Macht nicht missbrauchten. Dafür, dass er uns vertraut hat, stehen wir in seiner Schuld.«

Das zu hören hatte Roz überrascht. Sie hatte sich auf die Unterlippe gebissen und ausweichend gefragt: »Und diese Geschichten, die ich gehört habe, über von Sicherheitsoffizieren durchgeführte Razzien in den Territorien der Unerwählten … dass sie die Leute dort bestehlen …«

Siena hatte den Kopf geschüttelt. »Ich werde nicht behaupten, dass so etwas nie vorgekommen ist, aber Damian würde so einen Mist niemals dulden.« Dann hatte sie gelächelt. »Es ist nett von dir, dass du dir um so etwas Gedanken machst.«

Es hätte herablassend gemeint sein können, doch es klang nicht so, und das hatte Roz, mehr als alles andere, ein wenig betrübt. Als ob Siena nicht erwarten würde, dass eine Jüngerin der Meinung sein könnte, dass die Unerwählten es wert waren, sich Gedanken um sie zu machen.

»Selbstverständlich tue ich das«, hatte Roz gemurmelt, jedoch nicht gewusst, was sie sonst noch dazu hätte sagen können, ohne sich zu verraten.

Dann hatte Siena von den Segeln abgelassen, sich die Stirn gewischt und Roz ernst und wissend angeschaut. »Unabhängig davon, was er getan hat, solltest du wissen, dass du ihm wirklich etwas bedeutest.«

Der abrupte Themenwechsel hatte Roz unvorbereitet getroffen, doch sie hatte trotzdem nicht nachfragen müssen, was sie damit meinte. Wusste Siena, dass Damian für Jacopo Lacertosas Tod verantwortlich war? Oder hatte sie nur ganz allgemein gesprochen? Roz hatte befürchtet, dass genauere Nachfragen das Gespräch womöglich in eine Richtung lenkten, in die sie nicht gehen wollte.

»Ich weiß«, war schließlich die Antwort gewesen, mit der sie sich begnügt hatte. Und das stimmte.

Gischt traf Roz' Gesicht, als sie am Bug des Boots stand und zum Horizont blickte. Bald würde die Nacht hereinbrechen und es nahezu unmöglich machen, das Militärschiff zu finden. Es ließ sich unmöglich sagen, wie weit es schon gekommen sein mochte. Kiran lenkte das Boot und war im Steuerhaus kaum zu sehen. Siena stand ein Stück weit von Roz entfernt und war mit ihren Zöpfen beschäftigt.

»Da!« Sienas plötzlicher Aufschrei durchschnitt die Luft. Roz riss den Kopf hoch und spähte in die Richtung, in die die Offizierin deutete. In Nebel eingehüllt, mit wehender Flagge, auf der, wie Roz wusste, bei näherem Hinsehen ein brennendes Schwert zu erkennen wäre, fuhr das Militärschiff.

»Festhalten!«, brüllte Kiran aus dem Steuerhaus, und Roz schaffte es gerade noch rechtzeitig, die Reling zu packen. Das Palazzo-Boot drehte scharf nach rechts ab und schnitt durchs Wasser, sodass die Wellen hochschlugen und Roz und Siena durchnässt wurden. Doch das war Roz vollkommen egal. Sie klammerte sich an die Reling, ihre Knöchel waren weiß und das Holz unter ihren Fingern rutschig. Ihr Atem ging schnell, und sie versuchte, ihr Herz dazu zu bewegen, langsamer zu schlagen. Jede Faser ihres Körpers war sich sicher, dass Damian auf diesem Schiff war. Jetzt ging es nur noch darum, ihn herunterzuholen.

Roz leckte sich die Lippen und schmeckte Salz. Sie kamen dem Militärschiff nun immer näher, und Siena rief Kiran über das Tosen des Windes Anweisungen zu.

»Halte auf die Steuerbordseite zu, dicht beim Heck! Weißt du noch, da befinden sich die kleineren Kabinen. Die sind mit größerer Wahrscheinlichkeit leer!«

Kiran gehorchte und brachte sie gleichauf mit dem viel größeren Schiff. Sie waren ihm nun nahe genug, dass Roz seine glitschige, mit Algen bedeckte Außenhaut hätte berühren können. Das Schiff verfügte über eine Reihe von Fenstern, und Roz fühlte sich plötzlich ungeschützt. Jeder hätte in diesem Moment aus einem der Fenster herausschauen und sie entdecken können, wogegen es unmöglich war, durch die Fenster ins Schiff hineinzuschauen.

»Dort!«, rief Siena und deutete auf ein Bullauge über ihren Köpfen. Haarsträhnen wurden ihr ins Gesicht und in den Mund geblasen. Sie spuckte sie einfach aus. »Durch dieses Fenster passen wir durch.«

»*Ich* nicht«, stellte Kiran fest, der aus dem Steuerhaus spähte.

»Du bleibst sowieso hier«, erklärte ihm Siena. »Du darfst das Boot nicht verlassen.« Sie signalisierte Roz, sie solle ihr helfen, und Roz folgte ihrer Anweisung und verschränkte die Hände, damit Siena den Fuß daraufstellen konnte. Sie tat es, wobei Roz' Hände sofort mit feuchtem Schmutz von ihren Sohlen beschmiert wurden.

»Es ist verschlossen!«, rief sie in den Wind, sodass ihre Stimme fast gänzlich davongetragen wurde.

»Ernsthaft?« Roz biss die Zähne zusammen. »Komm. Lass uns den Platz tauschen.«

Sie stellte sich auf Sienas Hände und stützte sich mit einem Knie an der Reling des Palazzo-Bootes ab. Siena hatte recht – das Bullauge war von innen verriegelt. Doch sein Rahmen bestand aus Messing. Roz spähte durch den feinen Nebel aus Wassertropfen und legte ihre Finger auf das kalte Metall. Hitze sammelte sich in ihrem Inneren, während ihr Puls sich beschleunigte. Der Geruch von brennendem Metall stieg ihr in die Nase.

»Was *machst* du da?«

Sienas Ruf kam von unten, doch Roz beachtete ihn nicht. Das Bullauge fühlte sich unter ihren Fingern nun nicht mehr kalt an. Vor Spannung war ihr ganz schwindelig, und sie brannte darauf, die ganze Kraft ihrer Magie freizulassen.

Und dieses eine Mal tat sie es auch.

Roz schrie erstickt auf und fuhr taumelnd zurück, als die Schrauben, die den Rahmen des Bullauges zusammenhielten, davonflogen. Einige landeten auf dem Deck des Palazzo-Boots, wo sie im Holz Brandflecken hinterließen. Der Rest des Bullauges bebte noch einen Moment, bevor der Messingrahmen sich verflüssigte und mit der Glasscheibe im Meer versank.

Einen Augenblick schwiegen sie alle.

»Na«, sagte Siena schließlich, die Roz' Stiefel noch immer mit eisernem Griff festhielt. »Das war ja mal was.«

Roz konnte ihr nicht widersprechen. Sie schluckte angestrengt, ihre Kehle war trocken. Sie hatte noch nie zuvor erlebt, dass ihre Magie *so etwas* getan hatte. Blanke Zerstörung angerichtet hatte. Hatte noch nie gesehen, dass sie etwas so vollständig zum Schmelzen gebracht hatte. Sie schüttelte den Kopf, um ihre Gedanken zu klären, bevor sie in den Raum jenseits des Bullauges spähte. »Sieht aus wie die Sanitätsstation. Die Luft ist rein.«

»Viel Glück«, rief Kiran noch, bevor Siena Roz hochhob und in das Militärschiff schob.

27

DAMIAN

Der Atem schmerzte in seiner Lunge, als Damian sich einen Weg durch die Soldaten zum Fenster bahnte. Dort hielt er sich mit beiden Händen an der Fensterbank fest und blickte auf die vertraute Silhouette von Ombrazia zurück. Er konnte noch das vergoldete Dach des Palazzos erkennen. Die Turmspitzen der Basilica. Die Menschen, die unten am Wasser ihren abendlichen Verrichtungen nachgingen. Alles sah aus wie sonst auch. Damian würde in den Norden gehen, und er würde sterben, und alles würde so weitergehen wie immer.

Wie seltsam war es doch, am Leben zu sein. Sich bedeutsam und gleichzeitig so unglaublich bedeutungslos zu fühlen.

Er wusste nicht mehr, wie lange er so dort gestanden hatte und sich von seinen Gedanken hatte einhüllen lassen, bis alles um ihn herum ausgeblendet worden war, als ihn eine Stimme direkt in seinem Ohr abrupt zurückholte.

»*Da* bist du also.«

Damian kehrte in die Gegenwart zurück und musterte blinzelnd das bekannte Gesicht direkt vor sich. Dunkle Augen, lange Wimpern und ein ungeduldiger Gesichtsausdruck, der Roz' in nichts nachstand. Er war so überrumpelt, dass er seinen Augen zuerst nicht traute.

»Siena?«

»Höchstpersönlich.« Sie stemmte die Hände in die Hüften, und Damian fiel auf, dass sie eine Sanitäteruniform trug. Ein Jünger musste sie angefertigt haben, denn sie saß perfekt. »Könntest du jetzt vielleicht mal mitkommen?«

Entgeistert starrte er sie an und suchte nach den richtigen Worten. Schließlich entschied er sich für: »Was machst du hier?«

Sie hatte die Haare am Hinterkopf zu einem Knoten zusammengesteckt, und obwohl ihre hohen Offiziersstiefel nicht recht zu der Sanitäteruniform passten, sah sie doch aus, als gehöre sie dazu. Entsprechend beachteten die anderen Möchtegern-Soldaten sie kaum, sondern warfen ihr höchstens ab und an flüchtige Blicke zu.

»Wir haben nach dir gesucht«, sagte Siena. Sie sah sich rasch um, bevor sie den Blick wieder auf sein Gesicht heftete. »Bei allen Heiligen, ich hätte dich fast nicht wiedererkannt. Was ist passiert?«

»Oh.« Damian fuhr mit der Hand über sein lädiertes Gesicht. Er hatte gar nicht bedacht, wie er aussehen musste. »Ich war im Laderaum gefesselt. Das war anscheinend das Werk meines Vaters. Wie sich gezeigt hat, ist der Kapitän des Schiffs Michele Russos Bruder, und er war wenig erfreut, dass ich überlebt habe und Michele nicht«, erklärte er tonlos, sachlich. Da Siena zu seiner Einheit gehört hatte, wusste sie über Michele Bescheid, doch Damian hatte hinterher nie mit ihr über seinen Tod gesprochen. Eigentlich hatte er mit niemandem über seinen Tod gesprochen.

Außer mit Roz.

Siena sah ihn mitfühlend an. »Nun, das erklärt, weshalb ich so lange gebraucht habe, um dich zu finden. Ich habe mich überall umgesehen, dich jedoch nicht entdecken können.« Mit gesenkter Stimme fuhr sie fort: »Folge mir, als würdest du medizinische Hilfe benötigen.«

Damian lachte hustend und zuckte sofort zusammen, als er die Schwellung an seinem Kiefer berührte. »Ich glaube, das kann ich glaubwürdig vermitteln.«

»Das würde ich auch sagen«, meinte sie mitleidig. »Bedauerlicherweise bin ich keine richtige Sanitäterin.«

Es hätte kaum einen Unterschied gemacht, wenn sie eine gewesen wäre. So etwas Triviales wie eine Beule konnte ohnehin nur einer von Mercys Jüngern heilen, doch die Jünger zogen nicht in den Krieg, außer sie meldeten sich freiwillig. Stattdessen wurden die, die zwar eine medizinische Ausbildung hatten, jedoch nicht von einem Heiligen gesegnet worden waren, zur Hilfe an der Front herangezogen.

Damian keuchte, als Siena ihn auffordernd am Arm zog. »Das ist mir seltsamerweise bewusst. Aber wie bist du hierhergekommen? Woher wusstest du, wo ich bin? Mein Vater –«

»Ich habe nicht mit deinem Vater gesprochen«, unterbrach ihn Siena. »Eigentlich war es Roz, der klar wurde, wo du bist. Sie ist vor dem Palazzo aufgetaucht, weil sie nach dir gesucht hat, und als ich ihr erzählt habe, dass du das Training versäumt hattest, hat sie zwei und zwei zusammengezählt.«

Roz hatte nach ihm gesucht? Damians Herz setzte kurz aus. Flüchtig gingen ihm die zurückliegenden vierundzwanzig Stunden durch den Kopf. Das Gespräch mit Roz hätte genauso gut Wochen zurückliegen können. Der Geschmack ihres Mundes auf seinem, und wie unklar sie anschließend miteinander verblieben waren … Verflucht, er wusste nicht, was er denken sollte. Doch dass sie tatsächlich auf der Suche nach ihm zum Palazzo gegangen war und er ihr offenbar so wichtig war, dass sie sogar Kiran und Siena eingeschaltet hatte …

»War es wirklich dein Vater, der dich weggeschickt hat?«, fragte Siena leise.

Damian verzog das Gesicht. Er konnte Siena nicht bis ins Detail schildern, was in Battistas Büro vorgefallen war. Nicht nur wegen seines Verdachts hinsichtlich der Leiche des Magistrats, sondern auch weil alles so … peinlich war. Sein Vater hatte ihn bewusstlos schlagen und zwangsweise auf das Schiff verfrachten lassen. Zum ersten Mal fragte sich Damian, wer ihn wohl vom Palazzo zum Schiff getragen haben mochte. Ob sich inzwischen vielleicht sogar herumgesprochen hatte, dass er ein solcher Feigling war, dass man ihn hatte betäuben müssen.

»Ja«, antwortete er. »Ja, es war mein Vater.«

Das schien ihr als Erklärung zu genügen. Sienas Mundwinkel sanken nach unten. »Das tut mir leid, Damian.«

»Schon gut. Ich wusste immer, dass ich Gefahr laufe, zurückgeschickt zu werden. Ich hätte nur nie erwartet, dass *er* es tun würde.« Doch so war es gewesen, und das war's. Sinnlos, noch länger darüber nachzudenken.

Damians Herz schlug so heftig, dass es fast aus seiner Brust zu springen schien, als er Siena auf die andere Seite des Schiffs folgte. Da er vom Laderaum noch ganz steif war, fiel es ihm nicht schwer, ein Hinken vorzutäuschen. Gemeinsam passierten sie die Grüppchen aus neuen Soldaten – von denen die meisten ihn nur neugierig oder mitleidig ansahen –, bis Siena vor einer unscheinbaren Tür mit der Aufschrift SANITÄTER stehen blieb.

»Geh rein«, raunte sie und drückte die Tür gerade so weit mit der Schulter auf, dass er ihrer Anweisung Folge leisten konnte.

Im Raum dahinter befanden sich lediglich einige schmale Pritschen und ein Schrank mit medizinischem Material. Durch ein einzelnes Fenster – oder eher das, was einmal ein Fenster *gewesen* war – hatte man einen kreisförmigen Ausblick auf die graue See und die hohen Wellen unter dem sich verdunkelnden Himmel. Wind blies durch das Loch, wo jemand offensichtlich die Glasscheibe feinsäuberlich aus der Schiffswand gerissen hatte. Bei seinem Anblick bekam Damian eine Gänsehaut an den Armen.

Und auf einer der Pritschen saß im Schneidersitz Roz.

Damian hätte keine Sekunde damit gerechnet, dass sie Siena begleiten könnte. Dass sie *hier* sein könnte. Sie hier zu sehen, so lebendig und greifbar, ließ alles andere surreal erscheinen. Er wollte ihr alles erzählen, was passiert war. Sie würde es mit Fassung tragen, was ihm wiederum vielleicht helfen würde, alles zu verstehen. Er wollte sie in die Arme schließen und so festhalten, dass er alle anderen Empfindungen vergaß.

»Roz«, sagte er, unfähig, seine Fassungslosigkeit zu verbergen.

Sie sprang vom Bett auf. »Endlich.«

28

ROZ

Fast hätte Roz Damian nicht erkannt. Er hatte seine Palazzo-Uniformjacke gegen ein Armeehemd eingetauscht, bei dem sie nicht umhinkam zu bemerken, wie sich sein Bizeps unter dem Stoff wölbte. Vor allem aber sah Damian aus, als wäre er innerhalb des einen Tages, den sie ihn nicht gesehen hatte, durch die Hölle gegangen. Seine Wangen waren gerötet, und auf einer Seite seines angespannten Kiefers prangte ein hässlicher, lilafarbener Bluterguss. Er betrachtete Roz mit einem ungläubigen Kopfschütteln. Siena schloss derweil die Tür des Sanitätsraums. »Was machst du hier?«

Trotz seiner mangelnden Dankbarkeit überkam Roz tiefe Erleichterung. Wäre Damian nicht auf diesem Schiff gewesen, hätte sie nicht gewusst, wo sie ihn noch hätte suchen sollen. Sie verstand nicht, was mit ihr los war. Weshalb sie von diesem vehementen Verlangen beherrscht wurde, ihn zu beschützen. Sie hatte sich so sehr daran gewöhnt, ohne ihn zu leben, dass ein einziger Kuss sie eigentlich nicht sofort wieder in ihre alte Obsession hätte stürzen sollen.

»Soweit ich weiß, wolltest du nicht in den Krieg, Venturi. Darum sorge ich dafür, dass du es auch nicht musst.«

»Warum tust du das?«

Er klang aufrichtig verwundert, und Roz spürte, wie ihre Wangen heiß wurden. Hatte sie sich das neulich nachts alles nur eingebildet? Wie er ihr versichert hatte: *Ich wollte deine Erde sein*? Wie sein Mund sacht ihren berührt hatte?

Andererseits hatte sie ihm kaum Anlass dazu geben, sich Hoffnungen zu machen. Vielleicht war er davon ausgegangen, dass der Waffenstillstand zwischen ihnen nur temporär gewesen war – ein kurzer beiderseitiger Mangel an Urteilsvermögen. Und vielleicht war es so am besten.

»Weil ich nett bin«, beantwortete Roz seine Frage und ging derweil auf das zerstörte Bullauge zu. Sie konnte Damian nicht ansehen, denn wen sie es täte, befürchtete sie, er könnte womöglich noch etwas anderes in ihrem Gesicht lesen.

»Nein, bist du nicht.« Er presste stirnrunzelnd die Lippen aufeinander.

Siena, die das Ohr gegen die Tür drückte, räusperte sich. »Könnten wir das hier vielleicht beschleunigen? Ich glaube, ich höre jemanden kommen.«

Roz starrte mit zusammengebissenen Zähnen zum Bullauge hinaus und bemühte sich, Damians Blick in ihrem Rücken zu ignorieren. Wasser schlug gegen die äußere Schiffswand, hob das nicht gekennzeichnete Palazzo-Boot hoch. Als Kiran sie bemerkte, winkte er ihr zu.

Damian folgte ungläubig Roz' Blick. Dann fuhr er zu Siena herum. »Dafür könntet ihr beide gefeuert werden«, sagte er entsetzt. »Oder Schlimmeres.«

Siena ging zwischen zwei Pritschen hindurch und schob sich durch das Bullauge, wobei sie auf die gezackten Ränder achtete. »Na ja, dafür müsste man uns aber erst mal erwischen.« Dann ließ sie sich vom Schiff auf das Palazzo-Boot fallen. Das kleinere Gefährt neigte sich ein wenig zur Seite, richtete sich jedoch einen Augenblick später wieder auf und trieb weiter auf den hohen Wellen.

Roz beobachtete, wie Damian beim Anblick des Bullauges

beunruhigt an der Unterlippe nagte. Siena, deren Zöpfe vom Wind gepeitscht wurden, winkte ihnen von weiter unten zu.

»Kommt schon!« Über das Tosen des Wassers war ihre Stimme kaum zu hören. »Ich helfe euch beiden beim Durchklettern.«

»Wenn du dich nicht ein bisschen beeilst, lassen wir dich hier«, kommentierte Roz trocken Damians Zögern. Sie meinte, jenseits der Tür Stimmen zu hören, wenn auch bisher niemand versucht hatte, ins Zimmer zu kommen. Vorsichtshalber griff sie trotzdem nach ihrer Pistole.

Damian schüttelte ruckartig den Kopf. »Ich kann nicht …« Er schluckte und setzte noch einmal von Neuem an. »Hör zu, ich bin dir dankbar, dass du meinetwegen gekommen bist, aber … Ich glaube nicht, dass ich von hier wegkann.«

»Was zur Hölle redest du da?«

»Ich kann nicht mit dir kommen. Ich bin kein Deserteur.«

Roz brauchte einen Augenblick, um seine Worte zu verarbeiten. Um zu verstehen, weshalb er so niedergeschlagen, so unsicher aussah. Wut flammte in ihr auf, heiß und unerwartet.

»Sei kein Idiot. Du hast zu mir gesagt, dass du lieber sterben als zurückkehren würdest. Aber bei deiner derzeitigen Erfolgsbilanz würdest du dort ebenso draufgehen.«

Damians Miene verfinsterte sich. »Wenigstens wäre es ein ehrenhafter Tod.«

»*Scheiß* drauf.« Roz schlug mit der Hand auf eine der Pritschen. Ihre Finger zitterten, und ihre Wut war so heftig, dass sie die Ränder ihres Gesichtsfelds verdunkelte. Hätte Damian nicht so verloren ausgesehen, hätte sie ihn womöglich geschüttelt. Vielleicht würde sie es trotzdem noch tun. »Das sind die Worte deines Vaters, nicht deine. Und sie sind schwachsinnig.«

Er fuhr zurück, als hätte sie ihn geohrfeigt. »Rossana, ich erwarte nicht, dass du verstehst –«

»Gut. Denn das tue ich nicht. Dich selbst zu opfern ist nicht ehrenhaft, Venturi. Sondern dämlich. Wenn du nicht in dreißig Sekunden durch dieses Fenster geklettert bist, dann schmeiße ich dich höchstpersönlich raus. *Das* wird dann wirklich peinlich.«

Damian starrte sie einen Moment lang an. Er schien nicht böse zu sein. Nur müde. Als würde er sich gegen sie auflehnen, weil er glaubte, es tun zu müssen, und nicht, weil er wirklich an seine Worte glaubte.

»Beweg dich«, schnauzte sie ihn an und deutete auf das Bullauge. *»Sofort.«*

Er presste widerstrebend die Lippen aufeinander, gehorchte jedoch.

Als Damian sich hochzog, wandte Roz rasch den Blick ab. Einerseits, weil sie zu wütend auf ihn war, um ihn anzusehen, doch hauptsächlich, weil sie nicht sehen wollte, wie die Muskeln in seinen gebräunten Unterarmen dabei hervortraten.

Gerade als er sich durch das Bullauge ziehen wollte, flog die Tür zum Sanitätsraum auf.

Roz' Magen zog sich zusammen.

»Den hier hat die Seekrankheit mehr erwischt als die anderen – was zur *Hölle*?« Ein schnauzbärtiger Soldat in Begleitung eines Jungen, der recht grün im Gesicht aussah, erschien in der Tür. An seiner Brusttasche prangten drei Sterne, was ihn zu einem – ja, zu was machte ihn das? Zu einem Kommandanten? Zum Kapitän? Er schubste den kranken Jungen knurrend beiseite, betrat den Raum und zog im Gehen seine eigene Pistole. »Keine Bewegung, Venturi. Sonst kann ich dir versprechen, dass ich dich diesmal wirklich umbringe.«

Die Waffe des Soldaten war auf Damian gerichtet. Roz' Pistole auf den Soldaten. Eine unangenehme Pattsituation. Ihre Wut auf Damian verpuffte, und ein erschreckend heftiges Bedürfnis, ihn zu beschützen, nahm ihren Platz ein. Sie starrte den Soldaten über den Lauf ihrer Waffe hinweg an und hätte zu gern abgedrückt, wusste jedoch, dass der Lärm zu viel Aufmerksamkeit auf dem Schiff erregt hätte.

Als sie im Augenwinkel wahrnahm, wie der Junge weglief, wusste sie, dass ihnen nicht mehr viel Zeit blieb.

Damian und der Soldat … Sie *kannten* sich. Sie merkte es an Damians Mund, daran, wie er die Augen zusammenkniff.

»Venturi«, murmelte Roz. »Raus hier.«

»Lacertosa«, hörte sie ihn säuerlich erwidern, wagte jedoch nicht, den Blick von dem Soldaten abzuwenden. »Ich weiß nicht, ob dir aufgefallen ist, dass eine Waffe auf mich gerichtet ist.«

»Ich kümmere mich um ihn.«

»Nein«, sagte Damian grollend, mit einem Anflug von Panik in der Stimme. »Erschieß ihn nicht. Er ist – er ist Micheles Bruder.«

Roz zuckte zusammen. *Michele.* Der Junge, mit dem Damian im Krieg befreundet gewesen war. Der Junge, den er sterben gesehen hatte.

»Wage es nicht, seinen Namen auszusprechen«, fauchte der Soldat. Der Knöchel des Fingers, der am Abzug seiner Pistole lag, wurde weiß.

Roz begriff. Dieser Mann, der Soldat, gab Damian die Schuld am Tod seines Bruders, genauso wie Damian sich selbst die Schuld dafür gab. Sie fragte sich, ob er es gewesen war, der Damians Gesicht so zugerichtet hatte.

Wenn er abdrücken würde, würde er ihn töten. Daran hegte Roz keinen Zweifel.

Aus diesem Grund feuerte sie eine Kugel direkt über seinem Kopf in die Wand.

Der Knall war ohrenbetäubend. Sie nutzte den kurzen Moment der Verwirrung, um eine der Pritschen umzukippen. Von draußen näherten sich als Reaktion auf den Schuss Schritte, und sie konnte Damian ihren Namen brüllen hören.

»LOS«, schrie Roz zurück. Schweiß rann ihr über die Stirn. Micheles Bruder feuerte nun ebenfalls. Roz duckte sich hinter die Pritsche. Der Medizinschrank zerbarst. Glassplitter regneten auf sie herab. Adrenalin breitete sich in jeder Faser ihres Körpers aus. Micheles Bruder schleuderte die Pritsche mit mehr Kraft beiseite, als Roz erwartet hatte. Sie sprang auf, vollführte eine halbe Drehung und versetzte ihm einen Tritt in die Kniekehlen. Als er daraufhin ins Taumeln geriet, nutzte sie sofort die Gelegenheit und rammte ihn mit dem Gesicht zuerst gegen die Wand. Irgendwo schrie Damian erneut ihren Namen. Roz fuhr herum und sah voller Entsetzen, wie er sich vom Bullauge zurückstieß.

»Ich habe doch gesagt, du sollst abhauen«, knurrte sie mit zusammengebissenen Zähnen. Micheles Bruder drückte sich von der Wand weg, die Hand an seine Nase gepresst. Fluchend hob er wieder die Pistole und richtete sie diesmal auf Roz. Sie spürte, wie ihr alles Blut aus dem Gesicht wich. Ein kaltes, ernüchterndes Gefühl.

Damian zögerte nicht. Er packte den Arm des Mannes und riss ihn hoch. Wieder löste sich ein Schuss. Die Kugel schlug in geringer Entfernung von Roz' Kopf in die Wand ein, während Damian mit Micheles Bruder rang. Roz spürte, wie plötzlich Ärger in ihr aufkeimte. Er hätte *entkommen* können, doch stattdessen war er ihr zu Hilfe geeilt.

Damian bekam inzwischen die Pistole des Mannes zu fassen und versetzte ihm mit dem Lauf der Waffe einen gezielten Schlag. Micheles Bruder wich zurück und überzog Damian mit einer Tirade ziemlich übler Beschimpfungen. Damian fuhr zu Roz herum.

»Verschwinde von hier!«

Sie funkelte ihn finster an, sah jedoch keinen triftigen Grund, nicht zu gehorchen. Gerade als sie sich aus dem Bullauge schwang, wurde die Tür zum Sanitätsraum aus den Angeln gerissen.

Roz stürzte und prallte hart auf dem Deck des Palazzo-Boots auf. Wieder fielen Schüsse, und sie musste sich flach auf den Boden drücken. Gischt schlug ihr feucht ins Gesicht, brannte in ihren Augen. Sie krallte sich am Holz fest, und ihr Herzschlag donnerte in ihren Ohren. Einen Augenblick später landete Damian geduckt neben ihr und wagte es, dabei auch noch elegant zu wirken.

»In – den – Laderaum!«, raunzte jemand. Als sie den Kopf hob, entdeckte sie Siena halb verborgen hinter einer Falltür. Roz robbte auf sie zu. Holzsplitter gruben sich unerbittlich in ihre Haut. Dann warf sie sich durch die quadratische Öffnung. Damian tat es ihr gleich, begleitet von weiteren Schüssen. Glücklicherweise schien er nicht verletzt zu sein.

Die Luke fiel zu.

»Hättet ihr nicht die *Leiter* benutzen können?«, ertönte Sienas aufgebrachte Stimme. Sie selbst war in der Dunkelheit kaum zu sehen.

Roz bewegte keuchend ihre Glieder. Sie schmerzten, waren davon abgesehen aber unversehrt.

»Wir waren zu sehr damit beschäftigt, nicht erschossen zu werden.«

Neben sich spürte sie Damians warmen, starken Körper. Er atmete schon wieder ganz normal. Er legte den Arm um Roz' Kreuz und zog sie zu sich. Seine Hände fuhren in der Finsternis über ihren Körper, sacht und doch voller Eifer und Verzweiflung.

»Geht es dir gut?« Seine Frage war nur ein Zischen.

Roz stieß ihn weg. Er tastete nach *Blut*. Nur deswegen betatschte er sie so eifrig. »Ich bin in Ordnung.«

Sie sparte es sich, ihm die gleiche Frage zu stellen. Sobald Damian angefangen hatte, sich zu wehren, war deutlich geworden, dass Micheles Bruder keine Chance gehabt hatte. In seinen breiten Schultern verbarg sich eine unbändige Kraft, eine Art animalische Energie, die er sonst nie zeigte. Nun verstand sie, wie Damian den Norden überlebt hatte.

Zufriedengestellt wandte er sich an Siena. »Kommt Kiran da oben zurecht?«

»Der kriegt das schon hin. Das Steuerhaus ist ziemlich gut geschützt, und er ist ja kein Dummkopf. Außerdem ist es recht schwierig, durch ein Bullauge zu schießen.«

Entgegen ihrer Aussage lag jedoch unüberhörbare Anspannung in ihrer Stimme, und Roz spürte, dass auch Damian beunruhigt war.

Um die beiden abzulenken, sagte Roz: »Venturi, dafür, dass ich diesen Mann verschont habe, schuldest du mir was. Er hätte uns fast umgebracht.«

»Ja«, antwortete Damian knapp. Zwar konnte Roz ihn nicht richtig sehen, doch sie konnte sich vorstellen, wie er das Gesicht verzog. »Das tut mir leid. Danke, dass du ihn nicht erschossen hast.«

»Du kanntest ihn?«, wollte Siena wissen, woraufhin Damian einen undefinierbaren, kehligen Laut ausstieß.

»Es war Micheles Bruder.«

Siena sog scharf die Luft ein. Dann verstummte sie. Roz fühlte sich plötzlich unwohl, als wäre sie in eine Unterhaltung hineingeplatzt, die sie nichts anging. Es war ihr egal, dass dieser Mann mit einem Jungen verwandt war, den sie nie kennengelernt hatte. Micheles Bruder hatte versucht, sie zu *töten*. Hätte er die Chance gehabt, hätte er Damian vor ihren Augen erschossen. Roz hätte ihm mit Freuden eine Kugel in den Kopf gejagt. Eigentlich wünschte sie, sie hätte es getan.

Als Siena weitersprach, hörte Roz ihr nicht mehr zu.

Kiran steuerte das Boot so nah wie möglich an die äußeren Bezirke von Ombrazia heran, bis der Fluss schließlich zu schmal wurde, um ungesehen weiterzusegeln. Roz, Damian und Siena waren inzwischen wieder aus der Bodenluke hervorgekommen. Das Steuerhaus des Bootes war voller Einschusslöcher, und ein Großteil der Glasscheiben hatte entweder Risse oder war komplett zersprungen. Doch Kiran schien wundersamerweise unversehrt geblieben zu sein. Jetzt, wo sie nicht mehr unmittelbar in Gefahr schwebten, fühlte sich Roz zu erschöpft, um zu sprechen. Die Minuten verstrichen, schlugen über ihr zusammen, während der Wind sie umfing, der nach Salz und Eisen schmeckte. Sie zog die Knie an die Brust, und ihr verräterisches Herz hämmerte in ihren Ohren.

Damian hatte gewollt, dass sie ihn zurückließ. Für einen Augenblick war er bereit gewesen, auf dem Schiff zu bleiben. Breit gewesen, im Namen der Ehre getötet zu werden, obwohl Roz genau wusste, wie verzweifelt er leben wollte.

War das der Mann, den sie beschlossen hatte gernzuhaben? Ein Mann, der bereit war, für den Palazzo zu sterben, während sie ihr Leben dafür gegeben hätte, ihn brennen zu sehen?

Zorn erfüllte sie, Zorn auf Damian und auf sich selbst. Sie wollte daran glauben, dass er von der Gewissheit herrührte, dass sie beide schmerzhaft deutlich nicht zusammenpassten. Doch tief drinnen wusste Roz, dass der Grund dafür war, dass sie die Vorstellung von Damians Tod nicht ertragen konnte. Um ihr eigenes Leben fürchtete sie nur wenig, doch die Vorstellung, Damian diesmal für immer zu verlieren?

Noch nie zuvor hatte sie etwas so wütend gemacht.

Schließlich sah sie sich genötigt, Kiran zu lotsen, bis er irgendwann mit dem Boot nicht weit entfernt von Bartolo's anlegte. Roz wusste, dass es riskant war, sie dem Rebellenhauptquartier so nah kommen zu lassen, doch sie gedachte nicht zu riskieren, von anderen Jüngern gesehen zu werden.

»Danke«, murmelte sie, woraufhin Kiran sich überrascht zu ihr umdrehte. Der Jackenärmel seiner Palazzo-Uniform war zerrissen, aber sonst sah er makellos aus. Seine Haare hatten sich nicht einmal aus dem glänzenden Knoten gelöst.

»Wofür?«

Roz hob eine Schulter, ließ sie wieder sinken. »Ihr hättet mir nicht helfen müssen. Ihr hättet mich auch verhaften können.«

Als er grinste, blitzten seine Zähne auf. »Irgendwie habe ich das Gefühl, dass du uns das nicht leicht gemacht hättest. Außerdem habe ich nicht dir geholfen – sondern Damian. Nichts für ungut.«

Roz zuckte wieder gleichgültig mit den Schultern. Genau darauf hatte sie ja auch gebaut. Bevor sie etwas erwidern konnte, kamen Damian und Siena in Hörweite, und Letztere musterte ihre Umgebung mit skeptischem Blick.

»Bist du sicher, dass wir dich hier rauslassen sollen?«

Roz überlegte. Es war eindeutig nicht gerade der schönste Teil von Ombrazia, aber davon abgesehen war daran nichts verkehrt. »Ich bin sicher.«

»Na gut.« Siena kaute an ihrer Unterlippe und fragte an Damian gerichtet: »Was ist mit dir? Kommst du nicht mit zurück zum Palazzo?«

Die Frage schien Damian zu verblüffen, und Roz konnte nachvollziehen, weshalb. Eigentlich sollte er längst fort sein. Battista ging davon aus, dass er entweder sterben oder noch einmal als Held zurückkehren würde. War das ein Grund dafür gewesen, dass Damian das Schiff nicht hatte verlassen wollen? War er tatsächlich so versessen auf den Respekt seines Vaters?

»Wie könnte ich?«, erwiderte er. Mit seiner Militäruniform und dem kurzen Offiziershaarschnitt wirkte er irgendwie fehl am Platz. Zu streng. Zu machtvoll. Allein sein Anblick würde den Leuten Angst einjagen, insbesondere dank der Blutergüsse in seinem Gesicht.

»Was wirst du tun?«, fragte Kiran.

Damian blinzelte unschlüssig, woraufhin Roz ohne nachzudenken herausplatzte: »Ich weiß, wo du hinkannst.«

»Tatsächlich?« Er machte ein Gesicht, als hätte sie ihm ihre Niere angeboten.

»Ja. Einer Freundin gehört hier in der Nähe eine Taverne. Im Geschoss über dem Schankraum gibt es auch Zimmer.«

»Das wäre … großartig.«

Es war riskant, und zudem ärgerte sich Roz noch immer über Damian, aber andererseits konnte sie ihn kaum erst retten und dann auf der Straße stehen lassen. So wie die Dinge standen, gab es nur zwei Orte, an die sie ihn bringen konnte – in die Taverne oder zu sich nach Hause. Und sie würde ihn mit Sicherheit nicht mit nach Hause nehmen und auf ihre Mutter loslassen. Außerdem würde Piera Damian wiedererkennen und wissen, dass sie etwas mehr Vorsicht walten lassen müsste.

Damian räusperte sich. »Na dann.« Er wandte sich an Kiran und Siena. »Danke, dass ihr mich dort rausgeholt habt.«

»Nicht der Rede wert.« Kiran war noch immer merklich aufgekratzt vom Adrenalinkick der Flucht und federte unruhig auf den Fußballen.

Siena hob das Kinn. Ihre dunklen Augen blitzten. »Unsere Loyalität gilt nicht nur dem Palazzo, Damian. Sondern auch *dir.*«

Roz merkte, wie es in Damians Kehle arbeitete, als fiele ihm das Schlucken plötzlich schwer. »Nun nicht mehr. Hört zu, seid wachsam, wenn ihr in den Palazzo zurückkehrt. Etwas … Seltsames geht dort vor.«

»Inwiefern seltsam?«, wollte Kiran wissen.

Obwohl Roz keine Ahnung hatte, was er sagen wollte, warf Damian ihr einen kurzen Seitenblick zu, bevor er weitersprach: »Ich glaube, dass mein Vater etwas mit dem Mord an Leonzio zu tun hatte. Er hat herausgefunden, dass ich ihn verdächtige, und ich glaube, das war der Grund dafür, dass er mich plötzlich so dringend loswerden wollte.«

Als unvermittelt irgendwo über ihren Köpfen ein Seevogel kreischte, zuckten sie alle erschrocken zusammen. Roz hätte Damian am liebsten gepackt und durchgeschüttelt. Es war genau so, wie sie geahnt hatte: Irgendwie hatte er Battista darüber informiert, dass sie ihm auf der Spur waren. Trotzdem war sie verwirrt. Hatte Damian den Fehler begangen, Battista einfach direkt danach zu fragen, nur um zu spät festzustellen, dass ihm nicht zu trauen war? Falls ja, warum interessierte es ihn dann, was Battista davon hielt, dass er desertierte?

Denn schließlich war Damian *desertiert*, nicht wahr? Nach allem, was er über ihren Vater gesagt hatte, hatte er genau das Gleiche getan wie er. Und das wusste er auch.

War es das, was ihn so sehr beschäftigte?

Siena, die von Roz' innerem Aufruhr nichts bemerkte, fragte: »Ihr glaubt, *Battista* hat jemanden vergiftet?«

Damian fuhr sich mit der Hand seitlich übers Gesicht. Seine Körperhaltung verriet deutlich, wie unbehaglich er sich fühlte. »Ich will es nicht glauben. Aber danach zu urteilen, was Roz und ich bisher in Erfahrung gebracht haben, besteht durchaus die Möglichkeit.« Er ging nicht weiter ins Detail, sondern sagte stattdessen: »Ich weiß nicht, welches Motiv er haben könnte.«

Kiran stieß kopfschüttelnd einen leisen Pfiff aus. »Ich hoffe dir zuliebe, dass du dich irrst. Welche Beweise hast du?« Die Frage klang nicht provokativ, sondern schien ihn aufrichtig zu interessieren.

»Es ist am besten, wenn ihr so wenig wisst wie möglich«, entgegnete Damian. »Macht weiter euren Job, als ob nichts passiert wäre. Mein Vater kann … gefährlich werden. Selbst denen, die er als seine Verbündeten betrachtet.«

Roz konnte sich ein leises Schnauben nicht verkneifen. *Das* war eine Untertreibung. Zum Glück schien es niemand gehört zu haben.

»Wenn wir es irgendwann sicher wissen, geben wir Bescheid«, sagte Damian und fuhr sich dabei frustriert durchs Haar. »Und nehmt euch vor Forte in Acht, ja? Falls mein Vater involviert ist, bekommt er bestimmt von jemandem Anweisungen.«

Roz war nicht überzeugt – Battista konnte bestimmt tun und lassen, was immer er wollte –, doch die Art, wie Damians Gesicht plötzlich etwas zu ausdruckslos wurde, verriet ihr, dass es noch etwas gab, das er nicht laut aussprach. Doch sie schwieg, während Damian Siena kurz drückte und anschließend Kiran die Hand hinstreckte.

»Vergiss es«, sagte Kiran und zog Damian an seine Brust. »Wenn sie eine Umarmung kriegt, bekomme ich auch eine.«

Zu sehen, wie ungezwungen Damian mit den beiden Offizieren umging, versetzte Roz einen Stich. Zwischen ihnen beiden war es auch einmal so gewesen. Eigentlich noch viel mehr. Doch trotz des Kusses war es irgendwie verschwunden. War in der Zeit und in Schmerz und Zorn und Bitterkeit verloren gegangen.

Sie wusste nicht, wie sie es zurückholen sollte. Wusste nicht, ob sie das jemals schaffen würden.

»Roz?«

Damian stand am Bootsrand. Als sie ihn ihren Namen murmeln hörte, hob sie den Kopf. Seine Augen, so dunkel und warm und unergründlich wie immer, waren auf sie gerichtet. Sein Blick war ernst, und plötzlich kam Roz der Verdacht, dass sie nicht nur wegen des leichten Schwankens des Boots weiche Knie hatte.

Als er ihr die Hand reichte, nahm sie sie, ohne ihn anzusehen.

Gemeinsam traten sie auf den Anleger und sahen zu, wie das Boot im Zwielicht verschwand.

29
DAMIAN

Damian folgte Roz in der hereinbrechenden Dunkelheit durch die Straßen. Roz' Schritte waren zielstrebig, ihr Blick entschlossen, und Damian war dankbar, dass sie die Panik in seinem Gesicht nicht bemerkte. Eine Erkenntnis nach der anderen wirbelte unkontrolliert durch seinen Kopf. Er konnte nicht zum Palazzo zurückkehren. Er war nicht länger Sicherheitschef. Er würde nie wieder mit Kiran und Siena auf Patrouille gehen. Niemals wieder nachts durch die Straßen von Ombrazia streifen, mit dem beruhigenden Gewicht der Arkebuse auf seinem Rücken.

Wenn er kein Soldat und kein Offizier mehr war, was war er dann? *Wer* war er?

Vielleicht hatte er einen Fehler gemacht. Vielleicht hätte er auf dem Schiff bleiben, sich in den Norden transportieren lassen und bis zum letzten Atemzug kämpfen sollen. Es wäre eine leidvolle, ja selbstmörderische Entscheidung gewesen, aber was, wenn das sein Schicksal war? Die Heiligen hatten Jünger geschaffen, damit sie hier auf Erden ihre Magie anwandten. Vielleicht hatten sie Damian geschaffen, damit er so lange kämpfte wie möglich und schließlich erlosch.

Und dazu kamen noch die Schuldgefühle. Weil er geflohen war, hier war, in Sicherheit. Wie viele von den Menschen auf dem Schiff wären bis zum Ende des Monats tot? Bis zur nächsten Woche? Und die Überlebenden – wie viele von ihnen würden mit leeren Augen und Köpfen voller Dämonen nach Ombrazia zurückkehren?

Es dauerte einen Moment, bis er merkte, dass Roz vor einer dreistöckigen, unscheinbaren Taverne haltgemacht hatte. Sie sah nicht gerade einladend aus: Die Mauern hatten Risse, und in unmittelbarer Nähe saßen schmuddelige Kinder auf dem Boden, die sie misstrauisch ansahen. Damian vermutete, dass er hier unterkommen würde. Roz legte die Hand an die Tür, trat jedoch nicht ein.

»Was ist los?«, fragte er angesichts ihres Zögerns.

Als sie zu ihm aufsah, verschlug es ihm den Atem. Nicht nur weil sie wunderschön war – das war sie, auf eine Art, die ihn schon immer sprachlos gemacht hatte –, sondern auch weil sie ihn mit dem gleichen Gesichtsausdruck ansah wie in der Nacht im Badehaus. Als hätte Damian sie plötzlich in die Enge getrieben, obwohl dem nicht so war.

»Hey.« Er legte seine Hand auf ihre und zog ihre Finger sanft von der Tür der Taverne. »Was verschweigst du mir?«

Roz hob die Brauen. »Was verschweigst *du mir*?«

Damian musste an die Leiche des Magistrats denken. An den kühlen Stein von Chaos' Statue unter seiner Handfläche und an all die Dinge, die er nicht wagte, in Worte zu fassen.

Ich habe Angst, dass Chaos nicht wirklich fort ist.

Ich habe Angst, dass ich meinem eigenen Verstand nicht trauen kann.

Ich habe Angst davor, dich zu lieben.

Stattdessen sagte er: »Ich habe dich nie über irgendetwas belogen.«

Roz stieß ein harsches Lachen aus und befreite ihre Hand aus seinem Griff. Bevor Damian noch etwas sagen konnte, war sie schon in die Taverne marschiert.

In dem großen Raum war es selbst so früh am Abend laut, und die niedrige Holzbalkendecke fing den Lärm ein. Es roch nach Schweiß und nach einer ziemlich penetranten Mischung aus verschiedenen Alkoholsorten. In Anbetracht des robusten Erscheinungsbilds der Gäste und der Art, wie sie seine Armeeuniform mit unverhohlenem Interesse anstarrten, hätte Damian wetten mögen, dass sich unter ihnen kein einziger Jünger befand. Tatsächlich war er schockiert darüber, dass Roz einen Ort wie diesen offenbar häufiger aufsuchte. Jede Faser seines Körpers spannte sich, bereit, sich notfalls zu verteidigen.

»Was *ist* das hier für ein Ort?«, fragte er Roz flüsternd.

»Wenn du kein Messer im Rücken haben willst, dann komm mit mir«, zischte ihm Roz zu und verlangsamte nur kurz ihren Schritt. »Die Leute hier sind nicht gerade vertrauensselig, und du bist ein unbekanntes Gesicht. Vom Blut wollen wir gar nicht erst reden.«

Damian sah keinen Grund zu widersprechen. Darum folgte er ihr noch immer leicht verwirrt zur Bar, wo eine Frau mittleren Alters Getränke servierte. Irgendetwas schien Roz zu beschäftigen – er wusste nur nicht genau, was. Bereute sie es, ihm gefolgt zu sein? Störte es sie, dass sie ihm helfen musste, obwohl sie ihm ihre Unterstützung angeboten hatte? Vielleicht bedauerte sie ihren Kuss inzwischen. Er wünschte sich nichts mehr, als dass sie ehrlich zu ihm war, doch konnte er das im Gegenzug ebenfalls sein?

»Piera«, sagte Roz zu Damian, als sie die Bar erreicht hatten, und wies dabei auf die Frau. Obwohl er sie schon seit Jahren nicht mehr gesehen hatte, erkannte er Pieras schmales Gesicht und ihre scharfen Augen wieder. Sie war mit den Lacertosas befreundet gewesen, hatte seiner eigenen Familie jedoch nie besonders nahegestanden. Als Piera aufsah und sie beide registrierte, entspannte sie sich merklich und schenkte Roz ein Lächeln, bei dem Damian das Gefühl nicht loswurde, dass es ausschließlich für sie reserviert war.

Piera stellte das Glas in ihrer Hand ab und richtete ihre grauen Augen auf Damian, während Roz ansetzte: »Piera, du erinnerst dich – «

»Damian Venturi.« Piera streckte die Hand aus. Die Herzlichkeit wich aus ihrem Lächeln. »Es ist schon eine Weile her, aber ich habe viel von dir gehört.«

Damian schüttelte ihre Hand. »Mit Sicherheit nichts Gutes.«

Ein anerkennendes Lächeln umspielte Pieras Mund, das nicht zu ihrem kühlen Gesichtsausdruck passte. »Wenigstens bist du selbstkritisch.«

»Ich wurde schon Schlimmeres geschimpft.«

Roz verzog in unübersehbarem Unbehagen das Gesicht, als würde sie etwas an dem Gespräch beunruhigen. »Könnte Damian für einige Nächte hierbleiben? Nur bis er eine andere Bleibe gefunden hat.«

Piera überlegte und betrachtete Damian dabei derart durchdringend, dass er sich nicht gewundert hätte, wenn er spontan in Flammen aufgegangen wäre. Doch schließlich nickte sie und sagte: »Erster Stock, dritte Tür links. Hier.« Sie gab Damian einen polierten eisernen Schlüssel, den er einsteckte.

»Wie viel pro Nacht?«

Sie zuckte gleichmütig mit den Schultern. »Mach dir deswegen keine Gedanken.«

»Mit Verlaub, Signora, ich bin kein Sozialfall.«

Piera musterte ihn so lange, dass Damian jedes einzelne Wort, das er in ihrer Gegenwart gesprochen hatte, bereute. »Das ist mir durchaus bewusst, Damian Venturi. Aber ich will dein Geld nicht.«

Es klang, als wäre alles Geld, das er ihr anzubieten hatte, vergiftet. Das schmerzte, wenn auch nur ein wenig. Damian nickte ihr höflich zu. Roz blickte sich derweil in der Taverne um und schien plötzlich den Kopf einzuziehen, als mehrere Männer an einem Tisch in der Nähe finster ihre Blicke erwiderten und gleich darauf anfingen, die Köpfe zusammenzustecken.

»Komm jetzt«, raunzte sie Damian an und wies auf eine Treppe in der Ecke der Taverne.

Er musste beinahe rennen, um mit ihr Schritt zu halten. »Wer war das?«

»Unwichtig.«

»Belästigen sie dich? Ich werde –«

Sie fuhr ärgerlich mitten auf der abgenutzten Treppe herum. »*Was* wirst du?«, fragte sie atemlos. »Wenn sie mich belästigen würden, würde ich sie mir selbst vorknöpfen.«

Damian beobachtete, wie sich ihre Brust rasch hob und senkte. In ihrer gegenwärtigen Position überragte sie ihn um einen halben Kopf, und der Großteil ihres Gesichts war im dunklen Treppenhaus nur undeutlich zu erkennen. Er wusste nicht, was er erwidern sollte. War sich nicht mal mehr sicher, was genau er eigentlich hatte sagen wollen. »Ich wollte es nur wissen.«

Roz ließ sich nicht zu einer Antwort herab. Damian blieb noch einen Moment unschlüssig stehen, doch er wusste, dass er kaum eine andere Wahl hatte, als ihr den Rest des Weges zum Treppenabsatz im ersten Stock zu folgen. Vor einer Tür in der Mitte des Flurs blieb sie stehen und forderte ihn auf, ihr den Schlüssel zu geben. Damian gehorchte. Als die Tür aufschwang, gab sie den Blick auf einen spärlich ausgestatteten Raum mit Verzierungen aus imitiertem Gold frei. Gegenüber einer hölzernen Kommode stand ein schmales Bett, und auf dem Boden dazwischen lag ein ziemlich unansehnlicher, in Gelb und Scharlachrot gehaltener Teppich.

»Wir sehen uns morgen«, verabschiedete sich Roz, bevor sie sich zum Gehen wandte, doch Damian schüttelte den Kopf.

»Komm rein.«

Sie musterte ihn einen Moment lang mit leicht verengten Augen. »Ich muss wirklich –«

Doch Damian hatte genug. »Das war keine Bitte.«

»Was?«

»Ich bin *müde*«, sagte er und wich zurück ins Zimmer hinein. Roz blieb in der Tür stehen. Ihr Haare waren vom Wind zerzaust und ihre Wangen gerötet. Sie sah Damian ungläubig an, doch Damian merkte, dass es ihm in diesem Augenblick egal war, ob er sie womöglich verärgerte. »Ich bin es müde, dass wir nicht einfach sagen, was wir denken. Ich hasse es, dich anzusehen und mich dabei zu fragen, was du mir wohl verschweigst. Ich hasse es, jedes Wort, das ich sage, infrage zu stellen.« Er konnte den flehentlichen Ton in seiner eigenen Stimme hören, der seinem Eingeständnis vermutlich ein wenig die Schärfe nahm. »So, ich werde mich jetzt etwas waschen. Wenn du bereit bist zu reden, dann bleib. Wenn nicht, dann geh ruhig nach Hause.«

Ohne eine Antwort abzuwarten, ging er steifbeinig in das angrenzende Badezimmer und ließ Wasser in die Wanne laufen. Roz würde gehen. Sie würde gehen, und der Anblick des leeren Zimmers würde ihm das Herz brechen, aber er würde es überstehen. Er hatte keine andere Wahl.

Damian streifte die Armeeuniform ab und warf sie in die Ecke. Als er in die Wanne stieg, schwappte das Wasser ein wenig über, doch er bemerkte es kaum. Er schrubbte sich grob mit Seife ab, benutzte die Fingernägel, um das getrocknete Blut abzukratzen, und beobachtete, wie sich das klare Wasser bräunlich-grau verfärbte. Er ließ es ablaufen und füllte die Wanne ein weiteres Mal.

Nachdem er fertig war, stellte er sich vor den Spiegel und starrte sein hageres Spiegelbild an. Es war das erste Mal seit Monaten. Ihm missfiel die Leere in seinen Augen, die dunklen Schatten, die unter ihnen lagen, und die Art, wie seine Wangenknochen jeden Tag schärfer hervorzutreten schienen. Die Muskeln, die er oben im Norden aufgebaut hatte, waren noch da, sahen jedoch irgendwie angespannt aus. Als ob sein Körper kämpfen müsste, um sie aufrechtzuerhalten.

Seufzend schlüpfte er wieder in die Uniformhose. Dann stützte er die Ellenbogen auf den Waschtisch und den Kopf in die Hände. Den Sicherheitsdienst des Palazzos zu leiten war monatelang seine einzige Ablenkung gewesen. Deshalb hatte er sich so sehr in diese Aufgabe gestürzt, hatte es so weit wie möglich vermieden zu schlafen. Er konnte nicht ertragen, was er sah, wenn er die Augen schloss.

Als es plötzlich an der Badezimmertür klopfte, fuhr er hoch.

»Venturi?«

Es war Roz.

Er öffnete mit zitternden Fingern die Tür und sah sie an. In der kurzen Zeit, die er zum Baden gebraucht hatte, war es im Zimmer, abgesehen vom Mondlicht, das durchs Fenster hereinkam, dunkel geworden. Es fiel auf die leichte Rundung von Roz' Wange, auf ihre geschmeidige Schulter, verewigte sie in Silber. Der Blick aus ihren grau-blauen Augen glitt über seine nackten Arme, seinen Torso, und ihre Lippen formten sich zu einem tonlosen *Oh.*

»Rossana«, sagte Damian hart. Er war viel zu lange weich gewesen.

Sie fasste sich, schien nach den richtigen Worten zu suchen, bis plötzlich etwas merklich in ihr brach. »Du hast gesagt, du willst Ehrlichkeit. Also fängst du an. Was zur Hölle nagt so an dir?«

Wenn sie so fragte ... Damian wusste nicht recht, wo er anfangen sollte. Er lachte freudlos auf. »Tja. Also. Hör mal, ich weiß, dass du mich für einen Trottel hältst, weil ich meinem Vater erzählt habe, dass wir glauben, dass er in die Morde verwickelt ist, doch ich war nicht unbedingt in Topform, als mir das rausgerutscht ist.«

Roz runzelte die Stirn. »Was soll *das* nun wieder heißen?«

»Ich glaube ...« Damian raufte sich das Haar und überlegte, wie er es ihr am besten erklären könnte. »Ich glaube, dass etwas noch Größeres im Gange ist. Ich bezweifle, dass die Morde unser einziges Problem sind.«

Da sie schweigend abwartete, fuhr er fort.

»Nach dem Abend neulich im Badehaus –«, er merkte, wie er bei diesen Worten errötete, »bin ich zum Schrein gegangen. Ich fühlte mich etwas ... verloren, aber darum geht es jetzt nicht. Ich habe den Arm von Chaos' Statue angefasst, und da öffnete sich ein *Tunnel*. Einer, den ich noch nie zuvor gesehen hatte.«

»Okay«, sagte Roz nachdenklich. »Und wo führte er hin?«

»Nirgendwo. Na ja«, fügte Damian an, »er führte in einen Raum, aber das ist nicht von Belang. Wichtig ist dagegen, dass ich in diesem Raum Magistrat Forte gesehen habe. Tot.«

Roz riss die Augen auf. Unwillkürlich trat sie näher an ihn heran. »Jemand hat auch *ihn* ermordet?«

»Genau dieser Teil ergibt keinen Sinn. Er sah aus, als wäre er schon mindestens seit einer Woche tot. Doch als ich anschließend zu meinem Vater gegangen bin, um ihm davon zu berichten, meinte er, er hätte sich erst wenige Stunden zuvor mit Forte getroffen.« Damian biss die Zähne zusammen und verspürte wieder die vertraute frustrierende Verwirrung. »Ich verstehe nicht, wie das sein kann. Ich weiß, was ich gesehen habe, und ich *weiß*, dass es Forte war. Die einzige Erklärung, die mir dafür in den Sinn kam, war –«

»Chaos«, folgerte Roz sofort. Damian verspürte tiefe Erleichterung, die sich warm bis in seine Fingerspitzen ausbreitete. Erleichterung darüber, dass es eine Person gab, die ihn nicht für verrückt hielt. Jemanden, der es nicht mal eine Sekunde lang für möglich hielt, dass er sich alles nur eingebildet hatte. Roz war zum gleichen Ergebnis gekommen wie er, und es aus ihrem Munde zu hören, ließ es plötzlich viel weniger unwahrscheinlich klingen.

»Genau das dachte ich auch«, bestätigte Damian. »Aber das kann nicht sein, oder? Weil es bedeuten würde, dass er zurück ist.«

Roz bedachte Damian mit einem Blick, der ihm das Gefühl gab, etwas vollkommen Offensichtliches zu übersehen. »Oder es bedeutet, dass seine Jünger nie wirklich fort waren.«

»Ein gefallener Heiliger kann seine Nachfolger nicht mit Magie segnen«, entfuhr es Damian, bevor ihm selbst bewusst wurde, was er da sagte. Wie oft hatte er selbst genau diesen Satz zu hören bekommen? Er galt als unbestreitbare Tatsache.

»So heißt es in den Geschichten«, stimmte Roz ihm zu, reckte jedoch widerspenstig das Kinn. »Aber wer sagt, dass alle Geschichten wahr sind?«

Damian wusste nicht recht, was er erwidern sollte. *Alle in der Basilica*, hätte er vielleicht antworten können. *Der Magistrat.* Schließlich sprach der Magistrat doch angeblich für die Heiligen, oder?

Roz schien ihm seine Verwirrung anzusehen, denn sie lächelte grimmig. »Ich verstehe schon«, versicherte sie ihm. »Wenn du akzeptierst, dass eine Sache womöglich nicht wahr ist, gerät alles ins Wanken.«

Genau so war es – ganz genau so. Doch eigentlich war schon längst alles ins Wanken geraten, nicht wahr? Doch da Damian sich damit unwohl gefühlt hatte, hatte er kurzerhand versucht, es zu ignorieren.

Doch nun ignorierte er es nicht mehr. Er konnte es nicht.

»Nehmen wir an, du hast recht«, sagte er fest zu Roz. »Nehmen wir an, ein Jünger von Chaos streift noch immer durch die Straßen, und deswegen habe ich gesehen, was ich gesehen habe. Hat das etwas mit den Morden zu tun, oder ist das ein ganz anderes Problem?«

Roz zuckte resigniert mit den Schultern. Ihr verunsicherter Gesichtsausdruck ließ sie jünger wirken. »Ich habe keine Ahnung. Ich wünschte, es wäre anders. Vielleicht können wir damit anfangen, dass wir noch einmal zum Schrein gehen – und nachsehen, ob der Tunnel und die Leiche noch da sind?«

»Einverstanden.« Damian atmete auf. »Ja, in Ordnung.« Das war zwar nicht viel, aber immerhin ein Plan, und er fühlte sich schon geringfügig besser, brachte sogar ein schwaches Lächeln zustande. »Verschieben wir das Ganze auf morgen?«

»Ja, wir verschieben das Ganze auf morgen«, wiederholte Roz in einem Tonfall, der keinen Widerspruch duldete. »Heute Nacht brauchst du erst einmal Schlaf. Du riechst zwar deutlich besser, aber du siehst immer noch furchtbar aus.«

Nun musste er wirklich lachen. »Ich habe nicht vor zu schlafen, bevor du mir erzählt hast, was *dich* beschäftigt. Glaub ja nicht, ich hätte es vergessen.«

Roz sah ihn ungehalten an, und er rechnete schon damit, dass sie sich weigern würde. Dass sie ihm trotz allem, was passiert war, erklären würde, er hätte kein Recht, danach zu fragen, was in ihr vorging, wodurch sie wieder genauso weit wären wie zuvor. Doch sie tat es nicht. Nachdem sie einen Moment nachdenklich auf ihrer Unterlippe gekaut hatte, nahm sie seine

Hand in ihre kleine, warme Hand, führte ihn zum Bett und bedeutete ihm, sich zu setzen.

»Weißt du, ich hatte heute schreckliche Angst«, sagte Roz schließlich nach einer gefühlten Ewigkeit in ernstem Ton. »Als mir klar wurde, dass du nicht mehr da warst und *wo* du warst, dachte ich, ich würde dich noch einmal verlieren. Ich konnte an nichts anderes mehr denken. Also, genau das ist es, was mich beschäftigt, Damian Venturi. Du bist ziemlich durcheinander. Und ich bin es auch. Vielleicht sind wir nicht dazu bestimmt, zusammen zu sein, und vielleicht werden wir einander jedes Mal, wenn wir es versuchen, wehtun. Vielleicht hatten wir neulich kein Recht, uns zu küssen.« Sie schluckte. »Aber die Wahrheit lautet, dass ich dich brauche, Damian. Ich brauche dich, wie der Mond die blöde Erde braucht, oder wie immer du es letztens ausgedrückt hast.«

Damian hatte das Gefühl, als wäre das ganze Universum erstarrt. Oder vielmehr, als wäre er selbst erstarrt, während sich die Welt um ihn herum mit unerbittlicher Grausamkeit weiterdrehte. Sein Herzschlag wummerte in seinen Ohren, und Roz' Worte hallten in seinem Inneren wider. Seit Jahren hatte er davon geträumt, sie genau diese Worte sagen zu hören. Selbst nachdem er ihr in der Leichenhalle begegnet war und gemerkt hatte, wie hart sie geworden war, hatte sich nichts daran geändert. Ihre Worte waren Balsam für seinen Verdruss. Ein Atemhauch, der eine winzige Flamme erstickte.

Er wusste nicht, was er sagen sollte. Allein der Gedanke, diesen unsagbar zerbrechlichen Moment durch irgendetwas zu zerstören, war wie ein Messerstich in die Lunge, raubte ihm den Atem. Roz zeigte sonst *niemals* Verletzlichkeit. Am liebsten hätte er sie in seine Brust hineingezogen und für immer dort behütet, damit die Welt ihr nichts anhaben und sie für immer genau so bleiben konnte, wie sie jetzt war.

»Roz.« Damian legte ihr einen Finger unters Kinn und hob ihren Kopf, damit sie ihn ansah. Ihre Augen waren groß, unfassbar blau. Sie weckten in ihm eindringliche Erinnerungen an den Tag, an dem ihr Vater in den Norden aufgebrochen war. An den Tag, als sie vor seiner Tür gestanden und ihn einfach nur angesehen hatte, genau wie jetzt. Es war das erste Mal gewesen, dass er sie weinen gesehen hatte. »Vielleicht *werden* wir einander wehtun. Der Himmel weiß, dass unsere Erfolgsbilanz bisher eher dürftig ausfällt. Aber wenn du mich bei dir haben willst, dann lasse ich mich durch nichts in der Welt davon abbringen, bei dir zu sein.«

Roz bewegte den Kiefer. Damian sah, wie die Sehnen in ihrem Hals arbeiteten. Dann legte sie eine Hand an sein Gesicht, fuhr über den Bluterguss an seiner Wange. Ihre Finger waren kühl, und er schmiegte sich an sie, schloss die Augen.

»Ich habe dich vermisst«, flüsterte sie. »Ich habe dich so sehr vermisst, dass es mich ganz krank gemacht hat.«

Damian umfasste ihr Handgelenk und zog ihre Hand von seiner Wange. Er drückte die Lippen auf ihre Fingerknöchel. »Sag mir, wie oft du an mich gedacht hast.«

Roz verstummte, und ihr Blick fiel auf seine Brust. Seinen Bauch. Als sie wieder aufsah, lag ein freches Glitzern in ihren Augen. »Ich habe jeden einzelnen Tag an dich gedacht, Venturi.« Sie ballte die Hand, die er festhielt, zur Faust. »Sogar als ich dich so sehr gehasst habe, dass ich fast den Verstand darüber verloren habe, habe ich trotzdem an dich gedacht. Ich habe hieran gedacht.« Ihre Lippen berührten seine, streiften sie nur ganz sacht, bevor sie weiter zu seinem Hals glitten. Damian war wie erstarrt, und sein Herz pochte in einem rasenden, unregelmäßigen Rhythmus. Die Welt bestand nur noch aus ihrem warmen Atem, ihrem Duft von Salbei und Zitrusfrüchten.

»Ich habe hieran gedacht«, raunte Roz an seiner Kehle, knabberte sanft an seiner Haut, während sie sich zwischen seinen Beinen positionierte. Sie ließ die Finger abwärts über seine Brust gleiten, hielt kurz unterhalb seines Brustbeins inne. »Und hiervon …« Ihre Hände fuhren über seinen Bauch, erforschten jede Muskelwölbung, bis sie schließlich auf seinen Hüften lagen. »Und *hiervon.*«

Damian spürte, wie er steif wurde, obwohl sie nichts weiter getan hatte, als einen Finger in den Bund seiner Hose zu haken. Doch allein das bewirkte schon, dass seine Wangen sich plötzlich ganz heiß anfühlten. Selbst wenn sein Körper ihn nicht bereits verraten hätte, hätte es spätestens die Röte in seinem Gesicht getan.

»*Sehr* interessant«, presste er mühsam hervor, »dass du so über jemanden denkst, den du eigentlich hasst.« Ein sachter Schauer überlief seinen Rücken, als Roz mit den Fingern dem V seiner Hüftknochen folgte. Sein Blick glitt von ihren Augen zu der Kuhle an ihrem Hals, weiter abwärts zu ihrer Brust. Ihr Oberteil war tief ausgeschnitten und entblößte ihr Schlüsselbein. Der Anblick ihrer Haut erregte ihn noch mehr. Bei allen Heiligen, er brauchte sie so dringend. Er konnte an nichts anderes mehr denken als an das Prickeln zwischen ihren Körpern.

Roz' Lippen verzogen sich zu einem Grinsen, das sich in ein leises Lachen verwandelte. »Ich war schon immer eine eher unkonventionelle Liebhaberin.« Sie schlüpfte aus ihrem Oberteil und ließ es auf den Boden fallen. Damians Blut war Feuer, als sie seine Hände nahm und an ihre Taille legte. »Berühre mich.«

Ihre Worte ließen das Feuer aus seinem Blut lodern und entflammten auch den Rest seines Körpers. Er zog sie an sich, ließ die Hände über ihre Brust, ihren schmalen Brustkorb, die Kurven ihrer Hüfte gleiten. Als er die Lippen auf ihren Bauch presste, ihre Haut schmeckte, fühlte er sich straffer an als erwartet. »Du bist wunderschön«, murmelte er, doch sie antwortete nicht, stieß nur sacht den Atem aus. Er wollte jeden Zentimeter ihres Körpers erkunden. Sie so lieben, wie er es drei lange Jahre nicht gekonnt hatte, jede Sekunde wettmachen, in der er sie nicht hatte berühren können. Doch bevor er weitergehen konnte, legte Roz ihm die Hand in den Nacken und hob sein Gesicht an.

Ihre Lippen pressten sich auf seine, und ihre Zunge glitt behutsam in seinen Mund. Sie begann, sich an ihm zu reiben, woraufhin sich Damians Kehle ein Stöhnen entwand. Der sanfte Druck ihrer Lippen steigerte seinen rasenden Puls noch weiter. Er biss sacht in ihre Unterlippe, überwältigt von ihrem Duft. Und dann war ihre Hose plötzlich verschwunden, genau wie seine, und tief aus seiner Brust drang ein Laut, der so animalisch klang, dass er ihm, wenn er nicht so beschäftigt gewesen wäre, womöglich peinlich gewesen wäre.

Vielleicht war es dumm, dass sie so schnell so weit gingen. Doch Damian scherte sich nicht darum. Er war versucht, sich zukünftig um gar nichts mehr zu scheren.

»Leg dich hin«, raunte Roz und stieß ihn aufs Bett.

Er gehorchte, zog sie mit sich, und im nächsten Augenblick war sie schon auf ihm. Er packte ihre Hüften, labte sich an ihrem Anblick. Bei allen Heiligen, wenn sie das hier wirklich tun würden, könnte er sie womöglich nie wieder gehen lassen. Er könnte es nicht ertragen. Obwohl sie einander schon so lange kannten, war es das erste Mal, dass er *alles* von ihr sah – jeden unbeschreiblich perfekten Zentimeter. Er wollte sich diesen Anblick einprägen, damit er ihn jedes Mal, wenn er die Augen schloss, vor sich sah. Sie vor sich sah.

Damian fragte sich, ob die Heiligen es womöglich genau aus diesem Grund für richtig gehalten hatten, ihn leben zu lassen: Damit er Roz Lacertosa lieben konnte.

Sie stützte sich mit den Händen auf seine Brust, und von da an war jede ihrer Bewegungen perfekt bemessen. Damian biss die Zähne zusammen. Packte sie fester. In diesen Augenblicken, in den Momenten zwischen den rasenden Herzschlägen, war Roz nicht mehr länger nur seine Erde. Sie war sein Universum, seine Sonne, die Atmosphäre, aus der er Atem schöpfte.

Und als er schließlich den höchsten Gipfel erreichte, war sie an seiner Seite.

30

PIERA

Die Reflexionen der Lichter der Stadt brachen sich auf der Oberfläche der rastlos an- und abschwellenden Wellen des Meeres, die auf das Land zustrebten. Als sich das Wasser zur gewundenen Form des Flusses wandelte, war es schon ruhiger, jedoch nicht so still, dass jemand die Schritte hätte hören können.

Nicht weit entfernt verließ Piera Bartolo's Taverne. Sie seufzte unhörbar, schloss die Tür hinter sich, um den Lärm, der von drinnen herausdrang, verstummen zu lassen, und blickte zum Mond auf. Schärfe lag in ihrem Blick. Die Art von Schärfe, die die Heiligen verehrten. Und wenn sich die Sterne am Himmel zeigten wie in dieser Nacht – wenn auch nur schwach –, war es da wirklich so verrückt zu glauben, dass sie zusahen?

Sie glaubte trotzdem nicht daran. Nicht hier, wo die Tage formlos ineinander übergingen und dieselbe Sonne jeden Morgen den Himmel zerschmetterte und das Alltägliche ins Lächerliche zog.

Piera hielt kurz inne.

Dann ging sie hinüber zum Fluss und zog zwei Blatt Papier aus ihrer Tasche. Sie waren beide zerfleddert und knittrig, als wären sie schon Hunderte Male auseinander und wieder zusammengefaltet worden. Sie blickte noch einmal zu den

Sternen hinauf, bevor sie den Blick auf die vertraute Handschrift ihres Geliebten senkte.

Das erste Blatt – ein Brief, der seinen Tod bekundete – warf sie in den Fluss. Das zweite – eine Nachricht, die er ihr von der Front geschickt hatte – behielt sie.

In diesem Augenblick streifte Piera die letzten Überreste ihrer Traurigkeit ab und tauschte sie gegen Zorn ein. Dort, an einem gewöhnlichen Abend, unter den wachsamen Blicken des gefährlichsten aller Träumer.

Sie war ein riskantes Ziel, aber sie war auch im Weg.

Als sich die Schritte näherten, drehte sich Piera um und neigte verwundert den Kopf. Verwirrt, aber nicht ängstlich. Niemals ängstlich. Genau wie die junge Frau, die sie so gernhatte.

Sie weigerte sich, schnell zu sterben.

Doch genau wie alle anderen starb sie dennoch.

31

ROZ

Als Roz erwachte, lag Damian tief schlafend neben ihr.

Er hatte sich auf der Seite zusammengerollt, und sein nackter Oberkörper lugte halb unter der Decke hervor. Obwohl er langsam und gleichmäßig atmete, spiegelte sich in seinem Gesicht eine gewisse Anspannung wider. Einen Moment lang sah Roz ihn nur an, labte sich an der Erinnerung an seine Hände auf ihrem Körper. An die straffen Konturen seines Körpers und die Art, wie er sie mit fast gieriger Verehrung angesehen hatte.

Sie strich mit dem Finger über seinen Unterarm, doch er regte sich nicht.

»Damian.« Roz flüsterte seinen Namen – seinen richtigen Namen, nicht seinen Nachnamen – und musste daran denken, wie mühelos ihr die Silben in ihrer Jugend von der Zunge gerollt waren. Wie sie sie mit einem Lachen gepaart oder sie in den Wind geschickt hatte, als sie nachts durch die Stadt gerannt waren. Sie erinnerte sich, wie sie am Fluss getanzt hatten, Schulter an Schulter eingeschlafen waren, und daran, wie er jedes Mal, wenn sie vor seiner Tür gestanden hatte, gelächelt hatte.

Letzte Nacht hatte er wieder gelächelt, auf eine Art, die Roz seit Jahren nicht mehr gesehen hatte. Strahlend und verschmitzt und ohne Zurückhaltung. Dieses Lächeln hatte einen bittersüßen, sehnsuchtsvollen Schmerz in ihr ausgelöst, und sie wünschte, sie hätte dieses Gefühl, das es ihr schenkte, für immer festhalten können. Es war berauschender als jede Droge, und in dem Augenblick, als es wieder verschwunden war, hatte sie sich regelrecht beraubt gefühlt.

Damian regte sich nicht unter ihren Berührungen, weshalb Roz entschied, dass sie ihn lieber nicht wecken wollte. Sie hatte ihm am Vorabend einen von Pieras Schlafträนken gegeben – sie schienen ihrer Mutter stets zu helfen –, und er hatte ihn bereitwillig getrunken. Aus den Erfahrungen der Vergangenheit wusste sie, dass Damian vermutlich noch deutlich länger schlafen würde und dass kaum etwas in der Lage wäre, ihn zu wecken.

Außerdem sah er so friedlich aus. Roz befürchtete, dass dieser Frieden nicht anhalten würde, wenn er wieder aufwachte.

Heute war der Tag, an dem der Mercato brennen würde.

Hatte sie letzte Nacht einen Fehler begangen? War es falsch gewesen, diesen flüchtigen Augenblick der Ruhe und Glückseligkeit zu stehlen, in dem Wissen, dass durchaus die Möglichkeit bestand, dass Damian nie wieder ein Wort mit ihr wechseln würde? Denn sie würde nicht verhindern können, dass er es irgendwann herausfand. Sie würde ihr Bestes geben, und sei es nur, um zu schützen, was Piera aufgebaut hatte, aber irgendwann würde Damian die Wahrheit erfahren. Wenn sie zusammenbleiben wollten, führte daran kein Weg vorbei.

Später. Roz würde es ihm später erzählen. Heute hatte sie eine Schlüsselfunktion zu erfüllen, und davon würde sie sich durch nichts abhalten lassen. Nicht mal durch Damian.

Wenigstens hatten sie nach all den Jahren der unermüdlichen, quälenden Sehnsucht eine perfekte Nacht gehabt.

Roz kroch aus dem Bett, zog sich rasch an, schlüpfte in ihre Stiefel und schlich auf Zehenspitzen nach unten in die

Schankstube. So früh am Morgen war sie eigentlich noch geschlossen, doch Roz merkte sofort, dass etwas nicht stimmte. Flüstern drang an ihr Ohr, und es klang, als würde jemand … weinen?

Sie blieb auf der vorletzten Stufe stehen. In einer Ecke des Schankraums hatte sich ein Grüppchen Rebellen versammelt. Nasim. Dev. Arman. Josef. Alix. Sie hatten sich nicht die Mühe gemacht, eine Kerze zu entzünden, und die Art, wie sie zusammenstanden, weckte Roz' Neugier. Was taten sie so früh schon hier? Hatte Piera ein Treffen einberufen, ohne ihr Bescheid zu sagen?

Roz räusperte sich. »Was ist hier los?«

Niemand sagte ein Wort, doch Nasim drehte sich um. Ihr Gesicht war tränenüberströmt. Alles Gefühl wich aus Roz' Körper. Sie hatte Nasim noch nie weinen sehen.

Kein einziges Mal.

Als sie auf die Gruppe zuging, hatte sie das Gefühl, neben sich zu stehen. Sie konnte ihre Hände nicht spüren. Ihre Füße. Atmete sie? Sie wusste es nicht. Dev und Arman wandten sich ebenfalls um, und Roz blickte ihnen fragend und mit flehentlich geweiteten Augen in die bleichen Gesichter. Sie bezweifelte, dass sie die Frage laut aussprechen könnte. Irgendjemand musste etwas sagen.

Dann fiel ihr Blick auf den Boden.

Ihr Gehirn brauchte einen Moment, um das, was sie sah, zu verarbeiten. Ihr Blick wurde unscharf, und plötzlich bekam sie nicht mehr genug Luft. Sie grub die Finger in ihre Brust, und ein leises Wimmern entrang sich ihrer Kehle.

Es war Piera. Die Frau lag flach auf dem Rücken, das Gesicht ausgezehrt und maskenhaft. Ihr Mund war zu einer Grimasse verzerrt, und wenn ihre Augen noch da gewesen wären, hätte in ihnen ganz sicher das blanke Grauen gelegen.

Sie musste keine Fragen stellen. Sie musste nicht zu Piera gehen, um zu wissen, dass die Frau tot war. Roz war nicht der Typ Frau, der schluchzte und jammerte und versuchte, eine Leiche wachzurütteln. Sie war nicht der Typ Frau, der in den Armen eines Freundes zusammenbrach, halb ohnmächtig niedersank, während die anderen erfolglos versuchten, sie zu trösten. Sie zerbrach lautlos, heftig, und ihr Schmerz ließ sich nicht allein durch Tränen lindern.

Unterschwellig nahm sie wahr, dass die anderen sie beobachteten, furchtsam auf ihre Reaktion warteten. Es war ihr egal. Es war ihr egal, dass Nasim weinte, dass Dev schon wieder besoffen war und dass Josef und Arman so betroffen aussahen, wie sie es noch nie zuvor erlebt hatte. Roz war – sie war –

Sie packte die nächstbeste Flasche mit Alkohol und schmiss sie auf den Boden.

Glasscherben flogen, und Alkoholspritzer brannten Roz in den Augen. Jemand schrie auf, doch sie wusste nicht, wer. Verstand nicht, was derjenige sagte. Scherte sich nicht darum. Sie warf den Stuhl, der ihr am nächsten stand, mit so viel Kraft um, wie sie nur aufbringen konnte, spürte, wie das Krachen des Holzes in ihren Knochen widerhallte. Auch mit den anderen Stühlen am Tisch verfuhr sie so, außer mit dem letzten, den sie gegen die Wand schleuderte. Auf dem Pfad ihrer Zerstörung ging sie weiter zur Bar, wo sie in schneller Folge Glas um Glas packte und auf dem Boden zertrümmerte.

Krach. Nächte in Pieras Gesellschaft mit einer warmen Tasse Tee. *Krach.* Gespräche über ihre Mutter, während Piera ihr den Rücken rieb. *Krach.* Der Duft von Pieras Parfum, wann immer Roz ihr eine hart erkämpfte Umarmung gestattete. *Krach.* Pieras sanfte Stimme, die sie nie verurteilte. *Krach.*

Wenn man erst einmal wahrhafte Trauer erfahren hat, geht es einem nicht mehr besser.

Jedes ohrenbetäubende Klirren verschaffte ihr flüchtige Erleichterung. Das war besser als nichts, aber trotzdem nicht genug, es war nicht genug, und sie brauchte – sie brauchte –

Als sie nach dem nächsten Glas greifen wollte, packten starke Hände ihre Arme und hielten sie zurück. Roz wand sich, schlug um sich, kämpfte gegen den Griff an, traf mit Ellenbogen und Fäusten *wer weiß wen,* und diese Treffer erfüllten sie mit einer Befriedigung, die absolut *nicht* befriedigend war.

»Lass – mich – LOS!«, explodierte sie, doch sie war von Chaos getrieben, hatte keine Strategie, und so dauerte es nicht lange, bis sie sich auf dem Boden wiederfand. Glasscherben bohrten sich in ihren Rücken, Alkohol durchweichte ihr Haar. Dieser von den Scherben verursachte Schmerz, der war gut, denn es war ein Schmerz, der nicht in ihr war, und Roz ließ ihn schmerzen und schmerzen und schmerzen.

»Nicht«, krächzte Dev, dessen Gesicht über ihr schwebte. »Roz, bitte nicht.«

In diesem Augenblick fing sie endlich an zu weinen.

Nicht hysterisch. Nicht mal hörbar. Nur … gebrochen, während die Tränen lautlos über ihre Wangen auf den Boden rannen. Sie tat nichts, um sie aufzuhalten. Erschöpft und mit verschwommenem Blick starrte sie zu den Holzbalken hinauf. Dev war nur noch ein verwaschener Umriss. Er lockerte seinen Griff, doch Roz blieb auf dem Boden liegen. Wartete darauf, dass er sie verschluckte.

Sie hatte versagt. Sie hatte die Morde nicht rechtzeitig aufgeklärt, und sie hatte versagt. Vielleicht war ihr irgendetwas Entscheidendes entgangen. Vielleicht hatte sie sich von Damian ablenken lassen.

Damian.

Sein Vater hatte das getan. Battista Venturi hatte Piera getötet. Er entriss Roz die Menschen, die sie liebte, einen nach dem anderen. Und doch hatte Damian es nicht glauben wollen. Hatte vor einem Eingreifen erst mehr Beweise verlangt.

»Lass mich aufstehen«, forderte sie mit heiserer Stimme und blinzelte die letzten Tränen weg.

Dev musterte sie besorgt, ließ sich jedoch schließlich von dem, was er in ihrem Gesicht las, überzeugen. Auch über seine Wangen liefen stille Tränen, und nachdem er sich versichert hatte, dass Roz nicht mehr auf ihn losgehen würde, sank er selbst zu Boden. Ein gebrochener Mann.

Er war zu spät gekommen. Sie alle waren zu spät gekommen.

Roz rappelte sich auf, verzog das Gesicht, weil der Alkohol in den Schnitten auf ihrem Rücken brannte. Dann drehte sie sich bedächtig zu den anderen Rebellen um. Es fühlte sich an, als würde sie alles durch einen Schleier hindurch wahrnehmen. Nasim wirkte geradezu verängstigt, und an Armans Kiefer zeigte sich ein großer roter Fleck, der, wie Roz nachträglich klar wurde, wohl ihr Werk war.

»Verdammt«, murmelte sie leise. Das einzelne Wort klang leblos. »Tut mir so leid, Arman.«

Er winkte ab, um ihr zu signalisieren, dass es nicht schlimm war, doch es war schlimm.

Roz biss sich auf die Lippe. Fest. Zorneswellen überrollten sie, doch dieser Zorn richtete sich nicht länger auf etwas in diesem Raum. Er war größer. So viel größer, dass sie nicht wusste, wohin damit.

»Warum machen wir uns all die Mühe?«, fragte Dev heiser, der noch immer am Boden saß. »Wir werden hier sowieso niemals glücklich.«

Sie war geneigt, ihm zuzustimmen. Aber sie konnten nicht einfach all das aufgeben, wofür Piera gearbeitet hatte. Was für Rebellen wären sie, wenn sie nur, weil sie einen der ihren verloren hatten, alles hinwarfen? Roz blinzelte gegen das Brennen in ihren Augen an. »Alles ist für den Angriff heute Abend vorbereitet. Wir werden ihn durchführen wie geplant. So hätte Piera es gewollt.«

Alle nickten, außer Dev, der Roz geschockt ansah. »Bist du sicher, dass das der richtige Zeitpunkt dafür ist?«

»Das ist eine Rebellion«, zischte sie. »Es ist immer der richtige Zeitpunkt, um zuzuschlagen.« Die Worte rissen sich aus ihrer Brust los. »Du kennst den Plan: Wir treffen uns alle bei Einbruch der Dunkelheit am Mercato. Verhüllt wenn möglich eure Gesichter. Was ihr tut, wenn ihr erst mal da seid, ist mir egal. Es ist mir egal, was ihr zerstört. Heute Nacht brennen wir das ganze verdammte Ding nieder. Und wenn die Sicherheitskräfte Verstärkung anfordern, was sie unter Garantie tun werden, befinden sich die am schnellsten verfügbaren Offiziere –«

»Im Gefängnis?«, vollendete Nasim den Satz, woraufhin Roz nickte.

»Ganz genau.«

Josef fügte hinzu: »Dann befreien wir die Wehrdienstverweigerer.«

»Ja.« Roz konnte den Kummer in ihrer Stimme hören. Sie biss die Zähne zusammen, um nicht die Beherrschung zu verlieren.

»Heute Nacht schlägt die Rebellion zu«, knurrte Dev finster. »Für Amélie. Für Piera.«

Die anderen murmelten zustimmend mit dem gleichen Schmerz in ihren Stimmen. Piera war ein Herzstück der Rebellion. Das war sie schon immer gewesen. Roz war nicht die Einzige, die sie geliebt und verloren hatte. Die Rebellen liebten sie, die *Stadt* liebte sie, und das bedeutete, dass sie kämpfen würden.

Außerdem bedeutete es, dass Piera nicht die einzige Tote bleiben würde. Aber schlossen sich die Menschen nicht vor allem aus diesem Grund der Rebellion an? Weil sie so stark an etwas glaubten, dass sie bereit waren, ihr Leben dafür zu riskieren?

Alix nickte matt. »Aber was ist hinterher? Was machen wir dann?«

»Piera hatte einen Notfallplan«, murmelte Dev. Sein Blick war glasig, entweder bedingt durch seine Trauer oder den Alkohol. »Wisst ihr noch?« Er umrundete die Bar und nahm verschiedene Flaschen zur Hand, bis er schließlich auf eine stieß, die laut Etikett dunklen Whisky enthielt. Pieras Lieblingssorte.

Richtig. Jetzt erinnerte sich auch Roz daran, dass Piera etwas Derartiges erwähnt hatte. Der Hals der Flasche war mit Wachs versiegelt. Josef und Nasim, die Dev am nächsten standen, wichen automatisch einen Schritt zurück.

Er schleuderte die Flasche auf den Boden. Sie zerbrach sofort. Zwischen den Scherben lag ein kleines Stück Papier. Dev bückte sich, um es vorsichtig aufzuheben. Dann entrollte er es und las die Nachricht erst einmal und dann noch einmal, bevor er nachdenklich die Stirn runzelte.

»Was steht da?«, wollte Roz wissen.

Er fuhr sich mit der Hand durchs Haar. »Sie … will, dass Nasim und ich uns um Bartolo's kümmern.«

Roz war verblüfft, erholte sich jedoch schnell wieder.

»Und die Rebellion?«, fragte Alix.

»Sie will, dass Roz ihre Position als Anführerin einnimmt.«

Im Raum wurde es vollkommen still.

Schließlich war es Nasim, die fragte: »*Was?*«

Dev sah von dem Dokument auf und blickte Roz direkt an. »Piera will, dass du bei der Rebellion das Kommando übernimmst.«

Arman stand der Mund offen, und Josef machte große Augen. Nasims Miene war gespenstisch ausdruckslos. Einen Moment lang sagte sie kein Wort, doch dann zerschmetterte sie die Stille.

»Soll das ein *Witz* sein?«, platzte sie heraus. »Sie will *Roz* als Anführerin? Ich bin viel länger Teil der Rebellion. Die Leute vertrauen mir. Und vor allem arbeite ich nicht mit einer Handvoll verdammter *Palazzo-Offiziere* zusammen.«

Roz erstarrte. Sofort lagen ihr Lügen auf der Zunge. Es fühlte sich an, als würde sie jemand über den Rand eines Abgrunds baumeln lassen, als würde sie sich innerlich auf den Sturz gefasst machen. Ja, Nasim war die naheliegendere Wahl für die Führung der Rebellion, aber woher wusste sie das alles?

»Tu nicht so schockiert«, fauchte Nasim. In ihren Augen loderten dunkle Flammen. »Ich habe dich am Fluss gesehen, Roz. Ich habe das Palazzo-Boot gesehen. Ich wollte dich eigentlich unter vier Augen danach fragen, und jetzt *das*?« Sie deutete angewidert auf Dev, auf das Papier, das er noch immer in den Händen hielt. »Ungeachtet dessen, was Piera wollte, kannst du die Rebellion nicht anführen. Tut mir leid, aber das geht einfach nicht. Ernesto hatte recht, dir zu misstrauen.«

Roz wusste nicht, was sie sagen sollte. Was *gab* es schon zu sagen? Das Schweigen im Raum war intensiv, schmerzhaft. Ihr Herzschlag fühlte sich gleichzeitig zu stark und zu schnell an. Sie wünschte, der Boden hätte sich aufgetan und sie verschluckt. »Du verstehst das nicht –«, setzte sie an, doch diesmal war es Dev, der ihr ins Wort fiel.

»Ist es wahr?« Er sah abwechselnd Roz und Nasim an, und seine Miene drückte unverkennbar Verrat aus. »Redest du mit Palazzo-Offizieren? Warum, Roz?«

Alix, Josef und Arman schienen vor Entsetzen sprachlos zu sein. Abgesehen von Nasim und Dev waren sie die Einzigen unter den Rebellen, die jemals freundlich zu Roz gewesen waren. Die Einzigen, die ihr eine Chance gegeben hatten.

»Es ist nicht so, wie ihr denkt«, beharrte sie. Jeder Teil von ihr schmerzte bis in die Seele. Zwischen ihr, Dev und Nasim hatte immer vorbehaltloses, unausgesprochenes Vertrauen bestanden. Selbst früher, als sie sich noch nicht so gut gekannt hatten, hatte Roz so empfunden. »Ja, ich habe mit einem Sicherheitsoffizier zusammengearbeitet, aber nur weil ich den Mord an Amélie aufklären wollte. Er ist beauftragt worden, herauszufinden, was dem Jünger von Death widerfahren ist. Es schien, als gäbe es eine Verbindung zwischen allen Todesfällen der jüngsten Zeit, und deshalb ...« Die Luft um Roz herum schien schwerer zu werden. Es gab nichts als diesen zerbrechlichen Augenblick, in dem Worte alles bedeuteten, sich jedoch keines richtig anfühlte. »Ich habe versucht, ihn zu benutzen, okay? Ich dachte, wenn ich herausfinde, was mit Amélie passiert ist, vertrauen die übrigen Rebellen mir vielleicht mehr.«

»Also hast du dich Hilfe suchend an genau die Leute gewandt, *gegen die wir kämpfen.*« Nasims Stimme klang dumpf. »Was für eine hervorragende Methode, um Vertrauen aufzubauen, Roz.«

»Ich habe es vermasselt«, sagte Roz mit belegter Stimme. Sie registrierte bestürzt, wie ausdruckslos die fünf Gesichter um sie herum blieben. »Ich hätte euch sagen sollen, was ich tue. Aber ihr müsst euch keine Sorgen machen – ich schwöre es. Keiner der Offiziere, mit denen du mich reden gesehen hast, wird etwas tun, um unsere Pläne zu durchkreuzen. Sie wissen nicht mal, dass ich eine Rebellin bin.«

Nasim schüttelte langsam den Kopf. Die Enttäuschung, die ihr ins Gesicht geschrieben stand, traf Roz so hart, dass es ihr den Atem raubte. »Das bist du nicht. Nicht mehr. Da du über unseren Angriff heute Abend ohnehin Bescheid weißt, kannst du noch daran teilnehmen, aber danach bist du raus, Roz. Tut mir leid.«

Nasim ging steifbeinig zur Tür und öffnete sie. Ihre Hände zitterten, doch sie hielt sich kerzengerade. Sie übernahm das Kommando, tat, was sie für das Richtige hielt. Wäre Roz nicht so verzweifelt gewesen, hätte sie glatt stolz auf sie sein können.

Ohne Zögern folgten Arman, Alix und Josef ihr hinaus auf die Straße.

Dev ging nicht sofort. Er sah Roz an, und in seinem Blick lag eine Traurigkeit, die so tief ging, dass Roz fast wünschte, er wäre wütend auf sie.

»Ich wollte dir nur Antworten geben können«, flüsterte sie. »Ich wollte es so sehr.«

Er schüttelte betrübt den Kopf. »Ich möchte dir glauben. Aber wenn du tatsächlich in guter Absicht gehandelt hättest, was hättest du dann für einen Grund gehabt, uns zu belügen?«

Wenn er es so ausdrückte, wusste Roz nicht, was sie antworten sollte. Sie hatte nur versucht, genau dieses Szenario zu vermeiden. Doch indem sie alles geheim gehalten hatte, hatte sie es nur noch schlimmer gemacht. Sie wusste, wie verdächtig ihr Verhalten wirkte – und das war das Schlimmste. Wie konnte sie ihnen verübeln, dass sie beschützen wollten, was Piera geschaffen hatte?

Als sie nichts erwiderte, seufzte Dev. Dann wandte auch er sich um und ging.

Roz blieb allein, inmitten von Scherben, in der leeren Taverne zurück und starrte Pieras Leiche an, ohne sie zu sehen.

32

DAMIAN

Zum ersten Mal, seit Damian sich erinnern konnte, hatte er einen ganzen Tag durchgeschlafen.

Nach dem Aufwachen fühlte er sich benommen – wahrscheinlich vom Schlaftrunk. Es dauerte einen Moment, bis die Erinnerung an die vorherige Nacht zurückkehrte, doch als er sich umdrehte und Roz' Salbeiduft auf dem anderen Kissen roch, kam sie wieder. Roz war natürlich fort, aber das konnte er ihr nicht verübeln. Er hatte wirklich gehörig verschlafen.

Damian hatte keinen einzigen Albtraum gehabt.

Vielleicht war sein Kopf zu sehr von Roz ausgefüllt gewesen. Von ihrem Lächeln, ihren Lippen, ihrem Körper … Alles fühlte sich an wie ein Traum. Vielleicht weil Damian so oft davon geträumt *hatte*. Und doch hatte die Wirklichkeit jede Fantasie noch übertroffen. Für einen Augenblick schafften es diese Gedanken sogar, ihn von dem Umstand abzulenken, dass er nicht im Palazzo aufgewacht war. Dass er nicht aus dem Bett taumeln und sich eilig seine Uniform und seinen Gürtel schnappen musste und dass er die anderen Offiziere nicht vor Schichtbeginn im Speiseraum treffen würde.

Dieses Leben war für ihn vorbei. Nachdem die Gedanken an Roz verblasst waren, blieb ihm nichts als diese schonungslose Erkenntnis. Er fühlte sich leer. Als wären dort, wo seine Organe sich befunden hatten, nur noch klaffende Löcher. Doch gleichzeitig schien sein Körper auch zu schwer zu sein, um ihn von der Matratze hochzuhieven. Aber was machte das schon? Er musste nirgendwo hin. Hatte nichts zu tun. Welche Dunkelheit auch immer durch die vergoldeten Gemächer des Palazzos schleichen mochte – er konnte ihn nicht mehr beschützen.

Eine ganze Weile blieb er einfach nur liegen.

Erst als das Licht draußen vor dem Fenster zu verblassen begann, schleppte Damian sich aus dem Bett ins Badezimmer und machte sich dort quälend langsam fertig. Als er gerade im Begriff war, seine schmutzige Uniform anzuziehen, merkte er, dass ihm jemand einen Stapel Kleidung neben das Bett gelegt hatte. Das war … nett. Vielleicht hatte Roz dafür gesorgt.

Er schlüpfte in die Kleidungsstücke, die recht gut passten, und steckte die kleine schwarze Kugel in die Tasche. Er wollte sie bei sich haben – als Mahnung an sein noch immer unerreichtes Ziel. Dann ging er nach unten, um Roz zu suchen.

Die Taverne war brechend voll. Eine Kakofonie aus betrunkenen Stimmen und Gläsern, die auf Tische geknallt wurden, schlug ihm entgegen, gepaart mit dem Geruch von Alkohol und ungewaschenen Körpern. Der Schankraum war schummrig beleuchtet und verraucht. Doch trotz allem wirkte er sauberer als am Vorabend, als hätte jemand die Böden gewischt und die Flaschen mit Alkohol neu geordnet. Damian hatte den Eindruck, dass die Gäste irgendwie alle *zusammengehörten*, und das nicht nur, weil sie sich in einem ähnlich fragwürdigen hygienischen Zustand befanden. Es lag an der Art, wie sie sich zwischen den Tischen hin und her bewegten, sich gegenseitig übertönten, ohne dass dabei eine Schlägerei ausbrach.

»Hey!«, brüllte plötzlich jemand, sodass Damian erschrocken zusammenzuckte. »Leute, es dämmert. Los geht's!«

Damian drückte sich rasch an die Wand, denn alle Gäste standen auf und strebten johlend und grölend aus der Tür, wobei sie es so eilig hatten, dass zahlreiche Gläser klirrend umkippten. Sein Herz hämmerte wie wild. Doch in seiner normalen Kleidung schenkten sie ihm keinerlei Beachtung. Das war zumindest ein Segen.

Er spähte suchend nach Roz, konnte sie jedoch nirgends entdecken. Nachdem alle Gäste auf die Straße verschwunden waren, schlenderte er hinüber zur Bar und schlug mit den Händen auf die Theke, sodass der Mann hinter dem Tresen zusammenzuckte. »Ich suche jemanden.«

Der Barkeeper runzelte die Stirn. Er war mittleren Alters, hatte schütter werdendes Haar und ein freundliches, bärtiges Gesicht. »Tun wir das nicht alle, mein Lieber. Aber es ist noch etwas zu früh für die Frauen, die pro Stunde bezahlt werden.«

Damian setzte eine drohende Miene auf.

»Okay.« Der Barkeeper, dem offenbar nicht entgangen war, dass Damian doppelt so groß war wie er, hob defensiv die Hände. »Nach wem suchst du denn?«

»Rossana Lacertosa. Sie kommt ziemlich oft hierher. Groß, braune Haare –«

Der Mann fiel ihm ins Wort. »Nein.«

»Nein?«

»Ich kenne sie nicht.«

Er sagte es zu hastig, zu nachdrücklich. Damian wurde sofort misstrauisch. »Du kennst sie nicht.« Es war keine Frage. »Du kennst die Frau nicht, die diese Taverne ständig aufsucht.«

Der Barkeeper wurde rot. »Warum verrätst du mir nicht, wer nach ihr sucht?«

Damian bedachte ihn mit einem skeptischen Blick. »Wozu musst du das wissen?«

»Machst du Witze?« Er lachte ungläubig auf. »Beantworte die Frage, Kleiner, oder verschwinde von hier.«

»Ich bin … ein Freund von ihr.«

Nun war es der Barkeeper, der ihn skeptisch musterte. »Ich habe dich hier noch nie gesehen. Bist du neu?«

Meinte er, ob er hier in der Gegend neu wäre? Damian hatte das Gefühl, in eine unterschwellige Auseinandersetzung geraten zu sein, die er nicht recht verstand. »Ich schätze, das könnte man so sagen.«

»Nun –« Der Barkeeper verstummte, und sein Blick zuckte zu Damians Händen. Damian hatte gedankenlos die schwarze Kugel aus der Tasche gezogen und rollte sie, wie es ihm inzwischen zur Gewohnheit geworden war, zwischen Daumen und Zeigefinger. »Wo zur Hölle hast du das her?«

»Oh.« Obwohl der Barkeeper unmöglich wissen konnte, woher die Kugel stammte, steckte er sie rasch wieder ein. »Das ist nur ein Glücksbringer.«

Als die Worte über seine Lippen kamen, zuckte er innerlich zusammen, und das nicht nur, weil der Barkeeper plötzlich die Augen zusammenkniff. »Junge, was hast du denn für einen seltsamen Sinn für Humor? Das Unglück hat hier heute schon genug zugeschlagen. Hast du es nicht gehört? Die Besitzerin wurde am Morgen ermordet aufgefunden.«

Damian sah ihn verdattert an, doch die Neuigkeit drang gar nicht richtig zu ihm durch. »Ermordet? Ich verstehe nicht recht, was das mit –«

»Du weißt gar nicht, was du da in der Hand hältst, oder?«

Damian versteifte sich. Nein, das wusste er tatsächlich nicht.

Der Barkeeper beugte sich über den Tresen. Sein Verhalten hatte sich komplett verändert, und er raunte Damian mit gesenkter Stimme zu: »Das da ist ein Metall namens Chthonium.« Er wies mit dem Kinn auf Damians Tasche. »Weißt du, mein Großvater war im Ersten Krieg der Heiligen Sonderermittler. Hatte es einige Jahre lang mit Kriegsgefangenen zu tun. Die Jünger von Chaos hatten immer Chthonium bei sich, weil es ihnen ermöglichte, ihre Fähigkeiten aus größerer Distanz einzusetzen. Oder zumindest wurde das gemunkelt. Wie auch immer, jedenfalls wurde eine ganze Menge von dem Zeug zusammen mit ihnen begraben.« Der Barkeeper wich ein Stück zurück. »Wo, sagtest du, hast du es gefunden?«

»Das habe ich nicht.« Kaltes Grauen kroch Damians Rückgrat hinauf und setzte sich in seinem Nacken fest. Sein Mund war plötzlich zu trocken, um schlucken zu können. Die Jünger von Chaos *waren* zurück – oder vielleicht, wie Roz gesagt hatte, noch immer da. Damian wusste zwar nicht, wie, aber es musste so sein. Es war die einzig logische Erklärung. Der Tunnel im Schrein. Die Leiche des Magistrats.

Und dann kam ihm ungebeten eine weitere Erkenntnis: das Blut an seinen Händen und der Schatten in Leonzios Zimmer. Das waren Illusionen gewesen, nicht wahr? Und die Mordopfer … Falls ein Jünger von Chaos seine Finger im Spiel hatte, erklärte das das weitgehende Fehlen von Spuren. Doch *wer* war der Täter? War es jemand, den Damian kannte, der sich direkt vor seiner Nase versteckte? Oder schlich er im Geheimen durch die Straßen und verbarg sich vor zufälligen Blicken?

»Verflucht«, murmelte Damian und spürte Angst in sich aufkeimen. Wie mochten die Absichten dieses Jüngers – oder der Jünger – von Chaos aussehen? Er musste so schnell wie möglich Roz finden. »Vielen Dank, mio Signore.«

Der Barkeeper neigte den Kopf. »Sei vorsichtig mit diesem Ding. Wenn die falsche Person es zu sehen kriegt, könntest du Schwierigkeiten bekommen.«

Doch Damian war schon halb zur Tür hinaus. Er rannte durch die dunkler werdenden Straßen, und alle, denen er dabei begegnete, waren nur verschwommene Schemen am Rand seines Blickfelds. Die Nacht stürzte sich auf ihn wie ein grausames Wesen, stachelte seine drängende Unruhe noch weiter an. Nicht zu wissen, wo er sich hinwenden sollte, war quälend und ließ ihn nur noch schneller laufen. Roz' Name hallte unablässig durch seinen Kopf. Er würde zuerst in der Basilica nach ihr suchen und anschließend bei der Gerichtsmedizinerin. Da er davon ausging, dass sie die Morde weiterhin untersuchte, erschien es ihm logisch, dass sie an einen der Orte, die sie besucht hatten, zurückkehren würde. Warum zur Hölle hatte sie ihn nicht geweckt? Sie könnte überall sein.

Während Damian sich dem Meer näherte, registrierte er zuerst nicht, dass sich die Straßen zusehends mit Menschen füllten. Als der unerbittliche Wind Schreie an sein Ohr trug, verlangsamte er seinen Schritt. Stadtbewohner rannten panisch an ihm vorbei, drehten sich immer wieder um. Sie liefen offensichtlich fort vor … *etwas*. Aber vor was?

In diesem Augenblick bemerkte Damian den Himmel.

Ein orangefarbenes Leuchten prallte auf die Dunkelheit, ein Dunstschleier, der die Sterne verdeckte. Irgendwo in der Nähe musste es brennen – die Welt wurde immer heller, während die unsichtbaren Flammen Rauch in die Atmosphäre spuckten. Eine andere Art von Adrenalinrausch ergriff von Damian Besitz, der ihn diesmal ruhiger werden ließ. Seine Gedanken klärten sich, sein Selbstbewusstsein wuchs, und seine Ausbildung machte sich bemerkbar. Ließ nicht zu, dass er zögerte.

Inzwischen befand er sich nahe bei der Piazza, auf der der Mercato abgehalten wurde. Die Schreie wurden lauter, und als Damian um die Ecke bog, blieb ihm beinahe das Herz stehen.

Der Mercato war ein einziges Durcheinander. Der Boden war mit den Überresten von vollständig zertrümmerten Marktständen und Zelten übersät. Einige von ihnen waren offenbar in Brand gesteckt worden: Verkohlte Bretterkonstruktionen waren in sich zusammengebrochen, und beißender Rauchgeruch hing in der Nachtluft. Farbenfrohe Stoffe lagen zertrampelt im Schmutz, und als Damian einem fliehenden Händler auswich, knirschten Glasscherben unter seinen Schuhen. Überall liefen Offiziere herum, die ihm vage bekannt vorkamen, die jedoch zu beschäftigt waren, um ihn zu bemerken. Sie brüllten einander Anweisungen zu und versuchten, die Flammen unter Kontrolle zu bekommen.

Mit tränenden Augen verfolgte Damian das Schauspiel. Sein Blick fiel auf eine Frau, die vor einem brennenden Zelt eine Fackel an einige kunstvolle Gewänder aus zartem Stoff hielt. Sie gingen augenblicklich in Flammen auf. Nur einige, die offenbar von Jüngern von Grace durch Magie geschützt worden waren, widerstanden dem Feuer. Die Frau riss sie von ihren Bügeln, warf sie auf den Boden und trampelte mit dem Absatz ihres Schuhs auf ihnen herum. Damian sah entsetzt zu. Langsam dämmerte ihm, was vor sich ging.

Es war ein Rebellenangriff.

Zwar trug er keine Waffe bei sich, doch das war ihm egal. Er musste helfen. Damian hielt sich in unmittelbarer Nähe der Piazza und sprintete auf die Offiziere zu, die ihm am nächsten standen. Das Blut dröhnte ihm in den Ohren. Holz zersplitterte krachend, als ein nahes Zelt zusammenbrach. Doch bevor er die andere Seite des Mercatos erreicht hatte, rannte ein Mann in weiter grauer Kleidung an ihm vorbei. Seine Haare waren ungekämmt und seine Füße nackt. Im Gegensatz zu den anderen Fliehenden sah der Mann nicht verängstigt aus – sondern hocherfreut.

Damian begriff sofort, wo er hergekommen war.

Er fuhr herum, packte den Mann am Kragen und presste ihn gegen die nächstgelegene Hauswand. »Sag mir, was hier vor sich geht«, grollte Damian. »Sofort.«

Der Mann grinste boshaft und zeigte dabei seine gelben Zähne. »Massenausbruch aus dem Gefängnis, Signor.« Er sprach die formelle Anrede in höhnischem Tonfall aus. »Ihr könnt uns unmöglich alle aufhalten.«

Damians Magen zog sich zusammen. Er schleuderte den Mann grob beiseite und ließ ihn auf dem Boden liegen.

Dann rannte er los.

Schnell wurde klar, dass der Kriminelle die Wahrheit gesagt hatte. Als Damian kurze Zeit später das Gefängnis erreichte, bot sich ihm ein ähnlich chaotischer Anblick wie auf dem Mercato. Überall auf dem Gelände rannten Offiziere umher, die ihre Gewehre auf die grau gekleideten Häftlinge richteten und einander Anweisungen zubrüllten. Einige der Insassen flüchteten. Andere hielten die Hände erhoben. Ein paar waren schon tot, und ihr Blut sickerte in die Ritzen des Kopfsteinpflasters.

Doch es waren auch normale Bürger zu sehen. Stadtbewohner, die wild entschlossen ins Gefängnis rannten oder aus ihm herauskamen und sich nicht von den Wärtern und Offizieren einschüchtern ließen. Bürger mit Waffen und Brechstangen, die ihre Gesichter halb mit Tüchern verhüllt hatten.

Noch mehr Rebellen.

Schreie und Schüsse hallten durch die Luft. Damian versuchte, die Situation einzuschätzen, und verspürte gleichzeitig den überwältigenden Drang, *irgendetwas* zu unternehmen.

»Noemi!« Er brüllte den Namen der ersten Offizierin, die er entdeckte und die nicht unmittelbar in die Kämpfe verwickelt war. Sie hob den Kopf. Ihr Blick war streng wie immer, aber auch wilder, als Damian es jemals bei ihr gesehen hatte. »Gib mir deine Pistole!«

Noemi verschwendete keine Sekunde damit, ihm Fragen zu stellen. Sie riss mit der freien Hand die Pistole vom Gürtel und warf sie in Damians wartende Hände. Hätte er Zeit gehabt, über ihr Verhalten nachzudenken, hätte es ihm das Herz gewärmt. Obwohl er nicht mehr Kommandant des Palazzo-Sicherheitsdienstes war, vertrauten ihm die anderen Offiziere noch immer.

Kurz musste er an Roz denken, doch diese Offiziere waren seine Familie. Er konnte sie nicht im Stich lassen. Ombrazia stand im Begriff, von Kriminellen überrannt zu werden, und die Sicherheitsbeamten des Palazzos bildeten die erste Verteidigungslinie. Dass Damian auf dem Papier kein Offizier mehr war, war einerlei – im Herzen war er noch immer Offizier. Es lag ihm im Blut. Er musste versuchen zu helfen.

Geduckt rannte er auf den Eingang des Gefängnisses zu. Er feuerte auf einen maskierten Mann, der auf ihn zusprang. Im Inneren des Gebäudes herrschte ebenso viel Chaos wie auf dem Außengelände. Gefängniswärter rangen mit unbewaffneten Häftlingen und versuchten, sie zurück in ihre Zellen zu drängen. Damian sprang über einen Wärter, der mit einem Messer im Rücken tot am Boden lag. Zorn durchfuhr ihn, als hätte man ihm das Messer in den Leib gerammt.

Am Ende eines langen Korridors erschien ein männlicher Rebell. Damian biss die Zähne zusammen und schoss dem Mann eine Kugel ins Bein. Das Geräusch war entsetzlich. Als er über den gestürzten Rebellen hinwegstieg, merkte er, wie seine Beine zitterten und Übelkeit in ihm aufstieg, doch er lief weiter, hielt sich dicht bei der steinernen Mauer und schob sich um die nächste Ecke. Die Kakofonie, die um ihn herum tobte, blendete er aus.

Eine maskierte Person tauchte vor ihm auf. Allem Anschein nach war es eine weibliche Rebellin.

Als sie näherkam, richtete Damian die Waffe auf sie. Doch gleich darauf blieb er wie angewurzelt stehen, denn er sah, wie ihr langer Pferdeschwanz über ihre Schulter hinweg nach vorne schwang.

Blaue Augen blickten ihn an.

Nein. Nein, das konnte nicht sein.

Roz.

Er hielt die Waffe noch immer erhoben, regte sich jedoch nicht. Er konnte es nicht. Er schaffte es kaum zu begreifen, was er da vor sich sah, doch gleichzeitig schoss ihm die glasklare Erkenntnis durch den Kopf, dass alles einen *Sinn* ergab. Natürlich tat es das.

»Rossana?«, fragte er schwach. Sie zog das Tuch von ihrer unteren Gesichtshälfte. Ihre Miene drückte blankes Entsetzen aus. Wäre Damian nicht selbst zutiefst schockiert gewesen, hätte er sich vielleicht darüber gefreut.

»Damian«, war alles, was sie mit heiserer Stimme sagte.

Damian fühlte sich so leer wie nie zuvor, als hätte Roz alles, was von seinen Gefühlen noch übrig geblieben war, weggemeißelt. Er war so ein *Narr*. Alles passte perfekt zusammen. Ihr Hass auf den Palazzo, ihr Misstrauen den Heiligen gegenüber. Dass sie immer von Gerechtigkeit geredet und ihre eigenen Kräfte verabscheut hatte.

Er hatte von Anfang an recht gehabt. Roz führte immer etwas im Schilde, und auch das hier war für sie nur ein weiteres Spielchen. *Er* war für sie nichts weiter als ein Spiel.

»Damian, ich weiß, was du jetzt denkst, aber du musst mir zuhören«, sagte Roz und kam mit erhobenen Händen auf ihn zu. Aber sie spielte ihm nur etwas vor, oder? Sie wollte nur erreichen, dass er sie lebend davonkommen ließ. »Ich schwöre, ich habe dir meine Zuneigung nicht nur vorgespielt. Alles, was ich letzte Nacht gesagt habe, war die Wahrheit. Das hier ist das Einzige, was ich dir jemals verschwiegen habe.«

Damian starrte sie einfach nur an und glaubte kein Wort, das aus ihrem Mund kam. Alle Gedanken an das Chthonium, daran, sie vor den Illusionisten zu warnen, erstarben. Er hatte das Gefühl, neben sich zu stehen. Die Hände, die sich vor ihm ausstreckten, hätten auch die eines anderen sein können. Fühlte es sich so an, am Tiefpunkt zu sein? Diese brutale, unendliche Leere? Er hatte alles verloren, aber zumindest daran geglaubt, Roz gewonnen zu haben. Nun, da ihm auch das genommen worden war, blieb ihm nichts mehr.

Nichts war real gewesen. Wie hätte es auch anders sein können? Damian konnte sich nicht vorstellen, weshalb eine Rebellin mit einem Palazzo-Offizier zusammenarbeiten wollte – außer um ihn als Mittel zum Zweck zu benutzen.

Er konnte sich nicht vorstellen, weshalb Roz ihn lieben sollte.

»Er hat sie getötet, Damian«, fuhr Roz fort. Ihre Stimme zitterte, und sie verhaspelte sich. »Ich war zu langsam. Ich habe versagt, und er hat sie getötet.«

Damian verstand nicht sofort, von wem sie sprach, und war zu fassungslos, um sie danach zu fragen. »Du darfst das nicht tun, Roz. Es ist nicht richtig.«

Ihre Traurigkeit verschwand beunruhigend schnell aus ihrem Gesicht und wurde von Wut abgelöst.

»Es ist nicht richtig?« Sie wies mit einem Finger auf die nächstgelegenen Zellen. Damian sah, dass ihre Gitterstäbe teilweise geschmolzen zu sein schienen. »Soll ich dir mal etwas über Dinge erzählen, die *nicht richtig* sind? Es ist nicht richtig, dass unerwählte Bürger – und deren *Kinder* – zum Kämpfen in einen Krieg geschickt werden, mit dem sie eigentlich nichts zu tun haben. Es ist nicht richtig, dass man sie wie Verbrecher behandelt, wenn sie es schaffen zu entkommen. Es ist nicht richtig, dass ein Mädchen tot mitten auf der Straße liegt oder die Leiche eines Jungen am Flussufer angespült wird und niemand auch nur mit der Wimper zuckt.« Roz bleckte die Zähne, sah mehr wie ein Tier als wie eine Frau aus. »Weißt du, wie viele dieser Häftlinge Wehrdienstverweigerer sind? Sie waren hier, weil sie nicht sterben wollten. Und wenn das ein Verbrechen ist, dann will ich hoffen, dass du hergekommen bist, um dich selbst einzusperren.«

Damian hatte das Gefühl, als hätte sie ihm mit der Faust ins Gesicht geschlagen. »Du *wolltest*, dass ich dieses Schiff verlasse! Ich wäre geblieben, aber ich bin *für dich* von Bord gegangen!«

»Aber Damian, verstehst du denn nicht? Das hätten nicht deine einzigen Wahlmöglichkeiten sein dürfen!« Roz schüttelte den Kopf, und ihre Stimme wurde lauter. »Das ist alles falsch. Dein Vater, der Magistrat … Ombrazia schert sich um niemanden außer die Jünger, und daran muss sich etwas ändern. Ich weiß, dass du das auch begreifst.«

Damian bekam kaum genug Luft, um zu sprechen. »Das da draußen sind meine Freunde!«, krächzte er und spürte, wie sein Zorn von Sekunde zu Sekunde wuchs. »Ungeachtet dessen, wie sich die Mächtigen verhalten, sind das nur Menschen, die ihr Leben dem Schutz der Stadt verschrieben haben. Wer, glaubst du, leidet unter diesem kleinen Kreuzzug am meisten? Nicht mein Vater. Nicht der Magistrat. Sie sind es, Rossana. Sie sind diejenigen, die kämpfen und sterben und diesen verfluchten Schlamassel beseitigen.«

Roz' Miene versteinerte sich. Damian konnte ihr ansehen, dass seine Worte sie nicht umgestimmt hatten.

»Manchmal ist das der Preis, den man für die Revolution zahlen muss. Menschen sterben. Selbst die guten. So verändert sich etwas.«

Wie konnte sie nur so reden? Wie konnte sie so denken? Damian wusste, dass sie kühl sein konnte, aber er hätte nie geglaubt, dass sie zu so etwas fähig wäre. Sein Vater hatte ihn mehr als einmal vor radikalen Ideologien gewarnt, doch Damian hätte nie erwartet, dass der Beweis dafür die Frau sein könnte, die er liebte.

Liebte. Die Heiligen mochten ihm Kraft geben. Er liebte sie.

Und diese Liebe würde ihn vernichten.

Damian packte die Pistole, die noch immer auf Roz' Brust zielte, fester. Seine Finger zuckten.

Er wusste, dass er eine Wahl treffen musste, und er wusste auch, wie seine Entscheidung ausfallen würde.

Er wusste nur nicht, ob er mit ihr leben könnte.

33

ROZ

Roz fand es unerträglich, wie Damian sie ansah.

Sie hatte ihre Wahl getroffen, wohl wissend, welche Konsequenzen sie nach sich ziehen würde. Aber es tat trotzdem so schrecklich weh, als hätte man ihr ein weiß glühendes Eisen in die Brust gestoßen. Dass sie nicht damit gerechnet hatte, dass er hier sein und für die Seite des Feindes kämpfen würde, machte alles noch schlimmer. Sie hätte ihm sagen können, dass sie nach der heutigen Nacht keine Rebellin mehr wäre – zumindest nicht mehr offiziell –, aber was hätte das schon geändert? Sie stand trotzdem jetzt hier vor ihm. Er hätte es nur für eine Ausrede gehalten.

Roz erkannte in Damians Augen, dass sie ihn verloren hatte. Dass er trotz allem, was sie letzte Nacht zu ihm gesagt hatte, tatsächlich glaubte, er hätte ihr niemals wirklich etwas bedeutet.

»Es tut mir leid«, sagte Roz leise und spürte, wie die Wut in ihr verlosch. Das war schon die zweite aufrichtige Entschuldigung für heute. Und obwohl diese hier absehbar gewesen war, schmerzte sie trotzdem. Sie biss die Zähne zusammen, um nicht die Beherrschung zu verlieren. »Du verstehst sicherlich, weshalb ich dir nichts davon erzählen konnte. Aber das ist das Einzige, was ich dir verschwiegen habe, Damian. Alles, was ich dir über meine Gefühle gesagt habe, entsprach der Wahrheit. Ich weiß, dass du wütend bist und glaubst, ich hätte die falschen Entscheidungen getroffen, aber über so etwas würde ich dich niemals belügen.«

Damian stieß ein kurzes, emotionsloses Lachen aus. »So wird es immer mit dir sein, Rossana, nicht wahr? Du bittest um Vergebung, obwohl wir beide wissen, dass die einzige Person, die bei dir immer an erster Stelle steht, du selbst bist. So bist du eben. Ich weiß nicht, warum ich mir Hoffnungen gemacht habe, es könnte anders sein.«

Es war untypisch für Damian, etwas so Schroffes zu sagen. Roz streckte die Hand nach ihm aus, besann sich jedoch mitten in der Bewegung eines Besseren. Ihre ausgestreckten Finger verharrten dort, wo er noch Sekunden zuvor gewesen war, reglos in der Luft. In dieser kurzen Zeitspanne, zwischen zwei Herzschlägen, sah sie das Zittern in ihren Fingern – nur leicht, doch es war da. Sie bekam kaum noch Luft.

»Es *tut mir leid*«, beteuerte sie noch einmal. »Ich weiß, dass du es nicht hören willst, aber es ist so.« Tiefe Reue quälte sie. Roz wollte Damian nicht genauso verlieren wie Nasim und Dev, aber es würde dennoch damit enden. Warum schaffte sie es nur nicht, die Menschen, sie sie liebte, festzuhalten?

»Du hast recht«, sagte Damian. »Ich will es nicht hören.« Doch gleichzeitig senkte er mit gebrochener Miene die Waffe. »Geh.«

»Was?«

»Ich sagte *geh*.«

Dann wollte er sie also nicht verhaften. Er hatte resigniert – man sah es ihm deutlich an. Roz wäre es lieber gewesen, wenn er sie angeschrien hätte. Mit Wut kam sie zurecht, aber mit dem hier … Sie wusste nicht, wie sie mit diesem *leeren* Mann umgehen sollte.

Und doch ließ er sie gehen. Sie bedeutete ihm noch immer etwas, ungeachtet dessen, was sie getan und wie sehr sie ihn verletzt hatte. Sie war einfach wieder in seinem Leben aufgetaucht, hatte ihm allen Grund gegeben, ihr zu misstrauen, und doch hatte sie die ganze Zeit gewusst, dass es nichts ändern würde.

Damian liebte bedingungslos. Das mochte unklug sein – die Heiligen wussten, dass er anders besser dran wäre –, aber so war er nun mal. Dass er sie entkommen ließ, zementierte diesen Umstand nur noch, und Roz fühlte sich deswegen noch schlechter.

Sie liebten einander. Daran würde sich höchstwahrscheinlich nie etwas ändern.

Aber es genügte nicht.

Also ging sie. Auch ohne sich umzudrehen, wusste sie, dass Damian ihr nicht folgen würde. Wäre sie an seiner Stelle gewesen, wäre sie ihm mit Sicherheit ebenfalls nicht gefolgt.

Der Schmerz ihrer Schuldgefühle, der Gewissheit, dass es vorbei war, war geradezu körperlich. Er schnürte ihr die Kehle zusammen und lastete wie ein Gewicht auf ihrem Herzen. Sie hatte nichts mehr. Nichts mehr zu verlieren.

Roz hatte immer geglaubt, der beste Weg, den Tod ihres Vaters zu rächen, bestünde darin, das System zu zerschlagen, das ihn zugelassen hatte. Wenn das System zerbrach, stürzten auch die Männer an seiner Spitze. Sie hatte gewusst, dass das zur Lebensaufgabe werden könnte, aber sie war bereit gewesen, geduldig zu warten.

Doch nun nicht mehr.

Der Tumult allenthalben war die perfekte Ablenkung. Die Sicherheitsleute waren auf dem Mercato und am Gefängnis zusammengezogen worden. Das machte den Palazzo verletzlich.

Roz musste an Pieras offenen Mund und ihre leeren Augenhöhlen denken, und damit war ihre Entscheidung getroffen.

Damian konnte sie ohnehin nicht noch mehr hassen, als er es sowieso schon tat.

Was sich auf den Straßen Ombrazias abspielte, war ein deutliches Zeugnis dafür, dass die Rebellen es geschafft hatten, sich zu organisieren. Doch sie waren nicht allein – der Aufstand hatte zahlreiche Unerwählte aus ihrem passiven Dämmerzustand aufgerüttelt. Sich der Rebellion zu verschreiben war das eine, aber eine ganze Bürgerschar hinter sich zu wissen befeuerte das Vertrauen in die gemeinsame Sache ungemein. Es war so viel einfacher zu handeln, wenn man wusste, dass man nicht alleine war.

Das dumpfe Brausen des Windes konnte die Schreie nicht übertönen. Die Nacht war durchsetzt von Flammen und Rauch. Roz glitt still und unbemerkt durch die Menschenmassen, genoss das Chaos. Die Stadt hatte die Unerwählten im Stich gelassen, und nun würde sie dafür brennen.

Als sie sich zum Schrein stahl, lächelte sie beinahe.

Er war noch zwanzig Minuten für die Allgemeinheit geöffnet. Roz' Timing war perfekt. Sie tauchte mit wild pochendem Herzen in die Dunkelheit des unterirdischen Ganges ein, die Hand an der Pistole, die im Bund ihrer Hose steckte.

Im Inneren des Schreins traf sie auf zwei gewandete Jünger, doch die beiden waren so tief in ihre Gebete versunken, dass sie Roz' Anwesenheit nicht bemerkten, das Klacken ihrer Absätze auf dem Steinfußboden nicht hörten. Sie schlich sich durch den gerundeten Raum zum Korridor auf der anderen Seite und versteckte sich dort. Als sie zum ersten Mal mit Damian hier gewesen war, hatte sie ihn gebeten, voranzugehen, und sich dabei sicherheitshalber den Weg genau eingeprägt.

Sie hatte geahnt, dass ihr dieses Wissen eines Tages von Nutzen sein könnte.

Die Tür, die zum Korridor führte, war verschlossen. Sie hatte nichts anderes erwartet. Zum Glück war das Holz dünn und zerbarst sofort, als sie kraftvoll dagegen trat.

Ohne sich Gedanken darüber zu machen, ob sie jemand gehört hatte, rannte sie los.

Links. Rechts, rechts, links. Weiter geradeaus. Dann wieder links. Ihr Atem hallte von den Tunnelwänden wider wie Donnerhall. Schweiß lief ihr den Nacken hinunter. Dieser Teil – das, was als Nächstes käme – konnte durchaus der Teil sein, bei dem sie starb. Und obwohl ihre Handflächen schweißnass waren und sie ihren verräterischen Körper für die Stresssymptome, die er aussendete, verfluchte, war das angesichts der Möglichkeiten, die sich ihr boten, unwichtig.

Angst und Aufregung fühlten sich fast gleich an, nicht wahr? Oft ließ sich das eine nicht vom anderen unterscheiden.

Roz würde einfach das empfinden, was ihr am dienlichsten war.

Sie sprintete durch die verlassenen Flure. Wie erhofft war der Großteil der Offiziere zu den Schauplätzen der Ausschreitungen abkommandiert worden, die man durch die offene Decke im Zentrum des Palazzos hören konnte. Sie klangen, als wären sie weit entfernt und als könnten sie sie hier, in diesem Grabmal aus Marmor, niemals erreichen. Roz eilte direkt ins oberste Stockwerk, musste jedoch einen Schlenker machen, um nicht von Enzo entdeckt zu werden, der nervös auf und ab lief. Er hielt den Kopf geneigt und die Hände im Nacken verschränkt. Jede seiner Bewegungen verriet deutlich, unter welch großer Anspannung er stand. Roz dachte bei sich, dass es schrecklich sein musste, hier festzusitzen, während alle anderen kämpften, ohne zu wissen, wie es am Ende ausgehen würde.

Vorsichtig schlich sie einen in Weiß und Gold gehaltenen, schmalen Korridor hinunter.

Ich verwechsle es immer mit dem Büro des Generals. Das ist im … ersten Stock, dritte Tür?

Zweiter Stock, vierte Tür, sagte Kiran in ihrer Erinnerung. *Keine Sorge, irgendwann kannst du es dir merken.*

Eine weitere Information, die sie sich, nur sicherheitshalber, eingeprägt hatte.

Roz atmete tief ein und beschwor das unerschütterliche Selbstvertrauen tief aus ihrem Inneren herauf. Stieß die Tür auf. Zog ihre Pistole.

Und richtete sie auf Battista Venturis Kopf.

34

ROZ

»Guten Abend, Herr General«, sagte Roz.

Sie ging langsam mit erhobener Waffe im Halbkreis durchs Zimmer. Ihr Herz pochte wild in ihrer Brust. In ihrer Vorstellung setzte Roz eine Maske auf, verwandelte sich in eine andere Version ihrer selbst. In eine, die Battista nicht beim ersten Blick in sein selbstzufriedenes Gesicht exekutierte.

Battista sprang hinter seinem Schreibtisch auf und griff hastig nach einer Schublade, in der er zweifellos eine Waffe aufbewahrte. Roz drehte ihre eigene Waffe ein wenig in der Hand und senkte sie ein Stück. »Hände hoch.«

Aus so unmittelbarer Nähe sah der General irgendwie anders aus. Sein gestutzter Bart war von Grau durchzogen, und seine Statur wirkte kleiner, als sie es in Erinnerung hatte. Oder vielleicht war sie in der Zwischenzeit auch größer geworden. Jedenfalls war er nicht der Furcht einflößende Mann, als den Roz ihn sich immer vorgestellt hatte. Er war einfach nur … ein Mann. Ein Mann, der, wenn er verwirrt war, ganz genauso die Stirn runzelte wie Damian. Ein Mann, in dessen Gesicht die Jahre deutliche Spuren der Erschöpfung hinterlassen hatten.

Eines Tages würde Damian auch so aussehen.

Allerdings würde Roz das nicht mehr sehen.

Langsam hob der General die Hände. »Signora Lacertosa.

Es überrascht mich, Sie hier zu sehen.« Er leckte sich die Lippen. »Andererseits auch wieder nicht.«

Seine Miene war wie versteinert, als er sie mit starrem Blick musterte. Battista hatte Roz schon als Kind gekannt, wusste von ihrem Hang zu dramatischen, schonungslosen Konfrontationen. Hatte er geahnt, dass sie ihm irgendwann gegenübertreten würde? Hatte er erwartet, dass sie zu ihm kommen und ihm hysterisch leere Drohungen an den Kopf werfen würde?

Roz war nicht mehr wie dieses Mädchen von früher.

Ihre Wut war ein Gift, gegen das sie eine sorgsam kultivierte Toleranz entwickelt hatte.

Sie verzog den Mund zu einem schiefen Grinsen. »Nun, *ich* bin jedenfalls nicht überrascht, *Sie* hier zu sehen. Ich dachte mir schon, dass Sie in Ihrem Büro sind, sich verstecken, während andere Ihre Befehle ausführen. Bedauerlicherweise sind die Wachen dadurch deutlich ausgedünnt, nicht wahr?«

In den vergangenen drei Jahren war Roz Battista nie so nahe gekommen wie in diesem Moment, und die Woge aus Hass, die in ihr aufbrandete, war überwältigend. Sie wollte ein Messer in jede Falte seines alternden Gesichts rammen. Ihm die ausdruckslosen Augen herausreißen und sie unter den Absätzen ihrer Stiefel zermalmen. Der General hielt von der anderen Seite des Schreibtischs aus ihren Blicken stand, besaß nicht mal den Anstand, Unbehagen zu zeigen.

Sie trat weiter ins Zimmer hinein. Zufrieden stellte sie fest, dass sie sich dadurch, dass sie heute ihre Stiefel mit den höchsten Absätzen trug, mit ihm auf Augenhöhe befand. »Gefällt Ihnen das? Andere Menschen für sich sterben zu lassen? Diejenigen, die Ihnen nicht gut genug sind, zu töten? Macht Sie das *glücklich*?«

»Sind Sie deswegen hier, Rossana?« Battistas Stimme klang sanft, kontrolliert, während er aufmerksam jede ihrer Bewegungen verfolgte. »Um Ihren Vater zu rächen? Dafür ist es zu spät. Wissen Sie, sogar als wir ihn schon umstellt hatten, hat er noch versucht, wegzulaufen. Ein Feigling bis zum Schluss.«

Roz' Gesichtsfeld verfärbte sich rot, doch sie drängte ihren Zorn zurück. Stattdessen wies sie mit der Hand auf Battistas Büro. »Soll ich kurz warten, bis Ihnen die Ironie Ihrer Aussage klar wird?«

»Was wollen Sie, Signora Lacertosa?«

Roz tippte mit den Fingernägeln gegen den Abzug der Waffe und hörte zufrieden, wie Battista daraufhin scharf die Luft einsog. »Ich will, dass Sie ein Geständnis ablegen.«

»Sie wissen doch schon, dass ich für den Tod Ihres Vaters verantwortlich war. Ich habe nie ein Geheimnis daraus gemacht.«

»Sie beide waren *Freunde*«, zischte sie, und der altbekannte Schmerz wallte in ihrer Brust hoch, und – *nein*. Deswegen war sie nicht gekommen. Sie musste sich konzentrieren. »Aber das ist nicht das Geständnis, das ich meine.«

Die Haut um Battistas Mund herum spannte sich. »Wovon sprechen Sie *dann*?«

»Ich spreche von Amélie Villeneuve. Piera Bartolo. Daniel Cardello.« Roz fiel auf, dass sie den Namen des Opfers, das sie im Stadtgarten entdeckt hatte, gar nicht kannte. Traurigkeit überkam sie. Aber ob Roz ihren Namen nun nennen konnte oder nicht – das hier war auch für sie. »Sogar von Leonzio Bianchi, wenn ich mich nicht irre.«

»Ich habe keine Ahnung, was Sie meinen.«

Roz kniff ein Auge zu und schützte vor, auf Battistas Kopf zu zielen. »Falsche Antwort.«

»Ich lüge nicht«, entgegnete Battista aufgebracht. Wenn seine Wut durchblitzte, sah er Damian seltsamerweise noch ähnlicher. Der Mann, an den Roz sich aus ihrer Kindheit erinnerte, hatte mit dem Mann, der nun vor ihr stand, nichts gemein. Der General war nie weichherzig gewesen und hatte stets einschüchternd gewirkt, doch er hatte zumindest immer gern gelacht. Er war in seine Frau vernarrt gewesen und hatte seinen Sohn liebevoll behandelt. Doch während sie an den Battista von früher zurückdachte, wurde ihr klar, dass sich diese neue Version von ihm doch nicht so sehr von der früheren unterschied. Deswegen war sie damals ja auch nicht überrascht gewesen, als sie erfahren hatte, dass er den Tod ihres Vaters zu verantworten hatte.

»Wollen Sie etwa behaupten«, sagte sie, »dass Sie nicht fünf Opfer mit giftigem Vellenium getötet haben, einer Pflanze, die am besten im Norden gedeiht? Dort, wo *Sie* für drei Jahre stationiert waren. Wollen Sie behaupten, dass Sie nicht bei der städtischen Gerichtsmedizinerin waren und von ihr verlangt haben, dass sie den Namen dieses Gifts in ihren Berichten schwärzt, damit niemand etwas über seine Verbindung zu Chaos erfährt? Arbeiten Sie demnach mit einem Jünger zusammen?«

»Ich sage es noch einmal«, fauchte Battista. *»Ich weiß nicht, wovon Sie reden.«* Jedes Wort war knapp und scharf.

»Sie können es getrost zugeben, General. Es ist niemand da, der es hören könnte. Hier gibt es nur Sie und mich.«

Battistas Blick zuckte durch den Raum, auf der Suche nach einem Fluchtweg, den es nicht gab. Roz hätte am liebsten gelacht. Er mochte in Ombrazia herumstolzieren wie ein Heiliger, an der Seite des Magistrats stehen und die Wichtigkeit eines frommen Lebens predigen, doch er war ein Lügner. Ein Mörder. Ein Ketzer nach seinen eigenen Maßstäben.

»Ich habe Ihnen eine Chance gegeben zu gestehen«, fuhr Roz fort, »aber ich kann Sie wohl trotzdem töten.« Sie trat einen Schritt auf den General zu. Dann noch einen. Das Blut rauschte durch ihre Adern, und sie war erfüllt von ungezügeltem Zorn und Vorfreude. Manche behaupteten, Rache sei niemals so süß, wie man sie sich ausmalte – dass man einen Mord in anderem Licht sah, wenn man erst einmal direkt damit konfrontiert war. Dass er der Seele zu viel abverlangte.

Diese Leute lagen falsch.

Oder vielleicht hatte Roz auch keine Skrupel, ihre Seele herzugeben.

Denn Battista hatte es *verdient*. Wie viele Unschuldige hatte er geopfert? Wie viele eifrige Soldaten waren, erfüllt von der rechtschaffenen Motivation, für ihr Land zu kämpfen, in den Krieg gezogen, nur um im Matsch zu verwesen? Oder hatten versucht zu fliehen und waren abgeschlachtet worden wie ihr Vater?

Der General stieß einen Fluch aus. Roz konnte sehen, dass ihm der Schweiß auf der Stirn stand. Sie ignorierte die zahlreichen Ausreden, die er nun hervorbrachte. Jahrelang hatte er gleichzeitig Richter, Jury und Scharfrichter gespielt. Doch nun, bei allen Heiligen, war sie an der Reihe.

Sie legte den Finger an den Abzug.

»Roz?« Damians Stimme erscholl hinter ihr. Sie erstarrte. Genau wie Battista, dem der Schock deutlich ins Gesicht geschrieben stand.

»Damian.« Roz drehte sich nach ihm um, ohne die Waffe zu senken, und ihr Magen zog sich zusammen. Warum war er hier? Sie hatte ihn doch schon genug verletzt. Sie konnte nicht zulassen, dass er das hier mit ansah.

Damian trat mit erhobenen Händen ins Zimmer. Seine Miene war angespannt, sein Blick flehentlich. Roz wurde klar, dass er Angst hatte. Angst vor *ihr*.

Oder zumindest vor dem, was sie tun würde.

»Roz, du musst die Waffe fallen lassen.«

Sie ließ die Waffe nicht fallen. Packte sie stattdessen noch fester. Ihre Augen brannten. Noch nie war sie ihrer Rache so nah gewesen. In den vergangenen drei Jahren hatte sie von nichts anderem geträumt. »Er ist ein Mörder.«

Sein Blick war noch immer flehend. »Er mag vielleicht einer sein. Aber du bist keiner.«

Roz schnaubte. Damian klang jetzt nicht mehr wütend, sondern wie ein Offizier. Wie ein Vermittler.

»Du versuchst, mich zu manipulieren.«

»Das tue ich nicht«, behauptete er. »*Bitte*, Roz. Er ist mein Vater.«

»Und er hat *meinen getötet*!« Sie fuhr herum. Die Hand, in der sie die Pistole hielt, zitterte. Tränen brannten in ihren Augen. »Er hat Piera ermordet!« Battista beobachtete sie wachsam, als befürchte er, ihr plötzlicher Verlust an Selbstbeherrschung könne ihm eine Kugel im Kopf eintragen. Seine Sorge war durchaus berechtigt – Roz' Adrenalinspiegel war inzwischen zu hoch, um sich von Damians Worten noch aufhalten zu lassen. Schließlich hatte sie ihn schon längst verloren. Da konnte sie ebenso gut auch noch den letzten Nagel in ihren Sarg schlagen.

»Der beste Zeitpunkt, um Barmherzigkeit walten zu lassen, ist, wenn jemand sie nicht verdient hat«, beschwor er sie.

Roz lachte, doch es klang finster. »Danke, oh Heiliger Damian.« Sie wies mit dem Kinn auf Battista. »Wann hat *er* jemals Barmherzigkeit walten lassen? Sag es mir.«

Damian presste die Lippen aufeinander. Roz musste daran denken, wie er sie in der letzten Nacht angesehen hatte, wie sich diese Lippen geteilt hatten, als wären ihre Berührungen ein Wunder. Sie hatte mit den Händen über seinen Körper gestrichen, als könne sie ihn niemals genug spüren. Und so war es auch. Sie hatte nicht mal annähernd genug von Damian Venturi bekommen. Sie wollte die Zeit messen, indem sie seine Herzschläge zählte, und wissen, was ihn zum Lächeln brachte.

Doch das konnte sie nicht. Auf gewisse Weise war dieser Traum gemeinsam mit Piera gestorben.

»Niemals«, beantwortete Damian flüsternd ihre Frage. »Du hast recht. Mein Vater hat nie Gnade gezeigt. Aber ich bitte dich auch nicht um seinetwillen.« Er schluckte. »Sondern um meinetwillen.«

»Damian –«

»Bitte.« Seine Stimme war kaum zu hören. »Wenn du mich jemals geliebt hast, dann tu es bitte nicht.«

Schweigen entstand zwischen ihnen, für einige Sekunden oder eine Ewigkeit. Roz traf eine Entscheidung.

Ein einzelner Schuss hallte durch die Stille.

35
DAMIAN

Jeder Muskel in Damians Körper spannte sich an.

Sie hatte es getan. Roz hatte abgedrückt.

Seine Gedanken wirbelten wild durcheinander. Mit gehetztem Blick suchte er nach Blut, nach einer Eintrittswunde, nach irgendetwas. Doch Battista, der eben noch resigniert den Kopf hängen gelassen hatte, sah nun wieder auf und tat genau das Gleiche. Sein Mienenspiel verriet seine vollkommene Verwirrung.

Im selben Moment, in dem die Waffe klappernd auf dem Boden landete, entdeckte Damian das Loch in der Wand direkt über dem Kopf seines Vaters.

Roz hatte Battista nicht erschossen. Sie hatte ihm Angst eingejagt, keine Frage, aber sie hatte zweifellos mit Absicht danebengeschossen. Roz überließ nie etwas dem Zufall.

Damian empfand unendliche Erleichterung. Er hatte gewusst, dass es nichts bringen würde, an Roz' Moralgefühl zu appellieren. Ungeachtet dessen, was er darüber gesagt hatte, dass sie keine Mörderin wäre, zweifelte Damian nicht daran, dass sie jemanden umbringen und hinterher schlafen könnte wie ein Baby.

Deswegen hatte er alles auf eine Karte gesetzt, in der Hoffnung, dass sie in der vergangenen Nacht die Wahrheit gesagt hatte. Dass sie, selbst wenn sie doch gelogen haben sollte, zumindest so viel für ihn empfand, dass sie seinen Vater nicht vor seinen Augen umbringen würde.

Als Roz sich zu ihm umdrehte, sah Damian, dass ihre Miene sanfter geworden war. Dass sie sich anstatt für Rache für ihn entschieden hatte, so plötzlich und ernüchternd, als würde man eine Flamme verlöschen sehen. Damian wusste: Wäre er nicht aufgetaucht, hätte sie es getan.

Doch er bedeutete ihr zumindest so viel, dass sie es nicht getan hatte.

Dieses Wissen hätte den Schmerz in seinem Herzen eigentlich nicht lindern sollen, doch das tat es.

Battista, der sich offenbar von seinem Schock erholt hatte, machte plötzlich einen Satz nach vorne. Damian wusste nicht, ob er es auf die Pistole oder Roz abgesehen hatte, und das war auch nicht von Belang. Er sprang seinem Vater in den Weg und warf sich mit voller Wucht auf ihn.

»Was zur –«, keuchte Battista. »Sie wollte mich umbringen!« Er wand sich unter Damians Gewicht, versuchte hochzukommen.

»Ich weiß«, entgegnete Damian knapp. Er konnte in den Augen seines Vaters sehen, wie er plötzlich begriff, was geschah, und im selben Moment verschwand der Vater, den er gekannt hatte, und General Battista Venturi trat an seine Stelle.

»Du idiotischer Schwachkopf.«

Damian ignorierte die Spitze, merkte jedoch, dass er trotzdem rot wurde.

»Du hast sie nur davon abgehalten, mich zu töten, um sie zu beschützen?« Battista bleckte die Zähne. »Warum bist du überhaupt hier? *Wie* kannst du hier sein?«

Er versuchte noch einmal erfolglos, aufzustehen. Damian stellte erfreut fest, dass er inzwischen deutlich stärker als sein Vater war. Doch Battista schaffte es, sich umzudrehen, und schlug mit der Faust nach Damians Kiefer. Er landete einen Treffer. Damian, dessen Wunden von den Schlägen, die er auf dem Militärschiff hatte einstecken müssen, noch immer nicht verheilt waren, stöhnte ungehalten auf. Er hatte seinen Vater noch nie zuvor so erlebt. So wütend und so … wild. Er hatte Battista als stets ruhig und gefasst in Erinnerung.

Im nächsten Augenblick war Roz da. Sie hatte sich ihre Pistole zurückgeholt, doch anstatt zu schießen, versetzte sie Battista einen Tritt in die Rippen. Der fauchte ein Wort, bei dem sich Damian vor Entsetzen alles zusammenzog. Rasch sprang er von seinem Vater herunter und hob beschwichtigend die Hände.

»Hör jetzt auf damit«, schnaubte er.

Battistas Zorn war fast greifbar. Er bedachte Damian mit einem hässlichen, höhnischen Grinsen. »Bist du wirklich so erbärmlich, dass du dich lieber auf die Seite einer Verräterin schlägst, als für dein Land zu kämpfen?«

Roz lachte spöttisch auf, und sie schenkten beide seinen Worten keine weitere Beachtung.

»Ich wollte nicht zurück in den Krieg«, sagte Damian ruhig. »Nicht nach allem, was passiert ist. Nicht nach Michele. Dafür gibt es keine Entschuldigung. Aber *du* … Wozu du deine Macht missbraucht hast, ist unverzeihlich. Du magst mich für einen erbärmlichen Sohn halten, aber das ist mir egal. Nach allem, was ich inzwischen weiß, würde es mich eher beunruhigen, wenn du stolz auf mich wärest.«

Battista entblößte wieder die Zähne. »Ich habe diese Leute nicht ermordet, Damian. Ich weiß nicht, wovon ihr beide redet. Der einzige Tod, den ich zu verantworten habe, ist Jacopos.«

Etwas an der Art, wie er es sagte, bewirkte, dass Damian ihm glaubte. Plötzlich fühlte er sich unbehaglich, als hätte man ihm einen Bottich eiskaltes Wasser über den Kopf geschüttet. »Wer hat sie *dann* getötet?«

»Er lügt doch ganz offensichtlich«, bemerkte Roz höhnisch, im selben Moment, in dem Battista entgegnete: »Woher soll ich das wissen?«

Damian schüttelte den Kopf, doch seine Gedanken wollten sich einfach nicht klären. »Darum geht es jetzt nicht. Wenn du lügst, *werde* ich es herausfinden. Selbst wenn ich mich dafür auf die Seite einer Verräterin schlagen muss.«

»Denk an die Heiligen«, appellierte Battista. »Denk an –«

Damian unterbrach ihn. »Es ging doch nie um die Heiligen. Bei allem, was du jemals getan hast, ging es dir einzig und allein um dich selbst.«

Battista schüttelte in gespielter Traurigkeit den Kopf. »Forte hat mir prophezeit, dass ich es bereuen würde, dich nach Hause zu holen, aber ich habe ihm nicht geglaubt. Offensichtlich hätte ich es tun sollen. Du kommst viel zu sehr nach deiner Mutter.«

Damians Herz schien plötzlich einen Schlag auszusetzen. Es war seit Jahren das erste Mal, dass Battista seine verstorbene Frau erwähnte. Was würde Liliana Venturi wohl sagen, wenn sie sie jetzt sehen könnte? Würde es ihr das Herz brechen, dass sie stritten? Oder wäre sie erfreut darüber, dass ihr Sohn sich endlich behauptete?

»Das freut mich«, erwiderte Damian eisig. »Ich bin lieber wie sie. Ich dachte immer, ich sei nicht gut genug, um dein Sohn zu sein. Als Forte mich anwies, den Mord an Leonzio aufzuklären, glaubte ich, dass ich dadurch beweisen könnte, dass ich gut in meinem Job bin. Aber weißt du, aus welchem Grund ich *in Wirklichkeit* gut in meinem Job gewesen bin? Weil mir die Menschen wichtig waren. Weil ich im Zweifelsfall zu ihren Gunsten entschieden und an wahre Gerechtigkeit geglaubt habe. Weil die übrigen Offiziere mich respektiert haben. Deiner Vorstellung von einem Sicherheitsoffizier bin ich vielleicht nicht gerecht geworden, aber meine Arbeit war mir wichtig.« Er holte tief Luft und sah Battista direkt ins Gesicht. »Also ja, ich entscheide mich für Roz. Und möglicherweise ist diese Entscheidung falsch. Aber es ist verdammt noch mal alles besser, als sich für dich zu entscheiden.«

Damian meinte, im Augenwinkel zu erkennen, wie Roz zusammenzuckte, aber vielleicht bildete er es sich auch nur ein. Battista öffnete den Mund, verzog das Gesicht, als wolle er etwas sagen, erstarrte jedoch.

Dumpfe Schritte kamen die Treppe herauf.

Roz sah Damian entsetzt an, der ebenfalls erschrocken die Augen aufriss. Rasch wandte er sich ab, bevor er noch zu tief in ihrem Blick versank. Sie richtete ihre Waffe auf den Korridor, bekam jedoch keine Chance zu schießen.

Sicherheitsoffiziere strömten mit erhobenen Arkebusen ins Zimmer.

Es war mindestens ein Dutzend, alle voll bewaffnet. Sie bewegten sich schnell und effizient, und als sie ihre Positionen einnahmen, sah man ihre Abzeichen im schummrigen Licht glänzen. Damian drehte sich der Kopf. Was auch immer gerade geschah, war eindeutig sorgfältig geplant. Er hob die Hände, um zu signalisieren, dass er nicht bewaffnet war. Roz ließ die Pistole fallen und tat es ihm gleich. Offenbar war nicht mal sie so vermessen zu glauben, sie könne es mit mehreren Offizieren gleichzeitig aufnehmen.

»Was im Namen der Heiligen geht hier vor?«, polterte Battista, der keine Anstalten traf, sich zu ergeben. Damian stellte verblüfft fest, dass die Waffen auch auf seinen Vater gerichtet waren. »Ich bin euer *General*. Entweder ihr nehmt die Waffen weg, oder ihr seid eure Jobs los.«

Der Offizier, der ihm am nächsten stand – Damian erkannte, dass es Kiran war –, schüttelte den Kopf. »Anweisung des Magistrats. Mitkommen.«

Damian hatte das Gefühl, als würde ihm der Boden unter den Füßen weggerissen. Dann *lebte* der Magistrat also noch. Wenn dem so war, dann war die Leiche, die Damian im Schrein entdeckt hatte, eine Illusion gewesen. Doch warum war sie ihm gezeigt worden? Zu welchem Zweck?

»*Bewegung*«, forderte Kiran tonlos.

Damian schauderte. Er versuchte, aus der Miene seines Freundes herauszulesen, ob Kiran glaubte, dass er etwas mit der Rebellion zu tun hätte. Er fand den Gedanken unerträglich, dass Kiran und Siena denken könnten, er würde ihnen seine Rettung vergelten, indem er sich an Roz' kleiner Charade beteiligte. Doch zu Damians Ernüchterung wich Kiran seinen Blicken geflissentlich aus.

Die Offiziere verteilten sich, um ihn, Roz und Battista zu umstellen. Auf dem Weg die Stufen hinab zeterte und drohte Battista unablässig weiter, doch Damian sagte kein Wort. Er war ein Deserteur. Roz war eine Rebellin und eine Fast-Mörderin. Was immer sie beide auch erwartete, war mit Sicherheit nicht gut. Doch trotzdem empfand er nichts als eine vage Furcht, als würde er nur zusehen, wie dies alles jemand anderem widerfuhr.

Damian brachte es nicht über sich, die anderen Offiziere anzusehen. Er war nicht mehr ihr Vorgesetzter. Er war bedeutungslos.

»Danke«, sagte Damian unvermittelt zu Roz und wechselte zu einem anderen leidvollen Thema. »Dafür, dass du ihn nicht umgebracht hast.«

Sie blinzelte. Ihr Blick war leer. Als hätte sie etwas verloren, oder vielleicht einfach aufgegeben. »Wie viele Menschen muss ich mir noch von ihm nehmen lassen, Damian?«

Es quälte ihn, dass sie nach allem, was geschehen war, auch noch Piera verloren hatte. Obwohl er wütend auf Roz war – wie hätte er es nicht sein können? –, schien sich das, was sie zuvor gesagt hatte, zu bewahrheiten. Hatten sie nicht für die gleichen Dinge gekämpft? Roz war lediglich bereit, härter, schmutziger zu kämpfen als er.

»Piera war ebenfalls eine Rebellin, richtig?«, murmelte er, als ihm die Wahrheit dämmerte.

Einen Moment lang sagte Roz nichts. Dann: »Sie war die Anführerin. Sie war eine Mutter, als meine Mutter es nicht sein konnte. Nun ist sie tot, und mir gehen langsam die Gründe dafür aus, mir noch um irgendetwas Gedanken zu machen.«

Damian betrachtete die Rundung ihres Halses, ihre zusammengepressten Lippen. Er konnte sie verstehen, denn er wusste, wie es sich anfühlte, wenn man glaubte, nichts mehr zu haben, wofür es sich noch zu kämpfen lohnte. »Tut mir leid.«

Sie verfielen wieder in Schweigen. Battista wurde in eine andere Richtung abgeführt. Damian stieß einen leisen Fluch aus, als ihm aufging, dass er und Roz in den Kerker gebracht wurden. Wie oft hatte er andere diese düstere Treppe hinunterbegleitet? Wie oft hatte er das Unheil verkündende Quietschen einer der Eisentüren gehört, die zuschlug und den Häftling in einer winzigen Zelle einschloss? Er hatte oft darüber nachgedacht, wie schrecklich es sein musste, im finsteren Kerker alleingelassen zu werden, wäre jedoch niemals auf die Idee gekommen, dass es ihn eines Tages selbst treffen könnte.

»Was geht hier vor sich?«, fragte er an Kiran gerichtet, der jedoch so tat, als hätte er nichts gesagt. »Kiran, hör mir zu. Im Palazzo ist es nicht sicher –«

Das Knallen der zuschlagenden Zellentür schnitt seine warnenden Worte ab. Sie befanden sich in einer Zelle aus Stein. Natürlich riskierten sie nicht, Roz hinter eisernen Gitterstaben einzusperren. Aus genau diesem Grund gab es hier unten unterschiedliche Arten von Verliesen. Die Tür besaß nur ein winziges Fenster und bestand aus dickem, verstärktem Holz. Man fühlte sich, als wäre man in einem riesigen Betonblock gefangen.

Damian lehnte sich an die Zellenwand und versuchte, nicht daran zu denken, wann er zuletzt an einem so beengten, dunklen Ort gewesen war. Wenigstens war er nicht allein. Roz rückte näher an ihn heran, und ihre Haare kitzelten ihn in der Nase. Als die Schritte der Offiziere schließlich verklangen, hörte er sie aufatmen.

»Was machen wir jetzt?«, fragte sie in die erdrückende Stille hinein. »Wir können nicht einfach hier sitzen und darauf warten, was als Nächstes geschieht. Du hast doch noch immer Verbündete im Palazzo, oder? Kiran? Siena?«

Ihre Namen zu hören versetzte Damian einen Stich. »Du hast Kiran doch gerade selbst gesehen, oder? Höchstwahrscheinlich glauben sie, dass ich mich mit den Rebellen zusammengetan habe.«

»Das hast du ja im Grunde auch.«

Er funkelte ihre dunkle Silhouette böse an. »Ich finde es noch etwas zu früh, um darüber Witze zu machen.«

»Was ist mit Enzo? Ich habe ihn vorhin gesehen.«

»Und wie soll ich ihn deiner Meinung nach erreichen? Er weiß nicht mal, dass wir hier unten sind.«

Roz gab einen zustimmenden Laut von sich und ließ sich gegen die Wand sinken. »Na dann. Wer, glaubst du, ist es?«

»Wer ist was?«

»Wer, glaubst du, ist der Jünger von Chaos? Oder meinst du, wir sind ihm bisher noch nicht begegnet?«

»Ich weiß es nicht.« Damian fuhr sich mit der Hand durchs Haar. »Irgendwie hoffe ich noch immer darauf, dass es eine vollkommen andere Erklärung für alles gibt. Eine, die ausschließt, dass Chaos zurück ist oder ich verrückt werde.«

»Also, verrückt bist du mit Sicherheit nicht«, sagte Roz in die Dunkelheit hinein. »Ich glaube dir, dass du genau das gesehen hast, was du beschrieben hast. Ich weiß, dass das im Moment keinen großen Unterschied macht, aber es ist die Wahrheit.«

Ihre Worte katapultierten Damian abrupt zurück ins öffentliche Gefängnis. *Alles, was ich letzte Nacht gesagt habe, war die Wahrheit,* hatte Roz gesagt.

Kurz bevor ihm klar geworden war, dass sie ihn vernichten würde.

»Kaum zu glauben, dass ich nicht gemerkt habe, dass du eine Rebellin bist«, murmelte er unvermittelt, bevor er sich bremsen konnte. »Die ganze Zeit über, als ich dachte, dich wieder kennenzulernen, habe ich dich eigentlich überhaupt nicht richtig gekannt, oder?«

Sie schmiegte sich enger an ihn. Ihr Duft vertrieb die Kälte aus der Luft. »Weißt du, du bist nicht der Einzige, den ich belogen habe, und ich kann mit Bestimmtheit sagen, dass es das nicht wert war.« Sie lachte freudlos. »In den vergangenen drei Jahren habe ich viele Fehler gemacht. Das streite ich nicht ab. Ich werde niemals perfekt sein, und, zur Hölle, wahrscheinlich werde ich niemals auch nur ein *guter Mensch* sein. Aber ich kann es versuchen, oder?« Roz' Stimme klang flehentlich. »Ich werde es versuchen, wenn du mir die Chance dazu gibst.«

»Verdammt noch mal, Roz.« Damian fuhr sich mit der Hand über die Stirn. »Was soll ich denn tun? Alles vergessen, bis du einen neuen Grund findest, mich zu belügen?«

Sie erwiderte nichts darauf. Nach einer Weile sagte sie schließlich: »Ich habe mich der Rebellion angeschlossen, weil ich weiß, dass diese Stadt besser sein kann. Ich will nicht, dass wir aufgeteilt werden in die, die Magie besitzen, und die, die es nicht tun. Wenn eine Gruppe beginnt zu rebellieren, tut sie das aus Verzweiflung. Weil nichts anderes geholfen hat. Wenn ich alles in Ordnung bringen könnte, würde ich unsere jungen Leute nicht in den Krieg schicken. Ich würde nicht zulassen, dass die Zünfte allen anderen diktieren, wie sie zu leben haben. Ich will, dass jeder Bürger ein Mitspracherecht hat, und ich will, dass niemand leiden muss. Ist das wirklich so verwerflich?«

Nein, das war es nicht. Damian wünschte sich das Gleiche. Er hatte nur keine Vision, und selbst wenn er eine gehabt hätte, hätte er nicht gewusst, wie er sie umsetzen sollte. Doch Roz – sie sprach die Worte laut aus, die er nicht wagte, in den Mund zu nehmen. Sah die Dinge, die er zu ignorieren versuchte. Von ihnen beiden war stets sie diejenige gewesen, die dazu bestimmt gewesen war, etwas zu verändern.

Er musste nur mutig genug sein, ihr zu folgen.

»Okay«, sagte er. »Du hast recht.«

In dem Augenblick, in dem er es laut aussprach, wusste er, dass es stimmte. Er fürchtete sich vor der Rebellion, weil er Veränderungen fürchtete. Unordnung. Doch Ersteres ließ sich kaum ohne Letzteres erreichen, nicht wahr? Nichts wandelte sich von selbst. Man musste losgehen und dafür kämpfen.

»Wie bitte?«, fragte Roz unüberhörbar fassungslos.

»Du hast recht«, wiederholte Damian nachdrücklich. »Ich habe es satt, Dinge, von denen ich weiß, dass sie falsch sind, einfach zu ignorieren. Ich habe es satt, die Heiligen darum zu bitten, die Dinge zu tun, die wir selbst tun müssen. Wären die Heiligen an Gerechtigkeit interessiert, hätten wir sie schon längst.«

Sie sah ihn verdutzt an. »Aber der Palazzo –«

»Hat mich in diese Zelle geworfen«, beendete Damian den Satz. Er hörte selbst, wie frustriert er klang. »Du hattest recht, Roz, und ich unrecht. Außerdem: Wenn einem ein Mensch viel bedeutet, dann werden dessen Ziele zu den eigenen.«

Sie öffnete schockiert die Lippen und wusste offensichtlich nicht, was sie sagen sollte. Damian störte es nicht. Von jetzt an würde er Roz Lacertosa bei allem, was sie tat, unterstützen. Wenn sie die Welt von ihm verlangte, würde er einen Weg finden, sie ihr zu verschaffen. Sie hielt sein Herz in ihren Händen, ob er ihrem Griff nun vertraute oder nicht.

»Danke«, antwortete sie bewegt.

»Es gibt nichts, wofür du mir danken müsstest.«

Anstelle einer Antwort drehte Roz sich zu ihm um und legte die Hand an seine Wange. Damians Augen hatten sich inzwischen so weit an die Dunkelheit gewöhnt, dass er die Intensität ihres Blickes, die zarte Rundung ihrer Oberlippe erkennen konnte.

Diesmal überließ er ihr nicht die Führung, sondern legte die Hand an ihren Hinterkopf und zog sie zu sich.

Sie seufzte leise auf. Die Wärme des sachten Atemzugs, der ihrem Mund entschlüpfte, genügte, um ihn in Flammen aufgehen zu lassen, und der kalte Stein erschien ihm plötzlich nicht mehr so unerträglich. Er strich ihr das Haar aus dem Gesicht. Hob ihr Kinn an. Erkundete ihre Zähne mit der Zunge, hörte das amüsierte Lachen, das tief aus ihrer Brust drang, als er ihren Körper noch enger an seinen zog.

Diese Gefühle, die Roz in ihm weckte, kamen womöglich einem Beweis für die Existenz des Göttlichen am nächsten. Zur Abwechslung war es Damian egal, dass er ein Unerwählter war. Roz' Berührungen erdeten ihn stärker, als ein Gebet es vermochte. Sie war heiliger als jeder Heilige. Wenn sie es zuließ, würde er sie zu seiner neuen Religion erheben.

Was immer auch geschehen mochte, sie würden es gemeinsam durchstehen. Doch bevor Damian Roz das sagen konnte, erscholl eine unbekannte Stimme in der Dunkelheit, hell wie ein Windspiel.

»Bei allen Heiligen, nehmt euch doch bitte ein Zimmer.«

36

ROZ

Roz war sich sicher, dass sie träumte. Es musste tatsächlich einen Jünger von Chaos im Palazzo geben – das war die einzige Erklärung dafür, dass sie von draußen vor der Zelle Nasims Stimme hörte.

»Wer ist da?«, verlangte Damian zu wissen.

Roz war zu verdutzt, um zu reagieren. Schließlich war es Nasim, die antwortete: »Ich bin Roz' Freundin.«

Freundin? Was hatte das alles zu bedeuten?

»Oh«, sagte Damian und atmete hörbar auf. Roz konnte seine Erleichterung nicht recht teilen. »Ich nehme an, du bist auch eine Rebellin? Wie bist du in den Palazzo hineingekommen?« Doch bevor Nasim antworten konnte, schüttelte er den Kopf. »Weißt du was? Es ist mir egal. Hör zu: Wenn du den Gang hinter dir entlanggehst, findest du in der Krypta einen versteckten Generalschlüssel.«

Licht flammte auf. Roz kniff die Augen zusammen, bis ihre Augen sich daran gewöhnt hatten. Durch das winzige Fenster konnte sie Nasim sehen, umgeben von goldenem Licht, mit einer Laterne in der einen und einem Schlüssel in der anderen Hand. »Ich wünschte, das hättest du mir gesagt, bevor ich den hier gestohlen habe.«

Damian verdrehte die Augen, doch er meinte es offensichtlich nicht böse. »Wem hast du ihn weggenommen?«

»Einem Offizier, der draußen Wache hielt.«

»Du hast ihn doch nicht getötet, oder?«

Nasim schnaubte. »Nein. Das heißt, ich bin mir ziemlich sicher, dass ich es nicht getan habe.«

Damian schüttelte resigniert den Kopf. »Also, jetzt verstehe ich, warum du und Roz Freundc scid.«

Roz brachte es nicht fertig zu lachen. Sie fühlte sich merkwürdig unruhig und beklommen. Als Nasim den Schlüssel ins Schloss steckte und die Tür mit einem Quietschen aufriss, spannten sich unwillkürlich ihre Muskeln. Das ergab alles keinen Sinn. Nasim war kein Mensch, der einfach vergab. Sie war nicht wie Damian, der Roz mehr liebte, als sie es verdiente. Nasim brach ohne mit der Wimper zu zucken mit jedem, der es ihrer Ansicht nach verdiente.

Roz folgte Damian nicht aus der Zelle, sondern blieb abwartend stehen. Sie spürte, dass Nasim etwas sagen wollte.

»Dev hat mit mir geredet«, murmelte Nasim, ohne sie anzusehen. »Gleich nachdem ich die Taverne verlassen hatte.«

»Ach ja?« Roz schluckte, wagte es nicht zu hoffen.

»Er meinte, er würde dir glauben, und dass es vernünftig von dir gewesen sei uns nichts zu erzählen. Dass die Art, wie ich reagiert habe, wahrscheinlich genau der Grund dafür gewesen ist, dass du es uns verschwiegen hast.« Nasim drehte die Schuhspitze ihres Stiefels auf dem Boden. »Als ich nicht mehr ganz so wütend war, musste ich zugeben, dass er recht hatte. Wenn es mir wichtig ist, Pieras Andenken zu ehren, muss ich ihrem Urteilsvermögen vertrauen. Also … Es tut mir leid.«

Roz' Gedanken überschlugen sich. Das zu hören hatte sie nicht erwartet. Zuerst sympathisierte Damian mit der Rebellion, und nun zeigte sich auch noch Nasim versöhnlich? Sie verdiente solche Menschen nicht. Menschen, die zu ihr hielten, egal was geschah.

Bevor Nasim ausgeredet hatte, schüttelte Roz schon den Kopf. »Nein. Du hast recht, ich hätte euch erzählen sollen, was ich vorhatte. Je länger ich es geheim gehalten habe, desto verdächtiger muss ich mich gemacht haben. Dessen war ich mir auch bewusst. Aber ich fand die Vorstellung unerträglich, dass ihr mich deswegen vielleicht ablehnen würdet, und außerdem dachte ich, es würde sich alles von selbst regeln, wenn ich erst einmal Antworten bezüglich Amélies Tod hätte. Ich war so ein Dummkopf.«

Damian, der neben Nasim stand, trat von einem Fuß auf den anderen, teils aus Verwirrung, teils aus Beunruhigung, und seine Körpersprache drückte unmissverständlich aus: *Wir müssen hier weg*. Roz wusste, dass er recht hatte. Doch Nasim war noch nicht fertig.

»Ich bin trotzdem noch sauer«, gestand sie. »Aber Dev hat noch etwas anderes gesagt, das mich nachdenklich gemacht hat. Er meinte, du würdest eine großartige Anführerin abgeben, weil du in deinem Leben alles hättest haben können, es aber freiwillig ausgeschlagen hast. Du hattest alle Vorteile, die eine Jüngerin zu sein mit sich bringt, aber es hat dich nicht gestört, sie zu verlieren, weil es dir nie nur um dich selbst ging. Dir war es wichtig, wirkliche Veränderungen herbeizuführen, für alle. Und ich weiß, dass er damit recht hat.«

Roz biss sich auf die Lippe. Dev hatte *wirklich* recht, obwohl sie es nie auf diese Weise betrachtet, sondern sich lediglich bemüht hatte … ein anständiger Mensch zu sein. »Ich kann kein bequemes Leben als Jüngerin führen, wenn ich weiß, dass andere Menschen leiden. Das macht mich aber nicht zu einer Heiligen. Sondern nur zu einem Menschen, der nicht vollkommen schlecht ist.« Sie lachte auf, doch es klang hohl. »Und ich will nicht die Rebellion anführen. Du hattest recht – du solltest es tun. Du verdienst es. Außerdem: Wenn ich das Kommando übernehmen würde, würde wahrscheinlich alles den Bach runtergehen.«

Nasim lachte schnaubend. »Was, wenn wir es gemeinsam anpacken?«

Roz' Herz schlug schneller. Konnten sie das tun? Konnten sie und Nasim wirklich gemeinsam fortführen, wofür Piera gearbeitet hatte? Einige der Rebellen wären darüber bestimmt nicht erfreut, doch sie hatten keinen Grund, Nasim zu misstrauen.

»Okay«, willigte sie schließlich ein und konnte sich ein kleines Lächeln nicht verkneifen. Dieses Lächeln schmerzte, weil sie mit der Zustimmung zu dieser Vereinbarung anerkannte, dass Piera wirklich und wahrhaftig nicht mehr da war. Aber andererseits fühlte sie sich auch richtig an. »So machen wir es.«

»Ich werde jetzt nicht mal so tun, als verstünde ich, was hier vorgeht«, wandte Damian sich sichtlich verwirrt an Nasim, die an die Außenseite der Zelle gelehnt stand. »Aber woher wusstest du verdammt noch mal, wo du uns finden könntest?«

Nasims Miene wurde ernst. Als sie antwortete, sah sie Roz an. »Ich war am Mercato, als Alix auftauchte und mir erzählte, dass du während des Gefängnisausbruchs verschwunden seist, und gleich darauf bekam ich mit, wie mehrere Offiziere zum Palazzo abkommandiert wurden. Ich hörte sie darüber sprechen, dass jemand ins Gebäude eingedrungen sei. Da *wusste* ich einfach, dass du das sein musst und dass du irgendetwas Idiotisches gemacht hast.« Sie schnaubte belustigt. »Also bin ich zum Seiteneingang geschlichen, habe den Wächter ausgeschaltet und seinen Schlüssel genommen. Dann habe ich gesehen, wie man euch hier runtergebracht hat, bin euch gefolgt und habe mich in einer dunklen Ecke versteckt, bis ich mir sicher war, dass die Offiziere abgezogen waren.«

»Ich muss mich aufrichtig bei dir bedanken«, sagte Damian steif zu Nasim. Er wirkte jetzt nicht mehr verwirrt – offenbar hatte er inzwischen begriffen, über welche von Roz' Lügen Nasim gesprochen hatte. »Aber wir sollten jetzt wirklich von hier verschwinden.«

Nasim nickte, tat seine Unruhe jedoch mit einer Handgeste ab und wandte sich noch einmal an Roz. »Ich wünschte trotzdem, du hättest uns vertraut. Aber ich will verdammt sein, wenn ich heute Nacht nicht an deiner Seite kämpfe.«

»Ich werde es wiedergutmachen«, murmelte Roz. »Ganz egal, wie lange es dauert.«

Sie durfte ihre Freundin nicht verlieren. Auf gewisse Weise hatten sie, Nasim und Dev – drei Menschen, die sich eigentlich krampfhaft bemühten, keine emotionalen Bindungen einzugehen – das Rückgrat ihrer eignen, kleinen Revolution gebildet.

Diese Beziehungen waren noch zerbrechlich. Sie und Nasim. Sie und Damian. Doch zur Abwechslung war Roz fest entschlossen, sie zu stärken. Denn genau so liebten Menschen, nicht wahr? Indem sie, Stück für Stück, kleine Teile ihrer selbst hergaben.

Roz hatte viel zu lange versucht, alles für sich zu behalten. Und was hatte es ihr gebracht?

Nasim blieb auf dem oberen Treppenabsatz stehen und legte einen Finger auf die Lippen. Roz zwang sich, in die Gegenwart zurückzukehren, sich zu konzentrieren. Damian drückte sich flach gegen die Wand, während Nasim um die Ecke spähte.

»Okay«, verkündete sie schließlich beruhigt. »Die Luft ist rein.«

Damian verzog das Gesicht. »Bevor du irgendwo hingehst«, sagte er an Nasim gerichtet, »gibt es noch etwas, von dem ich glaube, dass du es wissen solltest.«

Zweifellos meinte er damit den Jünger von Chaos. Sofort spürte Roz Adrenalin wie eine tödliche Injektion durch ihre Adern schießen. Sie mussten den Täter finden, bevor noch jemand starb. Doch wie sollte man jemanden finden, der sich hinter Illusionen verbarg? Wie sollte man kämpfen, wie gewinnen, wenn man nicht einmal die Realität auf seiner Seite hatte?

»Was meinst du damit?«, fragte Nasim stirnrunzelnd.

Damian wechselte einen kurzen Blick mit Roz, bevor er stockend zu berichten begann, was er herausgefunden hatte. Nasim bekam große Augen, blieb davon abgesehen jedoch gelassen.

»Du wirkst nicht überrascht«, stellte Roz fest, nachdem Damian geendet hatte.

Nasim riskierte noch einmal einen Blick um die Ecke, bevor sie antwortete: »Oh, ich bin durchaus überrascht. Es steht ja außer Frage, dass ein kaltblütiger Killer in der Stadt umgeht – aber dass das alles ausgerechnet etwas mit Chaos zu tun haben könnte, hätte ich nicht gedacht. Ihr glaubt also tatsächlich, er ist zurück?«

Damian zuckte halbherzig mit den Schultern. Er sah so müde aus wie noch nie zuvor, und an seinen Schläfen glänzte Schweiß. »Entweder das, oder seine Jünger waren niemals wirklich fort. Ich weiß nicht, was ich denken soll.«

Nasims Miene wurde nachdenklich. »Wisst ihr was? Das ergibt alles einen Sinn. Ist euch etwas an den Gesichtern der Offiziere, die euch verhaftet haben, aufgefallen? Sie sahen aus, als stünden sie unter einer Art Bann.«

»Stimmt«, fiel es Roz wieder ein. Ein ungutes Gefühl überkam sie. Ein Jünger von Chaos konnte mehrere Menschen gleichzeitig manipulieren. Mehrere Menschen mit *Waffen*. Sie mussten sehr, sehr vorsichtig sein. »Damian, die Offiziere, die sich außerhalb des Palazzos aufhielten, sind deiner Ansicht nach nicht davon betroffen, richtig? Glaubst du, wir könnten sie dazu bewegen, uns bei der Suche nach dem Jünger zu helfen?«

Damian wirkte skeptisch. »Du erinnerst dich vielleicht, dass sie mich gerade verhaftet haben. Einige von ihnen werden vielleicht bereit sein, mir Gehör zu schenken, aber das war's dann.«

»Aber du kannst es zumindest versuchen?«

Er nickte.

»Gut.« Sie würden es niemals alleine schaffen. »Dann müssen wir raus aus dem Gebäude. Nasim, da du diejenige mit der Waffe bist, gehst du voran. Ich habe noch ein Messer im Stiefel, aber damit kann ich nur aus nächster Nähe etwas ausrichten.«

»Warum hast du es vorhin nicht benutzt, als wir verhaftet wurden?«, fragte Damian vorwurfsvoll.

»Hätte mein winziges Stiefelmesser uns gegen ein Dutzend Sicherheitsoffiziere etwas genutzt?«

Nasim unterbrach mit einem Räuspern ihren Zank. »*Ich* bin diejenige, die *euch beide* rettet. Sollte da nicht ich die Befehle geben?«

»Na schön.« Roz tat eingeschnappt und verschränkte die Arme. »Was schlägst du vor?«

Auf Nasims Lippen spielte ein leichtes Lächeln. »Da ich diejenige mit der Waffe bin, gehe ich voran.«

Roz schnaubte, doch sie fühlte sich plötzlich leichter. Das war die Nasim, die sie kannte. Sie öffnete den Mund, um etwas zu entgegnen, bekam jedoch keine Gelegenheit dazu.

Denn in diesem Augenblick hallte zum zweiten Mal in dieser Nacht ein Schuss durch den Palazzo.

37
DAMIAN

Letztendlich überließ Nasim doch Damian die Waffe, weil er ein besserer Schütze war.

Damian schlich auf Zehenspitzen den Korridor entlang, Roz und Nasim direkt hinter ihm. Als er feststellte, dass er noch immer leer war, rannte er los. Er schätzte, dass der Schuss, den sie gehört hatten, beim Eingang des Palazzos gefallen war. Er hatte so stark gehallt, dass er aus größerer Entfernung zu ihnen gedrungen sein musste.

Und tatsächlich: Als Damian auf dem glatten Marmorboden schlitternd um die Ecke bog, traf er auf zwei bekannte Gesichter.

Er erblickte Magistrat Forte, umrahmt von den Bögen des Haupteingangs des Palazzos, das Haar silbrig erleuchtet vom Mondlicht, das durch die offene Decke fiel.

Er stand mit der Pistole in der Hand über Battista Venturis Leiche.

»Bei allen Heiligen«, flüsterte Roz hinter Damians Schulter, doch er hörte sie kaum. Die Welt um ihn herum schien sich plötzlich zu verlangsamen, während er zu begreifen versuchte, was er da vor sich sah. Einen Herzschlag lang gab es nur noch das Scharlachrot, das sich auf dem Boden ausbreitete, und die Stille in seinem Kopf. Es war ein perfekt gezielter Schuss gewesen, direkt durch den Schädel.

Battista hatte immer eine enorme, einschüchternde Präsenz besessen. Doch nun war er nur noch eine leere Hülle. Ein Nichts in Form des Mannes, den Damian einst gekannt und geliebt hatte. Denn er hatte seinen Vater geliebt, auch wenn diese Liebe schmerzhaft gewesen war.

Das letzte Mitglied seiner Familie war tot. Und mit ihm war auch die Möglichkeit, ihr Verhältnis zueinander wieder ins Lot zu bringen, verloren, war ihm im Bruchteil einer Sekunde genommen worden. Ihr letztes Gespräch war schrecklich gewesen, und Damian würde das nie wieder in Ordnung bringen können. Würde niemals erfahren, ob sich zwischen ihnen noch irgendetwas hätte retten lassen.

Zitternd richtete er den Blick und die Pistole auf das Gesicht des Magistrats. *Warum?* Das war die Frage, die er ihm hätte stellen sollen. *Warum haben Sie das getan?*

Doch stattdessen sagte er: »Sie waren *tot*. Ich habe Sie gesehen.«

Damian war sich sicher gewesen, dass es sich bei der Leiche im Schrein um eine Illusion gehandelt hatte, doch nun kamen ihm Zweifel. Der Mann, der vor ihm stand, sah … merkwürdig aus. Als Forte grinste, wirkte die Bewegung seiner Lippen unnatürlich – zu langsam, zu bewusst. Sein Blick war wild, und seine Augen blitzten so lebendig, wie Damian es noch nie zuvor bei ihm gesehen hatte.

»Ah. Signor Venturi der Jüngere. Gescheiterte.« Er traf keinerlei Anstalten, seine Pistole auf ihn zu richten, was Damian erst recht beunruhigte.

»Lassen Sie die Waffe fallen«, forderte Damian und versuchte, seine Stimme dabei fest klingen zu lassen.

Fortes Grinsen wurde breiter. Und noch breiter, bis sein Gesicht nicht mehr menschlich aussah, sondern nur noch eine abscheuliche, feixende Maske war. Seine Mundwinkel rissen auf wie überdehntes, billiges Leinen. Krämpfe schüttelten plötzlich seinen Körper, und die Waffe fiel klappernd auf den Marmorfußboden. Seine Augen wurden trüb, glitten in seinen Schädel hinein, bevor sie wieder heraussprangen und ihm über die Wangen baumelten. Blut quoll in dickflüssigen schwarzen Strömen hinter ihnen hervor, mischte sich mit den scharlachroten Flecken am Boden. Vor Damians Augen streifte Forte seine Haut ab wie einen schlecht sitzenden Anzug.

Nasim schrie auf, und selbst Roz wimmerte leise. Damian spürte Galle in seiner Kehle, obwohl er wusste, dass es nur eine Illusion war. Es konnte nicht anders sein.

Weil aus dem Berg aus Fleisch und Knochen anmutig jemand heraustrat. Jemand, den er kannte.

»Nein.« Damian konnte nicht atmen, nicht denken, nicht fühlen. »Nein, *nein. Du* kannst es nicht sein.«

Er merkte, wie Roz neben ihm Kampfhaltung einnahm. Ihre Miene war eine Mischung aus Entsetzen und Verwirrung. Nasim stand vollkommen reglos, eine Hand nach Roz ausgestreckt, als wäre sie mitten in der Bewegung erstarrt.

»Warum denn nicht, Damian?«, fragte Enzo geschmeidig. »Warum kann ich es nicht sein?«

Er wirkte verändert. Seine Stimme war kraftvoll, seine Haltung selbstsicher. Noch während Damian ihn anstarrte, wurden Enzos Gesichtszüge schärfer, sein Körper breiter. Binnen kürzester Zeit sah er stattlicher und Jahre älter aus als sonst. Doch das ergab alles keinen *Sinn*. Das tat es nicht – nein, das tat es nicht –

»Du bist ein Jünger von Chaos«, sagte Roz barsch. Ihre Stimme zu hören half ihm, nicht sofort den Verstand zu verlieren. »Stimmt's?«

Enzo bedachte sie mit einem vernichtenden Blick. »Wir wurden vielleicht im Ersten Krieg der Heiligen ausgemerzt, aber das hat uns nicht davon abgehalten, zurückzukehren. Wisst ihr eigentlich, wie es ist, der Einzige seiner Art zu sein? Im Verborgenen zu leben, von dem Wissen gepeinigt, dass man aufgrund seiner Magie als Feind gilt?« Er fuhr mit der Zunge über seine oberen Schneidezähne. »Ombrazia ist eine machtbesessene Stadt, doch gleichzeitig fürchtet sie auch Macht.«

Damian wurde eiskalt. Er konnte noch immer nicht fassen, dass Roz *recht gehabt* hatte. Die Geschichten waren falsch. So musste es sein, denn wenn sie gestimmt hätten, hätte Enzo in diesem Moment unmöglich vor ihnen stehen können. »Was soll das bedeuten? Ist Chaos zurück? Oder ist er gar nicht erst gefallen?«

»Glaubst du wirklich, Chaos hätte von gewöhnlichen Sterblichen gestürzt werden können?« Enzos Stimme war spöttisch und glatt wie Seide. »Glaubst du, seine Geliebte hätte ihn nicht Zurückhaltung gelehrt? Er liegt auf der Lauer, aber er wird zurückkehren, um der mächtigste aller Heiligen zu werden. Ich beabsichtige, dafür zu sorgen.« Enzo bückte sich, um die Pistole aufzuheben, und während er es tat, verschwand der Haufen Fleisch, der einst der Magistrat gewesen war. »Es macht mich krank zu sehen, wie dieser Ort von einer Gruppe minderwertiger Jünger regiert wird, die nur in diesem Palazzo sitzen, weil sie ihn gestohlen haben. Sie haben ihn *meinen* Leuten gestohlen. Sie haben *meinen* Schutzheiligen verunglimpft.«

Damian schüttelte den Kopf, um seine Gedanken zu klären, unfähig zu begreifen, was er da hörte. »Was meinst du damit, dass Chaos auf der Lauer liegt?«, fragte er mit rauer Stimme. »Falls das stimmt, warum gibt es dann nicht mehr von euch? Warum hat er nicht noch mehr Jünger?«

Roz stellte sich neben Damian und nahm Enzo ins Visier,

als mache sie sich zum Angriff bereit. Ihre Gegenwart erdete Damian ein wenig.

Enzo ließ die Waffe um einen Finger wirbeln, richtete sie jedoch gleich darauf zuerst auf Damian, dann auf Roz und anschließend auf Nasim, bevor er am Ende wieder auf Damian zielte. Dabei grinste er boshaft. »Warum? *Warum?* Weil man uns ins Visier genommen hat. Vernichtet hat. Im Krieg wurden wir getötet, und wenn heutzutage die Kinder getestet werden, wird jeder, der Anzeichen seiner Magie zeigt, beiseitegeschafft. Wusstest du das?« Enzos Augen wurden unnatürlich groß, was ihm einen Anflug von Wahnsinn verlieh. »Sie werden weggebracht und getötet, von Menschen wie deinem Vater. Menschen wie eurem hochgeschätzten Magistrat. Weißt du, ich habe nach ihnen gesucht, jedoch vergeblich. Ich habe nie *aufgehört* zu suchen.«

Er zielte mit seinen Worten ganz eindeutig darauf ab, sie aus der Fassung zu bringen, und das gelang ihm auch. Nasim keuchte, und auch Roz öffnete die Lippen, gab jedoch keinen Laut von sich. Damian fühlte sich, als hätte ihm jemand einen brutalen Schlag in die Magengrube versetzt. War Ombrazia tatsächlich so verdorben, dass aus Angst vor Chaos *Kinder* bestraft wurden?

»Deswegen hast du Forte und meinen Vater getötet«, krächzte er. »Nicht wahr?«

»Und Leonzio Bianchi«, ergänzte Enzo mit erhobenem Zeigefinger und sah dabei fast zufrieden aus. »Ja. Aber das war nicht der einzige Grund.«

Während Damian mit seinen Gedanken kämpfte, konnte er einfach nicht aufhören, den Jungen – den Mann –, der vor ihm stand, anzustarren. Es schien, als weigere sich sein Kopf, den Anblick zu verarbeiten.

Enzo. Der Junge, von dem er geglaubt hatte, dass er ihm half.

Der Freund, dem er vertraut hatte und für dessen Schutz er alles getan hätte. Er war der Letzte, den Damian für eine Bedrohung gehalten hätte.

Hatte er hier an diesem Ort überhaupt irgendjemanden richtig gekannt?

»Weißt du, dein Vater begann mich zu durchschauen«, erklärte Enzo leichthin und versetzte Battistas Leiche angewidert einen Tritt. »Er hat gemerkt, dass etwas nicht stimmte. Ich hatte selbstverständlich sowieso vor, ihn zu beseitigen, allerdings hätte es zu viel Aufsehen erregt, wenn ich es zu bald, nachdem ich mir Leonzio vom Hals geschafft hatte, getan hätte.«

Damian bekam kein Wort heraus. Und selbst wenn er es gekonnt hätte, was hätte er sagen sollen? Die Ränder seines Sichtfeldes verschwammen, und er brachte es nicht übers Herz, den Körper anzusehen, den Enzo so unwürdig behandelte. *Vom Menschen zum Monster zu Fleisch.* War er dazu verdammt, das gleiche Schicksal zu erleiden?

»Warum hast du sie ermordet?«

Roz' scharfe Worte trafen Damian vollkommen unvorbereitet. Er sah, wie die Sprünge in der Maske, hinter der sie sich sonst immer verbarg, komplett aufbrachen, und plötzlich schien sie es kaum noch zu schaffen, sich zusammenzureißen. Er hätte sie gern berührt, wagte es jedoch nicht, in Enzos Gegenwart abrupte Bewegungen zu machen.

Enzo schien irritiert. »Wie bitte?«

»Warum hast du Piera ermordet? Wieso hast du *überhaupt* Unerwählte ermordet?« Roz schleuderte ihm die Worte wie Dolche entgegen.

Zu Damians Verblüffung schien sich Enzo über die Frage zu freuen.

»Meine Absicht ist es, Chaos zu gefallen, damit er zurückkehrt und seinen Kindern hilft. Wie ihr eigentlich wissen solltet, verlangt er als Entlohnung Blut. Ich hatte ihm bereits meine ersten beiden Opfer dargebracht – das Vellenium zeigt Chaos, dass sie nur für ihn bestimmt sind – und war bereit für das dritte. Wusstet ihr, dass der Schrein der einzige Ort in ganz Ombrazia ist, an dem Chaos' Abbild noch vorhanden ist? Das Bauwerk wurde lange vor dem Palazzo errichtet, und nicht mal der Magistrat ist befugt, daran etwas zu ändern.

Ich verwandelte mein Äußeres, um mich im Palazzo als Diener auszugeben und dort die anderen Jünger meines Schlages zu rächen. Ich hoffte, vielleicht sogar etwas über ihr Schicksal in Erfahrung bringen zu können. Doch einmal suchte ich mitten in der Nacht im Glauben, ungestört zu sein, Chaos' Statue auf, um ihm meine Gaben darzubringen. Augen«, ergänzte er und fuhr mit der Zunge über seine Zähne. »Augäpfel, die ich meinen Opfern genommen hatte. Wisst ihr, ein Fleischopfer ist immer willkommen. Jedenfalls bekam ich unerwartet Gesellschaft. Während ich zu meinem Schutzheiligen betete, erschien plötzlich Leonzio Bianchi.«

»Und du hast ihn zu deinem nächsten Opfer gemacht«, sagte Damian ruhig. »Nicht wahr?«

Enzo hob die Schultern. »Mir blieb kaum eine andere Wahl. Wisst ihr, eigentlich hätte er noch nicht sterben sollen. Ich habe mir Opfer ausgesucht, die niemand vermissen würde. Menschen, bei denen niemand Nachforschungen anstellen würde. Leonzio, dein Vater, der Magistrat … Sie hätten erst später an die Reihe kommen sollen. Als großes Finale sozusagen, wenn ich mein Vorhaben in die Tat umgesetzt hätte. Doch nachdem Leonzio mein Gesicht gesehen, mich als Ketzer erkannt hatte, wusste ich, dass ich in Schwierigkeiten steckte. Ich kann Menschen Illusionen zeigen, aber bedauerlicherweise kann ich sie nichts vergessen lassen.

Also habe ich mir den Jünger vom Hals geschafft. Ich habe

ihm eine geringe Dosis Gift verabreicht, die ihn langsam tötete. Er ging nicht still und leise. Er kämpfte gegen den Wahnsinn, den das Vellenium bringt, ging sogar so weit, in seinen Gemächern einen Schrein zu schaffen, um die Heiligen um Schutz anzurufen.« Enzo schnalzte mit der Zunge und grinste amüsiert. »Doch schlussendlich erlag er dem Gift. Allerdings bekam ich dadurch ein neues Problem.« Er tippte sich ans Kinn. »Der Magistrat wollte den Mord unbedingt aufklären. Ich belauschte zufällig, wie er Battista riet, dir, Damian, zur Unterstützung ein Ermittlungskommando zuzuteilen. Da musste ich ihn natürlich auch töten, doch diesmal schaffte ich es, es im Geheimen zu tun. Ich schlüpfte in die Rolle des Magistrats, gab mich als er aus und erklärte Battista, dass du den Mord auf eigene Faust aufklären müsstest. Ich muss zugeben, dass ich niemals damit gerechnet hätte, dass du etwas Relevantes herausfinden würdest.«

Natürlich war Enzo der Mörder. *Selbstverständlich* war er es. Wenn Damian genauer darüber nachdachte, fiel ihm auf, dass er Enzo und den Magistrat niemals zur selben Zeit und am selben Ort gesehen hatte. Dem echten Forte musste er demnach zum letzten Mal vor fast zwei Wochen begegnet sein. Ein befremdlicher Gedanke.

»Moment mal«, presste Damian unvermittelt hervor und musste wieder an die Nacht denken, als der Magistrat Schwierigkeiten gehabt hatte, in sein Büro zu gelangen. »Damals, in jener Nacht – das warst *du*. Deswegen ließ sich Fortes Tür nicht aufschließen. Das Schloss hat dich nicht erkannt.«

Enzos selbstzufriedener Gesichtsausdruck war Antwort genug.

»Du warst auch in der Basilica, richtig?«, warf Roz ein, deren Wangen noch immer vor Zorn gerötet waren. »Deswegen war Fortes – *deine* – Ansprache so grottenschlecht.«

Enzo richtete ungehalten seinen Hemdkragen. Seine Aufmerksamkeit galt nicht ihnen, sondern der offenen Decke. »Ich würde sie nicht unbedingt als schlecht bezeichnen. Schließlich habe ich es geschafft, alle an der Nase herumzuführen, oder?«

Das hatte er tatsächlich, und das war das Schlimmste. Die ganze Zeit hatte Damian geglaubt, sie wären Freunde. Sie hatten sich einander anvertraut. Hatten so unbeschwert mit Kiran und Siena gelacht. Wie konnte es sein, dass er nichts gemerkt hatte? Doch andererseits: *Wie* hätte er es merken sollen?

»Nun, du hast Damian unterschätzt«, fauchte Roz aufgebracht. »Du hättest wissen müssen, dass er dich irgendwann ertappen würde.«

Enzo stieß ein Lachen aus, das in einen Seufzer überging, und wies mit ausgebreiteten Armen auf ihre Dreiergruppe. »Hat er mich denn *wirklich* ertappt? Es scheint mir eher, als hätte ich mich euch offenbart.«

»*Du* –« Roz machte einen Satz nach vorn. Damian blieb fast das Herz stehen. Rasch packte er sie und hielt sie zurück.

»Nein, Roz, das darfst du nicht tun«, sagte er, obwohl auch durch seine Adern blanke Wut floss. Aber wenn man es mit einem Illusionisten zu tun hatte, konnte man nicht gewinnen. Er zweifelte plötzlich an allem, was er in den vergangenen Wochen gesehen und gehört hatte. Kein Wunder, dass die Jünger von Chaos dafür berüchtigt waren, Menschen in den Wahnsinn zu treiben.

Roz' Augen waren glasig. »Damian, er hat Piera getötet.«

»Ich weiß.«

Enzos Miene wurde sanfter, geradezu zärtlich, als er den Blick auf Roz richtete. »Sei nicht traurig, Kind von Patience. Deine Ziele sind die gleichen wie meine, oder?«

»Wie zur Hölle kommst du auf so etwas?«, erwiderte sie scharf.

»Du verabscheust, wie dieses System die Menschen behandelt, und du willst Veränderung. Du hast das Gefühl, nirgends dazuzugehören.« Er klimperte mit seinen langen Wimpern und zog die Mundwinkel nach unten. »Weißt du, ich begann mich für dich zu interessieren. Nach jenem Tag, als Damian mich bat, eine Nachricht zu deiner Wohnung zu bringen. Dafür, wie du es schaffst, gleichzeitig Jüngerin und Rebellin zu sein, obwohl sich beides *nicht ganz* richtig anfühlt, nicht wahr?«

Roz öffnete kaum merklich die Lippen. »Was soll das heißen?«

Ein leichter Schweißfilm überzog Enzos bleiche Stirn, und ein Anflug von freudiger Erregung schlich sich in seine Stimme. Er trat einen Schritt auf Roz zu. In seinen schwarzen Augen loderten Flammen. »Du fragst dich vielleicht, weshalb ich zugelassen habe, dass ihr mich heute Nacht fangt, anstatt einfach eine Illusion zu schaffen, die mir die Flucht ermöglicht. Weshalb sollte ich euch meine Geheimnisse offenbaren?« Er stieß ein kurzes, unheimliches Lachen aus. »Der Magistrat und sein General sind tot. Die Bürger von Ombrazia sind zornig. Das ist der perfekte Augenblick für den Aufstieg eines neuen Anführers.« Enzo hob eine Hand in Roz' Richtung, als wolle er sie von Weitem berühren. »Ich zeigte erst Anzeichen für Chaos' Segnung, als ich schon älter war. Deshalb ging ich vor meiner Zeit im Palazzo in der Rolle eines Unerwählten durchs Leben. Ich kannte Menschen, die sich Pieras Rebellion angeschlossen hatten.« Er ließ wieder die Waffe wirbeln und grinste so breit, dass man all seine Zähne sehen konnte. »Verstehst du denn nicht? Jetzt, da sie tot ist, werden die Rebellen ein neues Ziel brauchen. Sie können uns helfen, ein neues System aufzubauen. Kinder von Chaos und Patience, die sich zusammentun – so wie es schon immer vorbestimmt gewesen ist.«

»*Was?*«, brauste Roz auf. Damian musste gegen den instinktiven Drang ankämpfen, sich zwischen die beiden zu stellen. »Du hast Piera ermordet, um an die *Rebellen* heranzukommen? Sie werden dir niemals folgen, ebenso wenig wie ich. Wenn du glaubst, wir stünden auf derselben Seite, musst du den Verstand verloren haben.«

Enzo reckte sich, bis er fast so groß war wie Damian. Seine Augen blitzten. »Wir *stehen* auf derselben Seite. Wir wollen das Gleiche. Und ich besitze die Fähigkeiten, um es geschehen zu lassen.«

Das Schreckliche war, dass Damian ihm, wenn er es so ausdrückte, zustimmen musste.

Roz ließ sich nicht beeindrucken. »Um *was* geschehen zu lassen?«

»Alles.« Enzos Stimme war gefährlich, geschmeidig, verlockend. »Alles, was du willst. Chaos und Patience waren schon immer eine starke Kombination. Stell dir nur vor, was wir gemeinsam bewirken könnten. Du kannst es doch auch vor dir sehen, nicht wahr?«

Als Roz' Lippen zu zittern begannen, wusste Damian: Sie *konnte* es sehen. Sie sah, wie es sein würde, mit einem Illusionisten an ihrer Seite das Ombrazia ihrer Träume zu erschaffen. Enzo konnte Dinge bewirken, die sie allein niemals zustande bringen könnte. Enzo empfand den gleichen tief sitzenden Zorn wie sie und verstand sie auf eine Art, wie Damian es nicht vermochte. Niemals können würde.

Die Vorstellung machte ihn ganz krank.

»*Roz.*« Zu seinem Verdruss merkte er, wie verzweifelt seine Stimme klang. »Hör nicht auf ihn.«

Doch sie reagierte nicht. Sie war vollkommen auf Enzo fixiert, der durch die Blutlache schritt und auf sie zukam.

»Sag ja, tesoro«, raunte er. »Noch nie hat es einen günstigeren Zeitpunkt für Veränderungen gegeben. Wir können das alles vernichten.« Er wies mit der Hand auf die Mauern des Palazzos. »Wenn Chaos zurückkehrt, werden wir großzügig belohnt werden. Niemand wird es wagen, an uns zu zweifeln, denn du wirst feststellen, dass ich recht geschickt darin bin, die Menschen dazu zu bringen, die Dinge auf meine Weise zu sehen. Weißt du, ich könnte auch dich überzeugen, aber ich möchte es nicht tun. Ich will, dass du dich dafür entscheidest.«

»Roz!« Nasim war endlich aus ihrer Erstarrung erwacht. »Erinnere dich, weshalb du dich der Rebellion angeschlossen hast. Du hast es getan, weil du der Meinung bist, dass jeder ein gleichberechtigtes Mitspracherecht haben sollte. Jünger und Unerwählte gleichermaßen. Egal, was er dir einredet – ihr verfolgt in Wirklichkeit nicht dieselben Ziele. Du musst dich darauf besinnen, wofür wir kämpfen.«

Damian verfolgte, wie Roz' Blick wieder klar wurde und sich auf Nasim richtete.

»Du hast recht«, sagte sie schließlich, bevor sie sich erneut zu Enzo umwandte. »Du verschwendest deine Zeit. Ich will nichts mit dir zu tun haben. Ich *werde* Ombrazia verändern, aber nicht auf die Art und Weise, wie du es willst.«

Enzos Gesicht veränderte sich abrupt, furchterregend. »Sagst du das seinetwegen?« Enzo fauchte das letzte Wort geradezu und deutete erbost auf Damian. »Liebes, du bist nicht weich wie er. Du bist zu Höherem bestimmt.«

»Ich habe Nein gesagt«, entgegnete Roz betont ruhig, wofür Damian ihr sehr dankbar war. Zwar hielt er noch immer seine Waffe auf Enzo gerichtet, doch er war sich nicht sicher, ob er, falls der Jünger zu schießen beschloss, schnell genug wäre, um ihn aufzuhalten.

»Na gut«, sagte Enzo sanft. »Na gut. Aber du *wirst* deine Meinung ändern.«

Damit war er von einer Sekunde zur nächsten verschwunden.

»NEIN!«, schrie Roz auf und drehte sich hektisch um sich selbst. Damian tat es ihr gleich, richtete die Waffe auf den Eingang des Palazzos, doch Enzo war nirgends zu sehen. Es war eine Art Illusion – es *musste* so sein. Er gaukelte ihnen sein Verschwinden vor, damit er fliehen konnte.

»Wir müssen ihn finden«, sagte Roz und stieß einen Fluch aus. »Er kann noch nicht weit gekommen sein. Nasim, kannst du die Rebellen warnen? Damian, du durchsuchst die beiden oberen Stockwerke. Ich übernehme das Erdgeschoss und den Keller.«

Damian nickte. Zwar machte er sich kaum Hoffnungen, einen Illusionisten zu finden, der nicht gefunden werden wollte, doch er gedachte auch nicht, Enzo tatenlos davonkommen zu lassen. Dass sich ein Jünger von Chaos in der Stadt herumtrieb, war das Letzte, was sie gebrauchen konnten.

Zwar wollte er sich nur ungern von den anderen trennen, doch ihnen blieb kaum eine andere Wahl, als sich aufzuteilen. Nasim stahl sich nach draußen, doch als Roz ebenfalls loslaufen wollte, hielt Damian sie am Arm fest.

»Roz.« Seine Stimme brach vor Anspannung. »Sei vorsichtig. Bitte.«

Sie lächelte zaghaft. Einige Haarsträhnen waren aus ihrem Pferdeschwanz gerutscht und kringelten sich verschwitzt um ihr Gesicht. Ihre Augen, blau wie der Sommerhimmel, blickten entschlossen. »Du auch, Venturi.«

Dann verschwand sie in den Korridor, wo die Schatten ihre zarte Silhouette verschluckten und sie in Dunkelheit hüllten.

38

ROZ

Enzo war im Erdgeschoss des Palazzos nirgends zu finden. Roz fragte sich, ob er, wenn sie auf wundersame Weise auf sein Versteck stoßen würde, überhaupt zulassen würde, dass sie ihn sähe? Sie wusste es nicht. Wahrscheinlich hätte sie ebenso gut blind umherlaufen können. Enzo konnte schon längst fort sein. Vielleicht am anderen Ende der Stadt, um dort einen weiteren Mord zu begehen.

Roz stolperte zur Tür des Ratssaales und fühlte sich dabei in ihrem eigenen Körper wie eine Hochstaplerin. Als würde ihre Haut nicht mehr so passen, wie sie es vor wenigen Augenblicken noch getan hatte.

Bevor sie jedoch eintreten konnte, erweckte etwas am Rande ihres Sichtfelds ihre Aufmerksamkeit.

Da waren … *Gestalten* am anderen Ende des Korridors. Reglos, merkwürdig substanzlos, aber definitiv menschlich. Drei insgesamt.

»Was wollt ihr?«, rief sie und hörte, wie ihre Stimme zu ihr zurückhallte. Das Echo klang dünn.

Keine Antwort. Die Gestalten bewegten sich nicht.

Das war merkwürdig. Roz schlich über den Flur auf sie zu, hielt sich dabei dicht an der Wand, als böte ihr das für den Fall, dass sie zu schießen beschlossen, Schutz. Obwohl sie aufrecht standen, erwartete ein makabrer Teil von ihr, dass sie tot wären.

Doch sofort meldeten sich wieder die allgegenwärtigen Zweifel: War *das* eine Illusion? Etwas, das absichtlich platziert worden war, um sie abzulenken?

»Hallo?« Sie ärgerte sich über ihre eigene Skepsis und wünschte, sie hätte eine richtige Waffe bei sich gehabt. Das Messer in ihrer Hand war zwar beruhigend, würde jedoch gegen ein Trio aus potenziellen Angreifern kaum etwas ausrichten.

Doch als Roz sich schließlich nahe genug an die Gestalten herangepirscht hatte, stellte sie fest, dass sie keine Angreifer waren. Sondern Sicherheitsoffiziere. Allerdings erkannte sie keinen von ihnen, obwohl sie sie problemlos in aller Ruhe mustern konnte.

Denn sie waren *erstarrt*, hatten die reglosen Augen fest auf etwas gerichtet, das Roz nicht sehen konnte. Es war ein beunruhigender Anblick, als betrachte man eine hyperrealistische Statuengruppe. Tot schienen sie jedenfalls nicht zu sein, denn ihre Brustkörbe hoben und senkten sich.

Schaudernd steckte sie das Messer weg und berührte mit dem Zeigefinger den Offizier, der ihr am nächsten stand. Der Mann reagierte nicht. Konnte man eine Illusion *fühlen*? Roz bezweifelte es. Aber was ging dann hier vor? Sie nahm einem der erstarrten Offiziere die Pistole aus der Hand. Noch immer keine Reaktion.

Eins war sicher: Enzo musste hier gewesen sein. Nun, da sie sich konzentrierte, ihre eigene Magie aussendete, konnte sie die kribbelnden Überreste seiner Macht spüren. Es war das gleiche Gefühl wie damals in Leonzios Zimmer. Ihr Körper reagierte augenblicklich, und nachdem sie sich auf das Gefühl fokussiert hatte, wurde es unmöglich, es zu ignorieren. Atemlos ließ sie sich von ihm leiten.

Es dauerte nicht lange, bis ihr klar wurde, wo es sie hinführte.

Natürlich war Enzo im Schrein.

Roz rannte den Korridor entlang, gepackt von fieberhafter Hast, bis sie den Raum erreichte, der mit dem Eingang des Schreins verbunden war. Inzwischen hatte sie sich so oft durch diesen Teil des Gebäudes gestohlen, dass sie den Grundriss im Kopf hatte.

Die Tür stand weit offen.

Enzo wollte, dass sie zu ihm kam. Er mochte verschwunden sein, doch sie wurde das Gefühl nicht los, dass sie ihn finden sollte.

Was Roz sehr entgegenkam. Denn wenn sie ihn fand, würde sie nicht zögern zu schießen.

Zum zweiten Mal in dieser Nacht hetzte sie die schmalen Tunnel entlang. Ihr Herz hämmerte warnend in ihrer Brust. Sie wusste, dass sie sich eigentlich hätte fürchten sollen.

Doch sie tat es nicht.

Ihre Schritte hallten dumpf auf dem Steinfußboden, und sie hielt die gestohlene Pistole fest in der Hand, während sie in entgegengesetzter Richtung der Route folgte, auf der sie vor nicht allzu langer Zeit erst hergekommen war. Vielleicht war es so am besten. Nur sie und Enzo, Auge in Auge. In gewisser Weise sprach Enzo ihre dunkelsten Seiten an. Er war so, wie sie vielleicht geworden wäre, wenn sie sich für einen anderen Weg entschieden hätte.

Und aus diesem Grund musste er sterben. Denn ein Teil von ihr *wollte* dieses Bild, das er von der Zukunft gezeichnet hatte. Wünschte es sich sehnlich. Sie hatte Glück gehabt, dass Damian und Nasim da gewesen waren, um ihr ins Gedächtnis zu rufen, was wirklich zählte. Sie wollte sich ihnen beweisen, ihren Ausrutscher wiedergutmachen, fürchtete jedoch, dass sie für keinen von ihnen je gut genug sein würde.

Jeder brauchte doch zumindest eine versöhnliche, positive

Eigenschaft, um nicht als *vollkommen* schlecht zu gelten. Roz besaß keine versöhnlichen Eigenschaften. Das wusste sie. Sie hielt an ihrem Sinn für Recht und Unrecht fest wie an einem Rettungsanker. Er mochte nicht unfehlbar sein, aber wenn sie ihn schleifen ließe, gäbe es nichts mehr, was sie davon trennte, eine von den Bösen zu werden.

»Da bist du ja. Du hast lange gebraucht.«

Enzos Stimme hallte durch den Raum, als sie den Schrein betrat. Er drehte sich beim Sprechen nicht um, sondern blieb vor der verhüllten Statue von Chaos stehen, das Haar vergoldet vom warmen Licht der Kerzenleuchter. Sie fand es befremdlich, ihn als gut aussehend wahrzunehmen, weil sie es gewohnt war, ihn anders zu sehen, doch sein wahres Äußeres war fraglos beunruhigend attraktiv. Oder war das ebenfalls eine Illusion?

Roz blieb stehen und versuchte die Waffe zu heben, doch ihre Hände schienen gelähmt zu sein. *Nein, das ist nur in deinem Kopf. Drück verdammt noch mal ab.* »Ich weiß nicht, warum du zugelassen hast, dass ich dich finde, aber ich werde meine Meinung nicht ändern.«

Enzo gab einen kehligen Laut von sich. Roz fiel auf, dass er einen schwarzen Anzug trug. Die oberen Knöpfe standen offen, wodurch die blassen Wölbungen seines Schlüsselbeins irritierend deutlich zu sehen waren, als er sich schließlich doch zu ihr umdrehte, um sie anzublicken. Trug er ihn schon die ganze Zeit? Sie konnte sich nicht mehr erinnern.

Die Dunkelheit des Schreins stürzte sich gierig auf sie, wodurch Roz jenseits des Halbkreises der Heiligen, jeder von ihnen kalt und gleichgültig, kaum etwas erkennen konnte. Zum ersten Mal begriff sie, weshalb die Menschen diesem Ort solche Kraft zuschrieben. Sie spürte sie ebenfalls. Doch es war keine *gute* Art von Kraft.

Sondern eine gefährliche.

»Was ist *das*?«, fragte Roz und spürte, wie sich ihr Magen hob. Vor Chaos stand etwas auf dem Boden. Etwas, das sich in einem durchsichtigen Gefäß befand. Etwas, das erschreckend aussah wie –

»Die Augen?«, fragte Enzo spöttisch. »Sie sind der Beweis für die Opfer, die ich dargebracht habe. Man sagt zwar, dass er es immer merkt, wenn einer seiner Anhänger mit Vellenium tötet, aber sicherheitshalber …«

Er bückte sich, um das Gefäß aufzuheben, und drehte es in seinen Händen. Die klare Flüssigkeit im Inneren schwappte gegen das Glas, und die Augäpfel stießen aneinander. »Wenn sie noch frisch sind, sinken sie nach unten. Wusstest du das? Doch nach einer Weile …« Enzo schüttelte das Glas. »Interessant, nicht wahr?«

Roz, die eigentlich hart im Nehmen war, merkte, wie ihr übel wurde. »Du bist geistesgestört. Ich bin nicht gekommen, um mir dein kleines, gruseliges Ritual anzusehen.« Sie riss den Blick von den Augäpfeln los und richtete ihn stattdessen auf Enzo, während sie gleichzeitig die Waffe drehte. Es wäre so einfach, ihn auszuschalten. Er hatte sich nicht mal die Mühe gemacht, seine eigene Waffe zu ziehen. Roz wusste, dass er aus irgendeinem Grund nicht glaubte, dass sie es tun würde. Also verlegte sie sich auf eine andere Taktik.

»Ich kann nachvollziehen, dass du verärgert bist«, sagte sie behutsam und verfolgte gleichzeitig aufmerksam jede seiner Bewegungen. »Ihr wurdet grundlos verunglimpft. Ungeachtet dessen, was der Palazzo behauptet, sind nicht alle Jünger von Chaos von Natur aus böse, und was sie euch antun, ist unverzeihlich.«

»Oh Rossana«, gurrte Enzo. Einer seiner Mundwinkel hob sich. »Glaubst du wirklich, du könntest mich mit falschem Mitgefühl beschwichtigen?«

Roz öffnete den Mund, um etwas zu erwidern, doch bevor sie Gelegenheit dazu bekam, veränderte sich schlagartig die Umgebung.

Sie saß plötzlich im Ratssaal, mit Enzo an ihrer Seite. Sonnenlicht fiel durchs Fenster herein, ließ die Farbe der Wandteppiche verblassen. Als sie an sich hinabblickte, bemerkte sie, dass sie den roten Mantel und die goldenen Sterne eines Palazzo-Jüngers trug. Ihre Rebellen saßen im Halbkreis mit konzentrierten Gesichtern um den Ratstisch herum. Nasim. Dev. Piera.

Piera?

Enzo schob ein Dokument über die glänzende Tischplatte. Seine Zähne blitzten. Roz konnte sich nicht zurückhalten und nahm es zur Hand. Es war eine Liste mit politischen Empfehlungen.

Ganz oben stand: *Rückzug aus dem Krieg*. Sie starrte sie eine Weile an, ohne sie wirklich erfassen zu können, bis Enzo sich zu ihr beugte.

»*Alles, was du willst*«, säuselte er zuckersüß. »*Benenne es, und ich lasse es geschehen.*«

Roz' Herz schlug höher. Wenn sie Ombrazia nach ihren Wünschen formen könnte, hätte sie die Chance, Gutes zu tun. Macht zu haben war nicht verwerflich, solange man sie richtig einsetzte.

Doch etwas nagte an ihr. Ein Gefühl von Unrichtigkeit sickerte durch die Risse in der Illusion, bis sie verschwamm und zerbrach. Je länger sie in Enzos Augen blickte, desto kälter wurden sie. Ein unbehagliches Gefühl ergriff von ihr Besitz, verursachte ihr eine Gänsehaut.

»Nein«, hörte Roz sich selbst irgendwo zwischen zwei Orten sagen. »Ich habe dir gesagt, dass ich mich nicht überreden lasse.«

Sie wusste instinktiv, dass der Moment, in dem sie Ja sagen würde, der Moment wäre, in dem sie verloren hätte. Obwohl sie es zu ignorieren versucht hatte, war ihr immer klar gewesen, dass sie keine gute Anführerin abgeben würde. Eine fähige Anführerin vielleicht, aber keine *gute*. Nasim und sie konnten vielleicht die Rebellion leiten, aber einen Stadtstaat zu regieren war etwas anderes. Zorn und Grausamkeit durften dabei nie der Antrieb sein. Obwohl sie momentan für Gerechtigkeit kämpfte, war sie sich nicht sicher, ob sie nicht doch eines Tages von der Macht korrumpiert werden würde. Sie war kein ehrenhafter Mensch. Sie war nicht barmherzig oder selbstlos oder umsichtig. Roz wollte Ombrazia zwar verändern, jedoch nicht diejenige sein, die am Ende diesen Veränderungsprozess anführte.

Als Reaktion auf ihre Gedankengänge verwandelte sich die Illusion, die sie umgab. Sie sah sich selbst in den Straßen der Stadt, wie sie verfügte, dass sie zukünftig nicht mehr in Sektoren eingeteilt sein sollten. Sie sah, wie sich die Bürger im Vorbeigehen vor ihr verneigten. Einer von ihnen verwandelte sich sogar in ihren Vater, und in seinen Augen lag ein respektvoller Glanz.

Alles, was sie sich jemals erträumt hatte, zog an ihr vorbei, der hart erkämpfte Preis für ihre Mühen. Verwirrend, herzzerreißend zogen sie die Bilder immer tiefer hinab, zermürbten ihre Entschlossenheit.

Was geschah, wenn der *Wunsch* wichtiger wurde als alles andere?

Roz spürte, wie sie langsam, Stück für Stück, zu brechen begann.

39

DAMIAN

Am Ende entschied Damian sich doch, Roz zu folgen.

Nachdem er die oberen Geschosse des Palazzos durchsucht hatte, ohne auf etwas Relevantes zu stoßen, war er zum Eingang des Palazzos zurückgekehrt, um dort auf sie zu warten.

Der durch die offene Decke sichtbare Himmel war wie ein schwarzer Schleier, durchbrochen von schwachen, nadelstichartigen Lichtpünktchen. Die Sterne klammerten sich an den Himmel, als wolle sie etwas herunterreißen. Damian wusste nicht mehr, wie lange er schon dort stand und ungeduldig mit den Fingern gegen sein Bein trommelte, während sein Puls sich immer weiter beschleunigte. Er verspürte nagende Unruhe. Hatte Roz Enzo gefunden? War ihr womöglich etwas zugestoßen?

Irgendwann hielt er es nicht mehr länger aus und machte sich auf den Weg zu dem von Schatten heimgesuchten Korridor, in dem Roz zuvor wie ein Phantom verschwunden war. Er rannte durch die Flure, überprüfte auf der Westseite des Erdgeschosses jeden Raum. Nichts. Er fühlte sich wie in einem Traum – nein, wie in einem Albtraum –, in dem die Verbindung zwischen seinem Körper und seinem Gehirn nicht mehr richtig funktionierte.

»Verflucht«, murmelte Damian vor sich hin. Er hielt seine Waffe so fest gepackt, dass es ihn selbst wunderte, dass sie nicht zerbarst. Roz hätte das Gebäude sicherlich nicht einfach verlassen. Nicht, ohne ihm Bescheid zu geben.

Seine Sorge um sie war ein regelrecht körperlicher Schmerz. Doch Damian konnte nicht leugnen, dass sich zu dieser Sorge noch etwas anderes, Kälteres gesellt hatte: die tief sitzende Furcht, dass Roz' Verlangen nach dem, was Enzo ihr zu bieten hatte, stärker sein könnte als ihr Wunsch nach Gerechtigkeit. Als ihr Hass auf die Heiligen. Als ihre Gefühle für *ihn*.

Damian musste diese Gedanken abschütteln, musste *handeln*. Er rannte auf die andere Seite des Palazzos, nur um gleich darauf wie angewurzelt stehen zu bleiben.

Die Tür, die zum Eingang des Schreins führte, stand offen.

Das war so ziemlich der letzte Ort, an dem Damian einem Illusionisten gegenübertreten wollte. Der Schrein hatte eine Unwirklichkeit an sich, die auch ohne magische Falschheiten Bestand hatte. Doch für Enzo gab es natürlich keinen geeigneteren Ort, um seinen wahnsinnigen Kreuzzug zu beenden. Unter der Erde, dort wo die letzte verbliebene Statue von Chaos stand.

Damian rannte los.

Ohne nachzudenken, sprintete er die Tunnel hinab, mit erhobener Waffe, bereit, falls sich etwas in den Schatten regen sollte. Sein Herz pochte wie eine offene Wunde. Zwei Szenarien gingen ihm durch den Kopf. Das erste zeigte Roz, verletzt von Enzo. Sie litt, weil Damian zu lange gewartet, nicht rasch genug gehandelt hatte. Im zweiten stand Roz neben dem Jünger, mit einem Lächeln im Gesicht. Einem Lächeln, von dem Damian wusste, dass es bedeutete, dass er sie verloren hatte.

Beides waren albtraumhafte Vorstellungen. Enzo war ein Wahnsinniger. Ein Fanatiker. Wild entschlossen, um jeden Preis Chaos' Rückkehr einzuleiten. So stark war sein Glaube an den Heiligen.

Galt das auch für Damian? Hielt er das alles wirklich für möglich?

Er wusste es nicht. Doch er wollte es auch nicht unbedingt herausfinden.

Damian fuhr sich mit der Zunge über die trockenen Lippen und bog um die letzte Ecke. Im Schrein war es kalt und gespenstisch still, und eine andächtige Schwere schien in der Luft zu liegen. Er erschauerte. Chaos mochte vielleicht hier unten sein, aber das Gleiche galt auch für Strength. Für Mercy, Patience, Death, Grace und Cunning. Das durfte er nicht vergessen.

Und doch spendete ihm der Gedanke an die Heiligen wie immer kaum Trost.

Insbesondere, als er sie entdeckte.

Roz und Enzo standen dicht beisammen, zwei Silhouetten im Kerzenlicht. Die Statuen der Heiligen umgaben sie. Fast hätte man meinen können, dass die Figuren sich erst nachträglich auf diese Weise versammelt hatten. Enzos Hand lag an Roz' Wange. Sie hielt den Kopf geneigt, das Gesicht dem Illusionisten zugewandt, und ihre Augen waren groß und glänzten golden. Damian konnte nicht fassen, dass sie sich an seinen Berührungen offenbar nicht störte. Etwas Bösartiges stieg in seiner Kehle auf, trieb einen sauren Geschmack auf seine Zunge.

»Ich bin froh, dass du deine Meinung geändert hast«, sagte Enzo gerade. »Ich wusste, dass du einlenken würdest.«

»Roz«, rief Damian laut. Sie sah auf und erbleichte.

Enzo nahm die Hand von ihrer Wange. Seine Lippen dehnten sich zu einem ekelhaften Grinsen. »Ah, Damian. Genau zur rechten Zeit.«

Damian schenkte ihm keine Beachtung. »Roz, du hattest von Anfang an recht. Weißt du noch, was Nasim gesagt hat? Egal, was er dir einredet, du und Enzo verfolgt nicht dieselben Ziele. Ich weiß, dass du dich auf so etwas nicht einlassen würdest.«

»Damian …«, setzte Roz mit gepresster Stimme an, doch er war noch nicht fertig.

»Nein. Hör mir zu. Weißt du noch? Ich bin jetzt auf deiner Seite. In Ombrazia muss sich etwas ändern, und ich werde dir dabei helfen. Aber nicht so. *Bitte*, nicht so.« Er sah ihr fest in die Augen, hoffte, dass sie erkennen würde, dass er es aufrichtig meinte.

Enzo stieß ein Knurren aus und kam auf Damian zu. Das war nicht mehr der Diener, den Damian aus dem Palazzo kannte – nicht mal im Entferntesten. Dieser Mann war mächtig und wütend. Und *verzweifelt*. Damian wusste aus Erfahrung, wie gefährlich es werden konnte, wenn die Verzweiflung ins Spiel kam.

»Mein lieber Freund«, säuselte Enzo und hob die Pistole. »Du wirst sie nicht aufhalten. Du wirst *uns* nicht aufhalten.«

»Wir sind *keine* Freunde. Das waren wir auch nie«, entgegnete Damian wutentbrannt. »Und ich weiß, dass du sie manipulierst. Andernfalls würde sie sich niemals für dich entscheiden. Hast du nicht gesagt, dass du das nicht tun wirst?«

»Ich sagte, dass ich es nicht tun *möchte*.« Enzos Zunge zuckte über seine Oberlippe. »Und nicht, dass ich es nicht tun würde.« Er seufzte. »Weißt du, ihr beide seid so berechenbar. Ich wusste, dass Rossana mich mühelos aufspüren würde. Und ich wusste, dass du dann kommen und sie suchen würdest. Und – da bist du schon.«

Roz sah ihn durchdringend an, als versuche sie, ihm ohne Worte etwas mitzuteilen. Ihre Miene war ernst, fast ängstlich. »Damian, ich werde nicht manipuliert. Du musst gehen. Bitte.«

Nach ihrem Gespräch im Kerker wusste Damian, dass Roz ihn niemals im Stich lassen und sich tatsächlich auf Enzos

Seite stellen würde. Er spürte, wie seine Kehle sich zusammenschnürte. Sie wollte, dass er ging, um ihn zu retten, doch er würde sich nicht ködern lassen.

Damian wich nicht von der Stelle und hob die Waffe. »Ich gehe nirgendwo hin.«

»Stimmt«, sagte Enzo geschmeidig. Die Schatten umhüllten ihn wie eine zweite Haut, verschmolzen mit seinem rabenschwarzen Anzug. »Das tust du nicht.«

Etwas an der Art, wie er die Worte aussprach, war beklemmend.

Enzo lachte. Es klang schreckenerregend und gleichzeitig aufrichtig amüsiert. »Sieben Heilige, sieben Opfer. Das Mädchen, das tot auf der Straße gefunden wurde. Der Junge, der am Flussufer angeschwemmt wurde.« Er zählte sie an den Fingern ab. »Der Jünger. Die Frau, die ihr im Stadtgarten entdeckt habt. Der Magistrat. Piera Bartolo. Da ich deinen Vater bedauerlicherweise zu übereilt getötet habe, zählt er leider nicht als Opfergabe.« Wieder ein Lachen, diesmal eine Oktave höher. »Nun sag mir, Venturi, wie viele macht das?«

Damian antwortete nicht, rechnete jedoch insgeheim im Kopf nach. Ohne seinen Vater waren es sechs.

Roz kam im selben Moment darauf wie er.

»*Nein*«, fauchte sie, wich vor Enzo zurück und zog gleichzeitig eine Waffe aus ihrem Hosenbund, die sie mit ruhiger Hand auf den Illusionisten richtete. »Damian wird *nicht* dein letztes Opfer werden.«

»Ach, Rossana. Ich dachte, das hätten wir hinter uns.« Enzos Mundwinkel sanken nach unten.

»Ich dachte, wenn ich vorgebe, auf deiner Seite zu sein, würdest du ihn gehen lassen. Ich werde *nicht* zulassen, dass du ihn tötest.«

Die Augen des Jüngers funkelten wütend. Kurz befürchtete

Damian, dass er nun herausfinden würde, wer von ihnen der schnellste Schütze wäre: er selbst, Roz oder Enzo. Sein Herz pochte so schnell, dass zwischen den Schlägen keine Pausen mehr zu sein schienen.

Dann verschwand Enzo.

Damian drehte sich mit erhobener Waffe im Kreis, richtete sie ziellos in den Schrein hinein. Doch es war ein sinnloses Unterfangen: Einmal mehr war Enzo nicht mehr zu sehen. Doch ganz verschwunden war er nicht, denn seine körperlose Stimme erscholl plötzlich im Raum.

»*Wenn es so sein soll, Rossana, dann lasse ich euch untereinander entscheiden. Wer wird mein letztes Opfer werden? Du oder er? Keine Sorge – ihr werdet den Tod nicht kommen sehen.*«

Roz war wie erstarrt. Ihr gehetzter Blick traf Damians. Mit zusammengebissenen Zähnen gab sie einen Schuss nach vorne ab. Dann einen nach links. Damian zog den Kopf ein. Seine Ohren klingelten, während sie sich unablässig um sich selbst drehte und das Magazin ihrer Pistole leer schoss. Damian war versucht, es ihr gleichzutun, bezweifelte jedoch, dass es die Mühe wert gewesen wäre. Ihre Chancen, Enzo zu treffen, waren schlecht bis nicht vorhanden. Insbesondere, wenn der Jünger sehen konnte, wohin sie zielten.

Schließlich warf Roz ihre leere Waffe fluchend auf den Boden.

»*Na los, Damian*«, säuselte Enzo aus dem Nichts. »*Du wirst sie doch sicherlich nicht für dich sterben lassen, oder? Ich gebe euch … Na, sagen wir, noch eine Minute, um euch zu entscheiden? Danach wähle ich für euch.*«

Damian schloss die Augen. Enzo würde ihn aussuchen. Er wusste es, und er würde es geschehen lassen. Er und Roz würden unmöglich beide mit dem Leben davonkommen. Es war nur eine Frage der Zeit, bis die Illusionen sich immer dichter übereinanderschichten würden, eine über die andere, bis sie irgendwann nicht mehr wüssten, was noch real war.

Enzo hatte recht. Damian würde den Tod nicht kommen sehen, weil seine Augen auf Roz gerichtet wären.

»Wag es ja nicht«, fauchte sie aufgebracht. Ihre erhobene Stimme hallte durch den Raum, prallte von den Steinwänden ab und traf Damian mit der Wucht eines Fausthiebs. »Mir ist dein Gesichtsausdruck nicht entgangen, Venturi. Und ich werde verdammt noch mal nicht zulassen, dass du dich selbst opferst. Wenn einer von uns verdient hat zu sterben, dann bin ich es.«

Das stimmte nicht. Ganz und gar nicht. Damian war ein Mörder. Er hatte den Tod gebracht, hatte um ihn gebetet, und nun würde er sich ihm stellen wie ein Mann. Nicht wie ein Mann, der sich einredete, keine Angst vor ihm zu haben, sondern wie einer, der wusste, dass es in Ordnung war, ihn zu fürchten.

»Roz«, sagte er mit belegter Stimme. »Ich war immer dazu bestimmt. Lass es mich sein.«

»*Nein.*«

Damian konnte sie nicht sterben lassen. Nicht für ihn. Das musste er ihr begreiflich machen, musste ihr erklären, dass er verflucht und unwürdig und *schlecht* war.

»Ich habe Menschen getötet, die es nicht verdient hatten. Ich habe Michele sterben lassen, und ich bin verantwortlich dafür, dass dein Vater nicht mehr nach Hause gekommen ist. Dann habe ich dich alleine leiden lassen, weil ich zu feige war, mich bei dir zu melden. Ich bin nicht gut.« Seine Stimme klang selbst für seine eigenen Ohren dünn und weit entfernt.

Roz schüttelte aufgebracht den Kopf. »Wir werden jetzt nicht alles aufzählen, was wir falsch gemacht haben, Damian, sonst werden wir nie fertig.«

So konnte er jetzt nicht denken. Roz begriff nicht, dass er mit dem, was er vorhatte, einmal mehr beweisen würde, wie absolut erbärmlich er war. Denn er tat es aus Egoismus, weil er wusste, dass er Roz nicht sterben sehen könnte. Nach allem, was passiert war, hätte er es nicht ertragen können.

»Ich habe es verdient«, sagte Damian, dessen Stimme kaum noch ein Flüstern war. »Begreifst du das nicht? *Lass es mich sein.*«

Das Kerzenlicht verlosch.

Dunkelheit, so schwarz wie Chthonium, erfüllte den Schrein. Damian streckte zitternd die Hand aus, in der er die Pistole hielt. Es fühlte sich gut an, das harte Metall in ihr zu spüren, auch wenn er es nicht wagte zu schießen, insbesondere, da er Roz nun nicht mehr sehen konnte.

Obwohl sie schwieg, meinte er, ihre Wut noch immer spüren zu können. Gut – es war richtig, dass sie ihn hasste und dass es ihr das Leben rettete.

»Tu es«, knurrte Damian in die Finsternis hinein. »Tu es, Enzo. Bringen wir es hinter uns. Ich bezweifle zwar, dass es deinen heiß geliebten Heiligen zurückbringen wird, aber das wirst du wohl selbst herausfinden müssen.«

Keine Antwort. Nicht mal ein Atemzug war zu hören.

»ENZO!«

Nichts. Eis breitete sich in Damians Adern aus, von der Brust bis in seine Glieder. Etwas im Schrein veränderte sich.

Dann hörte er Roz scharf nach Luft schnappen.

»ROZ?« Er schleuderte ihren Namen ins Dunkel.

Ein einzelnes Licht leuchtete auf. Ein winziger Nadelstich auf einer schrecklichen Leinwand. Damian versuchte blinzelnd, seine Augen an die schummrige Helligkeit zu gewöhnen, suchte den Raum hektisch nach Anzeichen dafür ab, dass er nicht allein war. Hatte Enzo sie hereingelegt? Hatte er Damian abgelenkt und war mit Roz geflohen?

Ein Laut, der wie ein ersticktes Keuchen klang, durchschnitt die Stille. Ein Laut, der Damian bis ins Mark erschütterte und erstarren ließ. Er senkte den Blick zu Boden.

Roz lag zusammengekrümmt auf der Erde. Dunkle Flüssigkeit tropfte aus ihrem Mundwinkel. Einer ihrer Arme war ausgestreckt. Sie musste die Augen verdrehen, um die tintenschwarze Einstichstelle sehen zu können, die sich deutlich auf der Haut ihrer Armbeuge abzeichnete.

Damians Mund war knochentrocken. Die Sekunden dehnten sich schier endlos, als wollten sie zerreißen.

Er wusste, wie es war, wenn die Welt sich zu verlangsamen schien, doch das hier war noch einmal vollkommen anders.

Es gab keine Welt mehr. Nur noch diese – diese *Empfindung*, oder was immer es auch sein mochte. Wäre das Wort *NEIN* ein Gefühl, dann würde es sich genau so anfühlen. Qual. Ein Schmerz, der so groß war, dass man ihn nicht mehr spüren konnte.

Roz starb.

Roz starb, und Damian verspürte nur noch puren Zorn. Oder vielleicht war es auch der grausame Schmerz, der in seiner Kehle aufstieg, der ihm die Luft abschnürte. Seitdem er Michele sterben gesehen hatte, hatte er sich nicht mehr so gefühlt. Diese Emotion, die er nicht benennen konnte, machte ihn regelrecht wild. Es kam ihm vor, als wäre er zurück an der Front, bereit, all seinen Schmerz und seine Wut auf das Erstbeste, was sich bewegte, loszulassen. Sein Herz hämmerte unerbittlich in seinen Ohren. Er riss sich die Jacke herunter und deckte Roz damit zu, als könne das die Wirkung des Gifts in ihren Adern lindern. *Hol einen Jünger von Mercy,* verlangte eine Stimme in seinem Hinterkopf, doch Damian wusste, dass es sinnlos war.

Sie atmete bereits nicht mehr.

Es gab nichts, was ein Jünger noch für sie hätte tun können.

Damian wusste es, und dieses Wissen war wie ein Messer tief in seiner Brust. Der Schmerz war wie – wie –

Er wusste nicht, wie er sich anfühlte. Er ließ sich nicht beschreiben. Er wollte umfallen und sterben, damit es vorbei war. Er wollte weinen, hatte jedoch nicht genug Kraft, bekam nicht genug Luft. Roz' Gesicht war so vollkommen reglos. Ihre dunklen Wimpern warfen halbmondförmige Schatten auf ihre Wangen. Doch die Verbindung zu ihr war fort. Damian konnte spüren, dass *sie* fort war.

Sekunden verstrichen, die sich wie Stunden anfühlten.

Damian erhob sich. Er war ein Mond, den nun nichts mehr in seiner Umlaufbahn hielt. Die Erde war zusammengebrochen, und er war zu einem abtrünnigen Gesteinsbrocken geworden, der ziellos durchs All raste.

Er war Zerstörung.

Zum ersten Mal drängte Damian seine Sehnsucht nach Strength zurück. Er war nicht der Heilige, den er brauchte. Nicht jetzt. Er besaß genug eigene Stärke.

Stattdessen öffnete er sein Herz der Finsternis, die er schon monatelang in sich trug.

Er hatte sie immer als Deaths Gegenwart interpretiert, doch nun wusste er, dass sie etwas anderes war. Sie durchströmte ihn wie ein Gift, zerfraß alles, bis nur noch eine tödliche Ruhe in ihm zurückblieb. Sanft, aber auch gierig. Damian spürte, wie sich etwas in ihm veränderte.

Er riss sich von Roz' Anblick los, seiner Liebe, seiner Schwäche, und richtete sich auf.

»*ENZO!*«, schrie er. Die Silben dröhnten unter der Kuppel des Schreins wie Donnerhall. Der Raum brüllte den Namen zurück, verstärkte seinen Zorn ums Tausendfache.

Es war nichts zu sehen. Und doch hörte Damian nicht auf, sich umzuschauen, mit seinem Blick die Dunkelheit zu durchschneiden. Die Schatten zu erforschen. Er war kein Mann mehr, sondern der Zorn in Menschengestalt. Er nahm das Gefäß auf, das vor Chaos stand, und schleuderte es auf den steinernen Boden.

Es zerbarst. Die Flüssigkeit verteilte sich, und fleischige, feuchte Kugeln rollten über den Boden. *Augen*, dachte Damian verschwommen. Er konnte Enzos Verärgerung spüren, als hätte sie eine feste Form angenommen.

Er holte tief, stockend Luft, bereit, Enzo erneut zuzuschreien, dass er kommen und sich ihm stellen sollte. Mit ihm kämpfen sollte. Doch durch den Schleier aus Zorn und Hysterie nahm er plötzlich ... etwas wahr. Etwas auf halbem Wege zwischen ihm und der gegenüberliegenden Wand des Schreins. Obwohl er noch immer nichts *sah*, hob er plötzlich, mit so ruhiger Hand wie nie zuvor die Pistole.

»Venturi?«, driftete Enzos geisterhaftes, beunruhigtes Fauchen an sein Ohr. »Wieso –«

Doch Damian zögerte nicht. Diesmal nicht.

Er schob eine Kugel in die Patronenkammer und feuerte in die Dunkelheit.

40

DAMIAN

Es gab nur noch fahles orangefarbenes Licht und rot befleckten Marmor. Die verhüllten Gesichter der Heiligen schienen verurteilend auf Damian herabzublicken. Sie wurden Zeuge, wie Enzo sichtbar wurde und gleich darauf zu Boden fiel.

Die Welt stellte sich auf den Kopf, schwenkte wieder zurück, und etwas Entscheidendes veränderte sich. Damian nahm es kaum wahr. Er blickte an sich hinunter. Blutige Schuhe. Blutiges Hemd. In seiner Hand die Pistole, deren Griff warm war, als hielte er sie schon stundenlang. Der Raum verschwamm. Seine Gedanken verschwammen. Er konnte nichts tun, außer die Leiche zu seinen Füßen anzustarren.

Enzo sah mit leerem Blick zur Decke auf, das blutverschmierte Gesicht zu einer ewigen Maske der Wut verzerrt. Seine erlesene, von einem geschickten Jünger angefertigte Kleidung war vom Blut dunkel verfärbt. Es hatte den Stoff durchweicht, begann hier und da schon anzutrocknen. Eine seiner Hände hatte sich zu einer Klaue verkrampft, als hätte er in seinen letzten Augenblicken etwas zu greifen versucht.

Die Kugel hatte seinen Schädel durchschlagen.

Damian hatte Enzo *getötet*. Hatte ihn erschossen, wie ein Soldat, der einen Deserteur hinrichtete. Er wusste nicht, *wie* – woher er gewusst hatte, wohin er zielen musste, wie er einen derartigen Schuss zustande gebracht hatte. Nichts ergab einen Sinn. Nichts ergab einen *Sinn*, und er war schon wieder zum Mörder geworden. Panik brandete in ihm auf. Sein Kopf war abrupt vom Tod erfüllt, von den Lauten sterbender Menschen, von Micheles entsetztem Gesichtsausdruck, als er in den Schlamm fiel.

Verschwommen wurde Damian bewusst, dass sein Vater auf die gleiche Weise hingerichtet worden war. Durch eine Kugel in den Kopf, schnell und effizient.

Sein Blick trübte sich, und er konnte plötzlich nicht mehr schlucken. Battista war tot, und seine Mutter war tot, und Michele war tot, und Roz war *tot* und … und …

Damian sank auf die Knie. Seine Hände erschlafften, und die Pistole fiel klappernd auf den Boden.

Ich habe dich so sehr vermisst, dass es mich ganz krank gemacht hat.

Krank gemacht …

Krank …

Damian hatte sich noch nie zuvor so krank gefühlt. Er hatte in seinem Leben schon Trauer empfunden, aber nicht so. Es fühlte sich an, als würde sein ganzer Körper versagen. Er wünschte, es wäre tatsächlich so.

Er hatte nichts mehr, wofür es sich noch zu kämpfen lohnte.

Jemand sprach Damians Namen aus, doch er schien von unfassbar weit her zu kommen. Oder vielleicht war auch Damian weit fort. Unerreichbar weit fort, zu weit, um berührt zu werden, um etwas anderes zu hören als seine eigenen Gedanken, die mit Wucht gegen die Innenseite seines Schädels prallten, wieder und wieder und *wieder* …

Seine Hände begannen zu zittern. Heftig, unkontrollierbar, als gehörten sie einem anderen. Jemandem, der vergessen hatte, wie es war, menschlich zu sein. Oder jemandem, der es nicht sein wollte und sich auch nicht mehr die Mühe machte, es zu versuchen.

»Damian?«

Vielleicht ähnelte er seinem Vater doch mehr, als er gedacht hatte. Battista war tot, ein Nichts, und Damian war ebenfalls ein Nichts. Unendlich hohl und leer.

Lass es vorbei sein.

»Damian.« Eine geisterhafte Berührung an seiner Schulter. Jemand atmete schwer an seinem Ohr. Eine Hand strich über seine Wange, und gleich darauf erschien etwas in seinem Blickfeld, doch er schaffte es nicht, seinen Blick zu fokussieren.

»*Damian*. Was hast du gesehen?«

Er hörte die Frage, verstand sie jedoch nicht. Was hatte er gesehen? Er sah die Toten. Egal, wo er hinsah, nichts als Blut und Tote.

Wer immer gesprochen hatte, kniete neben ihm. Legte die kalten, kalten Hände an sein Gesicht. Hob sein Kinn.

Rossana sah erschüttert aus.

Roz.

Roz.

Damian öffnete die Lippen, brachte jedoch kein Wort heraus. Sie war nicht da. Er *wusste*, dass sie nicht da war. Er hatte sie sterben sehen, zusammengekrümmt auf dem Boden des Schreins. Er war endgültig, unrettbar verloren.

Es kümmerte ihn nicht.

»Damian.« Roz' Lippen bewegten sich, als sie seinen Namen formten, diesmal mit einem Anflug von Besorgnis. »Damian, ich weiß nicht, was du gesehen hast, aber es ist alles gut. Du hast ihn getötet. Er kann dir nichts mehr zeigen.«

Damian blinzelte verwirrt. Seine Wimpern waren feucht. Sollte er sich dafür schämen, auch wenn das alles nicht real war? Er hatte nicht die Kraft dazu.

»Kannst du etwas sagen?« Roz sah blass aus, angespannt. Ihre Haare waren zerzaust, ein dunkler Heiligenschein, der sich bis zu ihren Rippen ergoss.

Langsam, Stück für Stück, fügten sich die Puzzleteile zusammen. *Du hast ihn getötet. Er kann dir nichts mehr zeigen.*

Er hatte Enzo getötet. Enzo war ein Jünger von Chaos gewesen.

Nun musste Damian tatsächlich weinen. Er konnte es nicht verhindern. Die Wucht seines Schluchzens schien ihm die Brust zu zerfetzen, und er zitterte so sehr, als müsse er zerbrechen. Roz lebte. Sie lebte, und sie war hier, und er hatte sich das alles nur eingebildet. Das Grauen, als sie zusammengebrochen war. Das Schwarz, das sich auf ihrer Haut ausgebreitet hatte.

Roz umarmte ihn fester und streichelte ihm beruhigend den Rücken. »Was immer du gesehen hast, nachdem Enzo verschwunden war, war nicht real. Er hat mit uns gespielt, Damian. Ich weiß nicht, warum, aber ich habe es gemerkt, als er mir etwas gezeigt hat, das unmöglich wahr sein konnte. Es war nur eine Illusion. Ich schwöre dir, es war nicht real.«

Sie wiederholte es wieder und wieder, öfter, als Damian zählen konnte, und jedes Mal begriff er es etwas mehr. Er hatte sie nie sterben sehen, hilflos und innerlich zerbrochen. Sie legte den Kopf an seinen Hals, und da war nur noch ihr Duft, die Wärme ihres Körpers an seinem. Nichts anderes war mehr von Bedeutung.

»Ich dachte, du wärest tot«, sagte er erstickt, schaffte es kaum, die Worte hervorzupressen. »Enzo verschwand, und als es wieder hell wurde, sah ich – sah ich –«

Bei allen Heiligen, er hatte geglaubt, sie wäre gestorben. Hätte sich selbst als letztes Opfer dargeboten.

Das war das Einzige, was vermocht hätte, ihn endgültig in den Abgrund zu stürzen.

Roz schien den Sinn seiner Worte zu verstehen. Sie veränderte ihre Haltung, bis sie Damian die Sicht auf Enzos Leiche versperrte, und sah ihn direkt an. Ihre Augen waren so blau wie der Nachmittagshimmel und ihr Blick glühend und leidenschaftlich.

»Ich hätte es getan, Damian«, sagte sie und drückte die Lippen auf die Handfläche seiner zitternden Hand. Sie verfärbten sich rot. »Wäre es real gewesen, hätte ich es getan.«

Warum?, formte er mit den Lippen, in dem Wissen, dass sie es nicht hören konnte. Er räusperte sich. Versuchte, das würgende Gefühl in seiner Kehle loszuwerden, und setzte noch einmal an. »Mein Vater –«

»Er ist trotzdem tot«, flüsterte Roz. »Damian, es tut mir leid.«

Damian schüttelte den Kopf. Das tat es nicht, aber das war in Ordnung. Sie hatte keinen Grund, seinen Tod zu bedauern. Nicht nach allem, was sein Vater getan hatte.

»Das tut es wirklich«, beharrte sie, als hätte sie seine unausgesprochenen Gedanken gelesen. »Ich habe so viel Zeit damit verbracht, ihn zu hassen. Von Rache zu träumen. Ich schätze, es hat mich angespornt, weiterzumachen, aber jetzt …« Sie verstummte und ließ die Schultern hängen. »Als ich ihn tot habe daliegen sehen, habe ich gemerkt, dass es mir dadurch nicht besser ging. Ich fühle mich noch immer … zerbrochen.«

Damian kannte dieses Gefühl nur zu gut.

»Ich glaube, ich muss mich damit abfinden, dass ein Teil von mir immer so empfinden wird«, fuhr Roz fort. Sie sprach noch immer mit leiser Stimme, flüsterte jedoch nicht mehr. »Und –« Sie schluckte schwer. Damian bemerkte erst jetzt, dass sie weinte. Er drückte ihre Hand, spürte, dass sie leicht zitterte. Sie saß vollkommen in sich zusammengesunken da. »Ich habe meine Trauer verdrängt, indem ich Vergeltung gesucht habe.

Ich habe mich so sehr darauf versteift, dass mir überhaupt nicht wirklich bewusst geworden ist, dass mein Vater *tot* war. Nicht so, wie es eigentlich hätte sein sollen. Nicht so, dass ich es verarbeiten und nach vorne blicken konnte. Ich denke, ich muss einfach –«. Roz' Stimme brach, und sie schluckte angestrengt. »Ich muss einfach traurig sein. Verstehst du?«

»Ich verstehe«, murmelte Damian. Zur Hölle, und wie er das tat. Die Traurigkeit lebte in jedem Winkel seines Herzens. Egal, was er sonst empfand, egal, ob die Trauer je nach Tagesform anschwoll oder nachließ – sie verschwand niemals ganz.

Er richtete sich ein wenig auf, während Roz gegen ihn sank, hielt sie aufrecht, so wie sie es eben noch für ihn getan hatte.

So verharrten sie für lange Zeit.

41

ROZ

Roz blickte zur Decke auf. Die Morgendämmerung streckte ihre tastenden Finger in das Zimmer im Palazzo aus.

Sie hatte nicht geschlafen. Hatte die Stunden damit zugebracht, Damian zu betrachten, zu beobachten, wie sich seine Brust hob und senkte, während er sich durch etwas kämpfte, von dem Roz nur annehmen konnte, dass es Albträume waren.

Erst das Eintreffen von Kiran, Siena und Nasim hatte sie und Damian in der Nacht zuvor dazu bewegen können, den Schrein zu verlassen. Befreit von Enzos Einfluss hatten Kiran und Siena zuerst Battistas Leiche gefunden und anschließend Nasim entdeckt, die versucht hatte, zurück in den Palazzo zu gelangen. Gemeinsam waren sie zum Schrein vorgedrungen und hatten erkannt, was geschehen sein musste.

Roz hatte herausgefunden, dass man das, was man erlebte, während man unter dem Einfluss eines Chaos-Jüngers stand, nicht vergaß. Wenn man wieder zu sich kam, deutete man es lediglich neu. Deswegen hatten Kiran und Siena auch genau gewusst, was mit Enzo passiert war. Sie hatten Damian dazu überredet, aufzustehen, hatten ihm versichert, dass es richtig von ihm gewesen war, den Jünger zu töten. Nasim hatte Roz unter Tränen an sich gedrückt, und Roz hatte es zugelassen.

Ihr war klar geworden, dass es in Ordnung war, Trauer zu empfinden. Sie zu teilen. Genau das hatte Piera ihr die ganze Zeit über zu vermitteln versucht, nicht wahr?

Man erholt sich nicht – man wird nur stärker. Man lernt, das vermeintlich Unerträgliche zu ertragen. Man findet einen Weg, sich selbst wieder aufzubauen, obwohl wesentliche Teile fehlen.

Als sie in Damians Zimmer endlich allein gewesen waren, hatte Roz Damian die blutbesudelten Kleider abgestreift und ihm ein Bad eingelassen. Er hatte lange im Wasser gesessen, hatte zugesehen, wie es sich rostrot verfärbt hatte, und dabei Roz' Hand gehalten, die mit dem Rücken an die Wanne gelehnt auf dem Boden gesessen hatte. Sie hatte gewusst, dass er nicht nur unter dem Tod seines Vaters litt, sondern sich auch wegen dem quälte, was er Enzo angetan hatte. Für Damian war es nicht nur ein Mord. Es war eine Mahnung an den Krieg. Eine Erinnerung an den letzten Mann, den er durch eine Kugel hatte sterben sehen. Und nun war es sein Finger gewesen, der abgedrückt hatte.

Roz hatte keine Fragen gestellt, und das war auch nicht nötig gewesen. Sie hatte Damian in sein Bett gesteckt, sich neben ihn gesetzt, die Knie an die Brust gezogen und darauf gewartet, dass die Dunkelheit sich lichtete.

Sie hatte nicht erwartet, dass der Erfolg sich so anfühlen würde. Battista Venturi war tot. Genau wie Enzo und der Magistrat. Doch das machte Roz nicht traurig. Ihr Tod war in gewisser Weise gerecht. Sie trauerte nicht um sie. Sie trauerte um Piera und Amélie. Sie betrauerte den Zustand ihrer Mutter. Sie trauerte um ihren Vater, und sie betrauerte den Umstand, dass sein Tod schwer auf Damians Gewissen lastete. Roz wusste, dass Damian es nicht mit Absicht getan hatte. Dass die Welt grausam war.

Nein – die Welt war nur das, wozu die Menschen sie machten. Battista war grausam gewesen. Das System, dem er gedient hatte, war grausam.

Aber daran arbeiteten sie bereits.

Die Stadt war in Aufruhr, und die Rebellen hatten effizient das Gefängnis geleert. Roz würde sich heute noch mit ihnen treffen müssen. Sie und Nasim würden ihnen von dem Illusionisten berichten und ihnen endlich erklären, was hinter den Morden steckte. Dev würde erfahren, dass der Mörder seiner Schwester tot war, was ihm hoffentlich ein wenig Frieden schenken würde. Sie sehnte sich so sehr danach, ihn wieder lächeln zu sehen. Und falls er länger brauchte, um zu trauern – dann würde Roz eben mit ihm trauern.

Ein Teil von Roz war verbittert darüber, dass weder Forte noch Battista so gestorben waren, wie sie es sich erhofft hatte: brutal und in aller Öffentlichkeit. Sie hatte bei beiden nicht miterlebt, wie sie ihr Ende gefunden hatten. In gewisser Weise hatten sie trotzdem für ihre Verbrechen bezahlt, aber sie hätte sich gewünscht, dass sie in ihren letzten Augenblicken gewusst hätten, *warum* sie starben. Dass sie es als Sühne für ihre Missetaten begriffen hätten.

Andererseits hätte Roz Battista nicht töten können. Das hätte sie Damian niemals antun können. Er hatte sie dazu gebracht, Barmherzigkeit walten zu lassen, ob sie es nun gewollt hatte oder nicht.

Sie hatte die Entscheidung getroffen, die ihre Beziehung gerettet hatte. Doch dabei war es nicht darum gegangen, Schwäche den Vorzug vor Rache zu geben. Oder Damian den Vorzug vor der Erinnerung an ihren Vater. Sie hatte eine Entscheidung darüber gefällt, welches Leben sie zukünftig führen wollte. Und Roz hatte sich für ein Leben mit Damian entschieden.

Ihr Vater hätte es ihr sicher nicht verübelt. Wenn sie es schaffte, in einer trostlosen Welt ein klein wenig Glück zu finden – war das nicht auch eine Art Gerechtigkeit?

Roz gab sich einen Ruck und zog die Decke zurück. Sie musste etwas *tun*. Einen klaren Kopf bekommen. Je länger sie hier herumsaß, desto wahrscheinlicher würden ihre Gedanken zu schwerwiegenderen Problemen abdriften. Wie beispielsweise zu dem Umstand, dass die Illusionisten doch nicht ausgestorben waren. Gab es noch andere von Enzos Sorte, die es bisher geschafft hatten, unentdeckt zu bleiben? Lebten sie im Geheimen unter den anderen Bürgern von Ombrazia? Wie immer die Lage auch sein mochte – Roz hoffte, dass sie eines Tages friedlich zusammenleben könnten.

Sie wusste nicht, wie es mit der Stadt andernfalls weitergehen sollte.

Roz kletterte aus dem Bett, taumelte zur Tür und zog sie auf. Zu ihrer Überraschung stand draußen auf dem Flur Siena. Die Offizierin lächelte grimmig und trat steifbeinig zu ihr. Sie hatte die Zöpfe nach hinten gebunden, die Brust ihrer Uniform war mit Blut befleckt. Sie trug sie mit dem Stolz einer siegreichen Kriegerin. Da Roz sich nicht sicher war, was die anderen Siena erzählt hatten, machte sie sich auf Unannehmlichkeiten gefasst.

Doch Siena sagte lediglich: »Roz. Wie geht es ihm?«

»Ungefähr so gut, wie es unter den gegebenen Umständen zu erwarten ist.«

Sienas Blick wurde schärfer. »Und dir?«

Roz wusste nicht, was sie antworten sollte. »Ich bin am Leben«, sagte sie schließlich. Das genügte fürs Erste. »Ich bin mir nur nicht sicher, wie es weitergehen soll.«

»Ja«, sagte Siena mit einem bitteren Lachen. »Wie baut man eine Stadt neu auf?«

»Ich wünschte, ich wüsste es.« Auch wenn Battista und der Magistrat tot waren, gab sich Roz nicht der Illusion hin, dass der Rest der Stadt eine Veränderung des Status quo akzeptieren würde. Die Zünfte, die Jünger – sie alle würden wollen, dass so schnell wie möglich alles wieder beim Alten wäre. Sie würden neue Jünger für den Palazzo wählen und jemand Neuem die Führung übertragen.

Roz schätzte, dass die Rebellion damit vor ihrer nächsten Herausforderung stand. Schließlich traten Veränderungen nur schrittweise ein.

»Nun«, sagte Siena, »ich habe mit der Unterstützung von Kiran und Noemi vorübergehend das Kommando über den Sicherheitsdienst übernommen. Sie haben den Großteil der Nacht damit zugebracht, Protestierende vom Gelände zu vertreiben.« Sie schüttelte ernst den Kopf. »Die offizielle Version lautet, dass der Magistrat und sein General aufgrund der Aufstände zurückgetreten sind.« In Wirklichkeit waren ihre Leichen in die Krypta des Palazzos gebracht worden. »Ich weiß nicht, wie viele uns die Geschichte abkaufen werden, aber damit ist die Situation zumindest vorerst unter Kontrolle.« Sie verzog ironisch den Mund. »Jetzt, da Battista nicht mehr da ist, sind sich alle einig, dass Damian wieder als Kommandant des Sicherheitsdienstes eingesetzt werden sollte. Wenn er den Job haben will. Die Heiligen wissen, dass ich ihn auf keinen Fall will.«

Roz war verblüfft. Sie wusste, dass die anderen Offiziere Damian respektierten, doch ihr war nicht klar gewesen, wie sehr. Anscheinend waren Battista und Forte die Einzigen gewesen, die nicht an ihn geglaubt hatten. Ihre Brust wurde mit einem Mal eng. »Ich weiß nicht, ob er ihn annehmen wird.« Sie wusste nicht einmal, ob es etwas wie den *Palazzo-Sicherheitsdienst* zukünftig überhaupt noch geben würde. Ginge es nach Roz, würde er abgeschafft. Schließlich brauchten nicht nur die Jünger Schutz.

Siena nickte. »Er kann sich so viel Zeit nehmen, wie er braucht. Wir wären alle stolz darauf, ihm in Zukunft wieder zu folgen. Niemand kann sagen, wie es weitergehen wird, aber ich bin mir *sicher*, dass Damian mit allem fertigwerden kann. Noemi meinte, wenn er den Job nicht annimmt, geht sie zu den Rebellen.«

Roz versuchte, ein Grinsen zu unterdrücken, schaffte es jedoch nicht. Sie wusste zwar kaum etwas über Noemi, aber sie war sich sicher, dass die junge Frau eine enorme Bereicherung darstellen würde. »Ich bin mir sicher, dass sie sie mit Freuden aufnehmen werden.« Na bitte. Das klang doch wie aus dem Mund einer Vielleicht-oder-vielleicht-auch-nicht-Rebellin. »Ich bin bald zurück.«

Siena winkte ihr nach. »Lass dir Zeit. Bis Damian aufwacht, halte ich hier auf jeden Fall noch Wache.«

Roz nahm zwei Stufen auf einmal. Die aufgehende Sonne tauchte die mit Vergoldungen verzierten Treppenhäuser des Palazzos in matten Glanz. Irgendjemand hatte in der vergangenen Nacht offensichtlich die Böden gereinigt: Als Roz den Haupteingang erreichte, war kein Blut mehr zu sehen. Battistas Leiche war verschwunden. Über ihrem Kopf leuchtete der Himmel in verschiedenen Schattierungen von Orange, Blau und Grau. Doch sie ließ die Morgendämmerung hinter sich und stieg stattdessen in die Dunkelheit hinab. Es gab einen anderen Ort, an dem sie jetzt sein wollte.

Die kalte Luft der Gruft umhüllte Roz wie ein unliebsamer Umhang.

Ihre Schritte hallten über den Steinfußboden, als sie zwischen den Tischen entlangging. Jemand hatte das Blut von den Leichen abgewaschen. Roz blieb vor Battista Venturi stehen.

Es fühlte sich falsch an, auf den Mann, der für den Mord an ihrem Vater verantwortlich war, hinunterzublicken und zu triumphieren, obwohl sie wusste, wie sehr Damian unter seinem Tod litt. Doch sie konnte es nicht ändern. Die Augen des Generals waren geschlossen und seine Lippen fest aufeinandergepresst, sodass er selbst im Tode noch ungehalten wirkte.

»Ihr Sohn war immer ein besserer Mensch als Sie«, flüsterte Roz in die Dunkelheit, jedes Wort so scharf wie eine Messerklinge. »Und Sie hatten ihn niemals verdient.«

Sie strich mit dem Finger über die eiskalte Oberfläche des Tischs, bevor sie sich abwandte und zu dem Mann ging, der am anderen Ende des Raumes aufgebahrt war. Seine Arme lagen schlaff an seinen Seiten, und trotz seines brutalen Todes wirkten seine Gesichtszüge entspannt.

»Hallo Enzo«, murmelte sie.

Er war noch genauso makellos gekleidet wie in der Nacht zuvor. Wäre die Verletzung an seinem Kopf, die Damian ihm zugefügt hatte, nicht gewesen, hätte man glatt meinen können, er schliefe. Roz stützte sich mit den Ellenbogen auf den Tisch, um den Jünger genauer zu betrachten.

»Du wolltest, dass es so endet, stimmt's?« Ihre leise Stimme verlor sich fast in dem höhlenartigen Raum. Sie fuhr mit einem Finger die Naht seines Jacketts nach. »Nur du und ich.«

Die Sekunden schienen sich zu dehnen. Sie dachte an das, was Enzo ihr gezeigt hatte. Die Vision, die sie erlebt hatte, während Damian sie hatte sterben sehen. Die Erinnerung daran war wie ein eisiger Finger, der über ihre Wange strich, ihren Nacken hinunter und all ihre Nervenenden in Aufruhr versetzte.

Sie verstand ihre Bedeutung nicht. In der Illusion hatte sie im Schrein gestanden, und alles hatte so ausgesehen wie zu dem Zeitpunkt, bevor die Lichter verloschen waren. Dann war ihre Umgebung plötzlich verschwunden, fast als wäre sie elastisch. Bilder waren vor ihr vorbeigezogen, verschwommen und verwirrend. Bilder, die nicht die ihren waren.

Enzo, wie er mit einer Hand am Geländer eine Treppe hinaufging.

Wie er mit Battista sprach und selbstgefällig beobachtete, wie der Blick des Generals glasig wurde.

Wie er die Sicherheitsoffiziere am Haupteingang des Palazzos zusammenrief. *Ich bin der Magistrat*, verkündete Enzos körperlose Stimme irgendwo außerhalb von Roz' Gedanken. *Bringt sie zu mir.*

Er hatte ihr alles gezeigt, was er getan hatte. Und dann, nachdem er ihrem Geist gestattet hatte, in den Schrein zurückzukehren, hatte er ihr seinen eigenen Tod gezeigt.

Bevor er geschehen war.

Damian hatte gegenüber von Roz gestanden, eingehüllt in Schatten. Seine Pistole war direkt auf den finsteren Teil des Schreins gerichtet gewesen, wo Enzo sich vermeintlich verborgen gehalten und gewartet hatte. Roz war froh gewesen. Hatte mit angehaltenem Atem darauf gewartet, dass Damian schießen würde.

Doch als er die Waffe gehoben hatte, hatte sich sein Blick auf eine Art verdunkelt, dass ihr beinahe das Herz stehen geblieben war.

Sie war Zeugin geworden, wie sein Gesicht sich entspannt und seine Hand aufgehört hatte zu zittern. Hatte genau gesehen, wann er seine Entscheidung getroffen hatte. In jenem Moment hatte er den Kopf geneigt, und seine Iriden hatten sich in unermesslich tiefen Obsidian verwandelt. Der Anblick war … verstörend gewesen. Furchterregend. Sein Mund hatte sich zu einem unbewussten Lächeln verzogen. Es war ein Lächeln gewesen, das Roz noch nie bei ihm gesehen hatte. Als wäre *etwas* in Damians Haut gefahren, nur einen Herzschlag lang, und hätte die Kontrolle übernommen.

Sie hatte sich nicht bewegen können. Hatte nicht atmen können. Die Zeit hatte sich ausgedehnt, während sie tatenlos mit angesehen hatte, wie der Mann, den sie liebte, sich in etwas Schreckliches verwandelt hatte.

Und damit hatte die Illusion geendet, an dem Punkt, als der ohrenbetäubende Knall von Damians Waffe sie in die Realität zurückgeholt hatte.

Sie wusste nicht, was sie bedeutete. Verstand nicht, weshalb ihr Enzo das alles gezeigt hatte. Hatte er von vornherein geplant zu sterben? War Damian auf irgendeine Weise Teil seines finalen Plans?

Roz wurde das ungute Gefühl einfach nicht los, konnte sich jedoch nicht erklären, weshalb. Nichts von alldem war real gewesen. Damian war bestimmt nicht gefährlich. Und was erhoffte sie sich eigentlich davon, dass sie hier herumsaß und Enzos Leiche anstarrte?

Sie erhob sich und versuchte die Kälte, die ihr in die Knochen gekrochen war, abzuschütteln, bevor sie wieder die Treppe hinaufstieg.

42

DAMIAN

Als Damian aufwachte, stellte er fest, dass Roz ihn anstarrte.

Sie saß im Schneidersitz am Ende des Bettes, den Blick fest auf sein Gesicht gerichtet. Damian setzte sich auf und lehnte sich mit dem Rücken gegen das Kopfteil. Er fühlte sich plötzlich befangen.

»Du hast den ganzen Tag lang geschlafen«, war alles, was sie sagte.

Die Ereignisse der vergangenen Nacht stürmten erneut auf ihn ein, erschütterten ihn bis ins Mark. Fast kam es ihm vor, als hätte er nur einen Albtraum gehabt oder als wäre er Zeuge von Geschehnissen geworden, die jemand anderem widerfahren waren. Noch immer pochte in seinem Inneren eine quälende Leere, schnürte seinen Magen ein und presste sein Herz zusammen wie ein Schraubstock. Doch zumindest hatte dieses Gefühl so weit nachgelassen, dass er sich wieder erinnern konnte, wie man atmete.

»Bist du irgendwo gewesen?«, fragte Damian, als ihm auffiel, dass Roz sich umgezogen hatte.

Sie neigte den Kopf. »Ich war bei meiner Mutter. Dann sind Nasim und ich zu den Rebellen gegangen, um mit ihnen zu reden. Wir hatten ihnen eine Menge zu erklären. Und«, fügte sie hinzu, »ich musste sie wissen lassen, dass ich nicht tot bin.«

Bei ihren Worten zuckte Damian unwillkürlich zusammen.

»Tut mir leid«, sagte sie zärtlich. »Aber so einfach wirst du mich nicht los, Damian. Ich bleibe schon aus reiner Gehässigkeit am Leben.«

Er lachte auf, ein einziges Mal, abgehackt. Was sie gesagt hatte, entsprach der Wahrheit, nicht wahr? Roz hielt sich durch bloße Willenskraft am Leben.

»Ich habe gehört, dass im Lauf der Woche eine Versammlung stattfinden soll«, sagte Roz und sah dabei ziemlich zufrieden aus. Trotz der Erschöpfung, die ihr ins Gesicht geschrieben stand, stahl sich ein leichtes Lächeln auf ihre Lippen. »Die Repräsentanten der Zünfte sind selbstverständlich eingeladen, aber anscheinend dürfen auch die Unerwählten teilnehmen. Vielleicht wird es eine Katastrophe, aber irgendwo muss man eben anfangen. Die Menschen müssen die Wahrheit über die Jünger von Chaos erfahren. Sie brauchen einen Plan für die Zukunft – idealerweise einen, der ohne Morden auskommt.«

»Und die Rebellion?« Damian konnte sich die Frage nicht verkneifen. »Wo passt ihr da hinein?«

Roz zuckte mit den Schultern. »Wir warten erst einmal ab, wie die Dinge sich entwickeln. Falls man uns braucht, sind wir zur Stelle. Uns für die Unerwählten einzusetzen bleibt unser Schwerpunkt.«

Sie klang so entschlossen, dass Damian ein wenig stolz auf sie war. Er hatte schon immer gewusst, dass Roz der Typ Mensch war, der ein Ziel brauchte, und nachdem ihre Rachepläne nun vom Tisch waren, hatte sie sich offensichtlich bereits ein neues gesucht. Ein besseres.

»Das klingt großartig«, sagte er und meinte es auch so.

Roz rückte dichter an ihn heran. »Außerdem hat Siena gesagt, dass die anderen Offiziere dich als Kommandanten des Sicherheitsdienstes zurückhaben wollen.«

Damian stutzte. Sie wollten *ihn*? Den Offizier, der bei der Aufklärung der Morde versagt hat und immer und immer wieder vor aller Augen zerbrochen war?

Im Grunde war das alles, was er zu sein wusste: ein Beschützer. Es mochte widersprüchlich klingen, aber die Leitung des Palazzo-Sicherheitsdienstes hatte seinem Leben nach der Rückkehr aus dem Krieg einen Sinn gegeben. Einen Zweck. Sie hatte ihm ermöglicht, eine Waffe zu tragen, ohne sinnlos zu morden.

»Vielleicht«, sagte er. »Würdest du *wollen*, dass ich es tue?«

»Die Entscheidung liegt nicht bei mir.« Eine Furche erschien zwischen Roz' Augenbrauen. »Aber falls du beschließen solltest, diese Rolle zu übernehmen, wird sich einiges ändern müssen. Ihr könnt nicht nur zum Schutz der Jünger existieren. Nicht, solange die Kinder der Unerwählten auf der Straße leben. Nicht, solange die Menschen weiterhin in den Krieg geschickt werden.«

»Ich weiß.« Damian nickte nachdenklich. Falls er die Offiziere *tatsächlich* wieder kommandieren sollte, könnten sie sich vielleicht verstärkt darauf konzentrieren, die Menschen in den Randgebieten mit den benötigten Nahrungsmitteln und Rohstoffen zu versorgen. Vielleicht könnten sie es schaffen, die Kluft zwischen den Jüngern und den Unerwählten zu überbrücken.

Zwar wusste er nicht genau, wie sie das bewerkstelligen sollten, aber ihm war auch klar, dass die Dinge nicht so bleiben konnten, wie sie waren.

Als er seine Gedanken wieder auf die Gegenwart lenkte, bemerkte er, dass Roz sein Gesicht aufmerksamer betrachtete als gewöhnlich. Damian fragte sich, was sie darin lesen mochte. Er zwang sich zu schlucken. »Dich beschäftigt etwas. Was ist los?«

»Woher willst du das wissen?«

»Ich kenne dich, Roz Lacertosa.«

Eine entzückende Röte erschien auf ihren Wangen, als sie gleichmütig antwortete: »Es ist nichts, worüber wir jetzt sofort reden müssten.« Sie streckte die Hand aus und strich mit einem Finger über seine Lippen. »Ich möchte nur, dass du weißt, dass ... ich dich sehe, Damian. Selbst deine dunklen Seiten. Okay?«

Damian erstarrte, spürte wie seine Lippen an der Stelle, an der sie sie berührt hatte, kribbelten. Das war nicht das, was er von ihr zu hören erwartet hatte. Wusste sie aus irgendeinem Grund Bescheid? Hatte sie gemerkt, dass er sich verändert hatte? Damian hätte diese Veränderung nur zu gern als bloßen Teil der Illusion abgetan, doch er hatte sie *gespürt* – diese Dunkelheit, die ihn direkt, bevor er im Schrein den Schuss abgegeben hatte, urplötzlich überkommen hatte. Als hätte sich etwas in ihm verankert. Als hätte etwas schon längere Zeit darauf gewartet, in ihm Wurzeln schlagen zu können.

Vielleicht war es Death. Oder vielleicht war es auch etwas Tieferes, Ureigenes. Er wusste es nicht. Er *wusste* es nicht.

Draußen vor dem Fenster begann es zu regnen. Zuerst nur in kleinen Tröpfchen, die gegen das Glas prasselten, dann in einer wahren Sturzflut. Das Rauschen des Regens gab das Tosen seiner Gedanken wider.

Damian sah Roz fest an. Sie erwiderte seinen Blick mit der gleichen Unerschütterlichkeit. Einst waren sie Kinder gewesen, die Wunder geatmet und eine Spur aus Sternenstaub hinter sich hergezogen hatten. Und was waren sie heute? Zwei Menschen, die Tragödien erlebt hatten. Zwei Teile eines Ganzen, abgehärtet vom Schmerz und an Stellen zerbrochen, die nur der jeweils andere sehen konnte. Eine Rebellin und ein Offizier, die versuchten, eine zersplitterte Welt wieder zusammenzusetzen.

»Ich befürchte, es ist mehr Dunkelheit in mir, als du ahnst, Rossana«, flüsterte Damian.

Sie schlang die Arme um seinen Hals, verschränkte die Finger in seinem Nacken. Sie war so chaotisch und anmutig. Ein Leuchtturm am Ufer des Meeres, das ihn unerbittlich in seine Tiefen zu ziehen versuchte.

»Nenn mich nicht Rossana.«

Damit drückte sie ihre Lippen auf seine.

»Bei allen Heiligen –«, keuchte er, doch Roz ließ ihn nicht ausreden.

»Es gibt hier keine Heiligen, Damian Venturi«, raunte sie verführerisch an seinem Mund. Als sie zurückwich, lag ein verruchtes Glitzern in ihren mit Kajal umrandeten Augen. »Es gibt nur mich.«

Zum ersten Mal in seinem Leben genügte das Damian vollkommen.

EPILOG

Unter dem Palazzo, in einem Kreis aus blicklosen Gesichtern, veränderte sich etwas.

Sieben Heilige, sieben Opfer.

Ein junger Mann lag in der Gruft, tot wie sein Traum. Doch junge Männer mochten sterben und Heilige fallen, aber die Magie überdauerte alles. Magie konnte erwachen, wo die Toten es nicht vermochten.

Niemand spürte etwas. Nicht einmal, als die Schatten selbst in die Ecken huschten und die fortwährende Stille den Atem anhielt.

Tief unten im Schrein warf die Statue von Chaos ihr Leichentuch ab.

Und ein Heiliger erhob sich.

DANKSAGUNG

Ich hätte nie gedacht, dass dies mein erster veröffentlichter Roman sein würde.

Ich habe dieses Buch zu Beginn der Pandemie aus Spaß geschrieben, einfach weil ich schon immer einen Krimi schreiben wollte. Dabei musste ich einige Male aufhören und neu anfangen, und ich habe mich öfter gefragt, ob ich überhaupt das nötige Rüstzeug besitze. Doch während ich schrieb, wurde aus der Geschichte mehr als nur ein unterhaltsamer Abstecher in eine neue Welt. Roz ist meine Wut, Damian mein Kummer. Ombrazia wurde zur Kulisse für die existenziellen Fragen, die sich mir unweigerlich bei jedem Buch, das ich schreibe, aufdrängen. Und dann begann sich irgendwann plötzlich alles zusammenzufügen.

Ich hätte das alles niemals geschafft ohne diejenigen, die an mich und diese Geschichte geglaubt haben. An Claire Friedman, die Agentin meiner Träume: Du warst die Erste, die mir eine Chance gegeben hat, und dafür werde ich dir immer dankbar sein. Ich hätte mir keine verlässlichere und humorvollere Fürsprecherin wünschen können. An meine Lektorin Nikki Garcia: Ich kann gar nicht genug betonen, wie geehrt ich mich fühle, dass du dieses Buch als deine erste Fantasy-Akquise ausgewählt hast. Während wir uns gemeinsam durch diese komplizierte Welt bewegten, habe ich keinen Moment lang daran gezweifelt, dass du hinter mir stehst, und dank deiner Hilfe wurde die gewaltige Aufgabe, dieses Buch zu überarbeiten, nicht nur machbar, sondern sogar spannend. Ich kann dir gar nicht genug dafür danken, dass du dich so sehr für dieses Buch engagiert hast.

An Milena Blue Spruce: Ich bin so dankbar für alles, was du getan hast, und so froh, dass du gemeinsam mit Nikki an Bord gekommen bist. Mit dir zu arbeiten war wirklich wunderbar.

An meine Verleger Cassie Malmo und Shivani Annirood: Ihr habt dafür gesorgt, dass diese Geschichte die bestmögliche Chance bekam, und ich bin euch für eure Leidenschaft und euren Enthusiasmus unendlich dankbar.

An Karina Granda, Jake Regier, Jave Cavolina, Andy Ball, Patricia Alvarado, Stefanie Hoffmann, Shanese Mullins, Savannah Kennelly, Christie Michel und alle, die in irgendeiner Weise an *Seven Faceless Saints – Die verbannte Macht* mitgewirkt haben: Wir haben uns wirklich gemeinsam ins Zeug gelegt, und ich bin euch sehr dankbar für euer Engagement.

An Kelly Andrew, Zoulfa Katouh, Page Powars und Emily Miner: Wie verrückt, dass meine besten Freundinnen in meinem Telefon leben. Ich liebe euch alle. Kelly, ich bin so froh, dass wir aufeinandergestoßen sind, denn nun leben deine Worte in meiner Seele. Zoulfa, unsere Freundschaft hält schon von Anfang an, und es ist mir eine Ehre, mich von deinen Geschichten mitreißen zu lassen. Page, danke, dass du sowohl den Sinn für Humor als auch eine einzelne Gehirnzelle mit mir teilst. Emily, du bist die mitfühlende Stimme der Vernunft, von der ich nicht wusste, dass ich sie brauchte, und wenn ich mal erwachsen bin, will ich so werden wie du. Ich kann es kaum erwarten zu erleben, wie jede Einzelne von euch groß rauskommt.

An Sophie Clark: Ich schätze mich so glücklich, dich als Kritikpartnerin und Freundin zu haben. Danke fürs gemeinsame Brainstormen, Leiden und Feiern. Du hast meine Texte viel zu oft gelesen, und dafür liebe ich dich.

An Allison Saft: Vielen herzlichen Dank für dein Feedback und deine Ratschläge. Du hast schon an dieses Buch geglaubt, als es sich noch in seiner schrecklichsten Version befand, und das hat so viel ausgemacht. Ich bin sehr froh, dich zu kennen.

An Carlyn Greenwald: Es ist schwer, in Worte zu fassen, wie tief ich in deiner Schuld stehe. Weil du mich für Author Mentor Match (AMM) ausgesucht hast, weil du die großartigste Mentorin und Freundin bist … Du warst wirklich die Erste, die meinen Text gelesen und an ihn geglaubt hat. Danke, danke. Ich wünsche dir nur das Allerbeste.

In diesem Sinne geht mein Dank auch an Alexa Donne und AMM, weil ich durch euch meine Community gefunden habe. Ich weiß nicht, was ich ohne dieses Programm wäre. Mein ganz besonderer Dank gilt AMM Round 6, weil ihr meine erste Gruppe aus Schriftstellerfreund:innen wart. Ich bin so stolz darauf, wie weit wir alle es gebracht haben.

In keiner bestimmten Reihenfolge gilt mein Dank außerdem Jen Elrod, Jo Fenning, Brighton Rose, Leah Jordain, Kalie Holford und Tamar Voskuni, weil ihr meine Texte gelesen und meine Arbeit unterstützt habt. Ihr habt mir das Gefühl gegeben, dass ich das mit dem Schreiben vielleicht doch draufhabe.

Ein herzliches Dankeschön gilt auch meiner Familie, egal, ob nah oder entfernt verwandt. Ihr habt keine Sekunde daran gezweifelt, dass ich es schaffen kann. Ich liebe euch alle so sehr. Aber meine Bücher müsst ihr trotzdem nicht lesen. Eigentlich wäre es mir sogar lieber, wenn ihr es nicht tätet.

Eine besondere Anmerkung für meinen Vater, der weiß, wie schmerzlich es ist, in der Literaturbranche Absagen zu bekommen, und mich trotzdem stets gedrängt hat, nicht aufzugeben: Ich weiß, dass du dich manchmal fragst, ob du alles richtiggemacht hast. Niemand schafft das, aber ich glaube fest daran, dass du mich stark gemacht hast. Du hast mich gelehrt, dem Sturm standzuhalten und weiterzumachen.

An Edward, meine erste und einzige Liebe: Danke, dass du mir Freiraum für meine Kreativität gegeben hast, dass du meine Launen ausgehalten und alles getan hast, um die Verwirklichung meines Traums zu fördern. Ich möchte diesen Fleischroboter mit niemand anderem als dir an meiner Seite steuern.

Und an euch, liebe Leser:innen, falls ihr aus irgendeinem Grund bis an diese Stelle gekommen seid: Stellt weiter schwierige Fragen. Schafft euch euren eigenen Sinn. Das Universum ist unbegreiflich, aber ihr seid bedeutsam.

Danke, dass es euch gibt.